Konrad Pilger

Die Ausgleicherin

Die Ausgleicherin

Konrad Pilger

Bibliografische Information der deutschen Nationalbibliothek: Die deutsche Nationalbibliothek verzeichnet diese Publikation in der deutschen Nationalbibliografie; detaillierte bibliografische Daten sind im Internet über dnb.dnb.de abrufbar.

Herstellung: BoD – Books on Demand, Norderstedt.

ISBN 978 3 948098 094

Inhaltsverzeichnis

Vorwort

Liebe Leserinnen und Leser,

dieser Roman handelt von der Zukunft, aber es ist keine Dystopie. Sie finden hier keinen Überwachungsstaat, keinen wahnsinnigen Diktator und keine Aliens, die die Erde überfallen und ausbeuten wollen. Es wäre unsinnig, ein Buch darüber zu schreiben, weil auf globaler Ebene nichts davon geschehen wird. Seit Jahrtausenden kennt die Entwicklung der Menschheit nur eine Richtung: aufwärts. Glaubt jemand ernsthaft, dass wir eine Stufe erreicht haben, auf der wir nun verharren werden? Oder dass es sogar abwärts gehen wird? Das ist lächerlich.

Solche Gedanken sind nicht nur dumm, sie sind auch schädlich. Angst blockiert uns, Angst schädigt unsere Gesundheit. Deshalb sollte man negative Gefühle auch nicht verstärken, sondern reduzieren und auflösen. In diesem Jahrhundert wird es in Politik, Gesellschaft, Wissenschaft und Technik zu gewaltigen Fortschritten kommen. Einige davon werden in diesem Buch beschrieben. Wir sollten uns auf die Zukunft freuen und sie nicht fürchten.

Konrad Pilger

1. Kapitel: Das Ausgleichsverfahren

„Beruhigen Sie sich, Herr Pangalos." Lea sprach mit betont ruhiger und warmherziger Stimme. Vor ihr stand ein junger Mann am Rednerpult, dessen Hände zitterten und dem die Haare ins Gesicht hingen, weshalb er vermutlich sein handgeschriebenes Manuskript nicht lesen konnte. Schon zweimal hatte er angesetzt und nach einem halben Satz wieder abgebrochen. Weil Lea die Kerninformationen seines Antrags auch auf ihrem Tischmonitor sah, der beinahe überquoll vor Texten, Tabellen und Grafiken, gab sie ihm ein Stichwort. „Ich glaube, Sie wollen mit uns über die geplante Goldmine reden."

„Ja, richtig. Die Mine von Maronia würde ein Naturschutzgebiet zerstören, das einmalig ist in Griechenland. Meine Freunde und ich, wir sind dagegen." Er zeigte auf eine Gruppe von jungen Leuten, die hinter ihm saßen, Plakate hochhielten oder in die Kameras winkten. Sie waren guter Stimmung, obwohl es ein ernster Anlass war, der sie in die Stadthalle von Komotini geführt hatte. Etwa tausend Personen verteilten sich über die Stuhlreihen, viele weitere hockten auf den Treppen oder standen in den Gängen, man hatte sogar die Türen zum Foyer geöffnet, um denjenigen, die keinen Platz im Saal fanden, ein Mithören zu ermöglichen.

Die Kammer der Freien Bürger erfreute sich enormer Beliebtheit, weil sie den Menschen Teilhabe brachte. Früher waren das europäische Parlament und die Behörden weit weg gewesen, Hunderte, oft Tausende Kilometer, wobei es sich nicht nur um eine geografische Distanz handelte. Anfragen, Petitionen und Beschwerden konnten zwar jederzeit eingereicht werden, blieben aber meist folgenlos. Jeder Bürger konnte sich auch an seinen Abgeordneten wenden, doch dessen Einfluss war gering, weil er sich gegen siebenhundertfünfzig weitere Abgeordnete, gegen die EU-Kommission, gegen den EU-Rat und gegen die Chefs der

Länderregierungen durchsetzen musste. Daraus entstand der Eindruck, dass die Europäische Union ein undemokratischer Moloch war, der sich meist um unwichtige Dinge kümmerte, wie den Krümmungsgrad von Gurken, der die wesentlichen Fragen von einer Handvoll Personen entscheiden ließ und dabei gewaltige Kosten erzeugte. Deshalb wandten sich immer mehr Menschen von der EU ab, obwohl sie im Grunde ihres Herzens von der Idee eines vereinigten Europas überzeugt waren – die Umsetzung jedoch enttäuschte sie. Nicht wenige von ihnen radikalisierten sich, wählten rechts- oder linksextreme Parteien oder schlossen sich religiösen Splittergruppen an, die die Staatengemeinschaft in ernsthafte Schwierigkeiten brachten. Doch diese Zeiten waren vorbei. Die großen Reformen hatten die Berufspolitiker und Bürokraten in weiten Teilen entmachtet und die Europäische Union wieder menschlicher und demokratischer gemacht, womit sie vor dem Untergang gerettet wurde.

Jetzt kam die EU zu den Menschen. Es gab zwölf hauptamtliche Ausgleicher, eine von ihnen war Lea Sheldon, die Mitglied keiner Partei sein durften und die Aufgabe hatten, Kompromisse zwischen den Meinungsgruppen zu schließen. Den lokalen Ausgleichern machten sie keine Konkurrenz, weil sie sich vor allem um internationale Angelegenheiten kümmerten. Die Kammer der Freien Bürger, die gleichberechtigt neben dem EU-Parlament existierte, besaß im Gegensatz zu diesem keinen festen Sitz, sondern pendelte durch den gesamten Staatenverbund, machte mal Station in den pompösen Kongresszentren der Hauptstädte und mal in den unscheinbaren Mehrzweckhallen der Provinzen, so wie heute im ostgriechischen Komotini. Jeder durfte zu den Versammlungen erscheinen, durfte Fragen stellen, sich beschweren oder sogar eine Gesetzesvorlage einbringen. Allerdings musste er sein Anliegen zunächst den Mitarbeitern der Ausgleicher vortragen, die dabei halfen, es verständlich zu formulieren und in den Verwaltungsprozess einzubringen. Unterstützt wurden sie

10

von CON-12, einer künstlichen Intelligenz, die nach Ähnlichkeiten suchte, einzelne Anträge zu Sammelinitiativen zusammenfasste, die wichtigsten Informationen hervorhob und Vorschläge machte, wer die Initiative vertreten sollte. Einer dieser Vertreter war Stavros Pangalos. CON-12 hatte jedoch nicht mit dessen Nervosität gerechnet. Der junge Mann schaute direkt in die Kamera, woraufhin ihm die Stimme versagte.

„Vor Ihnen steht ein Glas Wasser, Herr Pangalos", sagte Lea. „Trinken Sie einen Schluck, und dann versuchen Sie es noch einmal."

„Danke, euer Ehren."

Lea lächelte. „Nennen Sie mich einfach Frau Sheldon."

Nach einer kurzen Pause hatte Pangalos seine Gedanken geordnet. Er erzählte von seinen Befürchtungen, dass durch den Abbau goldhaltigen Gesteins der Boden und das Wasser verschmutzt und seltene Tier- und Pflanzenarten vertrieben werden könnten. CON-12 bestätigte all diese Informationen, wies aber auch darauf hin, dass der französische Investor achthundert Arbeitsplätze und Steuereinnahmen in Millionenhöhe versprach.

„Nächste Woche werde ich mich mit Vertretern der Minenbaugesellschaft in Paris treffen", sagte Lea. „Ich werde ihnen Ihre Argumente vortragen, Herr Pangalos. Und ich werde fragen, welche Maßnahmen zum Schutz der Umwelt getroffen werden sollen. Die Lizenz wird nur vergeben, wenn strenge Auflagen eingehalten werden."

„Das will ich aber auch meinen." Der Langhaarige streckte seine Brust vor, seine Stimme klang jetzt selbstbewusster. „Die Franzosen wollen unser Gold klauen, und wir bekommen dafür den Giftmüll. So geht es nicht. Und sagen Sie denen auch gleich, dass diese Orchideenarten nur noch an diesem Ort vorkommen."

Lea blickte auf ihren Bildschirm. Ein Warnzeichen blinkte auf, darunter erschien ein kurzer Text. „Herr Pangalos, CON-12 schreibt mir gerade, dass es zehn Kilometer nördlich von hier ein Industriegelände gibt, das schon seit Jahrzehnten brachliegt."

„Ja und?"

„Das Gelände würde sich hervorragend für eine Renaturierung eignen. Man könnte dort die erwähnten Orchideen ansiedeln. Vorher müsste aber jemand den Müll entfernen. Was halten Sie davon, wenn Sie sich darum kümmern?"

Er wirkte überrascht. „Ich?"

„Ja, Sie. Naturschutz lebt vom Mitmachen. Man sollte sich nicht nur über andere beschweren, sondern auch selbst aktiv werden." Lea kannte diese Situationen – und sie liebte sie. CON-12 war so programmiert, dass sie örtliche Initiativen unterstützen sollte. Weil die künstliche Intelligenz über ihre Mikrofone jede Diskussion mitverfolgte und Zugriff auf gewaltige Datenmengen besaß, machte sie spontan immer wieder Vorschläge, die selbst Lea und ihre Mitstreiter überraschten. Viele davon wurden abgelehnt, manche jedoch ergaben eine Zusammenarbeit zwischen Gruppen, die sich zuvor feindlich gegenüberstanden, oder sie führten dazu, dass Menschen Aufgaben übernahmen, die sie sich sonst nicht zugetraut hätten – oder für die sie zu faul waren. Erwartungsvoll blickte Lea den jungen Mann an.

„Nun, ich …" Pangalos drehte sich zu seinen Freunden um, die ihre Köpfe zusammengesteckt hatten und miteinander tuschelten. Einer reckte den Daumen hoch. „Ich denke, das geht in Ordnung."

„Fein. Der Computer druckt eine Beschreibung und eine Teilnehmerliste aus. Sie wird am Eingang ausgelegt, Sie können sich gleich dort eintragen."

Lea hielt ihre Schlussrede. Sie dankte den Bürgern für ihr Erscheinen, versprach, die Petitionen weiterzubearbeiten und gab ihrer Hoffnung Ausdruck, zur Nachbesprechung in vier Wochen möglichst viele der Anwesenden wiederzusehen. Tosender Applaus setzte ein. Lea stand auf und verbeugte sich.

„Hallo, Chefin." Pablo Basoalto, Leas persönlicher Referent, kam von der Seite auf die Bühne gestiegen. Der

Mittzwanziger trug einen hellen Anzug, seine Haare hatte er mit Gel eingerieben und zurückgekämmt, in Händen hielt er einen Tabletcomputer und einen Stapel Papiere. „Du warst mal wieder großartig."

„Danke. Was hast du für mich?"

„Der Bürgermeister und ein paar Vertreter des Stadtrats möchten dich sprechen." Er zeigte auf eine Gruppe von fünf Personen, die soeben von ihren Stühlen in der ersten Reihe aufgestanden waren und nun auf die Bühne zugingen.

„Okay. Noch was?"

„Danach folgt ein Abendessen und ein kleines Kulturprogramm. Man will uns die …", er schaute auf einen Zettel, „die Region Ostmakedonien und Thrakien näherbringen, mit Musik, Tanz und einer Lichtbilderschau."

„Okay, schön." Lea freute sich darauf, endlich ein bisschen auszuruhen und anderen das Reden zu überlassen. Außerdem knurrte ihr Magen. Bei ihrem letzten Besuch bekam sie überbackene Bohnen vorgesetzt, eine Spezialität dieser Gegend, die sehr lecker waren. Ein Salat wäre auch nicht schlecht oder ein bisschen Ziegenkäse. Es sollte nur nicht zu schwer sein und …

Der nächste Augenblick zerstörte ihre Pläne. Ein gewaltiger Donnerschlag erschütterte das Gebäude. Lea spürte die Druckwelle, die von den Zuschauerrängen aus durch den Saal raste und sie umriss. Metallstücke und Stofffetzen flogen umher, Menschen schrien, Scheinwerfer stürzten von der Decke herab. Etwas hatte Lea an der Schulter getroffen, sie lag auf dem Boden, es roch nach Staub. Ihre Ohren schmerzten, das Atmen fiel ihr schwer, ihr wurde schwarz vor Augen …

„Frau Sheldon, was ist mit Ihnen?" Eine Frau mit einem Bürstenhaarschnitt und einem kantigen Gesicht beugte sich über sie, ihre Augen verbargen sich hinter einer Sonnenbrille. Lea erkannte sie. Es war Antonia Perlini, die Chefin der Personenschützer. Wegen ihrer weiten Anzüge und der klobigen Sportschuhe wurde sie oft für einen Mann gehalten. Erst wenn ihre helle Stimme erklang, löste sich der Irrtum auf.

„Nichts, mir geht es gut." Lea wurde klar, dass sie ohnmächtig gewesen war. Für wie lange, konnte sie nicht sagen. Vielleicht eine Minute, höchstens zwei. Ihr Kopf schmerzte, ihr war schwindlig zumute. Inzwischen hatte sich der Saal mit Rauch gefüllt, Ventilatoren liefen, von der Decke regneten Wassertröpfchen herab, eine Computerstimme machte Durchsagen. „Was ist los?"

„Eine Bombe ist hochgegangen. Wir müssen verschwinden." Antonia und Pablo fassten Lea unter die Arme, um sie auf ihre Beine zu stellen.

„Wohin?", fragte Pablo.

„Nach unten. In den Schutzraum." Antonia ging voran, wies den Weg von der Bühne, durch einen Korridor hindurch und die Treppen hinab in den Keller.

Lea hatte Mühe, ihr zu folgen. Der Kopfschmerz und der Schwindel waren bereits verflogen, aber Lea trug an diesem Tag einen engen Rock und hochhackige Schuhe. Sie hatte gut aussehen wollen, weil ein Team des griechischen Fernsehens anwesend war – und jetzt musste sie sich am Geländer festhalten, um nicht die Stufen hinunterzufallen. Der Schutzraum lag hinter einer dicken Stahltür, die Antonia verriegelte, nachdem Lea, Pablo und ein paar andere aus ihrer Gruppe eingetreten waren.

„Warum hauen wir nicht ab?", wollte Pablo wissen. „Draußen sind bestimmt Polizeiautos und Krankenwagen."

„Zu gefährlich", antwortete Antonia. „Oft gibt es noch eine zweite Bombe." Sie ging zu einem altmodischen Telefon, das an der Wand hing, nahm den Hörer ab und wählte eine Nummer.

„Lea, du bist verletzt." Der junge Spanier deutete entsetzt auf ihre linke Schulter.

Jetzt bemerkte auch sie das Metallteil, ungefähr so groß wie eine Walnuss, das in ihrer Jacke steckte. Daher rührte der Schlag, den sie vorhin gespürt hatte. „Nein, ich …" Sie öffnete die oberen Knöpfe, um ihm die Schutzweste aus

14

Kevlargewebe zu zeigen, die sie stets bei öffentlichen Auftritten trug. Viele Male hatte Lea das mittelalterlich anmutende Wams verflucht, weil sie darunter schwitzte, weil es unhandlich war und man die Form ihrer Brüste nicht einmal mehr erahnen konnte. In diesem Moment war sie dankbar dafür, dass Antonia darauf bestanden hatte, es in die Liste der unverzichtbaren Sicherheitsmaßnahmen aufzunehmen.

„Ruh dich erst mal aus", schlug Pablo vor.

Der Raum wirkte auf Lea wie ein alter Luftschutzbunker. Der Fußboden und die Wände waren grau gestrichen, die niedrige Betondecke wurde von zwei Säulen gestützt, Leuchtstofflampen verbreiteten kaltes Licht. Es gab einen Tisch, ein Dutzend Stühle, vier Etagenbetten und etwas, das wie eine Luftreinigungsanlage aussah. Aus einem Rohr, das mit einem Gitter verschlossen war, strömte kühle Luft, daneben brummte ein mannsgroßer Kasten, an dem bunte Lichter blinkten. Lea fühlte sich sicher an dem Ort – sie spürte aber auch ihr schlechtes Gewissen. Der Anschlag hatte der Kammer der Freien Bürger gegolten. Sie war die Vertreterin der Europäischen Gemeinschaft, sie wollte Gutes tun, vermitteln, Streitfälle schlichten. Und jetzt waren vielleicht schon Menschen gestorben. Lea setzte sich auf einen Stuhl und schob ihre Beine unter den Tisch. Niemand sollte sehen, dass ihre Knie zitterten.

„Dahinter steckt bestimmt die Loge P7", sagte Peter Dubrowin. Der schwarzhaarige Mann war einer der Interviewer, die mit den Bürgern sprachen und ihre Wünsche in das Computersystem eingaben. „Wie viele Attentate haben sie jetzt begangen? Zehn oder zwölf? So viele waren es bestimmt in den letzten Jahren."

„Dafür gibt es doch gar keine Beweise", erwiderte Pablo. „Es können auch die Islamisten gewesen sein."

„Oder die Nazis", sagte ein anderer.

„Oder die Linksextremen", meinte eine Stimme aus der hinteren Ecke.

Lea stand auf. „Liebe Freunde, wir sollten jetzt nicht spekulieren. Es ist besser, wenn wir …"

Ein dumpfer Knall unterbrach sie. Er kam von oben, wahrscheinlich von der Straße her.

„Das war die zweite Bombe", sagte Peter.

Alle blickten Antonia an, die noch immer telefonierend in der Ecke stand. Sie wussten, dass die Personenschützerin ihnen das Leben gerettet hatte. Wenn sie in diesem Moment in ein Auto gestiegen wären, hätte sie die Druckwelle und ein Regen aus Glassplittern und scharfkantigen Metallteilen getroffen. So war es vor einem Jahr gewesen, als ein ähnlicher Anschlag auf die Europäische Zentralbank in Frankfurt verübt wurde.

Warum nur, fragte sich Lea. Wir sind so erfolgreich mit unserer Arbeit, haben hohe Zustimmungsraten, die Leute gehen wieder gerne zur Wahl, nehmen teil an der politischen Willensbildung. Warum nur gibt es eine Minderheit, die uns hasst, die uns töten will? Oder galt der Anschlag gar nicht uns? Wollten sie wahllos Menschen töten, und wir waren einfach nur zur falschen Zeit am falschen Ort?

„Ich habe mit dem Polizeichef gesprochen", sagte Antonia, die den Hörer inzwischen aufgelegt hatte. „Draußen ist es zu unsicher. Vielleicht sind in den Straßen noch mehr Bomben versteckt. Wir sollen warten."

„Warten? Wie lange?", fragte Pablo.

„Keine Ahnung. Eine Stunde, vielleicht zwei."

Ein Murren ging durch den Raum. Niemand war begeistert von der Aussicht, untätig herumsitzen zu müssen, während über ihren Köpfen die Rettungsarbeiten liefen. Lea hätte sich gerne daran beteiligt, sie hätte Erste Hilfe leisten können, gewiss gab es viele Menschen, die unter einem Schock litten, aber ihr waren die Hände gebunden. Auf ihre Autorität als europäische Amtsträgerin wollte sie sich nicht berufen, dadurch hätte sie bei den lokalen Behörden nur Unmut hervorgerufen. Immerhin konnte sie sich um ihre Mitarbeiter kümmern, die mit ihr im Bunker gefangen waren. Lea hielt eine kleine Ansprache. Sie erinnerte an die

Erfolge, die sie gemeinsam erzielt hatten, daran, dass das Leben in Europa immer sicherer wurde, die Verbrechensrate sank und die Zufriedenheit der Bürger zunahm. Was sie jetzt erlebten, sei nur ein letztes Aufbäumen der dunklen Mächte. Man müsse tapfer sein, durchhalten. Bald schon würde der Kampf endgültig gewonnen sein.

Lea bemühte sich, ein Höchstmaß an Zuversicht und Gelassenheit auszustrahlen. Doch insgeheim zweifelte sie an ihren eigenen Worten. Sie wusste, dass sie damit nur das offizielle Bild von Europa zeichnete. Tatsächlich gab es viel mehr Probleme, als die Vertreter der EU zugeben wollten. Gewalt und Kriminalität wurden in Statistiken versteckt, die Gefängnisse waren voll, Polizei und Justiz überlastet. In Europa wurden die höchsten Steuersätze der Welt gezahlt, trotzdem waren die Finanzen zerrüttet. Es hatten sich so viele Schulden angehäuft, dass einzelne Staaten und Regionen kaum noch ihre Beamten bezahlen konnten. Die Natur litt unter dem Klimawandel, zahlreiche Tier- und Pflanzenarten standen kurz vor dem Aussterben. Die Dürren der letzten Jahre hatten der Landwirtschaft zugesetzt, Wasser und fruchtbarer Boden wurden knapp, die Preise für Nahrungsmittel erreichten ständig neue Rekordwerte. Und an den Grenzen warteten Millionen Menschen aus Afrika und Asien, die einwandern wollten, um vom europäischen Sozialsystem zu profitieren. Es brodelte auf dem gesamten Kontinent. Das, was in den letzten Jahrzehnten erreicht wurde, war in ernster Gefahr.

*

Nach zwei Stunden kam ein Polizist zu ihnen in den Schutzraum. Roboter und Spürhunde hatten einen Teil des Geländes überprüft, berichtete er. Weitere Bomben wurden nicht gefunden. Es gab noch einen unsicheren Bereich, doch über einen genau definierten Weg sei eine Flucht möglich. Lea und Antonia sollten zuerst gehen. Beide mussten einen schusssicheren Helm aufsetzen.

Als sie den Keller verließen und die Treppe hochstiegen, schlug ihnen heiße Luft entgegen. Lea dachte im ersten Moment an ein Feuer, aber es roch nicht verbrannt. Wahrscheinlich war die Klimaanlage ausgefallen und der Wind drückte durch die zerbrochenen Fenster ins Gebäude hinein. Von draußen hörte man Rufe, in der Ferne heulte die Sirene eines Rettungswagens.

„Wir müssen in Bewegung bleiben", sagte Antonia. „Was auch geschieht, wir steigen gleich ins Auto."

Und dann standen sie auf der Straße. Der Anblick übertraf alles, was sich Lea vorgestellt hatte. Mindestens ein Dutzend Autos waren ausgebrannt, einige lagen sogar auf dem Dach. Bei den Häusern schien es kein intaktes Fenster mehr zu geben, Türen hingen schief in ihren Angeln. Die Stühle und Tische der Cafés waren umgestürzt, Fetzen von Sonnenschirmen und Markisen baumelten im Wind. Auf dem Bürgersteig lagen Glas- und Eisensplitter und kleine Betonbrocken, es knirschte unter ihren Füßen. Das Ungewöhnlichste aber war die Stille, die jetzt herrschte. Die sonst so belebte Geschäftsstraße schien wie ausgestorben zu sein. Man hörte keine Stimmen, keinen Verkehrslärm, kein Vogelgezwitscher – nur ein Pfiff ertönte. Er stammte von Antonia. Sie winkte eine schwarze Limousine herbei, die in einer Einfahrt gewartet hatte und sich nun in Bewegung setzte.

„Das ist unser Wagen", sagte sie.

„Oh mein Gott, sie sind tot." Lea zeigte in die andere Richtung. Dort stand ein weißer Kleinbus am Straßenrand, bei dem seltsamerweise die Reifen geplatzt, aber die Scheiben unzerstört waren. Davor lagen drei Körper auf dem Bürgersteig, geschützt von grauen Decken.

„Nicht darum kümmern", erwiderte die Chefin der Leibwächter.

Die schwarze Limousine rollte heran, mit ihren Rädern zermalmte sie die kleinen Trümmerteile.

Antonia riss die Fondtür auf. „Los, rein", zischte sie.

Lea ließ sich in die Polster fallen. Der Fahrer gab Gas, Reifen quietschten. Vor dem Wagen erschien ein Polizeimotorrad mit eingeschaltetem Blaulicht, das ihnen den Weg freimachte. Lea und ihre Begleiter wurden zu einer ehemaligen Kaserne am Rande der Stadt gebracht, wo sie ärztliche Hilfe bekamen. Ein Psychologe kümmerte sich um Pedro, der Anzeichen eines Schocks zeigte, die anderen waren psychisch stabil. Nach einer Essenspause kamen Polizisten zu ihnen und nahmen Zeugenaussagen auf. Lea sprach mit dem örtlichen Polizeichef, der sie den Medien gegenüber um Stillschweigen bat, vor allem, was den Schutzraum anbelangte. Das Sicherheitskonzept seiner Stadt sollte nicht bekannt werden. Lea versprach ihm, vorerst keine Interviews zu geben. Gegen Abend wurde sie mit der schwarzen Limousine in ihr Hotel gefahren. Vor dem Haupteingang stand eine Traube Journalisten, weshalb der Wagen in die Tiefgarage rollte, wo es einen gesicherten Fahrstuhl gab. Antonia öffnete ihn mit einem Zahlencode. Als Lea in ihrem Zimmer war, schaltete sie zuerst ihr Telefon an. Zum ungefähr zwanzigsten Mal an diesem Tag wählte sie die Nummer ihres Sohns.

„Der Teilnehmer ist nicht zu erreichen", meldete eine Computerstimme.

„Verflixt, das kann nicht wahr sein", schimpfte sie. Clarence musste doch aus den Medien von dem Anschlag erfahren haben. Oder lag er noch im Bett und schlief? Er befand sich in einer anderen Zeitzone, bei ihm war es jetzt früher Morgen, vielleicht schon Vormittag. Lea hinterließ eine Nachricht auf der Mailbox. Sie sagte, dass sie unverletzt war, ebenso wie ihre Mitarbeiter, und dass er gefälligst an sein Telefon gehen sollte.

Lea musste unbedingt mit jemandem reden. Sie dachte an Jerome, ihren Ex-Mann. Aber nein, die Gräben waren noch zu tief. Nach der schmutzigen Scheidung hatte sie den Kontakt zu ihm abgebrochen. Nie wieder wollte sie etwas von ihm sehen oder hören, auch jetzt nicht.

Ich bin eine tolle Ausgleicherin, dachte sie. Nicht mal in meiner Familie kann ich für Harmonie sorgen.

Bliebe noch Rita, ihre beste Freundin. Rita war ein Schatz – aber nicht sehr vertrauenswürdig. Details aus ihrem Scheidungskrieg hatten den Weg an die Öffentlichkeit gefunden. Lea hegte bis heute den Verdacht, dass Rita – wahrscheinlich ohne ihr Wissen – mit jemandem von den Medien sprach. An einem Wochenende im Mai traf sie sich mit der Freundin in Kopenhagen, um mit ihr einen Kneipenbummel zu unternehmen. Drei Tage später las sie auf einer Nachrichtenseite, dass sich der Mann von Lea Sheldon, bis dahin die erfolgreichste Ausgleicherin Europas, mit einer jüngeren Frau vergnügte, die er sogar in ihr gemeinsames Ferienhaus einlud. Niemand außer Rita hatte davon gewusst.

Lea seufzte. Also musste sie wieder mit Neutro sprechen, obwohl sie sich dabei immer ein bisschen seltsam vorkam. Ihr letztes Gespräch lag drei Monate zurück. Damals hatte er ihr geraten, nach innen zu schauen und sich auf ihre eigenen Stärken zu verlassen. Wenn sie das täte und dabei die Übungen regelmäßig wiederholte, würde sie ihn bald nicht mehr brauchen. Lea merkte wieder einmal, dass er recht hatte, mit allem was er sagte. Seitdem fühlte sie sich besser, litt nicht mehr an Depressionen und Selbstzweifeln. Jetzt aber ging es nicht mehr anders. Sie setzte sich an den Schreibtisch, stellte ihren Tablet-PC senkrecht und aktivierte das Programm Neutro. Das Gesicht eines alten Mannes erschien auf dem Bildschirm. Er hatte langes Haar, einen grauen Bart, trug eine Mönchskutte und lächelte sie gütig an. „Guten Abend, Lea. Wie geht es dir?"

„Schlecht. Etwas Schreckliches ist geschehen. Stell dir vor, acht Menschen sind gestorben." Lea erzählte ihm, was sie an diesem Tag erlebt hatte. Neutro hörte sich alles geduldig an, obwohl Lea nervös war, einiges durcheinanderbrachte und sich zu lange mit Details aufhielt. Der alte Mann nickte, stellte Zwischenfragen und sprach beruhigende Worte. Lea spürte eine wohltuende Wirkung, das Zittern hörte auf, ihre

Konzentration nahm zu. Die Frage, die sie am meisten beschäftigte, hielt sie bis zum Schluss zurück. „Wahrscheinlich war es die Loge P7, diese feige Mörderbande. Warum tun die das?"

„Du kennst die Antwort, Lea. Es war bereits Thema unserer Gespräche."

Sie stöhnte. „Ja, weil sie auf einer niedrigen Entwicklungsstufe sind. Weil sie Angst haben und Hass empfinden."

„Und du weißt, wie du darauf reagieren solltest."

„Ja, ich soll Gleiches nicht mit Gleichem vergelten. Ich soll die Gründe für ihren Hass aufspüren und auflösen. Ich soll nicht die Faust ballen, sondern ihnen die Hand reichen." Sie trommelte mit den Fingern auf der Tischplatte.

Der alte Mann lächelte. „Na bitte. Du hast deine Lektion gelernt."

„Das schon, aber was ich nicht verstehe ist, diese Leute hinterlassen fast keine Spuren. Trotz schärfster Bewachung kommen sie dicht an uns heran, sie zünden ihre Bomben und verschwinden wieder. Das heißt doch, dass die P7-Leute hochintelligent sind. Und das bedeutet, dass sie von unserem Programm gehört haben müssten. Wir könnten ihnen helfen. Sie dürfen sich ja auch anonym an uns wenden. Ich bin sicher, ich könnte ihren Hass auflösen. Ich könnte sie auf mein Niveau heben. Aber ich weiß nicht, wie ich sie erreichen soll."

„Auf dein Niveau heben?" Das Lächeln verschwand aus seinem Gesicht. „Lea, ich darf dich daran erinnern: Du sprichst gerade mit einem Avatar – einem Computerprogramm."

„Ja, aber du hast das Wissen von Tausenden Philosophen gespeichert, von unzähligen weisen Männern und Frauen. Deine Quellen reichen zurück bis zu den Upani... Äh, wie hießen diese indischen Texte?"

„Die Upanishaden."

„Genau, und die alten Griechen, bis zu den Vorsokratikern. Du kennst die wichtigen Texte aus den Weltreligionen. Dabei bist du neutral, du gehörst keinem Lager an. Deinem Rat kann ich vertrauen."

„Und trotzdem bin ich nicht real. Lea, du benutzt mich, um deine Psyche zu stabilisieren. Das bedeutet, dass du noch nicht das höchste Niveau erreicht hast. Ein weiser Mensch ruht in sich selbst."

Lea dachte einen Moment nach. „Es ist die Aufregung", sagte sie schließlich. „Man erlebt nicht jeden Tag einen Bombenangriff."

Das Lächeln kehrte zurück in sein Gesicht. „Bravo, du suchst nach der Ursache des Problems. Das ist der erste Schritt. Wie lautet der zweite?"

„Die Ursache nicht bekämpfen, sondern auflösen. Okay, ich werde noch ein bisschen meditieren, bevor ich zu Bett gehe."

„Sehr gut. Denke immer daran: Du brauchst keinen Führer, du brauchst keine Partei. Vertraue auf dich selbst und die allumfassende Liebe."

„Ich weiß es ja." Lea seufzte. „Aber manchmal fehlt mir die Kraft. Es ist alles so schwer."

„Du bist auf dem richtigen Weg", sagte der Avatar.

„Ja, so ist es. Aber der Weg ist noch lang. Danke, Neutro." Lea schaltete den Computer ab.

2. Kapitel: Wunsch nach Offenheit

Zwei Tage später stand Lea am Fenster ihres Brüsseler Büros und starrte hinaus. Unten gab es einen Innenhof, der früher mal ein Parkplatz gewesen war. Heute breitete sich dort eine kleine Rasenfläche aus, gesäumt von Büschen und Blumenbeeten, Parkbänke luden zum Verweilen ein. Lea nannte es ihr Freiluftbüro. Bei schönem Wetter saß sie auf einer Bank und sprach mit Bürgern, die sie um einen Ausgleich gebeten hatten. Jetzt aber gingen zwei Polizisten mit umgehängten Maschinenpistolen über den Kiesweg, das

Tor zum Hof war verschlossen. Sicherheitsmaßnahmen, lautete die Begründung. Nach dem Anschlag von Komotini herrschte eine nervöse Stimmung in Brüssel. Auf den Bürgersteigen sah man mehr Uniformierte als üblich, auf den Straßen fuhren Militärfahrzeuge, rund um die EU-Gebäude waren Barrieren aufgestellt worden, ohne Sondergenehmigung wurde niemand durchgelassen.

Lea gefiel das überhaupt nicht. Ihre Amtszeit hatte sie unter das Motto Offenheit und Bürgernähe gestellt. Jeder sollte zu ihr kommen dürfen, ohne Rücksicht auf seine soziale Stellung, Alter, Geschlecht, Nationalität, auf Zugehörigkeit zu einer Partei oder eines Verbandes. Jeder war willkommen. Und jetzt hatte man sie eingemauert wie in einer Festung. Am Haupteingang stand eine Wache, über dem Gebäude kreiste eine Drohne der Polizei, alle Termine der Bürgersprechstunde waren abgesagt. Es sollte sogar noch schlimmer werden. Am Vormittag hatte sie mit Vertretern von Europol gesprochen. Lea wiederholte ihre Aussage zu dem Attentat und sagte, was ihr inzwischen noch eingefallen war. Die Beamten verrieten ihr, dass man Teile einer Drohne fand, die mit Resten von Sprengstoff behaftet waren. Wahrscheinlich wurde die Bombe in der Luft gezündet. Lea bekam erste Informationen über Bekennerschreiben und Internetvideos, in denen die Tat gefeiert wurde. Eines davon stammte von der Geheimloge P7, es galt als authentisch.

Außerdem erfuhr sie, dass Europol an einem neuen Sicherheitskonzept arbeitete. In Zukunft dürfe es keine direkten Begegnungen mehr mit den Bürgern geben, alles sollte im Rahmen von Videokonferenzen stattfinden. Dann würde man sich auch die Reisen quer durch Europa sparen, was das Budget der Kammer der Freien Bürger erheblich entlasten sollte. Lea hatte abgelehnt. Eher würde sie von ihrem Amt zurücktreten, als dass sie auf den direkten Kontakt zu den Menschen verzichtete. Aber noch waren es Planspiele. Mithilfe der Polizeigewerkschaft, zu der sie einen guten Draht besaß, könnte man vielleicht einen Kompromiss finden, hoffte sie.

Unten im Hof war inzwischen ein Schwarm Tauben gelandet. Sie kamen immer um diese Zeit, weil Lea sie manchmal fütterte, obwohl das eigentlich verboten war. Heute würden sie hungrig bleiben.

„Lea, du hast noch eine Besucherin." Pablos Stimme erklang aus der Gegensprechanlage.

Sie ging zu dem altmodischen Kästchen, das auf ihrem Schreibtisch stand, und drückte die Sprechtaste. „Du weißt doch, heute nicht mehr."

„Es ist Frau Perlini, sie sagt, sie muss unbedingt … Hey, Sie können nicht einfach …"

Ihr Assistent hatte den Satz noch nicht vollendet, als bereits die Tür aufging und eine Frau in den Raum stürmte. Sie trug einen dunklen Anzug und schwarze Sportschuhe, ihre Sonnenbrille hatte sie auf die fast haarlose Stirn geschoben. „Tut mir leid, aber es ist wichtig."

Einen Augenblick später folgte ihr Pablo. Sein sonst sorgfältig frisiertes Haar war zerzaust, die Krawatte hing schief, seine Stimme klang wütend. „Sie haben sich nicht mal in die Liste eingetragen. Dabei war das Ihre eigene Idee."

„Schon gut, Pablo", sagte Lea. „Ich vermute, unsere Sicherheitschefin hat einen schwerwiegenden Grund für ihr Benehmen."

„Den hab ich. Wichtige Infos." Sie hielt eine prall gefüllte Mappe hoch.

„Also schön. Bitte." Lea deutete auf die Ledersessel, die vor dem Schreibtisch standen. Zu ihrem Assistenten sagte sie: „Danke, Pablo. Ich kümmere mich darum."

Grummelnd verließ der junge Mann den Raum, die Tür fiel mit einem Knall zu.

Lea setzte sich auf ihren Drehstuhl. „Worüber wollten Sie mit mir reden?"

Antonia nahm ihr gegenüber Platz und öffnete die Mappe. „Ich hatte einen Verdacht. Deshalb hab ich mich von CON-25 beraten lassen."

„CON-25? Ist das nicht die Polizeiversion unserer KI?"

„Richtig. Nur Leute mit besonderer Kompetenz dürfen sie benutzen. Und das ist dabei herausgekommen." Sie reichte einen Computerausdruck über den Tisch.

Lea nahm ihn entgegen, konnte den Text aber nicht entziffern, weil sie ihre Kontaktlinsen bereits herausgenommen hatte. Gegenüber der jüngeren Frau wollte sie sich keine Blöße geben und verzichtete darauf, ihre Lesebrille aufzusetzen. „Ich habe heute schon Berge von Akten gewälzt. Sagen Sie mir, was drinsteht."

„Okay. Ich muss ein bisschen ausholen. Wissen Sie noch, dass hinter der Halle in Komotini ein weißer Minivan stand?"

„Natürlich." Die schrecklichen Bilder hatten sich in ihr Gedächtnis eingebrannt. Lea erinnerte sich an den Moment, als sie das Gebäude verließ. Vor dem Hintereingang lagen mehrere Tote, die mit Tüchern abgedeckt waren. Wenige Meter entfernt parkte ein weißer Kleinbus, bei dem die Reifen geplatzt waren, die Fenster aber schienen intakt gewesen zu sein. Bis zu diesem Moment hatte sie nicht weiter darüber nachgedacht.

„Wissen Sie, wem dieser Wagen gehört?"

„Einem griechischen Bürger, schätze ich. Vielleicht ein Ladenbesitzer."

„Nein, er gehört uns. Meiner Abteilung. Der Minivan begleitete uns auf der Reise."

„Das verstehe ich nicht. Wir sind doch mit dem Zug angereist. Und vom Bahnhof sind wir mit Fahrrädern zu der Halle gefahren."

Antonia verzog das Gesicht. „Und das ist nicht gut, Frau Sheldon. Bei allem Respekt, wir setzen uns damit einem zu hohen Sicherheitsrisiko aus."

„Ich habe doch gesagt, dass ich mich von den Bürgern nicht abkapseln will. Ich will immer erreichbar sein, ich will offen …" Lea sprach nicht weiter. Ihr kamen die zahlreichen Diskussionen in den Sinn, die sie mit der Chefin der Leibwächter geführt hatte. Jetzt, nach dem Bombenanschlag, war klar, dass sie deren Bedenken zu leichtfertig beiseiteschob. „Vielleicht hätte ich auf Ihre Ratschläge hören sollen."

Antonia nickte kaum merklich. „Ich hatte mir erlaubt, einige Sachen trotzdem umzusetzen. Zur Sicherheit ist uns immer ein gepanzerter Wagen gefolgt. Mit einem Abstand von ein oder zwei Kilometern."

„Der weiße Minivan."

„Genau. Aber es ist nicht immer dieser spezielle Wagen. Aus Sicherheitsgründen wird er regelmäßig ausgetauscht. In Notfällen soll er uns in Sicherheit bringen. Nachdem die erste Bombe hochgegangen ist, wurde der Wagen vor den Hinterausgang gefahren."

„Aber Sie, Frau Perlini, haben gesagt, dass wir in den Schutzraum im Keller gehen sollen."

„Richtig. Das habe ich spontan entschieden. Die Straßen in Komotini sind zu eng. Wenn tausend Leute in Panik aus der Halle stürmen, sind die Fluchtwege im Nu verstopft. Viele rennen auf die Straße, manche setzen sich in ihre Autos und produzieren einen Riesenstau. Dann kommen wir auch mit dem Panzerwagen nicht weiter."

„Und als wir unten im Keller waren, ereignete sich der zweite Anschlag."

„Auch richtig. Die zweite Bombe ist mit einer Drohne gekommen und explodierte in einer Höhe von etwa vier Metern. Ich möchte Ihnen eines der Opfer zeigen." Sie holte ein Foto aus ihrer Mappe hervor und gab es ihrer Gesprächspartnerin.

Im ersten Moment glaubte Lea, in einen Spiegel zu sehen. Die Frau war ungeschminkt, Falten umrahmten Augen, Nase und Mund. In der rechten Wange klaffte eine tiefe Schnittwunde, das rechte Ohrläppchen fehlte. Die Druckwelle der Explosion hatte ihre dunkelblonden Haare durcheinandergebracht, wahrscheinlich trug sie vor ihrem Tod einen Bob, bis kurz unter das Kinn geschnitten. Das war auch Leas Lieblingsfrisur. „Wer ist das?"

„Melina Foundas, eine Buchhalterin aus Komotini. Sie gehörte zu der Aktivistengruppe, die den ersten Antrag eingebracht hatte."

„Sie ähnelt mir. Sehr sogar."

„Das ist der Punkt, der mich stutzig gemacht hat. Ich fasse zusammen: Unser Panzerwagen fährt vor den Hinterausgang, eine Frau, die der Ausgleicherin ähnelt, verlässt die Halle, und in diesem Augenblick geht die zweite Bombe hoch."

„Sie meinen, das war kein Zufall?"

„Sehr unwahrscheinlich. Terroristen versuchen normalerweise, möglichst viele Menschen zu töten. Mit einer Drohne kann man jeden der Ausgänge erreichen."

„Aber die meisten Leute sind durch den Haupteingang geflohen."

Antonia schaute in ihre Unterlagen. „Genauer gesagt: siebenhundertneun Personen. Das hat die automatische Zählanlage ermittelt. Der Rest ist hinten raus. Ich vermute, dass man Sie gezielt töten wollte, Frau Sheldon. Die Drohne ist dem Panzerwagen gefolgt. Es war ja nicht sicher, welchen Ausgang wir nehmen würden. Die Halle besitzt noch ein paar kleinere Notausgänge. Als der Wagen am Hinterausgang erschien, wusste man, gleich würde die Ausgleicherin rauskommen. Aber in der allgemeinen Panik hat man Sie mit Frau Foundas verwechselt. Vielleicht wurde auch eine Kamera mit Gesichtserkennung benutzt, die die Bombe automatisch ausgelöst hat."

Lea schwieg einen Moment. Bereits vor ihrer Wahl zur Ausgleicherin hatte sie ein Beamter von Europol besucht und über die Gefahrenlage aufgeklärt. Sie würde eine Person des öffentlichen Interesses werden, sagte er. Auch heute noch gab es Menschen, die ihren Hass und ihre Aggressionen nicht kontrollieren konnten, die nach Projektionsflächen suchten. Vertreter der Europäischen Union standen dabei besonders hoch im Kurs. Einer der ersten Ausgleicher wurde sogar von einem geistig Verwirrten niedergestochen. Lea kannte das Risiko und hatte sich trotzdem darauf eingelassen.

Jetzt war sie zum ersten Mal damit konfrontiert, dass jemand mit voller Absicht ihre Existenz auslöschen wollte. Es fühlte sich nicht wie ein Schlag an, wie sie erwartet hatte, sondern eher bedrückend, als ob sie noch immer in dem Schutzraum in Komotini gefangen wäre. Die grauen Wände und die Betondecke schienen näher zu kommen, versuchten sie zu zerquetschen. Nachdem sich Lea wieder etwas erholt hatte, fragte sie: „Aber warum hat mich dieser Verrückte nicht einfach auf dem Fahrrad abgeknallt? Unterwegs gab es genug Möglichkeiten."

„Weil der oder die Täter bei demselben Anschlag möglichst viele Unbeteiligte mit in den Tod reißen wollten. Damit sollte das Amt der Ausgleicherin beschädigt werden. Es sollte so aussehen, als ob der Besuch der Kammer der Freien Bürger lebensgefährlich ist. Stellen Sie sich die Schlagzeilen vor: *Lea Sheldon tot – mit ihr starben viele Unschuldige."*

„Das würde unterstellen, dass ich schuldig bin", sagte Lea. „Ich habe heute Morgen einige Schlagzeilen gelesen, die klangen so ähnlich."

„Ja, und ich habe noch mehr schlechte Nachrichten."

Lea stand auf und ging zu einer Anrichte. „Moment. Ich brauche etwas zu trinken. Was wollen Sie? Tee, Kaffee, Wasser, Limonade?"

„Nichts, danke."

Sie goss sich eine Tasse schwarzen Tee ein und kehrte zurück an den Schreibtisch. „Also lassen Sie hören. Welche Hiobsbotschaft haben Sie noch?"

„Ich habe den ganzen Fall von CON-25 prüfen lassen, und die KI hat meinen Verdacht bestätigt. Wir haben bei Europol einen Maulwurf."

„Ein Maulwurf? Was ist das?"

„Ein Spion, ein Verräter. Die Drohne ist unserem Panzerwagen gefolgt und in wenigen Metern Entfernung explodiert. Aber dieser Wagen wird bei jedem Einsatz gewechselt. Woher wussten die Attentäter, dass wir den weißen Minivan nach Griechenland bringen würden?"

Lea fuhr sich mit der Hand durch ihr Haar. War es genauso lang wie bei der verstorbenen Melina …? Den Nachnamen hatte sie bereits vergessen, aber das Bild der toten Frau ging ihr nicht aus dem Kopf. Es fiel ihr schwer, sich auf das Gespräch zu konzentrieren. „Welche … nein, wie viele Wagen gibt es insgesamt in Ihrer Abteilung?"

Antonia zuckte mit den Schultern. „Keine Ahnung. Sicher mehr als hundert. Bislang haben wir noch keinen Wagen zweimal benutzt."

„Also hat jemand die Attentäter darüber informiert."

„Wahrscheinlich. CON-25 hat Daten von Millionen Kriminalfällen gespeichert." Antonia schaute wieder in die Mappe hinein. „In unserem Fall hat sie Ähnlichkeiten zu über zwanzigtausend Altfällen gefunden. Daraus hat Conny errechnet, dass wir mit einer Wahrscheinlichkeit von achtundachtzig Prozent einen Maulwurf in unseren Reihen haben."

„Ist das viel?"

„Ja. Normalerweise sind die Prozentzahlen viel geringer. Conny irrt sich nur sehr selten."

„Aber auch eine künstliche Intelligenz macht Fehler", wandte Lea ein.

Antonia atmete tief durch. Sie blickte zur Decke, an der ein Leuchter aus Kristallglas hing, und dann wieder in Leas Gesicht. „Ehrlich gesagt, die Entscheidung, dass wir in den Schutzraum gehen sollten, stammte nicht allein von mir."

„Sie hatten eine Beraterin", vermutete Lea.

Die Sicherheitschefin schob den Ärmel ihrer Anzugjacke hoch und zeigte den Bildschirm ihrer Uhr. Er war etwa halb so groß wie eine Scheckkarte und leuchtete in diesem Moment hellgrün. „Da drauf läuft eine einfache Version von CON-25. Sie hat mir in Komotini geraten, dass wir besser in dem Gebäude bleiben sollen. Also nicht ich habe uns das

Leben gerettet, sondern die KI. Eigentlich müsste ich meine Ehrennadel zurückgeben."

Lea lächelte. „Das lassen Sie schön bleiben. Ich kenne viele Kollegen, die die Ratschläge der KI ignorieren. Es gehört Mut dazu, nach unten in den Keller zu gehen, wenn in einem Haus eine Bombe explodiert ist und alle anderen rausrennen. Sie haben sich Ihre Auszeichnung verdient."

Antonia erwiderte das Lächeln, blickte aber wieder zu dem Kristallglasleuchter hinauf. „Danke. Es gibt noch einen Verdachtsmoment, und das ist unsere permanente Erfolglosigkeit. In den letzten zwei Jahren hat es europaweit fünfundzwanzig Bombenanschläge gegeben. Die meisten davon werden der Loge P7 zugeschrieben. Europol hat Tausende Spuren und Zeugenaussagen bearbeitet, aber so gut wie nichts erreicht. Wir wissen nicht, wer sich hinter P7 verbirgt und welche Ziele die Organisation verfolgt. Das muss einen Grund haben."

„Der Maulwurf", sagte Lea.

„Vielleicht sind es mehrere. Sie könnten verteilt sein über alle wichtigen Abteilungen. Sie informieren P7 über die Arbeitsweise von Europol, über die gesammelten Erkenntnisse und über die Zukunftspläne. Deshalb hat uns die Drohne in Komotini aufgelauert."

„Was sollen wir denn machen? Europol ist die wichtigste Polizeibehörde in Europa. Die Behörden in den Mitgliedsländern sind in den letzten Jahren drastisch verkleinert worden."

„Ja, aber es gibt noch viele gute Beamte bei den nationalen Polizeien. CON-25 hat dazu eine Empfehlung abgegeben. Jeder Ausgleicher soll einen Sonderermittler ernennen. Er muss autonom sein, darf nicht von Europol kommen und seine Erkenntnisse nicht mit Europol teilen."

„Ist das rechtlich überhaupt möglich?"

„Ja. Ausgleicher haben das Recht, Dekrete zu erlassen. Das bezieht sich auch auf Personalangelegenheiten."

Lea dachte über den Vorschlag nach. Bereits mehrfach hatte sie Erlasse unterzeichnet, aber immer nur dann, wenn in einem Ausgleichsverfahren kein Ergebnis erzielt werden konnte, mit dem alle einverstanden waren. Es war das letzte Mittel, das sie nur sehr ungern anwandte. „Ich muss mir das in Ruhe durch den Kopf gehen lassen."

„Natürlich, hab ich nicht anders erwartet." Antonia erhob sich von ihrem Stuhl. „Das soll ich Ihnen von CON-25 geben." Sie reichte einen großen braunen Umschlag über den Schreibtisch.

„Was ist das?"

„Eine Aufstellung von möglichen Kandidaten."

Lea öffnete den Umschlag und nahm einen Schwung Papiere heraus. Sie sahen aus wie Bewerbungsschreiben. Rechts oben befand sich das Passfoto eines Mannes oder einer Frau, darunter standen persönliche Angaben und Lebensläufe. „Was sind das für Leute?"

„Polizisten und Fahnder aus allen Mitgliedsländern. Sie sollen einen davon aussuchen, Frau Sheldon. Das heißt, nur wenn Sie von der Idee des Sonderermittlers überzeugt sind."

„Ich werde es mir überlegen."

3. Kapitel: Leas Suche

Das Erste, was Lea beim Erwachen registrierte, war die Kälte im Raum. Nachts sank die Temperatur auf dreizehn Grad. Sie hatte es in ihrer Wohnung selbst so eingestellt, nachdem sie einen Vergleich im Brüsseler Klimastreit erzielte. Damals ging es darum, den Energieverbrauch von Privatwohnungen zu reduzieren. Auf der einen Seite standen Umweltschützer, auf der anderen der Verband der Hauseigentümer. Nach der üblichen Frist von sechs Monaten einigte man sich darauf, die durchschnittliche Raumtemperatur um drei Grad abzusenken. Dadurch sollten in der Stadt jährlich achtzigtausend Tonnen CO_2 eingespart werden, wofür die Ausgleicherin Lea viel Lob von Politik und Medien erhalten hatte. Für die Bürgerin Lea, die tagsüber die Wärme genoss, bedeutete es, dass sie nachts einen Schlafanzug aus Wolle, dicke Unterwäsche und Socken tragen musste, um das Ziel zu erreichen. Sie fühlte sich darin wie ein riesiges Wollknäuel, das Gegenteil von sexy. Im Moment war es egal, weil niemand im Bett neben ihr lag, trotzdem vermisste sie die alten Zeiten, als sie in hauchdünner Wäsche aus Seide und Spitze durch die Wohnung laufen konnte, ohne zu frieren. Jetzt griff sie zu einer Decke und wickelte sich ein.

Fünf nach vier, zeigte der Wecker an. Bereits zum dritten Mal in dieser Nacht war sie aufgewacht. Lea konnte nicht durchschlafen, weil sie an Melina Foundas denken musste. Die Frau lebte nicht mehr, sie wurde Opfer einer Verwechslung. Der Mordanschlag hatte Lea gegolten, der Ausgleicherin aus Brüssel, nicht der Buchhalterin aus Komotini. Lea fühlte sich für ihren Tod verantwortlich – und für den von sieben weiteren Menschen. Alles nur, weil sie mit der Kammer der Freien Bürger in die griechische Provinz gezogen war. Und weil eine Terrororganisation ihr nach dem Leben trachtete. In einer knappen Woche stand der nächste Termin an: Ljubljana, Slowenien, Bau einer neuen Trasse für die Bahn. Eigentlich keine große Sache. In solchen Verfahren ließ sich relativ leicht ein Ausgleich zwischen den Interessengruppen finden. Jetzt aber fürchtete Lea, dass es wieder zu einem Anschlag kommen würde. Fünf Tote? Zehn Tote? Was würde das für die Zukunft des Ausgleichverfahrens bedeuten? Würde sich bald niemand mehr trauen, sie zu besuchen? Oder müsste alles über Videokonferenzen laufen?

Lea stand auf und ging in ihr Arbeitszimmer. Auf dem Schreibtisch lag die Mappe, die Antonia ihr gegeben hatte. Kandidaten für den Posten des Sonderermittlers waren darin aufgeführt. Vielleicht war die Idee gar nicht so schlecht. Europol kam mit der Aufklärung des Falles nicht voran. Wahrscheinlich gab es tatsächlich einen oder mehrere Maulwürfe in ihren Reihen. Vielleicht könnte ein unabhängiger Fahnder von außerhalb die Wende bringen. Es gab zwölf Ausgleicher auf EU-Ebene, jeder sollte einen Sonderermittler ernennen. Zwölf neue Chancen.

Sie schlug die Mappe auf. Ein bärtiger Mann blickte sie an. Guido Reni, Drogenfahnder aus Neapel. Hervorragende Zeugnisse. Erfolge im Kampf gegen Kokainschmuggel aus Kolumbien. Auf dem folgenden Blatt wurde Coby Bouwman vorgestellt, eine Zielfahnderin aus Amsterdam. Kurze blonde Haare, fester Blick. Sie hatte mehrere Finanzbetrüger aus Europa in Südamerika aufgespürt, die sich dort mit dem ergaunerten Geld ein schönes Leben machen wollten. Nächstes Blatt: Marek Morawski, Krakau. Spezialisiert auf organisierte Kriminalität. Dunkles, lockiges Haar, das ihm in die Stirn hing. Nächstes Blatt: Sharon Welch, Steuerfahnderin aus Dublin. Keine Polizistin, sie wurde aber von CON-25 vorgeschlagen, weil sie große Erfolge im Kampf gegen Steuerhinterziehung erzielt hatte. Mehr als eine Milliarde Euro konnte dank ihrer Hilfe von Konten aus Steueroasen eingezogen werden. Lea klappte die Mappe wieder zu.

Wie sollte sie nur unter all diesen Kandidaten den geeigneten herausfinden? Alle schienen ihr kompetent zu sein. Alle besaßen Talent, alle hatten ihre Fähigkeiten bewiesen. Wer sollte die Aufgabe übernehmen? Und außerdem: Der Job war gefährlich. P7 hatte bereits viele Menschen getötet. Was wäre, wenn auch der Sonderermittler in Ausübung seiner Pflicht sterben würde? Dann hätte Lea ein weiteres Menschenleben auf dem Gewissen. Vielleicht sollte sie die Aufgabe an Antonia weitergeben. Immerhin war sie Polizistin. Aber das ging gegen Leas Berufsehre. Ausgleicher sollten einen Kompromiss finden, nicht Probleme auf andere abwälzen.

Lea fiel ein, was ihr Neutro einmal geraten hatte: *Wenn dir objektive Daten nicht weiterhelfen, musst du dich auf dein Gefühl verlassen. Im richtigen Moment wird sich deine innere Stimme melden.* Der grauhaarige Alte war natürlich nur ein Avatar, aber in ihm steckte die Weisheit der letzten viertausend Jahre Menschheitsgeschichte. Lea versuchte, nach innen zu hören.

Meldete sich dort irgendetwas? Bislang schwirrten ihr nur Fakten durch den Kopf. P7 hatte in mehreren Ländern Anschläge begangen, also war es vermutlich eine internationale Organisation. Lea sortierte alle Kandidaten aus, die bisher nur auf nationaler Ebene tätig gewesen waren. P7 bestand vermutlich aus vielen Mitgliedern. Also sortierte sie alle aus, die sich bisher auf die Bekämpfung von einzelnen Straftätern konzentriert hatten. P7 ging es nicht um Geld, sie handelte vermutlich auf Basis einer politischen Ideologie oder einer Religion. Also sortierte sie alle aus, die bisher noch nicht mit politischen oder religiösen Extremisten zu tun gehabt hatten. Übrig blieben zwei Kandidaten: Niels Berthelsen aus Dänemark und Marek Morawski aus Polen.

Beide waren ungefähr gleich groß und gleich stark. Hundertneunzig Zentimeter gegen hundertachtundachtzig, neunzig Kilo gegen fünfundachtzig, beide Träger des Schwarzen Gürtels im Judo, beide erfolgreiche Nahkämpfer und Schützen. Beide waren direkt nach dem Abitur zur Polizei gegangen und hatten eine steile Karriere gemacht. Lehrgänge, Beförderungen, Sondereinsätze und Auszeichnungen konnten sie zuhauf vorweisen. Morawski war jünger als Berthelsen, einunddreißig Jahre gegen achtunddreißig Jahre. Daraus ergaben sich mehr Dienstjahre für Berthelsen, demzufolge auch mehr Erfahrung. Aber Morawski war ein Jahr lang als verdeckter Ermittler in einer polnischen Rockerbande tätig gewesen, deren Anführer er hinter Gitter brachte. Im Gegenzug schworen sie ihm lebenslange Feindschaft und setzten einen Preis auf seinen Kopf aus. Er bekam daraufhin selbst Polizeischutz und musste zeitweise an einem geheimen Ort leben. Als Einziger unter all den Kandidaten, die von CON-25 vorgeschlagen wurden, war auf seinem Personalbogen keine Adresse angegeben.

„Treffer!" Lea klatschte vor Freude in die Hände.

Morawski war in seiner Heimat in Gefahr. Also konnte sie ihm einen Gefallen tun, wenn sie ihn nach Brüssel versetzen ließ. Zumindest für ein paar Monate hätte sie ihn damit aus der Schusslinie genommen – und sie bekäme einen ausgezeichneten Sonderermittler. Davon profitierten beide Parteien. Ein perfekter Kompromiss.

4. Kapitel: Ein überzeugendes Angebot

„Das ist er!" Marek Morawski saß hinter dem Steuer seines Dienstwagens, neben ihm hockte sein Kollege Pjotr Witos, der die Überwachungskamera bediente. Deren Bilder liefen auf einem Monitor in der Mitte des Armaturenbretts, den man bei flüchtigem Hinsehen auch für ein Navigationssystem halten könnte. Pjotr zoomte näher an den Verdächtigen heran. Ein Mann mit schwarzem Vollbart, der eine dunkle Lederjacke und eine helle Hose trug, verließ soeben das Juweliergeschäft.

„Der Bote", sagte Pjotr und wischte rasch die Gläser seiner Brille ab. „Schnappen wir ihn?"

„Was glaubst du denn? Jetzt ist er fällig. Wir haben genug Beweise." Marek startete den Motor und rollte mit dem Wagen langsam aus der Parklücke. Das Juweliergeschäft war etwa hundert Meter entfernt. Die beiden Beamten wussten, mit welchem Wagen der Verdächtige gekommen war. Er parkte nur wenige Häuser weiter. Es gab keinen Grund zur Eile. Marek fuhr langsam durch die Geschäftsstraße. Ein Transporter überholte sie, auf dem Fußweg waren einige Passanten unterwegs.

„Sollen wir die Kollegen verständigen?", fragte Pjotr.

„Nein, das machen wir allein. Er kann uns nicht entwischen. Siehst du?" Er zeigte auf den schwarzen Porsche Cayenne, der quer zur Straße in einer Einfahrt stand.

„Ich verstehe."

Der Verdächtige schien sie nicht zu bemerken. Er stieg in den Geländewagen und ließ den Motor an.

„Jetzt!", rief Marek. Er gab kurz Gas und stieg gleich danach auf die Bremse. Sein roter Kia kam hinter dem Porsche zum Stehen. Der Geländewagen war jetzt blockiert.

Vor ihm ragte ein Garagentor auf, hinter ihm stand der Dienstwagen der Polizisten.

Marek riss die Tür auf und lief zur Fahrerseite des Porsches. Er zeigte seine Dienstmarke und rief: „Aussteigen! Polizei!"

Der Fahrer war einen Moment lang überrascht, sah Marek mit großen Augen an. Er hob die Arme, als ob er zeigen wollte, dass er unbewaffnet war. Dann jedoch brüllte der Porschemotor auf, der Wagen machte einen Satz rückwärts und rammte den kleinen Kia, der nur halb so schwer war und ein Drittel der Motorleistung besaß. Reifen quietschten, es roch nach verbranntem Gummi. Der Porsche schob den Kia auf die Gegenfahrbahn, räumte sich so den Weg frei. Kurz darauf legte der Fahrer den Vorwärtsgang ein, gab Gas und raste davon.

„Verdammte Scheiße!", brüllte Marek. Er setzte sich wieder hinter das Steuer seines Wagens und versuchte, den Motor zu starten. Außer dass der Anlasser leise wimmerte, geschah jedoch nichts.

„So ein Dreck", fluchte er. Am Ende der Straße sah er die roten Bremslichter des Porsches. Und er entdeckte weitere rote Lichter oberhalb der Fahrbahn. Eine Ampel. Der Fahrer musste warten.

„Das schaff ich." Marek stieg aus dem Wagen und nahm die Verfolgung auf – zu Fuß.

„Ich ruf Verstärkung", hörte er noch seinen Kollegen sagen.

Marek blieb nichts anderes übrig, als hinter dem Porsche herzulaufen und ihn nicht aus den Augen zu verlieren. Es war kurz vor siebzehn Uhr, der Verkehr nahm zu. Marek kannte sich aus in diesem Stadtteil, kannte Abkürzungen durch Parks und über Plätze, die für Autos gesperrt waren. Porsche Cayennes gab es nicht allzu viele in Krakau, er fiel auf, allein schon wegen seiner chromglänzenden Felgen. Außerdem könnte Marek notfalls ein Auto beschlagnahmen. Aber das würde wohl nicht nötig sein, nur noch dreißig Meter bis zur Kreuzung.

Der Fahrer schien ihn jetzt zu bemerken. Er hupte und ließ den Wagen anrollen, obwohl die Ampel immer noch Rot zeigte und vor ihm ein Kleinwagen stand. Ein Lastwagen blockierte die Kreuzung. Der Fahrer gestikulierte und hupte seinerseits. Das war die Chance für Marek. Er nahm seine ganze Kraft für einen letzten Sprint zusammen. Gleich würde die Ampel auf Gelb umspringen. Marek zog seine Dienstwaffe. Er hatte den Porsche erreicht. Die Ampel schaltete um. Marek schlug mit dem Griff seiner Pistole die Seitenscheibe ein und langte in den Innenraum hinein. Er wusste, dass bei allen Porschemodellen das Zündschloss auf der linken Seite saß. Das Stuttgarter Wappen auf dem Lederanhänger war nicht zu übersehen. Mit einer raschen Handbewegung drehte er den Zündschlüssel um und zog ihn heraus.

„Aussteigen! Los!" Er richtete die Waffe auf den Mann hinter dem Lenkrad.

„Ist ja gut", sagte der Vollbärtige. Provozierend langsam verließ er den Wagen und legte seine Hände auf das Wagendach.

Marek durchsuchte ihn. In der rechten Tasche der Lederjacke fand er eine kleine Plastiktüte. Er schüttete sie auf der Motorhaube aus. Zum Vorschein kamen ein zerknittertes Taschentuch und ein goldenes Armband.

Der Mann lachte ihn aus. „Was willst du, dreckiger Bulle? Ein Schmuck. Nicht das, was du gesucht hast, oder?"

Marek blieb gelassen. „Doch, genau das wollte ich haben. Wir machen jetzt eine Spazierfahrt."

Es dauerte nur wenige Minuten, bis ein Streifenwagen an der Kreuzung erschien und Marek sowie den Verdächtigen mitnahm. Er brachte sie zum Polizeirevier, wo Marek sich bereits ein Verhörzimmer hatte reservieren lassen. Er setzte sich dem Mann gegenüber, nahm seine Personalien auf und befragte ihn zu seinen Geschäften mit dem Juwelier und den Grund für seine Flucht. Pjotr hockte währenddessen am Computer und protokollierte das Gespräch. Der Verdächtige zeigte sich nicht sehr auskunftsfreudig. Die meisten

Fragen beantwortete er nicht, oder er machte erkennbar falsche Angaben.

„Okay, Achmed. Ich gebe dir eine letzte Chance. Sag mir alles, was du über dieses Armband weißt. Wo kommt es her? Was hast du damit vor?"

Der Mann trug nach der Durchsuchung wieder seine schwarze Lederjacke, obwohl er sichtbar schwitzte. „Ist Geschenk für meine Braut. Wir bald heiraten. Das ist ganze Story."

„Das ist alles? Glaub ich nicht. Die Geschichte ist viel länger. Ich erzähl dir den Rest. Also, Achmed, du bist Teil einer Bande von Drogenhändlern."

„Ich? Drogen? Quatsch, hab ich nichts mit zu tun. Ihr könnt mich untersuchen von Arzt. Ich nehm keine Drogen. Wenn es euch macht Spaß, ihr könnt auch in meine Körperöffnungen sehen." Er lachte und zeigte dabei seine gelblichen Zähne.

Marek reagierte nicht darauf. „Moment, ich bin noch nicht fertig. Du bist zuständig für den Geldtransport. Du sammelst bei den kleinen Dealern das Geld ein und bringst es zu den Waschmaschinen. Eine davon ist das Juweliergeschäft von deinem Cousin Mohammed. Könnte das sein?"

Der junge Araber schwieg.

„Achmed, du bist Teil einer Großfamilie. Insgesamt hast du vierundzwanzig Cousins, davon heißen fünf Mohammed. Den Juwelier nenne ich der Einfachheit halber Mo eins. Also, mit dem Drogengeld gehst du zu ihm und fragst nach einem Schmuckstück, einer Uhr, einer Kette oder was auch immer. Heute war es dieses Armband." Er hielt das Beweisstück hoch, das inzwischen von einem durchsichtigen Plastikbeutel umschlossen war. „Im Einkauf hat es einen Wert von ungefähr achthundert Zloty."

„Nichts wissen."

„Mo eins hat es dir verkauft für …" Marek sah das Schmuckstück prüfend an. „Sagen wir mal, zehntausend Zloty."

„Was willst du das wissen? Polen ist freies Land. Jeder kann bezahlen, was er will."

Marek nickte. „Stimmt. Aber die Geschichte ist noch nicht zu Ende. Nach ein paar Wochen schenkst du dieses Teil einem anderen Cousin von dir. Sagen wir mal, er heißt Mustafa. Der geht dann mit dem Armband zu Mo eins und bietet es zum Kauf an. Draußen am Fenster hängt nämlich ein Schild: Goldankauf."

Er zuckte mit den Schultern. „Kann sein, hab ich nicht gesehen."

„Es hängt da, ganz sicher. Mo eins zahlt Mustafa einen Preis von … sagen wir mal, fünfhundert Zloty. Danach legt Mo eins das Armband wieder ins Schaufenster und hängt ein Preisschild dran: zehntausend Zloty. Dann kommt ein anderer Cousin von dir, Achmed. Nennen wir ihn mal Yusuf. Der zahlt dann wieder den geforderten Preis mit Drogengeld. Mo eins wird den Betrag ordnungsgemäß in die Bücher eintragen und zur Bank bringen. Auf diese Weise versucht ihr, das schmutzige Geld zu waschen."

„Ohne meinen Anwalt sag ich gar nichts mehr."

„Musst du auch nicht. Wir kennen die Methode. In Westeuropa wurden damit Milliarden Euro gewaschen. Das funktioniert auch mit Autos, Immobilien, Hochzeitskleidern, was auch immer. Die Clans haben damit ganze Stadtteile aufgekauft."

Er grinste. „Das müsst ihr beweisen. Stück von Stück."

Marek erwiderte das Grinsen. „Mach ich gerne." Er ging zu Pjotrs Computer, drehte den Bildschirm in Richtung des jungen Arabers und aktivierte ein Programm. „Erkennst du das?"

Auf dem Monitor erschien das Juweliergeschäft. Autos fuhren daran vorbei, Fußgänger bummelten an dem Schaufenster entlang. „Moment noch", sagte Marek. „Gleich kommt es … Ah, da ist er."

Er zeigte auf einen Mann mit schwarzem Bart, der zielstrebig den Laden betrat. „Erkennst du dich wieder, Achmed? Das bist du. Aufgenommen vor einer Woche. Du wickelst ein Geschäft ab. Letzte Woche hattest du eine goldene Uhr gekauft. Wert ungefähr zweitausend Zloty. Du hast zwanzigtausend dafür bezahlt."

„Das dürft ihr nicht. Es ist verboten, Leute im öffentlichen Raum zu filmen. Wegen Datenschutz und so."

„Falsch, in Westeuropa ist es verboten. Dadurch konnten sich Banden wie dein Clan ausbreiten. Aber nicht in Polen. Hier ist das ein gerichtsfester Beweis. Wir haben dich mehr als siebzig Mal vor dem Laden gefilmt. Damit bringe ich dich in den Knast, Achmed. Für mindestens fünf Jahre. Es sei denn, du machst eine Aussage."

Der Vollbärtige verschränkte die Arme vor dem Bauch und schwieg.

„Ich weiß, es fällt dir schwer, gegen deinen Clan auszusagen. Deshalb gebe ich dir Zeit zum Nachdenken. In der Zelle." Marek griff zum Telefon und rief einen uniformierten Beamten herbei, der den Verdächtigen ins Untersuchungsgefängnis brachte.

„Gute Arbeit", sagte Pjotr.

„Ja. Die Typen machen sich nicht bei uns breit. Polen wird nicht zur Beute der Clans werden. Das schwöre ich dir. Geh du nach Hause, Pjotr. Ich mach das hier fertig."

Marek hatte gerade angefangen, seinen Bericht zu schreiben, als sich ein Fenster auf seinem Computerbildschirm öffnete. Es war eine Nachricht von seinem Vorgesetzten, der um eine Unterredung bat.

„Was will der denn?", murmelte Marek.

Er ging zum Büro am Ende des Ganges. Marek klopfte gegen die Tür und drückte gleichzeitig die Klinke nieder.

„Komm rein", rief eine heisere Stimme.

Vladimir Michnik, der Chef der Dienststelle, saß hinter seinem Schreibtisch und rauchte eine Zigarette, während Marek die Tür hinter sich schloss. Die Luft war stickig, der Aschenbecher voll. Der korpulente Mann mit dem Schnauzbart blätterte in einem mehrseitigen Brief, der aufgerissene Umschlag lag daneben.

„Was gibt's denn?"

„Hier ist was für dich gekommen", sagte er, wobei ein leises Pfeifen seiner Lunge entwich. „Ein Antrag auf Versetzung. Sie wollen dich in Brüssel haben."

„Brüssel? Du machst Witze." Innerlich jubelte Marek. Endlich meldete sich Europol bei ihm. Das war die Chance, auf die er gewartet hatte. Jetzt konnte er den nächsten Karriereschritt machen. Am liebsten hätte er einen Freudentanz aufgeführt. Weil er seinen Freund und Vorgesetzten aber nicht beschämen wollte, blieb er äußerlich gelassen. „Ach ja. Ich hatte mich letztes Jahr bei Europol beworben. Eigentlich war es eine Absage. Aber anscheinend haben sie es sich anders überlegt."

„Nein, es kommt von der Generaldirektion der EU, Abteilung G, Allgemeine Dienste. Du sollst das Amt eines Sonderermittlers übernehmen."

„Moment mal, EU wie Europäische Union? Bist du sicher?" Marek beugte sich über den Schreibtisch, wollte ihm das Schreiben aus der Hand nehmen.

„Das darfst du nicht lesen, ist an mich gerichtet." Er wich zurück. „Sie bitten mich um eine Stellungnahme. Du sollst für eine Ausgleicherin arbeiten. Hängt mit dem Bombenanschlag in Komotini zusammen. Sie brauchen einen externen Ermittler …"

„Die Ausgleicher? Ausgerechnet diese Spinner." Marek dachte an die Übertragungen aus der Kammer der Freien Bürger, die er im Fernsehen verfolgt hatte. Laien äußerten sich zu Themen, von denen sie nichts verstanden. Einmal wollte eine Hausfrau aus Deutschland einen Ingenieur aus Kroatien über die Abgaswerte seines Kraftwerkes belehren. Sie spielte sich auf, als ob sie einen Nobelpreis in Chemie besäße. Dabei machte sie in ihrer Argumentation Fehler, die selbst Marek als Fachfremdem aufgefallen waren. Der Vorsitzende hatte sie nicht korrigiert. Seitdem schaltete Marek sofort um, wenn er das Symbol der Freien Bürger in einer Sendung erblickte.

„Ja, es ist das Büro von Lea Sheldon. Sie bieten dir eine Besoldung nach Grad fünf an. Das ist mehr, als ich hier bekomme."

Marek schlug sich mit der Faust in die flache Hand. „Ich mache es."

„Lass mich doch erst mal ausreden. Du kannst es dir noch überlegen. Die Frist läuft bis …"

„Es gibt nichts zu überlegen. Was kann ich denn hier noch werden? Wir haben einen Beförderungsstau. Du bist der Dienststellenleiter, Vlad. Wie lange dauert es bis zu deiner Pensionierung? Mindestens zehn Jahre, oder?"

Der ältere Mann lachte heiser, wieder pfiff es aus seiner Lunge. „Du bist ganz schön forsch, mein Junge."

„Bleiben noch die Dezernatsleiter. Ich bin stellvertretender Leiter bei der Organisierten Kriminalität. Ich hätte sicher Chancen, ein Dezernat zu übernehmen. Aber es gibt mindestens drei Kollegen, die mehr Dienstjahre haben als ich. Und die werden bei der Beförderung bevorzugt."

„Marek, in deinem Alter war ich ein einfacher Ermittlungsbeamter. Hab doch ein bisschen Geduld. Vielleicht bekommen wir ja zusätzliche Planstellen."

Er schnaubte. „Zusätzliche Planstellen? Vlad, vorhin musste ich zu Fuß einen Porsche verfolgen. Die Clans fahren Luxusautos, wir haben uralte Einkaufswagen. Bevor wir mehr Geld kriegen, friert die Hölle zu. Nein, tut mir leid. Darauf will ich nicht warten. Ich würde auch für die Poststelle der EU arbeiten. Hauptsache, ich komme hier raus. Vlad, ich danke dir für alles, was du für mich getan hast. Aber diese Chance kann ich mir nicht entgehen lassen. Ich bin weg."

„Sie sind es? Oh ja, ich freue mich, Sie kennenzulernen." Im ersten Moment hatte Lea an eine Verwechslung geglaubt, doch jetzt, wo ihr Marek Morawski gegenüberstand, erkannte sie ihn wieder. Groß, kräftig, dunkles, lockiges Haar. Auf dem Foto in der Personalakte hatte er grimmig geblickt, hier in ihrem Büro lächelte er breit. Sein Gesicht erinnerte an das eines Kindes: straffe und glatte Haut, keine Falten, nicht einmal Linien zogen sich über die Stirn oder an den Augen entlang. Marek wirkte nicht wie ein Polizist, eher wie ein Student in den Semesterferien. Fehlte nur noch, dass er seinen Rucksack an einem Riemen über der Schulter trug. Aber nein, es war ein Aktenkoffer, den er mit der linken Hand festhielt, während er Lea die rechte zur Begrüßung reichte.

„Ganz meinerseits." Seine Stimme klang weder hell noch dunkel, lag irgendwo in der Mitte. Die blauen Augen waren fest auf sie gerichtet, das Lächeln schien eingefroren zu sein, als ob er auf etwas wartete. „Wollen wir uns setzen?"

„Oh, Entschuldigung. Bitte."

Lea und Marek nahmen in der Sitzecke Platz, von wo aus sie in den begrünten Innenhof sehen konnten. Das angebotene Getränk lehnte der Gast aus Polen ab, obwohl er direkt vom Bahnhof zu ihrem Büro gefahren war. Er kam schnell auf seine Arbeit zu sprechen, berichtete von den wenigen Kontakten, die er bisher mit Institutionen der EU hatte und warum ihn Leas Angebot so überraschte. Sie verriet ihm, dass die Ernennung eines Sonderermittlers von CON-25 empfohlen wurde und dass er zu den vorgeschlagenen Beamten gehörte. Marek stellte eine Reihe von Fragen, die Lea nur unzureichend beantworten konnte. Ihr wurde klar, dass sie auf Antonias Hilfe angewiesen war. Die Sicherheitschefin kam hinzu und erklärte Marek, was Europol bisher über den Anschlag in Komotini wusste. Die beiden Polizisten verstanden sich prächtig, führten einen intensiven Dialog über ihre Arbeit. Marek zeigte sich gut vorbereitet, er hatte sämtliche Akten bereits auf der Zugfahrt nach Brüssel durchgearbeitet. Eine Sache bereitete ihm Kopfzerbrechen.

„Warum ausgerechnet Sie, Frau Sheldon?", fragte er. „P7 hat wahrscheinlich über zwanzig Bombenanschläge begangen, aber nur einer davon traf die Kammer der Freien Bürger, und zwar als Sie den Vorsitz führten. Warum?"

Lea zuckte mit den Schultern. „Zufall. Bei irgendjemanden müssen sie ja anfangen."

„Nein, das glaube ich nicht. Es gibt keine Zufälle. Ich habe die Liste der Anschläge durchgesehen und eine Verbindung zu Ihnen entdeckt. Nummer vierzehn, vor anderthalb Jahren in Linz, Österreich. Eine Friedenskonferenz. Zum Glück nur Sachschaden. Es gab dort ein Symposium zum Thema Abschaffung der Armeen."

„Was?" Lea wurde hellhörig. Sie hatte die Nachricht damals sicher aus den Medien erfahren, aber inzwischen vergessen. „Das ist mein großes Projekt. Dieses Jahr mache ich dazu noch vier Veranstaltungen."

„Vielleicht wollte man Sie in Komotini töten, Frau Sheldon, um das Projekt zu torpedieren."

„Aber dann hätte ein anderer Ausgleicher die Veranstaltungen übernommen", warf Antonia ein. An diesem Tag hatte sie ihre kurzen Haare nicht mit Gel zu einer Igelfrisur gestylt, sondern zur Seite gekämmt, was ihr Gesicht etwas weicher erscheinen ließ.

„Nicht mehr in diesem Jahr", erwiderte Lea. „Ich kenne die Pläne der Kollegen, sie sind ausgebucht."

„Damit hätte P7 das Projekt zumindest verzögert", sagte Marek.

„Warum?", fragte Antonia.

„Um Zeit zu gewinnen", antwortete er. „Ich glaube nicht, dass die Anschläge wahllos ausgeführt wurden. Es geht hier nicht um einfachen Terror. Da steckt eine besondere Absicht dahinter."

44

„Darüber wird doch schon lange nachgedacht", sagte Lea. „Rechtsextreme, Linksextreme, Islamisten. Aber man weiß nichts Genaues."

Antonia schüttelte den Kopf. „In Sicherheitskreisen gibt es eine vorherrschende Meinung. P7 will Panik in der Bevölkerung erzeugen. Es soll das Gefühl von Unsicherheit entstehen. Die Leute sollen nach einem starken Führer rufen – und nach einer starken Armee."

Lea sah Marek an. „Das würde zu Ihrer Theorie passen, Herr Morawski. Man will mich aus dem Weg räumen, um die Umsätze in der Rüstungsindustrie zu sichern."

Er kratzte sich am Kinn. „Ja, das würde passen. Oder es ist nur ein Trick, um von dem eigentlichen Ziel abzulenken."

Antonia stöhnte. „Und das wäre?"

Marek lächelte. „Weiß ich nicht. Um das herauszufinden, bin ich nach Brüssel gekommen."

„Vielleicht geht es darum, die Ausgleicher abzuschaffen", spekulierte Lea. „Die Leute sollen sich nicht mehr zu uns trauen. Das EU-Parlament kann man auch von zu Hause wählen. Aber zur Kammer der Freien Bürger muss man hingehen. Auf diese Weise will man uns vernichten."

Jetzt schüttelte Marek den Kopf. „Nein, das glaube ich nicht. Dafür sind Sie zu unwichtig."

„Was soll das heißen?", fragte Lea.

„Sie überschätzen sich", antwortete er. „Die Kammer der Freien Bürger ist doch ein demokratisches Feigenblatt. Die Leute sollen den Eindruck haben, sie könnten etwas bewirken."

„Sie sind ein Skeptiker", erwiderte Lea. „Das ist in Ordnung."

„Oder es liegt daran, dass er aus Polen kommt", stichelte Antonia. „Da ist man traditionell europafeindlich eingestellt."

Er ließ sich davon nicht provozieren. „Nein, es liegt an der Bilanz der Ausgleicher. Sie entscheiden doch nicht wirklich etwas. Diese Goldmine in Griechenland wird sowieso gebaut, egal, was die Leute dazu sagen. Ihr Wanderzirkus kostet nur Geld. Über die wichtigen Dinge stimmt das EU-Parlament ab. Und das ist gut so. Wir brauchen Experten, keine Laien."

Antonia zog eine Grimasse.

Lea lächelte darüber. Es wäre ein Leichtes für sie gewesen, Marek gegen einen anderen Sonderermittler auszutauschen. Aber das widerstrebte ihr. Sie war beeindruckt von seiner Ehrlichkeit, seiner Entschlossenheit und seinem Fleiß. Lea spürte, dass er der Richtige für diese Aufgabe war. Mit seiner ablehnenden Haltung hatte er nur ihren Ehrgeiz geweckt. Sie ahnte bereits, auf welche Weise sie ihn umstimmen könnte. „Herr Morawski, Sie sagten doch, Sie sind direkt vom Bahnhof hergekommen, oder?"

„Ja, richtig."

„Haben Sie schon etwas gegessen?"

„Nicht mehr seit heute Mittag."

„Dann lade ich Sie zum Abendessen ein. Und zwar an einen ganz besonderen Ort. Glauben Sie mir, danach werden Sie die Kammer der Freien Bürger zu schätzen wissen."

*

Der Alte Posthof wirkte von außen sehr rustikal. Die Fassade aus Fachwerk reichte bis zum zweiten Stock, darüber war das Gebäude weiß getüncht. Blumenkästen mit Geranien und Buntglasscheiben erschwerten den Blick in den Gastraum, über dem Eingang hing die Nachbildung eines Posthorns. Hinter der knarrenden Holztür befand sich jedoch etwas, mit dem die wenigsten Besucher, die zum ersten Mal herkamen, rechneten: eine Sicherheitsschleuse wie bei einem Flughafen. Lea und Marek mussten ihre Taschen leeren, Geldbörsen, Telefone und Leas Handtasche auf ein kleines Fließband legen, das die Gegenstände durch einen winzigen Tunnel beförderte und am anderen Ende wieder ausstieß. Die beiden gingen währenddessen an einem Körperscanner vorbei, der sie bis auf ihre nackte Haut durchleuchtete. Zwei Männer in dunklen Anzügen saßen hinter einem Computerpult. Erst nachdem sie genickt und sich bedankt hatten, durften die beiden den Gastraum betreten.

„Sicherheitsstufe A2", vermutete Marek.

„Genau. Wenn der Bürgermeister kommt, gilt hier sogar A1. Dann lassen sie auch mich nicht mehr rein", erwiderte Lea.

Die Wände waren holzgetäfelt und mit Gegenständen behangen, die man gemeinhin mit dem Postdienst in Verbindung brachte: Posthörner, Ledertaschen, Uniformen und Briefkästen in allen Farben und Größen. Postschilder aus Blech, zum Teil verrostet, und Gemälde von Postkutschen füllten die Zwischenräume. In einer Ecke stand ein gelber VW Käfer, der auf seiner Tür das Zeichen der ehemaligen Deutschen Bundespost trug.

Lea und Marek setzten sich an einen Tisch am Fenster.

„Sehr gemütlich", sagte er. „Und originell."

Diese Reaktion hatte Lea erwartet. Es wäre einfach gewesen, jetzt zuzustimmen, um das Gespräch in einer angenehmen Stimmung zu führen. Aber sie wollte ehrlich zu ihm sein, so wie es ihrem Lebensmotto entsprach. „Ich finde es furchtbar. Normalerweise würde ich nicht herkommen."

„Wieso? Was ist so schlimm?"

„Es ist nicht echt. Das ist Teil einer Inszenierung, das gehört zum Planeten Brüssel."

„Klären Sie mich bitte auf."

Sie lenkte seinen Blick zum Fenster. Die Wölbscheiben waren in Blei gefasst, der Rahmen bestand aus dunklem Holz. „Hübsch, nicht wahr? Wie aus dem achtzehnten Jahrhundert."

„Ja. Moment." Er presste seinen Kopf gegen die Scheibe, versuchte hinauszusehen. „Da ist noch was. Panzerglas. Fünf Zentimeter. Vielleicht mehr."

„Richtig. In die Wände sind Stahlplatten eingelassen. Frau Perlini meint, die würden eine Autobombe mit zehn Kilogramm Dynamit aushalten."

Er stieß einen Pfiff aus. „Nicht schlecht."

„Ja, und … Warten Sie kurz."

Eine junge Frau erschien an ihrem Tisch. Sie trug eine weiße Bluse und einen schwarzen Rock, wünschte einen guten Abend und stellte sich als Nadine vor. Lea verzichtete auf die angebotenen Speisekarten, bestellte für sie beide – mit Mareks Einverständnis – einen leichten Weißwein, Mangosalat mit Rauke als Vorspeise und zweimal den gebratenen Kürbis, wobei sie für sich selbst die vegetarische Variante wählte und für ihren Gast jene mit einem zusätzlichen Rindfleischmedaillon. Nadine notierte es in ihrem Smartpad, bedankte sich und verschwand hinter einer Schwingtür.

„Ich kenne die junge Dame bereits", sagte Lea. „Unsere Frau Perlini hat sie trainiert. Nahkampf, Schießen und irgendwas mit Deeskalation. Verhandlungen mit Geiselnehmern oder so."

Marek sah ihr hinterher. „Sie meinen, sie ist eine …?"

„Sicherheitskraft, genau. Es gibt noch mehr Wunderlichkeiten. Die Briefkästen zum Beispiel. Wie gefallen sie Ihnen?" Sie zeigte auf einen roten Kasten, der in der Nähe ihres Tisches hing.

Er las die Aufschrift. „Royal Mail. Scheint aus England zu kommen. Schön. Erinnert mich an alte Filme."

Lea ließ ihre Blicke durch den Saal schweifen. „Dahinten haben wir einen grünen Briefkasten, der kommt natürlich aus Irland. Da haben wir einen orangefarbenen aus den Niederlanden, je einen gelben aus Deutschland und Spanien, einen roten aus Ungarn … Fällt Ihnen etwas auf?"

„Alles Mitgliedsländer der EU. Oder ehemalige."

„Richtig. Das Restaurant gehört einer Kette, die ich – vorsichtig gesagt – als der EU nahestehend bezeichnen möchte. Was fällt Ihnen an den Gästen auf?"

Marek drehte den Kopf, blickte von der Bar bis zur Eingangstür. An den Tischen saßen Männer, die Anzüge trugen, und Frauen in langen Kleidern. Im Gegensatz zur Stadtbevölkerung von Brüssel waren die Weißen hier in der Mehrheit, sie stellten etwa drei Viertel der Restaurantbesucher, der Rest waren Schwarze und eine Handvoll Asiaten. „Ich schätze, ich bin der Jüngste hier."

„Zweifellos. Die Gäste sind ausnahmslos EU-Beamte, Politiker oder Lobbyisten. Aber es gibt hier garantiert keine normalen Bürger. Schon deshalb nicht, weil die sich die Preise nicht leisten können."

„Wir hätten ja in einen Schnellimbiss gehen können", scherzte Marek.

„Wäre mir lieber gewesen, aber Frau Perlini ist dagegen. Aus Sicherheitsgründen."

Nadine brachte eine Flasche Weißwein und zwei Gläser an den Tisch. Lea bedankte sich und setzte den Gedanken fort. „Hier bekommen Sie unser größtes Problem vorgeführt. Die EU ist eine Parallelgesellschaft geworden, fast schon ein eigener Planet. Wir haben kaum noch Verbindungen zu den einfachen Menschen, denen wir eigentlich dienen sollten. Wir leben abgeschottet hinter Panzerglas und hohen Mauern. Deshalb, mein lieber Herr Morawski, brauchen wir den Wanderzirkus. Wir müssen zu den Menschen gehen, müssen uns ihre Sorgen anhören, damit wir nicht vollkommen den Boden unter den Füßen verlieren."

„Okay, das stimmt. Einige Politiker sind ziemlich abgehoben. Trotzdem glaube ich, dass das Volk nicht über alles abstimmen darf. Der Mann von der Straße kann schwierige Themen doch gar nicht beurteilen. Technische Fragen, Justiz, Finanzen, Verteidigung. Dafür braucht man die Profis aus der Politik."

Lea brach in Gelächter aus. „Entschuldigung." Sie tupfte sich den Mund mit einer Serviette ab. „Schauen Sie mal unauffällig zur Seite."

Marek blickte zum Nachbartisch, wo drei ältere Männer mit Halbglatzen und dicken Bäuchen saßen. Sie waren in ein

Gespräch vertieft, auf dem Tisch standen mehrere Flaschen Wein. „Was sind das für Typen?"

„Unternehmensberater. Die EU gibt jedes Jahr Milliarden für externe Berater aus. Früher haben sie sogar die Gesetze geschrieben. Die meisten Politiker haben keine Ahnung von den Themen, über die sie entscheiden sollen. Die wahren Experten kommen zu mir in die Kammer der Freien Bürger und beschweren sich über den Unsinn, den die Profis aus der Politik beschlossen haben."

„Okay, aber eines können Sie nicht bestreiten. Die parlamentarische Demokratie hat sich nach 1945 bewährt. Über achtzig Jahre Frieden auf einem Kontinent, der früher regelmäßig Krieg geführt hat. Ich finde, das sollten wir nicht so einfach über den Haufen werfen."

„Teilweise richtig. Das Parteiensystem hat sich die ersten Jahrzehnte gut bewährt. Aber nach 2000 ist die Frustration enorm gewachsen. Millionen Menschen haben sich von der Demokratie abgewandt. Die Parteien sind überaltert, und sie brachten eine kleine Gruppe von Berufspolitikern hervor, die alles unter sich und ihren Freunden aufteilten: Posten von Ministern und Staatssekretären, die Chefsessel von Ämtern und Staatsbetrieben. Bei den öffentlich-rechtlichen Sendern wurden die Intendanten und Chefredakteure von den Parteien bestimmt. An der Spitze von Wirtschaftsverbänden und Gewerkschaften saßen Parteifreunde, auch in Sportverbänden, Theatern und Universitäten. Die Liste ist noch längst nicht vollständig. Dabei haben sie sich kräftig aus der Staatskasse bedient. Milliardenbeträge gingen an Stiftungen der Parteien oder Unternehmen, die Parteifreunden gehörten. Und das Geld fehlte natürlich an anderen Stellen, wo man es dringender benötigt hätte."

Marek verzog das Gesicht. „In dem Punkt muss ich Ihnen leider recht geben. Bei uns in Polen wurden die höchsten Richter und die Polizeipräsidenten nach Parteibuch ernannt. Es waren … na ja, nicht gerade die besten ihres Faches." Er ließ eine Pause. „Im Grunde waren sie der verlängerte Arm der Regierungspartei. Und wenn die Regierung wechselte, wurden viele der alten Richter und Polizeipräsidenten in Pension geschickt und durch neue ersetzt. Hat den Staat irrsinnig viel Geld gekostet. Das haben sie dann bei uns eingespart. Wir hatten Polizeiwagen, die waren über zehn Jahre alt und hatten mehr als eine halbe Million Kilometer auf dem Tacho. Meine Dienstpistole in Krakau war sogar fünfunddreißig Jahre alt – älter als ich. Stellen Sie sich das mal vor. Und dann die Funkgeräte, die schusssicheren Westen, die Computer ... Zu wenig, zu alt und oft kaputt." Marek trank einen großen Schluck Wein, um damit seinen Ärger herunterzuspülen.

„Diese Probleme gab es nicht nur in Polen, so war es in ganz Europa. Die Parteien hatten alles in der Hand. Für Außenstehende gab es keine Chance dort reinzukommen, wo die Günstlinge der Parteien das Sagen hatten. Es war eine legale Form von Vetternwirtschaft."

Nadine unterbrach das Gespräch. Sie stellte zwei Glasschüsseln mit Mangosalat auf den Tisch. Erst nachdem Lea und Marek einige Bissen genommen hatten, setzten sie ihre Kontroverse fort.

„Trotz aller Kritik muss man ehrlich sein", sagte Marek. „Das Streben nach Macht ist menschlich. Jeder will Geld und Einfluss haben. Wer daran etwas ändern will, muss in die richtige Partei eintreten. Um das System von innen heraus zu verbessern."

Lea konnte sich ein spöttisches Lachen nicht verkneifen. „Entschuldigung ... Wenn Sie heute in eine Partei eintreten, erreichen Sie frühestens in zwanzig Jahren einen Posten, auf dem Sie etwas zu entscheiden haben – wenn überhaupt."

„Okay, dann muss man eben die richtige Partei wählen. Die Wähler besitzen eine gewaltige Macht. Die Parteien setzen das um, was der Wähler will. Man muss nur das Programm lesen."

„Das ist das nächste Problem. Parteien haben viele Nachteile. Der größte besteht darin, dass man immer ein Paket einkaufen muss. Nehmen wir mal Sie als Beispiel, Herr Morawski. Wahrscheinlich sind Sie dafür, dass Recht und

Gesetz eingehalten werden. Dass es einen wehrhaften Staat gibt, mit ausreichender Polizei und Justiz. Dass sich nicht der Stärkere durchsetzt, sondern dass sich alle Menschen an dieselben Regeln halten müssen."

Er hatte bereits mit dem Kopf genickt, als sie noch sprach. „Natürlich. Deshalb bin ich Polizist geworden."

„Die höchste Übereinstimmung gibt es dafür bei einer konservativen Partei. Aber bei denen bekommt man etwas geliefert, das viele nicht haben wollen. Konservative nennen sich selbst wirtschaftsfreundlich. Das heißt, sie sind auf der Seite der Reichen und der großen Konzerne. Für sie werden die Steuern gesenkt, und für die Armen werden die Steuern erhöht und Sozialleistungen abgebaut."

„Das ist ein sehr einfaches Beispiel", wandte er ein. „Wie aus dem Buch der Klischees."

Lea wusste, dass sie einige Phrasen benutzte, die Marek vermutlich längst kannte. Auf das Problem stieß sie beinahe täglich bei ihrer Arbeit als Ausgleicherin. Doch sie konnte nicht darauf verzichten, weil man auch einfache Wahrheiten aussprechen musste, die keiner mehr hören wollte. „So ist es aber. Wenn eine Bank oder ein Konzern in Schwierigkeiten gerät, hilft der Staat mit Steuergeldern aus. Gewinne werden privatisiert, Verluste trägt die Allgemeinheit. Besonders dann, wenn Konservative an der Macht sind."

„Dann muss man eben eine linke Partei wählen. Die bitten die Reichen und die Konzerne zur Kasse."

„Ja, aber auch die bieten ihre Dienste nur im Paket an. Linke Parteien neigen oft zum Sozialismus. Im Klartext: mehr Staat, mehr Regulierung, mehr Kontrolle. Dafür weniger Freiheit, weniger Eigenverantwortung, weniger Markt, weniger Leistungsprinzipien. Außerdem sind die Linken für internationale Solidarität. Das heißt: Masseneinwanderung aus Afrika und dem Orient. Sie als Polizist wissen, dass diese Art der Migration nicht nur Vorteile bringt."

Er schnaubte verächtlich. „Sind Islamismus und ausländische Verbrecherclans etwa von Vorteil? Sie haben ganze

Stadtteile erobert. Bald werden ihnen die großen Städte in Westeuropa gehören."

„Ja, wenn es nicht gelingt, sie zu integrieren. Letztes Beispiel: Sie möchten sich im Umweltschutz engagieren, aber Sie möchten auch die Arbeitsplätze erhalten. Können Sie dann eine grüne Partei wählen?"

„Bloß nicht. Das sind Technikfeinde. Aus einigen Regionen haben sie die Industrie vertrieben. Da gibt es jetzt zwar grüne Wiesen, aber niemand hat Arbeit."

„So ist es. Das ist die Bilanz aus jahrzehntelanger Parteienherrschaft. Eine riesige Gerechtigkeitslücke ist entstanden. Die einen hatten Arbeit und verdienten gutes Geld, und die anderen vegetierten am Existenzminimum. Die Schere ging immer weiter auseinander. Die Reichen wurden reicher, die Armen ärmer. Und nicht zu vergessen: Die großen Konzerne zahlten kaum Steuern. Alle Parteien, von rechts bis links, haben unzählige Male versprochen, die Steueroasen auszutrocknen, aber sie taten es nicht."

„Ja, das war wirklich eine Sauerei. Als ich meine erste Gehaltsabrechnung bekommen hab, war das … na ja, ein kleiner Schock für mich: mehr als fünfzig Prozent Abzüge. Die Konzerne aus den USA zahlten nur ein Prozent Steuern auf ihre Gewinne." Marek goss ihnen beiden noch etwas Wein in die Gläser.

„Daran kann ich mich gut erinnern. Was war die Folge der alten Politik? Eine tiefe Spaltung in Europa. Die einen haben links- oder rechtsextreme Parteien gewählt, und die anderen sind gar nicht mehr zu den Wahlen gegangen. Fast wäre die EU daran zerbrochen. Aber zum Glück wagte man die große EU-Reform. Eine echte Reform, die diesen Namen auch verdiente. Das hat uns gerettet."

Die Kellnerin erschien an ihrem Tisch, um das Hauptgericht zu servieren. Halbmondförmige Scheiben von gebratenem Kürbis lagen auf einem silbernen Tablett, daneben standen Schalen mit Jogurtsoße, Limettenscheiben und Chiliringen. Auf Mareks Seite stellte Nadine einen weiteren Teller, der mit einer Haube abgedeckt war. Lea wollte gar nicht wissen, was sich darunter befand. Sie schnitt ein Stück von dem Kürbis ab und biss hinein. Fest und herzhaft schmeckte er, aber auch fruchtig und süß. Sie liebte dieses vegetarische Gericht und verstand nicht, dass andere dazu unbedingt noch Fleisch brauchten.

Marek probierte zuerst das Rindermedaillon, das unter der Haube gelegen hatte, machte ein zufriedenes Gesicht und führte das Gespräch fort. „Was ist jetzt so viel besser geworden? Die Kammer der Freien Bürger ist doch auch eine Art Parlament – nur ohne Abgeordnete."

„Das ist unser großer Vorteil. Bei uns gibt es schnelle und direkte Demokratie. Jeder darf kommen, jeder darf mitmachen. Er oder sie darf die Regierung kontrollieren, darf bei der Verwendung von Steuergeldern mitbestimmen, darf am Gesetzgebungsverfahren teilnehmen. Jeder hat eine Stimme, die wirklich zählt."

„Die hab ich bei einer Wahl auch."

„Ja, aber da muss man sie abgeben – und erst nach vier oder fünf Jahren bekommt man sie zurück. In der Kammer der Freien Bürger darf man sie behalten. Wer will, darf schon nächste Woche wiederkommen und beim nächsten Verfahren mitmachen. Das heißt aber nicht, dass Leute mit viel Freizeit die Politik bestimmen. Darauf passen wir Ausgleicher auf. Niemand bekommt bei uns zu viel Macht."

„Wie oft tagen Sie eigentlich?"

„Jede Woche mindestens einmal. Wir haben zwölf Ausgleicher, die ständig durch Europa reisen. Bei uns muss man keine Pakete kaufen, man kann immer von Fall zu Fall entscheiden. Mal wählt man eine konservative Position, mal eine liberale und mal eine ökologische. Man ist und bleibt ein freier Bürger."

„Aber bei Ihnen fliegen ganz schön die Fetzen. Im Fernsehen hab ich gesehen, wie Leute quer durch den Saal gebrüllt haben. Einige wollten sich sogar prügeln."

Lea erinnerte sich an eine Veranstaltung in Brüssel, die sie vor drei oder vier Jahren erlebt hatte. Damals ging es um die Legalisierung von weichen Drogen. Zwei Gruppen prallten aufeinander, Befürworter und Gegner des Antrags. Der Disput wurde nicht nur mit Worten ausgetragen, sondern auch mit Schlägen und Tritten. Es war eine der wenigen Sitzungen, die Lea abbrechen musste. Später stellte sich heraus, dass unter den Gegnern einige lokale Drogenhändler waren, die um ihre Einnahmen fürchteten. Verhindern konnten sie den Prozess nicht. Am Ende einigten sich alle Parteien darauf, eine klar umrissene Gruppe von Stoffen kontrolliert zu verkaufen. Das Experiment bewährte sich, die Kriminalität sank, die Einnahmen der Stadt stiegen an. Die Gewinne aus diesen Geschäften mussten allerdings in die Drogenprävention investiert werden. Bis heute hatte niemand um eine Wiederaufnahme des Ausgleichsverfahrens gebeten.

„Das sind Extremfälle", sagte Lea. „Aber Sie haben recht, Gewalt kommt vor. Manchmal gibt es hässliche Bilder, die müssen wir aushalten. Da komme ich ins Spiel. Meine Aufgabe ist es, für einen Ausgleich zwischen den Interessengruppen zu sorgen. Ich muss alle Argumente aufnehmen und die Öffentlichkeit von der besten Lösung überzeugen. Früher gab es Gewinner und Verlierer in der Politik. Heute sorgen wir dafür, dass sich die Menschen in der Mitte treffen. Jeder muss ein bisschen abgeben, aber jeder bekommt auch etwas. Es gibt keine Verlierer mehr. Beispiel: die Internetkonzerne. Wir Ausgleicher haben ihnen gesagt: Wenn ihr weiterhin in Europa Geschäfte machen wollt, dann zahlt ihr in Europa gerechte Steuern. Oder wir legen euch an die Kette. Das haben sie akzeptiert."

„Das ist doch ganz normal", sagte Marek. Er ballte seine Faust, schlug mit dem Griff seines Messers auf den Tisch. „Warum haben die Parteien das nicht hinbekommen?"

„Weil es zahlreiche Verbindungen zwischen den Parteien und den großen Unternehmen gibt. Zum Beispiel über Parteispenden oder Lobbyismus. Und natürlich über Deals. Sehen Sie mal, dort hinten." Lea zeigte auf eine Tür, die etwas versteckt in einer Ecke lag. Rechts davon stand der gelbe VW Käfer, links davon ein großer Kübel mit Farnen und Gummibäumen, der die Sicht versperrte.

Marek drehte seinen Kopf. „Ist das die Toilette?"

„Nein, ein Hinterzimmer. Dort wurde jahrzehntelang die Politik bestimmt. Die Chefs der großen Parteien trafen sich da mit dem Präsidenten der Kommission und handelten ihre Geschäfte aus. Oft waren auch Bosse von Konzernen dabei, Banken, Autos, Energiewirtschaft. Das Parlament hat hinterher nur die Entscheidung abgenickt. Reine Show. Abgeordnete, die dabei nicht mitmachen wollten, wurden bei der nächsten Wahl auf einen aussichtslosen Listenplatz gesetzt. Zum Schluss hatten wir nur noch Ja-Sager in den Parlamenten."

Er zögerte, bevor er etwas erwiderte. „Ich dachte, das ist nur eine Redensart. Das Hinterzimmer …"

„Nein, das kann man ruhig wörtlich nehmen. Es kommt noch besser. Ist Ihnen der Drehtüreffekt ein Begriff?"

„Klar. Ein Politiker wechselt in die Wirtschaft und macht seine Beziehungen zu Geld. Oder umgekehrt: Ein Banker wird Finanzminister und macht eine Politik, die vor allem den Banken dient. Das sollte aber eigentlich die Ausnahme sein."

„Ist es aber nicht. Bei uns Ausgleichern ist so etwas von vornherein ausgeschlossen. Wir dürfen Mitglied keiner Partei und keines Verbandes sein. Wir dürfen von keinem großen Unternehmen kommen und dürfen nach unserer Karriere nicht dahin wechseln. Und selbstverständlich dürfen wir auch keine Spenden annehmen und uns nicht von ihnen beraten lassen. Wir sind wirklich unabhängig. Das heißt aber nicht, dass wir den Konzernen gegenüber feindlich eingestellt sind. Wir wissen, dass sie vielen Menschen Arbeit geben und dass sie die technische Entwicklung vorantreiben. Aber wir wollen, dass sie auch gerechte Steuern zahlen und sich an die Gesetze halten. Ein guter Ausgleicher muss alle Interessen im Blick behalten und einen Kompromiss schließen, von dem möglichst alle profitieren, unter dem niemand leidet. Das ist der Unterschied zum Parteiensystem."

„Weshalb musste man auch die Präsidenten und Kanzler abschaffen?"

„Weil sie immer nur die obersten Lobbyisten waren. Auf EU-Ebene hat der deutsche Kanzler die deutschen Interessen verfolgt, der französische Präsident die französischen. Auf Landesebene haben sie die Interessen ihrer Parteien verfolgt. Dadurch wurden viele Menschen zu Verlierern. Aber wir brauchen das nicht mehr. Das Führerprinzip hat ausgedient. Wir brauchen keinen Chef, wir brauchen keine Hierarchien. Wir können uns selbst verwalten."

*

„Wie war es bei Ihnen, Lea? Ihr Werdegang ... Oh, Verzeihung, ich darf Sie doch Lea nennen, oder?"

Marek sah die Frau an, die ihm im Alten Posthof gegenübersaß. Sie trug ein graues Kleid, hochgeschlossen, mit einem kleinen V-Ausschnitt, so groß wie eine Handfläche. Nichts Besonderes, etwas für die Arbeit und Geschäftsessen. Sie war geschminkt, mit Wimperntusche, Lippenstift und einer dicken Schicht aus Creme oder Puder, die gewiss einige Falten verdeckte. Aber warum dachte er über sie nach? Er sollte sich auf seine Arbeit konzentrieren. Marek brauchte noch mehr Informationen über das System der Ausgleicher.

Sie lächelte. „Aber nur, wenn ich Sie Marek nennen darf."

„Geht klar. Wie wird man Ausgleicher? Gibt es dafür einen Karriereplan?"

Die Frau trug eine Kette um den Hals, bemerkte Marek. Deren Glieder waren schmal, wahrscheinlich Silber. Es schien etwas Schweres dran zu hängen, die Kette bildete ein spitzes V. Er konnte aber nicht erkennen, was es genau war, weil die Kette unter dem Stoff ihres Kleides verschwand.

Vielleicht ein Diamant, dachte Marek. Nein, der müsste bei diesem Gewicht ein Vermögen wert sein. Vielleicht ein Bernstein? Ja, das würde hinkommen. Bernsteine kosten relativ wenig Geld für ihr Gewicht. Vielleicht ist es aber auch ein Medaillon. Vielleicht mit dem Bild ihres Mannes. Ist sie verheiratet? Er schaute auf ihre Finger. Nur ein Ring mit einem blauen Stein auf dem Mittelfinger der linken Hand. Sicher kein Ehering. Aber vielleicht ein Geschenk ihres Mannes. Egal. Sie ist alt. Dreiundfünfzig Jahre. Zu alt für solche Gedanken.

„Nein, ich bin da eher zufällig reingeraten. Ich war Lehrerin in Ballina, im Nordosten von Irland."

„Eine Lehrerin wird zu einer der mächtigsten Personen der EU? Das kann kein Zufall sein."

„Doch, das war es. Es begann damit, dass an unserer Schule der Rektor in Pension ging, aber niemand sein Nachfolger werden wollte. Viel Arbeit, viel Verantwortung, wenig Geld. Ich war damals eigentlich zu jung für den Posten, erst achtundzwanzig Jahre alt. Aber außer mir haben alle Kollegen abgelehnt. Das war mein großes Glück. Ich hab mich eingearbeitet, und es hat mir Spaß gemacht. Ein paar Jahre später sollten bei uns in der Gegend Windräder aufgestellt werden. Es gab Streit, es ging um Baugenehmigungen, um Abstände zu Wohnhäusern und natürlich auch ums Geld. Es wurden Pläne für die Standorte ausgearbeitet und wieder verworfen. Die Bürgermeister waren entnervt. Sie haben mich gebeten, zwischen den Parteien zu vermitteln. Das hab ich getan. Ziemlich erfolgreich sogar. Ich hab alle an einen Tisch geholt, Bürger, Investoren, Experten, nach einem halben Jahr war der Streit beigelegt. Als Nächstes folgte ein Arbeitskampf. Die Angestellten im öffentlichen Dienst haben gestreikt, wollten mehr Lohn. Das Schlichtungsverfahren kam zu keinem Ergebnis. Also hat man mich dazugeholt, ich hab vermittelt und hatte wieder Erfolg. So hab ich mich langsam hochgearbeitet. Erst war ich Ausgleicherin auf regionaler Ebene, dann auf Ebene des Countys, auf nationaler Ebene und schließlich auf EU-Ebene. Ich hatte es nicht geplant, es hat sich so ergeben."

Marek sah auf ihre Hände, die auf dem weißen Tischtuch lagen.

Sind das Altersflecken, fragte er sich. Nein, Blödsinn. Dafür ist sie zu jung. Wahrscheinlich ist ihre Haut nur gebräunt, sie war ja gerade erst in Griechenland. Die Hände sind gepflegt. Rote Fingernägel, manikürt. Eine Frau mit einer weiblichen Ausstrahlung. Viele Kolleginnen bei der Polizei wirken eher wie Männer, mit ihren Sportschuhen, den T-Shirts und Kurzhaarschnitten. „Jetzt sind Sie in Ihrer zweiten Amtszeit, oder?"

„Ja, das ist meine letzte. Wir Ausgleicher dürfen ja nur einmal wiedergewählt werden. Ich konzentriere mich jetzt auf mein Lieblingsprojekt: die Abschaffung aller Armeen der Welt. Nicht von heute auf morgen, das ist ein Projekt für Generationen."

„Moment, ist das erlaubt? Als Ausgleicherin müssen Sie doch neutral sein."

„Natürlich, das bin ich auch weiterhin. Aber jeder Mensch hat Vorlieben, besondere Interessen. Die sind auch uns Ausgleichern nicht verboten. Es darf sich nur nicht auf unsere Arbeit auswirken."

„Ich verstehe. Kann man das überprüfen?"

„Sicher. Zum Beispiel durch die Redezeit, die ich jedem Redner einräume. Bei meiner Arbeit bekomme ich Hilfe von CON-12. Die KI macht mich darauf aufmerksam, wenn ich zu sehr auf Pro oder Contra höre. Alles muss schön ausgewogen sein."

Marek aß das letzte Stück Rindfleisch, aber er verspürte noch Hunger. Den gebratenen Kürbis hatte er kaum angerührt, weil er wie eine Schuhsohle schmeckte, trocken und zäh. Nur mit viel Jogurtsoße war das Fruchtfleisch erträglich. Er goss das Schälchen mit der Soße über seinem Kürbis aus und verteilte ein paar Limettenscheiben und Chiliringe darüber. Wenn man nicht genau hinsah, könnte man meinen, ein Steak würde auf dem Teller liegen. „Demnächst ist wieder eine Veranstaltung zu diesem Thema, oder?"

„Ja, in Roanne, Zentralfrankreich. Da befindet sich eine Fabrik, in der Panzer gebaut werden."

„Na die Arbeiter werden sich aber freuen."

„Es gibt ein Konzept zur Umwandlung in eine Friedensfabrik, entworfen von …"

Marek prustete vor Lachen, ein Stück Kürbis fiel dabei aus seinem Mund auf den Teller. „Verzeihung, aber man kann Frieden doch nicht in einer Fabrik bauen."

„Einige Leute sind der Meinung, dass es möglich ist. Sie wollen das Konzept in Roanne vorstellen, sozusagen in der Höhle des Löwen. Das wird sicher eine spannende Sache."

„Okay, dann komme ich auch dahin. Vielleicht lerne ich etwas dabei."

Lea wollte ihm das Projekt näher vorstellen, doch Marek hatte keine Lust, sich noch länger mit diesen Fantastereien zu befassen. Er versuchte, das Gespräch in eine andere Richtung zu lenken und fragte, was sich ein Neuankömmling in Brüssel ansehen müsse. Es funktionierte. Lea hielt einen langen Vortrag über die Sehenswürdigkeiten der belgischen Hauptstadt, über das Atomium und Mini-Europa, den Park, der das riesenhafte Kristallmodell umschloss, über den Königlichen Palast und die Kathedrale von Saint Michel. Marek fiel auf, dass an ihren Ohrringen der gleiche blaue Stein hing, der auch in den Ring an ihrer linken Hand eingearbeitet war. Es schien das Blau der Europaflagge zu sein. Zufall? Absicht? Womöglich hing ein ähnlicher Stein auch an der Kette, die im Ausschnitt ihres Kleides verschwand. Schade, dass man nichts von ihrem Dekolletee sah.

Marek zwang sich, an etwas anderes zu denken. P7. Die Geheimloge, die wahrscheinlich hinter den Bombenanschlägen steckte. Antonia meinte, es gäbe einen Maulwurf bei Europol. Vielleicht befand sich auch hier in dem Restaurant ein Spion. Marek schaute sich um. Die drei Unternehmensberater am Nachbartisch waren noch immer in ihr Gespräch vertieft. Nadine, die Kellnerin mit Ausbildung zur Personenschützerin, unterhielt sich mit dem Barkeeper. Niemand beachtete Lea und ihn. Aber das musste nichts bedeuten. Vielleicht war ihnen P7 näher, als er dachte.

6. Kapitel: Love and Peace?

„Okay, dann erklären Sie mir bitte, wie das abläuft." Marek und Lea standen in der Stadthalle von Roanne. Er war zum ersten Mal bei einer Tagung der Kammer der Freien Bürger und versuchte, möglichst viele Informationen aufzusaugen. Von der Bühne aus blickten sie auf zwei Rednerpulte, die ihnen zugewandt waren, dahinter stiegen die Stuhlreihen an.

„Heute machen wir etwas Besonderes", begann Lea. „Normalerweise tritt immer nur eine Person nach vorne und sagt, was sie zu sagen hat. Bei diesem Thema aber, bei dem zwei Meinungen aufeinanderprallen, haben wir uns für das Rededuell entschieden. Die beiden Hauptredner treten zum direkten Schlagabtausch an. Ich bin sozusagen die Schiedsrichterin. Das ist mein Platz." Sie zeigte auf eine gläserne Kanzel, die mitten auf der Bühne errichtet war.

Marek ging hinüber, um sich das Häuschen genauer anzusehen. Innen gab es einen Stuhl und eine Art Kommandopult mit ein paar Konsolen, Bildschirmen und einem Mikrofon. Er klopfte gegen das Glas, das sehr dumpf klang. Wahrscheinlich besaß es eine Durchschusshemmung bis zum Kaliber der Kalaschnikow und war auch hemmend gegen Sprengstoffexplosionen, mindestens bis zur Handgranate, wahrscheinlich mehr.

„Ich finde das furchtbar", sagte Lea. „Ich bin eingesperrt wie ein Tier in einem Zoo."

„Es dient der Sicherheit", erwiderte Marek. „Also ist es okay. Aber warum sind die beiden völlig ungeschützt?"

Er sprang von der Bühne und ging zu einem der Rednerpulte. Es war ähnlich aufgebaut wie das auf der Bühne, nur dass es keine Sitzmöglichkeit gab. Von dem kleinen Podest blickte man zur Bühne mit dem Glashäuschen, dahinter ragte eine riesige Videowand auf.

„Was soll das? Werden da Filme gezeigt?"

Lea trug Schuhe mit hohen Absätzen und brauchte etwas länger, bis sie die kleine Treppe am Rand der Bühne herabgestiegen war. „Ja. Jeder Redner darf fünf kurze Filme abspielen und zehn Fotos abrufen. Wird alles über den Computer geregelt." Sie deutete auf den Monitor neben dem Pult, der jetzt noch dunkel war.

„Bekommen sie auch Hilfe von einer KI?"

„Ja, da ist eine einfache Version von CON-12 installiert."

„Okay, mehr muss ich im Moment nicht wissen. Gleich kommt eine Hilfskraft, die ich in Empfang nehmen will. Aber erst mal guck ich mir die Halle von außen an."

„Ist gut. Ich muss mich für heute Abend vorbereiten."

Marek lief den Mittelgang entlang, der ins Foyer führte. Dass Lea ihm nachsah, bekam er nicht mit.

Der Vorplatz war weiträumig abgesperrt. Quer gestellte Polizeiwagen blockierten die Zufahrten, Betonklötze und mehrere Reihen Absperrgitter schufen kleinteilige Räume, die später von Wachleuten gesichert werden sollten. Marek wusste, dass sogar ein System zur Abwehr von Drohnen bereitstand. Es war auf mehreren Lastwagen installiert, die irgendwo in der Innenstadt parkten. Wenige Meter vor ihm hielt soeben ein Auto der Hundestaffel der örtlichen Polizei. In wenigen Minuten würden die Hunde damit beginnen, die Halle nach Sprengstoff abzusuchen. Damit hatten die Behörden getan, was sie tun konnten. Am heutigen Abend dürfte es nach menschlichem Ermessen keinen Anschlag geben.

*

Lea stand auf dem Rednerpodest und ließ ihren Blick durch die Halle schweifen. War die Sicht auf die Bühne gut? Natürlich. Waren die Notausgänge schnell zu erreichen? Ja, sie lagen neben der Bühne und am Mittelgang, der zum Foyer führte. Marek war dort entlanggelaufen. Nicht gegangen, es war ein Sprint bis zu den Schwingtüren gewesen. Warum hatte er es so eilig? Wollte er schnell von ihr wegkommen? Er hatte davon gesprochen, eine Hilfskraft in Empfang nehmen zu wollen. Vielleicht eine Frau? Eine Kollegin? Eine Freundin? Marek war ein junger Mann, er sah gut aus, war sportlich und intelligent. Beim anderen Geschlecht kam er sicher gut an. Mit seinem jungenhaften Charme wickelte er die Mädchen und Frauen um den Finger, er musste gar nicht viel dafür tun. Ständig hing ihm diese eine Locke in die Stirn. Für einen Polizisten waren seine Haare relativ lang. Marek erinnerte sie ein bisschen an Jerome, ihren Ex-Mann. Als er jung gewesen war, lief er auch bei jeder Gelegenheit, er zog Kreise um Lea, tänzelte, sprang über Zäune. Marek war allerdings einen ganzen Kopf größer als Jerome. Und sein Hintern war knackiger. Und seine Muskeln …

Was mache ich hier überhaupt?

Lea wurde bewusst, dass ihr die Gedanken eines Teenagers durch den Kopf gingen. Dabei war sie eine erwachsene Frau, sie hatte eine Aufgabe, um die sie sich kümmern musste.

Mit zügigen Schritten kehrte sie zurück auf die Bühne. Sie betrat das Glashäuschen, setzte sich an den Computer.

„CON-12, bitte aktivieren."

Auf dem Bildschirm erschien ein Gesicht. Es war neutral, ließ sich nicht einem Geschlecht oder einer Ethnie zuordnen. „Guten Tag, Lea", sagte der Avatar. „Ich freue mich, dich zu sehen."

„Ja, ja. Lass uns noch mal über die Konversionsobjekte sprechen. Du hattest Vorschläge gemacht, welche Produkte die Fabrik anstatt der Waffen herstellen sollte. Welche waren das noch gleich?"

Die künstliche Intelligenz spielte einen Film auf dem Bildschirm ab. Zuerst wurde eine Anlage zur Entsalzung von Meerwasser vorgestellt. Sie bestand aus mehreren Containern und war auf einem Ponton installiert, konnte deshalb mit Schleppern leicht verlegt werden. Ihre Energie erzeugte sie selbst mithilfe von Solarzellen und Windrädern. Die Leistung betrug zwischen dreißig- und hunderttausend Litern Trinkwasser pro Stunde, je nach Ausführung.

Lea nickte zufrieden. Dafür lohnte es sich zu leben. Die Abschaffung der Armeen war der nächste Meilenstein in ihrem Plan. Viele weitere würden noch folgen. Sie musste an ihr großes Ziel denken, das noch fern am Horizont leuchtete, aber mit jedem Tag näher kam. Dafür wollte sie ihre Kraft und Energie einsetzen. Sie durfte nicht für einen jungen Mann schwärmen, bei dem sie sowieso keine Chance hatte. Diese albernen Gedanken musste sie sich aus dem Kopf schlagen.

*

„Was ist das für eine Verrückte?", fragte Marek. Er stand am Rand der Bühne und blickte in den großen Saal der Stadthalle. Inzwischen waren die Zuschauerreihen gut gefüllt, Lea saß in der gläsernen Kanzel und ordnete ihre Papiere. An das rechte Rednerpult trat eine Frau heran die aussah, als wäre sie aus den Sechzigerjahren des letzten Jahrhunderts direkt in die Gegenwart gesprungen. Sie trug ein knallbuntes Kleid im Blumendesign und ein dazu passendes Stirnband, aber keine Schuhe. Um ihren Hals baumelte eine Kette mit einem übergroßen Friedenszeichen, auf der Nase saß eine Brille mit runden Gläsern. Ihre langen schwarzen Haare hatte sie zu einem Zopf geflochten, auf ihrer rechten Schulter lag der Riemen einer Patchwork-Tasche, an der Fransen hingen.

„Das ist Samira Hrawi", sagte Pedro, Leas Assistent. Sie hatte ihn Marek zur Seite gestellt, um alle notwendigen Auskünfte zu erteilen. „Achtundzwanzig Jahre alt, kommt aus Österreich. Sie ist Sprecherin der Initiative Schwerter zu Pflugscharen."

„Was sollen diese komischen Klamotten?"

Der junge Mann mit den gegelten Haaren schaute auf seinen Tablet-PC. „Sie nennt es eine Hommage an die Flower-Power-Zeit. Damit will sie den Geist von Love and Peace verbreiten."

Marek versuchte, ihr ins Gesicht zu sehen, was nicht leicht war, weil sie inzwischen die Tasche abgelegt hatte und in einem Buch blätterte. Sie schien schwarze Augen zu haben, ihre Haut wirkte im Licht der Scheinwerfer wie Karamell. „Die ist doch eindeutig eine Araberin. Was haben die denn mit Love and Peace zu tun? Wohl eher Hate and War." Er lachte über seinen Witz.

„Ihre Familie stammt aus dem Libanon, aber sie ist in Wien geboren. Eine Sozialwissenschaftlerin."

„Na die brauchen wir dringend. Und wer ist der andere da?"

Am zweiten Pult ging ein Mann in Position, der sich nicht deutlicher von seiner Kontrahentin hätte unterscheiden können. Er trug Anzug und Krawatte, sein Haar war kurz geschnitten, die schwarzen Lackschuhe glänzten.

„David Hollings, Sprecher von Nextor Berkely. Fünfundvierzig Jahre alt, Harvard-Absolvent. Laut Presseerklärung will er für die Arbeitsplätze in der Region kämpfen."

„Sehr vernünftig."

„Und wer ist das?"

Pedro hatte einen Roboter entdeckt, der sich ihnen von hinten näherte. Er war anderthalb Meter hoch, weiß lackiert, besaß einen Oberkörper, der dem eines Menschen ähnelte, und rollte auf vier kleinen Rädern. In seinem Gesicht, das nach dem Kindchenschema gestaltet war, saßen zwei Kameras in den Augenhöhlen, ein Sprachmodul befand sich hinter dem künstlichen Mund, mit dem er sich selbst vorstellte: „Guten Tag, mein Name ist Angelus. Wie geht es Ihnen?"

„Eine Hilfskraft", sagte Marek. „Hat mir ein Freund gebaut."

„Der ist aber süß." Pedro reichte ihm die Hand, die der Roboter etwas ungelenk schüttelte. „Was hat der für eine Aufgabe?"

„Er sucht Sprengstoff", behauptete Marek. „Da sind Sensoren eingebaut."

Der junge Spanier beugte sich nieder und betrachtete den unteren Teil des Roboters, der die Form einer Tonne hatte. In der Metallhülle blinkten diverse Lichter, mehrere Klappen boten Zugang zu seinem Inneren, waren in diesem Moment aber verschlossen. „Wirklich? Sieht man gar nicht."

„Vorsicht, er kann Stromschläge verteilen."

Pedro machte einen Schritt zur Seite. „So ein Racker … Okay, die Show beginnt gleich."

Er ging zu seiner Chefin und besprach letzte Einzelheiten mit ihr. Marek platzierte derweil seinen Roboter unterhalb der Bühne, sodass er einen großen Teil der Halle überblicken konnte. Er selbst setzte sich in die erste Reihe. Es dauerte noch etwa zehn Minuten, dann erklang die Europahymne und Lea hielt ihre Begrüßungsrede.

Als Erste durfte Samira Hrawi, die Herausforderin, sprechen. Es ging ihr nicht darum, die Armeen dieser Welt sofort abzuschaffen, wie Marek vermutet hatte, sondern sie innerhalb von fünfzig Jahren in technische Hilfswerke umzuwandeln. Um ihre Argumente zu untermauern, zeigte sie Fotos auf der Videowand. Zuerst erschien ein Kampfpanzer in Originalgröße, der über eine Sandpiste fuhr. Sein Kanonenrohr war leicht angehoben, als ob es auf einen Feind am Horizont zielen würde, aus dem Auspuff drangen Rußwolken ins Freie.

„Wissen Sie, was das ist?", fragte sie das Publikum. „Ein russischer T-72, einer der meistgebauten Panzer der Welt. Er wiegt knapp fünfzig Tonnen und besteht aus einer Verbundpanzerung aus", sie blickte auf den Monitor neben ihrem Pult, „… Stahl, Aluminium, Keramik, GFK, Polyurethan, Borsilikatglas und Siliziumdioxid. Die Granaten, die er verschießt, bestehen aus Stahl, Kupfer und Wolframcarbid – das sind einige der wertvollsten Materialien, die die Menschheit besitzt."

Auf dem nächsten Bild durchbrach ein eigenartiges Flugzeug, das wie ein gezacktes Dreieck aussah, eine Wolkendecke. „Das ist eine Northrop B-2, ein Tarnkappenbomber. Er ist vollgestopft mit Elektronik und besteht aus exotischen Materialien, die ihn auf dem Radarschirm fast unsichtbar machen. Ein Exemplar kostet inklusive Bewaffnung zwei Milliarden Dollar."

Das nächste Foto zeigte einen kleineren Düsenjäger, der auf einem Schiff landete. Der graue Stahlkoloss durchpflügte die See, im Hintergrund leuchtete eine rote Sonne. „Das ist die Changsha, der größte chinesische Flugzeugträger. Er wiegt etwa hunderttausend Tonnen und hat umgerechnet sieben Milliarden Dollar gekostet."

Marek schielte zur Seite. Das Publikum reagierte kaum auf die Diashow, die meisten Gesichter wirkten gelangweilt, sein Sitznachbar gähnte sogar.

„Wozu das alles?", fragte die Rednerin. Ihre Stimme klang leidenschaftlich, mit dem rechten Arm holte sie weit aus und deutete zum Himmel. „Nur damit wir uns gegenseitig bedrohen und umbringen können. Wissen Sie, wie hoch die Militärausgaben im letzten Jahr waren? Zwei Billionen Dollar. Was könnte man mit diesem Geld alles machen? Ich verrate es Ihnen."

Ein neues Bild erschien auf der Videowand. Es zeigte ein Notstromaggregat, um das sich einige Becken mit Wänden aus Kunststoffplanen gruppierten. „Das ist eine Anlage zur Aufbereitung von Trinkwasser. Sie kommt bei Erdbeben oder in Flüchtlingslagern zum Einsatz. Damit kann man Wasser für dreißigtausend Menschen aufbereiten. Bestimmt erinnern Sie sich noch an den Panzer. Zu dem Preis, den ein T-72 kostet, könnte man hundert solcher Anlagen finanzieren. Das bedeutet: Wasser für drei Millionen Menschen.

Ähnliches gilt auch für die Rohstoffe. Mit den fünfzig Tonnen Stahl könnte man hundert dieser Pumpen und Stromaggregate bauen. Und jetzt stellen Sie sich das mal bitte mit dem Flugzeugträger vor."

Die junge Frau gab noch weitere Rechenbeispiele, die beim Publikum eher Unmut als Begeisterung auslösten. Man hörte vereinzelte Rufe wie: „Wissen wir doch alles", „Wen interessiert das?" und „Blödsinn."

Ihre Hauptthese lautete, dass militärische Verbände beim Gegner Angst auslösten, die er seinerseits mit Aufrüstung zu bekämpfen versuchte. Dadurch entstünde eine Spirale aus Angst, Lügen und Gewalt, in der die Menschheit bis heute gefangen sei. Sie schlug daher vor, sämtliche Armeen der Welt in Hilfswerke umzugestalten. Flugzeuge sollten zum Transport von Hilfsgütern eingesetzt werden, nicht zum Abwurf von Bomben. Junge Männer sollten Waldbrände und Dürren bekämpfen, aber nicht einander. Forschungsgelder sollten genutzt werden, um Methoden zu entwickeln, mit denen man Menschen heilen kann, nicht verletzen oder töten. Diese Entwicklung sollte schrittweise über einen Zeitraum von fünfzig Jahren erfolgen. So würden die Arbeitsplätze erhalten bleiben, Millionen Menschen besäßen eine berufliche Perspektive, und am Ende dieser Entwicklung stünde der ewige Weltfriede. Samira Hrawi bedankte sich für die Aufmerksamkeit und lächelte in die Kamera.

Das Publikum spendete höflichen Applaus.

Lea erteilte das Wort an David Hollings.

Marek erwartete, dass nun ein Werbefilm des Rüstungsherstellers Nextor Berkely auf der Videowand laufen würde, mit strahlenden Gesichtern von jungen Soldaten und wehenden Fahnen, untermalt von Geigenklängen und freundlichen Stimmen. Stattdessen rief der Mann das Foto des chinesischen Flugzeugträgers auf, das auch Samira dem Publikum gezeigt hatte. „Meine Damen und Herren, das ist der Grund, weshalb die Fabrik in Roanne nicht geschlossen werden sollte: die chinesische Volksbefreiungsarmee."

Obwohl er erst einen Satz gesagt hatte, brandete bereits Applaus auf, vereinzelte Bravorufe waren zu hören.

„Die Chinesen haben über zwei Millionen Mann unter Waffen. Sie besitzen fünfzigtausend Panzer, dreißigtausend Flugzeuge und Raketen mit atomaren Sprengköpfen, die Europa erreichen können."

Buhrufe ertönten.

„Die Changsha, die Sie hier auf dem Bild sehen, ist das Flaggschiff einer ganzen Flotte von Flugzeugträgern, die jetzt auf Kiel gelegt werden. Außerdem werden neue Panzer und Flugzeuge entwickelt, die komplett unsichtbar für das Radar sind und die über eine Panzerung verfügen, die mit heutigen Mitteln nicht zu zerstören ist. Die Chinesen investieren in den nächsten Jahren eine Billion Dollar in ihre Armee. Sie sind eine Gefahr für die gesamte Welt. Deshalb sollten wir die Fabrik in Roanne nicht schließen, nein, wir sollten sie ausbauen, wir sollten in neue Produkte investieren, wir sollten die Arbeitsplätze sichern und sie nicht zerstören."

Das Publikum war nicht mehr zu halten. Rings um Marek sprangen die Leute auf und applaudierten stürmisch. Hollings lächelte zufrieden und korrigierte den Sitz seiner Krawatte, nachdem er sich selbst auf der Videowand erblickt hatte.

Samira wollte etwas erwidern, doch ihr Mikrofon war abgeschaltet. Obwohl Marek nur etwa zehn Meter entfernt saß, verstand er keines ihrer Worte.

Es dauerte mehrere Minuten, bis der Mann im Anzug seine Rede fortsetzen konnte. „Es ist eine Krankheit des Westens, dass wir uns moralisch überlegen fühlen, dass wir der ganzen Welt unsere Werte aufzwingen wollen. Die einseitige Abschaffung des Militärs ist ein Experiment mit einem extrem hohen Risiko. Wenn es fehlschlägt, wird unsere Kultur, wird unsere Zivilisation untergehen."

Wieder gab es donnernden Applaus. Marek sah sich die Zuschauer an, die um ihn herum saßen. Es waren überwiegend Männer, im Alter von etwa zwanzig bis sechzig

Jahren, die einen kräftigen Eindruck machten, fast alle trugen Hemden oder Pullover. Marek vermutete, dass die meisten von ihnen in der Rüstungsfabrik arbeiteten. Es war riskant, diese Veranstaltung ausgerechnet an diesem Ort stattfinden zu lassen. Aber die Friedensinitiative hatte selbst darum gebeten. Samira und ihre Mitstreiter wollten nicht nur mit Gleichgesinnten in den Universitätsstädten sprechen, sie wollten diejenigen überzeugen, die von dem Wandel als Erste betroffen wären. Offenbar hatten sie sich damit übernommen. Die junge Frau in dem Hippiekostüm wirkte eingeschüchtert, sie ließ die Schultern hängen und blätterte hektisch in ihrem Redemanuskript, als ob sie darin das entscheidende Argument suchte, mit dem sie alle überzeugen könnte.

Hollings lief nun zur Höchstform auf. „Wir sollten uns damit abfinden, dass der Mensch ein gefährliches Wesen ist. Neid, Gier und Hass sind Eigenschaften, die in uns allen stecken. Die Geschichte hat uns gelehrt, dass die dunklen Seiten unserer Seele immer wieder hervorbrechen. Die Folgen sind furchtbar."

Seine restliche Redezeit nutzte Hollings, um Filme mit Kriegsszenen zu zeigen. Bomben fielen aus Flugzeugrümpfen, Städte brannten, Menschen flohen. Andere waren hinter Stacheldraht eingesperrt, Massengräber wurden ausgehoben, Leichen türmten sich auf. Endlich öffneten sich die Klappen der Landungsboote, Fallschirme sanken vom Himmel herab, Soldaten marschierten, Panzer rollten, ausgemergelte Gestalten fielen ihren Befreiern um den Hals. Zum Schluss kamen die strahlenden Gesichter und wehenden Fahnen ins Bild, auf die Marek schon gewartet hatte, dazu schluchzten Geigen und ein himmlischer Chor jubilierte.

Hollings erntete stehende Ovationen. Der Applaus schien kein Ende zu nehmen. Marek setzte sich als Erster wieder auf seinen Stuhl und erhielt dafür böse Blicke.

Lea kündigte den zweiten Programmpunkt an: das direkte Duell. Sie stellte Fragen, die beide Kontrahenten abwechselnd beantworten sollten. Doch nach wenigen Minuten musste sie abbrechen. Es gelang Samira nicht, auch nur einen Satz zu vollenden, weil sie von Kommentaren und Buhrufen unterbrochen wurde, Hollings hingegen durfte frei sprechen.

Marek spürte die aufgeheizte Stimmung in der Halle. Die Rufe wurden lauter und aggressiver, Fußgetrampel und Pfiffe mischten sich darunter. Schräg hinter ihm rief jemand Schimpfwörter und belegte die beiden Frauen mit Flüchen. Marek drehte sich um und versuchte herauszufinden, wer den Scharfmacher spielte. In der wütenden Menge war ein einzelner Rufer jedoch nicht auszumachen.

Lea begriff anscheinend, dass diese Veranstaltung nicht mehr zu retten war. Sie gab ein Zeichen, eine Fanfare ertönte, Lea hielt ihre Schlussrede. Wie üblich bedankte sie sich beim Bürgermeister, beim Stadtrat … Weiter kam sie nicht. In diesem Moment brach ein Tumult aus. Hunderte Menschen erhoben sich von ihren Plätzen, drohten mit den Fäusten, brüllten Verwünschungen. Eine krächzende Stimme stach dabei hervor. „Raus! Werft sie raus!", forderte sie. Marek vermutete den Aufwiegler irgendwo auf den oberen Rängen, womit er für ihn, der in der ersten Reihe saß, fast unsichtbar war. Deshalb griff er zu seinem Telefon und schickte seinem Roboter eine Nachricht.

Als die ersten Stühle aus ihren Verankerungen gerissen und Richtung Bühne geworfen wurden, betraten Polizisten in Uniform die Halle und versuchten, die aufgebrachte Menge zu beruhigen. Antonia öffnete indessen die gläserne Kanzel und brachte die Ausgleicherin von der Bühne. Lea schien völlig verängstigt zu sein, sie duckte sich, sah Marek fragend an.

Er wusste, warum die Situation eskaliert war. Auf der Videowand hatte das Bild gewechselt. Eine weiße Friedenstaube flog über einem Panzerwrack. Darunter stand: Roanne wird geschlossen.

„Das waren wir nicht", sagte Antonia. „Jemand hat unseren Computer gehackt. Dieses Meme war eine gezielte Sabotageaktion."

Marek sprach mit der Chefin der Leibwächter in ihrem Büro. Er hatte seinen Roboter Angelus mitgebracht, der ihm wie ein Hund folgte. „Ich weiß. Das Ganze war ein abgekartetes Spiel. Jemand wollte die Arbeiter aufstacheln. Fragt sich nur, wer."

„Unsere Computerexperten arbeiten daran. Die Spur führt nach Russland. Bald wissen wir mehr."

Marek hatte das Gefühl, dass Antonia ihn loswerden wollte. Anders als bei ihrer ersten Begegnung verhielt sie sich abweisend, während des Gesprächs putzte sie ihre Dienstwaffe. Vielleicht lag es daran, dass Lea, ihre Vorgesetzte, nicht anwesend war. Der Sonderermittler Marek ging ihr wohl mit seinen Fragen auf die Nerven. Das erste Wort, das Marek eingefallen war, als er den kleinen Raum mit Blick auf eine vielbefahrene Straße betrat, lautete: Kampflesbe. Antonia hatte offenbar die Haare an ihrem Hinterkopf und an den Seiten frisch abrasiert, rote Stellen auf ihrer Haut kündeten davon. Die verbliebenen Haare waren mit einem Festiger zu Stacheln aufgerichtet. Dazu trug sie ein weißes Männerhemd, eine schlichte schwarze Hose und klobige schwarze Halbschuhe. Der Blazer, der an dem Garderobenständer hing, besaß Schulterpolster.

Warum tat sie das, fragte sich Marek. Wollte sie mögliche Angreifer abschrecken? Oder mögliche Verehrer? Stand sie tatsächlich auf Frauen? Wahrscheinlich würde er es früher oder später herausfinden. Er müsste nur die Zusammenarbeit mit ihr intensivieren. „Das ist eine Finte. Ich glaube, unsere Gegner sind uns viel näher."

Sie blickte auf. „Wieso?"

„Wo waren Sie, als die Randale losging?"

„Hinter der Bühne."

„Ich war im Zuschauerraum. Erste Reihe, Mitte. Ich hab Leute gehört, die brüllten Hassparolen. Mindestens zwei Personen. Sie haben die Arbeiter aufgehetzt. Ich würde die zwei gerne mal vernehmen."

„Schwierig. In dem Saal waren achthundert Personen. Wir kennen ihre Namen nicht." Antonia griff wieder zu dem kleinen Putzstock, tröpfelte etwas Öl darauf und schob ihn in den Lauf ihrer Pistole.

„Aber wir haben ihre Gesichter."

„Nein, haben wir nicht. Es ist verboten, Personen ohne ihre Einwilligung zu filmen."

Marek grinste. Er bedauerte, dass sie es nicht bemerkte, weil sie stur auf ihre Waffe blickte. „Das stimmt. Aber mein Freund Angelus hier hat zwei scharfe Augen und ein gutes Gedächtnis." Er zeigte auf die Kameras im Kopf seines Roboters.

„Das ist illegal." Jetzt klang ihre Stimme wütend. „In Belgien gelten strenge Datenschutzgesetze."

„Aus dem Grund ist die Verbrechensrate so hoch. Datenschutz darf kein Täterschutz sein. In Polen benutzen wir die moderne Technik, unsere Aufklärungsquote ist viel besser als eure."

„Ist mir egal. Ich mach bei illegalen Aktionen nicht mit."

„Es ist nicht illegal. Angelus benutzt seine Kameras, um sich im Raum zu orientieren. Die Bilder sind eine Art Beifang. Wenn ich seine Daten auslese", er tätschelte den Roboter am Kopf, „ist das so, als ob ich den Kilometerstand eines Autos ablese."

„Was soll das bringen? Dann haben wir ein paar unscharfe Bilder vom Publikum. Darauf erkennen wir nicht, wer die Parolen gebrüllt hat."

„Unscharf? Das sind zwei hochauflösende Kameras. Die machen Bilder in Kinoqualität. Und da", er zeigte auf eine Ausbuchtung an der Seite des Roboterkopfes, „sitzen zwei ultrasensible Mikrofone. Damit hören wir die Flöhe husten."

Antonia schwieg einen Moment. Dann fragte sie: „Ist das die Standardausrüstung der polnischen Polizei?"

„Nein. Eine Spezialanfertigung von meinem Freund Pjotr. In Polen sind wir gezwungen, ein bisschen zu improvisieren. Aus finanziellen Gründen. Die Gerichte interessieren sich für Beweise und weniger dafür, wie sie aufgenommen wurden."

„Okay, dann her damit. Was haben Sie an Material?"

Marek reichte Antonia einen USB-Stick, den sie in ihren Dienstcomputer steckte. Darauf waren mehrere Filmsequenzen gespeichert, die er bereits bearbeitet hatte. Sie zeigten Bilder von zwei Männern. Einer trug eine Sonnenbrille, der andere eine Baseballkappe.

„Das sind die beiden, die am lautesten gebrüllt haben. Diverse Schimpfwörter und eine Parole: *Raus! Werft sie raus!* Spielen Sie mal den Film ab."

Antonia tat, was er verlangte. Auf dem Monitor ihres Computers erschien das Gesicht des Mannes mit der Kappe in Großaufnahme. Seine Augen standen nah beieinander, die Nase war platt, wahrscheinlich hatte sie ihm schon mal jemand gebrochen. Die Gesichtszüge waren angespannt und bewegten sich in Zeitlupe. Die Worte, die er rief, klangen dumpf und verzerrt, fast wie das Brüllen eines Tieres. Doch Marek machte Antonia auf die Bewegungen seiner Lippen aufmerksam.

Sie sprach die Worte mit: „Raus … werft … sie … raus … Ja, das ist ein Aufwiegler. Aber wie erfahren wir seinen Namen?"

„Über die biometrischen Daten. Augenabstand, Nasenform, Lippen … Bei dem Typen mit der Sonnenbrille ist es aussichtslos, aber bei dem mit der Kappe kann man die Augen erkennen. Ich weiß, dass die Brüssler Polizei an das Gesichtserkennungssystem von Europol angeschlossen ist. Sie sind Personenschützerin, Antonia, und Sie sind Polizistin. Also loggen Sie sich bitte ein und …"

„Schon dabei." Sie wechselte das Programm, gab ihre Personalnummer und ihr Passwort ein. „Gleich werden wir mehr wissen … Hoppla, ich muss mich bei Angelus entschuldigen. Die Bilder sind von guter Qualität. Der Mann ist bei uns schon aufgefallen."

„Wie heißt er?" Marek sah auf den Monitor, der ausgefüllt war von mehreren Fahndungsfotos und einem langen Text.

„Axel van Doren. Ein bekannter Rechtsextremist."

„Ein Nazi? Das würde passen. Die Typen sind nicht gerade als Pazifisten bekannt. Ich werde Herrn van Doren einen kleinen Besuch abstatten."

Antonia zog den USB-Stick heraus und gab ihn Marek zurück. „Das muss aber unter uns bleiben."

„Selbstverständlich. Wie kann ich mich dafür bedanken? Mit einem Abendessen?"

Sie hob die Hände. „Kein Bedarf."

*

Was soll ich bloß anziehen?

Lea stand vor dem Kleiderschrank in ihrem Büro. Ihre Arbeitstage waren lang, oft empfing sie Dutzende Besucher, verteilt auf bis zu zwanzig Termine, und sie wollte bei jedem einen guten Eindruck machen. Zur Sicherheit hatte sie immer einige frische Blusen, Röcke und Kleider in Reserve. Für heute Abend hatte sich Marek Morawski angekündigt, der ihr einen Zwischenbericht über seine Ermittlungen geben wollte. Für ihn musste sie attraktiv aussehen. Seriös, aber nicht zu bieder. Die weißen Blusen schieden aus, zu langweilig. Der Bleistiftrock war zu kurz und zu figurbetont. Ein anderer Rock besaß einen Schlitz an der Seite, zu provokant. Aber Lea wollte gerne ihre Beine zeigen. Ihre Problemzonen waren der Bauch und der Hintern, wo sich Orangenhaut gebildet hatte, die sie trotz aller Cremes, Massagen und Meersalzbäder einfach nicht loswurde. Die Beine jedoch konnten sich sehen lassen, sie waren lang, schlank und vollkommen haarlos. Damit stach sie selbst viele jüngere Frauen aus. Das schwarze Abendkleid wäre ideal für diesen Anlass. Es reichte knapp an ihre Knie heran, der Schlitz befand sich hinten in der Mitte. Damit konnte sie normale Schritte machen und betonte zugleich ihre weibliche Silhouette. Nur der quadratische Ausschnitt war zu tief, ihre Brüste schienen herausspringen zu wollen. Ungeeignet für einen beruflichen Termin. Warum hatte sie das Kleid eigentlich ins Büro mitgebracht? Wahrscheinlich war es versehentlich zwischen die Sachen geraten.

Sie schob ein paar Bügel beiseite. Da hingen ein weiter Rock – zu unsexy, eine Bluse mit Rüschen – darin sah sie aus wie eine Oma, und dann kamen auch schon die Blazer. Zu lang, zu dick, darin würde sie schwitzen. Also doch eine von den langweiligen weißen Blusen, gepaart mit … Aber Moment, was war das? Ganz hinten schien etwas an der Wand zu kleben. Mausgrau. Kurz. Dünn. Ein Bolerojäckchen. Es reichte ihr bis zur Taille, besaß zwar weder Knöpfe noch einen Reißverschluss, aber die beiden Hälften stießen fast aneinander. Damit würde sie ihr Dekolletee verbergen, bis auf einen schmalen, senkrechten Strich aus nackter Haut. Der machte gewiss neugierig auf das, was sich unter dem grauen Stoff befand. Und vielleicht, wenn das Gespräch einen positiven Verlauf nähme, könnte sie das Jäckchen später ausziehen.

Dreiundfünfzig Jahre. Es war vielleicht die letzte Gelegenheit, eine Beziehung mit einem jüngeren Mann einzugehen. Diese Hilfskraft, auf die Lea eifersüchtig gewesen war, hatte sich als Roboter herausgestellt. Marek schien ungebunden zu sein. Sie wollte ihn zu nichts drängen, ihn nicht verführen, nur sein Interesse wecken. Er sollte die Entscheidung treffen.

Lea ging in ihr Badezimmer, machte sich frisch und probierte das Abendkleid an. Es saß eng, aber es passte. Das Bolerojäckchen zog sie noch nicht an. Sie hängte es über das einzige Fenster in ihrem Büro, das man öffnen konnte, damit es ein bisschen auslüftete. Um die Wartezeit zu überbrücken, setzte sich Lea an ihren Schreibtisch und erledigte Papierkram. Anweisungen, die unterschrieben werden mussten, ein Manuskript zu einer Rede, die sie nächste Woche halten wollte …

Endlich, um neunzehn Uhr dreißig klingelte es. Lea ging in den Vorraum, wo sich das Kontrollpult befand. Auf dem Monitor war Marek zu sehen. Er trug einen schwarzen Anzug und eine rote Krawatte, den Aktenkoffer hielt er in der linken Hand, die rechte drückte gegen die Tür. Lea betätigte die Taste zur Entriegelung, sah an sich hinunter. Alles perfekt? Kleid, Schuhe …

Wo ist …? Ach ja.

Lea lief in das Nebenzimmer, nahm das Jäckchen vom Bügel, zog es über und kehrte atemlos zurück in den Vorraum.

„Alles in Ordnung?", fragte Marek.

„Ja, ich … Ich hab gerade mit jemandem telefoniert. Schlechte Verbindung. Auf Lautsprecher gestellt. Hab Ihr Läuten nicht gehört."

„Ist Ihre Sekretärin nicht da?"

„Meine Se…"

Was ist mit mir los? Meine Hand zittert. Langsam und ruhig atmen.

„Ich habe meine Mitarbeiter nach Hause geschickt. Wegen der Überstunden. Ich schaff das auch allein."

Lea führte Marek in das Hauptzimmer, wo sie die meiste Zeit verbrachte. Die beiden setzten sich auf die Ledersessel am Fenster, die Rollladen hatte sie längst herabgelassen. Marek öffnete seinen Aktenkoffer, holte Papiere und einen Laptop hervor. Er hielt einen kleinen Vortrag über die Ereignisse in Roanne, berichtete auch über Axel van Doren, den er für den Anführer der Provokateure hielt.

„Ich bin in allen Kneipen der Stadt gewesen", sagte er. „Niemand kannte van Doren. Jeder glaubte, er sei ein Kollege aus einem anderen Standort von Nextor Berkely."

„Ist es eigentlich verboten, was er getan hat?"

„Nein, für Hausfriedensbruch reicht es nicht. Beleidigungen oder Sachbeschädigung können wir ihm nicht nachweisen. Schlechte Manieren sind nicht verboten."

„Warum wollten Sie ihn unbedingt identifizieren, Marek?" Lea sah sich ein Bild an, das der Roboter gemacht hatte. Das Gesicht des jungen Mannes mit der Baseballkappe schien von Hass verzerrt zu sein. Tiefe Falten zerschnitten es, wie bei einem Greis. Er brüllte eine Parole, die Faust war drohend erhoben. Lea horchte in sich hinein, achtete auf ihre Gefühle und Gedanken. Sie empfand keine Wut darüber, auch keine Angst, sondern nur Mitleid. Es gab Gründe für das Verhalten von Axel van Doren. Gerne hätte sie ihm geholfen, diese Gründe zu finden und aufzulösen. Sie wusste aber auch, dass es sehr schwierig werden würde. Ihre Arbeit als Ausgleicherin zeigte ihr beinahe täglich, wie weit sich manche Menschen in Irrwege verrannten.

„Weil ich glaube, dass er mehr als nur ein Krawallmacher ist. Der Kerl gehört zur mittleren Führungsebene einer Organisation. Wir hatten die Anschläge in Linz und Komotini und jetzt den Tumult in Roanne. Außerdem ist die Internetseite von dieser Initiative, Schwerter zu Pflugscharen, mehrfach von Hackern lahmgelegt worden, und eines ihrer Spendenkonten ist abgeräumt worden. Das hat jemand systematisch geplant."

„Wer? P7?"

„Möglich. An den Kern von P7 kommen wir vorerst nicht ran. Also muss ich mich an die Mittelsmänner halten. Van Doren ist der Polizei seit Jahren bekannt. Er hat einige rechte Anschläge begangen, Schmierereien mit Hakenkreuzen, Scheiben bei Asylantenheimen eingeworfen und Ähnliches. Außerdem arbeitet er für eine Gruppe, die sich Wolfsrudel nennt."

„Was machen die?"

„Sie kümmern sich um den Nachwuchs. Sind aktiv im Internet, veranstalten Konzerte, machen Wehrsport und bieten Aktivitäten mit Waffen und Technik an. Hier ist ein schönes Beispiel." Er klappte seinen Laptop auf, um ihr einen Film zu zeigen. Crossmotorräder und Geländewagen rasten durch eine Kiesgrube, schienen sich ein Rennen zu liefern. Ein Jeep mit riesigen Stollenreifen wurde mit einer karierten Flagge abgewunken, in der letzten Szene legte eine blonde Frau dem Fahrer einen Siegerkranz um den Hals und küsste ihn auf die Wange.

„Sieht harmlos aus."

„Ja, ist aber nur der Einstieg. So geht es weiter." Marek startete den nächsten Film. Gestalten in Tarnuniformen lagen auf einem Waldboden, richteten ihre Gewehre auf ein gemeinsames Ziel. Ein Mann, der einen Stahlhelm trug und sich Dreck ins Gesicht geschmiert hatte, gab das Kommando. Mündungsfeuer blitzte auf, Geschosse durchschlugen Autotüren und Kotflügel, Glas splitterte, Reifen platzten. Innerhalb weniger Augenblicke wurde aus einer glänzenden Limousine ein Wrack.

„Moment, der Anführer, ist das …?" Lea blickte auf den Ausdruck, den Marek ihr gegeben hatte.

„Axel van Doren, genau. Manchmal nennt er sich auch Feldwebel Steiner oder Sergeant Brubaker. Er organisiert die Treffen, er gibt die Befehle."

„Action und Gewalt. Damit kann man junge Leute anlocken."

„Ja, so wie mich. Ich hab mich bereits angemeldet. Ich werde mich in den Verein einschleusen."

Lea zuckte zusammen. „Das ist doch gefährlich."

„Na klar. Aber wer nichts riskiert, erfährt auch nichts."

Sie überlegte einen Moment, wie sie mit der Situation umgehen sollte. Lea musste Zeit gewinnen, dann würde ihr schon etwas einfallen. „Ich habe Hunger. Möchten Sie etwas essen? Nur eine Kleinigkeit. Wir haben noch Sandwiches und Salat."

„Klingt gut."

„Warten Sie hier. Ich bring die Sachen rüber." Lea stand auf und ging zur Küche.

*

Marek hörte Leas Absätze klappern. Sie kam zurück ins Büro, trug ein Tablett mit einem großen Teller voller belegter Brote, daneben verteilten sich mehrere Schüsseln Salat und kleinere Teller samt Besteck. Er hatte inzwischen eine Flasche Mineralwasser und zwei Gläser von der Anrichte geholt und auf den Tisch gestellt.

„Die Speisen sind von heute Mittag. Nicht mehr ganz frisch, aber noch zu genießen."

„Sieht lecker aus." Er wählte für sich Vollkorntoastbrot mit Thunfisch und einen gemischten Salat.

Lea nahm sich einen Gurkensalat. „Ich hab noch mal über das nachgedacht, was Sie eben sagten, Marek. Ich finde, Sie sollten nicht zu diesem Wolfsrudel gehen."

„Wieso?"

„Sie sind der Sonderermittler. Sie sind zu wichtig. Ohne Sie würden die Ermittlungen nicht vorankommen."

Meinte sie das ernst, oder sollte es ein Witz sein? Er überlegte, ob er seine Ergebnisse ein bisschen aufhübschen sollte, entschied sich aber, die Wahrheit zu sagen. „Mit mir kommen sie leider auch nicht voran. Ich hab fast nichts in der Hand. Es ist wie verhext. P7 ist ein Phantom. Einfach nicht zu fassen. Die Lage wird immer schlimmer. Haben Sie schon von Fluxa gehört?"

„Diese neue Wunderdroge?"

„Genau. Wird synthetisch hergestellt, aus einfachen Zutaten. Ist extrem billig und macht sofort abhängig. Wissen Sie, was das Verrückte dabei ist? Es gibt keine Drogenmafia, die Gewinne daraus schlägt. Das Rezept von Fluxa wird immer wieder im Internet veröffentlicht. Kaum schließen die Behörden eine Seite, öffnen sich drei neue."

„Sie meinen, dahinter steckt auch P7?"

Marek schaute auf Leas Finger. Ihre Nägel leuchteten feuerrot. War das normal bei älteren Frauen? Bislang hatte er diese Farbe nur bei Zwanzig- oder Dreißigjährigen gesehen. Wahrscheinlich gab es ein ungeschriebenes Gesetz, das besagte, man dürfe ab einem bestimmten Alter nur noch dezente Farben auflegen und müsse Kleider tragen, die an Kartoffelsäcke erinnerten. Lea hielt sich nicht daran. Ihre Lippen glänzten in demselben Rot wie die Nägel, das Kleid war eng, die Absätze hoch. Es gefiel ihm. Lea hielt sich nicht an die Regeln. Wozu auch? Das Leben war kurz. Die nächste Bombe könnte das Ziel treffen. „Ist für mich die einzige Erklärung. Warum sollte jemand einen Trick, mit dem man viel Geld verdienen könnte, jedem verraten?"

„In der Zeitung hab ich gelesen, dass dieses Jahr schon dreitausend Menschen durch Fluxa gestorben sind. Über eine Million sind abhängig." Lea aß einen Salat mit weißen Stückchen.

Käse. Vielleicht Ziegenkäse. Immerhin ist sie keine Veganerin. Also nicht total verrückt. Es besteht noch Hoffnung. „Das ist ein Versuch, unsere Gesellschaft von innen heraus zu zerstören. Wie die Sache mit dem Falschgeld. Es taucht immer mehr davon auf. Sehr gute Kopien. Es wird in der Unterwelt extrem billig verkauft. Einen Hundert-Euro-Schein gibt es schon für einen Cent. Teilweise wird es auch verschenkt."

„Ja, ich hab davon gehört, dass Menschen per Post Geldscheine bekommen haben. Ohne Grund. Und nicht jeder hat es zur Polizei gebracht."

„Damit soll das Vertrauen in unsere Währung erschüttert werden. Wissen Sie, wer auch immer mehr Geld hat? Die extremen Parteien. Rechte, Linke, Islamisten. Das Geld kommt über verschlungene Wege aus dem Ausland. Und es kommen immer mehr Waffen nach Europa. Auch spottbillig. Und Flüchtlinge kommen auch immer mehr. Darunter viele Verbrecher und Extremisten. An den Grenzen wird ja kaum noch kontrolliert. In Afrika und Asien kursieren Videos im Netz, in denen genau erklärt wird, wie man nach Europa kommt, wie man untertaucht, die Behörden hinters Licht führt … Gleiches Prinzip. Kaum wird eine Seite geschlossen, tauchen drei neue auf. Ich fürchte, eines Tages wird das Pulverfass Europa in die Luft fliegen."

„So weit ist es noch nicht." Sie machte eine abwehrende Handbewegung.

„Hier nicht. Wir sind gut gesichert." Marek zeigte auf das Fenster. „Panzerglas, oder? Und in die Wände sind Stahlplatten integriert, zusammen mit Matten aus Kevlar und Gummi. Nennt man übrigens Sandwich-Panzerung." Er lachte und hielt sein Weißbrot hoch, das mit Salami, Ei und Gurken belegt war.

Ihr Lächeln wirkte gezwungen.

„Lea, waren Sie schon mal in Saint-Josse-ten-Noode? Oder in Molenbeek? Ich hab letzte Woche versucht, diese Stadtteile zu betreten. Weiße Männer sind dort nicht sehr beliebt. In Molenbeek hätten sie mich fast gelyncht."

„Das war eine Ausnahme. Die meisten Zuwanderer sind friedlich. Möchten Sie noch einen Salat?" Lea reichte ihm eine Schüssel. „Hier sind Rüben, Karotten und Rucola. Sehr gesund."

„Nein, danke … Die Ausnahme wird allmählich zur Regel. Die Spannungen zwischen den Volksgruppen und den Religionen wachsen. Vielleicht wird bald ein Bürgerkrieg in Europa ausbrechen. So wie in Afrika und in Asien. Da brennt es an allen Ecken. Gerade deshalb finde ich Ihre Idee mit der Abschaffung der Armeen ein bisschen … sagen wir mal, verfrüht."

„Falsch, sie kommt genau im richtigen Moment. Was Sie eben schilderten, Marek, ist das letzte Aufbäumen der alten Mächte. Sie spüren, dass ihre Zeit abgelaufen ist, deshalb schlagen sie mit aller Kraft um sich. Aber sie haben keine Chance. Die alten Mächte werden verlieren."

„Die alten Mächte? Wer ist das?"

„Jeder, der zur Industrie der Angst gehört."

„Jetzt versteh ich gar nichts mehr."

„Machen wir ein kleines Experiment." Lea ging zu einer Schrankwand und öffnete zwei Holztüren, dahinter kam ein

Fernsehgerät zum Vorschein. Mit einer Fernbedienung kehrte sie zu der Sitzgruppe zurück.

„Wir können hier achthundert Kanäle empfangen, aus der ganzen Welt. Wählen Sie einen aus, irgendeinen." Sie reichte ihm die Fernbedienung.

„Okay." Marek drückte wahllos ein paar Tasten.

Eine Straßenszene erschien auf dem Bildschirm. Zwei Personen saßen in einem Auto und unterhielten sich in einer Sprache, die Marek nicht kannte. Der Geländewagen fuhr an Hochhäusern entlang …

„Erster Treffer", sagte Lea. „Sehen Sie das Auto? Was ist das für eine Klasse?"

„Ein SUV. Ich glaube, es ist ein Chevrolet."

„Der Hersteller spielt keine Rolle. Es ist ein Offroader. Aber das Auto fährt in einer Großstadt. Die SUV-Klasse ist die beliebteste der Welt. Wozu braucht man zwei oder drei Tonnen Gewicht, Allradantrieb und hohe Bodenfreiheit? Wollen die beiden etwa eine Expedition in die Wildnis machen?"

Er lachte. „Nein, die fahren ins Büro. Ja, das ist mir auch schon längst aufgefallen. Völlig unnötig. Ich glaube, es liegt daran, dass die fetten Brummer Sicherheit versprechen. Man sitzt hoch, hat einen guten Überblick, viel Masse um sich herum …"

„Richtig. Es geht also um die Bekämpfung von Angst. Bitte wechseln Sie zu einem anderen Kanal."

Wieder tippte er auf irgendwelche Tasten. Jetzt wurde Englisch gesprochen. Ein Mann in einem Trenchcoat verfolgte einen Flüchtenden, er zog eine Waffe und schoss. „Ich schätze, das ist ein Krimi."

„Denke ich auch. Wer gewinnt am Ende eines solchen Filmes?"

„Die Guten natürlich. Die Polizei oder der Privatdetektiv."

„Richtig. Was glauben Sie, warum Krimis so beliebt sind? Es geht wieder um Angst. Am Anfang sehen wir die Tat. Eine Bank wird ausgeraubt, jemand wird ermordet oder entführt … Dadurch manifestiert sich unsere Angst. Wir müssen hinsehen, ob wir wollen oder nicht. Das ist so ähnlich wie bei einem Verkehrsunfall. Wir wollen nicht gaffen, aber wir tun es trotzdem. Dann kommen unsere Beschützer, die Weißen Ritter. Sie nehmen den Fall auf, sichern Spuren, ermitteln Verdächtige … Und am Ende klicken die Handschellen. Oder der Verbrecher wird getötet. Der Feuer speiende Drachen wird symbolisch erlegt."

Marek schmunzelte. „Dann bin ich auch ein Weißer Ritter?"

„Im Grunde ja. Eine Zivilisation, die eine Polizei braucht, befindet sich auf der niedersten Stufe der Evolution. Nächster Kanal, bitte."

Er betätigte ein paar Tasten. Feierliche Musik erklang. Ein Mann in einem langen Gewand stand auf einer Kanzel und predigte. Wieder verstand Marek kein Wort dieser Sprache.

„Perfekt", sagte Lea. „Religions-TV. Das beste Beispiel überhaupt. Religion ist pure Angst. Alle Menschen leiden unter Urängsten, etwa die Angst vor dem Tod. Mit Religion können wir sie überwinden. Uns wird Erlösung versprochen, ein Leben im Paradies, totale Seeligkeit, Nirwana …"

Marek erinnerte sich an die Missbrauchsskandale, die in vielen Ländern die Justiz beschäftigt hatten. Zahllose Priester vergingen sich an Minderjährigen, nur die wenigsten wurden dafür bestraft. Andere Geistliche veruntreuten Gelder, wieder andere riefen zu heiligen Kriegen auf und erklärten Mörder zu Märtyrern. Er hatte die Konsequenzen gezogen, indem er mit achtzehn Jahren aus der Kirche austrat. „Und wir müssen uns an die Regeln halten, die uns die Vertreter der göttlichen Macht vorgeben. Wir müssen fleißig für sie spenden, sonst kommen wir in die Hölle."

„Ja, es ist nicht schwer, diese Ängste auszunutzen … Nächstes Bild, bitte."

Wieder schaltete er um. Ein Raumschiff schwebte durch das dunkle Weltall. Lichtblitze zuckten über den Monitor, ein weiteres Raumschiff beschoss offenbar das erste. In seinem Inneren kämpften Menschen gegen Roboter und Wesen, die wie kleine Dinosaurier aussahen. Auch hier blitzten bunte Laserstrahlen auf und töteten zahlreiche Kombattanten.

„Hoppla, wir sind in einen interstellaren Krieg geraten", sagte Marek. „Das kann ich selbst erklären. Wir projizieren unsere Ängste in die Zukunft."

„Genau. Und nicht nur in die Zukunft, in alle Zeiten. Denken Sie an die Filme, die im alten Ägypten spielen, in Rom, im Mittelalter ... Mord, Sklaverei, Krieg. Angst, Angst, Angst."

Marek schaltete auf einen Nachrichtensender um, der über einen Parteitag berichtete. Die Parteichefin stand an einem Pult und hielt eine feurige Rede. Die Kamera schwenkte in den Saal, wo Delegierte aufsprangen und stürmisch applaudierten.

„Politik ist Angst", sagte Lea. „Menschen treten in Parteien ein, weil sie sich dort sicherer fühlen."

Marek nannte ein Stichwort: „Herdentrieb."

„Richtig. Alle Politiker spielen mit Ängsten. Die Rechten warnen vor den Linken, die Linken warnen vor den Rechten. Und gemeinsam warnen sie vor Kriegen, Schulden, Arbeitslosigkeit, Einwanderung ..."

„Dabei werden diese Probleme von Politikern selbst verursacht." Er lächelte und schüttelte den Kopf. „Und dann bieten sie sich als die Lösung der Probleme an."

„Ein geniales Geschäftsmodell", erwiderte Lea. „Bewährt seit Jahrtausenden. Erinnern Sie sich an den Vertreter von Nextor Berkely, den wir in Roanne gesehen haben?"

„Mr. Hollings."

„Das war sein Name. Er hat Bilder von den Kriegen der Vergangenheit in Erinnerung gerufen. Damit wollte er Waffen verkaufen, mit denen wir die Kriege der Zukunft verhindern sollen."

„Eigentlich verrückt."

„Aber es funktioniert. Auch mit Geländewagen, mit Filmen und Romanen, mit Nachrichten, mit Religion und Politik. Erst schüren sie Ängste, dann verkaufen sie uns das Gegenmittel. Dadurch werden die Ängste nur stärker. Wenn mein Nachbar einen Geländewagen hat, will ich auch einen haben. Wenn mein Nachbar eine Waffe hat, will ich auch eine haben. Ein primitives Verhalten, wie aus der Steinzeit. Besser ist es, die Ängste aufzulösen."

„Wie soll das gehen?"

„Wissen Sie, welche Botschaften man im Fernsehen verbreiten sollte? Fahr vernünftig, dann brauchst du keine drei Tonnen Stahl um dich herum. Sei friedlich und gerecht, dann brauchst du keine Waffen."

Lea beugte sich zu Marek hinüber, um ihm die Fernbedienung aus der Hand zu nehmen und den Apparat auszuschalten. Ihre Finger berührten sich dabei. Marek glaubte, einen feinen elektrischen Schlag verspürt zu haben. Aber das war Unsinn, bei einer solchen Bewegung entstand keine statische Entladung. Wahrscheinlich hatte Lea nur mit einem Fingernagel über seine Haut gerieben.

Sie sprach weiter. „Immer mehr Menschen begreifen das. Die Zeichen sind nicht zu übersehen. Die jungen Leute wollen nicht mehr gegeneinander kämpfen, sie wollen miteinander leben. In einem Konflikt suchen sie nicht mehr die stärkste Waffe, sondern den besten Kompromiss. Der Weiße Ritter wurde ersetzt durch den Ausgleicher. In der Kammer der Freien Bürger gibt es keine Ängste. Ein Einzelner kann gegen einen mächtigen Gegner antreten – und gewinnen."

Marek lehnte sich auf seinem Sessel zurück. „In der Theorie klingt das ziemlich gut. Ein neues Zeitalter, nicht mehr kämpfen, Kompromisse schließen ... Wie passt P7 da hinein?"

„P7 nutzt die alten Kräfte. Aber sie werden keinen Erfolg damit haben. Angst ist Trennung. Und Trennung ist Schwäche." Lea hob beide Zeigefinger und streckte ihre Arme zur Seite.

Marek vermutete, dass sie damit zwei Menschen symbolisieren wollte, die sich voneinander entfernten. Er achtete jedoch mehr auf ihre Jacke, die sich im selben Moment öffnete und den Blick auf den Ausschnitt ihres Kleides freigab. Die Brüste waren rund und … Er schaute zur Seite, damit sie sein Starren nicht bemerkte.

„Liebe ist Einheit. Und Einheit ist Stärke." Sie führte die Zeigefinger zueinander, der Vorhang schloss sich wieder.

Das ist krank, dachte Marek. Ich interessiere mich für die Brüste einer alten Frau. Ich brauche unbedingt eine Freundin. Oder ich sollte zu einer Hure gehen. Gibt es in Brüssel ein Rotlichtviertel?

„Jetzt beginnt das Zeitalter der Liebe", behauptete sie.

„Hatten wir das nicht schon mal? Ende der Sechziger. Love and Peace, Blumenkinder und New Age. Was ist daraus geworden?"

„Damals war es noch zu früh. Heute ist die Zeit reif." Lea zog ihre Jacke aus und warf sie auf einen leeren Sessel. „New Age war die Ouvertüre, jetzt kommt der erste Akt."

Marek lockerte den Knoten seiner Krawatte. War das ein Zeichen? Machte sie das absichtlich? „Was Sie sagen, hört sich sehr gut an. Ich wünschte, wir könnten es umsetzen. Hier und jetzt."

„Können wir doch. Es erfordert nur ein wenig Mut." Sie rutschte an den Rand des Sessels. Ihre Hand berührte das Knie, die Zunge leckte über die Lippen.

„Das ist mir immer noch zu theoretisch. Wie funktioniert das in der Praxis? Wie kann man Ängste auflösen?"

„Ganz einfach." Lea stand auf, ging zu ihm hinüber, setzte sich auf seinen Schoß und küsste ihn auf den Mund.

„Oh, jetzt hab ich verstanden." Er umarmte sie. Leas Körper fühlte sich nicht anders als der einer Zwanzigjährigen an, ihr Haar roch nicht anders, ihre Küsse schmeckten nicht anders. Warum hatte er sich so viele Gedanken über ihr Alter gemacht? Geburtsdaten, Jahre, Kilogramm, Kleidergrößen, das war doch Informationsmüll. Für sein Leben bedeutete es ebenso viel wie der Mondaufgang in Peru.

„Hast du weitere Fragen?"

„Ungefähr eine Million."

Sie fuhr mit den Fingern durch seine Locken. „Ich kann dir noch ein bisschen Unterricht erteilen."

Er grinste. „Okay. Gibt es hier einen Aufenthaltsraum, wo man …“

„Ja, gibt es.“

Lea erhob sich, nahm Marek an die Hand und führte ihn in das Nebenzimmer. Dort standen mehrere Liegen, auf denen Angestellte des Büros ihren Mittagsschlaf verbringen konnten. Marek schob zwei Liegen zusammen, Lea verdunkelte die Scheiben und zündete Kerzen an, die für den Notfall vorgesehen waren.

„Niemand kann uns hier stören“, sagte sie. „Die Alarmanlage ist scharf, die Türen sind verriegelt.“

Er ging zu ihr, zog den Reißverschluss ihres Kleides herunter und küsste ihren Nacken. „Wie auf einer einsamen Insel.“

8. Kapitel: Das Wolfsrudel

„Wie geht das Ding an?“ Marek saß auf einem Crossmotorrad und suchte den Startknopf. Zu seiner Ausbildung bei der polnischen Polizei hatte auch das Motorradfahren gehört, später, als er bei dem Rockerclub verdeckt ermittelte, fuhr er beinahe täglich Maschinen von Harley-Davidson oder Indian. Die waren mit einem Elektrostarter ausgerüstet, der über den Lenker betätigt wurde. Ein roter oder schwarzer Kippschalter …

Neben ihm stand Bruno Sercu, ein junger Belgier, und lachte. „Das ist ein Dirt Bike. Musst du ankicken.“ Er klappte einen Hebel mit einem Pedal aus, der neben dem Motor montiert war.

Marek stieg von dem Motorrad ab.

Verdammt. Lächerlich gemacht.

Er trat den Hebel mit seinem Stiefel nieder, rutschte jedoch vom Pedal ab, ehe er den unteren Punkt erreichte. Dabei entstand ein Geräusch, das an das Blöken eines Schafes erinnerte. Sonst geschah nichts.

Bruno hielt sich den Bauch vor Lachen. „Bist du ein Mädchen? Mehr Einsatz!"

Marek trat den Starter mit ganzer Kraft nieder, bis zur Endposition. Endlich erwachte der Motor zum Leben. Der Zweitakter verfiel in ein aggressives Bellen, aus dem Auspuff drang blauer Qualm.

„Na bitte, geht doch", sagte Bruno. „Häng dich an mich ran. Erste Runde langsam, dann schneller."

Bruno setzte seinen Helm auf, startete seine Maschine, stieg auf und fuhr vom Vorplatz der Werkstatt in Richtung Motocrossstrecke. Marek folgte ihm etwas unsicher. Die kleine Husqvarna wog weniger als hundert Kilogramm, fühlte sich eher wie ein Moped an. Wegen der langen Federwege saß er relativ hoch, was eine für sein Empfinden instabile Kurvenlage ergab. Aber es war wohl nur eine Frage der Zeit, bis er sich daran gewöhnt hätte. Wenn schon Fünfzehnjährige diese Zweitaktmücken beherrschten, musste er das erst recht schaffen.

Sie hatten die Einfahrt zur Rennstrecke erreicht. Für einen Laien wie Marek sah sie aus wie ein Gewirr aus Sandwegen und Hügeln, teilweise begrenzt von Erdwällen oder rotweißen Fangzäunen. Bruno hob die Hand, deutete ihm, anzuhalten. Ein ganzes Rudel Rennmaschinen jagte an ihnen vorbei, zog dabei eine Staubwolke hinter sich her. Auf der Strecke galt eine einfache Regel: Langsame Biker fahren rechts, schnelle links. Bruno senkte seine Hand. Bahn frei. Sein Vordermann gab Gas, lenkte in die lange Gerade ein. Marek riss den Gasgriff auf und war überrascht, wie leicht der Motor hochdrehte. Der Drehzahlmesser schnellte auf achttausend Umdrehungen hoch, die Maschine machte einen Satz nach vorne.

„Verdammt!" Bereits auf den ersten Metern kam Marek ins Schlingern, weil er die Spurrillen in der Piste übersehen hatte. Er musste vom Gas gehen und sich mit den Beinen abstützen, um einen Sturz zu vermeiden.

Hoffentlich hat das niemand bemerkt.

Bruno war schon außer Sicht. Am Ende der Geraden folgte der erste Hügel. Marek sprang jedoch nicht darüber, sondern fuhr auf der einen Seite rauf und auf der anderen runter. Bruno hatte ihm dringend geraten, es am Anfang nicht zu übertreiben. Zunächst die Strecke besichtigen, dann sich langsam steigern.

Auf den Hügel folgte eine kurze Gerade, die in ein Kurvengeschlängel überging. Abseits davon standen Baufahrzeuge: Radlader, Planierraupen, Kipper. An Geld schien es den Betreibern der Strecke nicht zu mangeln, denn hinter einer Absperrung schichtete ein Bagger soeben einen neuen Hügel auf. Bruno hatte erzählt, dass es sieben verschiedene Varianten mit unterschiedlichen Schwierigkeitsgraden gab, die Streckenlänge variierte zwischen einem und neun Kilometern. Die Motocrossanlage von Val Zernez im Süden von Belgien war damit eine der größten Europas.

Marek zählte die Kurven. Fünf und sechs waren sehr weit und ließen sich mit hohem Tempo durchfahren, sieben war dagegen extrem eng und erforderte hohe Konzentration, Nummer acht war erst weit und machte dann plötzlich zu – tückisch. Neun bis zwölf ließen sich leicht durchfahren, Nummer dreizehn war eine Korkenzieherkurve: Sie zog erst nach rechts, dann ging es ohne Sicht über eine Kuppe scharf nach links, die Strecke fiel steil ab, ging sofort in einen Rechtsknick über, fiel weiter bergab und mündete in eine lange Linkskurve. Wer immer sich das ausgedacht hatte, musste ein Sadist gewesen sein. Ein Sprung in diesem Abschnitt würde direkt ins Krankenhaus führen. Zwischen den Kurven verteilten sich ein Dutzend Kuppen, den Mittelpunkt der Anlage bildete der sogenannte Muthügel, der weite Sprünge ermöglichte. Endlich hatte er die Runde vollendet.

Bruno wartete auf der langen Geraden auf ihn. „Alles klar?", fragte er.

„Klar."

„Okay. Dann los."

Bruno riss den Gasgriff seiner Maschine auf und jagte im Renntempo davon. Marek tat es ihm gleich. Er verlor ihn zwar schnell aus den Augen, konnte sich aber an der Staubfahne und am öligen Geruch des Zweitaktmotors orientieren und so dessen Linie und Tempo nachahmen. Er rief sich die Grundregeln in Erinnerung: Kurve im Stehen anfahren. Auf dem Scheitelpunkt hinsetzen und Gas geben. Bein ausstrecken, aber keinen Bodenkontakt. Schenkel immer dicht am Tank halten. So gelang es ihm, zu Bruno wieder aufzuschließen. Der drehte sich kurz um und reckte seinen Daumen empor.

Endlich wollte Marek den ersten Sprung wagen.

Hügel gerade anfahren. Ordentlich Gas geben, bis die Maschine in der Luft ist. Bloß nicht bremsen. Auf richtige Körperhaltung achten. Gewicht muss im Zentrum der Maschine sein. Bei der Landung etwas Gas geben.

Mareks Herz klopfte bis zum Hals. Er spulte das Programm ab und es gelang ihm ein meisterhafter Sprung. Flugbahn leicht bogenförmig. Geschätzte Länge: acht bis zehn Meter. Weiche Landung.

Er schrie vor Freude. Was für ein Spaß. Gleich noch mal. Marek sprang über vier kleinere Kuppen, dann nahm er den Muthügel in Angriff. Viel Gas, Gewicht ins Zentrum. Der Aufprall war hart, die Federung schlug durch. Die Maschine schlingerte, fast wäre er über den Lenker geflogen.

„Verflucht!"

Marek spürte, dass seine Knie weich wurden. Gerade noch mal gut gegangen. Man überschätzte sich schnell, davor hatte ihn Bruno gewarnt. Aber einmal fraß jeder Sand, das ließ sich nicht vermeiden. Bei Marek war es in Runde vier so weit. Er nahm eine der engen Kurven zu schnell, das Hinterrad rutschte ihm weg, er versuchte gegenzulenken, dann kam auch noch eine Bodenwelle, und die Maschine warf ihn wie ein bockendes Pferd ab. Marek gelang es, rechtzeitig Arme und Beine anzuziehen und seitwärts abzurollen. Keine Verletzungen, kein Schaden an der

Husqvarna. Er kickte sie wieder an und setzte das Rennen fort.

Die kleinen Maschinen ließen sich auch von Anfängern leicht beherrschen, stellte er fest. Und sie besaßen ein Suchtpotenzial. Marek spulte Runde um Runde ab. Ein besonderer Spaß war es, mehrere der kleinen Kuppen auf einmal zu überspringen. Zwei waren leicht, drei erforderten eine ordentliche Portion Mut und Geschicklichkeit, noch mehr überließ er lieber den Profis. Einmal gelang es ihm sogar, Bruno zu überholen. Er hatte jedoch den Verdacht, dass sein Einweiser eine besonders weite Kurvenlinie fuhr und ihn so absichtlich vorbeiließ. Wahrscheinlich sollte Marek ein Erfolgserlebnis haben.

Es steckte eine bestimmte Absicht dahinter. Das Wolfsrudel wollte es für ihn so angenehm wie möglich machen. Es war sein erster Tag auf der Anlage. Er hatte dafür praktisch nichts tun müssen. In einem Internetforum nahm er an einigen Gesprächsrunden teil, wurde in einen geschlossenen Chat eingeladen. Man diskutierte über die Zukunft Europas, über Einwanderung und Grenzsicherung. Nach wenigen Tagen und auf die Empfehlung eines Chatpartners hin, den er nur unter dem Namen Demon-21 kannte, erhielt er die Einladung nach Val Zernez.

Hier begrüßte ihn Bruno Sercu, ein junger Mann mit stämmigem Körperbau und kurzen braunen Haaren. Vielleicht war er derjenige, der sich hinter dem Pseudonym Demon-21 versteckte. Vielleicht war Bruno auch damals in Roanne gewesen und trug dazu bei, dass die Veranstaltung abgebrochen werden musste. Zur Sicherheit veränderte Marek sein Aussehen. Seine Haare ließ er kurz schneiden und blond färben, und er besorgte sich Kleidung mit Runenzeichen, über deren Bedeutung er nicht genau Bescheid wusste. Bruno schien die Symbole zu verstehen. Er öffnete ihm bereitwillig das Tor und vertraute ihm ein Motorrad an, ohne nach einer Mietgebühr oder einem Pfand zu fragen. Es hatte ihm wohl gereicht, dass sie dieselben politischen Ansichten vertraten.

Marek und Bruno fuhren, bis die Sonne unterging. Sie waren die Letzten, die die Strecke verließen. Im Schritttempo rollten sie zurück zur Werkstatt, wo sie die Maschinen mit Seifenwasser und Schwämmen säuberten. Marek sah dabei immer wieder zu einer Halle aus roten Ziegelsteinen hinüber, deren Tore verschlossen waren. Er ahnte, was sich dahinter verbarg. Von Antonia hatte er sich die Ermittlungsakten über das Wolfsrudel und deren Mitglieder besorgen lassen. Darin zählten die Polizeibeamten zahlreiche Straftaten auf, wie Körperverletzung, Betrug und Volksverhetzung, und sie beschrieben eine ganz besondere Sammlung von Militaria. Einige Stücke waren so groß, dass man sie nicht in Schränken oder Vitrinen lagern konnte.

„Stehen da auch Dirt Bikes drin?" Marek zeigte auf die Halle.

Bruno antwortete einsilbig. „Nein."

„Sondern?"

„Geht dich nichts an."

„Komm schon. Mir kannst du es doch erzählen."

Er schüttelte stumm den Kopf.

„Du willst es nicht sagen? Okay, ich hab ein Argument, das du nicht ignorieren kannst. Pass auf." Marek krempelte den linken Ärmel seines T-Shirts hoch. Darunter befand sich etwas, das ihm den Zugang in die geheimen Bereiche gewähren sollte.

*

„Das muss ein Irrtum sein", sagte Lea. „Das ist nicht unser Auto."

Gemeinsam mit Antonia ging sie durch die Tiefgarage, die unterhalb ihres Büros lag. In der Ecke, die für die Fahrbereitschaft reserviert war, kam ein blauer Lieferwagen in Sicht. Auf den Seitenwänden stand: Wäschereiservice Brüssel.

„Kein Irrtum", erwiderte sie. „Neue Sicherheitsregeln. In Zukunft müssen wir uns tarnen."

„Sie meinen, das ist …"

„Unser Luxusbus. Die Folie wird jeden Monat gewechselt." Antonia hob den Fahrzeugschlüssel und drückte einen Knopf, woraufhin sich die Schiebetür automatisch öffnete und den Blick auf eine mit Leder bezogene Sitzbank freigab.

„Raffiniert."

Lea stieg ein, setzte sich und legte den Gurt an. Im Dachhimmel war ein ausklappbarer Bildschirm integriert, in der Trennwand zum Fahrerraum befanden sich ein Kühlschrank und ein Entertainmentcenter. Lea nutzte nichts von alldem, sie klappte nur einen Tisch aus und legte darauf einen Aktenordner ab, den sie unterwegs durcharbeiten wollte. Antonia kannte zwar das Ziel der Fahrt, aber nicht den eigentlichen Grund dafür. Gegenüber ihrer Sicherheitschefin hatte Lea behauptet, sich heimlich mit ihrem Geliebten treffen zu wollen. Absolute Geheimhaltung sei deshalb oberstes Gebot. Antonia hatte ihr volle Unterstützung zugesagt und dabei ein Lächeln unterdrückt. Lea fühlte sich mit dieser Lüge nicht wohl, aber es gab keine Alternative. Niemand durfte erfahren, was sie tatsächlich plante. Das Risiko war groß, alles bisher Erreichte könnte verloren gehen.

Nach einer halben Stunde Fahrt erreichten sie Watermaal-Bosvorde, eines der gehobenen Wohnviertel von Brüssel. Am Rand des Stadtwaldes reihten sich hier Luxusvillen und Apartmenthäuser aneinander, gelegentlich unterbrochen von Geschäftshäusern, die teure Restaurants und Boutiquen beherbergten. Antonia lenkte den Lieferwagen in eine weitere Tiefgarage, die nicht allein dem Abstellen von Autos diente, sondern vor allem dazu, dass Besucher diskret aussteigen und mit dem Aufzug in die oberen Stockwerke fahren konnten. Lea drückte auf die Taste Nummer sechs: Penthouse. Nachdem sich die Tür wieder geöffnet hatte, trat sie in einen mit weißem Marmor gefliesten Korridor ein. Sie wurde bereits erwartet.

„Lea, wie schön dich zu sehen." Ein Mann in ihrem Alter, der einen Hut und einen grauen Kittel trug, kam auf sie zu und küsste ihre Wangen. Lea spürte seinen Bart auf ihrer Haut, sie roch den Moschusduft seines Rasierwassers, und als er ihre Hände ergriff, sah sie die Rolex an seinem Handgelenk. „Ich habe tolle Neuigkeiten."

„Was soll diese Aufmachung?" Sie deutete auf den Kittel. Lea war in ihrem Leben bereits einigen Milliardären begegnet, aber Don Grazer war der erste, den man mit einem Hausmeister hätte verwechseln können.

„Entschuldige, ich war eben auf der Terrasse. Heute schwirren mal wieder besonders viele Drohnen umher. Liegt wohl am Wetter. Komm rein."

Lea betrat das Penthouse. Die teure Ausstattung mit den Designermöbeln, den goldenen Leuchtern und den großformatigen Gemälden an den Wänden beachtete sie nicht. Sie kannte die Wohnung von ihrem vorherigen Besuch, als sie mit dem Taxi gekommen war. „Ich habe nicht viel Zeit. Ein Treffen mit Gewerkschaftern .. "

„Es wird nicht lange dauern." Don legte den Hut auf dem Garderobenhaken ab, den Kittel zog er im Wohnzimmer aus und warf ihn achtlos in eine Ecke. Darunter trug er einen Pullover aus Kaschmirwolle und eine Nadelstreifenhose, die zu einem Businessanzug gehörte. „Wir haben vier weitere Stimmen. Uruguay, Paraguay, Bolivien und Brasilien. Jetzt sind wir noch dreizehn Stimmen von der Mehrheit entfernt."

„Vier Stimmen? Ist das sicher?" Lea ging zu dem raumhohen, getönten Fenster, das zur Dachterrasse führte. Es konnte elektrisch zur Seite gleiten, bis zu fünf Meter, und so die Grenze zwischen Innen und Außen aufheben, war in diesem Moment aber nur einen Spalt weit geöffnet. Lea spähte hinaus. Keine Drohnen zu sehen. Manche Paparazzi ließen die fliegenden Quälgeister regelmäßig über den Luxusvillen patrouillieren, in der Hoffnung, einen Prominenten abzuschießen. Man konnte gar nicht vorsichtig genug sein.

„Ja, garantiert. Es dauert vielleicht noch vier, fünf Wochen, dann haben wir die Mehrheit in der Generalversammlung. Und dann wird die UNO ein neues Hauptorgan einrichten: das Amt des Ausgleichers. Oder der Ausgleicherin. Was willst du trinken? Champagner?"

„Dafür ist es noch zu früh. Mineralwasser."

„Nein, wir haben etwas zu feiern. Südamerika war eine harte Nuss. Einen Moment, bitte." Don ging zu der offenen Küche, holte eine Flasche aus dem Kühlschrank hervor und kehrte damit zurück in den Wohnbereich. Zwei Sektgläser fand er in der Hausbar, die sich hinter einer Holzwand versteckte.

„Wie habt ihr sie geknackt?" Lea setzte sich in einen Lounge Sessel, der aus drei ineinander übergehenden Schalen bestand und furchtbar unbequem war.

„Mithilfe der Umweltschützer. Nach den Katastrophen der letzten Jahre, den Dürren, Waldbränden und Überschwemmungen, haben die Südamerikaner eingesehen, dass man den Regenwald schützen muss. Aber sie schaffen es nicht, sich gegen die Großgrundbesitzer durchzusetzen. Jetzt hoffen sie auf den Ausgleicher." Er ließ den Korken knallen und füllte die Gläser.

„Hoffentlich ist es nicht schon zu spät. Letztes Jahr haben sie wieder eine Fläche so groß wie Dänemark abgeholzt."

„Deshalb ist unser Feldzug so wichtig." Er reichte ihr ein Glas. „Auf die erste UN-Ausgleicherin: Lea Sheldon."

Sie stießen an und tranken beide einen Schluck.

„Don, du machst mir reichlich Druck." Lea konzentrierte sich darauf, den fruchtigen Geschmack des Schaumweins zu spüren, seine Kühle, das Prickeln der Kohlensäure. Die Sinneseindrücke lenkten sie von ihren Sorgen ab.

„Ja, aber du kannst mit Druck umgehen. Deshalb bist du die Richtige für den Job."

„Zwei Probleme. Erst mal müssen sie den Posten schaffen. Und dann muss ich gewählt werden."

Er setzte sich ihr gegenüber, stellte die Flasche auf dem Tisch ab. „Wir sind auf dem richtigen Weg. Jetzt geht's nach Afrika. Da holen wir die restlichen Stimmen."

„Was macht dich so sicher? Gibt es lokale Gruppen, mit denen ihr zusammenarbeitet?"

Er lachte kurz auf. „In Afrika? Nichtregierungsorganisationen haben da nichts zu melden. Nein, da zählt nur der persönliche Kontakt. Und das hier." Er rieb die Finger aneinander.

„Meinst du Geld?"

„Klar."

„Bestechung?"

Er goss sich noch etwas Champagner ein. „Wie alt bist du, Lea? Achtzehn?"

„Don, das geht nicht. Wir wollen Korruption und Vetternwirtschaft verhindern. Wir dürfen sie nicht selbst betreiben."

„Lea, die bessere Welt ist unser Fernziel. Einstweilen müssen wir sie nehmen, wie sie ist. Bestechung ist in Afrika Teil der Kultur. Anders kannst du dort nichts erreichen." Er beugte sich über den Tisch, griff nach ihrer Hand. „Mach dir keine Sorgen, Lea. Ich habe Mittelsmänner. Die Zahlungen laufen über viele Stationen. Niemand wird dich je damit in Verbindung bringen."

Sie stöhnte. „Das wird mich schlaflose Nächte kosten."

Er sah ihr in die Augen. „Denk an das, was auf dem Spiel steht. Wir müssen die Macht der Clans und der Warlords brechen. Das kann nur jemand, der von außen kommt. Eine neutrale, unabhängige Person. Lea, du bist die beste Ausgleicherin in Europa. Du hast die beste Erfolgsquote, und du bist die beliebteste. In Umfragen landest du immer auf dem ersten Platz."

„Ja, und deshalb habe ich besonders viel zu verlieren. Ich habe noch nicht endgültig entschieden, ob ich mich in New York zur Wahl stelle."

„Falsch, du hast nichts mehr zu verlieren. In anderthalb Jahren endet deine Amtszeit, Lea. In Brüssel darfst du nicht noch einmal zur Wahl antreten. Was willst du danach machen? In die Wirtschaft gehen darfst du nicht. In deinen alten Beruf als Lehrerin kannst du nicht zurück, du bist zu lange raus. Der Job als UN-Ausgleicherin ist deine große Chance, Lea. Du kannst in die Geschichte eingehen." Don strahlte über das gesamte Gesicht, er drückte ihre Hand noch fester.

„Du tust mir weh."

„Entschuldige." Er ließ los. „Lea, du hast das Talent, um etwas ganz Großes zu erreichen. Du kannst Frieden stiften, wo bisher Krieg war. Du kannst Armut lindern, du kannst die Kranken heilen …"

Sie lachte. „Ja, und übers Wasser gehen kann ich auch."

Er stand auf. „Lea, es ist mir ernst damit. Ich will nicht meine Zeit vergeuden, ich will nicht mein Geld vergeuden mit …"

„Apropos. Was versprichst du dir davon, mein lieber Don? Warum investierst du so viel in diese Kampagne?"

Er öffnete seine Arme. „Weil ich etwas bewirken will im Leben. Als mein Vater gestorben ist, war er einer der reichsten Männer an der Ostküste. Weißt du, wie viele Leute zu seiner Beerdigung gekommen sind? Sechs. Und davon waren drei Angestellte von ihm. So wird es mir nicht ergehen. Ich will mein Geld nicht nur von einem Konto zum anderen verschieben. Ich will nicht jedes Jahr ein neues Haus und drei neue Autos kaufen. Ich will etwas Bedeutendes hinterlassen. Meine Umweltstiftung ist schon jetzt eine der bekanntesten der Welt. Ich bin der größte private Waldbesitzer der Welt. Meine Wälder werden nicht abgeholzt, sie werden geschützt. Aber mein Werk ist in Gefahr. Wenn der Klimawandel so weitergeht, wenn der illegale Einschlag weitergeht, wird in ein paar Jahrzehnten nichts mehr davon übrig bleiben. Deshalb müssen wir die Dinge grundlegend ändern." Er kniete sich neben ihr auf den Boden, berührte sie am Arm.

„Don, nicht …"

„Lea, ich bitte dich inständig. Mach es. Stelle dich zur Wahl. Du kannst es. Du hast das Talent, du hast die Fähigkeiten. Und ich habe das Geld, um dich auf diesen Posten zu bringen. Zusammen können wir die Welt retten."

*

Marek entblößte seinen linken Oberarm und zeigte damit den Adler, der in seine Haut tätowiert war. Der Vogel breitete seine Schwingen aus, als ob er sich in die Luft erheben würde, mit seinen Krallen hielt er eine Bombe fest. Darunter standen die Worte: KREW I HONOR.

„Was ist das?", fragte Bruno.

„Das Abzeichen meiner Kameradschaft."

Er hob die Augenbrauen. „Ein Sportverein?"

„Ja, wir machen einen ganz besonderen Sport. Ich habe die Gruppe vor drei Jahren gegründet. Unser Stützpunkt liegt in der Nähe von Krakau. Bis jetzt sind wir zwanzig Männer. Ganz normale Leute, Arbeiter, Angestellte, Handwerker. Wir machen Übungen, halten uns fit für den großen Umsturz."

Bruno beugte sich näher an Mareks Arm heran. „Krew i … Was heißt das?"

„Das ist Polnisch und bedeutet: Blut und Ehre. Der Leitsatz unserer Kameradschaft."

Die Geschichte, die Marek erzählte, war frei erfunden. Tatsächlich existierte diese Gruppe gar nicht. Die Tätowierung hatte er sich stechen lassen, als er in die Rockerbande Adler der Nacht eintrat, um verdeckt gegen sie zu ermitteln. Der Greifvogel war ihr Symbol, der Schriftzug ihr Motto. Der Club begann damit, Bordelle in der Provinz einzurichten und versuchte später, den Drogenhandel in Warschau und Krakau zu übernehmen, was kläglich misslang. Polnische Rocker galten im Vergleich zu den arabischen und türkischen Familienclans als zu weich, weil sie sich meist nur prügelten, kaum mit dem Messer angriffen und grundsätzlich keine Morde begingen. Außerdem nahmen sie auch Mitglieder auf, die nicht mit ihnen verwandt waren, sodass es Marek relativ leichtfiel, Beweise gegen sie zu sammeln. Nach nur zehn Monaten besaßen er und seine Sonderkommission genügend Material, um die Mitglieder der Bande anzuklagen und für viele Jahre ins Gefängnis zu bringen. Allerdings hatten sie dadurch auch dafür gesorgt, dass ihre Plätze durch weit brutalere Mafiabanden aus dem Ausland übernommen wurden, was nicht wenige Polizisten bedauerten.

„Und was habt ihr vor?"

„Wir wollen uns mit Kameraden aus ganz Europa zusammenschließen. Ein neuer Krieg ist unvermeidlich. Aber wir müssen sehr genau überlegen, mit wem wir eine Waffenbrüderschaft eingehen. Ich bin sicher, die Antwort findet sich in dieser Halle."

„Ja, vielleicht." Bruno schaute ihn prüfend an. „Gut, machen wir einen kleinen Test mit dir. Ich zeig dir, was du sehen willst. Und du sagst mir hoffentlich, was ich hören will. Warte hier."

Bruno ging zur Baracke hinüber. Marek trat von einem Fuß auf den anderen. Holte er Verstärkung? Musste er sich von jemandem eine Erlaubnis geben lassen? Zur Nervosität bestand kein Anlass. Das Gelände war weit und offen, es gab jede Menge Fluchtwege. Mit Bruno würde er sowieso allein fertigwerden. In Gedanken ging er noch mal die Daten durch, die er in den letzten Tagen auswendig gelernt hatte. Das Fachwissen sollte ihm helfen, in den geschlossenen Kreis einzudringen.

Endlich kam Bruno zurück. In Händen hielt er einen dicken Schlüsselbund und einen Holzkasten. Am Hallentor hingen schwere Ketten, die mit drei Vorhängeschlössern gesichert waren. Bruno öffnete sie und legte sie in dem Kasten ab. Dann schob er das Tor ein Stück beiseite, gerade so weit, dass sich ein Mann durchquetschen konnte.

„Mach dich auf eine Überraschung gefasst", sagte er grinsend.

Bruno betrat zuerst die Halle. Gleich nachdem Marek ihm gefolgt war, schob er das Tor wieder zu. Im Inneren der Halle herrschte Dunkelheit. Die beiden Männer tasteten sich am Tor entlang, bis sie die Ziegelsteinwand erreichten. Bruno drückte eine Taste. Leuchtstoffröhren schalteten sich an, beleuchteten die Militariasammlung, von der in den Ermittlungsakten die Rede war. Marek erblickte ungefähr ein Dutzend alte Lastwagen und Panzer. Er stieß einen Pfiff aus.

„Nicht schlecht."

Bruno schwieg, als ob er auf etwas warten würde.

Marek wusste, dass er jetzt keinen Fehler machen durfte. Er ging zu dem Wagen, der dem Tor am nächsten stand. Es war ein Halbkettenfahrzeug, dessen Vorderachse wie die eines normalen Lastwagens aussah, an Stelle der Hinterachse befand sich jedoch ein Kettenlaufwerk. Der Aufbau glich dem eines großen Cabriolets. Fahrer und Beifahrer saßen auf gewöhnlichen Autositzen, auf der Ladefläche waren zwei Sitzbänke quer zur Fahrtrichtung installiert, die Platz für etwa sechs Soldaten boten. „Ich werd verrückt. Ein Sonder-Kfz. Zehn. Eine echte Zugmaschine der Wehrmacht."

Bruno nickte, sagte aber noch immer kein Wort.

Marek ging zur Motorhaube, betrachtete das Emblem des Herstellers. „Österreichische Saurerwerke. Die gibt es schon lange nicht mehr." Er umrundete das Fahrzeug. Auf den Kotflügeln waren zu beiden Seiten Benzinkanister, Klappspaten und Spitzhacken festgeschnallt. „Ausrüstung einer Pioniereinheit." Marek kniete sich auf den Boden, las die Aufschrift eines Blechschildes. „*Die Kette ist so anzuspannen, dass der obere Kettenstrang auf den mittleren Laufrädern aufliegt, jedoch das erste Laufrad nicht berührt!*" Er schlug sich in die Hände. „Wahnsinn. Das ist original Wehrmachtsmaterial."

Endlich meldete sich Bruno wieder zu Wort. „Ja. Der Wagen hat den Westfeldzug in Frankreich mitgemacht. Ein

Sammler hat ihn in den Siebzigern auf einem Schrottplatz in Oberitalien entdeckt. Er ist uns vor ein paar Jahren zugelaufen."

„Können wir damit eine Runde drehen?"

„Jetzt nicht. Da draußen sind ein paar Leute, denen man nicht vertrauen kann." Er deutete in Richtung der Crossstrecke.

„Okay, vielleicht ein anderes Mal."

Marek begann einen kleinen Rundgang. In der zweiten Reihe stand ein Vollkettenfahrzeug mit einem rundlichen Fahrerhaus, dem sich eine Pritsche anschloss. „Raupenschlepper Ost", sagte er mit Kennerblick. „Sehr solide, aber extrem langsam. Hat den Vormarsch der Truppen behindert."

„Stimmt. Der hier wurde nach dem Krieg in Österreich beim Holzfällen eingesetzt."

Marek kommentierte die weiteren Fahrzeuge, die er in der Halle erblickte. „Horch 901. Motor aus einem Luxuswagen … BMW-Wehrmachtsgespann … NSU-Kettenkrad … Und was ist das? Ein VW Schwimmwagen." Er betrachtete die Schiffsschraube am Heck des rundlichen Autos. „Unglaublich. Die Dinger sind ein Vermögen wert."

„Kann man wohl sagen. So ein Ding hat auf einer Auktion vierhunderttausend Dollar gebracht. Aber unser ist besser. Viele Schwimmwagen sind eigentlich Repliken, mit neuen Teilen aufgebaut. Unser ist original."

Er drehte sich im Kreis, tat so, als würde ihm schwindlig werden. „Das sind ja … Millionenwerte, die hier stehen. Woher habt ihr all diese Hammerteile?"

„Von verschiedenen Sammlern. Die gehören uns aber nicht. Wir haben nur die Ehre, sie bewachen zu dürfen."

„Ja, aber …" Marek senkte seine Stimme. „Eines fällt auf: Die hier sind alle unbewaffnet. Ihr habt doch sicher noch ein paar scharfe Teile, oder? Vielleicht einen Panzer III oder IV, einen Tiger oder Panther?"

Bruno lachte. „Natürlich haben wir die. Aber die stehen an einem sicheren Ort."

„Wo?"

„Im Osten."

„Kann ich sie sehen?"

„Vielleicht. Dazu musst du dich qualifizieren."

„Wie?"

„Es gibt einen Eignungstest, der ..."

„Ich will ihn machen", forderte Marek.

„Ganz sicher? Wer einmal dabei ist, kann nicht mehr aussteigen."

Er schob den Ärmel seines T-Shirts hoch, deutete auf seine Tätowierung. „Siehst du das? Krew i honor. Blut und Ehre. Ich kämpfe für meine Ideale. Nur der Tod kann mich von meinem Eid entbinden."

„Also gut, wenn du es unbedingt willst. Wir werden uns bei dir melden. Halte dich bereit."

*

Am Abend war Lea allein in ihrer Wohnung. Das Treffen mit den Gewerkschaftern hatte drei Stunden gedauert und all ihre Aufmerksamkeit in Anspruch genommen. Sie sprachen über Mindestlöhne und Arbeitszeiten, Lea machte gemeinsam mit CON-12 Notizen, um sich auf die nächste Sitzung der Kammer der Freien Bürger vorzubereiten. Zeit für andere Gedanken blieb ihr dabei nicht. Jetzt aber, wo sie in den leeren und stillen Räumen umherging, musste sie wieder an die Begegnung mit Don Grazer zurückdenken.

„Anderthalb Jahre", sagte sie laut.

So lange war sie noch als Ausgleicherin gewählt. Bei ihrem Ausscheiden aus dem Amt würde sie fünfundfünfzig Jahre alt sein. Zu jung für die Rente. Don hatte recht, ihr blieben nicht viele Möglichkeiten. Die Ausgleicher wurden gut bezahlt, aber sie besaß wenig Rücklagen. Die Scheidung von Jerome hatte viel Geld gekostet, ihrem Sohn finanzierte sie die Ausbildung. Auf den luxuriösen Brüssler Lebensstil müsste sie dann verzichten. Und auf die Privilegien, auf den Ruhm. Als normale Bürgerin Lea Sheldon würde gewiss kein Reporter sie mehr um ein Interview bitten, sie bekäme nicht mehr so leicht einen Platz in den angesagten Restaurants, und auf den Fahrdienst müsste sie ganz verzichten. Auch auf den Personenschutz. Brüssel war in einigen Bezirken eine gefährliche Stadt.

Aber ausgerechnet Don Grazer? Sie kannte ihn seit sieben oder acht Jahren, hatte ihn auf einer Wohltätigkeitsgala getroffen. Er war ein netter Mensch, großzügig, enthusiastisch, loyal – aber leider auch sehr umstritten. Don stammte aus einer reichen amerikanischen Familie, die ihr Vermögen im neunzehnten Jahrhundert mit der Eisenbahn erworben hatte. Seitdem wurde es geschickt investiert in Öl, Autos, Telefongesellschaften, Fernsehsender, IT-Unternehmen. Der junge Don studierte Betriebswirtschaft und ging nach seinem Abschluss zu einer renommierten New Yorker Bank, wechselte aber bald schon zu einem Hedgefonds. Innerhalb weniger Jahre brachte er es zum Manager des größten Industriefonds seines Landes.

Seine Methoden waren ebenso erfolgreich wie rabiat. Er kaufte Unternehmen, die in Schwierigkeiten steckten, sanierte sie, indem er Mitarbeiter entließ oder Immobilien verkaufte, und stieß die Reste mit großem Gewinn ab. Manche wurden auch sofort nach der Übernahme geschlossen und die Vermögenswerte zu Geld gemacht. Nur sehr wenige Firmen entwickelte er wirklich weiter und führte sie zu neuer Blüte. Diese raren positiven Beispiele präsentierte er ausführlich auf der Webseite des Fonds, er ließ sich dafür Preise verleihen und in den Medien feiern. Im Laufe von zwei Jahrzehnten fügte er so dem Milliardenvermögen seiner Familie einige weitere Milliarden hinzu. Er setzte sich aber auch der Kritik der Öffentlichkeit aus. Auf Demonstrationen sah man Puppen mit seinem Konterfei, die an Galgen hingen, seine Autos wurden mit Steinen beworfen, eines seiner Häuser ging sogar in Flammen auf. Vor nicht allzu langer Zeit noch galt Don als geldgierig, rücksichtslos und arrogant.

Dann musste sich etwas Außergewöhnliches in seinem Leben ereignet haben. Ein Unfall, eine Krankheit, eine Begegnung mit einem besonderen Menschen? Don wollte nicht darüber sprechen. Lea hatte ihn mehrfach gefragt, er war jedes Mal ausgewichen. Seit jenem Tag verhielt er sich plötzlich wie ein Wohltäter der Menschheit. Er spendete hohe Summen an gemeinnützige Organisationen, er trat auch selbst als Spendensammler auf, eröffnete Krankenhäuser und Forschungsinstitute, förderte Gesundheits- und Bildungsprogramme. Vor allem aber kaufte er Wald. Riesige Gebiete, in Südamerika, Asien, Afrika. Sie wurden von seiner Stiftung unter Schutz gestellt, die Jagd war verboten. Holz- und Landwirtschaft durften zwar betrieben werden, damit die lokale Bevölkerung ein Auskommen hatte, jedoch nur in geringem Umfang und unter strengen Auflagen. Was die Menschen der Natur wegnahmen, sollten sie ihr auch wieder zurückgeben. Mit dieser Strategie hatte er viele Sympathien rund um den Erdball gewonnen. Auch Lea mochte Don, und sie versuchte, ihn so weit wie möglich zu unterstützen.

Aber sie musste auch an die dunklen Seiten seiner Biografie denken. Er galt nach wie vor als Lebemann, gab Unsummen aus für Luxuswaren, für Autos, Yachten und Rennpferde, hatte Affären mit Frauen, die halb so alt waren wie er selbst, und ein beträchtlicher Teil seines Vermögens befand sich – das hatten Wirtschaftsjournalisten herausgefunden – auf Geheimkonten in irgendwelchen Steueroasen. Vor allem aber: Was hatte ihn damals dazu bewogen, seine Einstellung so radikal zu ändern? Warum wollte er mit niemandem darüber sprechen? Natürlich war das seine Privatangelegenheit, und Lea bemühte sich in seiner Gegenwart, ihre Neugier zu zügeln. Doch sie bekam den Gedanken nicht aus dem Kopf.

Inzwischen war Lea auf ihrer nächtlichen Wanderung in einem ihrer Gästezimmer angelangt. Sie nannte es das afrikanische Zimmer, weil es mit Kunstgegenständen aus Gabun und Kamerun ausgestattet war, mit geschnitzten Masken und Figuren, die an den Wänden hingen oder sich über Kommoden und Tische verteilten. Im Halbdunkel sah es aus, als ob ein Gesicht mit Augen groß wie Spiegeleier und Zähnen aus Elfenbein zu ihr sprechen würde. Die Stimme klang so wie die von Don: „Wir müssen die Macht der Clans und Warlords brechen."

Leider hatte er auch damit recht. Seit über hundert Jahren leistete Europa nun Entwicklungshilfe in Afrika. Hunderttausende Männer und Frauen betrieben Krankenhäuser, bohrten Brunnen, züchteten Pflanzen, die mit den extremen Bedingungen zurechtkamen, und vieles mehr. Mehr als eine Billion Euro wurde investiert. Gebracht hatte es nicht viel. Afrika war noch immer das Armenhaus der Welt. Wesentliche Gründe dafür waren Korruption und Vetternwirtschaft. Die Zugehörigkeit zu einem Clan oder einer Volksgruppe zählte mehr als das Gemeinwohl.

Die europäischen Politiker konnten nichts bewirken, was sicher auch daran lag, dass sie selbst einer Art von Clans angehörten – den Parteien. Sie drängten darauf, dass Firmen aus ihren Ländern Zugriff auf afrikanische Rohstoffe erhielten, wofür sie oft nur Spottpreise zahlten, und dass der Kontinent als Absatzmarkt für ihre – teils hoch subventionierten – Waren herhalten musste, womit sie einheimische Konkurrenten oft ruinierten, und ließen sich diese Aktivitäten auch noch als Entwicklungshilfe anrechnen. Sie alle waren gefangen in einem Netz aus Abhängigkeiten.

Ausgleicher zappelten in keinem Netz. Sie waren frei und unabhängig, kümmerten sich nicht nur um Einzelinteressen. Wenn es jemand schaffen könnte, die Probleme dauerhaft zu lösen, dann war es ein Ausgleicher. Oder eine Ausgleicherin. Lea musste es riskieren. Die Zusammenarbeit mit Don würde gewiss nicht einfach werden. Geheimhaltung war wichtig. Niemand durfte erfahren, dass er ihre Kandidatur unterstützte. Nicht einmal Marek. Lea schämte sich für diesen Gedanken. Sie waren noch nicht einmal seit einer Woche ein Paar – und schon hinterging sie ihn.

9. Kapitel: Weit draußen

„Wir sind da", sagte Bruno. „Dort ist das Testgelände."

Marek vernahm die Worte über die Muscheln seines Kopfhörers, glaubte aber an einen Scherz. Er saß gemeinsam mit dem jungen Belgier auf der Rückbank eines Hubschraubers, der sie in die russische Steppe gebracht hatte und nun zur Landung ansetzte. Durch das Fenster sah er eine weite Graslandschaft. „Aber da ist nichts."

„Oh doch, da ist etwas. Jede Menge Platz." Lachend stieß er die Seitentür auf. „Raus mit dir."

Marek wusste, dass ihm keine Wahl blieb. Er hatte darauf bestanden, die Prüfung zur Aufnahme in das Wolfsrudel abzulegen. Wenn er jetzt einen Rückzieher machen würde, müsste er wieder bei null anfangen. Es gab nur eine schwache Verbindung von der Neonazigruppe zu P7, sonst besaß er keinerlei Beweise gegen die Geheimorganisation. Er hängte seinen Kopfhörer in die Halterung und sprang aus dem Hubschrauber.

„Ich hab noch ein Geschenk für dich", rief Bruno in den Lärm des Rotors. Bevor er die Tür verschloss, stieß er mit dem Fuß einen Rucksack heraus.

„Was soll ich …" Marek sprach nicht weiter. Bruno konnte ihn nicht verstehen, weil der Pilot den Hubschrauber hochzog und wendete. Die Turbinen heulten auf. Es dauerte nur wenige Minuten, dann war die alte Mil Mi-8, die noch die Farben des russischen Militärs trug, in der Weite des Himmels verschwunden. Es wurde ruhig um ihn herum. Sehr ruhig. Außer dem Rauschen des Windes war nichts zu hören.

„Na toll." Er öffnete den Rucksack, in dem er Proviant fand: mehrere Flaschen Wasser, Kekse, Dauerwurst.

Darunter war noch etwas, es fühlte sich weich an. Ein Schlafsack. Und ein Regenmantel, der zusammengefaltet war.

Mein Aufenthalt soll wohl etwas länger dauern. Was ist das?

In einem Seitenfach stieß Marek auf ein Büchlein. Es trug keinen Titel, der Autor war nicht genannt. Auf der ersten Seite stand ein Text in Runenschrift. Wahrscheinlich Altgermanisch. Er blätterte weiter, fand aber keinen Satz in einer Sprache, die heute noch gesprochen wurde. Unverständliches Gekritzel, Symbole, Zahlen, keine Landkarte, nicht mal ein winziger Ausschnitt davon. Sonst war in dem Rucksack nichts Brauchbares enthalten. Kein Kompass, kein Taschenmesser, keine Streichhölzer, nichts.

Er sah sich um. Die Landschaft war nicht vollkommen leer. Im Norden lag eine Bergkette, im Süden entdeckte er eine gezackte Struktur. Vielleicht ein Wald. Oder nur ein paar abgestorbene Bäume. Vielleicht handelte es sich auch um ein Sumpfgebiet. Der Hubschrauber hatte ihn ziemlich genau in der Mitte zwischen diesen Punkten abgesetzt. Wie weit waren die Entfernungen? Es gab in diesem verfluchten Grasland nichts, woran sich das Auge festhalten konnte, keinen Baum, keinen Felsen, keinen Fluss. Es mochte ein Kilometer sein, vielleicht auch drei, fünf oder mehr.

Wo befand er sich hier? Irgendwo in Russland. Oder in einer ehemaligen Sowjetrepublik. Auf dem Flughafen von Brüssel hatte er einen Privatjet bestiegen, der ihn weit nach Osten brachte. Mit dem Essen, das ihm eine freundliche Stewardess servierte, nahm er wohl ein Schlafmittel oder eine Droge zu sich. Als er wieder aufwachte, waren die junge Frau und sein Gepäck verschwunden. Marek tat der Kopf weh, er fühlte einen Brechreiz. Die Maschine wurde aufgetankt, dann setzte sie den Flug nach Osten fort. Seine Uhr musste er ebenso wie sein Telefon und seinen Pass schon beim Start abgeben, sodass er jegliches Gefühl für Zeit und Entfernungen verlor.

Als sie auf ihrem Zielflughafen landeten, entdeckte er einen Lastwagen, der mit kyrillischen Buchstaben beschriftet war. Sie stiegen in den Hubschrauber um. Die Mil Mi-8 besaß normalerweise Platz für bis zu vierundzwanzig Passagiere, in diesem Exemplar jedoch war ein Zusatztank so groß wie ein Auto installiert. Aufkleber warnten in mehreren Sprachen vor dem Rauchen, weil Explosionsgefahr bestand. Die Reichweite der Maschine betrug sicher weit über tausend Kilometer. Damit hätten sie ihn bis nach Sibirien fliegen können.

Was soll ich hier?

Zwei Möglichkeiten. Erstens: Marek sollte einfach nur überleben. Die Herausforderung bestand darin, mit der Weite, der Kälte und der Einsamkeit zurechtzukommen. Nach einer gewissen Zeit, vielleicht zwei oder drei Tage, würde ihn der Hubschrauber wieder abholen. Zweitens: Er sollte einen Auftrag erfüllen. Ein Rätsel lösen. Oder etwas finden, bergen, ausgraben. Vielleicht einen Schatz. Oder einen symbolischen Gegenstand. Etwas, das jemand vor ihm versteckt hatte.

Marek schlug noch einmal das Büchlein auf. Die Runenschrift konnte er einigermaßen lesen. Bei seinem Besuch auf der Motocrossanlage hatte er bemerkt, dass Bruno die Schriftzeichen auf seinem T-Shirt anstarrte. Für Marek war es nur irgendein Kleidungsstück gewesen, das aus einem rechten Szeneladen stammte, für Bruno schien es eine besondere Bedeutung zu haben. Daraufhin setzte er sich intensiv mit dem Thema auseinander. Er fand heraus, dass Mitglieder des Wolfsrudels häufig in altgermanischen Sprachen miteinander kommunizierten, wobei sie die Runenreihen älteres oder jüngeres Furthak benutzten. Die Wartezeit, bis sie ihn zu dem Eignungstest abholten, hatte er genutzt, um möglichst viel davon zu erlernen. Das zahlte sich nun aus.

„Nag il grata santur", lautete die erste Zeile.

Marek zuckte zusammen. Er kannte diesen Begriff, für einige Menschen war er eine Art Heiliger Gral, sie verehrten ihn, suchten alle Spuren, die auf seine Existenz hinwiesen. Andere lachten darüber, wieder andere fürchteten sich davor. Grata santur – die Schwarze Sonne. Bis 1945 war sie ein wichtiges Symbol der SS gewesen. Eine Abbildung davon fand sich unter anderem in der Wewelsburg, die Heinrich Himmler zur Kultstätte seines Ordens ausbauen ließ. Je nach Fantasie konnte man darin entweder drei übereinander gelegte Hakenkreuze erkennen oder zwölf Siegrunen, die sich um einen schwarzen Mittelpunkt scharten. Es war aber weit mehr als nur ein Symbol. In der rechten Szene stritten zwei Denkschulen miteinander. Die einen glaubten, es handele sich um eine ausgebrannte Sonne, die tatsächlich existiert habe und von den germanischen Urvölkern am Himmel erblickt und verehrt wurde. Die anderen waren überzeugt, dass sie eine mythische Kraftquelle sei, die jenen, die an sie glaubten, übermenschliche Fähigkeiten verlieh. Angeblich konnte man sie durch magische Rituale für sich nutzbar machen.

„Nag il – grüße dich. Grüße sie. Grüße die Schwarze Sonne?"

Marek schaute nach Westen. Die sichtbare Sonne würde bald untergehen. Sie konnte nicht gemeint sein. Im Süden lag dieser Wald oder Sumpf. Gab es dort irgendwo eine Verbindung zur Schwarzen Sonne? Schwer vorstellbar. Er wandte sich nach Norden. Dort hinten lag eine Bergkette. Es ging aufwärts, nach oben, zur Sonne. Vielleicht bestand ein Gipfel aus dunklem Gestein. Basalt oder Granit. Vielleicht gab es dort auch eine runde Struktur. Damit wäre die Verbindung hergestellt.

„Also gut." Marek schnallte sich den Rucksack um und marschierte in Richtung Norden.

*

Warum ruft er nicht an?

Lea saß am Kamin in ihrem Wohnzimmer und starrte in die Flammen. Die Stereoanlage spielte leise Musik, neben ihr stand ein Glas Rotwein auf dem Boden. An diesem Tag hatte sie bestimmt schon zwanzig Mal ihre E-Mails abgefragt, auch die Text- und Sprachnachrichten, den Anrufbeantworter, nichts. Marek meldete sich einfach nicht. Seit fast einer Woche hatte sie nichts mehr von ihm gehört. Dabei sollte er ihr in seiner Funktion als Sonderermittler regelmäßig Bericht erstatten, über den Stand seiner Nachforschungen, seinen Aufenthaltsort, die Verwendung der Spesengelder. Und in seiner Rolle als Freund und Geliebter wäre es nett gewesen, wenn er wenigstens ab und zu mal fragen würde, wie es ihr geht. Oder ob er ihr bei etwas helfen könnte. Vielleicht brauchte er in irgendeiner Sache Hilfe. Er hatte sich noch nicht in Brüssel eingelebt, vielleicht könnte sie ihm ein paar Tipps geben. Aber nein, es herrschte totale Funkstille.

Vielleicht gab es dafür einen tieferen Grund. Wahrscheinlich wollte Marek nichts mehr von ihr wissen. Für ihn war es nur eine kurze Affäre gewesen. Er wollte herausfinden, wie es ist, mit einer älteren Frau Sex zu haben. Einmal ausprobieren und dann: Danke, nie wieder. Womöglich hatte er auch mit seinen Freunden eine Wette abgeschlossen. Wer von ihnen bekommt die älteste Frau ins Bett? Im Moment lag Marek vorn mit einer Dreiundfünfzigjährigen. Diesen Wert galt es zu überbieten.

Nein, Quatsch. Ich steigere mich in etwas hinein.

Lea stand auf, ging mit dem schmutzigen Geschirr in die Küche. Den restlichen Wein schüttete sie in den Ausguss, das Glas und den Teller stellte sie in die Spülmaschine. Sie musste etwas tun, etwas Sinnvolles. Vielleicht Sport? Lea blickte auf die Uhr. Fast zwanzig Uhr. Zu spät fürs Fitnessstudio. Aber für solche Fälle hatte sie ihr Sportzimmer eingerichtet. Sie zog ein T-Shirt und eine Radlerhose an und schlug den Trainingsplan auf, der an der Wand hing. Kein

Eintrag seit drei Wochen. Auf dem Sattel des Hometrainers lag eine Staubschicht.

Schäm dich, Lea.

Eine Stunde Spinning. Das wäre das Richtige für den Tagesausklang. Auf die Ablage zwischen den Handgriffen klemmte sie eine Akte. *Bioplastik – Material für Verpackungen als Konkurrenz zum Anbau von Nahrungsmitteln?* Mit diesem Thema musste sich die Kammer der Freien Bürger in den nächsten Tagen beschäftigen.

Sie machte ein paar Dehnübungen und setzte sich auf das Fahrradergometer. Am Drehschalter stellte sie Stufe drei von zehn ein und begann, langsam in die Pedale zu treten. Geringer Widerstand. Die Schwungscheibe summte leise. Erste Seite: *In den letzten Jahren gelang es, bei Verpackungen den Plastikanteil um neunzig Prozent zu senken.*

Ich brauche etwas zu trinken.

Lea ging in die Küche, holte eine Flasche Mineralwasser aus dem Kühlschrank, trank auf dem Rückweg einen kräftigen Schluck und stellte die Flasche in die Halterung an ihrem Sportgerät.

Jetzt aber. *Moderne Verpackungen bestehen in der Regel aus Stärke oder Cellulose und sind biologisch abbaubar.*

Stufe fünf. Schnelles Treten der Pedale. Mittlerer Widerstand. Die Schwungscheibe heulte. *Müssen Menschen hungern, weil wir Berge von Verpackungsmüll produzieren?*

Stufe sieben. Hoher Widerstand. Langsames Treten. Lea spürte, wie der Schweiß an ihr herunterlief. Sie blickte auf die Digitalanzeige.

Was? Erst zwölf Minuten. Erst hundertzehn Kalorien verbrannt. Das müsste doch viel mehr sein.

Lea klappte die Akte zu und begann, heftig in die Pedale zu treten. Das T-Shirt war mittlerweile durchgeschwitzt, die Flasche zur Hälfte geleert.

Sechzehn Minuten, hundertachtzig Kalorien.

Sie dachte an Marek. Er würde sich bestimmt wundern, wenn er sie auf dem Heimtrainer strampeln sähe. Wahrscheinlich hielt er sie für unsportlich, für eine Stubenhockerin. Aber das war falsch. Sie tat etwas für ihr Aussehen, für ihre Fitness.

Neunzehn Minuten, zweihundertzwanzig Kalorien. Ihre Beine begannen zu schmerzen.

Vielleicht könnten sie irgendwann mal zusammen in den Urlaub fahren. Vielleicht könnten sie an den Strand gehen. Wenn Lea ihr Trainingsprogramm durchhalten würde, hätte sie in ein paar Monaten ihre alte Figur zurück. Irgendwo in ihrem Kleiderschrank lag sogar noch ein Bikini. Ob der noch passte? Wenn nur diese verflixte Orangenhaut nicht wäre. Lea spürte, dass ihre Kraft nachließ.

Dreiundzwanzig Minuten, zweihundertsiebzig Kalorien. Die Schmerzen waren nicht mehr auszuhalten. Mehr ging einfach nicht. Lea wischte sich den Schweiß von der Stirn und stieg von dem Trainingsgerät ab. Die volle Stunde hatte sie zwar nicht geschafft, aber sie war trotzdem stolz auf sich. Für den Anfang reichte es. Ab morgen würde sie das Programm jeden Tag wiederholen.

Lea ging ins Badezimmer, um zu duschen. Sie stellte sich vor den Spiegel und zog ihr T-Shirt aus. Eigentlich war sie immer noch eine schöne Frau. Seit ihrer Jugend trug sie die Kleidergröße achtunddreißig, ihr Gewicht hatte sich nur um vier Kilogramm erhöht. Ihr Haar glänzte im selben dunklen Blond, obwohl sie es inzwischen nachfärben musste. Die Falten im Gesicht waren nicht zu tief, weil sie auf eine gesunde Ernährung und ausreichend Schlaf achtete, auf Alkohol und Tabak verzichtete und sich keiner zu starken Sonneneinstrahlung aussetzte. Die Orangenhaut am Bauch und am Po sah man nur, wenn sie ihre Kleidung auszog. Falls dann jemand in der Nähe war, sorgte sie für eine gedämpfte Beleuchtung. Im Grunde konnte Lea mit sich und ihrem Körper zufrieden sein. Bis zu dem Moment, in dem sie ihren Büstenhalter auszog. Ihre Brüste, auf die sie so stolz war, wenn sie sie in einem ausgeschnittenen Kleid präsentieren konnte, veränderten sich dann schlagartig. Sie fielen förmlich nach unten. Sie hingen, wirkten schlaff, alt, verbraucht. An diesem Körperteil konnte sie am klarsten ablesen, dass sie alt wurde. Noch als Zwanzigjährige war Lea im Sommer ohne BH ausgegangen, trug enge T-Shirts und Kleider und erntete dafür bewundernde Blicke. Heute wäre das unmöglich.

Diese Brüste hatten mal Milch gegeben, so viel, dass Lea sie abpumpen und in Flaschen abfüllen konnte. Sie hatte ihren Sohn gestillt und Sexspiele mit ihrem Mann gemacht. Vor zwanzig Jahren war sie eine gesunde und fruchtbare Frau gewesen. Bald würden ihre Brüste aussehen wie zwei leere Schläuche, die an ihrem Körper herunterhingen, vielleicht bis zum Bauchnabel. Würde sich ein junger Mann dafür interessieren? Marek hatte doch eine Riesenauswahl unter gleichaltrigen oder noch jüngeren Frauen. Der brauchte keine leeren Schläuche.

Vielleicht sollte sie sich operieren lassen? Man könnte die Brüste straffen, überschüssige Haut wegschneiden. Ein kleiner Eingriff, nach wenigen Tagen könnte sie die Klinik verlassen. Millionen Frauen machten so etwas. Lea fasste unter ihre Brüste und hob sie ein paar Zentimeter an. Schon besser. Damit sähe sie zehn Jahre jünger aus. So könnte sie sogar wieder einen Bikini tragen und an den Strand gehen, vielleicht sogar ohne Oberteil. Die Männer würden sich nach ihr umdrehen … Aber was wäre, wenn die Presse davon erfahren sollte? *Die Ausgleicherin ist eitel. Sie will ihre Jugend zurückholen. Alles für ihren jungen Geliebten.* Solche Schlagzeilen würde sie zu lesen bekommen. Es wäre an Peinlichkeit kaum zu überbieten. Und auf die Karriere als UN-Ausgleicherin müsste sie verzichten.

Verflixt, Altwerden ist eine Last. Morgen erkundige ich mich, ob es irgendwo eine diskrete Klinik für Schönheitsoperationen gibt. Vielleicht in Neuseeland. Oder in Chile. Irgendwo ganz weit weg.

*

Marek schaute zu den Sternen. Er hatte den Schlafsack ausgerollt, der erstaunlich bequem war, und sich mit dem Regenmantel abgedeckt, für den Fall, dass es im Laufe der Nacht regnen sollte. Er war allein, wirklich allein. Seltsames Gefühl. So etwas hatte er noch nie erlebt. Die nächste menschliche Ansiedlung befand sich vielleicht hundert Kilometer von hier entfernt. Auf seinem Fußmarsch Richtung Norden hatte er Hufspuren gefunden, die vielleicht von Rindern, Büffeln oder Yaks stammten, und ein bisschen Dung, der aber schon sehr trocken war. Vielleicht zogen Nomaden mit ihrem Vieh auf dieser Route entlang. Falls ja, kämen sie gewiss nur selten, vielleicht alle paar Wochen oder Monate, hier vorbei. Der Boden war steinig und sandig, das Gras dürr. Große Herden konnte man hier nicht ernähren.

Deshalb gab es auch vermutlich nur wenige Wildtiere. Im Laufe des Tages hatte er am Boden nur eine Maus oder Ratte gesehen und ein paar Vögel in der Luft. Sonst schien hier nichts zu leben. Demzufolge musste er sich auch nicht davor fürchten, von Raubtieren angegriffen zu werden. Es gab nicht genügend Beute für sie. Bären oder Wölfe könnten in dieser Region nicht überleben. Auch nicht der sibirische Tiger. Aber der war ja sowieso vom Aussterben bedroht.

Was war das? Ein Heulen? Hatte da eben ein Wolf geheult?

Marek richtete sich auf. Es kam aus Richtung Osten. Zu sehen war nichts. Nur Dunkelheit um ihn herum. Kein Schatten, keine Reflexion des Mondlichtes, nichts. Nein, wahrscheinlich war es nur der Wind. Er wehte unablässig in dieser flachen Landschaft, wo sich ihm nichts entgegenstellte. Mit Windkraftanlagen könnte man hier reich werden. Nur leider gab es keine Abnehmer für den Strom.

Er musste an irgendetwas denken, um sich abzulenken. Lea. Was tat sie jetzt wohl? Wahrscheinlich gemütlich vor dem Fernseher sitzen, etwas essen oder trinken. Keine Frage, sie hatte den besseren Job.

War das eine einmalige Sache zwischen ihnen gewesen? Oder würde sich mehr daraus entwickeln? Lea war zweiundzwanzig Jahre älter als er. Sie gehörte einer anderen Generation an. Als er geboren wurde, machte sie bereits ihr Referendariat als Lehrerin. Lea hatte Falten im Gesicht, und er zweifelte, ob das dunkle Blond ihres Haares echt war. Das konnte doch nicht funktionieren. Brächte er es jemals fertig, sie seinen Freunden vorzustellen? Was die wohl sagen würden? Wahrscheinlich nichts – sie würden ihn auslachen. Außerdem wollte er irgendwann eine Familie gründen. Lea war zu alt, um Kinder zu bekommen. Sie hatte bereits einen erwachsenen Sohn. In ein paar Jahren könnte sie Großmutter werden.

Das könnte aber auch ein Vorteil sein. Sie würde nicht mehr schwanger werden. Also müssten sie keinerlei Verhütungsmittel benutzen. Eine Sorge weniger. Mit älteren Frauen konnte man eine Menge Spaß haben. Lea war im Kopf jung geblieben. Sie besaß Humor, Energie, eine erotische Ausstrahlung. Mehr Argumente brauchte er nicht. Es sollte ihn nicht kümmern, was andere Leute über sie sagten. Lea war die Richtige – zumindest für die nächste Zeit.

10. Kapitel: Irrwege

Drei Tage? Mehr nicht?

Lea hatte in dieser Nacht schlecht geschlafen. Um fünf Uhr dreißig stand sie auf und setzte sich an den Computer. Eigentlich wollte sie nur ein, zwei Stichworte in eine Suchmaschine eingeben, aber dann entdeckte sie die Webseite einer Schönheitsklinik, die vor den Toren von Johannesburg lag. Deren medizinisches Fachpersonal, ausgebildet an den besten Universitäten Europas, bot ein umfangreiches Spektrum an Leistungen an: Brustvergrößerungen, -verkleinerungen und -straffungen, Fettabsaugungen, Gesichtsstraffungen und einiges mehr. Lea blieb eine halbe Stunde auf dieser Seite. Den Text über Bruststraffungen las sie sehr genau: *Mastopexie ... Schnittführung um den Warzenhof ... Zusammenziehen der Haut ... Nach der Operation einen Stützverband tragen ... Drei Tage zur Kontrolle bleiben ...* Lea hatte es sich schlimmer vorgestellt.

Und wenn ich schon mal da bin ...

Sie klickte die Unterseite zum Thema Facelifting an. *Stirnstraffung ... Anhebung der Augenbrauenpartie ... Faltenglättung ... Wangenlifting ... Haut und Muskeln mit Nähten straffen und an festen Punkten verankern ...* Lea berührte ihr Gesicht. Diese Partien konnte sie nicht unter Kleidung verbergen. Jeder würde die Folgen einer Operation erkennen.

Nein, nicht übertreiben. Erst mal nur die Brüste.

Die Klinik arbeitete mit mehreren europäischen Ärzten zusammen, die Patientinnen vor dem Eingriff untersuchten und berieten. Einer hatte seine Praxis in Brüssel. Lea schrieb ihm sofort eine E-Mail und bat um einen Termin.

Südafrika war perfekt. Das Land lag in derselben Zeitzone wie Belgien, also würde sie nicht unter Jetlag zu leiden haben. Die paar Stunden Flugzeit nähme sie gerne auf sich. Sie bräuchte nur eine gute Tarnung. Warum nicht Urlaub machen? Natürlich, das Land am Kap der Guten Hoffnung galt als beliebtes Reiseziel. Lea klickte einige touristische Webseiten an. Schwimmen, wandern, Golf spielen ...

Langweilig. Für alte Leute. Was ist das? Ein Fallschirm?

Lea entdeckte ein Bild, das einen Gleitschirmflieger über der afrikanischen Savanne zeigte. Unten kaute eine Giraffe an den Blättern eines Baumes, oben flog ein gelbroter Schirm über sie hinweg, an dem ein Mann hing. *Passagierflüge sind möglich ... Wer will, kann gleich eine Ausbildung beginnen ...*

Ja, das mache ich. Mit dem Gleitschirm über der Wildnis fliegen. Ich wette, Marek hat sich noch nie an so ein Sportgerät herangetraut. Der wird sich wundern, wenn ich aus meinem kleinen Urlaub zurückkomme. Wenn er einfach verschwindet, mache ich es genauso.

*

Das ist ein Vulkan!

Marek hatte einen anstrengenden Aufstieg hinter sich. Am Morgen weckte ihn die Sonne. Er wusch sich mit einer Handvoll Mineralwasser, nicht zu intensiv, weil er nicht wusste, wie lange er in der russischen Einöde ausharren musste, aß ein paar Kekse und machte sich wieder auf den Weg. Erst marschierte er durch die flache Grassteppe, dann stieg der Boden allmählich an. Der Hang wurde steiler und steiler, bis Marek schließlich eine felsige Bruchkante erreichte. Von dort aus blickte er in einen Krater von einigen Kilometern Durchmesser, der überwiegend aus Geröll und wenigen grünen Flächen bestand. Am Tag zuvor hatte er ihn irrtümlich für einen Berg oder eine Bergkette gehalten.

Ist das die Schwarze Sonne? Ein erloschener Vulkan? Wahrscheinlich. Santur ist ja auch eine erloschene Sonne. Erstes Ziel erreicht.

Marek hockte sich auf einen Felsen und holte das Büchlein aus seinem Rucksack hervor.

„Lak tetat kal merat kid", lautete die erste Zeile der zweiten Seite. „Was ist los?"

Marek verstand den Sinn des Satzes nicht. Zwei Worte davon allerdings kannte er: kal merat – die Hohlwelt. Er erinnerte sich an eine Legende, die er in einem Buch gelesen hatte, das von einem Autor der rechtsesoterischen Szene verfasst wurde. Der Mann stellte die These auf, dass die Erde hohl sei und tief in ihrem Inneren weiße Riesen leben würden. Sie sollten ursprünglich von Thule, einer mythischen Insel im Norden Europas, stammen und über ein gewaltiges technisches Wissen verfügen. Unter anderem besäßen sie selbstfahrende Schiffe, die auch fliegen könnten, sogar bis zum Mond hinauf, dessen Rückseite die Riesen besiedelt hätten ... An dieser Stelle hatte er aufgehört zu lesen.

Er versuchte zu erkennen, was sich am Grund des Kraters befand. In seiner Mitte schienen sich Autospuren zu kreuzen, vielleicht waren es sogar zwei primitive Straßen. Eine davon führte zu einer Struktur, die nicht natürlich sein konnte. Drei rundliche Objekte. Flach. Vielleicht drei, vier Meter im Durchmesser. Marek beschlich ein Verdacht.

„Jie kan datur …" Er suchte nach zwei Stichworten. „Koen ke duewa … poch deo … ert paldur! Das ist es! Ert paldur – die weißen Riesen. Raketen!"

So ergab alles einen Sinn – wenn auch einen sehr kruden. Wahrscheinlich hatte er eine verlassene Militärbasis entdeckt, die während des Kalten Krieges errichtet wurde. Die weißen Riesen symbolisierten Interkontinentalraketen. Sie steckten in Silos, die mit Stahlplatten abgedeckt waren. In dem Vulkankrater befanden sich offenbar drei Stück, im Dreieck angeordnet. Wenn man noch ein paar künstliche Steine auf sie gelegt hätte, wären sie für Spionagesatelliten vermutlich fast unsichtbar gewesen.

„Auf geht's!" Marek klappte das Büchlein zu und setzte den Rucksack wieder auf. Der Abstieg war schwieriger als der Aufstieg, weil Geröll unter seinen Füßen ins Rutschen kam und ihn schneller gehen ließ, als er eigentlich wollte. Auf dem Kratergrund entdeckte er einige metallische Pilze, etwa so groß wie Wassereimer, die vermutlich der Entlüftung der unterirdischen Räume dienten. Die drei runden Stahlplatten hatte er schnell erreicht. Marek sprang darauf herum. Das Geräusch, das entstand, deutete auf einen Hohlraum hin. Doch wo lag der Eingang zu der Anlage?

„Hallo!", rief er. „Kann mich jemand hören?"

Im Krater herrschte totale Stille, weil hier der Wind nicht wehte. Marek kniete sich auf den Boden. Die Reifenspuren schienen relativ frisch zu sein, das Profil ließ sich deutlich erkennen. Vielleicht war die Anlage noch in Betrieb. Nein, unwahrscheinlich. Militärische Objekte konnte man nicht so einfach betreten. Wäre die russische Armee hier immer noch aktiv, hätte ihn längst eine Wachmannschaft aufgespürt. Also musste es einen privaten Besitzer geben. Vielleicht das Wolfsrudel?

„Kommt schon. Zeigt euch. Ich habe den Wolfsbau gefunden."

Niemand antwortete.

Mist. Was jetzt?

Einige Meter entfernt glitzerte etwas am Boden. Marek lief hinüber. Ein Kasten, so groß wie ein Schuhkarton, war halb in der Erde eingegraben, daneben lag eine Luke wie bei einem U-Boot. Die Oberseite des Kastens ließ sich aufklappen, darunter verbarg sich eine Tastatur.

Aha. Anscheinend soll man hier etwas eingeben. Einen Code, ein Schlüsselwort. Aber was genau?

Er schlug das Büchlein auf und las den restlichen Text. „Kie natur lan ... tau de op." Die meisten Sätze verstand er nicht, nur die letzten Wörter kamen ihm bekannt vor. „Relau ju dawel – die Geburt des Königs. Ihr meint doch nicht etwa ...?"

Marek tippte ein Datum ein: 20.04.1889. Sekundenlang geschah nichts. Dann ertönte ein Piepton und die Luke sprang einen Spalt weit auf.

Er lachte. „Tatsächlich. Führers Geburtstag. Ihr habt Humor."

Es erforderte einen erheblichen Kraftaufwand, die Luke ganz zu öffnen. Darunter tat sich ein tiefer Schacht auf, in den eine Leiter hinabführte. Die einzelnen Sprossen waren gut beleuchtet, er konnte aber nicht erkennen, was sich am Grund befand.

„Letzte Etappe."

Marek stieg die Leiter hinab. Er schätzte sie auf eine Länge von zehn Metern. Sie endete in einer Tunnelröhre aus Beton. An die Wände waren mit roter Farbe kyrillische Schriftzeichen gemalt, eine Lüftungsanlage brummte. Der Tunnel verzweigte sich nach zwanzig Metern. Welchen Weg sollte er gehen? Von irgendwoher erklangen gedämpfte Stimmen. Marek lauschte. Links. Es war der linke Tunnel. Er ging ein paar Meter weiter und stieß auf eine Stahltür.

Dahinter hielten sich mindestens zwei Personen auf, die miteinander diskutierten. Allerdings nicht auf Russisch. Also konnte er Soldaten endgültig ausschließen. Marek atmete tief durch und stieß die Tür auf. In dem schwach beleuchteten Raum entdeckte er jemanden, den er schon lange treffen wollte.

*

Ob mir das steht? Nein, das ist für junge Frauen.

Lea hatte sich nach einem langen Tag im Büro zu der Praxis von Dr. Dunant fahren lassen. Es fühlte sich nicht anders an als eine Untersuchung beim Frauenarzt. Lea musste Bluse und BH ausziehen, der Arzt markierte mit einem roten Farbstift die Stellen, an denen das Skalpell angesetzt werden sollte und machte ein paar Fotos. Anschließend führten sie ein Gespräch über mögliche Risiken der Operation und vereinbarten einen Termin. Weil Lea bereit war, den Dringlichkeitszuschlag zu zahlen, durfte sie schon in zwei Wochen nach Südafrika reisen. Mit einem guten Gefühl hatte sie die Praxis verlassen.

Anschließend fuhr sie mit einem Taxi in die Innenstadt von Brüssel und bummelte an den Schaufenstern entlang. Vor einem Geschäft, das Dessous verkaufte, blieb sie stehen und betrachtete ein Set aus Büstenhalter, Strumpfhaltergürtel und Höschen. Der Stoff war teilweise durchsichtig, mit Spitzen verziert und glänzte in einem tiefen Schwarz. Früher trug sie solche Sachen regelmäßig, aber seit einigen Jahren, seit sie sich nicht mehr so attraktiv fühlte, hatte sich ihr Stil geändert. In ihrem Kleiderschrank lag nur noch Unterwäsche, die blickdicht war und meist aus ziemlich viel Stoff bestand. Manchmal trug sie auch Stücke, die von der Werbung als figurformend angepriesen wurden und die angeblich feminine Kurven zauberten und Problemzonen kaschierten, in der Praxis aber nur rote Streifen auf der Haut hinterließen. Der Strumpfhaltergürtel in diesem Schaufenster wartete mit einem besonderen Vorteil auf. Er war relativ breit, etwa zwanzig Zentimeter, auf dem Schild daneben stand in feiner Schreibschrift das Wort *tailliert* geschrieben. Es würde genau reichen, um ihre Cellulite am Bauch zu verdecken. Und wenn dann noch in zwei Wochen ihre Brüste operiert sein würden, könnte sie auch diesen knappen BH wieder tragen und vor allem: ihn ganz langsam vor Marek ausziehen.

Das ist wie für mich gemacht.

Lea betrat den Laden. Die Verkäuferin breitete das Set vor ihr auf dem Tresen aus. Allerdings nicht in Schwarz, so wie es im Schaufenster hing, sondern in Lavendel. Diese Farbe besäße etwas Frisches, Jugendliches, behauptete sie. Lea kaufte es. In Lavendel, Schwarz und Rot. Und dazu noch einige Paar Strümpfe und einen Nachtmantel aus schwarzer Seide, der bis zu den Knien reichte. Danach ging sie in das benachbarte Geschäft, um einen Lippenstift und Nagellack zu kaufen, der farblich mit dem Lavendel harmonierte. Auch diese Verkäuferin beriet sie freundlich und zeigte ihr Produkte, an die Lea zuvor nicht gedacht hatte.

Am späten Abend war sie wieder zu Hause. Der Taxifahrer half, all die Tüten nach oben zu tragen und erhielt dafür ein großzügiges Trinkgeld von ihr. Im Wohnzimmer riss sie die Verpackungen auf und zählte die Neuerwerbungen: fünfzehn Stück. Die Gesamtrechnung betrug etwa zweitausend Euro. Weit mehr, als sie ursprünglich ausgeben wollte. Egal, nun besaß sie einen Vorrat und musste so schnell nicht wieder zum Einkaufen gehen. Zeit gespart. Lea verstaute die Sachen in ihren Schränken, machte sich etwas zu essen und schaltete den Fernseher ein. Doch sie konnte der Handlung des Krimis nicht folgen, ihre Gedanken und ihre Blicke schweiften ab. Der Flur, die Tür zum Schlafzimmer, die Kleiderschränke, die Schubladen mit der Unterwäsche, die Lippenstifte … Eine Familie in Afrika konnte von zweitausend Euro wie lange überleben? Drei Monate? Ein halbes Jahr?

Vor dem Schlafengehen setzte sie sich noch einmal an ihren Computer. Auf dem Monitor erschien Neutro, der Avatar, der sie in spirituellen Angelegenheiten beriet. Sie erzählte ihm von ihrem Arbeitstag, von dem Termin bei dem Schönheitschirurgen und den Einkäufen, aber nicht von Marek. Sie hatte Angst, dass trotz aller Vorsichtsmaßnahmen jemand den Computer hacken könnte. Wenn ihr Verhältnis an die Öffentlichkeit gelangen würde, wäre das sicher kein Vorteil für ihre Bewerbung als Ausgleicherin der Vereinten Nationen.

„Lea, wie viele Stunden hast du letzte Woche gearbeitet?", fragte das Gesicht des alten Mannes. Die Stimme klang mitfühlend, der Mund lächelte, wenn er nicht sprach.

Sie rechnete kurz nach. „Ich glaube, so etwa fünfzig bis sechzig."

„Na bitte. Dann hast du dir eine Belohnung verdient."

„Ja, stimmt ... Ich habe viel Gutes getan. Deshalb darf ich mir auch mal etwas gönnen, oder?"

„Eigenliebe ist wichtig", sagte der Grauhaarige. „Wer sich selbst nicht liebt, kann auch andere nicht lieben."

„Genau. Ich muss mich vor niemandem rechtfertigen. Es ist mein Leben und meine Entscheidung. Und wenn jemand anderes das auch gut findet, umso besser. Und wenn nicht, hat er Pech gehabt."

„Jemand anderes? Wen meinst du damit?" Das Gesicht wurde größer. Es schien so, als würde er näher an die Kamera heranrücken. Mit diesem Trick versuchten die Programmierer den Eindruck zu erwecken, dass sich der Avatar für das interessieren würde, was der menschliche Gesprächspartner ihm mitteilte.

„Nicht wichtig."

„Komm schon, mir kannst du es doch sagen."

Lea stöhnte. „Ein junger Mann. Ich hab ihn vor Kurzem kennengelernt."

„Für ihn hast du die Wäsche gekauft?"

„Nein ... ja. Zum Teil."

„Und für ihn willst du dich operieren lassen?"

„Neutro, was wird das? Willst du mich verhören?"

„Natürlich nicht. Ich möchte aber zu bedenken geben, dass dich dein Partner so lieben sollte, wie du bist. Mit all deinen liebenswerten Seiten."

Sie lachte spöttisch. „Ist Orangenhaut etwa liebenswert? Oder Brüste, die bis zum Bauchnabel hängen? Männer ekeln sich vor so etwas."

„Wirklich?"

„Ja. Die Konkurrenz ist hart. Wenn ich in meinem Alter noch mithalten will, muss ich ihm etwas bieten."

Neutro kraulte seinen Bart. „Lea, ich habe den Eindruck, dass wir es hier mit einem tiefer liegenden Problem zu tun haben. Möglicherweise zeigt sich jetzt wieder deine alte Angst vor dem Verlassenwerden."

Sie griff nach einem Kissen, das neben ihr auf einem Stuhl lag, und hielt es mit beiden Armen umschlungen. „Ja, vielleicht … Aber das ist mir egal. Einmal noch. Ich will einmal noch die Schmetterlinge im Bauch spüren. Einmal noch verliebt sein, ausgehen, Spaß haben, begehrt werden … Die Ängste nehme ich dafür gerne in Kauf."

„Einmal noch? Das sagt jeder Süchtige. Einmal noch – und morgen höre ich ganz bestimmt auf."

Lea dachte über die Bemerkung nach. War sie süchtig? Süchtig nach Liebe? Vielleicht. Und wenn schon. Liebe hatte keine Nebenwirkungen. Fast keine. „Ja, ich werde bald aufhören. Ich muss aufhören. In ein paar Jahren bin ich sechzig. Dann schaut mich keiner mehr an."

„Das hast du auch gesagt, als du fünfzig wurdest."

„Hab ich das?"

„Ja. Mein Gedächtnis ist untrüglich."

Lea wusste nicht, was sie darauf antworten sollte.

„Ich habe einen Rat für dich, meine liebe Lea. Genieße deine Ängste nicht. Löse sie auf. Sonst werden sie dich bald beherrschen. Dann wirst du nicht nur neue Kleider kaufen, sondern noch ganz andere Dinge tun, damit er bei dir bleibt. Und wenn er dann doch geht, wirst du am Boden zerstört sein. So wie damals bei Jerome."

Lea seufzte. „Verflixt, hast du denn jedes Mal recht? Bitte, kannst du dich nicht einmal irren, Neutro? Sag doch einmal etwas Falsches. Rate mir zu einem zügellosen Leben, mit jeder Menge Sex und Drogen …"

Das Gesicht lächelte. „Den Gefallen kann ich dir leider nicht tun. Wie du schon bei unserem letzten Gespräch sagtest: Ich habe das Wissen von unzähligen weisen Männern und Frauen gespeichert. Aber du besitzt die Freiheit, nicht auf meine Ratschläge zu hören. Wenn du willst, kannst du dich gerne ruinieren, Lea."

„Ich werde es mir überlegen … Danke, Neutro." Sie schaltete den Computer aus.

*

Axel van Doren! Marek stand dem Anführer des Wolfs-rudels gegenüber. Er durfte seinen Namen aber nicht aussprechen, musste so tun, als würde er ihm in dieser ehemaligen Militärbasis zum ersten Mal begegnen. Außerdem musste er sich unter seinem Tarnnamen vorstellen.

„Rekrut Zygmunt Komorowski meldet sich zum Dienst." Er salutierte und schlug seine Hacken zusammen.

Außer dem Anführer war nur eine weitere Person anwesend: Bruno Sercu, der junge Belgier, der Marek aus dem Hubschrauber geworfen hatte. Beide Männer trugen grünbraun gefleckte Kampfanzüge, an ihren Schultern hafteten Fantasieabzeichen. Über einem Konferenztisch verteilten sich Bierflaschen, Gläser und zwei Laptops, an den Wänden hingen Landkarten von Europa und Russland. In einer Ecke standen ein Tresor und ein Aktenschrank aus Metall, bei dem eine Tür geöffnet war.

„Bravo!" Bruno klatschte Beifall. „Du hast es geschafft … Und sogar in Rekordzeit."

„Major Reinhard." Axel reichte ihm die Hand. „Bist du unser Freund aus Polen?"

Marek sah ihm ins Gesicht. Die eng beieinander liegenden Augen und die platte Nase ließen keinen Zweifel zu, egal, welches Pseudonym er sich gab. Sein Roboter Angelus hatte den Niederländer bei der Veranstaltung in Roanne gefilmt, Antonia, die Leibwächterin von Lea, half bei seiner Identifizierung. Marek kannte seine biografischen Daten längst auswendig. Axel war dreiunddreißig Jahre alt, in Rotterdam geboren und aufgewachsen und schon früh mit dem Gesetz in Konflikt geraten. Als Vierzehnjähriger handelte er mit leichten Drogen, später beging er Einbrüche und machte durch spektakuläre Ausbrüche aus Haft- und Besserungsanstalten von sich reden. Wann er mit der Naziideologie in Kontakt gekommen war, konnten die Kollegen von der niederländischen Polizei nicht genau bestimmen, wahrscheinlich um seinen achtzehnten Geburtstag herum. Zuerst besuchte er Rechtsrockkonzerte und Demonstrationen gegen Einwanderung, bei denen er durch gewalttätige Aktionen auffiel, später griff er Flüchtlingsheime an und erhielt dafür eine zweijährige Haftstrafe.

Noch im Gefängnis trat er einer rechtsextremen Partei bei und radikalisierte sich weiter, wie eine Auswertung seiner Kommunikationsdaten ergab. Nach seiner Entlassung verhielt er sich zunächst unauffällig. Er nahm an einem Resozialisierungsprogramm teil und war kurzzeitig verheiratet. In der Partei machte er schnell Karriere, weil er als guter Redner und geschickter Taktierer galt. Nur gelegentlich kam es zu emotionalen Ausbrüchen, die in wüste Beschimpfungen seiner politischen Gegner mündeten, wofür er sich zum Teil vor Gericht verantworten musste. Mit dreiundzwanzig Jahren führte er bereits die Jugendorganisation und ließ sich als Kandidat für die Provinzwahlen aufstellen. Wahrscheinlich hätte er auch den Einzug ins Parlament geschafft, wenn seine Partei nicht vorher verboten worden wäre.

Anschließend verschwand er aus dem Blickfeld der Behörden. Über einen Zeitraum von fünf Jahren fehlten jegliche Angaben über seinen Verbleib. Manche behaupteten, er würde unter falschem Namen in Südamerika oder Australien leben, andere dichteten ihm gar eine Geschlechtsumwandlung an, wieder andere behaupteten, er sei nach einer Schießerei verstorben. Vor vier Jahren tauchte er plötzlich wieder auf. Axel baute unter dem Namen Wolfsrudel eine rechtsextreme Gruppe auf, die mit ihren scheinbar harmlosen Aktivitäten vor allem junge Leute anzog. Diesmal verhielt er sich schlauer als in der Frühphase seiner politischen Karriere. Er übertrat keine Gesetze und hielt auch seine Emotionen unter Kontrolle, leistete sich keine körperlichen und nicht einmal verbale Angriffe auf seine Gegner. Einzelne Mitglieder des Wolfsrudels mussten Haftstrafen antreten, aber ihm konnte man nichts nachweisen.

Marek hegte den Verdacht, dass er in der Zeit seiner Abwesenheit ein intensives Training erhielt. Von wem, wusste er nicht. Seine neue Organisation verfügte außerdem über beträchtliche finanzielle Mittel, die ein Mensch wie Axel, der nie in seinem Leben einer geregelten Beschäftigung nachging, sicher nicht selbst erwirtschaftete. Wer war der Sponsor? Auch darauf wusste Marek keine Antwort. Er vermutete jedoch, dass Axel als Gegenleistung die Drecksarbeit für P7 erledigen musste, so wie damals in Roanne. Auch dafür hatte er keine Beweise. Deshalb war er froh, dass er ihm nun persönlich gegenüberstand.

„Meine Heimat ist Polen, aber mein Herz schlägt für das weiße Europa."

„Dann bist du hier an der richtigen Adresse. Ich habe gehört, du führst ein eigenes Rudel von Kämpfern an?"

Marek erzählte ihm die Legende von seiner Wehrsportgruppe. Inzwischen hatte er mithilfe seiner ehemaligen Kollegen in Krakau daraus eine echte Tarnorganisation gemacht, mit einer falschen Ermittlungsakte, einer Internetseite und mehreren Videofilmen, die sie auf verschiedenen Plattformen hochgeladen und zum Teil wieder gelöscht hatten, um den Eindruck zu erzeugen, dass die Behörden sie verfolgten.

„Ich bin überzeugt, dass der Endkampf kurz bevorsteht", behauptete Marek. „Wenn die weiße Rasse überleben will, müssen wir jetzt alle Kräfte mobilisieren. Ich bin bereit, meinen Teil dazu beizutragen."

Axel blickte ihm in die Augen. „Wie weit würdest du gehen?"

„So weit wie es nötig ist."

„Hast du eine militärische Ausbildung?"

„Leider nicht. Ich habe mir aber vieles selbst beigebracht. Schießen, Nahkampf, Überlebenstraining. Nur mit schweren Waffen hab ich noch keine Erfahrungen. Bruno hat angedeutet, ihr hättet hier gepanzerte Fahrzeuge."

„So, hat er das angedeutet?" Axel warf seinem Nebenmann einen grimmigen Seitenblick zu. „Dazu kommen wir später ... Zygmunt, du hast deine Fähigkeiten bewiesen. Wenn du willst, können wir deine Ausbildung hier vervollständigen. Wir können dich im Umgang mit den dicken Kalibern schulen, auch mit Sprengstoff und ein paar Spezialwaffen, aber ..."

Bruno sprach weiter. „Aber vorher müssen wir sichergehen, dass wir uns keine Laus ins Fell setzen. Wir müssen ein paar Erkundigungen über dich einholen."

Marek erinnerte sich, dass er auch die Rockerbande über seine Identität hatte täuschen können. Mittlerweile war die Technik verfeinert, der Ausweis, den er vor dem Abflug abgeben musste, stammte von einer echten Behörde. „Natürlich", antwortete er mit fester Stimme. „Ich habe nichts zu verbergen. Allerdings habe ich eine Frage: Was muss ich dafür bezahlen? Oder wie kann ich mich revanchieren?"

„Geld verlangen wir nicht von dir", antwortete Axel. „Aber du musst dich bereithalten. Für gewisse Aufträge."

„Du musst Tag und Nacht einsatzbereit sein", ergänzte Bruno. „Jederzeit kann ein Stellungsbefehl kommen. Oder ein Kampfbefehl. Bist du dazu in der Lage?"

„Selbstverständlich. Ich kann es kaum erwarten."

„Gut. Willkommen im Wolfsrudel." Axel reichte ihm noch einmal die Hand. „Feldwebel Bruno wird dir deine Unterkunft zeigen. Und morgen beginnt deine Ausbildung. Es kommen noch ein paar Kameraden hinzu. Das heißt, wenn sie uns hier finden."

Bruno führte Marek durch mehrere Tunnelröhren, bis sie ein wohnlich eingerichtetes Zimmer erreichten. Es gab dort ein bequemes Bett, einen Fernsehapparat, Tische, Stühle und mehrere Schränke mit Tarnkleidung, aus denen er sich etwas Passendes aussuchen sollte. Ein Badezimmer schloss sich seitlich an, die Küche lag am Ende des Ganges. Der Feldwebel schärfte ihm ein, dass er die Regeln der Kaserne, die er ihm in Form einer geätzten Metallplatte überreichte, unbedingt einhalten müsse. Bevor ihn Bruno allein ließ, durfte Marek eine letzte Frage stellen.

„Was wäre gewesen, wenn ich nach Süden gegangen wäre?"

„Dann wärst du verreckt."

11. Kapitel: Utopische Welten

„Alarm! Die Basis wird angegriffen!"

Marek schreckte aus dem Schlaf hoch. Er warf die Bettdecke beiseite, tastete nach der Nachttischlampe und stieß sie dabei um. Irgendetwas fiel polternd zu Boden.

Was ist los?

Das Deckenlicht aktivierte sich automatisch, der Wecker zeigte 5:17 Uhr an.

„Alarm! Die Basis wird angegriffen!", wiederholte die Computerstimme, die aus einem versteckten Lautsprecher drang. Einen Augenblick später erklang eine Sirene.

Marek erinnerte sich an die Kasernenordnung, die er am Abend zuvor gelesen hatte. Im Falle eines Alarms musste er innerhalb von zwei Minuten kampfbereit vor seiner Unterkunft stehen. Er zog sich die Tarnhose an, stieg in die

Stiefel, die vor dem Bett standen, schnürte sie aber nicht zu, lief zum Spind, riss die Tür auf, holte den Stahlhelm aus seinem Fach hervor und setzte ihn auf.

Wo ist die verdammte Jacke? Nein, erst das Hemd.

Er fand die Feldbluse über einem Stuhl hängend, die Feldjacke hing auf einem Bügel außen am Kleiderschrank. Marek streifte sich beides über und verließ das Zimmer. Auf dem Flur brannte Licht, aber es war noch niemand anwesend. Er nutzte die Gelegenheit, um das Hemd zuzuknöpfen und in die Hose zu stecken.

Die Sirene verstummte.

„Zwei Minuten zwanzig", sagte Bruno, der hinter einer Ecke vorkam und auf seine Armbanduhr blickte. „Nicht schlecht. Aber das lässt sich noch steigern. Na komm, auf zum Frühstück."

„Kein Angriff?"

Er lachte. „Quatsch, wer sollte uns denn hier angreifen? Das war eine Übung."

Marek und Bruno gingen durch das unterirdische Labyrinth zu einem Aufenthaltsraum, in dem zwei Dutzend Tische standen. Einige waren bereits mit jungen Männern besetzt, die Kaffee tranken und leise miteinander sprachen. Echte Namen durften nicht benutzt werden, jeder erhielt eine Nummer. Marek war C3, ausgesprochen Cäsar drei. Als Neuling wurde ihm ein Platz am Mittelgang zugewiesen, wo Roboter entlangfuhren und Speisen servierten. Von seinen Tischnachbarn erfuhr er, dass sie aus Frankreich, Spanien und Litauen stammten und dafür vorgesehen waren, Spezialaufträge in ihren Heimatländern auszuführen. Genauere Informationen konnte er ihnen nicht entlocken.

Nach dem Frühstück wurden die Männer in Gruppen eingeteilt, die ein Korporal anführte. Einige gingen an die Oberfläche, andere blieben unter der Erde. Marek sollte sich im Fach Sprengstofftechnik weiterbilden. Zusammen mit vier anderen Rekruten nahm er in einem Unterrichtsraum Platz, der mit einer Schultafel, Flipcharts und diversen Computern ausgestattet war. Ihr Dozent nannte sich Tony, war etwa vierzig Jahre alt, hatte einen kahl geschorenen Schädel und sprach mit einem unverkennbar russischen Akzent. Er begann die Stunde mit dem Satz: „Ihr braucht für eine Bombe eine Zündvorrichtung und eine Hauptladung."

Vieles von dem, was er sagte, kannte Marek bereits von seiner Arbeit bei der Polizei. Interessant wurde es für ihn erst, als es an die Konstruktion eines echten Sprengsatzes ging. Tony zeigte ihnen dazu Nachbildungen von Sprengstoffstangen, die Bergbau- und Abrissunternehmen bei ihrer Arbeit verwendeten. Sie basierten auf Trinitrotoluol (TNT), Dinitrotoluol (DNT) und Ammonsalpeter. Diese Stangen schnitt er in kleine Stücke, kombinierte sie mit elektrischen und chemischen Zündern und deponierte sie in Rohren, Metallkästen, Kartons und Briefumschlägen. Im benachbarten Labor gab es eine Stahlkammer, in der sie winzige Sprengkapseln aus Tetryl und Bleiazid testeten, mit denen normalerweise die Hauptladung gezündet wurde. Gegen Abend konstruierte Marek eine eigene Briefbombe und füllte sie mit zehn Gramm Schwarzpulver. Die Explosion war zwar kaum lauter als das Zuschlagen einer Tür, demonstrierte aber, dass er das Prinzip verstanden hatte.

Am Nachmittag des zweiten Tages verließen der Lehrer und seine Schüler den Bunker und marschierten zum Sprengplatz, der sich am Nordrand des Vulkankraters befand. Dort lagerten mehrere Autowracks, die bereits etliche Einschusslöcher aufwiesen. Jeder Schüler sollte eine eigene Sprengung vornehmen. Marek entschied sich für eine Rohrbombe, die er im Kofferraum eines alten Volvos platzierte und mittels eines Funksignals zündete. Die Explosion zerfetzte den gesamten Hinterwagen, die Kofferraumklappe flog mehr als zwanzig Meter durch die Luft.

„Wow, das ist ja der Hammer!" Marek verließ die Deckung hinter den Felsen und lief zum Sprengplatz hinüber. Er erreichte als Erster die Kofferraumklappe und tat so, als würde er sie staunend betrachten. Dabei zog er heimlich ein Stück Klebefolie aus seiner Hosentasche und tupfte damit das Stück Blech ab, besonders jene Stellen, auf denen Schmauchspuren zu erkennen waren. Ehe die anderen das Wrack erreicht hatten, steckte er den Spurenträger wieder in seine Tasche.

„Bravo", sagte Tony. „Du hast alle in Auto gekillt."

„Was krieg ich dafür?"

„Volle Punktzahl."

Am vierten Tag nahm Marek an einem Kurs im Fach Handfeuerwaffen teil. Er bekam ein amerikanisches M60-Maschinengewehr zugeteilt, das er während des Vormittags zerlegte, reinigte und wieder zusammensetzte. Am Nachmittag folgte die praktische Anwendung. Die Rekruten schossen auf Zielscheiben, die an Holzpfählen hingen, Erdwälle fingen die Projektile auf. Marek mochte das M60 nicht, weil es schlecht in der Hand lag und umständlich zu bedienen war. Das Wechseln eines Laufes dauerte relativ lange, einmal verbrannte er sich dabei die Finger. Die Kameraden, die mit Kalaschnikows oder FN-Gewehren schossen, erzielten weit bessere Resultate. Immerhin gelang es Marek, zu seinem Ausbilder ein freundschaftliches Verhältnis aufzubauen. Tony und er standen in den Pausen beisammen, rauchten und sprachen über die politische Lage in Europa. Privatgespräche waren ausdrücklich verboten, Fachfragen durften jedoch gestellt werden.

Nach dem Ende des Schießtrainings setzten sich Tony und Marek auf eine Mauer aus Sandsäcken. Marek spendierte dem Russen eine Zigarette und gab ihm Feuer.

„Tony, das AK-74 ist ja ein echtes Prachtstück. Aber das Ding ist fast einen Meter lang. Die Munitionskästen sind groß wie Kindersärge. Wie soll ich das Zeug zum Einsatzort bringen? Bei uns in Brüssel gibt es überall Polizeikontrollen."

Er lachte und nahm einen tiefen Zug aus seiner Zigarette. „Musst du gar nicht. Die Waffen sind schon da."

„Wie schon da?"

„Sie sind versteckt. In geheimen Depots."

„Auch in Brüssel?"

Tony nickte wortlos.

„Was machen wir damit?"

„Wir warten auf den Tag X. Und dann … Bumm." Der Russe schlug seine Fäuste gegeneinander. „Es dauert nicht mehr lange."

„Wer gibt den Befehl?"

„Der Einsatzoffizier vor Ort."

Marek erinnerte sich an die theoretische Ausbildung, die er am Tag zuvor erhalten hatte. Dabei fiel bereits das Wort Einsatzoffizier. Mehr wollte Bruno, der den Unterricht leitete, jedoch nicht über die Kommandostruktur des Wolfsrudels verraten. Vielleicht konnte Marek jetzt ein bisschen mehr erfahren.

„Okay, aber von wem hat der seine Befehle? Wer denkt sich all das aus? Wer hat diese Anlage hier aufgebaut?" Mit dem Kopf deutete er zum Schießstand und zu den Autowracks hinüber.

Tony schwieg einen Moment. Dann holte er seine Brieftasche aus der Hosentasche hervor, klappte sie auf und zeigte seinem Schüler das Foto eines Mädchens, das Schleifen im Haar trug. Marek schätzte sie auf sechs oder sieben Jahre. „Siehst du hier? Das ist Susie, meine Tochter. Für sie ich mache das alles. Ich will nicht, dass sie wird zu einem Waisenkind. Wer zu viele Fragen stellt, lebt nicht mehr lange."

Der Russe steckte die Brieftasche wieder ein, trat seine Zigarette aus und ging weg. Marek schaute ihm nach. Die Warnung war berechtigt. P7 hatte sicher Dutzende Menschen getötet, vielleicht sogar schon Hunderte. Auf einen mehr käme es nicht an.

*

„Was für tolle Neuigkeiten hast du diesmal, Don?", fragte Lea.

Sie hatte sich von Antonia wieder zu dem Apartmenthaus im Brüssler Stadtteil Watermaal-Bosvorde bringen lassen, das dem Milliardär Don Grazer gehörte. Wie üblich wartete er im Penthouse auf sie. Lea rechnete damit, dass es wieder um ihren Plan ging, als erste Ausgleicherin der Vereinten Nationen berufen zu werden. Allerdings machte er am Telefon Andeutungen zu einem neuen Projekt, ohne Details verraten zu wollen. Don fürchtete, dass die Leitung abgehört wurde und hatte deshalb um ein persönliches Treffen gebeten.

Er nahm ihr den Mantel ab. „Etwas Geduld, bitte. Ich möchte dir jemanden vorstellen … John, kommst du bitte?"

Eine Tür öffnete sich. Aus einem der Gästezimmer kam ein kleiner Mann mit Halbglatze hervor, der einen grauen Anzug und weiße Lederschuhe trug. Er setzte eine Brille auf und nestelte an seiner Krawattennadel.

„Lea, das ist John Tracy, mein Anwalt."

„Sehr erfreut." Sie reichte ihm die Hand und war etwas enttäuscht von seinem laschen Druck.

„Komm bitte weiter. Wir haben etwas für dich vorbereitet."

Don führte Lea ins Wohnzimmer, das aussah wie bei ihrem letzten Besuch – außer dass ein kleiner Holzkasten auf dem Tisch lag. Er hob ihn empor und öffnete den Deckel. „Eigentlich bräuchten wir jetzt eine Fanfare", sagte er schmunzelnd.

Lea fürchtete bereits, dass er ihr etwas schenken wolle, vielleicht ein Schmuckstück, oder schlimmer noch, eine Auszeichnung verleihen würde. Doch er übergab die Schatulle wortlos an Lea.

„Was ist das?" Sie erblickte eine blaue Plastikkarte, die auf rotem Samt ruhte. „Ein Clubausweis?"

„Viel besser. Der Personalausweis für einen neuen Staat."

„Was?" Sie sah sich die Karte genauer an. Links oben war eine goldene Taube abgebildet, die ein Lorbeerkranz umgab.

Daneben standen die Worte: *Ausweiskarte Utopia zwei.* Auf der rechten Seite befand sich ein Foto von Don, darunter waren dessen persönliche Daten angeführt.

„Ich habe ihn gegründet. Vor zwei Tagen. John hat mir dabei geholfen."

Der kleine Mann lächelte. „Die rechtlichen Fragen sind geklärt. Die Gründungsurkunde ist unterzeichnet."

„Das ist ein Scherz, oder?"

Don schob seine Brust vor. „Nein, das ist mein voller Ernst. Jetzt gibt es auf der Erde einen weiteren Staat: Utopia zwei."

„Allerdings ist es kein Staat im völkerrechtlichen Sinne", schränkte der Anwalt ein. „Eher einer im sittlichen Sinne nach Hegel."

„Wo liegt denn dieser Staat?", wollte Lea wissen.

Don öffnete seine Arme. „Nirgendwo – und überall." Er brach in ein fröhliches Gelächter aus.

„Jetzt verstehe ich gar nichts mehr."

„Es ist ein ideelles Konstrukt", sagte Tracy. „Der Staat verfügt über kein Territorium."

„Aber er hat Bürger", ergänzte Don. „Bis jetzt nur einen einzigen: mich. Ich schätze aber, dass er schnell wachsen wird."

Lea war erschöpft, weil sie einen mehr als zehnstündigen Arbeitstag hinter sich hatte, und nahm Platz auf einem Designersofa. Es bestand aus mehreren großen Bienenwaben, die nach hinten geneigt waren, weshalb sie fast darin versank. „Du hast doch bestimmt einen Plan. Geht es darum, Steuern zu sparen? Eine Zuflucht für Superreiche? Vielleicht eine virtuelle Insel?"

Don machte für einen Moment ein grimmiges Gesicht, lächelte aber danach wieder. „Jetzt enttäuschst du mich, Lea. Nein, es geht um das genaue Gegenteil. Ich will den Menschen nichts vorenthalten, sondern ihnen etwas geben. Sehr viel sogar."

„Könnte ich auch Bürgerin dieses Staates werden?"

Er setzte sich neben sie. „Theoretisch ja. Obwohl du es eigentlich nicht brauchst. Pass auf, ich erkläre es dir. Jeder Mensch auf der Erde kann sich als Bürger registrieren lassen. Er übernimmt damit keinerlei Pflichten, aber ein Recht: das auf Unterhalt. Jeder bekommt das, was er in seinem Land braucht, um seine Grundbedürfnisse zu befriedigen. Also essen, wohnen, Gesundheit, ein bisschen Kultur. Jemand in der Schweiz bekommt deshalb mehr als jemand im Sudan."

„Jeder Mensch? Das könnte teuer werden."

„Ja, und das ist das Problem. Deshalb werden die ersten Staatsbürgerschaften auch verlost. Ich spende Geld für einen Fonds, aus dem die Bürger bezahlt werden."

Lea atmete erleichtert auf. Der Plan war nicht so verrückt, wie sie anfangs befürchtet hatte. „Jetzt verstehe ich. Das ist so etwas wie ein bedingungsloses Grundeinkommen."

Er ergriff ihre Hand. „Genau. Aber noch mehr als das. Es geht mir um die Auflösung der Grenzen. Wenn immer mehr Menschen diesem Staat beitreten, werden sich auf lange Sicht alle anderen Staaten auflösen. Es kann hundert Jahre dauern, aber am Ende wird es keine Grenzen mehr geben."

„Das ist großartig. Ein einziger großer Weltstaat entsteht. Es wäre eine Bewegung von unten, langsam, friedlich, ohne Druck, ohne Zwang." Lea hätte ihn am liebsten umarmt und geküsst. Allein die Anwesenheit von John Tracy hielt sie davon ab.

„Es gibt noch weitere Vorteile", fuhr er fort. „Wir können das Potenzial von vielen Menschen nutzen, die heute noch ums Überleben kämpfen. Sie können zur Schule gehen, zur Universität … Einige von ihnen werden später bestimmt große Wissenschaftler, Ärzte, Ingenieure …"

„Und viele arme Frauen müssten sich nicht mehr prostituieren, um sich und ihre Kinder durchzubringen", sagte Lea.

„Und vielleicht wird es dann auch weniger Verbrechen auf der Welt geben", spekulierte Don. „Immerhin müsste dann niemand mehr aus purer Not stehlen oder betrügen. Und es müsste auch niemand mehr illegal Bäume fällen oder Jagd auf geschützte Tiere machen."

„Und weniger Menschen müssten ihre Heimat verlassen. Sie müssten keine gefährliche Reise machen, um in ein Land zu gelangen, in dem sie nicht willkommen sind. Dadurch könnte man den Rechten den Wind aus den Segeln nehmen." Lea seufzte. Ihr wurde klar, dass sie sich von Dons Begeisterung hatte anstecken lassen. „Aber um wirklich etwas zu bewirken, müsste dieser Fonds mit sehr viel Geld ausgestattet sein."

„Eine Milliarde Dollar", erwiderte er. „So viel werde ich aus meinem privaten Vermögen spenden."

„Eine …" Ihr verschlug es die Sprache. Nach einem Moment der Besinnung antwortete sie: „Das ist sehr großzügig von dir, Don. Damit kann man vielen Menschen helfen."

„Ja, aber auf der Erde leben fast zehn Milliarden. Also macht es gerade mal zehn Cent pro Nase."

„Dann lade doch andere Reiche ein, sich daran zu beteiligen", schlug sie vor. „Oder besser noch: Richte ein Spendenkonto ein. Jeder der will, kann mitmachen."

Er ließ ihre Hand los, erhob sich von der Couch und ging ein paar Schritte im Raum. „Mach ich auch. Allerdings erst nach einer Probephase von einem Jahr. Erst wenn alles läuft, nehme ich auch Geld von anderen Leuten an."

„Du hast recht, damit ist eine große Verantwortung verbunden", sagte Lea nachdenklich.

Der Anwalt, der sich an die Hausbar zurückgezogen hatte, meldete sich zu Wort. „Meine Kanzlei arbeitet an einem Konzept. Wir sind auf Stiftungsrecht spezialisiert. Ich erwarte aber keine rechtlichen Schwierigkeiten. Mehr noch, ich glaube, die Idee von Herrn Grazer wird die Welt verändern. Er wird als einer der großen Mäzene in die Geschichte eingehen." An Don gerichtet sagte er: „Wobei ich aber sicher bin, dass das nicht deine Hauptmotivation ist. Dir geht es um die gute Sache."

Der Angesprochene lächelte verlegen.

„Dann ist ja alles perfekt", sagte Lea. „Ich gratuliere dir. Aber warum erzählst du mir das alles?"

Don rieb seine Hände, sah zur Terrasse hinaus. „Es gibt ein kleines Problem: mein Image. Du weißt, womit ich früher mein Geld verdient habe. Ich war Manager bei einem der größten Hedgefonds. Das nehmen mir heute noch viele Leute übel. Und mein Lebensstil ist auch nicht gerade vorbildlich."

Lea erinnerte sich, dass sie erst vor wenigen Tagen Bilder von Don auf einer Internetseite gesehen hatte. Sie zeigten ihn an Bord einer Luxusyacht, in Gesellschaft einiger junger Frauen, die der Autor der Geschichte freundlich als Models umschrieb. Im Text war die Rede von Partys, Besuchen von Autorennen, Konzerten und einer Privatinsel. Sie fragte sich beim Lesen, wie er das alles schaffte. Hatte Dons Tag etwa mehr als vierundzwanzig Stunden? „Kümmert es dich wirklich, was andere Leute von dir denken?"

„In diesem Fall ja. Es wird sicher auch viel Kritik an der Sache geben. Da ist zum einen die grundsätzliche Kritik am Grundeinkommen. Es hält die Leute von der Arbeit ab, sagen einige. Es würde sie faul und antriebslos machen …"

„Unsinn", erwiderte Lea. „Wer so denkt, hat ein schlechtes Menschenbild. Das Grundeinkommen gibt ihnen die Möglichkeit, sich selbst zu verwirklichen. Sie können sorgenfrei leben. Ohne Angst um ihre Zukunft, ohne Angst davor, eines Tages die Miete oder das Essen nicht mehr bezahlen zu können."

Der Anwalt mischte sich wieder ein. „Wir könnten allerdings Probleme mit autoritären Staaten bekommen. Sie könnten denken, wir würden ihre Bürger abwerben wollen. In einigen Ländern wird Utopia zwei sicher verboten werden."

„Dann braucht dein Staat gute Diplomaten", sagte Lea und lächelte ironisch.

Don schien den Unterton nicht zu bemerken. „Genau. Und an der Stelle kommst du ins Spiel, Lea."

„Ich?" Ihr schwante Unheil.

„Ja. Du hast ein ausgezeichnetes Image. Du bist beliebt wie keine andere Ausgleicherin, das beweisen die Umfragen. Und du bist kompetent, das beweist deine Erfolgsquote. Außerdem bist du charmant, rhetorisch gewandt und eine gute Diplomatin. Deshalb bitte ich dich, Lea, werde die Schirmherrin meiner neuen Stiftung."

„Was? Ich soll …" Lea wusste nicht, was sie darauf antworten sollte. Sie fühlte sich geschmeichelt, aber auch etwas überrumpelt.

„Es ist nicht mit viel Arbeit verbunden", fügte er rasch hinzu. „Ein paar Auftritte in der Öffentlichkeit. Du wirst vielleicht Reden halten müssen. Aber das ist ja deine Stärke."

Lea dachte an ihren Terminkalender. In dieser Woche waren mehr als dreißig Treffen mit den unterschiedlichsten Interessenvertretern darin vermerkt, sie musste an zwei Konferenzen teilnehmen und zu drei Reisen aufbrechen. Außerdem stand demnächst eine Tagung der Kammer der Freien Bürger in Deutschland auf dem Programm, die ihr große Sorgen bereitete. „Ich fürchte, das ist nicht machbar. Noch mehr schaffe ich einfach nicht."

„Wir können Ihnen die Reden schreiben", bot Tracy an. „Wir haben PR-Spezialisten in unserem Team."

„Ich spreche immer frei, ohne Manuskript."

„Du würdest sicher in die Medien kommen", sagte Don. „In einem positiven Zusammenhang. Das würde deine Chancen auf den Job bei der UN erhöhen."

Lea erinnerte sich an die letzten Berichte, die über sie erschienen waren. Sie handelten von ihrer schmutzigen Scheidung und von dem Bombenanschlag in Komotini. Er hatte recht, ein paar gute Meldungen würden sicher nicht schaden. Aber wie viel Privatleben bliebe ihr dann noch? Wie viel freie Zeit? Wie oft könnte sie Marek treffen? Einmal im Monat? „Nein, tut mir leid. Dein Angebot ist eine große Ehre für mich, Don. Aber ich schaffe es einfach nicht. Ich will mich lieber auf die nächste große Aufgabe konzentrieren, und das ist die Stelle bei den Vereinten Nationen. Ich will mich nicht verzetteln."

Don hob seine Hände. „Okay, ich akzeptiere das. Dann werden wir uns nach jemand anderem umsehen, der unseren Staat nach außen vertritt. Das wird sicher ein paar Wochen oder Monate dauern. So lange halten wir für dich eine Hintertür offen."

*

Verflucht, ist das eng. Wie soll ich hier bloß zurechtkommen?

Marek stieg durch eine Luke in den T-54-Panzer ein. Er war als Fahrer auserkoren worden und stand nun vor der ersten Herausforderung: eine einigermaßen bequeme Sitzposition zu finden. Die Blechwanne war zwar mit Kissen gepolstert, ließ sich aber nur um wenige Zentimeter verschieben. Marek hockte hinter der Stirnplatte des Panzers und blickte auf drei Sehschlitze, die im Halbkreis angeordnet waren. Zu seiner Rechten befanden sich der Schalthebel und einige Instrumente, links hing ein Bildschirm an einem flexiblen Gestell, der sicher nicht zur Originalausstattung gehörte. Sämtliche Fahrzeuge auf dieser Anlage waren sehr alt, einige stammten sogar noch aus dem Zweiten Weltkrieg. Der Hubschrauber hatte ihn an einen Ort gebracht, der sich als Abenteuerspielplatz für Erwachsene tarnte, wo man für ein paar Stunden einen geländegängigen Lastwagen oder einen Panzer fahren durfte. Zuvor allerdings musste der Gast eingewiesen werden.

„Ist genau wie bei Auto", sagte Tony. Er saß draußen auf dem Schutzschild der Kette und beugte sich über die offene Luke. „Rechts ist Gas und Bremse, links ist Kupplung. Mach mal den Monitor an."

Marek drückte den kleinen roten Knopf und blickte im nächsten Moment auf ein Auto, das einige Hundert Meter vor ihnen stand. „Was ist das denn?"

„Automatische Zielerfassung, unsere Spezialität", erklärte Tony. „Der Kübel wurde gebaut in 1955. Wir haben ihn ein bisschen aufgepeppt, mit Kameras und moderne Software. Wenn der Tag X kommt, wir werden viele unterschiedliche Panzertypen erbeuten. Wir bauen sie um auf unser System. Deshalb du brauchst keine Ausbildung für den Abrams, den Leopard und den Leclerc, weil du unser System kennst. Klar?"

„Klar."

„Okay, dann drehen wir eine Runde."

Tony half Marek beim Schließen die Fahrerluke, kletterte in den Turm des Panzers und setzte sich auf den Platz des Kommandanten. Zwei Minuten später erklang seine Stimme in den Muscheln von Mareks Kopfhörer. „Motor anlassen", lautete sein erster Befehl.

Marek drückte den roten Startknopf, ein dumpfes Dröhnen drang durch die Stahlplatte hinter ihm.

„Du hältst die Drehzahl immer schön zwischen tausendfünfhundert und zweitausend Umdrehungen ... Okay, erster Gang rein und los."

„Wohin?"

„Erst mal geradeaus."

Marek folgte dem Befehl. Die Pedale und Hebel waren extrem schwergängig, für das Durchtreten der Kupplung brauchte man fast so viel Kraft wie für einen Ballabschlag über das gesamte Fußballfeld. Das Lenkrad ließ sich jedoch relativ leicht bewegen, als ob es von einem Servomotor unterstützt wurde. Marek orientierte sich an dem Bild, das er links auf dem Monitor sah. Den Autozoom hatte er inzwischen abgeschaltet und durch einen Panoramablick ersetzt. Vor ihm lag ein Rundkurs, der an die Motocrossstrecke in Belgien erinnerte, nur dass hier alles größer und schlammiger war. Ein Regenguss in der letzten Nacht hatte die Piste aufgeweicht, an einigen Stellen stand das Wasser knietief. Dem T-54 mit seinem Kettenlaufwerk bereiteten die widrigen Umstände keinerlei Probleme, er walzte stoisch durch das Gelände.

„Achtung, da kommt schon erste Kurve", warnte Tony. „Runter vom Gas … Rechts und links von dir sind die Hebel von Kettenbremsen. Die brauchst du aber nur, wenn du willst auf der Stelle wenden. Jetzt du benutzt das Steuerrad."

„Verstanden." Marek durchfuhr die Kurve mit geringer Geschwindigkeit. Danach folgten der erste Hügel und eine tiefe Schlammkuhle. Auf dem Bildschirm spritzte braunes Wasser auf, der Panzer rollte weiter. Marek war fast ein bisschen enttäuscht, wie einfach alles funktionierte.

„Hoppla, was ist das? Da steht jemand im Parkverbot", sagte der Russe ironisch. „Dem müssen wir eine Lektion erteilen."

Marek blickte auf den Monitor und begriff, was sein Kommandant meinte. Wenige Meter abseits der Piste stand ein altes, zerbeultes Auto. Wahrscheinlich hatte es einer der Abschleppwagen, die über das Gelände fuhren und die Reste der Übungen entsorgten, dort abgesetzt. „Soll ich ihn etwas kleiner machen?"

„Nur zu. Und keine Angst vor Kratzern."

Er lenkte ein paar Grad zur Seite und fuhr mit der rechten Kette über das Autowrack. Das Knirschen des Bleches war selbst in der Panzerwanne zu vernehmen. Marek wechselte zur Heckkamera und sah auf dem Monitor, was er angerichtet hatte: Das Auto glich nun einer zusammengepressten Ziehharmonika.

„Hoffentlich ist der Fahrer nicht am Steuer eingeschlafen. Das wäre ungesund."

Am zweiten Tag endete das Touristenprogramm, wie Tony es nannte. Gemeinsam mit fünf anderen Panzern wollten sie eine offene Feldschlacht simulieren. Dazu teilten sie sich in zwei Züge auf, den roten und den blauen, und traten am Rande eines Waldes gegeneinander an. In der ersten Stunde geschah nicht viel. Mareks Zug, der blaue, bezog auf einem Hügel Stellung und wartete, dass sich der Gegner zeigte. Weil der rote Zug ihnen aber nicht den Gefallen tat, mussten sie sich in Bewegung setzen. Marek drückte den Startknopf, der Motor meldete sich grummelnd.

In Reihe vorwärts, lautete der Befehl.

Langsam rollten sie in die Ebene hinein. Marek schaute auf die Anzeigen zu seiner Rechten. Drehzahl tausendfünfhundert, Wassertemperatur im grünen Bereich, aber der Tank war nur noch zu einem Drittel gefüllt. Im Gelände verbrauchte der Panzer mehr als hundert Liter Diesel auf hundert Kilometer. Bald müssten sie die Lastwagen vom Nachschub treffen, sonst würde es knapp werden.

„Feindpanzer gemeldet!", brüllte Tony in sein Kehlkopfmikrofon. „Gefechtsbereitschaft! Links um, dreißig Grad. Panzerkeil!"

Panzerkeil, wiederholte Marek in Gedanken. Sie sollten eine Dreiecksformation bilden. Weil er den Führungspanzer fuhr, musste er die Spitze übernehmen. Aber zuerst vollzog er den geforderten Linksschwenk.

Von der ausgewalzten Piste rollten sie in das offene Gelände hinein, in Richtung des Waldrandes. Marek suchte angespannt die Umgebung ab. Seine Hände umklammerten das Lenkrad, Schweiß lief von seiner Stirn herab. Es war heiß und stickig in der Panzerwanne, das Rasseln der Ketten übertönte alle anderen Geräusche. Er entdeckte einen ausgebrannten Lastwagen, umgeknickte Bäume und einige Kettenspuren. Doch wie alt waren sie? Vielleicht stammten sie noch von der letzten Lehrgruppe. Oder der feindliche Panzerzug war dort eben erst in Stellung gegangen und erwartete sie nun hinter dem kleinen Waldstück.

Das macht Spaß. Besser als jedes Computerspiel.

Zwei Minuten später erkannte er halblinks voraus aufwölkenden Staub und undeutliche Bewegungen. Er zoomte mit der Kamera näher heran. Jetzt schoben sich grünbraune Gebilde ins Blickfeld. Der rote Zug!

„Achtung!", brüllte Tony. „Feindpanzer versuchen Flankenstoß. Zielverteilung … Geschütz zehn Uhr, neunhundert, mittlerer Panzer."

Ein lauter Knall erschütterte den T-54. Er kam nicht aus dem Rohr, sondern aus versteckten Lautsprechern und sollte den Schuss aus der Panzerkanone simulieren. Auf dem Monitor leuchtete einer der feindlichen Panzer rot auf. Treffer am Turm!

Es ratterte und klackte um ihn herum, der Ladeschütze schob die nächste Granate ins Rohr.

„Geschütz neun Uhr", rief Tony. Er kam jedoch nicht dazu, den Befehl zu vollenden, weil eine weitere Explosion erklang. Diesmal hörte sie sich metallisch an, dazu heulte eine Warnsirene.

Marek spürte, dass der Panzer ihm nicht mehr gehorchte. Er zog nach links, obwohl das Lenkrad nach rechts eingeschlagen war.

„Treffer in Kette", meldete Tony. „Panzer halt!"

Er trat auf die Bremse und lauschte gespannt, was als Nächstes passieren würde. Ihr Panzer war manövrierunfähig geschossen – und würde damit ein gutes Ziel für den Feind abgeben. Aber noch konnten sie sich verteidigen.

Das tiefe Summen eines Elektromotors drang durch den Panzer. Der Richtschütze drehte den Turm, suchte ein neues Ziel. Wieder erklang der Schießknall – aber es wurde kein weiterer Treffer bei den gegnerischen Panzern angezeigt. Daneben! Stattdessen richteten sie ihre Rohre neu aus. Wieder hörte er die metallische Explosion. Kurz darauf erschien ein großes Kreuz auf seinem Bildschirm. Marek ahnte, was das bedeutete.

„Volltreffer", sagte Tony mit heiserer Stimme. „Sie haben uns erwischt. Der Panzer steht in Flammen. Alle Mann ausbooten."

Die Besatzung stieg aus den Luken und setzte sich gemeinsam auf den Turm, um den Rest der Schlacht zu beobachten. Ihr Zug gewann, weil am Schluss einer ihrer Panzer nur leichte Beschädigungen aufwies, während alle anderen zerschossen und ausgebrannt waren. Die über-lebende Besatzung wurde mit einer Flasche Champagner geehrt.

„Sag mal, Tony, haben wir ernsthaft eine Chance gegen die Nato-Truppen?", fragte Marek.

Er grinste breit. „Nein, habt ihr nicht. Aber darauf kommt es auch gar nicht an. Ein Panzer, der durch eine Stadt fährt, macht Angst. Ein Panzer, der schießt, macht Panik. Das ist Sinn von dieser Ausbildung."

12. Kapitel: Neue Grenzen

Muss das sein? Habt ihr wirklich keine besseren Ideen?

Lea saß in ihrem Goldfischglas, wie sie die Kanzel aus Sicherheitsglas getauft hatte, und blickte auf ihren Computer. Die heutige Tagung der Kammer der Freien Bürger war ihr unangenehm, weil eine Streitfrage behandelt werden sollte, die auf allen Seiten die Emotionen hochkochen ließ und die so schwer zu lösen war wie kaum eine andere. Sie befand sich in Essen, einer Stadt im Westen von Deutsch-land, die einst als wirtschaftliche Metropole gegolten hatte, in den letzten Jahren aber unter dem Niedergang der Industrie und der Abwanderung der Medienbranche litt. Gleichzeitig stieg die Zuwanderung aus Afrika und dem islamischen Kulturraum immer weiter an.

Weil es nicht gelang, die Neubürger und deren Nachkom-men dauerhaft zu integrieren, weil man lange Zeit nur nebeneinander lebte, aber nicht miteinander, bauten sich Spannungen auf zwischen den ethnischen und religiösen Gruppen, die sich seit einem Terroranschlag vor drei Jahren in heftigen Auseinandersetzungen entluden. Gegenseitige Beleidigungen und Körperverletzungen waren an der Tages-ordnung, die Mordrate lag weit über dem Landesdurch-schnitt. Die Politik reagierte darauf, indem sie Mauern zwischen den Stadtteilen errichtete, nach dem Vorbild von

Nordirland, nicht Berlin, wie man ausdrücklich erwähnte, und empfahl, gewisse Bezirke nicht zu betreten, wenn man die religiösen Überzeugungen der Bewohner nicht teilte. Als Folge daraus herrschte nun eine relative Ruhe in Essen.

Seit drei Tagen hatte es kein Tötungsdelikt mehr in der Stadt gegeben, berichtete CON-12. So etwas galt mittlerweile als Erfolgsmeldung.

Jetzt jedoch forderten die Anhänger von ISMET, einer islamistischen Bewegung, die mehrere Hunderttausend Mitglieder zählte, dass das gesamte Ruhrgebiet aus dem deutschen Staatsverbund herausgelöst und in eine muslimische Enklave umgewandelt werden sollte, inklusive einer eigenen Verwaltung und Gerichtsbarkeit. Zu diesem Zweck ernannte ISMET bereits eine provisorische Regierung und stellte eine Schutztruppe auf, die vorerst noch unbewaffnet war, aber von ehemaligen Offizieren trainiert wurde. Die deutsche Regierung signalisierte Gesprächsbereitschaft, weil sie einen Bürgerkrieg um jeden Preis vermeiden wollte. Das löste heftige Reaktionen bei den alteingesessenen Bürgern aus, von denen einige paramilitärischen Freikorps beitraten, die sofort nach ihrer Gründung verboten wurden, im Untergrund aber weiter existierten, während andere resignierten und ihre Heimat verließen. In dieser verfahrenen Situation musste Lea versuchen, zwischen den Konfliktparteien zu vermitteln und zu einer gütlichen Lösung zu kommen. CON-12 schätzte die Erfolgschancen auf drei Prozent.

Vor ihr bauten sich die Duellanten auf. Am rechten Pult stand Fatima Al Kamali, die Vertreterin von ISMET. Der Computer zeigte Lea die wichtigsten biografischen Daten an. Sie war fünfundzwanzig Jahre alt, Mutter von vier Kindern und besaß die deutsche und die marokkanische Staatsangehörigkeit. Laut eigener Aussage hatte sie Journalistik und Politikwissenschaften studiert, gab aber als Beruf Hausfrau an. Politisch war sie nie in Erscheinung getreten. Sie zählte zu den Gründungsmitgliedern des Essener ISMET-Vereins, war zuerst dessen Schriftführerin und

146

wurde später zur Sprecherin ernannt. Heute trug sie ein bodenlanges Kleid und einen dunkelblauen Hidschab, der ihre Haare, ihren Hals und die Schultern bedeckte, allein das Gesicht blieb frei.

Auf der anderen Seite stand das exakte Gegenteil zu diesem Lebensentwurf: Sophie Bonewitz, dreißig Jahre alt, unverheiratet, keine Kinder. Sie besaß nur eine Staatsangehörigkeit, die deutsche, hatte Jura studiert, beide Examen abgelegt und arbeitete als Staatsanwältin in Essen. Sie trug ihr blondes Haar offen, hatte dezentes Make-up aufgelegt und war mit einem dunkelgrünen Blazer, einer weißen Bluse und einem knielangen Rock bekleidet. Als Hobbys gab sie Reisen und Kajakfahren an, sie war Mitglied in einem Sportverein, aber in keiner politischen Partei und keiner Religionsgemeinschaft.

Lea gab das Wort zuerst an Fatima, weil sie und ihre Organisation um den Besuch der Kammer der Freien Bürger in Essen gebeten hatte. Sie begann damit, eine Reihe von Verbrechen aufzuzählen, deren Opfer Muslime waren. Brandanschläge auf Moscheen, Koranschulen und Kulturvereine, Angriffe auf Frauen, die in der Öffentlichkeit Kopftücher oder Burkas trugen, Angriffe auf Männer, die friedlich vor Cafés saßen und Tee tranken … Die Liste wurde so lang, dass Lea sie unterbrechen musste.

„Ich verstehe, was Sie damit ausdrücken wollen, Frau Al Kamali. Aber warum müssen wir deshalb eine muslimische Enklave einrichten? Könnte man nicht auch Polizei und Justiz stärken, damit diese Verbrechen schneller aufgeklärt oder sogar verhindert werden?"

„Nein, das wollen wir nicht. Die deutsche Polizei und Justiz diskriminieren die friedlichen Muslime. Schauen Sie, wenn ich zur Polizei gehe und eine Anzeige aufgeben will, sitzt dort ein deutscher Mann und will mit mir sprechen. Aber ich will das nicht. Ich will sprechen mit einem gläubigen Muslim."

„Das können Sie sich leider nicht aussuchen", erwiderte Lea.

„Aber ich will. Wir sind Muslime, die Stadt ist muslimisch, also muss auch Polizei und Justiz muslimisch sein."

„Möchten Sie etwa die Scharia einführen?"

„Nicht Scharia, aber islamisches Recht. Schauen Sie, wenn ich gehe durch Essen, ich sehe viele deutsche Männer, und die sehen mich auch. Und ich sehe deutsche Frauen, die sind nicht tugendhaft. Sie sprechen mit Männern, sie tanzen, sie küssen sich sogar. Mitten auf der Straße. Ich fühle mich unwohl dabei. Wenn ich bin in Marokko, ich fühle mich ganz anders. Das ist ein gutes islamisches Land."

Die Muslimin erzählte eine lange Geschichte über ihr Geburtsland. Sie lobte die Sittenstrenge, die dort herrschte, und die Religionspolizei, die die Einhaltung der Regeln überwachte. Lea sah die junge Frau währenddessen mitleidig an. Sie war bereits vierfache Mutter. Lea hatte in dem Alter noch nicht mal über eigene Kinder nachgedacht. ISMET verlangte von seinen Mitgliedern, dass sie ein frommes Leben führten und sich nicht den europäischen Sitten anpassten, berichtete CON-12. Mädchen durften beispielsweise nicht am Sportunterricht teilnehmen und nicht Schwimmen lernen.

Was für ein Wahnsinn!

Lea dachte an ihre Kindheit zurück. Wann hatte sie Schwimmen gelernt? Mit fünf oder sechs Jahren, sie wusste es nicht mehr genau … Coco dilla. So nannte sie das aufblasbare Krokodil, das sie zum Geburtstag bekam, weil sie das Wort zuerst nicht aussprechen konnte. Als Kind war sie mit ihren Eltern regelmäßig nach Spanien und Italien gereist, ganze Urlaube verbrachte sie am Meer. Coco war immer dabei, ihr Vater hatte das Spielzeug viele Male geflickt.

Als Studentin mietete sie gemeinsam mit zwei Freundinnen ein Wohnmobil, um sechs Wochen lang durch Europa zu reisen, von Skandinavien bis zur iberischen Halbinsel. Erste Station war der Stockholmer Schärengarten. Lea, Mary und Claire sonnten sich auf Felsen, die von eiszeitlichen Gletschern rundgeschliffen waren, und gingen nur kurz ins Wasser, weil dessen Temperatur eisige elf Grad betrug. Auf der dänischen Nordseeinsel Röm war das Wasser zwar wärmer, aber dafür wehte dort ein eiskalter Wind, sodass die Freundinnen ihren Wagen kaum verließen. Einmal aßen sie Hot Dogs und Softeis, an mehr konnte sich Lea nicht erinnern.

Eine angenehme Überraschung erwartete sie an der Schlei, einem vierzig Kilometer langen Meeresarm an der deutschen Ostseeküste, nur einen Katzensprung von der Autobahn entfernt. Warmes Wasser, kaum Wind und viele lauschige Plätzchen am Schilfgürtel, an denen wildes Campen für eine Nacht erlaubt war. Im Westen spürten sie die Strömung eines kleinen Flusses, der dort mündete, ihre Füße berührten feine Sandbänke; je weiter sie nach Osten fuhren, desto salziger wurde das Wasser, desto stärker der Wind; plötzlich tauchte ein Leuchtturm auf, eine Mole aus Felsgestein, und dahinter begann die offene See; am Ostseestrand war der Boden steinig, Seegrasfelder kitzelten ihre Füße, Wellen schlugen an die Beine, der Wind wirbelte Gischt auf. Sie sonnten sich in einem Strandkorb, aßen geräucherten Fisch und fuhren mit einem Kutter aufs Meer hinaus. Leider drängte sie der Zeitplan, nach drei Tagen mussten sie weiterfahren.

In Holland und Belgien peinigte sie wieder der kalte Wind, dick eingekleidet machten sie Wanderungen durch die Dünen. In der Normandie regnete es, sie besuchten ein paar Cafés und Restaurants. An der Biscaya zeigte sich endlich die Sonne, aber die Küste war felsig, es gab nur wenige Badebuchten. Claire stellte die Behauptung auf, dass von nun an das Wasser alle hundert Kilometer um ein Grad wärmer werden würde – und sie sollte recht bekommen. An der spanischen Atlantikküste betrug die Wassertemperatur achtzehn Grad, an der Costa Brava am Mittelmeer zweiundzwanzig Grad, an der Costa Blanca, ihrem Reiseziel, waren es sogar fünfundzwanzig Grad. Hier blieben sie drei Wochen und hatten viel Spaß, nicht zuletzt auch mit einigen Jungs aus anderen europäischen Ländern.

Herrliche Erinnerungen. Fatima und ihre Töchter würden so etwas niemals erleben. Sie erwartete eine Zukunft als Haussklavinnen und Gebärmaschinen. Sie würden eingesperrt sein in ein Stoffgefängnis, müssten jeden Tag kochen, putzen und die Kinder beaufsichtigen. Sie dürften niemals allein an den Strand gehen, ins Kino oder in die Diskothek, immer würden Väter, Brüder oder Cousins sie bewachen, und falls sie eine Regel übertreten sollten, drohten ihnen schlimme Strafen. All das nur, weil ein paar religiöse Eiferer die heiligen Schriften so auslegten, dass Frauen als Menschen zweiter Klasse behandelt werden mussten. Und das nannten die Politiker der etablierten Parteien auch noch kulturelle Bereicherung. Aber von denen ließ sich hier keiner blicken.

Fatima schwärmte immer noch von den Verhältnissen in Nordafrika. Inzwischen berichtete sie von einer Koranschule für Mädchen, die sie in Algerien besucht hatte.

„Bitte kommen Sie zu einem Ende", mahnte Lea.

„Ja, gleich. Ich will nur sagen, dass muslimische Frauen ein Recht haben müssen, frei und unbeschränkt ihren Glauben auszuleben. Das geht nur in einem Land, in das islamische Recht herrscht. Und weil Deutschland unser Heimatland ist, muss das islamische Recht hier eingeführt werden."

Lea bedankte sich für den Beitrag und übergab das Wort an Sophie Bonewitz. Die junge Deutsche beschwor die Werte der Aufklärung, sprach von den Menschenrechten, der Trennung von Religion und Staat, den Idealen von Bildung, Toleranz und persönlicher Handlungsfreiheit, sie zitierte Kant, Voltaire und Lessing. Insgesamt wirkte ihr Vortrag nach Leas Empfinden etwas zu trocken und akademisch, erst als ihre Redezeit dem Ende entgegenging, wurde sie emotional.

„Über Jahrtausende hinweg wurden Frauen unterdrückt, versklavt und sexuell ausgebeutet. Selbst heute ist noch nicht überall in Europa die volle Gleichberechtigung erreicht. Noch immer gibt es Defizite in der Teilhabe an öffentlichen Ämtern, noch immer werden Männer und

Frauen ungleich bezahlt. Aber das, was bislang erreicht wurde, ist jetzt durch die schleichende Islamisierung in ernsthafter Gefahr. Frauenrechte drohen verloren zu gehen, indem der Bevölkerungsanteil …"

„Lüge! Lüge!" Auf der Zuschauertribüne war ein junger Mann aufgestanden, drohte mit der Faust und brüllte die Rednerin an. Er trug ein Fußballtrikot und eine Jeanshose, seine Haare waren kurz geschnitten, das Gesicht rasiert. „Wir Muslime unterdrücken die Frauen nicht. Im Gegenteil, wir beschützen sie. Die Frau ist die Ehre der Familie, die Frau ist das Heiligste der Familie."

Große Teile des Publikums applaudierten, einige Männer standen ebenfalls auf und riefen arabische Parolen.

Sophie versuchte, dem jungen Mann zu antworten, war in dem allgemeinen Lärm aber nicht zu verstehen.

Lea aktivierte ihr Mikrofon. „Ruhe! Ruhe, bitte! Wenn Sie an der Diskussion teilnehmen wollen, tragen Sie sich bitte in die Rednerliste ein. Bitte nicht durcheinanderrufen."

Es dauerte etliche Minuten, bis sich das Publikum so weit beruhigt hatte, dass Sophie ihr Plädoyer fortsetzen konnte. Sie gab einen Ausblick auf eine gemeinsame europäische Zukunft, in der Angehörige aller Religionen – so hoffte sie – friedlich und gleichberechtigt miteinander leben würden.

Lea hörte ihr aufmerksam zu. Nur einmal schaute sie zu Fatima hinüber, die ihr Pult verlassen hatte und mit zwei langbärtigen Männern aus dem Publikum sprach, von denen einer einen Anzug und der andere ein langes Gewand trug. Es schien so, als ob sie ihr Anweisungen gaben, weil nur die Männer redeten und sie zuhörte und nickte. Nach zwei Minuten kehrte sie zurück an ihren Platz.

Nachdem Sophie ihren Vortrag beendet hatte, begann der Dialog zwischen den Kontrahentinnen. Zuerst durfte Fatima auf die Thesen ihrer Vorrednerin antworten. „Ja, Freiheit und Demokratie sind wichtig. Ich will als gute muslimische Frau das Recht haben, meinen Glauben zu leben. In Essen sind neunzig Prozent aller Einwohner

Muslime. Wir sind die Mehrheit. Deshalb werden wir entscheiden."

Das Publikum applaudierte stürmisch, nur wenige Buhrufe waren zu hören. Lea blickte auf ihren Monitor. CON-12 teilte ihr mit, dass sich nach einer offiziellen Statistik siebzig Prozent der Essener zum Islam bekannten. Das war zwar weniger, als Fatima behauptet hatte, aber es bedeutete eine klare Übermacht. Wenn es zu einer Volksabstimmung käme, was das europäische Recht unter bestimmten Voraussetzungen erlaubte, würden sich die Muslime mit hoher Wahrscheinlichkeit durchsetzen.

Die Unverschleierte nahm den Gedanken auf. „Es stimmt, dass Sie in der Mehrheit sind – aber nur in der Stadt Essen. In ganz Deutschland sind die Muslime noch in der Minderheit."

Fatima nickte. „Und deshalb berufen wir uns auf das Völkerrecht. Es ist möglich, dass man sich einen völkerrechtlich wirksamen Titel ersitzen kann. Das heißt, wenn viele Menschen in ein Land einwandern und sie behalten ihre Kultur und ihre Religion, dann kann das Land in ein anderes Land umgewandelt werden. Deshalb machen wir aus dem Ruhrgebiet eine muslimische Enklave."

Die Juristin Sophie schüttelte den Kopf. „Das ist falsch. Man kann einen solchen Titel nur ersitzen, wenn der vorherige Rechtsinhaber, also der deutsche Staat, eine konkludente oder stillschweigende Zustimmung gibt. Und das ist hier eindeutig nicht der Fall. Essen und das Ruhrgebiet gehören zum deutschen Hoheitsgebiet. Die deutschen Behörden üben die Staatsgewalt aus."

„Das stimmt doch gar nicht", erwiderte Fatima. „Ich lebe im Norden von Essen. Alle meine Nachbarn sind Muslime. Wir schicken unsere Kinder auf muslimische Schulen. Wenn wir krank sind, gehen wir in ein muslimisches Krankenhaus. Wenn es Streit gibt, gehen wir zu einem muslimischen Friedensrichter. Wenn wir sterben, werden wir begraben auf einem muslimischen Friedhof. Jeder bei uns spricht Türkisch oder Arabisch. Niemand spricht Deutsch. Also wo ist

Deutschland? Hier ist kein Deutschland. Hier ist kein Europa. Hier ist muslimische Enklave."

Ein Teil des Publikums jubelte und applaudierte, ein anderer Teil buhte die Rednerin aus und rief Schimpfworte. Lea bat erneut um Ruhe und erinnerte an die Verfahrensordnung.

Sophie entgegnete ihrer Vorrednerin, dass in Deutschland auch viele säkulare Muslime lebten, die die Freiheiten einer Demokratie zu schätzen wussten und keineswegs mit den Ansichten der Islamisten übereinstimmten. Daraufhin wurde sie von einigen Männern aus dem Publikum lautstark beschimpft, man unterstellte ihr, dass sie die Gemeinde der Muslime spalten wolle. Andere Männer behaupteten im Gegenzug, dass ISMET die Gemeinschaft der in Deutschland lebenden Menschen spalten und eine mittelalterliche Rechtsordnung einführen wolle. Es kam zu Rangeleien, aus denen sich eine Massenschlägerei entwickelte. Die deutsche Polizei musste in den Saal einrücken und die Veranstaltung beenden. Lea wurde von Antonia von der Bühne gebracht und zu ihrem Auto geführt.

Auf der Rückfahrt zum Hotel wäre Lea am liebsten in Tränen ausgebrochen, nur mühsam konnte sie die Fassade der abgeklärten Technokratin aufrechterhalten. Essen war nach Roanne bereits die zweite Sitzung innerhalb von wenigen Wochen, die abgebrochen werden musste. Stieß das System an seine Grenzen? Funktionierte die Kammer der Freien Bürger nur bei leichten Fragen, wie etwa dem Bau einer Mine oder einer Straße? Zum ersten Mal zweifelte Lea ernsthaft an ihrer Arbeit als Ausgleicherin.

13. Kapitel: Fortschritte

„Hallo, mein Alter!" Marek betrat das Büro von Pjotr Witos, seinem Freund und Ex-Kollegen. Der Brillenträger saß an seinem Schreibtisch in der Krakauer Dienststelle und war gerade damit beschäftigt, einen Computer auseinanderzunehmen.

„Ich werd verrückt, Marek. Da bist du ja." Er sprang auf und lief zur Tür.

Die beiden Männer umarmten sich.

„Du musst mir alles erzählen. Komm her, setz dich erst mal." Pjotr räumte einen Stuhl frei, den er als Ablage für elektronische Bauteile benutzt hatte, und holte zwei Flaschen Cola aus seinem Kühlschrank hervor.

Marek berichtete seinem Freund alles, was er in den letzten Wochen erlebt hatte – ausgenommen nur seine Romanze mit Lea. Er war jedoch nicht nach Krakau gefahren, um zu plaudern. „Pjotr, ich hab dir doch diesen Spurenträger geschickt. Hast du inzwischen …"

„Oh, ja klar." Er ging zu einem Schrank und holte das Stück Klebefolie hervor, mit dem Marek den Kofferrraumdeckel des Autos abgetupft hatte, das Opfer seines Sprengversuchs wurde. Inzwischen steckte es in einem Plastikbeutel, der mit einer Seriennummer beschriftet war.

„Hat das Labor die Spur ausgewertet?"

„Ja, alles ist bekannt. Moment, ich zeig dir den Befund." Er schaltete seinen Computer an und rief ein Bild auf, das in Mareks Augen wie eine Felslandschaft aussah. Die meisten Brocken waren grau oder schwarz, einige aber auch rot, grün oder blau.

„Das ist eine Aufnahme aus dem Mikroskop", erklärte er. „Tausendfache Vergrößerung. Unser Labor hat den Sprengstoff identifiziert. Es ist eine Mischung aus Nitropenta und Hexogen."

„Hab ich mir gedacht. Aber ist das Zeug auch markiert?"

Pjotr grinste. „Ja, ist es. Wie es sich gehört, hat der Hersteller winzig kleine Farbpartikel beigemischt. Der Farbcode lautet: Rot sieben, Grün vier und Blau zwei. Es gibt nur eine Fabrik auf der Welt, die diesen Code verwendet."

„Lass mich raten: CWL – die chemischen Werke in Lemberg."

Ihm verging das Grinsen. „Woher weißt du das?"

„Vor zwei Monaten hat in Komotini ein Bombenanschlag stattgefunden. Da wurde Sprengstoff mit derselben Markierung verwendet. Diese kleine Probe hier stammt aus der Bastelstube vom Wolfsrudel. Ich hab damit den alten Volvo in die Luft gejagt."

Das Grinsen kehrte zurück. „Na bravo, damit hast du die Verbindung hergestellt, Marek."

„Ja schon, aber ... CWL ist der größte Hersteller von Sprengstoff in Osteuropa. Zwanzigtausend Tonnen pro Jahr, für zivile und militärische Zwecke. Jede Charge wird genau dokumentiert. Die Zwischenhändler nehmen es leider nicht so genau. Für ein paar Dollar extra vergessen sie, den Namen des Käufers aufzuschreiben."

„Ich verstehe. Es wird schwer werden, den Bombenbastler zu finden."

„Schwer, aber nicht unmöglich. Ich werde mich in die Gruppe der Bombenleger einschmuggeln."

Pjotr stieß einen Pfiff aus. „Du traust dir was zu, Marek. Pass bloß auf, dass du dich nicht selbst in die Luft jagst."

Er lachte. „Ganz sicher nicht. Und ich werde auch alle meine Finger behalten. Übrigens, wie war es in Griechenland?"

„Großartig. Ich hab mir ein paar schöne Tage gemacht – auf deine Kosten." Er öffnete eine Schublade und holte eine Mappe aus Klarsichtfolie heraus, in der Rechnungen von Hotels und Restaurants steckten.

Marek schaute sich die Daten an. Es war sein Name, der dort genannt war, die Reisezeit deckte sich ungefähr mit Mareks Aufenthalt in Russland. „Prima, ich danke dir, Pjotr. Damit haben wir eine falsche Spur gelegt. Du kannst mir die Einzelheiten bei einem Bier erzählen. Wann hast du Feierabend?"

„Wann? Jetzt, wenn du willst."

„Dann pack dein Zeug zusammen, Pjotr. Wir gehen was trinken."

*

Liebe und Einheit, Freiheit und Pflicht halten das Staatswesen zusammen.

Lea saß auf ihrem Sofa und blätterte in einem Buch über Georg Wilhelm Friedrich Hegel. Bereits als Studentin hatte sie sich mit dem Philosophen befasst, später jedoch fehlte ihr die Zeit, um ihre privaten Studien fortzuführen. Als kürzlich John Tracy, der Anwalt von ihrem Freund Don Grazer, den Namen erwähnte, nahm sie es zum Anlass, um noch einmal seine Thesen nachzulesen. Don wollte sein Projekt Utopia zwei nach dem Vorbild von Hegels idealem Staat gestalten. Lea hatte zwar abgelehnt, dafür als Schirmherrin zu fungieren, inzwischen jedoch waren ihr Zweifel gekommen.

Die eigene Freiheit ist immer auch die Freiheit des anderen.

Für Hegel bedeutete Freiheit nicht, dass jeder selbstsüchtig und eigensinnig seine Interessen verfolgte. Freiheit begänne erst, wenn man das fremde Bewusstsein und den Willen des anderen anerkenne. Lea dachte an ihre Begegnung mit Fatima Al Kamali zurück. Sie war extrem selbstsüchtig, wollte allein ihren Willen durchsetzen. Für sich selbst und ihre Religionsgemeinschaft forderte sie Toleranz, sie war aber nicht bereit, Andersdenkende und Andersgläubige zu tolerieren. Bis vor ein paar Jahren noch konnte man Leute wie sie ignorieren, weil sie nur eine Minderheit darstellten. Inzwischen aber war ISMET zu einer gewaltigen Organisation angewachsen, in Deutschland zählte sie mehr als fünfhunderttausend eingetragene Mitglieder, die Zahl der Sympathisanten betrug sicher mehrere Millionen. Diese Masse an Menschen besaß Macht, politische und finanzielle Macht – und bald wahrscheinlich auch militärische. Lea machte sich ernsthafte Sorgen über die Zukunft Europas. Wie sollte man nur …

Ein Gongsignal ertönte. Es kam von der Tür. Lea blickte auf die Kaminuhr. Fast zwanzig Uhr. Wer konnte das jetzt noch sein?

Sie ging zur Wohnungstür, blickte auf den Monitor. Ein großer Mann stand im Flur, er hatte blonde Haare, kurz geschnitten ... War das etwa ...?

„Marek."

Endlich. Er ist zurück. Wie ... was soll ich ... Wie sehe ich aus?

Lea stellte sich vor den Garderobenspiegel, prüfte ihre Haare und das Make-up, das sie schon seit Stunden nicht mehr korrigiert hatte. Dieses Wollkleid war zwar bequem, wirkte aber überhaupt nicht sexy. Zum Umziehen reichte die Zeit nicht mehr.

Ach, ist doch egal, wie ich aussehe.

„Moment."

Am Bedienfeld gab sie den Code der Alarmanlage ein und drückte auf die Taste Öffnen.

Marek stieß die Tür auf, trat über die Schwelle und rief: „Überraschung!"

„Die ist dir gelungen." Lea tat so, als wäre sie zwar erfreut, aber nicht übermäßig aufgeregt. Dabei raste ihr Puls und ihr wackelten die Knie. „Wo sind deine schönen Locken geblieben?"

„Musste ich opfern. Erzähl ich dir gleich."

Er umarmte sie und wollte sie küssen, doch Lea wich zurück, weil sie einen Schmerz im Oberkörper verspürte. „Nein, nicht ..."

„Wieso? Was ist mit dir?"

„Warte einen Moment." Lea ging ins Schlafzimmer, wo sie das Wollkleid gegen den neuen Seidenmantel tauschte. Sie war nicht sicher, ob sie das Richtige getan hatte, aber jetzt gab es kein Zurück mehr.

Ihren Gast fand sie im Wohnzimmer. Er hatte inzwischen seine Jacke abgelegt und betrachtete die Gemälde an den Wänden. Eines davon war neu, aber Lea verspürte keine

Lust, heute über Kunst zu reden. „Ich hab auch eine Überraschung für dich. Leider ist es noch nicht ganz fertig."

Sie öffnete den Mantel und zeigte ihre operierten Brüste. Von der neuen Form war noch nicht viel zu erkennen, weil Lea einen Verband und einen Stütz-BH trug. „Ich hab sie richten lassen."

Marek lächelte verlegen. „Silikon?"

„Nein, sie wurden nur gestrafft. In zwei Wochen kommt der Verband weg. Dann siehst du das Ergebnis."

„Oh, jetzt kapier ich's ... Also kein Sex heute?"

„Doch. Wir müssen nur vorsichtig sein. Komm." Sie nahm ihn bei der Hand und führte ihn ins Schlafzimmer.

*

Marek erwachte in einem fremden Bett. Um ihn herum herrschte Dunkelheit. Im ersten Augenblick wusste er nicht, wo er war und wie lange er geschlafen hatte. Er dachte an den Bunker in Russland, allerdings gab es dort keine Satinbettwäsche, und es roch auch nicht so gut wie hier. Es war das Parfüm einer Frau, das in der Luft lag. Leas Schlafzimmer. Jetzt fiel ihm alles wieder ein. Sie hatten Sex gehabt, und er war gleich danach eingeschlafen.

Oh, ist das peinlich. Was muss sie von mir denken?

Marek schämte sich für sein Verhalten. Normalerweise passierte ihm das nicht, aber er war erschöpft gewesen. Das harte militärische Training steckte ihm noch in den Knochen, danach die Rückreise durch mehrere Zeitzonen, der kurze Halt in Krakau, die Zechtour mit Pjotr, in derselben Nacht noch weiter nach Warschau und Brüssel, vom Flughafen direkt zu Lea ... Irgendwann mussten die Anstrengungen ihren Tribut fordern. Er blickte auf den Wecker.

Was? Erst zweiundzwanzig Uhr?

Er legte eine Decke über seine Schultern und verließ das Schlafzimmer. In der Wohnung war es dunkel, nur in der

158

Küche brannte noch Licht. Lea räumte die Geschirrspül-maschine aus, das Radio spielte leise Musik.

„He."

Sie drehte sich zu ihm um. „Oh, hallo. Schon ausgeschla-fen?"

„Entschuldige, dass ich weggedämmert bin. Das mach ich sonst nicht."

„Du musst dich nicht entschuldigen." Sie lächelte ver-ständnisvoll. „Möchtest du etwas essen?"

„Nein, danke." Er ging zu ihr, legte seinen Arm mitsamt der Decke um ihre Schultern. „Ich muss dir noch Bericht erstatten."

„Jetzt?"

„Klar. Glaub mir, es wird dich umhauen."

„Okay. Lass uns ins Wohnzimmer gehen."

Lea schaltete ihren Kamin an, der mit Gas betrieben war, Marek entzündete ein paar Kerzen. Weil Lea leichte Schmerzen in ihrem Oberkörper verspürte, baute er ihr einen Thron aus Kissen, auf dem sie halb liegend saß, und setzte sich selbst daneben. Zu ihren Füßen standen zwei Gläser Wein und eine Schale mit Gebäck.

„Wo soll ich anfangen?", fragte er.

„Am Anfang natürlich. Wie hast du erfahren, dass du nach Russland reisen sollst?"

„Ein Bote ist zu mir gekommen. Das Wolfsrudel ist sehr vorsichtig, sie hinterlassen kaum Spuren. Zumindest nicht bei ihren illegalen Aktivitäten." Marek erzählte ein weiteres Mal, was er erlebt hatte. Er berichtete von dem Flug mit dem Privatjet, seiner Nacht in der Wildnis und der Aus-bildung an den Waffensystemen.

„Was sind das für Leute?", fragte Lea. „Woran glauben sie? Was sind ihre Ideale?"

„Es gibt zwei verschiedene Gruppen", antwortete Marek. „Das sind zum einen Tony, der wahrscheinlich Vitali oder Vladimir heißt, und die Piloten, Mechaniker und so weiter. Die interessieren sich nur für Geld. Die meisten haben früher in der russischen Armee gedient, ein paar auch anderswo. Aber nach ihrer Entlassung haben sie keinen vernünftigen Job gekriegt. Das Wolfsrudel zahlt sehr gute Löhne – auf Dollarbasis. Deshalb verkaufen sie ihr Fachwissen und ihre Arbeitskraft."

„Also nutzt jemand ihre Notlage aus."

„Ja, nämlich die zweite Gruppe. Axel, Bruno und noch ein paar andere. Die sind alle stramm rechts, echte Nazis. Ich hab abends mit ihnen zusammengesessen und ein paar Biere gezischt. Da hörst du die üblichen Geschichten: Überfremdung Europas, Untergang der weißen Rasse und des Abendlandes, Zusammenbruch der alten Ordnung, bla, bla, bla. Das Schlimme dabei ist, dass sie nur Marionetten sind. Irgendwo im Hintergrund sitzt ein Mister X und zieht die Strippen. Er ist wahrscheinlich auch der Leiter von P7."

„Wie kommst du darauf?"

„Zwei Gründe. Erstens: Geld. Das Wolfsrudel verfügt über unglaubliche finanzielle Mittel. Die Flugzeuge, Hubschrauber, Panzer … Selbst wenn ein Teil davon nur gechartert ist, muss alles zusammen ein Vermögen kosten. Mister X zahlt die Rechnungen. Zweitens: die intellektuellen Mittel. Axel und Bruno sind geistig eher einfach gestrickt. Sie haben keine gute Schulbildung, keine Berufsausbildung. Sie sind gut darin, Dinge in der Praxis umzusetzen, aber einen großen Plan entwickeln können sie nicht. Das geht über ihren Horizont hinaus. Leute wie sie sind leicht beherrschbar."

„Ich habe eine ähnliche Erfahrung gemacht", sagte Lea. „Nur unter anderen Vorzeichen."

„Und zwar?"

Lea berichtete von der Tagung der Kammer der Freien Bürger in Essen, von ihrer Begegnung mit Fatima Al Kamali und den beiden langbärtigen Männern, die der jungen Muslimin offensichtlich Anweisungen erteilt hatten.

„Solche Typen gibt es doch viele", meinte Marek. „Die tummeln sich in jeder Stadt in Westeuropa. Islamisten, Salafisten, Hassprediger in Hinterhofmoscheen …"

„Ja, aber ich habe mir von CON-12 die Daten geben lassen. ISMET wurde erst vor fünf Jahren gegründet. Und sie haben Geld wie Heu …"

Marek wurde hellhörig. „Moment, was hast du gesagt? Vor fünf Jahren?"

„Ja. Wieso?"

„Das Wolfsrudel wurde vor vier Jahren gegründet. Allerdings haben sie weniger Mitglieder."

„Vielleicht gibt es noch andere rechte Gruppen, die von Mister X unterstützt werden", spekulierte Lea.

„Gut möglich. Entschuldige, ich hab dich unterbrochen. Du sagtest, ISMET hat Geld wie Heu."

„Ja, sie haben ein Bauprogramm aufgelegt. Sie bauen Moscheen, Kulturhäuser, muslimische Krankenhäuser und Altenheime … Von Skandinavien bis nach Griechenland. Nur in Osteuropa konnten sie noch nicht Fuß fassen."

Marek erinnerte sich, dass auf seinem Linienflug von Warschau nach Brüssel einige Passagiere miteinander gestritten hatten. Ein Mann musste sogar umgesetzt werden, weil er den Mitreisenden Prügel androhte. „Wir sind wehrhaft, wir ergeben uns nicht so schnell. Ich habe gehört, dass sie eine Enklave in Deutschland errichten wollen."

Lea seufzte. „Stimmt, sie beanspruchen das gesamte Ruhrgebiet für sich. Sie haben sogar schon eine Regierung eingesetzt und eine Schutztruppe gegründet."

„Schutztruppe?"

„Einige Tausend Männer. Derzeit noch unbewaffnet. Aber sie werden von erfahrenen Offizieren ausgebildet."

Marek fielen die Worte von Tony ein. Angeblich hatte das Wolfsrudel bereits Waffendepots in Westeuropa eingerichtet. Man würde nur noch auf das Signal zum Umsturz warten. „Du hast recht, Lea. Es ist dasselbe Prinzip, nur unter anderen Vorzeichen. Da braut sich was zusammen."

„Wir müssen uns beeilen", sagte sie. „Es bleibt nicht mehr viel Zeit."

„Ja, Europa ist ein Pulverfass. Vielleicht brennt die Lunte schon."

„Wer ist dieser Mister X? Wo kommt er her, aus welchem Land? Warum tut er all das?"

„Wenn ich das nur wüsste." Marek trank sein Glas leer. „Womöglich besteht P7 nur aus einer einzigen Person. Mit den heutigen technischen Möglichkeiten wäre das denkbar. Jemand, der hochintelligent ist, schwerreich und zu allem entschlossen. Ein Genie des Bösen."

„Glaubst du, du wirst ihn finden?"

„Selbstverständlich. Es gibt drei Wege, um ihm auf die Schliche zu kommen: die Waffen, die Befehlskette und das Geld. Vor allem das Geld. Wenn ich die Zahlungsströme zurückverfolge, lande ich bei Mister X. Er wird mir nicht entwischen."

14. Kapitel: Geistige Evolution

Mit Speck fängt man Mäuse.

Bereits vor seiner Abreise hatte Marek ein Büro im Gebäude der Ausgleicher bezogen. Auf seinen Computer lud er einige Tausend Seiten wertloses Material hoch: alte Ermittlungsakten aus Polen, Berichte über den internationalen Waffenhandel, Analysen von Finanzströmen rund um den Globus und einige private Notizen, die kryptisch verschlüsselt waren, aber keinen tieferen Sinn enthielten. Zusätzlich installierte er eine Firewall, die gegen die üblichen Risiken schützte, jedoch nicht unüberwindbar war, und ein Programm, das aus der Werkstatt seines Freundes Pjotr stammte. Es versteckte sich in einem Spielepaket und zeichnete alle Angriffe auf, die sich bis zum heutigen Tag ereignet hatten.

Marek begann mit einer harmlosen Tätigkeit: der Abrechnung seiner Reisespesen. Er war zwar offiziell unabhängig von der Behörde der Ausgleicher, wurde aber von dieser bezahlt und durfte deren Ressourcen wie das Computernetzwerk benutzen. Trotzdem verhielt er sich äußerst vorsichtig, denn er wusste, dass P7 überall Augen und Ohren besaß. Das Legen von falschen Spuren war eine Lebensversicherung für ihn. Auch hierbei unterstützte ihn sein polnischer Freund. Zur selben Zeit, als Marek in Russland weilte, hatte Pjotr eine Reise nach Griechenland angetreten und dabei mit Mareks Kreditkarte gezahlt. Fünfzehn Hotel- und Restaurantrechnungen waren auf diese Weise zusammengekommen. Pjotr hatte Marek die Belege bei seinem Besuch in Krakau übergeben.

Streng betrachtet beging Marek damit einen Betrug, aber das kümmerte ihn nicht. Korruption war in der Europäischen Gemeinschaft immer noch ein Riesenproblem. Jedes Jahr verschwanden Milliardenbeträge in dunklen Kanälen. Die paar Euro von Pjotr fielen dabei nicht ins Gewicht.

Wow! Das nenne ich erfolgreich.

Mehr als tausend Angriffe auf seinen Computer zeigte die Software von Pjotr an. Die meisten hatte die Firewall abgewehrt, rund siebzig aber waren erfolgreich gewesen. Unbekannte Hacker hatten seine Daten gestohlen und eine Spyware installiert, die auch in diesem Moment aktiv war. Marek freute sich darüber. Mit seinen Computerkenntnissen würde es ihm sicher nicht gelingen, die Spuren weiterzuverfolgen, aber das war auch nicht nötig. Er wusste, dass er beobachtet wurde und sie seinen Köder geschluckt hatten. Zu gegebener Zeit könnte er damit gezielte Desinformation betreiben, um seine Gegner zu verwirren und vielleicht sogar zu manipulieren.

Bei seiner nächsten Arbeit hätte er die Hilfe von den Spezialisten von Europol gut gebrauchen können. Marek wollte die Finanzierung der Motocrossanlage in Belgien und des Panzertestgeländes in Russland aufdecken. Doch wenn P7 davon erfahren würde, befände er sich in ernster Gefahr. Also musste er wieder einmal die Hilfe von Pjotr und seinen Ex-Kollegen in Krakau in Anspruch nehmen. Doch bevor er abreiste, wollte er noch etwas erledigen, das ihm sehr am Herzen lag.

*

„Der gefällt mir. Was ist das? Ein Oldtimer?"

Marek besuchte einen Vermieter von exklusiven Sportwagen. In dessen Showroom hatte er ein Auto entdeckt, das
er zeitlich nicht einordnen konnte. Es war ein offener Zwei-
sitzer mit langer Motorhaube, geschwungenen Kotflügeln
und freistehenden Scheinwerfern. Die Reifen wirkten aber
relativ breit und das Lenkrad war mit Schaltpaddeln ausgestattet, mittig im Armaturenbrett saß der Bildschirm des
Navigationsgerätes.

„Nicht ganz", erwiderte Julian, ein junger Mann, der sein
wallendes Haar am Hinterkopf zusammengebunden hatte.
„Das ist ein Morgan Plus Six. Wird in dieser Form seit 1936
gebaut. Die Technik wurde aber immer wieder aufge-
frischt."

„Wie viel PS?"

„Dreihundertfünfzig. Motor von BMW. Von null auf hundert in vier Sekunden."

„Höchstgeschwindigkeit?"

Julian grinste. „Das hängt ab vom Mut des Fahrers."

„Den nehme ich."

Der Wochenendpreis betrug so viel, wie Marek früher in
Polen in einem ganzen Monat verdient hatte, aber das
kümmerte ihn nicht. Von der Autovermietung fuhr er zu
seinem winzigen Ein-Zimmer-Apartment, lud etwas Gepäck
in den Wagen und fuhr weiter zu Lea, die ihn zu einem
gemütlichen Samstagnachmittag eingeladen hatte. Ihm
schwirrten allerdings ein paar Ideen im Kopf umher, die
ganz und gar nicht gemütlich waren.

Er klingelte an ihrer Tür, hielt sein Gesicht dabei hinter
einem großen Rosenstrauß versteckt. Sie öffnete und wurde
von ihm mit einer Flut von Küssen begrüßt.

„He, was ist los mit dir?", fragte Lea überrascht.

„Ich freue mich nur, dich zu sehen … Obwohl ich eigentlich wütend auf dich sein müsste."

„Wieso?" Sie ging in ihre Küche, um die Rosen in eine Vase zu stellen.

„Ich habe herausgefunden, dass du mir etwas verheimlicht hast." Er sah sie streng an. „Du hattest vor drei Tagen Geburtstag."

„Das? Ach so. Das ist doch nicht so wichtig. Weißt du, ich feiere schon lange nicht mehr. Ich spende stattdessen lieber etwas Geld für einen wohltätigen Zweck. Und ich bitte meine Freunde, es genauso …"

Er fiel ihr ins Wort. „Ja, ja, wir sind alle gute Menschen. Aber wer so tüchtig arbeitet wie du, Lea, muss auch tüchtig feiern. Sonst geht das irgendwann auf die Psyche. Und aus dem Grund hab ich für uns ein Hotelzimmer in Dinant gebucht."

„Dinant? Das liegt doch in den Ardennen."

„Schlaues Kind. Nimm nur das Nötigste mit. Etwas Warmes muss dabei sein. Unterwegs könnte es ein bisschen zugig werden."

Sie stemmte ihre Hände in die Hüften. „Ich werde wohl gar nicht gefragt."

„Nein, wirst du nicht. Los, schwing die Hufe."

Lea fügte sich in ihr Schicksal. Sie packte ein paar Sachen in eine kleine Reisetasche, zog eine Jeans, einen langen Pullover und eine kurze Lederjacke an und legte sich ein Tuch um den Hals.

Vor dem Haus wäre sie fast in Ohnmacht gefallen. „Was ist das denn?"

Marek quetschte ihre Tasche in den Kofferraum, der schon reichlich gefüllt war und sich nur mit Mühe schließen ließ. „Ein Spaßmacher mit dreihundertfünfzig PS."

„Da steige ich nicht ein."

„Musst du aber." Er fasste mit der rechten Hand an die Kopfstütze des Fahrersitzes und sprang in den Wagen.

„Marek, das geht nicht. Was ist, wenn mich jemand sieht?"

„Na und. Wen interessiert das?"

„Nein, das ist wirklich nicht mein Stil." Lea machte einen Schritt rückwärts.

„Was ist? Willst du nicht mitkommen?"

„Doch … Aber wir lassen uns einen Wagen von der Fahrbereitschaft kommen. Ich ruf gleich an." Sie griff in ihre Handtasche, kramte nach dem Handy.

„Was ist mit dir los? Bist du eine alte Oma?"

Lea schwieg einen Moment, sah ihn grimmig an.

Oje. Jetzt bin ich zu weit gegangen. Gleich flippt sie aus.

„Nein, ich bin keine Oma", antwortete sie mit sanfter Stimme. Lea lächelte, als ob sie wüsste, dass er sie nur provozieren wollte. „Okay, auf deine Verantwortung. Aber fahr vorsichtig."

„Ganz bestimmt. Ich fahre wie ein Schulbusfahrer."

Sie öffnete die Beifahrertür und fädelte ihre Beine in den Fußraum ein.

Marek hielt sein Versprechen – bis zur Stadtgrenze. Auf der belgischen Autobahn galt ein Tempolimit von einhundertzwanzig km/h; mit dem bärenstarken BMW-Motor erreichte er es bereits auf der Beschleunigungsspur. Als er den Blinker gesetzt und sich auf die linke Spur eingefädelt hatte, zeigte der Tacho zweihundert km/h an. Marek genoss das Tempo – allerdings tobte dabei ein Orkan durch das enge Cockpit. Die kleine, steil stehende Frontscheibe bot kaum Schutz vor dem Fahrtwind; die Steckscheiben hatte er nicht in die Türen eingesetzt, weil es ihm zu mühsam war, sodass an den Seiten heftige Luftwirbel entstanden. Lea verkroch sich tief in ihrem Sitz, sagte aber nichts und machte auch keine Handzeichen. Marek tastete sich einmal kurz an die Höchstgeschwindigkeit heran, die bei über zweihundertfünfzig lag, und ging dann vom Gas. Auf der restlichen Strecke bis zu den Ardennen hielt er das Tempolimit ein.

„Ist dir kalt?", rief er in den Fahrtwind hinein.

„Nein, wir haben doch einen Ofen." Sie rieb ihre Hände an dem Kardantunnel, der ebenso wie der Motor und das

Getriebe viel Wärme abstrahlte. Trotzdem hatte sie den Reißverschluss ihrer Lederjacke bis zum Hals geschlossen.

Marek legte seinen Arm um sie.

Nachdem sie die Autobahn verlassen hatten, fuhren sie über eine vierspurige Schnellstraße. Hochhäuser und Fabriken zogen an ihnen vorbei, Staub wirbelte in das Cockpit, es roch nach Dieselruß und schwefelhaltigen Abgasen. Nach etwa zehn Kilometern kamen die ersten Berge in Sicht, Wiesen und Äcker breiteten sich längs der Straße aus. Aus vier Fahrspuren wurden zwei, der Verkehr ließ nach. Hinter einem Bauerndorf bog Marek in eine kurvenreiche Landstraße ein. Hier wollte er herausfinden, wozu der Morgan in der Lage war. Marek drehte den Motor bis in den roten Bereich hinein, schaltete mit den Paddeln am Lenkrad die Gänge rauf und runter und hielt das Tempo der meisten Motorradfahrer mit, die in beeindruckenden Schräglagen die Berge hinaufstürmten. Lea und er saßen dabei nur wenige Zentimeter über dem Asphalt, sie sahen die rot glühenden Bremsscheiben hinter den Speichenrädern, die in engen Kurven aus den Radkästen ragten, sie rochen das Gummi der erhitzten Reifen und die verbrannten Bremsbeläge, aber auch den Duft der Blumen am Straßenrand und des Heus, das zum Trocknen auf den Wiesen lag.

„Und? Was sagst du?", fragte Marek, als sie an einer Kreuzung standen.

„Großartig", antwortete Lea. „Darf ich auch mal?"

„Klar."

Er hielt an einer Bushaltestelle, und sie wechselten die Plätze. Lea ließ es langsamer angehen als Marek, hatte aber mindestens ebenso viel Spaß wie er. Über etliche Kilometer folgte sie dem Flüsschen Ourthe, das sich in unzähligen Schleifen durch enge Täler wand, bis sie eine Staumauer erreichten, von wo sie den Wagen die waldreichen Höhenzüge hinauflenkte.

Am späten Nachmittag gab Marek ihr ein Zeichen, auf einem Waldparkplatz anzuhalten. Er wollte das Lenkrad aber nicht wieder übernehmen, sondern holte aus dem

Kofferraum eine weitere Überraschung hervor: einen gut gefüllten Picknickkorb. Marek und Lea gingen einen Wanderweg entlang, bis sie auf eine malerische Lichtung stießen. Dort ließen sie sich nieder. Marek breitete eine Decke aus und öffnete eine Flasche Wein, Lea richtete das Essen an: vegetarische Frikadellen, Salat, ein bisschen Käse und Obst.

„Ich muss mich bei dir entschuldigen", sagte Lea, „Es war eine gute Idee, den Wagen auszuleihen und einfach loszubrausen. Wahrscheinlich bin ich manchmal doch eine alte Oma."

„Nein, bist du nicht. Du musst an deine Stellung denken. Als Ausgleicherin bist du im Fokus der Öffentlichkeit. Ich kann das verstehen."

„Das ist das beste Geburtstagsgeschenk, das ich seit vielen Jahren bekommen habe." Sie zog ihre Lederjacke aus und rückte etwas näher an ihn heran.

„Lea, ich muss dir gestehen, ich hatte einen Hintergedanken."

Sie wich ein Stück zurück. „So? Welchen?"

„Ich wollte ungestört mit dir reden." Marek zog einen winzigen Gegenstand aus seiner Hosentasche, der einer Knopfbatterie ähnelte. „Weißt du, was das ist?"

„Nein."

„Eine Wanze. Ein Abhörgerät. Davon hab ich vier Stück in meinem Büro gefunden."

Sie sah ihn erschrocken an. „Meinst du, es stammt von P7?"

„Wäre möglich. Du solltest unbedingt deine Räume überprüfen lassen."

„Gleich Montagmorgen sage ich Frau Perlini Bescheid. Sie soll alles gründlich durchsuchen."

„Das ist auch der Grund, weshalb ich kein Auto von der Fahrbereitschaft nehmen wollte. Die werden per Satellit überwacht. Damit wissen unsere Freunde immer, wo wir uns aufhalten."

Lea nahm ihr Halstuch ab, schüttelte es aus und band es sich wieder um. „Eigentlich dürfte ich gar nicht hier sein. Damit hab ich gegen die Sicherheitsauflagen verstoßen."

Er rieb ihre Hand. „Vergiss die Regeln. Wir sollten noch mal so richtig Spaß haben. Bald sind wir alle tot."

„Was meinst du?"

„Na den Bürgerkrieg. Es kann nicht mehr lange dauern, bis jemand den Startschuss gibt."

„So schlimm wird es nicht werden. Möchtest du noch etwas essen?"

„Eine Sojabombe, bitte."

Sie nahm eine vegetarische Frikadelle aus der Schüssel und legte sie auf seinen Teller. „Es war nett von dir, dass du auf Fleisch verzichtet hast. Wenn wir im Hotel sind, kannst du ruhig wieder welches essen."

„Mal sehen ... Was hältst du davon, wenn wir nächstes Wochenende nach Paris fahren? Wir sollten es noch einmal besuchen – solange es noch steht."

„Du meinst doch nicht etwa ..."

„Doch. Idioten gibt es überall. ISMET ist auch in Frankreich aktiv. Hast du es nicht gehört? Sie wollen um Marseille herum eine muslimische Enklave einrichten, danach ist Paris an der Reihe. Auch in Frankreich haben sich rechte Bürgerwehren gegründet. Es hat bereits die ersten Toten gegeben. Die Idioten bringen sich gegenseitig um."

„Du machst gerade denselben Fehler wie die Idioten."

„Was soll das heißen?"

„Wir hatten schon drüber gesprochen. Trennung ist Angst. Schwache Menschen suchen sich ein Rudel, das ihnen Schutz bietet. Und das Rudel besetzt ein Revier, das es gegen andere Rudel verteidigt."

Er dachte kurz über ihre Worte nach. „Ja, stimmt. Die Idioten folgen ihrem Herdentrieb."

„Aber wenn du sie Idioten nennst, machst du dasselbe wie sie: du trennst. Hier bist du", sie zeigte auf ihn, „und da sind sie." Lea sah zum Wanderweg hinüber. „Es ist völlig egal, ob du sie als Nazis oder Islamisten bezeichnest, Rechte oder Linke, Dicke oder Dünne …"

„Und was empfiehlt die Frau Oberschlau?"

Lea ließ sich auch von diesem Titel nicht provozieren. Sie sprach ruhig und gelassen weiter. „Du kennst die Antwort, Marek. Liebe ist Einheit. Wir müssen ihre Ängste auflösen. Wir müssen ihnen sagen, dass genug für alle da ist. Niemand muss ein Revier besetzen."

„Genug Wohnungen, genug Jobs, genug fruchtbares Land?"

„Ja, es gibt mehr, als wir brauchen. Wir müssen nur intelligent planen und gerecht teilen." Lea nahm den Käse, schnitt ihn in der Mitte durch, legte eine Hälfte auf seinen Teller und die andere auf ihren.

Er lachte. „So einfach ist das nicht. Ich glaube, die Natur des Menschen wird sich niemals ändern. Die Zivilisation erreicht immer ein bestimmtes Niveau – und dann bricht alles zusammen. So war es mit dem Reich der Pharaonen, dem der Azteken, Inkas und Maya, dem Römischen Reich, dem britischen Weltreich und der Sowjetunion. Irgendwann hatten sie den Punkt der größten Ausdehnung erreicht, dann entstanden viele kleine Konflikte und am Schluss lag alles in Trümmern. So ist es jetzt mit der Europäischen Union. Es brennt an allen Ecken und Enden. Und bald ist nichts mehr davon übrig." Marek nahm seine Käsehälfte, riss sie auseinander und verspeiste die Stücke.

Sie lächelte. „Falsch. Das Leben entwickelt sich immer nach oben. Auf der Erde gab es über Milliarden von Jahren nur Leben im Wasser. Aber irgendwann ist es an Land gegangen, später hat es sogar die Luft erobert. Bis das erste Wesen an Land gehen oder in der Luft fliegen konnte, hat es unzählige Versuche gegeben. Viele Wesen sind gestürzt oder haben Bruchlandungen erlebt. Aber sie sind immer wieder aufgestanden und haben es erneut versucht. Und schließlich gelang es ihnen. Sie konnten gehen, sie konnten fliegen – und sie tun es bis heute."

170

„Du meinst also, das Wolfsrudel und ISMET sind evolutionäre Fehlversuche?"

„Nein, es gibt keine Fehler. Jeder Versuch ist kostbar, egal, ob er gelingt oder nicht. Jeder Schritt bringt uns weiter voran. Ich weiß nicht, wo das Ziel liegt. Aber eines garantiere ich dir: Wir werden nicht mehr ins Meer zurückkehren. Unser Bewusstsein wird sich erhöhen. Wir werden viel mehr wissen und verstehen, und wir werden keine Angst mehr haben."

Marek sprang von der Decke auf. „Aber wie soll das gehen? Was sind die nächsten Schritte? Das dauert doch alles ewig."

Sie griff nach seiner Hand und zog ihn zu sich herüber. „Wir sind doch schon längst dabei. Und du hilfst mit, Marek. Die Ausgleicher, die Kammer der Freien Bürger, die Umwandlung der Armeen in technische Hilfsdienste, Utopia zwei, der Staat ohne Land …"

„Diese verrückte Idee von deinem Freund Don? Das soll helfen?"

„Ja, es wird helfen. Und dann brauchen wir natürlich eine neue Kultur. Die Industrie der Angst muss zurückgedrängt werden. Wir brauchen keine Bücher und Filme mehr, die Angst erzeugen, wo das Böse urplötzlich über unschuldige Opfer hereinbricht, ohne Vorgeschichte. Wir müssen aufdecken, was die Ursachen von Gewalt und Unterdrückung sind. Wir dürfen nicht nur Bilder von Blut und Explosionen zeigen, wir müssen die Gründe erklären und auflösen."

Marek antwortete mit einem Wort: „Langweilig."

„Nein, es ist nicht langweilig, es ist aufregend. Die besten Bücher sind noch nicht geschrieben worden, die besten Filme wurden noch nicht gedreht. Uns steht eine Explosion der Kultur bevor. Alles wird sich ändern. Die Einheit aller Menschen wird ungeheure Kräfte freisetzen."

„Lea, du bist größenwahnsinnig. Das wird Jahrhunderte dauern."

„Ja, stimmt. Es wird viel Zeit brauchen. Im Mittelalter haben die Menschen damit begonnen, Kathedralen zu bauen, obwohl sie wussten, dass sie deren Fertigstellung nicht erleben würden. Heute bauen wir wieder Kathedralen, aber sie werden nicht mehr zerstört werden, sie werden nicht abbrennen und nicht zerfallen. Wenn die Ideen einmal in der Welt sind, kann man sie nicht mehr zurückdrängen. Wir werden die nächste Stufe der Zivilisation erreichen."

15. Kapitel: Das Netzwerk

Am Sonntagabend fuhren Marek und Lea zurück nach Brüssel. Allerdings konnten sie sich der Stadtgrenze nur auf wenige Kilometer nähern, weil sie in einen Stau gerieten. Bereits ab Waterloo, fünfzehn Kilometer südlich der belgischen Hauptstadt, lief der Verkehr zähflüssig, kurz hinter Grote Hut bewegte sich nichts mehr. Auf sechs Spuren standen die Autos in beiden Richtungen. Einige Fahrzeuginsassen stiegen aus und unterhielten sich miteinander.

„Was ist denn da los?", fragte Lea. „Ein Unfall?"

„Muss aber ein ziemlich großer Unfall sein. Vielleicht ist ein Lastwagen umgekippt. Sekunde." Marek hielt sich am Scheibenrahmen fest, stand auf und spähte Richtung Norden. Er sah jedoch nur endlose Reihen von Scheinwerfern und Rücklichtern.

„Komisch, kein Blaulicht, kein Abschleppwagen, nichts. Warte, ich schalte mal um."

Ihr Radio hatte bis zu diesem Zeitpunkt Musik gespielt, von der die beiden aber nicht viel mitbekamen, weil der Fahrtwind alles übertönte. Marek suchte einen Sender, der Wortbeiträge brachte.

„... Tag mit Straßenschlachten verlagern sich die Krawalle in Städte wie Antwerpen und Brügge. In Brüssel blieb es vergleichsweise ruhig. Die Krankenhäuser zählen zur Stunde vierhundert Verletzte."

Marek zuckte zusammen. „Hast du das gehört, Lea? Es hat Krawalle gegeben. Hunderte Verletzte."

„Das kann doch nicht sein." Sie drehte den Ton lauter und lauschte mit offenem Mund.

„*Wir versuchen weiterhin, unseren Außenreporter Markus van Eyck zu erreichen …*"

„Vielleicht wissen die da mehr." Marek sprang aus dem Wagen und ging zu einer Gruppe Autofahrer hinüber. Einige saßen auf der Mittelleitplanke, andere lehnten an ihren Wagen. Türen und Heckklappen waren geöffnet, durch das Fenster eines Wohnmobils sah er einen Fernsehapparat flimmern. „Hallo. Was ist denn hier los?"

Ein dicklicher Mann, der eine Wollmütze trug, hob seine Schultern. „Keine Ahnung. Vielleicht wurde wieder eine Barrikade errichtet."

„Auf der Autobahn? Wieso das denn?"

Er lachte. „Lebst du hinterm Mond? Wegen der Randale. Das geht schon seit gestern so."

„Wir waren im Urlaub. Haben alle Geräte abgeschaltet. Welche Randale?"

Eine Frau in einem Regenmantel kam hinzu. „Gestern wurde ein junger Afrikaner von der Polizei erschossen. Hat anscheinend Leute mit einer Pistole bedroht."

Der mit der Wollmütze nickte. „Seitdem geht es rund. Erst haben die Schwarzen randaliert und Geschäfte geplündert. Dann sind die Araber eingestiegen und haben Kirchen angezündet. Polizei und Feuerwehr wurden angegriffen. Inzwischen ist das Militär in die Stadt eingerückt. Die Innenstadt ist gesperrt."

„Seht mal, dahinten brennt es." Die Frau im Regenmantel zeigte nach Nordwesten, wo eine Rauchsäule in den nächtlichen Himmel stieg. Marek hatte sie zuvor nicht bemerkt, weil er sich auf den Weg Richtung Stadtzentrum konzentrierte.

„Das müsste Ukkel sein", sagte der Mann. „Ja, Ukkel brennt. Verdammt, da wohnen Freunde von mir."

Marek ging zurück zu seinem Auto. „Sieht schlecht aus, Lea. Heute kommen wir wohl nicht mehr weiter."

Sie hielt ein Taschentuch in ihrer Hand. „Es hat schon drei Tote gegeben. Hoffentlich werden es nicht mehr.“

Er setzte sich auf den Fahrersitz. „Kann man nicht wissen. Ich mach gleich das Verdeck zu. Könnte eine lange Nacht werden.“

„Meinst du, wir müssen hier schlafen?“

„Gut möglich. Der Kerl meinte, dass die Innenstadt gesperrt ist. Vielleicht haben wir eine Chance, wenn wir durch die Außenbezirke fahren. Aber erst mal müssen wir von hier wegkommen.“ Er drehte sich um. Hinter dem Morgan staute sich der Verkehr auf vielen Kilometern.

„Oder wir nehmen uns ein Zimmer in einem Hotel oder einem Gasthof.“ Sie schaltete ihr Handy an und blickte auf das Display. „Komisch. Kein Netz.“

„Die Hotels sind garantiert alle belegt. Ich fürchte, uns steht eine Nacht im Auto bevor. Es sei denn, es geschieht ein Wunder und alle haben sich wieder lieb.“ Er lachte bitter.

„Manchmal geschehen Wunder.“ Lea zeigte auf einen Hubschrauber, der tief über sie hinwegflog. „Vielleicht wird da gerade ein Mensch gerettet.“

„Das ist die Polizei. Die sind unterwegs nach Ukkel. Nein, Lea, ich werde recht bekommen. Es brennt an allen Ecken und Enden. Bald wird das europäische Reich untergehen.“

„Abwarten“, sagte sie. „Abwarten.“

*

„Wie soll ich dich nennen?“, fragte Marek. Vor ihm saß ein junger Mann, Mitte zwanzig, groß, dünn, braunes Haar, Dreitagebart, der seine Identität nicht preisgeben wollte. Pjotr hatte ihn engagiert, weil er nicht imstande war, die ihm gestellte Aufgabe zu lösen. Marek versuchte, die Finanzen des Wolfsrudels zu durchleuchten. Wenn er jedoch offizielle Anfragen bei den Banken stellen würde, die Konten für diese Organisation führten, würde über kurz oder lang P7 davon erfahren. Also musste er wie so oft den Umweg über Krakau gehen. Pjotr hatte sich an einen alten Freund aus der Hackerszene erinnert, der ihm noch einen Gefallen schuldete.

„Man kennt mich unter vielen Namen", sagte der Braunhaarige. „Diese Woche bin ich T-Bird 571."

„Okay, T-Bird. Was hast du für mich?" Marek setzte sich auf Pjotrs Schreibtisch, weil alle Stühle belegt waren.

„Daten, haufenweise Daten. Ich hab sie … organisiert." Er zeigte auf seinen Laptop, an dem ein Videoprojektor angeschlossen war.

Marek wusste, was er damit meinte. Der junge Hacker war in Netzwerke eingedrungen und hatte die Daten gestohlen. Als Beweismittel vor Gericht konnte er sie nicht verwenden, aber darum ging es ihm gar nicht. Zunächst wollte er die Struktur der Geheimorganisation entschlüsseln, das Sammeln von Beweismaterial und das Befragen von Zeugen waren die Stufen zwei und drei in seinem Plan.

„Die Analyse hab ich gemacht", sagte Pjotr. „Pass auf, die Show beginnt." Er ließ den Rollladen vor dem Bürofenster herunter und schaltete die Deckenlampe aus. Es wurde jedoch nicht ganz dunkel, weil mehrere Computerbildschirme ein schummriges Licht abstrahlten.

T-Bird aktivierte einen Projektor, der ein Bild auf die einzige freie Wand warf. Es ähnelte einem Kontoauszug. Auf der linken Seite standen Buchungsdaten, in der Mitte Namen und Verwendungszwecke, halb rechts sah man Zahlungsausgänge, ganz rechts die Eingänge.

Pjotr putzte noch schnell die Gläser seiner Brille und sagte dann: „Das ist das Hauptkonto des Wolfsrudels."

„Wer ist der Kontoinhaber?", fragte Marek.

„Ein eingetragener Verein namens Sport- und Technikfreunde Val Zernez. Zwei Leute haben Vollmachten … Moment." Er blickte auf seinen eigenen Laptop, der neben dem von T-Bird stand.

„Lass mich raten: Axel van Doren und Bruno Sercu", sagte Marek.

„Ja, stimmt." Pjotr griff nach der Maus von T-Birds Laptop und scrollte das Bild herunter. „Auffällig ist, dass hier viele kleine Aus- und Einzahlungen sind. Da sind Rechnungen von Werkstätten, Tankstellen, Supermärkten und ein paar Barspenden … Und dann kommt immer wieder mal ein dicker Posten … So wie hier. Ich kann das schlecht erkennen."

T-Bird las den Text vor, der etwas unscharf auf der Wand flimmerte: „Gutschrift Überweisung, Goldwing Harpo LTD. Spende. Siebentausendzweihundert Euro."

„Wie großzügig", sagte Marek.

„Ja, und es kommt noch mehr." Pjotr verschob den Bildausschnitt weiter nach unten. „Hier ist … Was steht da?"

„Eine Jamestown Corporation mit einer Spende von glatt neuntausend Euro", sagte der jüngere Mann.

„Wie viel ist es insgesamt?", wollte Marek wissen.

„Im letzten Jahr haben sie rund eine halbe Million bekommen. Ausgegeben haben sie davon etwa vierhunderttausend Euro."

„Was ist mit diesem Abenteuerspielplatz in Russland?", fragte Marek. „Habt ihr den ausfindig machen können?"

T-Bird wechselte das Bild. Eine Texttafel mit kyrillischer Schrift erschien auf der Wand. „Ja. Der Laden heißt übersetzt Panzerfahrschule Nowgorod, obwohl die Stadt Nowgorod nichts damit zu tun hat. Sie haben acht Standorte, verteilt über Russland, Weißrussland und der Ukraine … Das ist ihr Internetauftritt."

Der Projektor warf eine Webseite an die Wand. Die kyrillischen Wörter konnte Marek abermals nicht lesen, aber die Fotos sprachen für sich. Panzer rollten über Schlammpisten, ein Auto wurde zerquetscht, Abgaswolken ausgestoßen, Wasserlöcher durchfahren … Einen der Stahlkolosse erkannte Marek zweifelsfrei: „Das ist ein T-54. Vielleicht sogar der, mit dem ich unterwegs war."

176

„Sie werben damit, dass jeder für ein paar Stunden einen Panzer fahren kann", erklärte Pjotr. „Allerdings scheint ihr Geschäftsmodell nicht so richtig zu funktionieren, denn sie sind auf Spenden angewiesen. Das nächste Bild, bitte."

Eine Tabelle mit zwei Spalten erschien auf der Wand. Marek vermutete, dass es sich um einen russischen Kontoauszug handelte.

„Massenhaft Zahlungsausgänge", erklärte Pjotr, „aber nur wenige Eingänge. Viele davon stammen aus dem Ausland. Absender der Zahlungen sind unter anderem die Goldwing Harpo LTD. und die Jamestown Corporation."

„Großartig", sagte Marek. „Dann müssen wir nur noch diese Unternehmen ausfindig machen."

„Im Prinzip hast du recht", erwiderte sein Ex-Kollege, „aber zumindest im Fall der Jamestown Corporation ist das nicht mehr möglich. Die wurde bereits aus dem Handelsregister gelöscht."

„Das Handelsregister von welchem Land?"

„Anguilla, das ist eine Insel, die zu den Kleinen Antillen gehört. Das bringt uns zu dem nächsten interessanten Thema. Nächstes Bild, bitte."

Der Projektor warf jetzt eine Grafik an die Wand, die einem Spinnennetz glich. Etwa einhundert Namen waren in Kästchen gesetzt und mit Linien verbunden.

„Was soll das sein?", fragte Marek.

„Ein Geflecht aus Firmen, die sich gegenseitig Geld überweisen", erklärte Pjotr. „Das ist aber schon nicht mehr aktuell. Das ist der Stand von … Wie alt ist das Bild?"

„Drei Wochen", antwortete T-Bird. „Einige der Firmen dürften inzwischen nicht mehr existieren."

„Das ist der Punkt", sagte Pjotr. „Wir haben herausgefunden, dass die meisten dieser Firmen gar keinen Geschäftsbetrieb führen."

Marek ahnte längst, was sich hinter dem Netz verbarg. „Briefkastenfirmen. Sie sollen von dem eigentlichen Auftraggeber der Zahlungen ablenken."

Pjotr nickte. „Genau. T-Bird hat ein spezielles Programm geschrieben, das die Strukturen dieser Firmen analysiert. Durchschnittlich existieren sie nur für zwei Jahre. Dann werden sie wieder liquidiert."

Der Hacker sprach weiter. „Es sind immer wieder dieselben Firmensitze." Er schaute auf seinen Laptop. „Und zwar: Anguilla, die Amerikanischen Jungferninseln, Bahamas, Bermuda, die Cookinseln, Guam, Mauritius und noch ein paar andere."

„Alles Steueroasen", sagte Marek. „Ist es so einfach, dort Firmen einzurichten?"

„Es ist einfacher, als einen Führerschein zu machen", antwortete T-Bird. „In einigen dieser Länder kann man Firmen und Konten sogar online einrichten und wieder schließen. Es reicht, wenn man sich einmal registrieren lässt."

„Wer hat sich dort registrieren lassen?", fragte Marek.

„Das wissen wir nicht so genau", erwiderte Pjotr. „Wir haben aber einen Favoriten. Es gibt eine internationale Anwaltskanzlei, die hat Niederlassungen auf vielen dieser Inseln, selbst auf Anguilla. Und die Insel hat nicht mal fünfzehntausend Einwohner."

Marek rieb sein Kinn. „Das kann kein Zufall sein."

T-Bird wechselte abermals das Bild. Jetzt erschienen Palmen auf der Bürowand, die am Rande eines weißen Sandstrandes wuchsen, darüber wölbte sich ein strahlend blauer Himmel. Auf dem nächsten Foto sah man Männer in Anzügen einander die Hände schütteln. „Sicher nicht. Auf ihrer Homepage wirbt die Kanzlei damit, in Steuerfragen behilflich zu sein."

„Ich glaube, ich sollte mal eine Reise in die Karibik machen", sagte Marek. „Da soll es sehr schön sein zu dieser Jahreszeit."

*

„Tut mir leid, Lea. Ich werde sie einfach nicht los. Seit vier Stunden sitzen sie schon bei mir im Vorzimmer. Obwohl sie keinen Termin haben." Pedro, Leas Assistent, stand in ihrem Büro und klagte ihr sein Leid. Er hatte seine Krawatte abgenommen und die Ärmel seines Hemdes hochgekrempelt, was bei ihm äußerst selten vorkam.

„Hast du Frau Perlini verständigt?"

„Ja, sie hat die beiden rausgeschickt. Eine halbe Stunde später waren sie wieder da. Die sind wie Herpes. Die kommen immer wieder." Der junge Spanier hielt sich die Hand vor den Mund. „Entschuldige, das war unangebracht."

Lea unterdrückte ihr Lachen. „Schon gut. Ein paar Minuten hab ich noch. Schick sie rein."

„Okay, aber das war das letzte Mal. Das schwör ich dir."

Pedro verließ Leas Büro. Einen Augenblick später öffnete sich die Tür abermals und eine Besucherin trat ein, die sie bereits aus Deutschland kannte: Fatima Al Kamali. Auch ihr Begleiter, ein langbärtiger, älterer Mann, kam Lea bekannt vor. Wahrscheinlich war er bei der Veranstaltung in Essen gewesen und hatte Fatima Anweisungen erteilt. Heute trug er eine Art Turban und einen Kaftan.

Der Mann stellte sich als Hussein Al Kamali vor, ein Onkel von Fatima, der zugleich ihr Schwiegervater war. Erst nachdem er Lea umständlich begrüßt und sich für den kurzfristig eingeräumten Besuchstermin bedankt hatte, durfte Fatima sprechen. Die junge Muslimin, die mit Ausnahme des Gesichts wieder vollständig verschleiert war, erkundigte sich, was Lea in der Zwischenzeit unternommen hatte, um das Ruhrgebiet in eine muslimische Enklave umzuwandeln.

„Das haben Sie falsch verstanden", stellte Lea klar. „Ich werde nicht allein Ihre Interessen vertreten. Meine Aufgabe ist es, zwischen den Parteien zu vermitteln."

„Aber Sie haben gesagt, dass Sie uns helfen wollen", empörte sich Fatima. „Wir Muslime werden doch so schlimm unterdrückt." Wieder folgte eine lange Aufzählung

179

von Verbrechen, die deutsche Mitbürger angeblich an ihrer religiösen Gruppe begangen hatten.

Ihr Onkel trug nicht viel zu dem Gespräch bei, stieß aber ein paar arabische Flüche aus.

Lea tastete mit ihrer Hand die Unterseite der Schreibtischplatte ab. Sie fand den Alarmknopf, drückte ihn aber nicht. Es beruhigte sie, dass sie im Notfall schnell Hilfe rufen konnte. „Okay, ich habe begriffen, was Sie mir mitteilen wollen. Trotzdem ist es unser Ziel, dass wir alle in Europa friedlich zusammenleben."

„Ja, aber es gibt eine Ausnahme", erwiderte Fatima. „Das ist die muslimische Enklave im Ruhrgebiet. Nur ein kleines Stück Land. Finden Sie etwa, das ist zu viel verlangt?"

„Ist es wirklich nur dieses eine Stück Land?", fragte Lea zurück. „Ich habe gehört, dass ISMET um Marseille herum eine weitere Enklave anlegen will. Und angeblich soll Paris als Nächstes folgen. Vielleicht wollen Sie eines Tages diese Enklaven miteinander verbinden, um ein Kalifat zu errichten."

Fatima sah sie mit großen Augen an. Ihr Onkel legte seine Hand auf ihre Schulter und flüsterte arabische Wörter in ihr Ohr.

„Nein, das ist nicht wahr", sagte sie schließlich. „Das sind gemeine Lügen."

„Wirklich? Die Zeitungen berichten schon darüber."

„Das sind Nazis, die das berichten. Alles Nazis."

Endlich sprach Hussein Al Kamali sie direkt an. „Hören Sie, warum regen wir uns auf? Wir können doch machen ein Geschäft. Sie geben uns die Enklave. Und als Belohnung wir geben Ihnen eine Garantie, dass die Christen und Atheisten dürfen bleiben im Ruhrgebiet. Natürlich gegen eine Steuer, die Dschizya."

„Das kann ich nicht entscheiden", erwiderte Lea. „Das müssen alle Menschen gemeinsam entscheiden."

Er schnaubte wütend. „Aber wieso? Wir wissen doch, wie die Zukunft wird sein. Der Islam wird gewinnen. Jeden Tag kommen weitere Muslime nach Europa. Und wir haben

Kinder, viele Kinder. Unsere Familie, der Clan Al Kamali, hat über tausend Mitglieder. Und es werden mehr, jede Woche kommt in unserer Familie ein Kind zur Welt."

„Sehen Sie hier." Fatima zeigte freudestrahlend auf ihren Bauch. „Ich bin schwanger. Ich weiß es seit letzter Woche. Bald bekomme ich mein fünftes Kind."

„Ich gratuliere Ihnen", sagte Lea.

„Und wie viele Kinder haben Sie?", fragte Fatima.

„Das ist meine Privatangelegenheit", erwiderte Lea.

„Ich weiß es", sagte der Bärtige. „Sie haben ein Kind. Eine Junge. Er heißt Clarence, nicht wahr? Wie alt ist er? Ich glaube, Anfang zwanzig."

Lea erschrak. „Woher wissen Sie das?"

Sie hatte ihren Sohn immer aus den Medien herausgehalten, nirgendwo in den offiziellen Publikationen war sein Vorname oder sein Geburtsdatum genannt worden.

Hussein lächelte. „ISMET ist eine große Organisation. Überall wir haben unsere Leute. Ich weiß sogar, dass Clarence in Barcelona studiert. Er fährt mit seinem Fahrrad jeden Tag zur Universität. Es wäre doch schade, wenn ihm etwas zustoßen würde."

„Wollen Sie mir etwa drohen?"

Er zuckte mit den Schultern, öffnete seine Arme. „Ich? Nein, wie kommen Sie darauf? Ich will Sie nur warnen. Der Verkehr in Barcelona ist gefährlich."

Lea drückte den Alarmknopf. „Jetzt reicht es mir aber. Verschwinden Sie sofort aus meinem Büro."

„Das machen wir gerne", sagte Fatima. „Wenn Sie uns versprechen, dass Sie unseren Antrag unterstützen. Und ich will, dass Sie diese deutsche Schlampe nicht noch einmal einladen. Diese Sophie Bonewitz. Sie ist schlecht, sie ist böse. Der Teufel hat sie geschickt."

Antonia Perlini stürmte in den Raum. Sie trug an ihrem Gürtel ein Holster, in dem eine Pistole steckte. Mit der rechten Hand berührte sie den Griff der Waffe. „Polizei! Brauchen Sie Hilfe?"

Lea erklärte ihrer Leibwächterin, was geschehen war. Die beiden Besucher stritten alle Vorwürfe ab und behaupteten ihrerseits, von Lea bedroht worden zu sein. Antonia führte die beiden in das Sicherheitscenter, das eine Etage tiefer lag, um eine Anzeige aufzunehmen.

Kaum waren die drei verschwunden, kam Pedro zu Lea ins Büro. Die beiden tranken Tee und führten ein langes Gespräch miteinander.

„Was wirst du jetzt tun?", fragte der junge Spanier. „Sollen wir die Bürgersprechstunde abschaffen, so wie es Europol empfohlen hat?"

„Auf keinen Fall", antwortete Lea. „Wir haben den Bombenanschlag in Komotini überstanden, wir werden auch das überstehen. Ich weiß genau, welche Schritte wir jetzt unternehmen müssen."

16. Kapitel: Die Friedensarmee

„Don, ich möchte dir eine Freundin vorstellen", sagte Lea, als sie das Penthouse betrat. „Das ist Samira Hrawi."

„Hallo, herzlich willkommen." Er umarmte beide Frauen und geleitete sie ins Wohnzimmer.

Lea bemerkte, dass Don die junge Österreicherin mit amüsierten Seitenblicken betrachtete. Samira war ihrem Stil treu geblieben. Heute trug sie ein braunweißes Häkelkleid, das auf Lea im ersten Moment wie ein Haufen zusammengenähter Topflappen gewirkt hatte, um ihren Hals baumelte eine Kette aus Holzkugeln, im Haar steckte eine Blume. Auf ihrer Nase saß wieder die Brille mit den runden Gläsern, auf dem Rücken trug sie einen Rucksack. Im Gegensatz dazu war Don in einen Anzug eines französischen Nobelschneiders gekleidet, der vermutlich drei oder vier Durchschnittslöhne gekostet hatte, und auch das Seidenhemd stammte gewiss nicht aus einem Billigladen. Über die

Krokodillederschuhe an seinen Füßen sah Lea großzügig hinweg.

„Samira ist Sprecherin der Initiative Schwerter zu Pflugscharen", erklärte sie.

„Oh, ich habe schon von Ihnen gehört", sagte er. „Sie machen eine großartige Arbeit."

„Und ich habe schon von Ihnen gehört", erwiderte Samira. „Ihre Idee von Utopia zwei finde ich phänomenal."

Die nächsten Minuten vergingen damit, dass sich die beiden gegenseitig Komplimente machten. Lea holte derweil ein paar Flaschen Saft und Mineralwasser aus dem Kühlschrank hervor und brachte sie mitsamt dreier Gläser zum Wohnzimmertisch.

„Don, ich habe eine gute Nachricht für dich", sagte Lea. „Ich habe es mir anders überlegt Ich möchte doch die Schirmherrin deines Projektes werden."

„Das ist ja fantastisch!" Er sprang auf und umarmte Lea ein weiteres Mal. „Wie kam es zu diesem Sinneswandel?"

Lea erzählte den beiden von den Unruhen in Brüssel, die sie gemeinsam mit Marek erlebt hatte, und von dem Besuch der ISMET-Vertreter in ihrem Büro. Don berichtete, dass ein Wohn- und Geschäftshaus, das einem seiner Immobilienfonds gehörte, in Flammen aufgegangen war. Zum Glück gab es nur einige Leichtverletzte, weil sich alle Bewohner über die Nottreppen retten konnten.

„Seht ihr, es wird immer schlimmer", sagte Lea. „Der Hass nimmt zu, auf allen Seiten. Immer mehr Leute bewaffnen sich. Es haben sich Bürgerwehren gebildet, rechte, linke und islamische. Und die afrikanischen Clans mischen auch kräftig mit. Wir steuern auf einen Bürgerkrieg zu."

„Deshalb ist unsere Arbeit so wichtig", erwiderte Don. „Wir müssen dem Hass und der Gewalt eine positive Utopie entgegensetzen."

Lea nickte. „Ja, eine positive Gegenkraft. So wie dein Staat ohne Land. Aber das ist nicht genug. Wir müssen viele Maßnahmen gleichzeitig ergreifen. Und wir müssen sie bündeln, wir müssen unsere Kräfte zusammenführen."

„Damit rennt ihr bei mir offene Türen ein", sagte Don. „Aber welche Kräfte meinst du?"

„Samira und ihre Freunde möchten ein neues Projekt starten. Was das ist, soll sie dir am besten selbst erklären." Lea wurde bewusst, dass sie mal wieder die Moderatorin spielte. Aber keiner der beiden schien es ihr übel zu nehmen. Don hörte gebannt zu, Samira rutschte auf ihrem Sessel aufgeregt hin und her.

„Danke, Lea. Also das Projekt heißt Friedensarmee. Es soll eine internationale Truppe aus Aktivisten sein, die in Krisen- und Katastrophenregionen zum Einsatz kommt. Ich zeige euch das am besten anhand eines praktischen Beispiels." Sie griff in ihren Rucksack und holte einen Modelllastwagen hervor. Er war olivgrün lackiert, besaß vier Achsen und eine offene Ladefläche.

„Das ist ein MAN KAT, einer der meistgebauten Militär-LKW. Überall auf der Welt werden alte Militärfahrzeuge ausgemustert und auf dem zivilen Markt verkauft. Unser Plan ist es, solche Wagen zu beschaffen und Folgendes damit zu machen."

Wieder griff Samira in den Rucksack hinein. Nach kurzem Wühlen fand sie, was sie suchte: ein weiteres Exemplar desselben Lastwagens, das jedoch weiß lackiert war. „Umrüsten in Hilfsfahrzeuge. Es hat zwei Gründe. Wir wollen sie bei Hilfsmissionen nutzen, aber es ist auch eine symbolische Handlung. Wir wollen Material, das bisher dazu diente, Menschen zu bedrohen oder vielleicht sogar zu töten, auf friedliche Weise nutzen."

„Schwerter zu Pflugscharen", sagte Don. „Das wird schon in der Bibel empfohlen."

„Leider hat sich bisher kaum jemand daran gehalten", erwiderte Lea.

„Das wird sich jetzt ändern. Wir haben noch viel mehr Ideen." Lächelnd holte sie ein Bootsmodell hervor und setzte es auf die Ladefläche des weißen Lastwagens, ihre Stimme klang hell und aufgeregt. „Das ist ein Patrouillenboot der US-Armee. Dieses Gespann könnte man bei Überschwemmungen einsetzen."

Sie tauschte das Boot gegen einen Tank aus. „Und das könnte man bei einer Dürre einsetzen."

Don stellte eine Zwischenfrage: „Wo soll diese Friedensarmee stationiert sein?"

„Am besten an mehreren Orten, auf allen Kontinenten. Und falls der Anfahrtsweg mal zu weit ist, benutzen wir das hier." Samira zog ein Flugzeugmodell aus ihrem Rucksack hervor.

„Das ist eine Antonov An-124. Ein russisches Transportflugzeug. Diese Klappe", sie zeigte auf die Flugzeugnase, „kann man öffnen. Dadurch können sogar Lastwagen reinfahren."

„Sieht aber reichlich teuer aus", wandte Don ein.

„Ist es auch. Das ist mehr ein Traum für die fernere Zukunft. So wie das hier." Samira griff ein weiteres Mal in den Rucksack, nun holte sie ein Schiffsmodell hervor.

„Ein Kreuzfahrtschiff?", fragte er.

„Nicht ganz. Oder vielleicht doch. Vielleicht ein ehemaliges Kreuzfahrtschiff. Wir wollen es zu einem Lazarettschiff umbauen und überall hinschicken, wo Kriege stattfinden oder wo es Naturkatastrophen gibt."

Don kraulte seinen Bart. „Das alles zusammen dürfte ein paar Milliarden kosten. Ich meine die Anschaffungskosten und den Unterhalt."

„Ja, aber man kann auch vieles einsparen", erwiderte Samira. „Beispielsweise könnten junge Ärzte nach ihrer Ausbildung freiwillig ein oder zwei Jahre auf dem Schiff arbeiten. Ein ähnliches Modell praktiziert Ärzte ohne Grenzen."

„Sollen denn alle Soldaten der Friedensarmee ohne Sold arbeiten?"

„Nein, im Idealfall möchten wir sie bezahlen. Es sollen Arbeitsplätze entstehen für junge Männer und Frauen in Afrika, Asien und Südamerika. Damit sie ihre Heimatländer entwickeln und sich nicht auf den Weg nach Europa oder in die USA machen."

„Dann müssten es aber ein paar Millionen Arbeitsplätze werden, damit es sich lohnt. Bei dem Bevölkerungswachstum …"

Lea meldete sich zu Wort. „Es sind noch viele Varianten denkbar. Zum Beispiel eine grüne Division. Wir schicken Truppen los, die abgeholzte Wälder wieder aufforsten. Natürlich müsste das Projekt wissenschaftlich begleitet werden. Zuerst müssen Pionierpflanzen gesetzt werden, die mit wenig Wasser und Nährstoffen auskommen. Später stellt man Schritt für Schritt die alte Artenvielfalt wieder her. An einigen Orten ist das bereits gelungen. Wir machen es weltweit."

Samira nahm den Gedanken auf. „Oder eine blaue Division, die sich um die Wasserversorgung in Wüsten kümmert. Zum Beispiel durch Anlagen zur Entsalzung von Meerwasser. Wir bauen und betreiben sie."

„Das Ganze müsste straff organisiert sein", sagte Lea. „Die Divisionen unterteilen sich in Bataillone und Regimenter, die von Offizieren geführt werden."

Don verzog das Gesicht. „Das klingt aber sehr militärisch."

„Soll es ja auch", erwiderte Samira. „Wir wollen damit ein Beispiel für andere Armeen geben. Es ist Teil unseres großen Plans, innerhalb von fünfzig Jahren alle Armeen in technische Hilfswerke umzubauen."

Der Amerikaner atmete tief durch. „Wow! Das ist … ein außergewöhnliches Projekt. Aber eine Frage habe ich noch. Wo ist da die Verbindung zu meinem Staat ohne Land?"

„Ganz einfach", antwortete Lea. „Du hast es selbst gesagt. Es ist ein Staat ohne Land. Also auch ohne Symbole, ohne Bilder. Es wird schwer werden, das Projekt bekannt zu machen. Die Medien brauchen vor allem eines: Bilder."

„Die Friedensarmee könnte der reale Teil des virtuellen Staates sein." Samira nahm einen Modelllastwagen in die Hand und zeigte auf die Fahrerkabine. „Wir könnten hier den Namen von Utopia zwei und das Staatswappen anbringen. Mit unseren Projekten werden wir Dauergäste in den Medien sein."

Don nickte. „Ja, das wäre ein echter Synergieeffekt. Da bieten sich viele Möglichkeiten für PR. Zum Beispiel könnte man den Kauf und die Umlackierung der Militärlaster von Filmteams begleiten lassen. Damit erzeugen wir Stoff für Filme, Fernsehserien, soziale Netzwerke ..."

„Es würde den Eine-Welt-Gedanken verstärken", sagte Lea. „Ein Staat ohne Grenzen, der sich über die ganze Welt erstreckt. Dazu gehört eine ..." Sie deutete auf Samira.

Die junge Frau vollendete den Satz: „Eine Friedensarmee ohne Grenzen, die auf der ganzen Welt zum Einsatz kommt, mit Aktivisten, die aus der ganzen Welt stammen."

„Was sagst du dazu, Don?", fragte Lea.

Er schwieg einen Moment. Dann brach er in Gelächter aus.

Samira sah abwechselnd Don und Lea an. „Was ist so witzig?"

Don rang nach Luft. „Merkt ihr nicht, was hier passiert? Wir planen die Weltrevolution. Ich glaube, wir drei sind wohl die verrücktesten Menschen der Welt. Millionen andere würden über uns den Kopf schütteln."

„Nein, wir sind nicht verrückt", erwiderte Lea. „Es ist verrückt, Billionen Dollar in Armeen zu stecken, die keinem produktiven Zweck dienen. Es ist verrückt, dass sehr wenige Menschen superreich sind und sehr viele Menschen nicht wissen, wie sie den nächsten Tag überstehen sollen. Wir korrigieren diesen Wahnsinn. In hundert Jahren wird man uns für die normalen Menschen halten, und man wird über die wahren Verrückten den Kopf schütteln."

*

Okay, was brauche ich noch? T-Shirts, jede Menge T-Shirts.

Marek war zu Besuch bei Lea. Weil es in seinem Apartment weder eine Waschmaschine noch einen Trockner gab, nutzte er die Geräte in Leas Badezimmer. Er hatte zwei Koffer mitgebracht: Einen, den er auf seine Reise in die Karibik mitnehmen wollte, und einen weiteren für die überzähligen Wäschestücke. In ihrem Gästezimmer sortierte er seine Kleidung.

„Soll ich dir bei etwas helfen?" Lea stand in der Tür. Sie trug einen Bademantel, um ihre Haare hatte sie ein Handtuch gewickelt.

„Nein, danke. Ich mach das nicht zum ersten Mal."

„War nur eine Frage." Sie verschwand im Flur.

„Äh, Lea, warte mal kurz."

Sie kehrte zurück. „Ja?"

„Sag mal, dieser Don Grazer. Was weißt du über den?"

„Puh, sehr viel. Was möchtest du wissen?"

Marek verstaute seine Hemden, die er in einer Reinigung hatte waschen und bügeln lassen, im Koffer. „Ist er wirklich so reich, wie alle glauben? Ist er Milliardär?"

„Ich habe seine Kontoauszüge nicht gesehen, aber ich schätze ja. Laut einem Wirtschaftsmagazin besitzt seine Familie zehn Milliarden Dollar. Dons Urgroßvater hat mit Eisenbahnen angefangen."

„Ja, die Geschichte kenne ich auch. Aber die Familie ist groß. Wie viel besitzt er persönlich?"

Lea setzte sich auf einen Stuhl. „Ich weiß es nicht. Wenn du willst, mache ich euch miteinander bekannt."

„Gerne. Wenn ich wieder zurück bin. Vorher möchte ich noch wissen, warum du so oft bei ihm bist."

„Weil er ein großzügiger Spender ist. Don unterstützt die Arbeit der Friedensinitiative."

„Und sonst? Der Kerl ist als Playboy bekannt. Mit all seinen Yachten, den Luxusvillen …"

Marek glaubte, ein Kichern gehört zu haben. Als er zu Lea hinübersah, hielt sie ihre Hand vor den Mund.

„Bist du etwa eifersüchtig?"

Er zog die Riemen an seinem Koffer straff. „Eifersüchtig? Quatsch. Ich frage mich nur, ob diese Verbindung gut für dich ist. Immerhin musst du als Ausgleicherin neutral sein. Es wäre nicht gut, wenn etwas über euch beide an die Öffentlichkeit dringen würde. Das könnte deinem Ruf schaden."

„Warte, ich hab was für dich." Lea stand auf und verließ den Raum. Nach ein paar Minuten kam sie zurück und überreichte ihm einen Stapel Computerausdrucke.

„Was ist das?"

„Pläne, Memoranden, Notizen. Das haben Don, Samira und ich bei unserem letzten Treffen ausgearbeitet. Wenn dir im Flugzeug langweilig ist, kannst du einen Blick hineinwerfen."

„Okay, mach ich."

„Aber vorerst bitte noch Stillschweigen darüber bewahren. Es ist nicht geheim, aber die Anwälte müssen es überprüfen. Wir wollen ja nicht gleich mit allen Regierungen der Welt Streit anfangen."

„Geht klar." Er legte die Papiere in seine Umhängetasche.

„Wollen wir heute Abend noch ausgehen?"

„Nein, mein Flug geht morgen sehr früh. Heute wäre die Gelegenheit für einen gemütlichen Abend zu zweit."

Sie lächelte. „Okay. Ich hab aber keine Lust mehr auf Kochen."

„Dann lassen wir uns etwas liefern. Du darfst aussuchen. Ich esse alles – auch Körnerfutter."

Marek und Lea bestellten eine große Pizza und zwei Salate, die sie vor dem Fernseher verspeisten. In der halben Stunde, in der Lea ihre Küche aufräumte, dachte Marek darüber nach, ob er ein normales Leben mit ihr verbringen könnte. Einiges sprach dafür, vieles dagegen. Vielleicht bräuchte er noch etwas Zeit. Weil am späten Abend Antonia bei ihnen anrief und den Sicherheitscheck machte – Lea musste ein bestimmtes Stichwort nennen –, verdrängte er die Frage wieder. Lea und er würden wohl niemals eine feste Beziehung miteinander führen können. Sie waren zu verschieden. Leas Bekanntheit, der Altersunterschied, die Berufe, die Wohnorte – es passte einfach nicht.

Am nächsten Morgen stieg er in ein Flugzeug, das ihn zunächst nach Florida bringen sollte. Von dort aus wollte er in mehreren Etappen weiterreisen. Im Bordkino sah er einen Film, der ihn nicht interessierte. Marek erinnerte sich an die Papiere in seiner Umhängetasche. Es könnte nicht schaden, ein paar Zeilen zu lesen. Vielleicht würde er so etwas über diesen komischen Kauz Don Grazer erfahren. Marek begann mit einer Zusammenfassung des Projektes Staat ohne Land.

Utopia zwei – ein Entwurf

Geplant ist die Gründung eines neuen Staates, der im Gegensatz zu allen anderen Staaten kein Land, aber ein Volk besitzt. Er ist nicht als Konkurrenz zu bestehenden staatlichen Strukturen gedacht, sondern als Ergänzung. Jeder Mensch auf der Welt kann sich selbst zum Einwohner von Utopia zwei erklären. Vom ersten Moment an hat er Anspruch auf Unterhalt. Und zwar so viel, wie er zum Leben in seiner Heimat benötigt. Er soll genügend Geld bekommen für Essen, Kleidung, Wohnen und Gesundheitsvorsorge. Kein Mensch in dem neuen Staat soll Angst um seine Existenz haben. Niemand soll sich Sorgen um seine Zukunft machen, darüber, ob er morgen noch einen Arbeitsplatz besitzt, ob seine Wohnung sicher ist oder ob er genügend Essen für die Familie auf den Tisch bringt. Jeder soll ein Höchstmaß an Freiheit und Sicherheit genießen.

Niemand soll mehr hungern oder unter hungerbedingten Krankheiten leiden, niemand den qualvollen Hungertod sterben. Es soll kein Anlass bestehen, Verbrechen zu begehen oder sich zu prostituieren, um das eigene Überleben sicherzustellen. Niemand soll gezwungen sein, seine Heimat zu verlassen und sich auf eine gefahrvolle Reise in ein fremdes Land zu begeben, in dem er nicht willkommen ist. Perspektiven sollen geschaffen werden. Jeder Mensch soll als wertvoll und wichtig angesehen werden. Niemand ist ungewollt, keine Existenz ist sinnlos. Jeder darf seinen persönlichen Lebensplan verwirklichen. In der Folge würden weniger Menschen Drogen nehmen, um einer trostlosen Existenz zu entfliehen. Ungleiche Verteilung von Reichtum soll vermindert werden. *Politische und religiöse Extremisten hätten weniger Zulauf.*

Im dem utopischen Staat hätten die Menschen mehr freie Zeit, Muße und Kraft. Anstatt sich auf die reine Sicherung ihrer Existenz zu konzentrieren, könnten sie sich mit anderen Dingen beschäftigen. Zum Beispiel mit der Erziehung ihrer Kinder. Mehr Kinder auf der Welt bekämen die Aufmerksamkeit, die sie verdienen. An eine gute Schulbildung würde sich eine gründliche Berufsausbildung oder ein Studium anschließen. Das Potenzial von Millionen, vielleicht sogar Milliarden zusätzlicher Menschen könnte genutzt werden. Viele neue Ärzte, Ingenieure, Wissenschaftler und Künstler würden ihre Arbeit aufnehmen.

Natürlich sind das alles noch Träumereien – aber Träume kann man verwirklichen.

Das Konzept vom Staat ohne Land ist schon längst bekannt unter dem Namen bedingungsloses Grundeinkommen. Bislang wurde es nie ernsthaft umgesetzt. Meist scheiterte es am fehlenden Geld und am fehlenden Mut. Jetzt ist es an der Zeit, den nächsten großen Schritt zu wagen.

Natürlich wird dieses Projekt ungeheuer viel Geld verschlingen, mehr, als wir derzeit aufbringen können. Deshalb werden wir die ersten Staatsbürgerschaften verlosen. Unser Ziel ist es, einhunderttausend Bürger am Tag der ersten Verlosung in unseren Staat aufzunehmen.

Klingt eigentlich ganz vernünftig. Vielleicht sollte man mal in Ruhe darüber nachdenken. Das Amt des Ausgleichers, die Kammer der Freien Bürger, der Staat ohne Land, die Umwandlung der Armeen in technische Hilfsdienste – das sollte mich eine Weile beschäftigen.

17. Kapitel: Ein neuer Krieg?

„Was ist daran so besonders?"

Lea stand vor dem Bahnhof Brüssel-Süd. Soeben war sie von einer Dienstreise nach Italien zurückgekehrt und hatte sich von ihren Mitarbeitern verabschiedet. Sie fuhr nicht wie üblich mit der Metro weiter zu ihrer Privatwohnung, sondern wurde von ihrem Freund Don Grazer abgeholt. Der amerikanische Großinvestor hatte ihr am Telefon versprochen, dass eine Überraschung auf sie warten würde. Anscheinend meinte er damit sein neues Auto, das nun langsam vor ihr ausrollte. In Leas Augen sah es aus wie eine seiner vielen Luxuslimousinen: schwarz, lang und ziemlich protzig.

„Das, meine liebe Lea, ist das Auto der Zukunft." Don zeigte wieder sein typisches Grinsen, das auch der Vollbart nicht verbergen konnte. Heute trug er nur ein weißes Hemd, eine graue Weste und eine schwarze Hose. Auf Jackett und Krawatte hatte er verzichtet, weil es für Anfang Oktober ungewöhnlich warm war.

„Tausend PS?", fragte sie spöttisch. Lea setzte sich eine Sonnenbrille auf, zog ihre Jacke aus und legte sie über den Arm.

Er lachte. „Das war der alte Don. Nein, es sind nur knapp über dreihundert. Aber das Beste ist …" Er ging zum Heck des Wagens.

Lea folgte ihm. Sie bemerkte, dass etwa dreißig Meter entfernt ein schwarzer Geländewagen in einer Bushaltestelle stand. Wahrscheinlich saßen darin Dons Leibwächter.

„Das hier." Er ging in die Hocke, um mit dem Zeigefinger den Auspuff zu berühren. „Was fällt dir daran auf?"

Sie sah etwas genauer hin. Weißer Dampf drang aus dem Blechrohr, eine Flüssigkeit tropfte zu Boden. „Dein Auto ist undicht."

Wieder grinste er. „Kommt von der Brennstoffzelle. Getankt wird mit Wasserstoff. Und das hier ist reines Wasser." Don hielt seine Hand unter den Auspuff, fing ein paar Tropfen von der Flüssigkeit auf und zeigte sie Lea.

Sie roch daran. „Tatsächlich. Wasser."

„Es geht noch weiter. Schau dir das an. Nein, besser noch, fühle es." Mit der Hand strich er über das Dach. „Die gesamte Karosserie ist mit Solarpanelen beklebt. Sehr dünn, aber auch sehr effektiv."

Lea tat es ihm gleich. Sie spürte die Wärme, die von dem Kunststoff ausging, und die feinen Kanäle, die darin eingearbeitet waren. „Wird damit ein Motor angetrieben?"

„Nein, dafür reicht die Leistung nicht. Aber die gewonnene Energie wird in das Bordnetz eingespeist, dadurch sinkt der Verbrauch an Wasserstoff."

Während der Chauffeur das Gepäck in den Kofferraum lud, stiegen Lea und Don in den Fond ein. Innen wirkte das Auto wie eine normale Luxuslimousine: Es gab eine bequeme Sitzbank, viel Beinraum und eine Trennwand zum Fahrerplatz mit integriertem Kühlschrank und Entertainmentcenter.

„Also hier kann ich nichts Besonderes erkennen", sagte Lea.

Don bekam das Grinsen nicht aus seinem Gesicht. „Du sitzt darauf."

Sie rieb mit der Hand über die Sitzbank. Der Stoff fühlte sich sehr weich, fast ein bisschen flauschig an. Jetzt endlich begriff Lea. „Kein Leder."

Er lachte. „Genau. Feinster Velours. Das Auto ist absolut vegan. Kein Tier musste dafür sterben, es wurden auch keine Tierversuche für irgendein Bauteil gemacht. Und der Wasserstoff wird nur mit grüner Energie hergestellt. Mehr ist nach dem heutigen Stand der Technik nicht machbar. Ich werde meinen gesamten Fuhrpark auf dieses Konzept umstellen."

„Und deine Sportwagen? Die Bugatti, Porsche, Ferrari?"

„Alle verkauft." Ein Seufzen drang aus seiner Kehle. „Zumindest die Benziner. Die Elektrowagen hab ich behalten."

„Großartig. Die Überraschung ist dir gelungen." Zur Belohnung umarmte Lea ihn.

„Danke, aber das war es noch gar nicht."

Inzwischen hatte sich der Chauffeur hinter das Lenkrad gesetzt, der Wagen rollte an.

„Nein? Wo fahren wir hin?"

„Zu deiner Wohnung, wie abgemacht. Ich wollte nur der Erste sein, der die frohe Botschaft überbringt. Mein Anwalt John Tracy war in Afrika. Er hat genug Stimmen für unser Projekt geholt. Bei der nächsten Vollversammlung der Vereinten Nationen wird man für die Einrichtung eines neuen Posten stimmen: den UN-Ausgleicher. Das ist deine große Chance, Lea." Er nahm ihre Hand, rieb sie zwischen seinen Händen und küsste sie.

Lea spürte seine Barthaare auf ihrer Haut. Sonst empfand sie dabei immer ein leichtes Kitzeln, das ihr nicht unangenehm war, jetzt zog sie die Hand zurück. „Ich weiß nicht, ob ich das noch machen will."

„Was?" Das Lächeln verschwand schlagartig aus seinem Gesicht, er wich zurück. „Aber das haben wir doch alles schon durchgekaut, Lea. Erst hast du nein gesagt, dann ja und jetzt wieder nein. Kannst du dich mal bitte entscheiden?"

„Es tut mir wirklich leid, Don, ich habe das nicht vorhergesehen. Alles wird immer komplizierter. Die Ausgleichsverfahren werden immer länger, und es werden immer mehr. Ich komme gerade aus Italien zurück, übermorgen fahre ich nach Spanien. Und die Reisen werden immer beschwerlicher. Sieh mal, da vorne ist schon wieder eine Demonstration."

Lea zeigte aus dem Fenster. Am Straßenrand stand eine Gruppe von Menschen, die ihre Fäuste reckte, Plakate hochhielt und Parolen skandierte. Der Chauffeur bremste den Wagen auf Schrittgeschwindigkeit ab.

Don bekam davon offenbar nichts mit. Er rutschte in seine Ecke, verschränkte die Arme vor dem Bauch. „Was ist mit Utopia zwei? Wirst du dafür noch als Botschafterin arbeiten?"

„Ja, wenn es nicht zu viel wird. Don, ich muss dir etwas gestehen. Ich habe jemanden kennengelernt. Und dieser Jemand ist etwas ganz Besonderes für mich."

Er zuckte mit den Schultern. „Na und? Ich lerne jede Woche jemanden kennen."

Sie lachte ironisch. „Das ist etwas anderes. Don, wie alt bist du?"

„Genauso alt wie du. Vierundfünfzig."

„Ja, aber du bist ein Mann. Das ist mehr als ein biologischer Unterschied. Männer werden mit zunehmendem Alter interessanter, insbesondere wenn sie Geld und Macht haben. Frauen werden einfach nur alt. Hier, sieh dir das an." Sie rutschte nah an ihn heran, zeigte auf ihre Augen. „Falten. Weißt du, wie man so etwas nennt? Krähenfüße. Ich brauche immer mehr Schminke, um sie zu verdecken."

„Lea, das ist der Lauf der Welt. Irgendwann ist es einfach vorbei. Finde dich damit ab."

„Ich werde mich damit abfinden. In ein paar Jahren. Dann werde ich vielleicht Großmutter sein. Aber bis dahin will ich das Leben voll auskosten. Nur leider ist jeder meiner Tage bis auf die letzte Sekunde verplant."

Don schwieg einen Moment. Dann sagte er: „Lea, ich hätte nicht gedacht, dass du so ..."

Ein Knall hinderte ihn daran, weiterzusprechen. Er kam von oben, vom Dach des Wagens.

„Was war das?", fragte Lea erschrocken.

Don blickte aus dem Fenster. „Ich glaub, da hat jemand was auf uns geworfen."

Plötzlich senkte sich die Scheibe in der Trennwand. Der Chauffeur, ein junger Mann in einem dunklen Anzug, drehte sich zu den beiden um. „Chef, wir sind in einen Schlamassel geraten. Wir müssen umdrehen. Die Bodyguards halten uns den Rücken frei."

Lea sah durch die Heckscheibe. Der schwarze Geländewagen, der ihnen bis dahin gefolgt war, stand am Straßenrand. Zwei Männer, die ebenfalls dunkle Anzüge trugen, stiegen aus und versuchten die Gruppe der Demonstranten mit Worten und Gesten davon zu überzeugen, die Fahrbahn freizumachen. „Was sind das für Leute?"

„Umweltaktivisten", antwortete Don. „Auf dem Schild steht: Save the Planet."

„Verdammt, das sind Mobster", sagte der Chauffeur. „Wir haben sie bei etwas gestört."

Keine zehn Meter entfernt bemerkte Lea einen Mann, der mit einem länglichen Gegenstand, wahrscheinlich ein Hammer oder eine Eisenstange, gegen das Schaufenster eines Juweliers schlug. Sechs oder sieben Personen, die Kapuzenpullover oder Skimasken trugen, standen um ihn herum und versuchten ihn abzuschirmen, was schlecht gelang, weil andere sich dazwischendrängten und mit Kartons, Taschen oder stapelweise über die Schulter gelegten Kleidern davonliefen. Lea hatte bereits in der Zeitung von solchen Aktionen gelesen, die man als Mobster Partys bezeichnete. Von Amerika kommend, verbreiteten sie sich nun auch in den Städten Europas. Meist begann es mit einem Ablenkungsmanöver – einer Demonstration oder einer Massenschlägerei –, an dem mehrere Hundert Personen teilnahmen. Jemand gab ein Zeichen und innerhalb weniger Minuten wurden die Läden in einer ganzen Straße leergeräumt. Die Polizei kam nicht dagegen an, weil die Masse der Delikte zu groß war. Selten gelang es ihr, mehr als nur eine Handvoll Straftäter festzunehmen. Verurteilt wurde kaum einer von ihnen. Es gab zwar viel Bildmaterial von Überwachungskameras, aber niemand wagte, vor Gericht auszusagen. Die Mobster drohten damit, jeden Zeugen zu töten.

„Ist das Auto gepanzert?", fragte Lea.

„Natürlich", antwortete Don. „Aber nur gegen Beschuss."

„Hier geht's nicht weiter", sagte der Chauffeur. „Es wird zu gefährlich."

Der junge Mann drehte am Lenkrad, wendete in einer Einfahrt und fuhr in entgegengesetzter Richtung zurück. Weit kam er jedoch nicht. Auf der Straße lagen Steine, Fahrräder und umgekippte Müllcontainer. Zwei vermummte Gestalten gossen Benzin über den Unrat und zündeten ihn an.

„Diese Bastarde!", fluchte der Chauffeur. „So schlimm war es noch nie."

Don rutschte an die Trennwand heran. „Was haben die vor?"

„Barrikaden bauen", antwortete der junge Mann. „Damit sich Polizei und Feuerwehr nicht mehr bewegen können. Das haben sie damals auch gemacht, als ..."

Wieder ertönte ein Knall. Die Windschutzscheibe zersprang in ein feines Spinnennetz und wurde milchig-trüb, es drangen aber keine Splitter in den Innenraum.

„Ein Pflasterstein!", rief der Chauffeur. „Jetzt wird's brenzlig."

„Weg", sagte Don. „Wir müssen weg."

„Aber da vorne geht's nicht weiter. Da ist ein Feuer."

„Umdrehen", verlangte Don. „Die andere Seite ist noch frei."

Der junge Mann versuchte abermals, auf der Straße zu wenden. Weil seine Sicht eingeschränkt war, stieß er gegen ein geparktes Auto. Er legte den Rückwärtsgang ein und setzte zurück. Als er vorwärts fahren wollte, stürzten einige Männer einen Lieferwagen auf die Fahrbahn und blockierten die Limousine endgültig.

„Raus! Wir müssen raus", rief Don.

Lea rüttelte an der Tür, doch sie ließ sich nicht öffnen. „Was ist los?"

„Ich hab die Sperre aktiviert", sagte der Chauffeur. „Wir müssen auf die Bodyguards warten. Es ist zu gefährlich."

Lea blickte aus dem Fenster. Der schwarze Geländewagen war nicht zu sehen. „Wo sind die denn?"

„Sie kommen gleich." Er griff zu seinem Handy.

Plötzlich rutschte Lea auf der Rückbank hin und her, als ob die Erde bebte. Mehrere Vermummte standen an der Beifahrerseite und versuchten, das Auto umzuwerfen.

„Machen Sie die Türen auf!", brüllte Don, dem der Schweiß von der Stirn lief.

„Okay, wir gehen in das nächste Haus rein. Schützen Sie Ihren Kopf."

Der Chauffeur entsperrte die Zentralverriegelung. Endlich konnte Lea ihre Tür öffnen. Im selben Moment jedoch stürzte das Auto auf die Seite und sie fiel auf Don, der einen Schrei ausstieß. Draußen tobte die Menge vor Begeisterung.

Lea stellte sich aufrecht und versuchte die Tür, die nun zum Himmel wies, aufzustoßen. Wegen ihrer Panzerung war sie zu schwer, Lea konnte sie nur ein paar Zentimeter anheben. „Don, hilf mir."

Wieder knallte etwas. Ein flackernder Schein drang ins Auto, Flammen leckten an der Kofferraumklappe. Lea hielt instinktiv ihren Ellbogen vor die Augen, um sich zu schützen. Als sie den Arm wieder senkte, sah sie den Kopf einer Frau durch die Heckscheibe. Sie hatte grüne Haare, Tätowierungen reichten vom Hals bis zu den Wangen. Das Gesicht war vom Hass verzerrt, sie brüllte eine Parole, holte mit dem rechten Arm aus und schleuderte eine brennende Flasche gegen das Auto. Einen Sekundenbruchteil später verschwand die Frau hinter einer Wand aus Flammen.

„Feuer!", rief Don panisch. „Der Wasserstofftank! Er wird in die Luft gehen."

Lea zitterte, ihr Herz pochte wie verrückt. Zum ersten Mal in ihrem Leben spürte sie Todesangst. Es war noch schlimmer als in Komotini, als sie Opfer eines Bombenanschlags wurde. Damals geschah es schnell und ohne Vorwarnung. Jetzt prasselten Molotowcocktails gegen das Auto, die Flammen stiegen höher. Entweder sie würden ersticken oder verbrennen. Fast wünschte sie sich, der Tank würde endlich explodieren.

*

Was für eine Bruchbude!

Marek stand vor einem Bürohaus in Tucker's Town, einer Kleinstadt im Osten des Inselstaates Bermuda. Es besaß ein Kellergeschoss aus Felsgestein, darüber erhoben sich zwei weitere Stockwerke aus Holz, das Dach bestand aus Wellblech. Die Außenhaut war vermutlich mal weiß gestrichen worden, passend zu dem Sandstrand, der nur einen Steinwurf entfernt lag. Inzwischen jedoch war die Farbe fast vollständig abgeplatzt, die Fassade hatte das schmutzige Grau von Treibholz angenommen. Irgendwie sah das Gebäude windschief aus, als ob es vom letzten Hurrikan angenagt worden war, um vom nächsten endgültig zerstört zu werden.

Er holte seinen Notizzettel aus der Hosentasche und verglich die Adresse.

Shore Lane achtundzwanzig. Hier bin ich richtig.

Marek ging näher heran. Die kleine Treppe war brüchig, das Glas in der Tür milchig, man konnte nicht hindurchsehen. Aber da auf der rechten Seite, da stimmte etwas nicht. Moderne Briefkästen. Edelstahl. Und die Anzahl? Fünf Reihen zu jeweils sechs Kästen, das ergab dreißig Stück. Viel zu viel für so ein kleines Gebäude. Er las die Namen auf den Schildern. Bis zu zehn Firmen teilten sich einen einzigen Briefkasten. Crescenzo und Partner fand er auf dem dritten Kasten in der zweiten Reihe. Das war der Name der Anwaltskanzlei, wegen der Marek die Reise in die Karibik angetreten hatte. Sein Freund Pjotr gab ihm vor knapp zwei Wochen in Polen den entscheidenden Hinweis. Die Kanzlei betreute einige der Scheinfirmen, von denen Marek vermutete, dass sie die Aktivitäten der Terrorgruppe P7 finanzierten. Deshalb war er nach Florida geflogen, um von dort aus mit der Kanzlei Kontakt aufzunehmen und sich als potenzieller Klient vorzustellen. Am Telefon erlebte er jedoch eine Überraschung – man wollte ihn nicht beraten. Die freundliche Dame sagte, dass die Kapazitäten von Crescenzo und Partner erschöpft seien und man derzeit keine neuen Klienten aufnehmen könne. Sie wünschte ihm noch einen schönen Tag und legte auf.

Den Ort, von wo aus sie das Gespräch führte, konnte er nicht ermitteln. Wahrscheinlich arbeitete die Dame für ein Callcenter und besaß ohnehin keine weiteren Informationen über ihren Auftraggeber. Marek dachte sich einen neuen Plan aus. Die Kanzlei unterhielt vier Niederlassungen, die alle im Umfeld von Florida lagen: auf den Bermudas, Bahamas, den Kleinen Antillen und Barbuda. Marek besuchte sie alle der Reihe nach, angefangen mit dem nächstliegenden Ort, Nassau, Bahamas, bis hin zum entlegensten Ort, den Bermudas. An jeder genannten Adresse fand er einen Briefkasten der Kanzlei, sonst nichts. Das deutete darauf hin, dass sie Scheinfirmen zur Steuervermeidung betrieben, was zwar moralisch verwerflich, aber nicht illegal war. Marek hatte sich bereits damit abgefunden, dass er die Reise als einen gewaltigen Misserfolg verbuchen musste.

Jetzt stand er vor dem Bürohaus in Tuckers's Town, seiner letzten Hoffnung. Best Real Estate hieß eine Firma. Weltweit gab es wahrscheinlich Hunderte oder Tausende, die denselben Namen trugen. Andere nannten sich Smith, Miller oder Jones LTD. Nur wenige Steuersparer hatten sich wirklich Mühe gegeben und einen kreativen Namen ersonnen: Sunshine Casino Group oder Royal Bankers Trust gehörten dazu. Marek versuchte, den verrücktesten Namen zu finden. Malibu Bedbox oder Labrador Puppy?

Moment mal, was ist das? Goldwing Harpo LTD.

Marek holte seinen Notizblock hervor und blätterte zu der Seite, die er in Pjotrs Büro beschrieben hatte. Treffer! Die Goldwing Harpo LTD. gehörte zu den Firmen, die die Motocrossstrecke in Belgien und die Panzerfahrschule in Nowgorod, beides Teil des Terrornetzwerkes, finanzierten. Das konnte kein Zufall sein. Hier musste sich ein besonderer Knotenpunkt befinden. Vielleicht tauschte P7 an diesem Ort Informationen aus. Telefonleitungen konnten abgehört, Computer gehackt werden. Aber die Briefpost war schwer abzufangen, wenn sie über Deckadressen lief, die die Polizeibehörden nicht kannten.

Marek schlug sich vor Freude in die Hand.

Gute alte Ermittlungsarbeit, gepaart mit ein bisschen Glück. Man kann eben nicht alles am Computer erledigen.

Jetzt musste er nur noch herausfinden, wer der örtliche Statthalter von P7 war. Auch das machte man am besten auf die klassische Weise. Taxifahrer kannten sich in jeder Stadt gut aus, gewiss auch hier. Er setzte sich auf den geliehenen Motorroller und fuhr zurück nach Hamilton. Die Hauptstadt der Bermudas zählte nur tausend Einwohner. Einen Bahnhof gab es nicht, aber vor dem Rathaus standen zwei Taxis.

Marek stieg in den vorderen Wagen ein. Er zog seinen Notizzettel aus der Tasche und tat so, als würde er davon ablesen. „Bitte in die äh … Shore Lane achtundzwanzig."

Ein schwarzer Mann drehte sich zu ihm um, seine Dreadlocks, in die Holzperlen eingeflochten waren, klapperten dabei. „Geht klar, Chef."

Unterwegs spielte Marek den unbedarften Touristen, stellte Fragen über die Geschichte der Insel und einige markante Gebäude, obwohl er die Antworten aus dem Reiseführer kannte. Als sie vor dem alten Holzhaus hielten, zuckte er scheinbar überrascht zusammen. „Das ist es? Sind Sie sicher?"

„Ja, Chef. Das ist die Adresse, die Sie mir genannt haben", sagte der Fahrer.

„Das Haus scheint unbewohnt zu sein. Wissen Sie, wem es gehört?"

Er schüttelte den Kopf, wieder klapperten seine Locken. „Keine Ahnung."

„Aber da sind so viele Briefkästen. Jemand muss sich darum kümmern."

„Ja, Chef. Das machen die Caretaker."

„Caretaker? Was ist das?"

„So eine Art Hausmeister. Hier auf der Insel leeren sie vor allem die Briefkästen. Und sie schrauben neue Schilder dran. Verstehen Sie, was ich meine?" Er lachte asthmatisch.

„Ich kann's mir denken."

„Shore Lane achtundzwanzig … Hier hab ich schon mal einen gesehen … Wie hieß der bloß? Ich hab den Namen vergessen." Er nahm einen Zopf zwischen die Finger und spielte mit den Holzperlen.

„Vielleicht hilft Ihnen das auf die Sprünge." Marek reichte ihm ein paar Geldscheine.

„Oh, jetzt weiß ich es wieder. Blue Note Caretaker. Die haben so einen blauen Lieferwagen. Der kommt oft hier vorbei."

„Blue Note? Okay, das reicht. Zurück in die Stadt."

Vor dem Rathaus setzte sich Marek wieder auf seinen Motorroller. Um die Angaben des Taxifahrers zu überprüfen, fuhr er zum Postamt. Dort gab es noch Telefonzellen und sogar Telefonbücher aus Papier. Marek schlug die gewerblichen Seiten auf und fand fünf Unternehmen, die auf Caretaking spezialisiert waren. Doch keines davon hieß Blue Note. Auch auf den Seiten mit den privaten Anschlüssen tauchte dieser Name nicht auf. Hatte ihn der Taxifahrer belogen? Eine Möglichkeit blieb ihm noch.

Ein paar Häuser neben dem Postamt lag das einzige Kaufhaus der Insel, wo sich Marek eine Ausrüstung besorgte: Luftmatratze, Badetücher, Badehosen, Schnorchel, drei Tuben Sonnencreme. Die Nacht verbrachte er im Hotel. Am nächsten Morgen fuhr er zu dem kleinen Badestrand an der Shore Lane und schlug dort sein Lager auf. Von einer bestimmten Stelle aus konnte er durch Felsen und Gebüsch genau auf das alte Holzhaus blicken. Nun hieß es, sich in Geduld zu üben. Marek ging zweimal kurz ins Wasser, um bis zum nächsten Korallenriff zu schwimmen, das keine hundert Meter vom Strand entfernt lag. Er schnorchelte dort einige Minuten, für den Fall, dass ihn jemand beobachten sollte. Danach kehrte er zum Strand zurück, trocknete sich ab und nahm seinen Posten wieder ein.

Gegen zehn Uhr erschien ein roter Lieferwagen vor dem Holzhaus. Auf seiner Tür stand Royal Mail, darunter war eine Krone abgebildet. Ein Mann in blaugrauer Uniform schleppte eine prallvolle Ledertasche zum Eingang und steckte Briefe aller Größen in die Briefkästen hinein. Zehn Minuten brauchte er dafür. Danach stieg er wieder in seinen Wagen und fuhr davon.

Okay, das sieht schon mal gut aus, dachte Marek. Der erste Teil der Arbeit ist erledigt. Aber wie geht's weiter?

Seine Geduld wurde für eine weitere Stunde auf die Probe gestellt. Dann endlich kam der Wagen, auf den er gewartet hatte: Blue Note Caretaker. Der Name war so klein und unauffällig auf der Tür geschrieben, dass Marek ihn kaum lesen konnte. Auch der Mann, der ausstieg und zum Holzhaus ging, wirkte unauffällig. Knielange Hose, weißes Hemd, schwarze Fliege. Er schien eine Halbglatze zu haben und einen kurzen Bart zu tragen, aber das war auf diese Entfernung schwer zu erkennen. Während er noch damit beschäftigt war, die Briefkästen zu leeren, zog Marek rasch seine Sachen an, setzte sich auf den Roller und startete den Motor.

Führe mich zu deinem Chef. Worauf wartest du?

Mit einem Stapel Post kehrte der Mann zurück zu seinem Wagen. Er ließ den Motor an und wendete in der Einfahrt des Holzhauses. Auf Grand Bermuda, der Hauptinsel der Bermudas, gab es nur eine Straße, die wirklich von Bedeutung war: die South Road. Die Shore Lane ging erst in die Tuckers's Town Road über, an deren Ende man links abbiegen musste und schon war man auf der South Road, die fast die gesamte Insel durchquerte. Für Marek bestand kein Grund zur Eile, der Lieferwagen konnte ihm nicht entkommen. Er folgte ihm im Abstand von sieben oder acht Fahrzeuglängen, ließ auch mal einen anderen Roller oder PKW zwischen sich und dem Blue Note-Wagen fahren, behielt ihn aber stets im Auge.

Nach zwei Kilometern war anscheinend der nächste Kunde erreicht. Der Lieferwagen rollte auf ein weites, parkähnliches Gelände, hinter ihm schloss sich das automatische Gittertor. Von dem weißen Hauptgebäude mit dem roten Ziegeldach war nicht viel zu erkennen, weil es von Büschen und Bäumen verdeckt wurde. Marek hielt am Straßenrand. Er ging mit dem Roller hinter einem Baumstamm in Deckung, behielt die Hand aber am Gasgriff, um für die Weiterfahrt bereit zu sein. Abermals musste er sich in Geduld üben. Eine halbe Stunde lang geschah nichts. Der Wagen verließ das Gelände nicht, auch der Mann mit dem weißen Hemd und der schwarzen Fliege ließ sich nicht blicken.

Die müssen aber viele Briefkästen haben, dachte Marek.

Eine weitere halbe Stunde passierte nichts. Marek vermutete, der Fahrer würde Mittagspause machen. Aber auch am Nachmittag erschien der blaue Lieferwagen nicht auf der Hauptstraße. Marek verlor die Geduld. Er startete den Motorroller und fuhr langsam an dem Grundstück vorbei. Hinter dem Gitterzaun sah er eine gepflegte Rasenfläche, einen Tennisplatz und einen Parkplatz. Im Schatten von Sonnensegeln standen eine Luxuslimousine und der blaue Lieferwagen. Menschen waren nicht zu entdecken, nur ein großer schwarzer Hund lief über den Rasen.

Da stimmt doch was nicht. Ist das die Zentrale von Blue Note? Und das Holzhaus ist so eine Art Außenstelle?

Marek merkte sich die Adresse: King's Lane fünfzehn. Wer immer dort residierte, musste in irgendeiner Verbindung zu P7 stehen.

*

„Wie geht's dir, Don?"

Lea legte einen kalten Umschlag auf seine Stirn. Entgegen ihrer Planung waren sie zu Dons Penthouse im Stadtteil Watermaal-Bosvorde gefahren, nachdem die Leibwächter sie aus der umgestürzten Limousine befreit hatten. Die Männer in den schwarzen Anzügen schossen zuvor in die Luft, um die Vermummten zu vertreiben, erstickten die Flammen der Molotowcocktails mit den Feuerlöschern, die sie in ihrem Geländewagen mitführten, und schlugen die Heckscheibe ein, durch die Lea, Don und der Chauffeur das Auto verließen. Eine Flucht aus der belgischen Hauptstadt war nicht möglich, weil zeitgleich an mehreren Stellen Un-ruhen ausbrachen. David, der Chef der Leibwächter, hatte deshalb entschieden, vorerst in Watermaal-Bosvorde aus-zuharren, bis sich die Lage beruhigte.

„Schon besser." Er lächelte etwas bemüht. „Immerhin wissen wir nun, dass Wasserstofftanks nicht so schnell explodieren."

„Warum haben die das getan?", fragte Lea. „Sie wussten doch, dass Menschen in dem Auto sind. Trotzdem wollten sie uns verbrennen."

„Weil wir Weiße sind", sagte David.

Normalerweise hielten sich die Leibwächter in einer Wohnung im Erdgeschoss auf. Jetzt jedoch war der Chef der Gruppe mit ins Penthouse gekommen, weil er von der Dachterrasse aus die Entwicklung in dem Stadtteil beobachten wollte. Erste Vermummte hatten sie bereits auf den Straßen gesehen, aus der Ferne hörte man Schüsse. David reagierte darauf mit demonstrativer Gelassenheit. Der große, kräftige Mann mit dem vernarbten Gesicht erzählte, dass er während seiner Zeit bei den US-Marines an vielen Kampfeinsätzen teilnahm und sich dabei mehr als einmal in Lebensgefahr befand. Lea, die sonst alles Militärische verabscheute, hatte sich eine Geschichte von einer Geiselbefreiung im Irak angehört. Es beruhigte sie, dass jemand wie David auf sie aufpasste.

„Was hat das damit zu tun?", fragte Don, der auf einer Couch lag und sich ausruhte. Als das Auto umstürzte, hatte er sich am Kopf verletzt, er klagte über Unwohlsein und Schwindel. Weil kein Arzt erreichbar war, kümmerte sich Lea um ihn.

„Das waren Schwarze", antwortete David. Mit einem Fernglas um den Hals stand er an der Schwelle zur Terrasse. „Achten Sie auf die Hände, die sind schwarz. Wahrscheinlich haben die afrikanischen Clans die Krawalle angezettelt. Sie hassen uns Weiße und würden uns am liebsten alle umbringen."

„Ich habe auch Weiße unter den Plünderern gesehen", erwiderte Lea. „Die Frau mit den grünen Haaren, die den Molotowcocktail geworfen hat, war auch eine Weiße."

„Das waren linke Faschisten", sagte Don. „Ich bekomme ständig Drohungen von ihnen. Sie hassen mich, weil ich reich bin."

„In anderen Städten waren auch rechte Faschisten dabei", sagte Lea. „Das haben mehrere Medien berichtet. Die Rechten hassen die Demokratie und wollen einen Führerstaat aufbauen."

„Wahrscheinlich waren sie es alle zusammen. Jeder kocht sein eigenes Süppchen, aber gemeinsam bringen sie den Kessel zum Überkochen." Don lachte bitter.

„Ist es okay, wenn ich mal kurz die Nachrichten schaue?", fragte David.

„Natürlich", erwiderte Don. „Interessiert mich auch."

Der Mann im schwarzen Anzug schaltete den Fernsehapparat an. Bereits der erste Kanal brachte Bilder, die an eine Apokalypse erinnerten. Gebäude brannten, Rauch stieg auf, Mauern stürzten ein, aber es waren kaum Feuerwehrleute zu sehen. Die Erklärung folgte ein paar Sekunden später: Randalierer stießen Autos um und türmten Barrikaden auf. Ein Feuerwehrwagen versuchte, ein Hindernis zu umfahren und wurde mit Steinen und Brandsätzen beworfen.

Lea stand auf und ging näher an den Bildschirm heran. Sie fühlte sich an den Ausflug in die Ardennen erinnert, den sie mit Marek unternommen hatte. Auf der Rückfahrt gerieten sie in einen Stau, weil es in einigen Stadtteilen von Brüssel zu Unruhen kam. Jetzt schon, nach nicht einmal vier Wochen, wiederholten sich die Ereignisse. Aber das war eine andere Stadt, die sie im Fernsehen erblickte, nein, nicht bloß eine, mehrere Städte. Es griff immer weiter um sich. Als ob ein Damm gebrochen wäre.

„Wo ist das?", fragte Don, der seinen Kopf mühsam anhob.

„London." Lea zeigte auf die Einblendung am unteren Bildrand. „In Paris, Amsterdam und Berlin sieht es nicht besser aus. Überall Krawalle, Feuer, Plünderungen ..."

„Das ist eine geplante Aktion", war David überzeugt. „Typisch für die Clans. Die sind gut vernetzt."

„Vielleicht ist auch P7 daran beteiligt", sagte Lea. Gerne hätte sie von den Erkenntnissen berichtet, die Marek gewonnen hatte, doch leider musste sie Stillschweigen darüber bewahren. „In ganz Europa läuft es nach demselben Muster ab, zur selben Zeit. Jemand zieht an den Fäden. Aber es sind nicht die Oberhäupter der afrikanischen und arabischen Clans. Die Clans sind untereinander vernetzt, aber die meisten sind miteinander verfeindet. Ich glaube nicht, dass die zusammenarbeiten würden. Jemand manipuliert sie."

„Ja, kann sein." David rückte seine Pistole zurecht, die in einem Holster unter seinem Jackett steckte. „Aber eins steht fest: Es wird brutaler. Immer mehr Gewalt, immer mehr Verbrechen. Das liegt an der Überbevölkerung. Dieser Stadtteil hier war vor ein paar Jahren noch eine freie Gemeinde. Brüssel wird zu einer Megacity. Es kommen einfach zu viele Menschen. Wir können sie nicht alle versorgen, die ... Einwanderer."

Lea sah das grimmige Gesicht von David. Sie spürte, dass er eigentlich ein anderes Wort verwenden wollte. Weil aber sein Chef anwesend war, hielt er sich zurück. „Ja, es ist schwierig."

„Warum greift das Militär nicht ein?", fragte Don.

David antwortete mit einer Gegenfrage. „Welches Militär denn? Die Clans haben mehr Mitglieder als die belgische Armee Soldaten hat. Und sie hat kaum noch Panzer oder Flugzeuge. Wurde alles eingespart. Angeblich, weil es keine Feinde mehr gibt."

David sah Lea vorwurfsvoll an. Er sprach es nicht aus, aber er meinte die Aktivitäten ihrer Freundin Samira, die den Plan verfolgte, sämtliche Armeen in technische Hilfswerke umzubauen. Lea hätte ihm erklären müssen, dass es sich dabei um ein langfristiges Ziel handelte, das viele flankierende Maßnahmen erforderte, aber es war nicht der richtige Zeitpunkt für eine ausufernde Diskussion.

Don richtete seinen Oberkörper auf. „Es riecht angebrannt. Hat einer von euch in der Küche was angeschaltet?"

„Nein", antwortete Lea.

„Das kommt von draußen." David ging zur Terrassentür, die nur angelehnt war. „Da brennt etwas."

Lea folgte ihm. Auf der Terrasse blickten beide nach Norden, wo der Brüssler Stadtwald lag. Eine Rauchsäule stieg in die Luft. Sie konnten aber keinen Brandherd erkennen, weil zwischen dem Apartmenthaus und dem Waldrand mehrere Gebäude standen, die bis zu sechs Stockwerke hoch aufragten.

„Ein Waldbrand? Um die Jahreszeit?", fragte Lea.

„Da hat jemand nachgeholfen. Die wollen uns hier ausräuchern."

„Kann uns das Feuer erreichen?"

„Ich glaube nicht. Die Gärten sind eine Barriere, die kann das Feuer nicht überspringen. Aber der Rauch ist sicher nicht gesund."

Lea und David gingen in das Wohnzimmer zurück. Der Leibwächter schloss hinter ihnen die Terrassentür.

„Was ist los?", fragte Don.

„Ein Waldbrand", antwortete Lea. „Ich konnte nicht sehen, wie groß er ist. Aber er ist nicht weit entfernt."

„Ich bin gleich wieder da", sagte David. „Ich berate mich unten mit meinen Leuten."

„In Ordnung", erwiderte Don.

David verließ das Penthouse. Lea setzte sich zu Don auf die Couch.

„Es ist Oktober, und der Wald brennt", sagte Don. „Das hab ich noch nie erlebt."

„Es liegt an der Trockenheit. Seit Wochen hat es nicht geregnet."

Don seufzte. „Ich fürchte, er hat recht."

„Wer hat recht?"

„David. Es sind einfach zu viele Menschen. Nicht nur hier, überall auf der Welt. Vor ein paar Jahren hab ich für meine Umweltstiftung einen Wald in Ruanda gekauft. Dort leben Gorillas, die vom Aussterben bedroht sind. Wir haben ihn unter Schutz gestellt, Ranger ausgebildet, ein Hilfsprogramm für die einheimische Bevölkerung aufgelegt … Es hat nichts genützt. Sie haben die Bäume gefällt und die Gorillas getötet. In Afrika wächst die Bevölkerung jedes Jahr um hundert Millionen Menschen. Aber das Land wächst nicht, und es fällt auch nicht mehr Regen. Im Gegenteil, die Wüsten breiten sich aus, das fruchtbare Land schrumpft."

„Ich weiß. Bald werden es zehn Milliarden Menschen sein. Dann vielleicht elf, zwölf …"

„Wie sollen wir nur diese Massen versorgen? Nahrung, Wohnraum, Medizin. Wie sollen wir Arbeitsplätze für sie schaffen?"

„Gar nicht, Don. Es wird nicht genügend Arbeit für all die Menschen geben. Schon deshalb nicht, weil ein großer Teil der Arbeit von Maschinen übernommen wird, von Robotern und künstlicher Intelligenz."

„Dann wird das unsere Zukunft sein." Er zeigte auf das TV-Gerät. Noch immer liefen dort die Bilder von den brennenden Städten. Weitere Namen waren hinzugekommen: Rom, Madrid, Lissabon. Die Gewalt breitete sich in einer Kettenreaktion über den Kontinent aus. Inzwischen wurden auch Zahlen von Todesopfern und Verletzten genannt. Noch waren sie dreistellig, aber der Moderator kündigte an, dass sie gewiss noch steigen würden.

„Nein, wird es nicht." Lea griff zur Fernbedienung und schaltete den Apparat aus. „Don, wir müssen ein Zeichen setzen. So schnell wie möglich."

„Was meinst du?"

„Dein Projekt Utopia zwei. Wie weit seid ihr damit?"

„Es liegt im Plan. Die Stiftung ist gegründet. Wir arbeiten an einem System zur Verteilung des Geldes. In drei Monaten werden wir es offiziell verkünden, in sechs Monaten werden wir die ersten Staatsbürgerschaften verleihen."

„Mach es früher. Kündige es am besten noch heute an. Schreib eine Pressemitteilung. Oder lass es von deinem Anwalt erledigen."

„Was? Heute? Ich kann nicht mal klar denken." Er deutete auf die Beule an seinem Kopf.

„Ich werde dir dabei helfen. Gib mir die Nummer von John Tracy."

„Wieso hast du es auf einmal so eilig?"

„Wir haben keine Zeit mehr, Don. Das ist mir vorhin klar geworden, als wir in dem Auto eingesperrt waren. Die Flammen kommen näher. Bald wird der Brand so groß sein, dass wir ihn nicht mehr löschen können. Deshalb müssen wir jetzt handeln. Wir beginnen mit einer symbolischen Handlung. Vielleicht, indem wir die ersten tausend Staatsbürgerschaften verlosen. Am besten noch in diesem Monat."

„Das ist eine gewaltige Aufgabe. Ich meine, in der Kürze der Zeit. Es muss noch so viel erledigt werden."

„Ich kümmere mich darum." Sie nahm seine Hand, sah ihm in die Augen. „Don, ich weiß, ich hab das schon einmal gesagt und meine Meinung geändert. Aber jetzt bleibe ich dabei. Ich unterstütze dich, wo es nur geht. Ich bewerbe mich um den Posten der UN-Ausgleicherin. Und ich werde Schirmherrin deiner Stiftung. Irgendwie bekomme ich alles unter einen Hut. Ich komme mit wenig Schlaf aus, ich werde mich besser organisieren. Wir müssen die Zeit nützen, die uns noch bleibt. Wir müssen für einen Ausgleich sorgen. Einen Ausgleich zwischen den Armen und den Reichen, der Ersten und der Dritten Welt. Nur so können wir den großen Weltbrand verhindern."

18. Kapitel: Holpriger Start

„Wie ist eigentlich dein Name?", fragte Marek den Taxifahrer. Bei ihrer ersten Begegnung hatte er auf der Rückbank gesessen, jetzt aber war Marek auf der Beifahrerseite eingestiegen, weil er eine vertrauliche Atmosphäre schaffen wollte.

„Francis, aber alle nennen mich Woody." Er berührte die Holzperlen in seinen Dreadlocks und lachte dabei.

„Okay, Woody, ich bin Peter." Marek reichte ihm die Hand.

„Freut mich, Peter. Was bringt dich auf unsere schöne Insel?" Er grinste breit.

„Ich bin Journalist. Muss über das koloniale Erbe von Bermuda was schreiben. Über die Herrschaft der Briten, den Sklavenhandel …"

Das Lächeln verschwand aus seinem Gesicht, die Stimme klang jetzt gequält. „Oh Mann, das ist gut. Meine Vorfahren sind als Sklaven hierher gebracht worden. Und soll ich dir was sagen? Ich weiß so gut wie nichts darüber. Wann sind sie gekommen? Wer waren die Männer, die sie aus Afrika entführt haben? Ich sage dir, das sind tiefe Wunden in meiner Seele."

„Das werde ich ändern. Woody, ich hab gehört, dass in der King's Lane besonders viele Sklavenhalter gewohnt haben."

„Kann gut sein. Da stehen ein paar mächtige alte Schuppen. Mit diesen Säulen vor der Tür und Vordächern, die größer als mein Haus sind."

„Ja, das ist koloniale Architektur. Woody, bring mich in die King's Lane."

Während der Autofahrt holte Marek seinen Schreibblock hervor, stellte eine Reihe von Fragen und machte fleißig Notizen. Der Fahrer wusste zu fast jedem Haus in der King's Lane eine Geschichte zu erzählen. Auch die Nummer fünfzehn kannte er.

„Da wohnt Reginald Wilson. Ein Nachfahre von Plantagenbesitzern. Sie hatten Zuckerrohr auf Kuba, und hier auf Bermuda gehörte ihnen eine Werft."

„Eine Werft auf Bermuda? In der Karibik?"

„Ja Mann, wir waren berühmt für unsere Segelschiffe. Das liegt an unserem Bermuda-Wacholder." Er stoppte den Wagen am Straßenrand. „Sieh mal, da sind welche."

Marek blickte zu dem parkähnlichen Grundstück hinüber. Entlang der Einfahrt standen drei Bäume, deren Stämme in perfekter Weise senkrecht gewachsen waren, die Kronen saßen weit oben und wirkten sehr licht. „Ich verstehe. Ideal für Masten."

„Genau. Leider haben wir kaum noch welche davon. Wegen der Hurrikans, Mann. Früher gab es hier Alleen mit Wacholder. Sie verliefen über ganz Bermuda."

In diesem Moment fiel Marek auf, dass er auf der Insel fast keine Bäume gesehen hatte. Und auch die drei Exemplare hier auf diesem Grundstück waren in einer seltsamen Formation angeordnet. Zwei standen direkt nebeneinander am Kiesweg, der dritte ein paar Meter entfernt auf der anderen Seite. Als ob es sich um den Rest einer Allee handelte.

„Immer mehr Hurrikans", sagte Woody. „Die Wacholder knicken um wie Streichhölzer."

„Deshalb musste die Werft schließen?"

„Nein, die Werft hatte schon lange vorher Pleite gemacht. Aber seit ein paar Jahren baut Mr. Wilson wieder Boote. Moderne Dinger, vollgestopft mit Computerzeug. Manche Typen behaupten, sie segeln automatisch, ohne Besatzung."

„Baut er sie hier auf Bermuda?"

„Nein Mann, in Japan und Europa. Aber angeblich ist er der Konstrukteur."

„Interessant. Wo kann ich diesen Mr. Wilson treffen?"

„Im Yachtclub. Da ist er nämlich der Präsident."

„Okay, Woody. Bring mich dahin."

Der Sportboothafen lag westlich der Hauptstadt Hamilton am Rande einer Bucht. Das Gebäude des Yachtclubs lohnte nicht der Besichtigung: ein breiter Klotz, drei Stockwerke hoch, vor dem Haupteingang ein von Säulen getragener Portikus, unnötige Türmchen auf dem Dach und Kolonnaden, die bis zum Bootsanleger führten, das Ganze in einem scheußlichen Blassrosa gestrichen. Karibischer Zuckerbäckerstil nannte es der Reiseführer. Weit interessanter fand Marek eine der Yachten, die unter der Aussichtsterrasse festgemacht hatten. Der Katamaran bestand aus schwarzem Sichtcarbon, besaß einen breiten Aufbau mit verspiegelten Scheiben und wirkte mit seinen spitzen, schlanken Rümpfen sehr elegant. Am Heck stand der Name geschrieben: Black Seagull.

Das könnte ein Boot von Mr. Wilson sein, dachte Marek. Eine Luxusyacht, teuer und schnell. Ich sollte diesem Herrn einen Besuch abstatten.

*

„Wir werden Hass nicht mit Hass begegnen, sondern mit Liebe."

Lea stand auf einem Podest und sprach in ein Mikrofon. Vor ihr hatten sich etwa achtzig Medienvertreter versammelt. Sie saßen auf Klappstühlen unter freiem Himmel, die Kameraleute standen hinter ihnen und filmten über ihre Köpfe hinweg. Die meisten mussten nicht extra eingeladen werden, sie befanden sich bereits in Brüssel, um von den Krawallen zu berichten, die tags zuvor hier stattfanden. Noch immer lag Brandgeruch in der Luft, zwei Feuerwehrleute hielten Brandwache im Schutt des eingestürzten Hauses, vor dem das Podest aufgebaut war, falls das Feuer noch einmal auflodern sollte. Lea und Don hatten diesen Ort für die offizielle Gründung von Utopia zwei ausgewählt, weil er einen hohen symbolischen Wert besaß: Das Neue sollte aus den Trümmern des Alten erwachsen.

Obwohl die Journalisten bereits eine Pressemitteilung erhalten hatten, erklärte sie noch einmal das Konzept vom Staat ohne Land. Jeder Mensch sollte das Recht haben, sich zum Einwohner von Utopia zwei zu erklären. Jeder hätte vom ersten Moment an Anspruch auf Unterhalt in der Höhe, die er zum Überleben in seiner Heimat benötigte. Weil das Geld nicht für den erwarteten Ansturm ausreichte, wollte man die ersten Staatsbürgerschaften verlosen. Lea erwähnte auch, welche Hoffnungen Don und sie in das Projekt setzten: Kein Mensch sollte mehr unter Hunger und Durst leiden, auch nicht unter Obdachlosigkeit oder mangelnder medizinischer Versorgung. Niemand sollte gezwungen sein, sich zu prostituieren oder zu betteln, um seinen Lebensunterhalt zu bestreiten – oder zu stehlen. Lea forderte auch die Krawallmacher und Plünderer auf, sich zu bewerben. Sie sollten ihrem Leben eine bessere Perspektive geben, jenseits von Gewalt und Kriminalität. Don und seine Stiftung wollten ihnen dabei helfen. Falls es bei der ersten Verlosung, die in drei Tagen stattfinden sollte, nicht klappen würde, dann sollten sie es in drei Monaten wieder probieren. In Zukunft wollten sie einmal pro Quartal eine Lotterie um die Staatsbürgerschaften veranstalten. Lea bat die Journalisten, diese Botschaft in aller Welt zu verbreiten, bedankte sich und verließ die Bühne.

Anschließend trat Don ans Mikrofon. Er erläuterte, wie er die Finanzierung der Stiftung auf lange Zeit garantieren wollte und skizzierte die rechtliche Konstruktion. Zum Schluss stellten sich Lea und Don den Fragen der Reporter.

„Wer hat sich das Konzept ausgedacht?", wollte ein Vertreter von CNN wissen.

Don gab die Antwort. „Die ursprüngliche Idee stammt von dem Humanisten Thomas Morus, der in der Renaissance gelebt hat. In seinem Roman Utopia formulierte er das Konzept zu einem idealen Staat, der allerdings dem Kommunismus ähnelt. Das wollen wir nicht. In Utopia zwei geschieht alles auf freiwilliger Basis. Die Einzahlungen sind freiwillig, der Eintritt in den Staat ist freiwillig, und wer will, kann auch jederzeit wieder austreten. Alles geschieht ohne Zwang."

Der Mann machte ein skeptisches Gesicht. „Es gibt also kein Kleingedrucktes?"

„Nein – bis auf eine Ausnahme. Jeder Staatsbürger muss eine Deklaration unterschreiben, die ihn zu einem ehrenwerten Leben verpflichtet. Er muss unsere Werte Toleranz, Frieden und Gerechtigkeit vertreten. Aber ich denke, das ist selbstverständlich. Jeder Mensch sollte diese Werte achten und auch leben." Don lächelte in die Kameras.

Lea wurde hellhörig. Eine solche Deklaration hatte Don bisher nicht erwähnt. Auch in den Unterlagen, die ihr sein Anwalt John Tracy übergeben hatte, tauchte dieses Wort nicht auf.

„Was passiert, wenn sich jemand nicht daran hält?", fragte eine Frau aus der zweiten Reihe. „Kann die betreffende Person dann ihre Staatsbürgerschaft verlieren?"

„Ja, das ist vorgesehen. Wenn jemand nach den Gesetzen seines Landes rechtskräftig verurteilt wird, kann er aus Utopia zwei ausgebürgert werden. Das hängt ab von der Schwere des Vergehens. Eine Kommission wird darüber entscheiden."

Ausbürgern? Auch das hörte Lea zum ersten Mal. Bislang war sie davon ausgegangen, dass jeder Mensch für den Rest seines Lebens Bürger von Utopia zwei bleiben könne. Der neue Staat sollte nicht rachsüchtig sein, sondern jedem eine zweite Chance geben. Oder mehr, falls nötig.

Viele Journalisten waren mit Notizblöcken oder elektronischen Geräten ausgestattet, ihre Stifte sausten über das Papier und die Bildschirme. Lea fragte sich, was sie wohl schrieben. Notierten sie nur die Fakten, oder bewerteten sie die Pläne bereits?

„Noch eine Frage zur Deklaration", rief jemand von hinten. „Spielt dabei ein religiöses Bekenntnis eine Rolle? Oder eine politische Orientierung?"

Don schüttelte den Kopf. „Nein, wir sind absolut neutral. Bei uns herrschen religiöse und politische Freiheit. Jeder darf alles glauben – solange er nicht die Rechte eines anderen verletzt. Das steht alles in der Deklaration. Sie ist leider noch nicht ganz fertig. Sie bekommen sie in den nächsten Tagen ausgehändigt."

In der ersten Reihe erhob sich eine Asiatin: „Patricia Lee, Washington Post. Mr. Grazer, Sie sagten, Sie wollen mit Ihrem Staat alle anderen Staaten überflüssig machen. Ist das eine Kampfansage an den Nationalismus? Oder wollen Sie die Nationen der Welt bewusst zerstören?"

„Das haben Sie falsch verstanden, Patricia. Wir wollen überhaupt nichts zerstören und wir wollen niemandem Schaden zufügen. Wir sehen unseren Staat als Ergänzung zu den bisherigen. Ich bin allerdings der festen Überzeugung, dass die Nationalstaaten auf lange Sicht verschwinden werden. Landesgrenzen haben heute nicht mehr die Bedeutung wie vor fünfzig Jahren. Besonders junge Leute verstehen sich als Teil einer großen Weltgemeinschaft. Und genau darauf wird es hinauslaufen: auf einen großen Weltstaat. Wir legen dazu mit Utopia zwei das Fundament."

Die Reporterin stellte noch eine weitere Frage. „Haben Sie keine Angst, dass Sie sich damit Feinde machen unter all denjenigen, die den Nationalstaat vehement verteidigen?"

Don lachte. „Gestern hätte man mich fast in meinem Auto verbrannt. Mich kann nichts mehr schockieren. Auf ein paar Angriffe mehr oder weniger kommt es nicht an."

Die nächste Frage richtete sich an Lea. „Sie haben vorhin davon gesprochen, dass Sie ein neues Bewusstsein erschaffen wollen, Frau Sheldon. Können Sie das etwas näher erläutern?"

„Gerne. Wir haben in letzter Zeit viel Hass erlebt. Hass von Randalierern und Plünderern, von Linken und Rechten, von Schwarzen und Weißen, von der Urbevölkerung und Zuwanderern. Wir dürfen jetzt aber nicht den Fehler machen, diese Leute zu bekämpfen. Damit verstärken wir nur ihren Hass. Besser ist es, wenn wir die Ursachen des Hasses auflösen. In den meisten Fällen sind es Armut und Perspektivlosigkeit. Schauen Sie sich auf unseren Straßen um. Wir haben ein Millionenheer von jungen Männern aus Afrika und dem Orient, die nicht wissen, was sie tun sollen. Es gibt nicht genug Arbeit für sie, nicht genug Wohnraum, und die medizinische Versorgung ist schlecht. Das Beste wäre es, wenn sie sich gar nicht erst auf den Weg zu uns aufmachen, sondern in ihrer Heimat bleiben. Jetzt sind sie aber da, und wir müssen sie bestmöglich versorgen."

Lea spürte, dass sie nicht voll konzentriert war. Sie musste unentwegt an die Deklaration denken, die Don erwähnt hatte, und an die Ausbürgerung. Warum erfuhr sie davon erst während der Pressekonferenz? Es war das erste Mal, dass Don sie auf diese Weise überrumpelte. Vielleicht hatte er vorher nicht daran gedacht, ihr diese Änderungen mitzuteilen. Oder die Zeit war zu knapp. Oder es war die Idee von jemand anderem. Sie trank ein großes Glas Wasser und stellte sich vor, sie würde damit die negativen Gedanken herunterspülen. Sicher gab es für alles eine logische Erklärung.

Erst zwei Stunden später, als Lea und Don gemeinsam im Auto saßen, konnte sie ihn darauf ansprechen.

„Das ist doch selbstverständlich", sagte er. „Was glaubst du würde passieren, wenn einer von unseren neuen Staatsbürgern einer kriminellen Tätigkeit nachgeht, vielleicht betreibt er ein Drogenlabor, und die Medien bekommen davon Wind. Dann heißt es doch gleich, Utopia zwei unterstützt die Produktion von Drogen. Dann würden wir alle in einem schlechten Licht dastehen."

„Darüber haben wir doch gesprochen, Don. Wir waren uns einig, dass jeder Mensch eigenverantwortlich handelt. Es wird einen kleinen Prozentsatz von Leuten geben, die unser System missbrauchen. Das müssen wir aushalten. Wir müssen auf den langfristigen Erfolg schauen, auf die Entwicklung ..."

Er unterbrach sie. „Ja, genau das ist der Punkt. Die Medien denken nicht langfristig, sie denken nur an die nächste Sendung im Fernsehen, an die nächste Ausgabe der Zeitung. Durch negative Berichte schaden sie zwar uns, aber sie verbessern ihre Quote. Diesen Leuten dürfen wir keine Munition bieten. Die Deklaration bringt positive Schlagzeilen. Toleranz, Frieden, Gerechtigkeit, das klingt gut, das verkauft sich in den Medien. Und der Entzug der Staatsbürgerschaft ist das letzte Mittel, wenn es mal brennt. Das zeigt, dass wir handlungsfähig sind."

Lea fragte direkt: „Wessen Idee war das?"

„Meine. Und die von Mr. Fogerty. Das ist mein neuer Medienberater. Bei Gelegenheit mach ich euch bekannt. Lass uns jetzt nicht mehr davon reden. In drei Tagen ist die erste Verlosung. Wir müssen noch viele Details klären. Ich werde mal nachfragen, ob das Fernsehstudio bereit ist." Don griff zum Telefon und rief sein Büro an.

Wahrscheinlich geht es nicht anders, dachte Lea. Die Medien sind mächtig. Sie können unser Projekt unterstützen oder es zu Fall bringen. Ein bisschen professionelle Hilfe kann nicht schaden.

Für den Rest der Fahrt schwieg sie.

19. Kapitel: Die erste Verlosung

„Guten Tag, mein Name ist Dexter Monroe."

Marek hatte sich eine neue Identität ausgedacht. Mr. Monroe war ein reicher Erbe aus New York, der genug Geld besaß, um sich ein sorgenfreies Leben zu gönnen. Er spielte leidenschaftlich gerne Golf und Tennis, vor Kurzem entdeckte er das Segeln als Zeitvertreib. Nun suchte er einen neuen Heimathafen für sich, sein Geld und seine Yacht Clementine. Den Kontakt zum Yachtclub der Bermudas hatte seine Sekretärin Miss Greenberg, übers Telefon gespielt von Lea, hergestellt. Jetzt, nach einer Wartezeit von drei Tagen, durfte er beim Präsidium vorsprechen.

„Einen Moment, bitte. Mr. Wilson wird Sie gleich empfangen." Die Sekretärin, eine Dame jenseits der Fünfzig, trug eine seltsame Fantasieuniform, bestehend aus einem weißen

Rock und einer weißen Matrosenbluse mit blauem Kragen, blauen Manschetten und einem schwarzen Knoten vor der Brust. Sie verbeugte sich höflich und verschwand in einem Nebenzimmer.

Marek nutzte die Wartezeit, um sich ein bisschen umzusehen. An den Wänden hingen Ölgemälde, die Großsegler auf hoher See zeigten, alte Seekarten und Anleitungen zum Knüpfen von Seemannsknoten, allesamt eingefasst von breiten Goldrahmen. Auf dem Schreibtisch der Sekretärin standen mehrere Buddelschiffe und ein alter Sextant, für den Computer und das Telefon blieb kaum noch Platz. Insgesamt wirkte der Raum ziemlich überladen.

„Mr. Wilson empfängt Sie nun." Mit einem freundlichen Lächeln wies sie ihm den Weg in das Zimmer ihres Chefs.

„Vielen Dank."

Marek trat in einen Raum ein, der ihm besser gefiel als das, was er bisher gesehen hatte. Die Möbel bestanden aus verchromtem Stahlrohr, schwarzem Holz und kleinen Containern, die man unter die Tische schieben konnte. An den Wänden hingen Fotografien von Segelyachten hinter rahmenlosen Bildhaltern und ein großer Monitor, auf dem ein tonloses Segelvideo lief. Es gab keine Jalousien oder Rollläden vor den Fenstern, sondern das Fensterglas selbst ließ sich dimmen, indem Partikel durch elektrische Spannung dazu angeregt wurden, eine bestimmte Ordnung einzunehmen. Im Moment erzeugten sie ein gedämpftes Licht, das Marek an einen bewölkten Tag in seiner Heimat Polen erinnerte. Die tief stehende Sonne der Karibik war nur ein matter gelber Fleck auf dem milchigen Glas.

Den Mann, der vor dem Schreibtisch stand, erkannte Marek auf den ersten Blick: Es war der Fahrer des blauen Lieferwagens, den er ein paar Tage zuvor mit dem Motorroller verfolgt hatte. Er trug einen Kinnbart und einen gezwirbelten Schnurrbart, beides ebenso wie das spärliche Haupthaar deutlich angegraut. Heute war er in lange blaue Hosen und einen Gehrock gekleidet, der einer alten Marineuniform ähnelte. Auf den Schultern saßen goldene Epauletten, an der Brust hingen ein Dutzend Orden, den handbreiten silbernen Gürtel zierte eine goldene Schnalle. Vermutlich wollte der Yachtclub damit eine Traditionslinie zur britischen Marine herstellen, die die Inselgruppe einst erobert hatte, was in Mareks Augen auf peinliche Weise misslungen war.

Fehlt nur noch der Säbel, dachte er. Oder vielleicht noch eine Augenklappe und ein Holzbein?

„Ah, Mr. Monroe. Herzlich willkommen im Yachtclub von Grand Bermuda." Würdevoll schritt Wilson auf Marek zu, um ihm lange und mit festem Griff die Hand zu schütteln.

Marek versuchte, die Begrüßung ebenso würdevoll zu erwidern. Er stellte sich kurz vor, obwohl er sah, dass auf dem Schreibtisch ein Blatt Papier mit dem Lebenslauf lag, den er per E-Mail an die Sekretärin gesandt hatte. Der Präsident erklärte, dass er Mareks Ansinnen, dem Verein beizutreten, grundsätzlich positiv gegenüberstehe, er aber die übrigen Mitglieder bei der nächsten Versammlung um deren Zustimmung bitten müsse. Bis dahin solle er sich noch gedulden. Wilson gab Marek einige Informationen über die Aufnahmegebühr, monatliche Kosten für den Liegeplatz und das Risiko der regelmäßig auftretenden Hurrikans, die schon so manche Yacht beschädigt oder versenkt hatten. Am Ende des Gesprächs fragte Mr. Wilson, ob Marek noch etwas wissen wolle.

„Ja, eine Sache interessiert mich wirklich. Das ist aber mehr eine Frage privater Natur."

„Nur heraus damit."

„Dieser Katamaran dahinten, die Black Seagull, die gehört doch Ihnen, oder?"

„Ja."

„Alle anderen Yachten hier im Hafen sind weiß. Nur Ihr Boot ist schwarz. Warum?"

Wilson lächelte. „Wegen des Gewichts. Bei einem Schiff dieser Größe wiegt der Lack etwa dreihundert Kilo. Das kann man sich sparen. Stattdessen nehme ich lieber mehr Passagiere und Gepäck mit."

„Passagiere? Ist das etwa eine Fähre?"

Marek lächelte ebenfalls, um Wilson zu zeigen, dass er scherzte. Sein Gegenüber machte jetzt jedoch ein ernstes Gesicht.

„Ja, gewissermaßen. Das ist die Fähre der Zukunft. Möchten Sie mehr darüber erfahren?"

„Unbedingt."

„Einen Moment, bitte."

Wilson verschwand kurz in einem Nebenzimmer. Als er zurückkam, trug er statt der lächerlichen Admiralsuniform ein braunes Jackett, ein weißes Hemd und eine hellbraune Fliege. Er führte Marek durch die Kolonnaden zum Bootssteg hinunter. Unterhalb der Aussichtsterrasse lagen an diesem Tag sieben weiße Yachten und ein schwarzer Katamaran: die Black Seagull. Erst im direkten Vergleich bemerkte man, wie groß das Doppelrumpfboot tatsächlich war. Marek schätzte seine Breite auf zehn bis zwölf Meter, auf dem Oberdeck hätten bequem zwei Autobusse parken können, wenn dort nicht die Masten und einige Solarpaneele aufragen würden. Am Heck des rechten Rumpfes befand sich eine Art Gangway, die in diesem Moment allerdings wie ein riesiger Zollstock zusammengeklappt war.

„Mein Ziel ist es auch, möglichst viel Personal zu sparen", sagte Wilson.

„Ist das Boot autonom?"

„Nicht ganz. Aber es kann von einem Mann allein gesegelt werden. Passen Sie auf. Rosenberg grau."

Ein Surren erklang, die Gangway entfaltete sich und schlug eine Brücke zum Steg.

„Das ist das Kennwort. Die Anlage ist so programmiert, dass sie nur auf meine Stimme reagiert. Bitte nach Ihnen." Er ließ seinem Gast den Vortritt.

„Danke." An Bord fiel Marek zunächst auf, dass fast alles aus carbonfaserverstärktem Kunststoff gebaut war: die Rümpfe, die Aufbauten, die Masten, sogar die Reling. Wenn man genau hinsah, erkannte man die einzelnen Fäden in den Matten und in welche Richtung sie gewebt waren.

„Extremer Leichtbau", sagte Marek. „Wie bei einem Rennwagen."

„Es ist ja auch eine Rennmaschine", erwiderte Wilson mit hörbarem Stolz in der Stimme. „Nur etwas komfortabler."

Die Tür zum Salon öffnete sich automatisch. In seinem Inneren waren zwei Dutzend Schalensitze ähnlich wie in einem Passagierjet angeordnet. Marek und Wilson nahmen in der vorderen Reihe Platz.

„Das ist die Zukunft des Reisens", verkündete Wilson. „Was glauben Sie, wie schnell ich damit bin?"

Marek hatte die letzten Tage genutzt, um sich in die Materie einzuarbeiten. Der Geschwindigkeitsrekord für Segelschiffe lag bei sechzig Knoten. Er wollte Wilson einen kleinen Triumph gönnen und sagte deshalb: „Dreißig Knoten."

Der Mann mit dem Bart pumpte seinen Brustkorb auf. „Ich schaffe in der Spitze achtzig Knoten."

„Was? Hundertfünfzig km/h mit so einem großen Schiff?"

Wilson lachte vor Freude. „Verblüffend, nicht wahr? Und das mit vierundzwanzig Passagieren an Bord. Allerdings gibt es eine kleine Hilfe. In jedem Rumpf stecken ein Elektromotor und eine Schiffsschraube. Bei zwanzig Knoten Wind schafft das System eine Dauerleistung von fünfzig Knoten Fahrgeschwindigkeit. Und der Strom für die Elektromotoren wird so gewonnen." Er ging zum Steuerpult und drückte auf ein paar Knöpfe. „Sehen Sie mal da."

Wilson lenkte Mareks Blick durch die Fenster auf das Vorschiff. Klappen öffneten sich und ein Propeller, etwa so groß wie der eines Sportflugzeugs, wuchs mitsamt seines Carbonmastes aus dem Rumpf hervor. Er nahm eine Position neben der Reling ein und wurde von der leichten Brise, die im Hafen wehte, langsam gedreht.

„Ist das ein Windrad?"

„Ja. Davon gibt es acht Stück an Bord. Ein Computer steuert die Räder. Sie kommen den Segeln niemals in die Quere und werden immer optimal in den Wind gerichtet. Sie leisten bis zu dreihundert Kilowatt. Die Batterien speichern fünftausend Kilowattstunden. Bei einer Windstärke von zwanzig Knoten werden sie theoretisch innerhalb von dreißig Minuten aufgeladen, aber natürlich entnehmen die Fahrmotoren ständig Strom. Wenn ich in den Hafen einlaufe, sind die Batterien immer zu siebzig bis achtzig Prozent geladen."

„Brauchen Sie keinen Landstrom?"

„Nein, keinen Strom, keinen Diesel, nichts. Das ist die umweltfreundlichste Art des Reisens."

Marek klatschte in die Hände. „Bravo. Ja, das könnte wirklich einen Beitrag zum Energiesparen leisten."

Wilson sah Marek eindringlich in die Augen. „Sie haben mich falsch verstanden, Mr. Monroe. Dies wird die einzige Art des Reisens sein. Zumindest auf den Strecken auf See. Auf dem Land müssen wir den Zug nehmen. Der Strom darf aber nur auf umweltfreundliche Weise gewonnen werden."

„Und warum sollen die Leute nicht mehr fliegen?"

„Weil das zu umweltschädlich ist. Wir müssen alles tun, um den Klimawandel zu stoppen. In den letzten fünf Jahren wurden die Bermudas vier Mal direkt von einem Hurrikan getroffen. Was glauben Sie, wie oft das in den hundert Jahren davor passiert ist?"

Marek dachte an die lückenhafte Allee, die ihm Woody gezeigt hatte. Ihm schwante nichts Gutes. „Keine Ahnung."

„Auch vier Mal. In den letzten Jahren haben wir neunzig Prozent unserer Bäume verloren. Bei meinem Privathaus ist das Dach weggeflogen. Und dann die gewaltigen Mengen an Regen. Jedes Mal steht alles meterhoch unter Wasser. Wenn das so weitergeht, werden die Inseln bald nur noch aus ein paar Felsen bestehen. Die Strände, die Wälder, die Häuser, alles wird ins Meer gespült. Nicht nur auf den Bermudas, das gilt für die gesamte Karibik. Deshalb dürfen wir keine

Klimagase mehr ausstoßen. Und dabei wird dieses Schiff mithelfen." Mit den Fingerspitzen strich er über das Steuerpult.

„Ihre Arbeit in allen Ehren, Mr. Wilson. Aber die meisten Menschen auf der Welt leben nicht auf Inseln. Denen ist das Klima ziemlich egal. Warum sollten sie beim CO_2-Sparen mitmachen?"

„Weil sie es müssen. Notfalls müssen die Regierungen private Flugreisen verbieten. Wenn sie es nicht freiwillig tun, werden wir sie dazu zwingen."

„Wie denn? Mit der Armee der Bermudas?"

Marek lachte über seinen Witz. Einen Moment später bereute er ihn. Wilson stand von seinem Platz auf und deutete auf den Ausgang. „Ich muss zurück in mein Büro. Wenn Sie bitte von Bord gehen würden."

Auch Marek stand auf. „Natürlich. Wann darf ich mit einer Antwort rechnen? Ich meine, bezüglich meines Aufnahmeantrags?"

„Weiß ich noch nicht. Rufen Sie uns nicht an. Wir rufen Sie an."

*

„Stammt das Ding aus dem Kindergarten?"

Lea besichtigte das Fernsehstudio, das Don gemietet hatte. Auf der Bühne war ein Gerät aufgebaut, das sie an einen riesigen Kilometerzähler aus einem alten Auto erinnerte. Sechs Walzen waren auf einer gemeinsamen Achse angeordnet und auf ihren Außenseiten mit den Ziffern von Null bis Neun beschriftet. Auf der Vorderseite der Bühne, im Blickfeld der Kameras, befand sich ein Rahmen, der eine sechsstellige Zahl anzeigte. Wenn man von hinten an den Rollen drehte und wartete, bis sie zur Ruhe kamen, erschien im Rahmen eine neue Zahl. Lea probierte es aus. Sie versuchte, ihr Geburtsdatum einzustellen, was ihr aber nicht gelang.

Die Walzen erzeugten dabei eine Melodie und wechselten ihre Farben, was sie an Spielzeug für Kleinkinder erinnerte.

„Nein, aus einer alten Fernsehshow", antwortete Don. Er trug bereits ein Mikrofon am Kragen seines Jacketts, auf Höhe des Gürtels befand sich eine Beule, die auf einen Sender hindeutete. „In der Kürze der Zeit war nichts Besseres aufzutreiben."

„Wird schon gehen."

Don erklärte ihr das Konzept. In den letzten drei Tagen hatten sich zwei Millionen Menschen aus der ganzen Welt bei der Lotterie angemeldet und sich legitimiert. Der Computer wählte per Zufallsprinzip 999.999 Personen aus. Um sich nicht dem Risiko eines Hackerangriffs auszusetzen, sollten die tausend Gewinner der ersten Staatsbürgerschaften auf mechanische Weise ermittelt werden. Lea, Don und ein paar freiwillige Helfer wollten die Walzen insgesamt tausend Mal drehen, wofür sie rund drei Stunden veranschlagten. Eine weitere halbe Stunde rechneten sie hinzu, falls Zahlen mehrfach ermittelt wurden. All das sollte unter der Aufsicht von John Tracy geschehen, der neben seiner Zulassung als Anwalt auch als Notar vereidigt war, und unter den Augen von Millionen Internetnutzern, die die Veranstaltung live mitverfolgen konnten.

Anschließend führte Don Lea zu einem Büfett, wo Kaffee, Tee, Kekse und viele kleine Snacks für die Freiwilligen bereitstanden.

„Hast du es schon gehört?", fragte Lea. „Nordkorea hat seinen Bürgern verboten, an der Verlosung teilzunehmen."

„Ich weiß. China auch, und ein paar andere Staaten ebenso. Sie haben Angst, dass ihre Bürger nicht mehr zur Arbeit gehen, wenn sie von uns Geld bekommen."

„Dann sollten sie ihre Arbeiter anständig bezahlen und sie nicht wie Sklaven behandeln."

„Echt lustig waren die Kommentare im Internet. Wir würden arbeitsscheues Gesindel heranzüchten, hat ein Blogger geschrieben." Er lachte. „Oder wir würden die

Sitten verderben, die Leute hätten ohne Arbeit keine Orientierung mehr …"

„Einige Journalisten haben behauptet, dass du nur dein Image verbessern willst, Don. Werbung in eigener Sache."

„Und dir haben sie unterstellt, dass du den Nobelpreis haben willst. Einer hat sogar den Vergleich zu Mutter Teresa gezogen. Kannst du dir das vorstellen, Lea? Du als Missionarin, als Heilige." Wieder lachte er.

„Ich glaube kaum, dass sich Mutter Teresa so angezogen hätte." Sie deutete auf ihren kniefreien Rock und die hochhackigen Schuhe.

„Über mich hat jemand in einer Fernsehsendung gesagt, dass ich der Dalai Lama des Kapitalismus werden will." Das Lächeln verschwand aus seinem Gesicht, die Stimme klang verärgert. „So ein Quatsch. Und das lief im Hauptabendprogramm, vor einem Millionenpublikum. Bei irgendeinem Blogger kann ich das ja noch verstehen, aber so etwas wird heutzutage als seriöser Journalismus verkauft."

„Das war klar. Wir wussten vorher, dass es eine Menge Kritik geben würde." Lea goss sich eine Tasse Tee ein. „Mal was anderes: Ich habe mir heute Morgen die Deklaration durchgelesen."

„Ja?"

„Da ist noch ein vierter Punkt hinzugekommen: Schutz der Umwelt. Neben den Werten Toleranz, Frieden und Gerechtigkeit sollen sich die Bürger auch dazu verpflichten, die Natur zu schützen und den Verbrauch von Rohstoffen und Energie auf ein Minimum zu reduzieren."

„Genau." Don steckte sich zwei Schokoladenkekse in den Mund.

„Wie sollen wir das denn kontrollieren? Unser Staat besitzt überhaupt keine Organe, keine Ämter, keine Polizei, nichts."

Die Antwort war kaum zu verstehen, weil er mit vollem Mund sprach. „Ist nur eine Formalität."

„Aber dann ist es sinnlos."

„Nein, ist es nicht. Das bringt uns Sympathiepunkte. Mr. Fogerty hatte Bedenken, dass es durch unseren Staat zu einer erhöhten Umweltbelastung kommen könnte. Wenn mehr Leute in Zukunft mehr Zeit und Geld haben, könnten sie auch mehr Flugreisen unternehmen. Aber wenn sie sich dazu verpflichten, die Ressourcen zu schonen, sind wir aus dem Schneider."

Lea schwieg einen Moment. Der Gedanke war nicht gänzlich falsch. Trotzdem gefiel ihr nicht, dass dieser Mr. Fogerty immer größeren Einfluss auf das Projekt gewann. Doch bevor sie das Thema vertiefen konnte, kam eine Assistentin von John Tracy auf Don zu und bat ihn zu einer Besprechung.

Die Verlosung begann pünktlich um achtzehn Uhr. Lea hielt die Begrüßungsrede, in der sie noch einmal kurz das Konzept vom Staat ohne Land vorstellte, und übergab das Wort an Don. Er stand neben dem Rollenlaufwerk und erklärte dessen Funktionsweise. Lea hatte die Ehre, die erste Gewinnzahl zu ermitteln. Vier, Drei, Sieben, Fünf, Null, Eins zeigten die Walzen an, nachdem sie zur Ruhe gekommen waren. Der Träger dieser Nummer sollte der erste Staatsbürger von Utopia zwei werden. Sein Name wurde in der Sendung nicht verraten, Lea versprach aber, dass sich die Organisatoren so schnell wie möglich an die betreffende Person wenden würden.

Don ermittelte die Nummer des zweiten Bürgers, anschließend war wieder Lea an der Reihe. Später kamen einige freiwillige Helfer hinzu, zu denen auch Samira Hrawi von der Initiative Schwerter zu Pflugscharen zählte. Zwei Stunden verlief die Prozedur weitgehend problemlos, dann versagte eine der Walzen ihren Dienst. Bühnenarbeiter öffneten das Gerät und fanden heraus, dass ein Stift abgebrochen und in ein Zahnrad gefallen war. Die Reparatur dauerte fast eine Stunde.

„Wir haben keinen Plan für den Notfall", sagte Lea nachdenklich. Sie stand am Büffet und beobachtete, wie ein

Arbeiter aus einem Stück Draht einen Stift formte, der den abgebrochenen provisorisch ersetzen sollte.

„Doch, haben wir." Don holte ein paar Würfel aus seiner Hosentasche hervor.

Lea kicherte. „Das ist nicht dein Ernst."

„Wie ich schon sagte: Mehr war in der Kürze der Zeit nicht zu machen."

„Ich finde, die Sendung ist ein bisschen langweilig."

„Was willst du? Ein Showprogramm mit Musik und Tanz?" Er ging zu dem Tisch mit den Snacks und zog Salzstangen aus einem Glas.

„Nein, aber irgendwie müssen wir … Ich weiß auch nicht. Es muss etwas spannender und abwechslungsreicher werden."

„Ja, du hast recht. Wir müssen professioneller werden. Ich habe Freunde in der Fernsehbranche. Die werde ich um Rat bitten."

„Tu das." Lea sah sich in dem Studio um. Das Bühnenbild gefiel ihr nicht. Hinter dem Rollenlaufwerk hing ein silbrig glänzender Vorhang, ein künstlicher Baum sollte wohl als Blickfang dienen, das restliche Studio war überwiegend in blauen Farbtönen gehalten. Auf Lea wirkte es kalt und abweisend. „Sag mal, Don, was kostet eigentlich diese Veranstaltung? Ich meine, die Miete, Bezahlung der Techniker und so weiter."

„Gar nichts. Der Laden gehört mir." Er knabberte an einer Salzstange.

„Es gehört dir?", fragte Lea überrascht. „Das alles?" Mit einer Hand deutete sie auf die Kameras, mit der anderen auf die Bühne.

„Nicht direkt mir, aber meinem Medienfonds. Wir besitzen die Rechte an Hollywood-Filmen, wir haben ein Filmstudio in Prag, und wir sind an Kabelnetzen und Satelliten beteiligt."

„Großartig. Also haben wir schon einen Fuß in der Tür. Don, was hältst du davon, wenn wir unser eigenes Fernsehen machen?"

„Wie bitte?"

„Ja, das ist doch gar nicht so schwer heutzutage. Wir könnten den Leuten erklären, was wir wirklich mit unseren Projekten vorhaben. Bis jetzt haben die Medien nicht gerade objektiv berichtet. Viele haben uns sogar verspottet."

Er schnaubte. „Stimmt. Diesen Quatsch mit Mutter Teresa und dem Dalai Lama findet man lustig, aber es ist kein guter Journalismus."

„Dann übernehmen wir den Job!", verkündete Lea. „Wir gründen unseren eigenen Fernsehsender. Wir fangen klein an, mit ein paar Stunden Programm pro Woche. Und dann schauen wir, wie sich die Sache entwickelt. Wir werden Fehler machen, aber daraus lernen wir. Vielleicht wird eines Tages etwas ganz Großes daraus werden."

„Ich kenne jemanden, der uns dabei helfen wird."

Lea dachte an den ominösen Mr. Fogerty. Sie wollte unbedingt verhindern, dass er sich noch mehr in das Projekt einmischte. „Lass nur. Das erledigen Samira und ich. Uns wird bestimmt etwas einfallen. In einer Woche hast du das Konzept auf dem Schreibtisch."

20. Kapitel: Im Yachtclub

„Er ist nicht da? Wo ist er?"

Marek hatte noch einmal das Büro von Reginald Wilson, dem Präsidenten des Yachtclubs, aufgesucht. Laut dem goldenen Schild, das draußen auf dem Gang angebracht war, sollte die Sprechzeit am Mittwoch von elf bis dreizehn Uhr dauern. Soeben schlug es zwölf Uhr mittags; das Kalenderblatt, das an der Wand hinter der Sekretärin hing, zeigte an, dass heute Mittwoch war. Marek wollte sich entschuldigen für seine respektlose Frage vom Vortag, ob die Armee der Bermudas ein weltweites Flugverbot erzwingen solle. Er wollte Mr. Wilson seine volle Unterstützung bei der Rettung des Klimas zusichern und ihn bei der Gelegenheit zum Essen einladen. Jetzt jedoch hatte ihm seine Sekretärin mitgeteilt, dass er nicht anwesend war und damit seinen Plan zunichtegemacht.

„Mr. Wilson unternimmt eine Probefahrt mit der Black Seagull. Er ist heute Morgen zu den Azoren aufgebrochen.“

„Zu den Azoren? Aber das sind Tausende Kilometer … Ich meine, Meilen.“

„Stimmt. Und danach fährt er weiter nach Europa. Aber eigentlich darf ich darüber nicht sprechen … Ich muss jetzt mit meiner Arbeit weitermachen.“ Sie zeigte auf die Papiere, die über dem Schreibtisch verteilt lagen.

„Natürlich.“

Marek überlegte fieberhaft, wie er die Situation retten könnte. Wilson war irgendwo auf dem Atlantik, für ihn unerreichbar. Hier auf Grand Bermuda kannte er nur zwei Personen: Woody, den Taxifahrer, und die Sekretärin des Yachtclubs. Auch heute trug sie wieder ihre Matrosenuniform, den weißen Rock und die weiße Bluse mit dem blauen Kragen, den blauen Manschetten und dem schwarzen Knoten vor der Brust. Bei einem Kind hätte man so etwas niedlich gefunden, aber eine Frau Mitte fünfzig wirkte darin, als ob sie auf dem Weg zu einem Kostümball wäre. Wahrscheinlich schrieb ihr der Yachtclub diese Arbeitskleidung vor, die Kellner unten im Restaurant sahen ähnlich aus. Eigentlich war sie gar nicht so unattraktiv, etwas füllig zwar, aber das könnte man auch als kurvenreich bezeichnen. Die schwarzen Augen und das schwarze, zu einem Dutt gebundene Haar deuteten darauf hin, dass sie portugiesischer Abstammung war, wie viele Einwohner der Bermudas. Marek schaute unauffällig auf ihre Hände: keine Ringe.

Das ist mein Plan B, dachte er.

„Ist es nicht herrlich, an einem Ort wie diesem zu arbeiten?“

Sie lächelte kurz. „Ja, es ist schön.“

„Die Ausstattung Ihres Büros ist wundervoll.“ Marek zeigte auf den Sextanten, der auf dem Schreibtisch stand, und auf die Gemälde der Segelschiffe, die an den Wänden hingen.

„Finde ich auch. Die Sachen stammen aus dem Büro des Präsidenten. Als Mr. Wilson das Amt übernahm, hat er alles rausgeworfen und sich modern eingerichtet."

„Was für eine Barbarei!", sagte er mit gespielter Empörung.

„Stellen Sie sich vor: Einige Bilder liegen in Kartons unten im Keller, weil hier nicht genug Platz ist."

„Unerhört."

„Wenn ich hier etwas zu sagen hätte, würde einiges anders laufen. Kommen Sie mal hier rüber." Sie stand auf und ging zum Fenster.

Marek folgte ihr.

Die Sekretärin drückte die Lamellen der Jalousie auseinander. „Dahinten auf der anderen Seite vom Hafen, da liegt ein Zweimaster. Sehen Sie ihn?"

Marek erblickte ein Segelschiff, das einen traurigen Eindruck machte. Es war abgetakelt, besaß keine Segel und kein Tauwerk mehr, der Rumpf schimmerte rostig braun in der Mittagssonne. „Was für ein Schandfleck."

„Das ist die Pandita. Heute ist es ein Schandfleck, aber es war einmal die Staatsyacht der Bermudas. Mein Vater ist viele Jahre darauf gefahren. Mr. Wilson hat versprochen, sie zu restaurieren, schon vor Jahren, aber er tut es einfach nicht. Ihm sind seine modernen Boote wichtiger."

„So ein Kulturfrevel. Die Pandita könnte wieder ein Schmuckstück werden."

„Nicht wahr? Mein Vater würde sich im Grabe umdrehen." Sie blickte traurig zu Boden.

„Kein Grund zum Verzweifeln, Mrs. … Wie ist Ihr Name?"

„Junqeira."

„Ich meine den Vornamen. Ich würde Sie nämlich gern zum Essen einladen."

Sie wurde rot im Gesicht. „Aber Mr. Monroe …"

„Wieso? Das ist ein Arbeitsessen. Es geht um meinen Mitgliedsantrag. Ich habe da noch ein paar Fragen."

„Carina."

„Carina, was halten Sie davon, wenn Sie sich in die Pause abmelden und mir alles in Ruhe erzählen. Vielleicht könnte ich sogar ein paar Spenden für die Restaurierung auftreiben."

Der Plan B funktionierte. Carina nahm die Einladung freudig an und sie gingen hinunter ins Restaurant. Marek bestellte für sie beide, weil sich die Sekretärin des Yachtclubs hinter der Speisekarte versteckte, als der Kellner an ihren Tisch kam. Während des Essens musste sich Marek eine lange Geschichte über die Pandita, ihren Einsatz im Zweiten Weltkrieg und die Möglichkeit eines Umbaus zum Traditionssegler anhören. Erst als das Dessert serviert wurde, konnte Marek das Gespräch auf sein eigentliches Thema lenken.

„Als Konstrukteur von Segelyachten müsste Mr. Wilson die Restaurierung doch überwachen können. Immerhin ist er vom Fach."

Carina schüttelte den Kopf. „Mr. Wilson ist kein Konstrukteur. Er macht den Yachtbau nur nebenbei."

„So? Was macht er denn hauptberuflich?"

„Er ist Vermögensberater. Er hat sogar eine Banklizenz."

„Nein."

„Doch. Aber so etwas Besonderes ist das nicht. Auf den Bermudas gibt es Hunderte Offshore-Banken."

Marek stocherte mit dem Löffel in seinem Schokoladenmus. Er mochte das süße Zeug nicht. Nur weil es Carinas Lieblingsspeise war, hatte er es bestellt. „Komisch. Ich kann mich nicht an eine Wilson Bank erinnern."

„So heißt sie ja auch nicht. Es ist die First Traditional Overseas Bank."

„Overseas Bank? Haben sie noch mehr Filialen?"

„Ich glaube nicht. Damit soll der Abstand zu den heimischen Finanzämtern symbolisiert werden." Sie lächelte verschmitzt.

„Vielleicht sollte ich auch mal bei der Bank vorsprechen. Ein bisschen Steuern sparen ist nie verkehrt."

Sie machte eine abwehrende Geste. „Mr. Wilson ist sehr wählerisch mit seinen Klienten. Ich glaube, er hat nur vier oder fünf."

„Wie kann eine Bank mit so wenigen Kunden überleben?"

Carina kicherte. „Das geht sehr gut – wenn es Milliardäre sind. Mehr darf ich aber wirklich nicht sagen."

„Ich verstehe. Ist Mr. Wilson ein strenger Chef?"

„Oh ja. Ich sehe ihn zwar nur wenige Stunden in der Woche, aber das reicht mir. Er ist unglaublich pingelig und misstrauisch. Er will am liebsten alles selbst machen. Einmal hab ich ihn dabei erwischt, wie er die Post des Yachtclubs aufgemacht hat. Hallo!" Sie riss die Arme hoch. „Ich meine, ich bin die Sekretärin. Ist das nicht meine Aufgabe?"

Marek zwang sich zu einem Lächeln. „Komischer Typ. Vor ein paar Tagen ist mir etwas Seltsames passiert. Ich hab einen blauen Lieferwagen gesehen, und am Steuer saß jemand, der eine unheimliche Ähnlichkeit mit Mr. Wilson hatte."

Sie zuckte mit den Achseln. „Zuzutrauen wäre es ihm. Mr. Wilson legt nicht viel Wert auf Statussymbole. Die offizielle Clubuniform trägt er nur, wenn es gar nicht anders geht."

Mehr scheint sie wirklich nicht zu wissen, dachte Marek. Ich muss die Sache jetzt irgendwie zu Ende bringen.

„Immerhin kümmert er sich um die Umwelt. Ich finde es großartig, dass er diese neuen Segelschiffe entwickelt. Man kann eine Menge CO_2 sparen, wenn man über den Atlantik segelt."

„Ja, es hat aber auch Nachteile. Wir können ihn dann wochenlang nicht erreichen, und ich muss alles allein machen. Die Sprechstunde, die Betreuung der Mitglieder, alles."

„Was heißt das, Sie können ihn nicht erreichen?"

„Mr. Wilson ist einfach weg. Vom Erdboden verschwunden. Sehen Sie, mit einem Privatflugzeug muss man sich bei der Luftraumüberwachung an- und abmelden. Man kann

immer nachvollziehen, wo jemand gewesen ist. Bei Sportbooten gibt es so etwas nicht. Wenn die Black Seagull aus
dem Bereich des Hafenradars herausgefahren ist, ist sie
einfach weg."

„Und wenn es einen Notfall gibt?"

Wieder zuckte sie mit den Schultern. „Keine Ahnung.
Vielleicht kann man sie irgendwie mit einem Satelliten
finden. Aber dafür braucht man Spezialisten."

„Ja, das ist ein Job für einen echten Profi."

Marek dachte an seinen Freund Pjotr. Er hatte schon lange
nichts mehr von ihm gehört. Vielleicht sollte er ihn mal
wieder besuchen, wenn er nach Europa zurückkehrte.

21. Kapitel: Die Macht der Medien

„Wunderbar. Genau so habe ich es mir vorgestellt."

Lea ging durch das Fernsehstudio hindurch. In der Mitte
stand ein hölzernes Pult, etwa drei Meter breit, das auf zwei
Säulen ruhte. An dieser Stelle sollten die Moderatoren die
Zuschauer begrüßen, Nachrichten verlesen und Filmbei-
träge ankündigen. Es passte zum braunen Fußboden und
den roten Wänden, nur diese hässliche grüne Fläche genau
hinter dem Pult störte sie. „Das wird aber noch beseitigt,
oder?"

„Was meinst du?", fragte Don. Der Amerikaner hatte sie
zu der Besichtigungstour eingeladen. Die Lennark Studios
am Stadtrand von Prag gehörten seinem Medienfonds. Auf
dem zwanzig Hektar großen Gelände, über das sich zwei
Dutzend Hallen, ein Konzertsaal, eine Kulissenstraße und
mehrere Bürogebäude verteilten, waren einige Räume für
Leas und Samiras neues Projekt reserviert worden. Er hatte
die beiden Frauen mit einer Luxuslimousine vom Bahnhof
abholen lassen und führte sie nun umher. Sein Grinsen
verging ihm in diesem Moment schlagartig. „Gefällt dir
etwas nicht?"

„Na das da. Was ist das? Eine Tischtennisplatte, die jemand an die Wand genagelt hat?"

Don brach in schallendes Gelächter aus. „Lea, das ist eine Greenscreen. Da drauf werden Bilder und Filme eingespielt. Pass auf, ich erklär es dir. Also, der Zuschauer guckt meist aus dieser Perspektive."

Er ging zu der mittleren Kamera und zeigte von dort auf das Pult. „Hier steht eine von euch beiden und sagt zum Beispiel den Wetterbericht an. Und dort auf der Tischtennisplatte sieht man den Verlauf der Wolken und so weiter."

„Oh, jetzt kapiere ich es." Lea war unentschlossen. Als Ausgleicherin verstand sie nichts von Fernsehtechnik, aber das ließe sich ändern. Sie müsste nur ein Seminar besuchen, das ihr von Don bereits in einer E-Mail angeboten wurde, ein bisschen üben und dann könnte sie die Moderation übernehmen. Weit mehr störte sie die Konkurrenz durch Samira, die mehr als zwanzig Jahre jünger war. Sie stand nur ein paar Schritte entfernt und betrachtete eine Kamera. Ihre Haut war faltenfrei, die schwarzen Haare reichten bis zur Taille, die Don wahrscheinlich mit seinen Pranken hätte umfassen können. Nur Samiras Modegeschmack konnte sich nicht mit ihrem messen. Heute trug sie ein Kleid, das mit Blumen und Friedenszeichen bedruckt war, eine braune Fransenweste und ein Stirnband, auf Schuhe hatte sie angesichts der milden Temperaturen verzichtet. Die Sonnenbrille mit den gelben Gläsern und die Muschelkette wollten nicht so recht zu dem Ensemble passen, der Rucksack aus Segeltuch machte alles nur noch schlimmer. Lea schätzte Samira für ihre Offenheit und ihren Enthusiasmus, aber sie hätte dringend eine Modeberatung gebraucht.

Don war offenbar von ihr angetan „Stell dich doch mal hierhin." Er schob sie in die Mitte des Podests.

„Wieso?" Sie blickte unsicher von einer Kamera zur nächsten.

„Bravo", sagte Don. „Du siehst fantastisch aus. Nur deine Klamotten müssen wir ändern."

„He, das ist mein Stil", protestierte sie. „Love and Peace, das sind meine Werte."

„Ja, aber wenn du die Nachrichten vorlesen willst, solltest du neutral rüberkommen", erwiderte er.

„Will ich ja gar nicht." Sie machte einen Schritt zur Seite. „Ich leide unter Lampenfieber."

„Damals in Roanne hast du einen tollen Auftritt hingelegt", versuchte Lea sie zu ermutigen.

„Ja, aber deiner war noch besser, Lea. Mach du es doch."

Sie schüttelte den Kopf. „Ich hab keine Zeit dafür."

„Aber wir haben entschieden, dass es jemand von uns machen soll", sagte Don. „Wir wollen ehrlich sein, zeigen, wer hinter dem Projekt steht."

Lea musterte ihn von oben bis unten. Mit seinem gestutzten Bart, den grauen Schläfen, der Seidenkrawatte und dem Maßanzug wirkte er auf sie seriös und vertrauenerweckend. „Du würdest einen prima Anchorman abgeben."

Er wehrte mit den Händen ab. „Auf keinen Fall. Ich habe ein schlechtes Image. Ich bin der böse Kapitalist."

„Das kann sich ändern", meinte Samira. „Die Leute werden dich lieben, wenn sie dich erst mal kennengelernt haben."

„Streitet ihr euch etwa?", rief ihnen jemand zu. Die Stimme kam aus dem dunklen Teil des Studios.

Lea hielt ihre Hand vor die Stirn, um sich vor dem Licht der Scheinwerfer zu schützen. „Wer ist da?"

„Es ist einundzwanzig Uhr. Hier ist Jamal Bagley." Ein schwarzer Mann trat in den Lichtkegel. Er trug einen ähnlichen Anzug wie Don, nur dass er auf eine Krawatte verzichtete und bei ihm die oberen Knöpfe seines Hemdes geöffnet waren.

Jetzt erkannte ihn Lea. Bagley war jahrzehntelang einer der wichtigsten Moderatoren des amerikanischen Fernsehens gewesen. Die Worte *„Es ist einundzwanzig Uhr"* hatten seine bekannteste Sendung eingeleitet. Später führte er als erster Schwarzer einen der großen Nachrichtensender, brachte ihn nach langen Verlustjahren wieder in die Gewinnzone und verdoppelte die Einschaltquoten. Er war der Liebling der Aktionäre, bis der Sender von einem Konkurrenten übernommen wurde und er das Unternehmen verlassen musste. Danach moderierte er eine politische Talkshow, für die er alle bedeutenden Auszeichnungen der Branche erhielt. Vor etwa einem Jahr hatte er sich im Streit von seinem letzten Sender getrennt, seitdem war er auf der Suche nach einer neuen Herausforderung.

„Jamal, schön dich zu sehen." Don umarmte den alten Freund und machte ihn mit den beiden Frauen bekannt. Die Gruppe ging ins Nachbarstudio hinüber, wo Talkshows aufgezeichnet wurden. Fünf Sessel standen im Halbkreis auf einer Bühne, davor erhoben sich die Stuhlreihen der Zuschauertribüne.

„Ich komm gleich zur Sache", sagte Don, der auf dem mittleren Sessel saß. „Jamal, wir wollen dich als Berater für unser neues Projekt haben. Wenn du willst, kannst du auch wieder moderieren."

„Eigentlich wollte ich nur noch Golf spielen. Aber weil du es bist, Don, gebe ich euch eine Chance." Er schlug die Beine übereinander und lehnte sich zurück. „Worum geht es?"

„Wir wollen eine neue Art des Fernsehens machen", verkündete Lea. „Es ist eine Reaktion auf die Krawalle in Europa. Wir glauben, dass auch die Medien dafür verantwortlich sind."

Bagley zog die Augenbrauen hoch, sagte aber keinen Ton.

„Die alten Medien sind oft sehr negativ", erklärte Samira. „In den Nachrichten berichten sie vor allem von Streit, Gewalt, Mord, Krieg und Naturkatastrophen. Manche Reporter sind sogar live dabei, wenn geschossen wird. So war es auch bei dem Feuer in Brüssel. Man konnte zusehen, wie ein ganzer Stadtteil abbrennt."

„Die Unterhaltungsprogramme sind nicht besser", ergänzte Don. „Sie triefen vor Blut. Der Zuschauer weidet sich am Leid der anderen. Jeden Tag Unfälle, Verbrechen, Krieg.

Meistens geschieht es völlig unreflektiert und ohne Vorgeschichte. Das Böse bricht einfach so über unschuldige Opfer herein."

Lea führte den Gedanken fort. „Dadurch entstehen negative Effekte. Menschen haben Angst, werden misstrauisch. Sie wollen sich schützen, verbarrikadieren. Einige verlangen nach schärferen Gesetzen, nach Waffen, nach starken Führern. Andere haben Angst vor Mangel. Mangel an Nahrung, Lebensraum, Geld. Sie werden gierig, versuchen so viel wie möglich an sich zu raffen."

Samira kam auf ihr Lieblingsthema zu sprechen. „Deshalb glauben viele Menschen, dass wir Armeen brauchen, mit möglichst vielen Soldaten und modernen Waffen. Sie denken, dass die Menschen in anderen Ländern schlecht und böse sind."

Bagley verzog das Gesicht. „Moment, ich ahne, worauf das hinausläuft. Ihr wollt einen Heile-Welt-Sender machen. Mit lauter guten Nachrichten, Katzenvideos und Seifenopern. Hab ich recht?"

„Nein, durchaus nicht", widersprach Lea. „Wir wollen auch schlechte Nachrichten übermitteln – aber in angemessener Form. Wir wollen nicht die niederen Instinkte der Zuschauer befriedigen. Wir sagen, was geschehen ist, wir zeigen Standbilder von Kriegen und Unfällen, vielleicht auch Symbolbilder. Aber wir zoomen nicht nah heran. Wir zeigen nicht das Leid der Opfer."

„Wir wollen später sogar Krimis in unser Programm aufnehmen", sagte Don. „Vielleicht auch Mafiafilme. Aber wir machen die Verbrecher nicht zu Helden. Wir wollen zeigen, was in ihren Leben schiefgelaufen ist. Und wir wollen den Leuten vermitteln, wie man es hätte besser machen können. Das ist wichtiger, als Schusswunden oder Explosionen in Großaufnahme zu zeigen."

„Jamal, kennen Sie Neil Saunders?", fragte Lea.

Der Angesprochene zuckte mit den Schultern. „Nie gehört."

„Er bohrt seit vierzig Jahren Brunnen in Afrika", erklärte sie. „Saunders hat ein System zur Tröpfchenbewässerung entwickelt, das extrem sparsam mit Wasser umgeht. Bei Suchmaschinen findet man keine zweihundert Einträge auf seinen Namen."

„Unter dem Namen von Anders Breivik, dem Massenmörder aus Norwegen, findet man Millionen Einträge", sagte Samira. „Finden Sie das richtig?"

Der Fernsehprofi schwieg einen Moment. „Nein ... Da ist etwas dran. Immerhin gibt es einige Sender, die die Namen von Terroristen und Amokläufern nicht nennen, die ihre Bilder nicht zeigen, um diese Typen nicht berühmt zu machen. Denn das wollen sie ja, sie wollen weltweite Aufmerksamkeit. Aber die muss man ihnen verweigern."

Don nickte. „Genau. Sonst werden die Medien zu ihren Komplizen."

„Es gibt so viel Licht auf der Welt, über das nicht berichtet wird. Es gibt so viele gute Ideen, die kaum bekannt werden. Das wollen wir ändern", sagte Samira.

„Informationen zu verbreiten, ist relativ einfach. Das ist unser kurzfristiges Ziel", erklärte Lea. „Aber wir haben auch ein langfristiges. Wir wollen Ängste auflösen und Mut machen. Auf lange Sicht wollen wir damit eine höhere Zivilisation schaffen. Ohne Verbrechen, ohne Krieg, ohne Gewalt, ohne Armut. Das finden Sie sicher ziemlich verrückt, Jamal, aber wir glauben fest daran."

Bagley stellte beide Füße auf den Studioboden. „Nein, das ist nicht verrückt, das ist ein sehr ambitioniertes Ziel. Ehrlich gesagt, ich bin schon lange nicht mehr zufrieden mit meiner Branche. Es geht heute vor allem ums Geldverdienen, die Rendite muss stimmen. Journalistischer Ethos hat ausgedient. Das ist der Grund, weshalb ich nur noch Golf spielen wollte, abgesehen von ein paar Spendengalas, die ich moderiere. Aber ich muss sagen, ihr habt mich neugierig gemacht. Wie sieht das Projekt im Detail aus? Und wann geht's los?"

„Es läuft bereits", antwortete Lea. „Wir haben es in zwei Phasen unterteilt. In der ersten wollen wir kurze Videos drehen und im Internet verbreiten. Mit kleinem Budget, damit wir uns ausprobieren können, ohne große Erwartungen. In der zweiten Phase wollen wir professionelles Fernsehen machen, wir senden über Kabel und Satellit. Und das in vielen Sprachen, damit wir möglichst viele Menschen erreichen."

„Mein Medienfonds ist weltweit an über hundert Sendern beteiligt", ergänzte Don. „Es dürfte nicht schwer sein, ein paar Sendeplätze freizuräumen."

„Was uns jetzt noch fehlt, sind Konzepte für Sendungen", sagte Samira. Sie benutzte ihre Finger zum Aufzählen. „Nachrichten, Talkshows, Magazine, vielleicht auch etwas für Kinder. Und wir brauchen natürlich einen Namen, der möglichst überall gut klingt. Und wir brauchen ein Logo, ein Design, und diese kurzen Einspielfilme, mit denen Sendungen angekündigt werden."

Der Medienprofi senkte seine Stimme, sprach so, wie es seine Zuschauer tausendfach gehört hatten und trommelte mit den Händen auf den Armlehnen seines Sessels. „Es ist einundzwanzig Uhr. Hier ist Jamal Bagley."

„Genau", sagte Lea. „Wir brauchen etwas Markantes, mit einem hohen Wiedererkennungswert."

Bagley klatschte in die Hände. „Alles klar, ihr habt mich überzeugt. Das ist das Projekt, mit dem ich meine Karriere beenden werde. Das ist mein Flug zum Mond."

Don sprang auf und klopfte dem Freund auf die Schulter. „Bravo, Jamal. Ich wusste, dass du der richtige Mann für den Job bist."

„Aber wir müssen eine Einschränkung machen", beeilte sich Lea zu sagen. „Wir können nicht viel zahlen. Das ist ein gemeinnütziges Projekt."

Er grinste. „Kein Problem. Ich hab in meinem Leben genug Geld verdient. Mir geht es nur noch um die Ehre. Ich will den Leuten beweisen, dass anständiger Journalismus möglich ist. Ohne Blut, ohne Gewaltorgien, aber auch ohne

240

Beeinflussung durch Politik und Wirtschaft. Es muss etwas Besseres geben als das, was wir heute machen."

22. Kapitel: Zwischenbilanz

„Ich hab ihn gefunden – den Zahlmeister!"

Marek betrat Leas Wohnung und stellte seinen Koffer im Flur ab. Vor seinem Abflug in die Karibik hatten sie vereinbart, dass er ihr nur persönlich Bericht erstatten sollte, weil sie von der Gefahr wussten, die von abgehörten Telefonleitungen und gehackten Computern ausging. Das wollte er nun erledigen – und bei der Gelegenheit auch gleich seine Wäsche waschen, sich gründlich ausschlafen und ein bisschen Spaß mit Lea haben.

„Darüber sprechen wir später." Sie empfing ihn an der Tür. Heute trug Lea eine Strickjacke und eine lange Hose, was für sie ungewöhnlich war.

„Komm her, ich will anständig begrüßt werden." Er umarmte Lea, küsste sie und ließ seine rechte Hand abwärts zu ihrem Hintern wandern.

„Nein, jetzt nicht …" Sie wich zurück.

„He, wir haben uns wochenlang nicht gesehen. Ich hab mich so gefreut, als du …" Marek sprach nicht weiter. Er bemerkte einen jungen Mann, der aus dem Wohnzimmer in den Flur trat. Clarence! Marek kannte Leas Sohn bisher nur von den Kinderfotos, die an der Wand im Schlafzimmer hingen, er zweifelte aber nicht daran, dass er nun vor ihm stand. Die Ähnlichkeit war nicht zu übersehen. Clarence hatte das dunkelblonde Haar seiner Mutter und ihre feinen Gesichtszüge geerbt, nur das Kinn war ausgeprägter, und er überragte sie um mindestens einen Kopf. Ihre Blicke trafen sich für einen kurzen Moment, bevor Clarence wieder im Wohnzimmer verschwand.

Verflixt, ist das peinlich, dachte Marek. Hoffentlich hat er nicht gesehen, dass ich seine Mutter betatsche.

„Ich habe Besuch", sagte Lea.

„Hab ich gemerkt."

„Ich konnte dich nicht anrufen. Sonst hätte ich dich gewarnt und wir hätten …"

„Lea." Er legte seine Hand auf ihre Schulter. „Früher oder später wäre es sowieso passiert. Das sollten wir jetzt klären. Hast du ihm schon von mir erzählt?"

„Ich habe Clarence gesagt, dass ich jemanden kennengelernt habe, aber nicht, dass du … Ich meine …"

„Dass ich jünger als du bin?" Marek konnte sich ein Grinsen nicht verkneifen. Anscheinend war er nicht der Einzige, dem es schwerfiel, den Altersunterschied anzusprechen.

„Genau."

„Kein Problem. Ich kümmere mich darum."

Marek ging ins Wohnzimmer und stellte sich Clarence vor. Er sagte, dass er sich in einer Beziehung mit seiner Mutter befand und als Sicherheitsbeamter für die Europäische Union arbeiten würde, ohne Details zu verraten. Seinen heutigen Besuch wolle er ausschließlich dazu nutzen, eine dienstliche Besprechung mit Lea abzuhalten, anschließend würde er sich zurückziehen. Clarence hatte seinen anfänglichen Schock offenbar überwunden. Während des Gesprächs lächelte er, ohne einen Hauch von Verlegenheit zu zeigen, und meinte, Marek könne so lange bleiben, wie er wolle, weil er sich für seine Mutter freue und er selbst den Abend und vermutlich auch die Nacht dazu nutzen wolle, mit Freunden auszugehen. Marek fühlte sich erleichtert und hoffte, damit weitere Peinlichkeiten zu vermeiden.

„Alles klar", sagte er im Flur zu Lea. „Clarence nennt mich jetzt Papa."

Er lachte über den Witz, sie lächelte mühsam.

Nachdem sich Marek mit einem kleinen Imbiss in Leas Küche gestärkt hatte, trafen sich die beiden im Arbeitszimmer zu der Besprechung.

„Was meintest du vorhin damit, dass du den Zahlmeister gefunden hast?", fragte sie.

„Ich weiß jetzt, wer die Finanzen von P7 verwaltet." Er holte sein Handy aus der Hosentasche und zeigte ihr ein paar Fotos, die er heimlich vor dem Yachtclub gemacht hatte. „Ein Mann namens Reginald Wilson. Offiziell ist er Vermögensverwalter, er hat sogar eine Banklizenz."

„Ein Bankier?"

„Ja, aber das hat nichts zu bedeuten. In der Karibik nimmt man es ziemlich locker mit dem Bankgeschäft. Auf den Bermudas brauchst du nur zehn Millionen Dollar Eigenkapital und schon kannst du eine Bank gründen. Eine staatliche Kontrolle findet nicht statt, nur das Bankgeheimnis ist ihnen heilig. Niemand bekommt eine Auskunft, nicht mal die CIA."

„Ideal für eine Verbrecherorganisation." Lea nahm das Mobiltelefon und wischte einige Bilder zur Seite. „Was ist das für ein Haus? Und was sollen die vielen Briefkästen?"

„Das sind Scheinfirmen, die Wilson gegründet hat. Zumindest einige davon. Und das Haus ist eine Deckadresse. Das System ist genial. Offenbar kommuniziert P7 nicht über Telefon oder Internet, sondern über die Post und Botendienste. Sie benutzen ständig wechselnde Deckadressen und Decknamen. Eine Überwachung ist so fast nicht möglich."

„Anscheinend hast du einen Segelausflug gemacht." Lea sah sich die Fotos von der Black Seagull an.

„Nein, das ist der nächste geniale Punkt. Wilson reist nicht mit dem Flugzeug, sondern mit dem Schiff."

„Mit dem Schiff? Das dauert doch ewig."

„Es dauert länger, aber es hat einen enormen Vorteil. Wenn du einen Linienflug nimmst, taucht dein Name auf der Passagierliste auf. Wenn du ein Privatflugzeug charterst, werden die Starts und Landungen registriert und der Flug wird auf dem Radarschirm überwacht. Bei Sportbooten ist die Kontrolle wesentlich lascher. Wilsons Katamaran ist hochseefähig und alles andere als langsam."

„Du meinst, er könnte unerkannt nach Europa kommen?"

„Ja. Und unerkannt wieder verschwinden."

„Ist er vielleicht der Kopf von P7?"

„Nein, das glaube ich nicht. Auf den Bermudas ist Wilson zu weit weg vom Ort des Geschehens. Die Anschläge haben sich alle in Europa ereignet, das Wolfsrudel und ISMET sitzen in Europa. Der Chef von P7 versteckt sich in Europa. Mr. Wilson wird mich zu ihm führen."

„Wie soll das gehen?"

„Wir werden seine Bank sehr genau durchleuchten. Sicher hat er auch darüber den Zahlungsverkehr von P7 abgewickelt. Und dann muss ich die Fahrtrouten seiner Yacht rekonstruieren. Vielleicht finde ich auf diesem Weg die Zentrale von P7."

„Großartig. Du kommst voran."

„Ja, aber jetzt verrate mir, was du erlebt hast. Im Fernsehen hab ich Bilder von den Krawallen gesehen. War wohl noch schlimmer als beim letzten Mal, oder?"

Lea berichtete ihm von dem Angriff auf Dons Limousine und von der Todesangst, die sie empfand, als sie eingeschlossen war.

„Draußen loderten die Flammen, und ich hab die Tür nicht aufbekommen. Sie war zu schwer."

„Diese Mistkerle. Hat man sie geschnappt?" Marek spürte Wut in sich aufsteigen. Lea war in höchster Gefahr gewesen, und er hatte sie nicht beschützen können, weil er sich am anderen Ende der Welt aufhielt.

„Bis jetzt nicht. Das ist auch nicht so wichtig. Wir müssen verhindern, dass sich so etwas noch einmal wiederholt. Deshalb haben wir unser Projekt beschleunigt."

Sie erzählte von der Gründung des neuen Staates und der Verlosung der ersten Staatsbürgerschaften. Lea verschwieg auch nicht, dass sie die Randalierer aufgefordert hatte, sich daran zu beteiligen.

„Ernsthaft? Willst du die Typen etwa noch belohnen? Die gehören ins Gefängnis."

„Sie sind schon in einem Gefängnis. Es heißt Hoffnungslosigkeit. Daraus müssen wir sie befreien."

Marek stöhnte. „Oh bitte. Woher hast du den Spruch? Aus einem Küchenkalender?"

„Ist doch egal, woher er stammt. Es ist die Wahrheit. Die Randalierer haben keine Ziele, keine Perspektiven. Wir müssen ihnen den Weg zeigen."

Na toll, wieder eine Moralpredigt, dachte Marek. Vielleicht sollte ich Clarence fragen, ob ich mit ihm um die Häuser ziehen kann.

Lea schien seine Gedanken zu ahnen. „Darüber sprechen wir ein anderes Mal. Ich hab eine Überraschung für dich vorbereitet."

„So? Was denn?"

„Will ich jetzt noch nicht verraten. Nur soviel: Es hat etwas mit Champagner und Erdbeeren zu tun."

Marek grinste. „Okay, das klingt schon mal gut."

„Wir müssen aber warten, bis mein Sohn aus dem Haus ist."

„Gut, dann … erzähl mir noch ein bisschen von dieser Sache mit dem Fernsehsender."

Lea legte ein Exposé auf den Tisch, das sie gemeinsam mit Don und Samira geschrieben hatte, und erklärte ihm die wichtigsten Punkte. Marek hörte nur mit einem Ohr zu. Er stellte sich vor, was man mit dem Champagner und den Erdbeeren so alles anstellen könnte.

23. Kapitel: Verdächtigungen

„Ich kann da nichts erkennen. Beim besten Willen nicht."

Marek beugte sich über ein Foto, das ein Satellit vom Hafen der Stadt Horta aufgenommen hatte. Er sah jedoch nichts weiter als ein kariertes Muster, das auch ein Wohnviertel oder der Parkplatz eines Supermarktes hätte sein können.

„Warte. Nimm das." Sein Freund Pjotr holte eine Lupe aus einer Schreibtischschublade hervor und reichte sie ihm. Anschließend nahm er seine Brille ab, um sie zu putzen.

„Schon besser." Marek betrachtete noch einmal die markierte Stelle. Jetzt bemerkte er einen langen Strich, von dem viele kleine Striche abzweigten. „Ah, ich hab den Steg gefunden. Aber da liegen Dutzende Boote."

„Moment." Pjotr schaltete das Licht in seinem Büro an, obwohl es helllichter Tag war, und lenkte den Lichtkegel seiner Schreibtischlampe auf das Foto.

„Danke, das reicht." Endlich entdeckte er die zwei schwarzen Rümpfe, die mit einer breiten Kabine verbunden waren. Diese Form besaß nur ein Katamaran. „Ja! Das ist sie, die Black Seagull."

Pjotr lächelte. „Ich hab auch ewig dafür gebraucht. Es soll eine Software geben, die die Auswertung von Satellitenfotos macht. Die werde ich mir demnächst besorgen."

„Gut." Marek legte die Lupe aus der Hand. „Wie alt ist die Aufnahme?"

„Zwei Monate. Ich hab noch mehr." Er öffnete eine Mappe und holte einen Stapel ähnlicher Bilder hervor. „Drei Monate alt, vier Monate, fünf Monate … Die Black Seagull liegt immer am selben Steg."

Marek fächerte den Stapel auf, verzichtete aber darauf, sich jedes Foto einzeln anzusehen. „Okay. Die Sekretärin vom Yachtclub hat die Wahrheit gesagt. Wir wissen jetzt also, dass Wilson regelmäßig von den Bermudas zu den Azoren fährt."

„Was macht er da?"

„Die Insel Faial ist eine wichtige Station für Atlantiksegler. Sie nehmen dort Wasser und Proviant auf. Aber bis Europa sind es noch tausendvierhundert Kilometer. Wir müssen herausfinden, welche Häfen er anläuft."

Pjotr lachte kurz auf. „Da kommen Tausende in Frage. Er könnte ins Mittelmeer einlaufen oder durch die Nordsee fahren."

„Ja, aber du kennst die Rechtslage. Im Außenverkehr muss eine Einreisekontrolle durchgeführt werden. Der Skipper muss einen Hafen anlaufen, der als Grenzübergangsstelle zugelassen ist. Und das sind nicht so viele."

„Sofern er sich daran hält. Aber es gibt keine lückenlose Überwachung. Der Kahn könnte in irgendeinen Hafen einlaufen und sich nicht anmelden. Oder …" Pjotr hielt ein Foto der Insel hoch und zeigte auf die Küstenlinie. „Siehst du das? Buchten, Strände. Er könnte irgendwo vor Anker gehen und mit einem Schlauchboot an Land paddeln. Dann ist er in Europa, und niemand erfährt davon."

„Ja, die Möglichkeit besteht. Aber erst mal gehen wir davon aus, dass er einen regulären Hafen ansteuert. Kontrolliere bitte die Häfen von Belgien. Vielleicht hat Wilson eine Route, die er regelmäßig fährt. Ich lege mich dann dort auf die Lauer. Früher oder später wird er dort wieder auftauchen. Wenn du die Black Seagull nicht findest, dehnst du die Suche auf die Niederlande aus, Frankreich, Deutschland und so fort."

„Geht klar." Pjotr machte eine Notiz auf seiner Schreibtischunterlage.

„Was hast du über seine Bank herausgefunden?"

„Also, die First Traditional Overseas Bank." Er blätterte in einem Computerausdruck. „Die war schwer zu knacken. Ich musste die Hilfe von meinem Kumpel T-Bird in Anspruch nehmen. Die Konten lauten nur auf Nummern, nicht auf Namen. Die Namen sind allerdings in einer Datei enthalten und aufwendig verschlüsselt. Wir haben den Namen von Wilson entschlüsselt und einem Konto zugeordnet. Der Herr scheint ein echter Ehrenmann zu sein."

„Wieso?"

„Er spendet jede Menge Geld. Zum Beispiel an Greenpeace, Rotes Kreuz, Amnesty International …" Pjotr reichte Marek eine Liste. „Dann macht er noch eine Menge Aktiengeschäfte, und er handelt nebenbei mit Rohstoffen, zum Beispiel Kupfer und Zink."

„Was ist mit den Firmen, die wir P7 zugeordnet haben? Also etwa Goldwing Harpo? Oder die Motocrossstrecke in Belgien? Oder die Panzerfahrschule in Russland?"

Pjotr schüttelte den Kopf. „Nichts. Ihnen hat er nicht einen Cent überwiesen. Vielleicht ist der Mann doch nur ein normaler Bankier."

„Nein, ich bin mir sicher, Wilson ist der Zahlmeister von P7. Und ich werde es beweisen." Marek sah sich die Liste an. Die Empfänger der Spendengelder zählten zu den renommiertesten Hilfsorganisationen. Ärzte ohne Grenzen, UNICEF, Brot für die Welt … Die Spendensummen betrugen meist einige Tausend Dollar. Eine Zahl ragte aus der Aufstellung heraus: dreihunderttausend Dollar. Empfänger der Zahlung war die Initiative Schwerter zu Pflugscharen.

„Da haben wir schon was." Er markierte die Zeile mit dem Kugelschreiber.

„Sind das nicht diese Pazifisten?"

„Ja, das behaupten sie." Marek erinnerte sich an die Pläne und Memoranden, die ihm Lea für den Flug nach Florida mitgegeben hatte. Auch eine Einkaufsliste von Schwerter zu Pflugscharen war darin enthalten. Damals hatte er sich gefragt, wofür die Friedensfreunde altes Kriegsgerät brauchten. Jetzt kannte er die Antwort.

„Das ist nur Tarnung", behauptete er. „Die Typen kaufen Lastwagen und Panzer, die von den Armeen ausgemustert werden. Angeblich wollen sie die Fahrzeuge umrüsten für eine Friedensarmee. Damit wollen sie Bäume pflanzen oder Waldbrände bekämpfen."

„Keine schlechte Idee."

„Nein, das ist ein Täuschungsmanöver. In Wirklichkeit ist es ein geheimes Waffenlager für ISMET. Sie bereiten sich auf den Bürgerkrieg vor."

„ISMET? Diese durchgeknallten Islamisten?" Pjotr nahm seine Brille ab und rieb sich die Augen. „Was bringt dich auf diese Idee?"

„Die Chefin von dem Verein ist eine Muslima, Samira Hrawi. Die ist mir nicht geheuer. Sie trägt eine Verkleidung. Hippie-Zeug, Flower Power. Das ist nicht echt. Sie will nur ihre Herkunft verschleiern. Niemand soll merken, dass sie eine Araberin ist."

„Die Beweislage ist ein bisschen dünn."

„Vielleicht steckt noch mehr dahinter. Vielleicht sollen durch den Pazifismus die europäischen Armeen geschwächt werden. Damit wir ein leichtes Opfer sind."

„Für wen?" Pjotr setzte sich die Brille wieder auf und blickte seinen Freund skeptisch an.

„Keine Ahnung. Russland? China? Ein islamisches Land? Europas Armeen sind schwach, unser Wille zur Verteidigung ist kaum noch vorhanden. Die Zahl der Muslime wird jedes Jahr größer. Sie träumen davon, ein Kalifat auf europäischem Boden zu errichten."

„Das klingt ein bisschen nach einer Verschwörungstheorie."

„Kann sein. Aber vielleicht gibt es tatsächlich eine Verschwörung." Marek sprang von seinem Stuhl auf. „Lass mich an deinen Computer. Ich will mich bei Schwerter zu Pflugscharen anmelden – als Mitverschwörer."

Die Webseite der Initiative öffnete sich auf dem Bildschirm, eine weiße Taube schlug mit den Flügeln, gurrte und flog davon. Marek brach in Gelächter aus. „Pjotr, komm her. Das glaubst du nicht."

Sein Freund schaute ihm über die Schulter. „Eine Friedenstaube. Schönes Symbol."

„Schönes Symbol? Alter, die Taube gehört zu den aggressivsten Vögeln. Mein Opa hat Tauben gezüchtet. Die Viecher kämpfen jeden Tag miteinander. Wer so etwas als Friedenssymbol auswählt, ist ein Idiot."

*

„Ruhe! Bitte beruhigen Sie sich!"

Lea schlug mit dem Holzhammer auf ihr Pult. Sie benutzte dieses Mittel nur ungern, zumal sie wusste, dass die Schläge, die sich in ihrer Kabine aus Panzerglas wie das Klopfen an einer Tür anhörten, mit einem Mikrofon aufgenommen und elektronisch verstärkt wurden. Draußen im Saal, wo sich die beiden Duellanten gegenüberstanden und das Publikum auf den Stühlen saß, klang es wie das Donnern eines Gewitters. Aber manchmal war es unverzichtbar, um Streithähne zur Ordnung zu rufen. Heute tagte die Kammer der Freien Bürger in Grimmen, einer Kleinstadt im Osten Deutschlands. Anlass war die geplante Umsiedlung von fünfzigtausend Klimaflüchtlingen aus Bangladesch, dessen Tiefland allmählich im Meer versank, in die strukturschwache Region unweit der Ostseeküste. Zwei Gruppen standen sich in erbittertem Streit gegenüber: die Initiative Heimat für alle, die von dem pensionierten Lehrer Herbert Voss gegründet wurde und sich dafür einsetzte, Menschen aus bedrohten Regionen zu evakuieren, und der Verein Schützt die Heimat, dessen Vorsitzender Walter Gerling erklärt hatte, Kultur und Identität der Region Mecklenburg für kommende Generationen zu bewahren.

CON-12, die künstliche Intelligenz, die Lea bei ihrer Arbeit unterstützte, hatte die Programme der Gruppen analysiert und nur in einem Punkt eine Übereinstimmung gefunden: Beide sahen den Bevölkerungsrückgang in diesem Teil des Landes als größte Herausforderung an. Betriebe fanden bereits jetzt nicht mehr genug Arbeitskräfte und wanderten ab, der Brandschutz konnte nicht mehr gewährleistet werden, weil sich vielerorts die Freiwilligen Feuerwehren mangels Nachwuchs auflösen mussten, das Steueraufkommen sank dermaßen, dass Kommunen selbst grundlegende Aufgaben wie die Straßenreinigung nicht mehr finanzieren konnten. Lea hatte dieses Problem auf Punkt eins der Diskussionsliste gestellt, in der Hoffnung, hier die Grundlage für einen Kompromiss legen zu können. Aber jetzt tat ihr bereits nach einer halben Stunde das Handgelenk weh, weil sie so oft mit dem Hammer auf das Podest schlagen musste.

„Natürlich brauchen wir Neusiedler in unserer Region", sagte Gerling. Mit seinen langen grauen Haaren, die er zu einem Zopf geflochten hatte, und dem braunen wettergegerbten Gesicht sah er überhaupt nicht wie ein rechter Politiker aus. Als Beruf gab er Landwirt an, außerdem nannte er Natur- und Artenschutz als seine Hobbys und bezeichnete sich – dafür hassten ihn seine Gegner besonders – als Vegetarier. „Aber es müssen die Richtigen sein. Wir brauchen Menschen, die in die Region passen. Wir brauchen Menschen, die uns kulturell nahestehen, die leicht zu integrieren sind."

„Das können wir uns leider nicht aussuchen", erwiderte Voss. Ihm waren bereits fast alle Haare ausgefallen, nur ein kümmerlicher grauer Kranz zog sich um den Schädel herum, unterbrochen von der runzligen Stirn, aus der eine breite Zornesfalte hervorstach. Obwohl er sich ebenfalls als Naturschützer bezeichnete, war seine Haut selbst nach dem heißen Sommer blass, das kurzärmelige Hemd ließ dürre Arme erkennen.

„Natürlich können wir das. Die Teilnahme am Umsiedlungsprogramm ist freiwillig. Man kann uns nicht zwingen, Muslime aufzunehmen."

„Darum geht es Ihnen also. Sie sind ein Rassist", geiferte Voss.

„Aber nein, Muslime sind doch eine religiöse Gruppe, keine Rasse."

„Aber die Hautfarbe der Bengalen ist dunkler als unsere, sie haben dunkle Haare und Augen. Es geht Ihnen um die Reinhaltung der weißen Rasse." Seine Zornesfalte schwoll bedrohlich an.

Wieder schlug Lea mit dem Hammer auf das Podest. „Herr Voss, Sie dürfen Ihrem Gegner nichts unterstellen. Ich verwarne Sie zum zweiten Mal."

„Es ist die Wahrheit", verteidigte sich der ehemalige Lehrer. „Walter Gerling war Mitglied einer rechten Gruppe. Das kann man überall nachlesen."

„Wir waren konservativ, und das ist dreißig Jahre her", erwiderte der Angegriffene. „Was haben Sie in Ihrer Jugend gemacht? Waren Sie bei den Kommunisten?"

„Nein, aber bei den Sozialisten. Und ich bin stolz darauf." Er hob sein Kinn, machte den Rücken gerade.

„Wir schweifen vom Thema ab", mahnte Lea. „Herr Gerling, Sie sagten, Sie hätten einen alternativen Vorschlag."

„Oh ja, Frau Vorsitzende. Widmen Sie Ihre Aufmerksamkeit bitte diesem Thema." Auf der Videowand hinter Lea erschienen Bilder einer Südseeinsel, die sie auf ihrem Tischmonitor ebenfalls sah. Palmen wiegten sich im Wind, Kinder liefen über einen weißen Strand, Taucher schwebten an einem Korallenriff entlang.

„Das ist der Inselstaat Tonga", erklärte er. „Er liegt im Südpazifik und gehört zu Polynesien. Die meisten Inseln haben nur eine Höhe von einem oder zwei Metern über dem Meeresspiegel. Und wir wissen, dass der Meeresspiegel steigt. Heute schon ist ein großer Teil des Bodens durch Meerwasser versalzt und somit unbrauchbar. Außerdem werden die Inseln regelmäßig von schweren Zyklonen getroffen, die Geschwindigkeiten von über zweihundert km/h erreichen. Und zu allem Überfluss liegt Tonga auch noch auf dem pazifischen Feuerring. Das heißt, schwere Erdbeben mit einer Stärke von bis zu sieben auf der Richterskala. Wissenschaftler sagen, dass die Inseln in fünfzig Jahren unbewohnbar sein werden. Diesen Menschen geht es wirklich schlecht."

„Was schlagen Sie vor?", fragte Lea.

„Wir sollten ein Kontingent von fünftausend Personen aufnehmen", antwortete Gerling. „Wir siedeln sie probehalber bei uns im Land an. Und wenn sich die Tongalesen gut integrieren, holen wir den Rest nach."

„Warum ausgerechnet die Tongalesen?", wollte Lea wissen.

„Weil sie uns kulturell ähnlich sind. Über neunzig Prozent von ihnen sind Christen."

„Wann waren Sie denn das letzte Mal in der Kirche?",
platzte Voss dazwischen.

Gerling reagierte mit einer Gegenfrage: „Wann waren Sie
denn das letzte Mal in der Moschee?"

„Sie sind ein Rassist!"

„Und Sie sind ein Kommunist!"

Da ist es wieder, dachte Lea. Derselbe Ausdruck. So wie
damals …

Sie schlug energisch mit dem Hammer auf das Podest.
„Okay, jetzt reicht es mir. Ich unterbreche die Sitzung für
zehn Minuten. In der Zeit werden Sie sich beruhigen und
danach entschuldigen. Wenn Sie das nicht tun, werden Sie
ersetzt durch Ihre Stellvertreter."

Die beiden Männer verließen murrend ihre Plätze vor den
Kameras.

Lea schaltete ihr Mikrofon ab. „CON-12, bitte aktivieren."

Auf dem Bildschirm erschien das Gesicht ihres Avatars.
Es war geschlechtslos, ließ sich keiner Rasse und keinem
Alter zuordnen. Außerdem zeigte er keinerlei Emotion, was
auf Lea sehr entspannend wirkte. „Was kann ich für dich
tun?"

„Mir ist etwas aufgefallen. Wiederhole bitte die letzte
Sequenz. Voss und Gerling in Großaufnahme. Ohne Ton
und in Zeitlupe."

„Gerne, Lea."

Der Bildschirm teilte sich. Auf der linken Seite sah Lea das
Gesicht von Voss, auf der rechten das von Gerling. Ihre
Augen waren in Höhlen verschwunden, tiefe Gräben liefen
an ihren Nasen und Mündern entlang, die Zähne ragten wie
scharfkantige Felsen hervor. Es schien, als würden sie unter
Schmerzen leiden. Aber es war kein Schmerz, der sich in
ihren Gesichtern spiegelte, sondern Hass. Obwohl sich
beide als Humanisten und Naturschützer bezeichneten,
empfanden sie in diesem Moment einen abgrundtiefen Hass
auf ihren Gegner. Es war derselbe Ausdruck, den Lea einige
Wochen zuvor im Gesicht der grünhaarigen Frau gesehen
hatte, die den Brandsatz auf ihr Auto schleuderte. Nichts

unterschied sie voneinander, nicht das Alter, das Geschlecht, die Bildung oder die Herkunft.

Firnis. Lea kam ein alter Spruch in den Sinn, an den sie nie glauben wollte. *Die Zivilisation ist nur ein dünner Firnis. Darunter verbirgt sich die Barbarei.*

Von der verbalen Gewalt war es nur ein kleiner Schritt zur körperlichen Gewalt. Wenn sich die Umstände nur ein bisschen ändern würden und Voss und Gerling bekämen einen Molotowcocktail in die Finger, würden sie ihn wahrscheinlich werfen. Auf ein Auto, auf ein Haus, auf eine Ansammlung von Menschen, das Ziel spielte keine Rolle. Beide fühlten sich im Recht, ihre Gegner waren aus ihrer Sicht dumm, schlecht, falsch oder böse. Ihre *edle* Gesinnung erlaubte jedes Mittel im Kampf für die *gute* Sache.

Und das Schlimme ist: Wir machen dabei mit. Wir trainieren sie. Wir lassen sie zerbersten wie zwei Züge, die auf einer eingleisigen Strecke aufeinander zurasen.

„Wir machen uns schuldig", sagte sie leise.

„Ich verstehe diese Aussage nicht", erwiderte der Avatar.

„Tröste dich, CON-12. Ich auch nicht."

Man muss etwas tun, um den Hass zu bekämpfen. Nein, bekämpfen ist falsch, damit macht man ihn nur noch stärker. Man muss ihn auflösen. Aber wie?

24. Kapitel: Umrüstungen

Was für ein Monstrum!

Marek stand vor einem alten Militärlastwagen. Das Führerhaus schien ihm relativ breit, niedrig und ungewöhnlich kantig zu sein, kein Teil war aerodynamisch gerundet. Es besaß zwei fast quadratische Windschutzscheiben, getrennt durch einen Steg in der Mitte, das Dach war an den Seiten abgeschrägt. Auf Marek wirkte der Wagen wie ein riesiger Widder, der seinen Kopf angriffslustig vorstreckte. Nur die Farbe stimmte nicht. Armeefahrzeuge waren normalerweise olivgrün oder in einem grünbraunen Fleckenmuster lackiert, um im Gelände nicht aufzufallen. Dieses hier leuchtete hellgrün, womit man es schon aus großer Entfernung erkannte.

Wer braucht denn so etwas?

Auf der Fahrertür war ein Emblem aufgemalt: eine aufsteigende Taube, die einen Zweig in ihrem Schnabel trug, darunter standen die Worte *Utopia zwei*. Marek erinnerte sich, dass Don Grazer, Leas angeblicher Milliardärsfreund, ein Projekt mit diesem Namen gegründet hatte. Noch war es ein Fonds zur allgemeinen Grundsicherung, später sollte daraus ein großer Weltstaat entstehen.

Was für ein Schwachsinn!

Er ging an dem Wagen entlang. Hinter der Seitenscheibe folgte eine Blechwand, länger als einen Meter. Dahinter saß offenbar der Motor. Ungewöhnlich, normalerweise befand sich der Motor weiter vorne, zwischen Fahrer und Beifahrer. Aber was war hier schon normal? Zwei lenkbare Vorderachsen besaßen auch die wenigsten Lastwagen, ebenso wenig diese riesigen Geländereifen. Auch die beiden Hinterachsen waren damit ausgerüstet. Darüber war eine Pritsche installiert, die Seitenwände ließen sich ausklappen. Marek zählte seine Schritte. Zehn Meter war der Wagen lang. Damit könnte man ziemlich viel Material transportieren, auch im schwierigsten Gelände. Vielleicht Munition. Oder Soldaten. Wenn der Wagen tatsächlich ISMET gehören sollte, und mit ihm viele weitere, wäre das ein solider Grundstock für eine Armee. Nur dieses helle Grün passte nicht dazu. Aber vielleicht war das eine besondere Form der Tarnung. Der Wagen sollte nicht als Bedrohung wahrgenommen werden, sondern als harmloses Spielzeug einer Gruppe ideologischer Spinner.

„Da staunst du, was?"

Marek drehte sich um. Ein großer, dicker Mann kam auf ihn zu. Er trug einen ölverschmierten Overall, sein Gesicht war rund, die Lippen wulstig, die Augenbrauen buschig, der Vollbart struppig. Er hatte von allem zu viel, nur eines fehlte ihm: Kopfhaar. Sein kahler Schädel glänzte im Licht der Mittagssonne.

„Ja, nicht schlecht. Was macht ihr damit?"

„Umrüsten. Ich bin Gojko." Er reichte ihm eine behaarte Pranke.

„Adam." Marek hatte sich eine weitere Identität ausgedacht. Bei der Initiative Schwerter zu Pflugscharen schrieb er sich als Adam Mazowiecki ein, Student aus Warschau. Nach einem Semester Medizin, zwei Semestern Betriebswirtschaftslehre und einigen Nebenjobs wusste er nicht so recht, was er mit seinem Leben anfangen wollte. Dann hörte er von dem verwegenen Plan, alle Armeen der Welt in technische Hilfsdienste umzurüsten und entschied spontan, dabei mitzuwirken. Nach einem langen Gespräch im Brüssler Büro der Initiative hatte er per E-Mail die Aufforderung bekommen, sich im Fahrzeugdepot in Gent, Provinz Ostflandern, zu melden. Inzwischen musste Marek aufpassen, dass er die verschiedenen Rollen nicht durcheinanderbrachte. „Ich soll dir wohl ein bisschen zur Hand gehen."

„Gut, wir können jede Hilfe gebrauchen."

„Gib mir doch mal bitte einen Überblick. Was macht ihr eigentlich? Was ist das für ein Wagen?"

„Ein MAN gl KAT 1. Kommt aus Deutschland. Wahrscheinlich der beste Militärlaster der Welt." Er tätschelte den Kotflügel.

„Aber schon ein bisschen älter, oder?"

„Macht nichts. Bei guter Pflege halten die hundert Jahre. Absolut unverwüstlich. Der hat einen Vielstoffmotor. Der läuft mit Diesel, Benzin, Petroleum, Kerosin, Pflanzenöl, was gerade da ist."

„Ist nicht wahr." Marek riss die Augen auf, um naiv zu wirken.

„Doch. Und guck dir das mal an." Gojko ging in die Knie und kroch unter den Lastwagen. „Der hat keine Blattfedern wie ein gewöhnlicher Laster, sondern Schraubenfedern. Extrem beweglich, kommt überall durch."

Marek tat es ihm gleich. In seinen Augen sahen die Federn und Dämpfer wie die eines Personenwagens aus, nur viel stärker dimensioniert. „Bombig."

„Der Leiterrahmen besteht aus geschlossenen Kastenlängsträgern. Extrem verwindungssteif. Damit kannst du über Felsbrocken fahren, das macht ihm nichts aus."

„Irre."

Sie kamen unter dem Fahrgestell hervor. Marek zeigte auf die Halle, vor der der Lastwagen stand. „Davon habt ihr sicher noch mehr, oder?"

„Na klar. Willste sie sehen?"

„Unbedingt."

„Dann komm." Gojko ging zu der Montagehalle, die früher einem Automobilhersteller gehört hatte, und öffnete die Feuerschutztür neben dem großen Tor, durch das die Neuwagen zum Verladegleis fuhren. An der Decke hingen noch Rollen und Gurte eines nutzlosen Förderbandes, darunter parkten Dutzende Lastwagen desselben Typs, unterteilt in Zwei-, Drei- und Vierachser. Sie trugen ihre original Tarnfarbe, einige waren bis hinauf zu den Scheiben mit Schlamm bespritzt.

„Wahnsinn", sagte Marek. „Das reicht für ein ganzes Bataillon."

„Und das ist nur ein kleiner Teil von unserem Zeug", erwiderte Gojko stolz. „Wir kaufen auch sehr viel von den Amerikanern und Franzosen. Ist aber auf andere Plätze verteilt."

„Wie viele Wagen habt ihr insgesamt?"

„Weiß ich nicht ... So, die Führung ist beendet. Jetzt beginnt die Arbeit. Die KATs sollen lackiert werden. Aber vorher muss der Dreck runter. Das ist ein Job für dich." Er machte eine weit ausholende Geste, die alle Lastwagen umfasste.

„Wie? Was? Ich allein?"

Der große Dicke lachte schallend. „Nein, nachher kommen ein paar Freiwillige, die uns helfen. Aber du fängst schon mal an."

„Und was machst du?"

„Bürokram."

Gojko öffnete das Schiebetor, ein rotes Warnlicht leuchtete auf und eine Sirene erklang. Anschließend fuhr er den ersten Lastwagen auf den Vorplatz. Dort gab er Marek einen Eimer und einen Schwamm – und hielt sich den Bauch vor Lachen. „War ein Witz. Wir haben Hilfsmittel."

In einem Abstellraum lagerten mehrere Hochdruckreiniger. Marek suchte sich den besten aus, füllte seinen Tank mit Reinigungsmittel, schloss ihn an die Strom- und Wasserleitung an und machte sich an die Arbeit. Das heiße Wasser schoss mit hohem Druck aus der Düse, löste Schlamm und Ölreste. Marek kroch unter das Fahrgestell, klappte die Seitenwände herunter und stieg auf die Pritsche, sogar das Dach der Fahrerkabine reinigte er von oben. Rund zwei Stunden benötigte er für einen Zweiachser. Am Nachmittag kam die versprochene Verstärkung: dreißig Schüler und Studenten, zwischen fünfzehn und zwanzig Jahren alt. Sie nahmen die restlichen Hochdruckreiniger und – weil die Geräte nicht für alle reichten – auch Eimer, Schwämme und Putzlappen, um gemeinsam einen Vierachser zu säubern. Sie waren guter Stimmung, sangen Lieder und bespritzten sich gegenseitig mit Wasser.

Verrückt, dachte Marek. Haben die wirklich nichts Besseres zu tun?

Gojko fuhr drei weitere Lastwagen auf die asphaltierte Fläche vor der Halle. Noch gab es genügend Stellplätze.

„Verfluchter Mist", grummelte Gojko, nachdem er den letzten Motor abgestellt hatte.

„Was ist los?", fragte Marek.

„Schon so spät. Ich muss zur Nachtschicht." Inzwischen hatte er sich umgezogen, trug nun eine Latzhose und ein Holzfällerhemd.

„Bist du nicht hier angestellt?"

„Quatsch, wir machen das alle ehrenamtlich." Er sah auf seine Uhr. „Jemand muss die Laster versetzen."

„Kann ich erledigen", bot Marek an. „Ich hab den LKW-Führerschein."

Gojko sah Marek prüfend an. „Das ist dein erster Tag heute."

„Was glaubst du? Dass ich die Karren auf dem Schwarzmarkt verhökere?" Er lachte übertrieben laut.

„Also gut. Dann versuch dein Glück. Aber mach mir keine Kratzer."

Gojko zeigte Marek das kleine Büro neben der Laderampe, wo die Zündschlüssel etwas chaotisch über mehrere Schreibtische verteilt lagen, kurz darauf fuhr bereits seine Frau mit einem Elektrowagen auf den Hof. Marek wartete, bis der Wagen surrend um die Ecke gebogen war, ging dann zurück ins Büro und durchsuchte sämtliche Schubladen. Er fand die Schlüssel von fünfundzwanzig MAN-Lastwagen, ordentlich nummeriert, aber nicht den kleinsten Hinweis auf Waffen oder Munition.

Mist. Ich weiß, hier ist etwas versteckt …

Marek ging zurück in die Halle. Die jungen Leute hatten bereits wieder zwei Lastwagen gesäubert, brauchten Nachschub. Marek kletterte in einen Dreiachser und startete den Motor. Der MAN KAT besaß ein Wandlergetriebe, das ähnlich wie eine Automatik funktionierte. Man konnte einen Gang einlegen und von der Kupplung gehen, ohne dass der Motor abstarb. Erst wenn man Gas gab, setzte sich der Wagen langsam in Bewegung. Marek rangierte auf engstem Raum zentimetergenau, ohne irgendwo anzuschlagen.

Fünf nebeneinander geparkte Lastwagen fuhr er auf den Vorplatz. Als er den Motor des sechsten startete, bemerkte er ein weiteres Schiebetor, das in derselben Farbe wie die Wand gestrichen war, aber keine rote Warnleuchte besaß. Es führte zu einem abgetrennten Teil der Halle, doch es ließ sich nicht öffnen. Er drückte die Knöpfe neben dem Tor, nichts geschah. Man benötigte einen Schlüssel, um den Elektromotor zu aktivieren.

Das kann kein Zufall sein. Die verstecken da etwas.

Er fuhr den sechsten Lastwagen auf den Vorplatz, danach umrundete er die Halle zu Fuß. Es gab einen Teil, der keine Fenster besaß, nur einen Notausgang. Er war verriegelt. Genau dorthin führte das verschlossene Tor. Marek schätzte die Fläche auf mindestens fünfhundert Quadratmeter.

Das würde für ein paar Munitionskisten reichen. Ich muss da rein.

Marek lief zurück zum Büro, um die Schubladen und Fächer der Schränke abermals zu durchsuchen. Er fand eine Menge Papiere, Werkzeug und die fünfundzwanzig Zündschlüssel. Sogar unter die Tischplatte und hinter die Wandgemälde schaute er, weil dort manchmal Schlüssel angeklebt waren. Nichts. Der Schlüssel zum Schiebetor war nicht aufzutreiben. Wahrscheinlich hatte Gojko ihn mitgenommen.

Ein Schrei ertönte. Oder hatte ihn jemand gerufen? Marek blickte aus dem Fenster. Nein, es war nichts. Die jungen Leute machten nur eine Wasserschlacht, bewarfen sich gegenseitig mit vollgesogenen Schwämmen und Putzlappen. Diesen Spaß hatten sie sich verdient, mehr als die Hälfte der Lastwagen waren bereits gewaschen. Noch etwa acht MAN musste er herausfahren.

Moment mal. Fünfundzwanzig?

Marek ging wieder in die Halle und zählte die Wagen, die dort noch standen. Tatsächlich, acht Stück. Danach trat er in die Sonne hinaus und zählte die übrigen Wagen. Sechzehn Stück!

Macht vierundzwanzig. Billiger Trick.

Noch einmal durchwühlte er die Schubladen. Der Schlüssel mit der Nummer fünfundzwanzig sah ein bisschen anders aus als die übrigen. Wieder lief er in die Halle zu dem versteckten Tor. Mit zittrigen Fingern steckte er den Schlüssel ins Schloss. Er passte! Marek drückte auf den Knopf zum Öffnen, das Tor fuhr ratternd zur Seite und gab den Blick frei auf den verborgenen Teil der Halle. Was Marek dort sah, überraschte ihn.

*

Das ist es! Darauf habe ich gewartet!

Lea saß am Computer in ihrem Büro. Es war später Nachmittag, sie wollte noch schnell ihre Korrespondenz erledigen, bevor sie sich mit den Abgeordneten traf. In ihrem E-Mail-Postfach befand sich mal wieder nur unwichtiges Zeug: Rundbriefe, Werbung, geschwätzige Nachrichten von ihrem Assistenten Pedro, der sie an die Termine der nächsten Tage erinnerte. Und eine Mail samt Anhang von dem Fernsehjournalisten Jamal Bagley, den sie in Prag kennengelernt hatte. In dem Exposé, das mit gleicher Post auch an Don und Samira ging, waren drei Vorschläge für Sendungen ihres neuen Medienprojekts enthalten. Jamal bat die drei Freunde, sich die Konzepte durchzulesen und ihm eine Rückmeldung zu geben. Er wollte wissen, ob es ihren Vorstellungen entsprach. Falls ja, würde er es noch weiter ausarbeiten, falls nein, würde er ganz neue Vorschläge machen. Lea überflog die Zeilen rasch.

Punkt eins: die Nachrichtensendung. Sie entsprach weitgehend dem, was sie bereits in Prag besprochen hatten. Der Schwerpunkt sollte auf positiven Meldungen aus Politik, Wissenschaft und Kultur liegen. *Die Menschen sollen die besten Dinge sehen und hören, die an diesem Tag auf dem Planeten geschehen sind ... Eine echte Marktlücke ... Positive Nachrichten als Alleinstellungsmerkmal ... Abgrenzung gegen Mitbewerber ... Die Einrichtung eines eigenen Newsrooms oder eines Korrespondentennetzes ist nicht nötig ... Die Nachrichtenagenturen verbreiten in ihren nicht öffentlichen Netzen große Mengen an positiven Meldungen – sie werden von den Medien nur nicht aufgegriffen ... Lizenzgebühren richten sich nach Reichweite ... Studio wird mit automatischen Kameras und automatischer Regie betrieben ... Produktionskosten unter tausend Dollar pro Sendung.*

Punkt zwei: ein wöchentlicher Filmessay mit dem Titel Siege feiern. *Laufzeit zwischen dreißig und sechzig Minuten ...*

Aufträge sollten an freie Produktionsfirmen gehen … In jeder Sendung soll über Menschen berichtet werden, die Außergewöhnliches leisten … Initiativen, die Obdachlose betreuen … Häuser für Wohnungslose bauen … Naturschutzprojekte umsetzen …

Punkt drei: eine Talkshow mit dem Titel Kein Grund zur Klage. Damit war auch das Prinzip der Sendung beschrieben. Keiner der Gäste sollte sich beklagen, und es sollte auch niemand einen anderen anklagen. Jamal wollte damit eine völlig neue Art der Gesprächskultur ins Fernsehen einführen, ein respektvoller Umgang miteinander, getragen von dem Gedanken, dass die Gäste sich nicht als Gegner oder gar Feinde ansehen, sondern als gleichberechtigte Partner. Ziel der Sendung sollte es sein, den Zuschauern und sich selbst zu einem echten Erkenntnisgewinn zu verhelfen. *Wir wollen miteinander sprechen auf eine schöne, wohlwollende Weise … Keine Feindbilder aufbauen, nur Freundbilder benutzen … Viele Menschen denken digital, sie kennen nur eins oder null, gut oder böse. Wir wollen ihnen zeigen, dass es Zwischentöne gibt … Kein negativer Wettbewerb, keine negativen Beispiele … Sich profilieren durch positive Gedanken …*

Jamal bot an, eine Pilotsendung zu produzieren. Das Budget sollte nur zweitausend Dollar betragen, und sie ließe sich in jedem Fernsehstudio in Europa aufzeichnen. Anschließend könne der *Pilot* gesendet oder in den Tiefen seines Archivs versteckt werden, wie er scherzhaft anmerkte.

Das ist es, dachte Lea. Die Sendung werde ich moderieren. So kann man den Hass auflösen. Indem man ein gutes Beispiel gibt. Es klingt so banal, aber die Wirkung wird ungeheuer groß sein. Ein Mensch allein kann nicht viel bewirken. Aber wenn sich viele Menschen zusammenschließen und liebevoll und achtsam miteinander umgehen, ist die Wirkung umso größer. Nicht jammern, nicht klagen. Mit gutem Beispiel vorangehen. Das ist die Lösung.

*

Das ist mehr, als ich erwartet habe, dachte Marek.

Panzer! In der Halle standen etwa ein Dutzend Kampfpanzer verschiedener Typen. Sie waren in Tarnfarben gestrichen, zum Teil hafteten noch Erdbrocken an ihren Ketten, als ob sie eben erst ihren letzten Einsatz beendet hätten. Den sowjetischen T-72 erkannte Marek zweifelsfrei, er war flacher und breiter als der T-54, den er in Russland gefahren hatte. Die restlichen Panzer kannte er nur aus Computerspielen, es handelte sich wohl um französische AMX-30 und amerikanische M1 Abrams. Gojko hatte zumindest nicht gelogen, was die Quellen des Materials anging.

Marek kletterte auf den T-72. Die Fahrerluke war verriegelt, aber die des Kommandanten ließ sich öffnen. Er stieg von oben in den Turm. Es roch muffig, es gab kaum Licht, wie auf einer Schiene rutschte er auf den Sitz des Richtschützen, blickte in einen Winkelspiegel. Der Innenraum des Panzers war extrem eng, überall drängten sich Geräte zusammen: Computer, Funkanlage, Feuerleitanlage und das Magazin des Ladeautomaten. Treibladungen und Geschosse entdeckte er nicht, aber ansonsten schien der Panzer vollständig zu sein. Es brauchte nicht viel Aufwand, um ihn kampfbereit zu machen.

Ich hatte mal wieder den richtigen Riecher. Sie planen ein ganz großes Ding. Ob die anderen Panzer genauso gut in Schuss sind?

Er kletterte aus dem T-72 und stieg auf einen AMX-30. Der Turm war rundlich und glatt, Marek suchte nach einem Griff, an dem er sich festhalten konnte. Mit französischen Panzern hatte er noch keine Erfahrungen, was vermutlich daran lag, dass sie in geringeren Stückzahlen gebaut wurden.

Wie öffnet man bei denen die Luken? Hier muss irgendwo ein Riegel …

„Suchen Sie etwas?"

Marek fuhr erschrocken zusammen. Eine Frau hatte von ihm unbemerkt die Halle betreten. Sie trug ein knöchellanges, buntes Kleid und eine Schaffellweste, auf der Nase saß eine Brille mit runden Gläsern, die schwarzen Haare hingen etwas zerzaust durcheinander. Marek wusste, er hatte sie schon mal gesehen, kam aber nicht auf den Namen.

„Ich … nein, äh …" Er sprang von dem Panzer herunter. „Ich soll die Lastwagen auf den Hof fahren."

„Das sind keine Lastwagen."

„Nein, klar. Mir ist aufgefallen, dass da ein Schlüssel zu viel ist, und da wollte ich mal sehen …" Er reichte ihr die Hand. „Übrigens, ich bin Adam. Ich bin neu hier."

„Samira."

Jetzt fiel ihm alles wieder ein: Samira Hrawi. Er hatte sie auf der Veranstaltung in Roanne getroffen, die im Chaos endete. Pedro, Leas Assistent, gab ihm einige Informationen über sie: achtundzwanzig Jahre alt, Sozialwissenschaftlerin, in Wien geboren, die Familie stammte aus dem Libanon. Damals hatte sie ihren Plan vorgestellt, alle Armeen der Welt in technische Hilfsdienste umzuwandeln. Vielleicht war sie wirklich so naiv und glaubte daran. Vielleicht war das Ganze aber auch nur eine raffinierte Tarnung, um eine Untergrundarmee aufzubauen.

„Ich bin nur neugierig", sagte er. „Was habt ihr mit den Panzern vor?"

„Wir bauen sie um. Zu Feuerlöschpanzern und Minen-räumfahrzeugen." Sie sah ihn grimmig an, fast feindselig.

„Oh, das interessiert mich sehr. Wie funktioniert das genau?"

„Bei den Feuerwehrpanzern kommt oben ein großer Tank rauf und eine Löschkanone."

„Ich verstehe. Damit kann man wahrscheinlich in bren-nende Wälder reinfahren."

Für einen Moment lächelte sie. „Genau. Wir wollen sie fernsteuern … Und die Minenräumer bekommen vorne eine riesige Bodenfräse, die die Erde umgräbt. Wenn da eine Mine vergraben ist, explodiert sie." Mit ihren Armen ahmte sie eine rotierende Trommel nach.

Das kannst du deiner Oma erzählen, dachte Marek.

„Fabelhaft. Dabei will ich mithelfen. Aber warum stehen die Panzer hier unter Verschluss?"

„Na ja, weil es eben Panzer sind. Kriegswaffen. Die kann man nicht offen herumstehen lassen. Das lockt Militaristen an, Rechte und Altnazis."

Er schlug sich gegen die Stirn. „Natürlich, daran hab ich nicht gedacht."

„So und jetzt raus hier. Das ist kein Kinderspielplatz."

Samira scheuchte ihn in den Teil der Halle, in dem die Lastwagen standen, und verschloss das Tor. Marek ging wieder an seine Arbeit. Er half beim Waschen der Wagen und fuhr diejenigen, die bereits von der Sonne getrocknet waren, zurück auf ihre Stellplätze. Samira verschwand unterdessen in dem kleinen Büro neben der Laderampe. Am Abend waren sämtliche Lastwagen gesäubert und für die Lackierung vorbereitet. Marek tat so, als hätte ihn die Arbeit angestrengt und er müsste sich nun unbedingt in sein Bett legen. Insgeheim jedoch war er munter und hochzufrieden mit sich. Er hatte eines der geheimen Waffendepots gefunden, ein weiterer Mosaikstein in einem riesigen Panorama. Nun war es nur noch eine Frage der Zeit, bis er die gesamte Organisation enttarnen würde.

25. Kapitel: Aufschwünge

„Vorsicht! Noch ein Stück … Langsam."

Marek stand auf der Ladefläche eines vierachsigen MAN und gab Gojko Anweisungen. Der stämmige Serbe saß am Steuer eines Gabelstaplers und war damit beschäftigt, einen Tank auf dem Lastwagen abzusetzen. Weil der aber dreitausend Liter fasste und meterweit über die Gabel hinausragte, musste Marek ihn dabei unterstützen.

„Stopp! Genau richtig." Marek hielt die Hand hoch.

Gojko senkte die Gabel ab, bis sie die Ladefläche berührte.

„Okay, reicht."

Nachdem Gojko den Gabelstapler auf seine Parkposition zurückgefahren hatte, schraubten die Männer den Tank fest. Es war ein einfaches Baukastensystem. Auf den Pritschen der Lastwagen konnten zwischen einem und drei Tanks befestigt werden, alternativ auch Container zum Materialtransport oder Wohnkabinen für die freiwilligen Helfer. Oder für Soldaten.

„Sag mal, Gojko, was machen die mit den Tanks?", fragte Marek.

„Da kommt Wasser rein. Für die Büsche und die kleinen Bäumchen."

„Nein, ernsthaft. Was machen die damit?"

„Das ist mein Ernst", brummte Gojko. „Wasser für die Bäumchen."

Marek zog ein paar Schrauben fest. „Aber man könnte auch Diesel einfüllen, oder?"

„Ja, könnte man." Er wischte sich den Schweiß von der Stirn. Sie arbeiteten auf dem Freigelände vor der Halle, die Sonne stand mittig am Himmel.

„Oder Kerosin."

„Ja, vielleicht … Frag doch die Chefin. Da kommt sie gerade."

Marek blickte zu dem Büro neben der Laderampe. Samira stieg soeben die Treppe herunter, zwei Männer folgten ihr. Einer trug eine Kamera auf der Schulter, der andere hielt Samira ein Mikrofon vor den Mund. „Was soll das denn?"

„Wir kommen ins Fernsehen." Gojko lachte. „Wir werden berühmt."

„Ich … Ich bin gleich wieder da." Marek sprang von der Ladefläche herunter und lief in die Halle. Ausgerechnet ihm musste so etwas passieren. Als verdeckter Ermittler durfte er auf keinen Fall erkannt werden, vor allem nicht von den Mitgliedern des Wolfsrudels, die ihn unter einem anderen Namen kannten. Er brauchte eine Tarnung, eine Verkleidung, irgendetwas. In der kleinen Werkstatt lag Material aller Art herum. Stoffreste, Putzlappen, Handtücher … Damit müsste sich doch etwas improvisieren lassen.

266

„Adam. Wo steckst du denn?", rief Samira von draußen.

„Komme gleich." Marek band sich ein Tuch um den Kopf und schmierte mit einem Lappen dreckiges Öl in sein Gesicht. Im Spiegel über dem Waschbecken kontrollierte er das Ergebnis. Perfekt. Selbst seine eigene Mutter würde ihn so im Fernsehen nicht erkennen. Er ging zurück zum Lastwagen.

„Was ist mit dir los?", fragte Gojko.

„Wegen der Hitze", antwortete er. „Ich will keinen Sonnenstich kriegen."

Gojko blickte nach oben. Am Himmel waren Wolken aufgezogen, ein frischer Wind wehte. „Ich glaub, den hast du schon."

Der Kameramann war inzwischen in Position gegangen. Aus sicherer Entfernung filmte er, wie Gojko den nächsten Tank mit dem Gabelstapler auf der Ladefläche absetzte und er anschließend von Marek festgeschraubt wurde. Samira beantwortete unterdessen die Fragen des Reporters. Marek hörte ihnen heimlich zu.

„Unser nächstes Ziel ist Afrika", sagte sie. „Wir werden die Randgebiete der Sahara aufforsten. Mindestens tausend Hektar haben wir uns vorgenommen. Damit verhindern wir, dass sich die Wüste weiter ausbreitet, wir geben der lokalen Bevölkerung Arbeit und Perspektive, und wir schützen das Klima. Denn jeder Baum speichert CO_2."

Das klingt wie auswendig gelernt, dachte Marek. Immer wieder dieselben Sprüche.

Der Reporter schien beeindruckt zu sein, er lächelte und nickte Samira zu. „Das ist ja eine tolle Sache. Wann geht es los?"

„Schon übermorgen. Zuerst werden die Lastwagen nach Neapel gefahren."

Das wollen wir doch mal sehen. Vielleicht ist das wieder nur so ein Trick wie mit den Panzern.

„Und von Neapel geht es weiter mit dem Schiff nach Libyen."

Libyen! Das ist es. Von dort holen sie die Waffen nach Europa. Waffenschmuggel unter dem Deckmantel einer Hilfsorganisation.

Marek beschloss, sich freiwillig für den Einsatz zu melden. Bei der Initiative Schwerter zu Pflugscharen gab es zwar eine Menge freiwillige Helfer, doch die meisten gingen noch zur Schule oder Universität. Es mangelte an qualifiziertem Personal. Sie konnten sicher noch einen Lastwagenfahrer und Mechaniker gebrauchen. Er musste sich schnellstmöglich ein Visum für Libyen besorgen, vielleicht eine Schutzimpfung machen lassen. Es gab noch viel zu tun.

*

War das wieder ein Tag!

Lea zog ihre Schuhe aus und ließ sich rückwärts auf ihr Bett fallen. Für ein paar Minuten wollte sie ihre Augen schließen und schlafen, aber es gelang nicht. Lag wahrscheinlich an dem Espresso, den sie abends noch im Büro getrunken hatte, um bei der Besprechung mit Pedro aufnahmefähig zu bleiben. Morgen musste sie mit der Kammer der Freien Bürger nach Portugal reisen, danach stand wieder die Bürgersprechstunde auf dem Programm, zwischendurch wollte sie sich mit einer Filmemacherin treffen, die eine Dokumentation über Utopia zwei plante. Ein Langzeitprojekt sollte es werden, mit regelmäßigen Interviews und Filmaufnahmen. Die Frau hatte bereits einen Oscar gewonnen, ihre Werke liefen auf bedeutenden Festivals. Diese Chance durfte Lea nicht verpassen, Pedro sollte ihr irgendwie Termine freiräumen.

Jeden Tag von sieben Uhr morgens bis zehn Uhr abends arbeiten und jeden zweiten Sonntagnachmittag zur freien Verfügung haben, bilanzierte Lea. Was für ein Elend. Hatten die Sklaven im Römischen Reich eigentlich freie Tage? Bestimmt mehr als ich. Und wie war das mit den

Leuten, die die Pyramiden in Ägypten gebaut haben? Die hatten doch einen ganzen Tag pro Woche frei, um ihren Gott anzubeten. Ich sollte mir auch ein Götzenbild anschaffen, das ich …

Jemand klopfte an der Tür. „Mama."

Clarence. Jetzt noch einen Vortrag über die Uni hören und seine neue Freundin. Auch das noch

„Ja, komm rein."

Ein junger Mann mit strubbeligem Haar betrat das Zimmer, sein Hemd hing über der Hose, der große Zeh des linken Fußes hatte die Socke durchstoßen.

„Mein Gott, Clarence. Bist du so etwa ausgegangen? Kämm dir mal die Haare und zieh dir saubere Sachen an."

„Ja, ja, reg dich ab." Er setzte sich auf die Bettkante, hielt ihr sein Smartphone vor das Gesicht. „Hast du das gelesen? Wurde gerade gemeldet."

Lea sah auf dem Display verschwommene Schriftzeichen. „Was steht da?"

Ihr Sohn las ihr die Schlagzeile vor: „Nobelpreis für Sheldon und Grazer?"

„Was? Das ist doch wieder einer dieser blöden Witze." Lea erinnerte sich an eine Fernsehshow, die sie letzte Woche gesehen hatte. Zwei Komiker parodierten darin Don und sie, warfen Banknoten mit vollen Händen von einem Balkon herab und behaupteten, dass sie sich mit Geld die Herrschaft über die Welt erkaufen könnten.

„Nein, das hat Reuters gemeldet. Kein Fake."

„Moment." Lea holte ihre Lesebrille aus dem Nachttisch hervor und überflog den Artikel. *Frist zur Nominierung läuft bald ab … Bei den Buchmachern werden Sheldon und Grazer als hohe Favoriten gehandelt … Anderen werden nur Außenseiterchancen eingeräumt.*

„Du wirst berühmt, Mama." Er strahlte über das ganze Gesicht.

„Wegen Utopia zwei? Das ist doch ganz neu."

„Nicht nur deshalb. Es wird auch deine Arbeit als Ausgleicherin gewürdigt. Und Don wird gelobt für seine Waldprojekte, seine sozialen Projekte …"

Lea spürte einen Kloß im Hals.

„Ist das nicht der pure Wahnsinn?" Er trommelte gegen die Bettkante.

„Ach, wahrscheinlich gewinnt ein anderer."

„Aber da steht doch: hohe Favoriten. Daneben werden das Rote Kreuz genannt, aber das hat den Preis schon dreimal bekommen, und ein paar kleinere Organisationen, die kein Mensch kennt. Ihr habt echt gute Chancen."

„Na ja, vielleicht …"

„Das muss ich sofort meinen Freunden sagen." Clarence lief aus dem Zimmer.

Vielleicht ist etwas dran an der Sache, dachte Lea. Wir haben in letzter Zeit viel Publicity gehabt. Das könnte ein Indikator sein für unsere Beliebtheit. Es werden nur Leute parodiert, die eine gewisse Bekanntheit haben. Angenommen, wir kriegen den Preis tatsächlich. Was machen wir mit dem Preisgeld? Natürlich dem Staat ohne Land spenden. Und die Dankesrede? Wem soll ich danken, wenn ich auf die Bühne gerufen werde? Ich muss eine Rede aufsetzen. Zumindest ein paar Stichworte notieren. Wahrscheinlich meldet sich bald der erste Journalist bei mir.

Lea richtete ihr Haar, ging ins Arbeitszimmer und schaltete den Computer ein.

26. Kapitel: Kein Grund zur Klage

„Da ist sie, die Manding-Vai. Nicht gerade ein Luxusliner."

Marek stand im Hafen von Neapel und betrachtete ein seltsames Schiff. Der hintere Teil wirkte wie ein riesiger stählerner Quader, ungefähr so hoch wie ein sechs- oder siebenstöckiges Haus, besaß aber nur wenige Fenster und Bullaugen. Eine Rampe, die man mit einem Lastwagen hätte befahren können, war ausgeklappt und verband den Quader mit der Kaimauer. Der vordere Teil des Schiffes war niedriger, etwa dreihundert Container ragten sichtbar über die Reling hinaus, im Laderaum befand sich vermutlich ein Vielfaches davon. Marek erstaunten die vier schlanken Türme, die sich über das Oberdeck verteilten, am Heck hatte man sogar noch Platz für Windräder und Sonnenkollektoren gefunden.

„Das ist ein ConRo-Schiff", erklärte Gojko. Ebenso wie Marek hatte er einen Lastwagen in die Hafenstadt überführt. Die beiden Männer nutzten ihre vorgeschriebene Pausenzeit, um sich ein bisschen umzusehen. „Con steht für Container und Ro für roll on, roll off. Also eine Autofähre, die auch Container transportiert."

„Und was sind das für Dinger da oben?" Marek spielte weiterhin den naiven jungen Mann, um Informationen aus seinem älteren Kollegen herauszulocken.

„Segelmasten." Gojko nahm einen Schluck aus seiner Wasserflasche.

„Du verkohlst mich."

„Nein. Da werden seitlich Stangen ausgefahren und dann lassen sie die Segel runter." Er rieb seinen Bauch. „So, ich hab Hunger. Könnte jetzt eine Pizza vertragen."

„Dann guck mal, ob es hier ein Restaurant gibt. Ich komm gleich nach."

„Okay." Gojko ging quer über den Parkplatz und war nach ein paar Minuten aus Mareks Blickfeld verschwunden. An diesem Kai standen mehrere Hundert gebrauchte Autos, Busse und Lastwagen, die nach Afrika exportiert werden sollten. Die meisten waren rostig und verbeult, einige besaßen schwere Unfallschäden, wahrscheinlich dienten sie nur noch als Ersatzteilspender. Marek interessierte sich vor allem für die zwölf MAN-Lastwagen, die er und seine Kollegen nach Neapel gebracht hatten. Er vermutete, dass die Aktion nur ein Trick war, um das Kriegsmaterial über Europa zu verteilen. Niemand würde Verdacht schöpfen, wenn sie von einem Depot zum nächsten fuhren, oder wenn sie zwischen Europa und Afrika pendelten. In den Tanks und Kabinen gab es zahlreiche Hohlräume, in denen Waffen versteckt werden konnten. Ein geniales System.

Jetzt ist die Gelegenheit!

Marek kletterte auf den Lastwagen, den Gojko gefahren hatte. Auf seiner Ladefläche war eine Sanitätskabine installiert, etwas kleiner als ein Seecontainer, in der früher Soldaten während der Manöver behandelt wurden. Marek öffnete die Tür. Innen waren die Wände weiß gestrichen, rechts stand eine Krankenliege, links konnte man Sitze ausklappen, an der Stirnseite hingen Erste-Hilfe-Koffer. Vielleicht war das aber auch nur Tarnung. Er öffnete einen Koffer. Ein Schwall von Mullbinden purzelte heraus, es folgten Pflaster, Scheren und Gummihandschuhe. Mit beiden Armen versuchte er, das Material aufzufangen.

„Ach nee, der Schnüffler."

Marek drehte sich um. Samira stand in der Tür. Sie hatte die Hände in die Hüften gestemmt und blickte ihn wütend an.

Nicht die schon wieder!

„Hallo, Samira. Ich äh …"

„Was machst du hier?"

„Ich wollte nur kontrollieren, ob alles vollständig ist. Du glaubst gar nicht, wie oft hier geklaut wird. Auf einem Rastplatz wollten sie einen ganzen Lastwagen von uns klauen."

„Und? Ist alles vollständig?"

„Ja, perfekt." Er stopfte das Material wieder in den Koffer.

Sie richtete ihren Zeigefinger wie eine Waffe auf ihn. Ihre Augen waren zu Schlitzen verengt, die Stimme klang zischend. „Lügner. Ich glaube dir kein Wort. Für wen arbeitest du?"

„Nur für euch."

„Von wegen. Du bist ein Saboteur. Du sollst unser Projekt zerstören." Samira ging langsam auf Marek zu, wollte ihn in die Ecke drängen.

„Quatsch. Wieso das denn?"

„Irgendjemand will uns bekämpfen. So wie damals in Roanne. Oder der Bombenanschlag in Linz. Oder der Angriff auf unsere Webseite, auf unser Spendenkonto ...“

Marek erinnerte sich an diese Ereignisse. Sie hatte recht, es gab tatsächlich jemanden, der ihre Organisation attackierte. Vielleicht steckte auch in diesem Fall P7 dahinter. Wenn er dazugehören würde, hätte sich Samira äußerst dämlich verhalten. Die kleine und zierliche Frau wollte ihn offenbar allein überwältigen, dabei hätte er sie mit einem Schlag umhauen können. In dieser fensterlosen und beinahe schalldichten Kabine wäre sie ihm hilflos ausgeliefert. Samira brauchte dringend Nachhilfe in den Fächern Eigensicherung und Selbstverteidigung – aber sie beeindruckte ihn auch mit ihrem Mut und ihrer Entschlossenheit. „Davon höre ich zum ersten Mal“, behauptete er. „Ich hab euch nicht angegriffen.“

„Lüge. Aber damit kommst du nicht durch. Du fährst nicht mit nach Tripolis. Gib mir deinen Mitarbeiterausweis.“ Fordernd streckte sie ihm die Hand entgegen.

Diese Irre. Ich muss unbedingt nach Afrika. Eine Legende. Ich brauch eine Legende.

„Na los. Worauf wartest du? Du willst nicht? Dann werde ich den Ausweis elektronisch sperren.“ Sie drehte sich um, wollte die Kabine verlassen.

„Warte ... Also gut, ich sage dir die Wahrheit.“

Sie blieb stehen, verschränkte die Arme vor dem Bauch. „Da bin ich aber gespannt.“

„Ich bin ... Privatdetektiv. Lea Sheldon und Don Grazer haben mich engagiert.“

Sie sah ihn mit großen Augen an. „Lea und Don? Woher kennst du diese Namen?“

„Aus meiner Kundenkartei. Don Grazer will eine Milliarde Dollar in Utopia zwei investieren. Ist doch klar, dass er wissen will, was mit seinem Geld passiert.“

„Du sollst uns überwachen?“

„Überwachen wäre zu viel gesagt. Auf die Finger schauen … Stichproben machen." Er deutete auf den Erste-Hilfe-Koffer. „Aufpassen, dass nichts verschwindet."

Samiras Gesichtszüge entspannten sich etwas. „Okay, das kann ich verstehen. Es ist ja eine Menge Geld."

„Kann man wohl sagen. Wenn ich eine Milliarde Dollar hätte …"

„Ich werde das überprüfen. Heute Abend telefoniere ich mit Lea."

„Kein Problem. Sie kennt mich."

Ich muss nur Lea zuerst ans Telefon bekommen, dachte Marek. Dann wird sie die Legende bestätigen.

„Aber bis dahin behalte ich dich im Auge." Sie sah ihn scharf an.

„Gerne. Ich hab nichts zu verbergen." Marek zeigte ihr seine Hände und lächelte dabei.

Sein Charme wirkte nicht bei ihr. Samira verließ die Kabine und warf die Tür hinter sich zu.

*

Seltsam. Ich bin überhaupt nicht aufgeregt.

Lea moderierte die erste Ausgabe ihrer neuen Talkshow. Die Ausstattung des Studios war extrem reduziert. Es gab drei Sessel und einen niedrigen Tisch, auf dem Getränke standen, den Hintergrund bildete ein roter Vorhang. Techniker oder Kameraleute waren nicht anwesend. Die Scheinwerfer und Kameras wurden von einer künstlichen Intelligenz gesteuert, die erkannte, wenn jemand sprach und die Person in Großaufnahme zeigte. Zwischendurch wechselte sie immer wieder die Perspektive, etwa indem sie die Gesprächsrunde in der Totalen abfilmte, wozu sie Kameras benutzte, die unter der Decke hingen oder an einem Kran durch den Raum schwenkten. Jamal Bagley hatte diese

Technik bewusst ausgewählt, um die Kosten der Pilot-sendung gering zu halten.

Auch die Gäste hatte er vorgeschlagen. Sie nannten sich Joe und Mary, waren über sechzig Jahre alt und gaben als Berufe Lehrer und Heilerin an. Beide stammten aus Kanada, lebten aber schon lange in einem Kloster im Himalaja, wo sie alte Schriften studierten. Trotzdem legten sie großen Wert darauf, dass sie keine Buddhisten oder Hindus waren und auch sonst keiner religiösen oder politischen Gruppe angehörten. Am ehesten würde der Begriff Pantheisten auf sie zutreffen, sagte Mary, weil sie an die Einheit aller Wesen und Dinge glaubten.

Nachdem Lea die Zuschauer begrüßt und das Prinzip der Sendung erklärt hatte, richtete sie ihre erste Frage an Joe. „Der Titel unserer Sendung heißt: Kein Grund zur Klage. Ich habe etwas Interessantes herausgefunden. Er stammt gar nicht von Jamal Bagley, der das Konzept entwickelt hat, sondern von Ihnen, Joe. Sie haben vor etwa zwanzig Jahren einen Text geschrieben, in dem Sie diesen Gedanken zum ersten Mal vorstellen. Worum geht es dabei genau? Und wie sind Sie auf die Idee gekommen?"

Der kahlköpfige Mann lächelte, machte aber auch eine abwehrende Handbewegung. „Danke, Lea, das ist zu viel der Ehre. Ich bin keineswegs der Urheber dieses Gedankens. Er ist schon unzählige Male vorgestellt worden. Wir sollten ihn in zwei Teile aufspalten. Teil eins: nicht beklagen. Wenn wir uns beklagen, zum Beispiel über das schlechte Wetter, über den Regen, der seit drei Tagen fällt, dann bestätigen wir uns, dass wir uns in einer schlechten Lage befinden und empfinden sie dadurch als noch unangenehmer. Das ist eine Spirale, die sich immer schneller dreht. Sie kann zu Wut oder Depressionen führen."

„Was ist die Alternative?", fragte Lea.

Mary, die grauhaarige Frau, gab die Antwort. „Einfach die Spirale umdrehen. Der Regen ist unbedingt nötig. Ohne Wasser kann in der Natur nichts wachsen, ohne Wasser können wir nicht leben. Daran sollten wir uns erinnern."

„Und der zweite Teil?"

„Man sollte niemanden anklagen, weil auch das zu einer negativen Spirale führt", erklärte Joe. „Wer sich angegriffen fühlt, wird sich wehren. Und das führt zu immer neuem Streit."

„Liebe deine Feinde", sagte Mary. „Diesen Rat kennt die Menschheit schon seit Jahrtausenden."

„Okay, wir sollen uns nicht beklagen und niemanden anklagen", fasste Lea zusammen. „Wir sollen unsere Feinde lieben, also auch die *Gegner* in einer Talkshow. Was bleibt dann noch übrig? Müsste die Sendung nicht total langweilig werden?"

„Darüber haben wir lange nachgedacht", erwiderte Mary. „Und wir glauben, dass wir die Lösung gefunden haben: positiver Wettbewerb. Joe, mach bitte weiter."

„Lea, ich muss Ihnen ein Geständnis machen", sagte der Mann. „Als ich jung war, habe ich etwas getan, auf das ich heute nicht mehr stolz bin."

Jetzt kommt eine Drogenbeichte, fürchtete Lea. Oder hat er ein Verbrechen begangen?

„Und zwar?"

„Ich war Rennfahrer. Schon als Kind habe ich Karts gefahren, später kleine Formelrennwagen und Sportwagen. Ich habe sogar bei den vierundzwanzig Stunden von Le Mans teilgenommen."

Innerlich atmete Lea auf. „Das finde ich nicht schlimm."

Mary lachte. „Sie nicht. Aber viele Leute glauben, dass wir schon immer Heilige waren, nur weil wir in einem Kloster leben. Das stimmt nicht. Wir haben beide das Leben in all seinen Facetten kennengelernt."

„Worauf ich hinauswill, ist Folgendes", sagte Joe. „Wenn in einem Rennen zwei Fahrer miteinander kämpfen, verlieren sie Zeit. Der Vordere fährt die sogenannte Kampflinie. Das heißt, er macht sich breit, pendelt von rechts nach links, versucht, dem Hintermann keine Chance zum Überholen zu geben. Der Hintere macht diese Pendelbewegungen mit. Er muss immer wieder Gas geben und abbremsen, weil er eine

Lücke zum Überholen sucht, dabei verschleißen seine Bremsen und seine Reifen. Im Endeffekt verlieren beide. Die anderen Rennfahrer können zu ihnen aufschließen, beziehungsweise sie fahren ihnen davon, wenn sie vor ihnen liegen. Das ist negativer Wettbewerb. Kampf und Streit führen zur Verschwendung von Zeit, Energie und Geld."

„Okay, und was ist positiver Wettbewerb?", wollte Lea wissen.

„Den erreichen wir, wenn wir jede neue Erkenntnis und jeden Fortschritt sofort mit den Wettbewerbern teilen", antwortete Joe. „Zum Beispiel: Das Pharmaunternehmen A entwickelt ein neues Medikament. Dann sollte es die Rezeptur sofort allen Konkurrenten auf der Welt zur Verfügung stellen – ohne Patentschutz. Dann könnte viel schneller allen Menschen geholfen werden, die unter dieser Krankheit leiden."

„Aber dann würde Unternehmen A bald pleite sein", wandte Lea ein. „Denn sie forschen, und die anderen profitieren davon."

„Falsch, denn Unternehmen A profitiert ja auch von der Forschung der anderen, die ihrerseits ihre neuen Erkenntnisse auch sofort veröffentlichen", entgegnete ihr Mary. „Dadurch kann Unternehmen A seine Produkte schnell und billig modernisieren und neue Produkte auf den Markt bringen. Das Tempo der Entwicklung würde sich enorm beschleunigen."

„Und wir vermeiden Doppel- und Dreifachentwicklungen", ergänzte Joe. „Wissen Sie, wie viele Mittel gegen Kopfschmerzen es auf dem amerikanischen Markt gibt? Mehr als tausend. Und jedes muss aufwendig getestet und zugelassen werden. Aber im Wesentlichen enthalten sie dieselben Wirkstoffkombinationen."

„Patentschutz beschleunigt nicht die Entwicklung, sondern verlangsamt sie", behauptete Mary. „Es dient dazu, dass die Unternehmen höhere Gewinne einfahren. Davon profitieren die Aktionäre. Mit anderen Worten: Die Reichen werden noch reicher."

„Aber ist das nicht Kommunismus, was Sie fordern?", fragte Lea.

„Nein, denn im Kommunismus gibt es überhaupt keinen Wettbewerb", antwortete Joe. „Da wird alles von staatlichen Stellen entschieden. Planwirtschaft lehnen wir ab. Wir wollen den Wettbewerb nicht abschaffen, sondern auf die nächste Ebene hieven. In Zukunft soll er allen Menschen gleichermaßen dienen, nicht nur einer Minderheit."

Wunderbar, es läuft, dachte Lea. Was für ein Unterschied zu Voss und Gerling. Kein Streit, kein Hass, stattdessen ein lehrreiches Gespräch in liebevoller Atmosphäre. Ein echter Gewinn für die Zuschauer. Hoffentlich sehen es möglichst viele Menschen. Vielleicht erfahren auch die Juroren des Nobelpreiskomitees davon. Meine Chancen werden dadurch bestimmt nicht schlechter.

Und der Preis geht an: Lea Sheldon und Don Grazer. Applaus, Applaus. Wer überreicht eigentlich die Urkunden? Der schwedische König? Das muss ich unbedingt herausfinden. Und was soll ich anziehen? Ein langes Kleid natürlich. Das wird herrlich.

27. Kapitel: Angriff von rechts

Ist das ein Zufall?

Marek stand auf dem Oberdeck der Manding-Vai und betrachtete ein kleines Windrad. Das Schiff befand sich auf hoher See, ein kräftiger Wind kam von der Seite, weshalb sich das Rad schnell drehte und dabei ein surrendes Geräusch erzeugte. Es war an einem Mast neben der Reling installiert und ragte über den Rumpf hinaus. Etwas Ähnliches hatte er bereits an Bord der Black Seagull gesehen. Form und Größe der Räder waren ungefähr gleich. Reginald Wilson hielt ihm damals einen Vortrag über umweltfreundliches Reisen. Es gab jedoch einen Unterschied: Der Propeller an Bord des Katamarans bestand aus unbehandeltem Carbon und glänzte in tiefem Schwarz. Dieses Exemplar hier schützte weißer Lack. Hatte das etwas zu bedeuten?

Ich frage einfach jemanden von der Besatzung.

Marek schaute sich um auf dem Oberdeck. Er entdeckte ein paar Männer, die T-Shirts und kurze Hosen trugen. Vermutlich Lastwagenfahrer auf dem Weg nach Afrika. Uniformierte waren nicht zu sehen. Allerdings stand dort hinten an der Reling ein seltsamer Mann. Er trug einen weißen Kittel, seine langen grauen Haare waren vom Wind zerzaust, in der Hand hielt er ein elektronisches Gerät, das einer Pistole ähnelte, doch wenn er auf den Abzug drückte geschah nichts – zumindest nichts Hör- oder Sichtbares. Trotzdem richtete er das Gerät immer wieder auf die Segel und blickte danach auf den kleinen Monitor an der Seite, als ob er Daten ablesen würde.

Ist das ein Attentäter? Nein, unwahrscheinlich. Wir sind auf hoher See. Er würde sich kaum selbst versenken. Aber zur Besatzung gehört der auch nicht.

Marek hielt die Ungewissheit nicht mehr aus. Er stellte sich neben den Mann, doch der schien ihn nicht zu bemerken, weil er in seine Arbeit vertieft war.

„Entschuldigung."

„Ja?" Der Mann zuckte zusammen. Sein Gesicht war faltig, der Blick pendelte zwischen Marek, dem Segel und seinem Gerät.

„Verzeihung, ich wollte Sie nicht erschrecken. Aber was tun Sie da?"

„Ich messe."

„Sie messen? Die Geschwindigkeit des Schiffes?"

„Ja, auch das, aber das ist nur ein Nebenprodukt." Sein Blick beruhigte sich, war nun auf den Gesprächspartner gerichtet. „Wir wollen Öl sparen."

„Dann sind Sie Techniker? Oder Wissenschaftler?"

„Beides, ich bin Professor für Schiffsbau und Meerestechnik. Das ist ein Prototyp." Er zeigte auf den Mast. „Gehört nicht zum Originalschiff, wurde später angebaut. Unser Ziel ist es, den Ölverbrauch um ein Drittel zu reduzieren. Aber es gibt noch ein paar Probleme."

Marek blickte nach oben. Im Gegensatz zu den klassischen Großseglern, die er von Fotos und Filmen kannte, besaß dieser Mast kaum Tauwerk, die Segel schienen wie Rollos an einem Fenster herabgelassen zu sein. „Müssen Sie da hochklettern?"

Er lachte. „Nein, das muss niemand. Die Segel werden mit Elektromotoren gesetzt und eingeholt. Ein Computer richtet sie optimal in den Wind."

„Oh, ich verstehe. Großartig. Alle Schiffe sollten damit ausgerüstet sein."

„Daran arbeiten wir. Später wollen wir sogar Schiffe bauen, die ganz auf den Verbrennungsmotor verzichten, die nur segeln und mit Elektrokraft fahren."

„Und damit erzeugen Sie die Energie?" Marek deutete auf die Solarkollektoren und die Windräder, die überall auf dem Oberdeck verbaut waren und den meisten Platz für sich beanspruchten. Für Besatzung und Passagiere blieben nur schmale Wege.

„Ja, das ist der Plan, aber ..." Er ließ eine Pause, kratzte sich am Kinn. „Die Kosten sind zu hoch – oder das Öl ist zu billig. Im Moment lohnt sich die Methode nicht. Und wir leiden unter Kinderkrankheiten. Die Segel reißen bei zu hoher Belastung. Das messe ich gerade." Er hielt das Gerät hoch.

„Jetzt kapiere ich es. Das ist ein Entfernungsmesser."

„Genau. Da sind Markierungen ..."

Der Professor zeigte auf eine rote Linie auf dem Segel, die Marek erst in diesem Moment bemerkte.

„... die ich mit dem Laser anpeile. Dadurch erfahre ich, wie sehr das Material gedehnt wird. Man könnte natürlich auch stärkeres Material nehmen, aber das erhöht das Gewicht und die Kosten."

„Natürlich, die Kosten. Die muss man berücksichtigen ... Eine Frage noch. Wer bezahlt das Forschungsprojekt? Ihre Universität?"

Er seufzte. „Das wäre schön, aber das können wir uns nicht leisten. Die Finanzierung übernimmt die Umweltstiftung von diesem Amerikaner. Ich hab den Namen vergessen."

„Reginald Wilson?"

„Wer? Nein, den kenne ich nicht." Er schnippte mit den Fingern. „Jetzt weiß ich wieder: Don Grazer."

„Grazer? Sind Sie sicher?"

„Ja, ich hab ihn auf einem Empfang getroffen. Fabelhafter Mann. Ein echter Menschenfreund. Und Naturfreund."

„Ja, das ist er ... Ich will Sie nicht länger aufhalten, Herr Professor. Danke für die Auskünfte."

Marek ging zurück in seine Kabine. Noch acht Sunden, bis das Schiff in Tripolis anlegen sollte. Zeit genug, um ein bisschen nachzudenken.

Okay, es gibt keine Verbindung zu Wilson, dafür aber eine zu Don Grazer. Ist er wirklich so ein edler Spender? Oder steckt mehr dahinter? Will er die Erfindungen vielleicht kommerziell nutzen? Das wäre nicht verboten. Man könnte ihn höchstens wegen Steuerhinterziehung anklagen, weil seine Umweltstiftung keine Steuern zahlt. Aber das ist ein bisschen dürftig.

Der Kerl ist mir nicht geheuer. Den muss ich genauer unter die Lupe nehmen, sobald ich wieder in Brüssel bin.

*

„Wach auf, Lea", säuselte jemand.

Lea rieb sich mechanisch die Augen und wollte aus dem Bett steigen, als sie bemerkte, dass sie angezogen war. Und sie befand sich auch gar nicht zu Hause in ihrem Schlafzimmer, sondern lag mit dem Oberkörper auf dem Schreibtisch im Büro. Es war auch nicht Marek, der sie weckte, sondern ihr Assistent Pedro. Jetzt fiel ihr alles wieder ein. Sie hatte zur Kaffeezeit am Nachmittag auf ihren üblichen

Espresso verzichtet, weil sie in letzter Zeit schlecht schlief. Der Trick funktionierte, sie war nach einem Glas Milch in einen wohltuenden Schlaf gefallen – nur leider ein paar Stunden zu früh. Neunzehn Uhr, zeigte die Wanduhr an.

„Ich wollte dir sagen, dass ich gleich Feierabend mache." Seine Stimme klang fast schon flötend, als ob er ein kleines Kind aufwecken wollte.

Lea sah bunte Schmetterlinge, kleine und große, die fröhlich hin- und herflatterten. Pedros Krawatte war mit diesem Muster bedruckt, sie pendelte ein wenig, als er sich über sie beugte.

„Natürlich, geh nur."

„Ich muss dir vorher noch etwas Wichtiges mitteilen." Pedro setzte sich an die andere Seite des Tisches. „Ich weiß nicht, wie ich es dir sagen soll."

„Einfach raus …" Ein Gähnen verhinderte, dass Lea den Satz vollendete.

„Ich hab es von einem Kollegen erfahren, in der Kantine."

„Also ein Gerücht."

„Mehr als das. Sie arbeiten bereits an einem schriftlichen Antrag. Ein Amtsenthebungsverfahren."

„Noch ein Verfahren. Um wen geht es?"

Pedro schluckte. „Um dich."

Lea begriff nicht die Bedeutung dieser Information. Sie dachte an einen neuen Termin für ein Ausgleichsverfahren. „Können sie haben. Schau in den Kalender."

„Lea, du verstehst nicht. Sie wollen dich aus dem Amt jagen."

Jetzt endlich drangen die Worte in ihr Bewusstsein. Erstaunlich, dass so ein netter junger Mann eben noch wie ein Vöglein zwitscherte und schon im nächsten Satz die unmelodischen Töne eines quietschenden Eisentores anschlagen konnte. „Sind die wahnsinnig? Mit welcher Begründung?"

„Die Krawalle in Brüssel, das Feuer in der Innenstadt. Sie sagen, du bist schuld, dass es so schlimm wurde."

„Moment." Lea ging zu einer Anrichte, auf der noch eine Thermoskanne voll Kaffee stand. Sie befüllte damit einen Becher und trank gleich einen großen Schluck. Es war ihr egal, dass sie vermutlich die ganze Nacht nicht mehr schlafen würde. „Was um alles in der Welt habe ich damit zu tun?"

„Die Kaserne an der Roten Erde. Weißt du noch?"

„Natürlich." Sie erinnerte sich an jedes Detail. Es war eines ihrer ersten Ausgleichsverfahren gewesen. Die Nato hatte damals eine Kaserne geräumt, die auf dem Gelände von alten Tongruben lag. In Brüssel war daraufhin ein erbitterter Streit über die Frage ausgebrochen, was mit dem wertvollen Grundstück geschehen sollte. Die Stadtregierung wollte es als Unterkunft für die neu zu gründende Bereitschaftspolizei verwenden, eine Bürgerinitiative wollte es für den Wohnungsbau nutzen. Weil es lange zu keiner Einigung kam und die Frist zu einer Volksbefragung ablief, fällte Lea einen Schiedsspruch zugunsten der Initiative.

„Sie sagen, wenn es eine Bereitschaftspolizei in der Stadt gegeben hätte, wären die Krawalle nicht so heftig geworden. Die Beamten wären schnell am Einsatzort gewesen, hätten die Rädelsführer festgenommen und so weiter."

„Von wem reden wir hier überhaupt? Wer sind *die*?"

„Eine Gruppe von Abgeordneten im EU-Parlament, über hundert Personen. Die Initiative ging von einer kleinen rechten Partei aus. Die Freaks nennen sich Heimat Europa."

„Die haben doch nur zwei oder drei Abgeordnete. Warum machen die anderen dabei mit?"

Pedro schlug die Beine übereinander. „Also wenn du mich fragst, Lea, ist das ein vorgeschobenes Argument. Sie sind schon lange neidisch auf den Erfolg der Ausgleicher. Die Politiker reden meist nur, sie verschleppen Probleme über Jahrzehnte. Aber ihr Ausgleicher handelt, ihr löst Probleme. Die Parteien wurden aus vielen Bereichen verdrängt, bei den öffentlichen Einrichtungen, den Gewerkschaften, den Verbänden. Jetzt wollen sie sich rächen. Sie wollen ihre Macht zurückhaben."

„Du meinst, sie wollen mit dem Angriff auf mich das Amt der Ausgleicher beschädigen?"

„Haargenau. Auch wenn sie dich nicht loswerden, bleibt bestimmt etwas hängen in der Wahrnehmung der Menschen."

Lea spürte, wie das Koffein seine Wirkung entfaltete. Jetzt war sie munter und ausgeruht, sie konnte wieder klar denken. „Einen Ausgleicher kann man nur bei schweren Verfehlungen entlassen, zum Beispiel Korruption oder Parteilichkeit. Was glauben sie, haben sie gegen mich in der Hand?"

Pedro zog einen Zettel aus seiner Tasche. „Ich hab gleich ein Gedächtnisprotokoll gemacht. Sie sagen, dass du den Befürwortern der Wohnungen mehr Redezeit eingeräumt hast als den Befürwortern der Polizeikaserne."

„Damals gab es CON-12 noch nicht", erinnerte sich Lea. „Die KI misst heute automatisch die Redezeit."

„Richtig, früher mussten wir die Zeit noch mit Stoppuhren messen. Das war vielleicht schwer, besonders wenn alle durcheinandergeredet haben."

„Sonst noch was?"

„Ja, sie haben rausgekriegt, dass du viel Zeit mit dieser Samira Hrawi verbringst, die am liebsten alle Armeen abschaffen möchte. Sie werfen dir übertriebenen Pazifismus vor."

„Was soll das denn sein?"

„Sie sagen, dass ihr die Entwicklung überstürzt. Die Welt ist noch nicht so weit, dass wir auf Truppen jeglicher Art verzichten können."

„Okay. Und weiter?"

Er steckte den Zettel wieder in seine Tasche. „Nichts weiter. Mehr Argumente haben sie nicht."

Lea schnaubte verächtlich. „Und damit wollen sie mich zu Fall bringen? Nie im Leben wird ihnen das gelingen."

„Ich sagte ja, in Wirklichkeit zielen sie auf das Amt, nicht auf die Person. Die Ausgleicher sollen einen schlechten Ruf bekommen. Man will die Zahl der Verfahren schrittweise reduzieren, und irgendwann sollen die Ausgleicher ganz abgeschafft werden, damit die Parteien wieder alles übernehmen können."

„Das wird ihnen nicht gelingen. Pedro, ich danke dir, dass du mich so frühzeitig informiert hast."

Er lächelte verlegen. „Ehrensache."

„So bleibt uns genug Zeit, um einen Plan zur Gegenwehr zu entwickeln. Pedro, ich bitte dich nur noch um einen Gefallen, bevor du nach Hause gehst. Mach mir einen Termin bei meinem Anwalt."

28. Kapitel: Afrika

Was für ein Drecksloch!

Marek saß am Steuer seines Lastwagens und versuchte, einen Weg durch das Verkehrschaos von Tripolis zu finden. Die Straße, auf der er sich mühsam voranquälte, war anhand der Markierungen vierspurig, die anderen Verkehrsteilnehmer fuhren aber auf mindestens sechs Spuren. Und was da so alles herumeierte: Autos, Busse und Lastwagen in allen Zuständen, von fabrikneu bis schrottreif, dazu Motorräder und -roller, oft mit zwei oder drei Personen besetzt oder mit Kisten und Säcken beladen, die von dünnen Schnüren zusammengehalten wurden; wie überall auf der Welt bemühten sich Fahrradkuriere, ihre Sendungen möglichst schnell ans Ziel zu bringen, wobei sie sämtliche Spuren kreuzten, und ganz am Rand schritten Fußgänger und Eselskarren, die unter dem Gewicht von Dutzenden Melonen, Teppichen oder Hühnerkäfigen ächzten. Eines verband all diese unterschiedlichen Verkehrsteilnehmer: das konsequente Ignorieren der Regeln. Rote Ampellichter fassten sie nicht als unbedingtes Haltesignal auf, sondern als unverbindliche Empfehlung, der man folgen konnte oder auch nicht. Die Vorfahrt besaß immer derjenige, der sich am unverfrorensten nach vorne drängelte, das Tempolimit bestimmte die Dichte des Verkehrs oder die Kraft des Motors, nicht aber Schilder oder Polizisten, die in durchaus erklecklicher Anzahl am Straßenrand standen. Die Ordnungshüter waren ohnehin nur damit beschäftigt, ihr Bestechungsgeld zu zählen – so kam es Marek vor.

Glücklicherweise hatten sie Klimaanlagen in die Lastwagen eingebaut, dazu gab es ein kleines Kühlfach, eine Notfallbox mit Proviant, ein bisschen Werkzeug und die wichtigsten Ersatzteile in den Fahrerkabinen. Damit könnte man selbst in einem Wüstenstaat Tausende Kilometer zurücklegen, ohne ein allzu großes Risiko einzugehen.

Eigentlich sind die MAN zu schade für dieses Drecksland.

Außerhalb der Stadt wurde der Verkehr weniger, aber nicht besser. Marek und seine Kollegen fuhren in einem Konvoi, der von Fahrzeugen der Sicherheitskräfte begleitet wurde. Ob es sich um Polizisten, Soldaten oder Milizionäre handelte, konnte Marek nicht sagen. Sie trugen braune Uniformen, mehr oder weniger vollständig, waren mit Sturmgewehren bewaffnet und sprachen nur Arabisch. Samira, die diese Sprache ebenfalls beherrschte, saß ganz vorne im Wagen des Kommandeurs. Ihr Verhältnis zueinander war nun etwas besser. Offenbar hatte sie mit Lea telefoniert, und die wiederum bestätigte ihr, dass Marek ein Privatdetektiv sei, der im Auftrag von Don Grazer die Verwendung seiner Spendengelder überwachen sollte. Um diesen Gefallen hatte Marek Lea in einem Telefongespräch gebeten, das er noch an Bord der Manding-Vai mit ihr führte. Samira war nicht begeistert von der Situation, wie sie durchblicken ließ, aber sie akzeptierte sie.

Marek wunderte sich, dass an der Stadtgrenze mehrere anscheinend nutzlose Kontrollposten errichtet waren. Die Lastwagen des Konvois mussten um Betonbarrieren herumfahren, wurden aber nicht angehalten. Die Wachleute, ob reguläre Soldaten oder Milizionäre, besaßen allesamt Faustfeuerwaffen, manche hockten auch auf Pick-ups, die mit Flugabwehrkanonen ausgerüstet waren, oder auf älteren sowjetischen Panzern. Nach den Jahren der Diktatur und des Bürgerkriegs hatten sich gewaltige Mengen an Waffen und Munition in dem Land angesammelt. Es wäre gewiss nicht schwer, ein paar Kalaschnikows oder Handgranaten auf dem Schwarzmarkt zu kaufen und mit den Lastwagen nach Europa zu transportieren. Samira würde wahrscheinlich versuchen, ihn abzulenken, ihn mit irgendwelchen sinnlosen Arbeiten zu beschäftigen. Marek musste auf der Hut sein.

Drei Stunden fuhren sie Richtung Süden, die Landschaft veränderte sich in dieser Zeit erheblich. Gab es in Tripolis noch viel Grün zu sehen, Parks, Gärten, Sportanlagen, so dominierte inzwischen die Farbe Braun. Abseits der Straße lagen Sandflächen und Geröllfelder, Landwirtschaft fand abgesehen von einigen Plantagen mit Dattelpalmen nicht mehr statt; sie überquerten zwar einen Fluss, der jedoch war ausgetrocknet. Auf dem Bildschirm seines Navigationsgeräts tauchte ein Wort auf, das bei ihm ein Schaudern auslöste: Sahara.

Wo will uns diese Irre hinführen?, fragte sich Marek. In die Wüste hinein? Gibt es dort irgendwo ein verstecktes Waffenlager? Oder will man uns beseitigen? Denen traue ich mittlerweile alles zu.

Gegen Abend hatten sie ihr Ziel erreicht: eine Farm am Rande der Sandwüste. Als Marek ausstieg, schlug ihm trockene Hitze entgegen, als ob er die Klappe eines Backofens geöffnet hätte. Im Licht der Scheinwerfer erblickte er eine Dünenkette, die er auf zehn bis fünfzehn Meter Höhe schätzte. Wie weit diese Landschaft reichte, war nicht abzusehen, wahrscheinlich bis zum Horizont und weiter. Die Farm selbst bestand aus drei großen Scheunen, einem Wohnhaus und ein paar Windrädern. Weil nicht genügend Betten in den Gästezimmern zur Verfügung standen, wurden die Lastwagenfahrer gebeten, in ihren Fahrzeugen zu übernachten. Marek hatte damit kein Problem. Hinter den Sitzen gab es eine schmale Pritsche, die für solche Fälle gedacht war. Nicht sehr bequem, aber ausreichend für eine Nacht.

Am nächsten Morgen wurde er früh von Samira geweckt. Sie stellte ihn vor die Wahl, entweder mit Gojko und den anderen Fahrern zurück nach Belgien zu reisen oder mit den übrigen Freiwilligen auf der Farm zu arbeiten.

„Ich hab mich für eine Woche Afrika gemeldet", sagte er. „Und das ziehe ich jetzt auch durch."

„Okay, das freut mich", erwiderte Samira. „Dann hast du zwei Möglichkeiten: Entweder du pflanzt Bäume, oder du hilfst uns beim Fischen."

„Fischen? In der Wüste? Du machst Witze."

Sie lächelte. „Nein, das ist mein Ernst. Komm mit. Ich erklär's dir."

Samira führte Marek zu einer offenen Fläche hinter einer Scheune. Dort reihten sich Gestelle aus Holz und Metall aneinander, an denen Fischernetze hingen. Die meisten waren etwa drei bis vier Meter breit und zwei Meter hoch.

„Sollen die Netze trocknen?", fragte Marek.

„Nein, im Gegenteil. Sie sollen feucht werden. Damit fangen wir den Tau aus der Luft ein."

„Oh, jetzt verstehe ich." Marek sah sich eine der Konstruktionen aus der Nähe an. Unterhalb des Netzes befanden sich zwei Kunststoffprofile, die leicht nach unten geneigt waren und in einen Trichter mündeten. An den Trichter wiederum war ein Schlauch angeschlossen, der in eine alte Getränkeflasche mündete. Marek schüttelte die Flasche. Es hatte sich tatsächlich Wasser darin angesammelt, ungefähr eine Coladose voll, schätzte er. „Genial."

„Und das Beste ist: Die gesamte Anlage besteht aus Abfall. Die Netze stammen vom Meeresboden. Fischer haben sie verloren. Im Meer sind sie eine große Gefahr, weil sich alle möglichen Tiere darin verfangen, nicht nur Fische, auch Schildkröten, Robben, Delfine, Haie. Wir sammeln sie ein und bringen sie hierher. Damit kann man in der Wüste Wasser erzeugen, völlig ohne Energieeinsatz."

Marek war baff. So etwas hatte er noch nicht gesehen. Wie gut das System funktionierte, zeigte sich im Verlauf der nächsten Stunde. Während dieser Zeit ging er mit zwei anderen Helfern an den Netzen entlang und leerte die Flaschen in einen Tank, der auf einem Handwagen installiert war. Am Ende hatten sie mehr als hundert Liter Wasser gesammelt. Wenig im niederschlagreichen Europa, eine beträchtliche Menge in der libyschen Wüste.

Den Vormittag verbrachte Marek damit, weitere Netze an Gestellen aufzuspannen. Über Mittag, als die Hitze unerträglich wurde, hielten sie eine lange Siesta. Am späten Nachmittag meldete sich Marek freiwillig zum Pflanztrupp. Er fuhr in einem Kleinbus etwa zehn Kilometer Richtung Osten zu einer Fläche, die steinig und trocken, aber kaum von Flugsand bedeckt war. Am Straßenrand stand einer der MAN-Lastwagen, die sie nach Libyen überführt hatten. Auf seiner Ladefläche lagen Strohballen, gestapelt in eine Höhe von bis zu drei Metern.

Wieder war es Samira, die ihm erklärte, was hier geschah. „Das Projekt ist mehrstufig. Erst mal geht es darum, den Boden zu sichern und die Ausbreitung der Wüste zu verhindern. Dazu setzen wir Wüstenpflanzen, die mit extrem wenig Wasser auskommen. Danach wird der Boden neu aufgebaut."

Marek deutete auf den Lastwagen. „Ist das Stroh? Das kommt aber in der Wüste normalerweise nicht vor."

„Das stimmt. Nur leider ist der Boden hier total ausgelaugt. Über Jahrzehnte wurde falsch gewirtschaftet. Keine Fruchtfolge, zu viele Tiere auf der Fläche … Jetzt ist der A-Horizont praktisch tot."

„A-Horizont?"

„Das ist die erste Schicht des Bodens. Sollte eigentlich mit organischer Substanz angereichert sein, doch hier ist nichts mehr." Sie scharte mit dem Fuß, eine kleine Staubwolke stieg auf. „Aber das ändern wir, indem wir organisches Material einbringen. In zehn Jahren wird man hier wieder Getreide anbauen oder Tiere weiden lassen."

„Zehn Jahre?" Er schaute sich um, entdeckte aber nicht eine einzige wild wachsende Pflanze. Es gab nur trockenen Sand und unzählige kleine Steine. „Nie im Leben."

Samira lächelte. „Garantiert. Eines Tages wird die Sahara wieder grün sein."

Er schüttelte den Kopf. „Wieder grün? Die Sahara war niemals grün."

„Doch, dreimal sogar. Die Entwicklung verläuft zyklisch. Hier war ein weites Grasland, wahrscheinlich floss dort drüben mal ein Fluss." Sie zeigte zu einer Senke hinüber, wo ein paar rundliche Felsen lagen.

Marek hätte sich am liebsten an die Stirn getippt, allein seine guten Manieren hielten ihn davon ab. „Vor einer Million Jahren vielleicht. Lange bevor der Mensch entstanden ist."

„Nein, es ist nur ein paar Tausend Jahre her. Hier lebten Menschen, die in den Flüssen schwammen und mit dem Boot fuhren."

„Wahrscheinlich fuhren sie auch Wasserski." Er streckte seine Arme aus, tat so, als würde er die Hantel eines Zugseils halten und auf einem Brett balancieren.

„Sehr lustig. Ich verspreche dir, eines Tages werden wir diesen Zustand wieder erreichen. Menschen können alles. Wir können auch das Klima beeinflussen."

„Ja, sicher – in einer Million Jahren."

„Adam, dir fehlt etwas sehr Wesentliches: Vertrauen. Du vertraust keinem Menschen auf der Welt, wahrscheinlich nicht mal dir selbst."

Er zuckte mit den Schultern. „Das liegt an meinem Job. Ich bin Privatdetektiv. Ich kümmere mich um untreue Ehemänner und Diebe aller Art. Du glaubst gar nicht, wie viele Märchen ich schon gehört habe."

„Ich werde es dir beweisen. Später. Aber erst mal hilfst du, den Boden aufzubauen. Hier, für dich." Sie reichte ihm ein Paar Arbeitshandschuhe.

„Okay. Begrünen wir die Sahara." Er lachte still in sich hinein.

Samira machte Marek mit den restlichen Teammitgliedern bekannt. Roberto, ein junger Italiener mit einem kurzen Vollbart, sollte den Lastwagen zunächst fahren, bis Marek das System begriffen hatte. Lisa, Viola und Monika, Studentinnen aus Finnland und Schweden, die wie Außerirdische aussahen, weil sie Sonnenkappen trugen, die auch Gesicht und Hals bedeckten und aus einem glänzenden Stoff bestanden, stiegen gemeinsam mit Marek und Samira auf die Ladefläche. Während sie langsam über ein mit Pflöcken eingegrenztes Feld rollten, schnitt Marek die Schnüre durch, die die Ballen zusammenhielten, und reichte sie weiter zum Heck, wo die Frauen sie auseinanderrissen und das Stroh zu Boden fallen ließen. Nach etwa zehn Minuten erschien ein Traktor am Feldrand, senkte seinen Pflug ab und wendete die oberste Schicht des Bodens.

Das soll der ganze Trick sein?, fragte sich Marek. Stroh unter die Erde bringen und sonst nichts? Das kann nicht stimmen. Es muss ein Ablenkungsmanöver sein, um die Medien zu beeindrucken. Schöne Bilder, billig produziert.

Am nächsten Tag durfte Marek wieder hinter dem Steuer eines Lastwagens Platz nehmen. Jetzt hatten sie Büschel von Wüstengräsern geladen, die auf der Farm gezüchtet wurden, außerdem Salzkräuter, Dornenbüsche und einige Säcke Mineraldünger. Marek fuhr langsam über das Feld, auf dem sie tags zuvor das Stroh untergepflügt hatten, während die Skandinavierinnen in regelmäßigen Abständen die Pflanzen und Säcke abluden. Inzwischen waren einheimische Frauen hinzugekommen, die die traditionelle Tracht der Berber trugen, lange Gewänder mit spitzen Kapuzen, und die Pflanzen mit jeweils einer Handvoll Dünger in den Boden setzten. Sie erhielten als Einzige Lohn für ihre Arbeit, Marek und die anderen Europäer genossen nur die spärliche Unterkunft und Verpflegung.

Am dritten Tag fuhr Marek jenen Lastwagen, auf dem er gemeinsam mit Gojko die Tanks installiert hatte. Wieder rollte er im Schritttempo über das Feld, diesmal wurden die frisch gepflanzten Gräser, Kräuter und Büsche mit Wasser begossen, das aus einem Tiefbrunnen stammte. Samira behauptete, dass sie von nun an für den Rest ihres Lebens, das je nach Art bis zu hundert Jahre dauern konnte, sich selbst versorgen würden. Diese Maßnahmen würden auf lange Sicht dazu beitragen, dass sich das Klima änderte, eines Tages würde man in der Wüste wieder schwimmen können.

„Hör auf. Ich hab dir schon mal gesagt, dass ich das nicht glaube. Das ist ein Märchen. Dafür sollte man kein Geld verplempern."

„Wirst du das in deinem Bericht an Don Grazer schreiben? Dass ich eine Märchentante bin?"

„Möglich."

„Okay, jetzt reicht's." Sie zog ihre Arbeitshandschuhe aus und warf sie auf den Boden. „Wir fahren los. Steig in den Lastwagen."

„Los? Wohin?"

„Keine Fragen. Mach schon." Samira öffnete die Beifahrertür und kletterte auf den Sitz.

Er folgte ihr. „Bleib locker. Kein Grund zur Aufregung."

Marek startete den Motor und wollte das Navigationssystem anschalten, Samira jedoch hinderte ihn daran.

„Ich sag dir, wo's lang geht. Erst mal Richtung Süden."

„Du bist die Chefin."

Marek lenkte den Lastwagen über eine Buckelpiste, die zu einer Oase in etwa siebzig Kilometern Entfernung führte. Er hoffte, dass das nicht das Ziel ihrer Reise war. Mindestens eine Stunde lang neben der wütenden Samira zu sitzen, würde kein Vergnügen sein. Nach etwa zwölf Kilometern jedoch gab sie ein Zeichen. Marek sollte links abbiegen, in eine Straße, die nur in Ansätzen vorhanden war. Reifenspuren führten in ein Tal zwischen Bergen aus braunem Felsgestein, Wegweiser oder auch nur Markierungen aus übereinandergelegten Steinen, die er rund um die Farm gesehen hatte, gab es nicht. Der MAN rollte wie auf Schienen. Marek hatte dieses Phänomen bereits an seinem ersten Tag in der Wüste bemerkt. An einigen Stellen, etwa auf Ebenen zwischen breiten Dünenzügen, war der Sand vom Wind regelrecht hart gepresst worden und man konnte ihn mit normalen Personenwagen befahren. Trotzdem

beruhigte es ihn, dass sein alter Militärlaster mit Allradantrieb und Schraubenfedern ausgestattet war. Zur Not
könnte er sich auch durch schwerstes Gelände wühlen.

„Halt! Stehen bleiben!", verlangte Samira.

„Wo?"

„Na hier."

Sie zeigte auf eine Stelle am Rande der Piste, wo sich
mehrere Reifenspuren kreuzten. Hier hatte mindestens ein
Fahrzeug geparkt oder gewendet. Marek wusste, dass sich
Spuren in der Wüste oft jahrelang, manchmal sogar jahrzehntelang hielten, weil der Wind sie immer wieder säuberte.
Trotzdem war diese Stelle ungewöhnlich. So viele Reifenspuren und Fußabdrücke fanden sich normalerweise nicht in
einem entlegenen Tal. Bevor sie ausstiegen, nahm Samira
einen Gegenstand aus der Notfallbox, mit der jeder Lastwagen ausgestattet war.

„Was machen wir jetzt?" Marek schaute sich um. Etwas
war seltsam. Die Fußspuren endeten nach ein paar Metern.
Als ob sich hier mehrere Menschen getroffen, miteinander
geredet hatten und dann wieder verschwunden waren.
Vielleicht wurden die Spuren auch absichtlich verwischt.

„Einen kleinen Ausflug", sagte Samira. „Es dauert nicht
lange."

Zielstrebig ging sie durch ein Geröllfeld hindurch, das zu
einer Felswand führte. Den Berg schätzte Marek auf eine
Höhe von hundert Metern. Er hoffte, dass Samira ihn nicht
besteigen wollte, denn dazu fehlte ihnen die nötige Ausrüstung. Die Wand hätte man nur mit einer Seilschaft aus
professionellen Bergsteigern bezwingen können, so steil war
sie. Aber vielleicht gab es irgendwo eine flache Seite,
vielleicht sogar einen Weg, der zum Gipfel führte.

„Da ist es." Samira zeigte auf eine Spalte im Fels.

„Da ist was?"

„Die Höhle." Sie hielt plötzlich eine Taschenlampe in ihrer
Hand. Das war es, was sie aus der Notfallbox genommen
hatte.

„Willst du da jetzt etwa …?"

„Keine Angst. Es ist total ungefährlich. Mir nach."

Samira quetschte sich durch eine Felsspalte, die etwa so hoch und so breit wie eine Mülltonne war. Marek kroch ihr mit einem mulmigen Gefühl hinterher. Nach wenigen Metern konnte er wieder aufrecht gehen. Es knirschte unter seinen Füßen, der Boden war mit Kies belegt. Im Schein der Taschenlampe sah er gezackte Felsen, hinter denen man problemlos etwas verstecken könnte. Kisten mit Waffen und Munition vielleicht. Oder eine Leiche.

„Wir sind da", verkündete Samira. „Das ist die Höhle von Keirum."

Der Lichtkegel ihrer Taschenlampe wanderte langsam über eine glatte Felswand, die bedeckt war mit primitiven Malereien. Sie reichten in eine Höhe von bis zu drei Metern und dehnten sich auf einer Breite von über zehn Metern aus, man konnte an ihnen wie an einem riesigen Comicstrip entlangschreiten. Es schien so, als würden die Bilder eine Geschichte erzählen. Marek entdeckte einen Mann, der auf einer Plattform stand und einen langen Stab in den Boden rammte. Der Boden war jedoch nicht braun, wie überall in dieser Gegend, sondern blau.

„Ein Boot! Der Kerl fährt mit einem Boot", sagte er erstaunt.

Samira lächelte. „So eine Überraschung aber auch."

Er ging weiter. Die nächsten beiden Figuren schienen auf dem Boden zu liegen. Sie breiteten ihre Arme und Beine aus, um sie herum waren blaue Linien. „Schwimmer. Das sind Schwimmer mitten in der Wüste."

„Damals war es keine Wüste. Die Zeichnungen sind etwa viertausend Jahre alt. Damals herrschte hier ein anderes Klima. Es gab Flüsse, Seen und ein weites Grasland."

„Warum hab ich noch nie etwas davon gehört? Laut meinem Navi ist hier nichts außer Sand und Gestein."

„Weil wir die Höhle schützen wollen. Sie wurde erst vor ein paar Jahren entdeckt. Eine Düne hatte den Eingang lange verdeckt. Wissenschaftler haben die Zeichnungen ausgewertet, aber die Öffentlichkeit soll nichts davon erfahren."

„Ich verstehe. Sonst würden Touristen hier einfallen." Er ging weiter. Auf die Schwimmer folgten drei oder vier Gestalten, die jedoch nicht mehr so klar zu erkennen waren. Sie hielten Speere in der Hand. Vielleicht waren sie auf der Jagd, vielleicht kämpften sie aber auch gegen Feinde.

„Eines Tages wird es hier wieder so aussehen." Samira zeigte auf die Zeichnungen einiger Bäume, vielleicht sollten sie sogar einen Wald darstellen. „Wir werden das ganze Jahr über viel Wasser haben."

„Aber dazu muss sich das Klima ändern. Das ist eine Herkulesaufgabe."

„Es ist gar nicht so schwer. Hast du gemerkt, dass wir auf dem Weg hierher durch ein Wadi gefahren sind?"

Marek erinnerte sich an eine Senke, in der sie durchgeschüttelt wurden, weil dort besonders viele Steine lagen. „Na klar, ein ausgetrocknetes Flussbett."

Sie nickte. „Jedes Jahr wird daraus drei- oder viermal ein reißender Fluss. In dieser Provinz gibt es mehr Tote durch Ertrinken als Verdursten."

„Ertrinken in der Wüste? Kein Witz?"

„Nein, das ist die bittere Wahrheit. Das kommt daher, weil innerhalb kurzer Zeit gewaltige Mengen an Regen niedergehen. Der Boden kann das Wasser nicht halten. Wenn wir aber viel Biomasse haben, Gras, Büsche, Bäume, wird das Wasser gespeichert."

„Und dadurch ändert sich das Klima?"

„Ja, langfristig entsteht eine gemäßigte Klimazone. Wasser fällt zu Boden, wird gespeichert, verdunstet langsam, bildet Wolken und regnet wieder herab."

„Wie viele Pflanzen müssen wir dafür noch einbuddeln?"

„So etwa hundert Millionen."

Er stieß einen Pfiff aus. „Eigentlich wollte ich nächste Woche wieder zu Hause sein."

Sie lachte. „Das ist eine Aufgabe für Generationen. Aber jemand muss damit anfangen."

Er nickte. „Wahrscheinlich hast du recht. Jemand muss den Anfang machen."

29. Kapitel: Nazis sind sexy

„Bin ich hier richtig?"

Lea stand an der Schwelle zu einem Büro in einem Londoner Hochhaus. Sie glaubte, sich in der Adresse geirrt zu haben, weil der Raum winzig klein und sehr schlicht ausgestattet war. Es gab einen Schreibtisch, drei Stühle und einen Schrank, an den Wänden hingen Regale aus Metallstäben und Brettern, die scheinbar aus einem Baumarkt stammten. Und hier sollte einer der bekanntesten Journalisten der Welt residieren? Selbst für ein Vorzimmer war das etwas armselig.

„Ja, kommen Sie herein", sagte die junge schwarze Frau hinter dem Schreibtisch. „Mein Dad kommt gleich. Ich räume nur ein bisschen auf."

„Oh, Sie sind Erica, Jamals Tochter. Ich bin Lea." Ihr fiel auf, dass die Haut der jungen Frau etwas heller als die ihres Vaters war, aber sie hatte das kantige Gesicht und sein breites Lächeln geerbt.

„Freut mich." Sie reichte Lea die Hand und riss danach einen Briefumschlag auf. „Mein Dad ist etwas chaotisch, die Post liegt hier schon seit einer Woche."

Leas Füße taten weh, weil sie neue Schuhe trug. Sie musste sich jetzt dringend hinsetzen. „Ich will Sie nicht stören. Kann ich schon mal reingehen?" Sie zeigte auf eine Tür, von der sie annahm, dass sie ins Hauptzimmer führte.

Erica brach in Gelächter aus. „Das ist die Abstellkammer."

„Was? Meinen Sie etwa, das …"

„Ja, das ist alles. Das ist der Palast von Jamal Bagley."

„Oh, das hätte ich nicht …" Sie sprach nicht weiter, weil sich ihr jemand von hinten näherte.

„Lea, meine Liebe. Willkommen in London." Jamal begrüßte sie mit einer Umarmung. Er sah aus, als käme er direkt vom Golfplatz, trug ein Polohemd und eine karierte Hose.

Erica merkte offenbar, dass es nun ein bisschen eng in dem Büro wurde, weshalb sie ihrem Vater die wichtigen Briefe übergab, den Rest in den Papierkorb warf und sich verabschiedete. Jamal bot Lea einen Platz vor dem Schreibtisch an und setzte sich selbst dahinter.

„Ich muss sagen, du bist sehr bescheiden", begann Lea das Gespräch. „Oder ist das nur eine Übergangslösung, bist du etwas Besseres gefunden hast?"

Er lachte, zeigte seine weißen Zähne. „Nein, das ist mein offizielles Welthauptquartier. Ich brauch nicht mehr. Lea, ich hab alles gehabt. Früher hatte ich einen eigenen Firmenjet, mit dem ich zu jeder kleinen Besprechung geflogen bin, von Washington nach L.A., weiter nach Tokio und dann nach Paris. Was für ein Wahnsinn. Wir haben tonnenweise CO_2 produziert. Und wofür das Ganze? Nur damit wir uns wichtig fühlen konnten. Heute mache ich fast alles von hier aus mit dem Telefon. Das reicht mir. Ich will mich nicht mehr mit großen Häusern, Autos und Flugzeugen belasten."

Lea dachte an ihr Büro in Brüssel, das mitsamt der Nebenräume etwa zehnmal so groß war wie dieses hier, und verspürte dabei ein schlechtes Gewissen. Das Gebäude der Ausgleicher war Ausdruck der irrsinnigen Bürokratie der EU. Alles musste möglichst modern und repräsentativ sein, es gab unzählige Vorschriften zu den Themen Sicherheit, Umweltschutz und Gleichberechtigung von Minderheiten, die zwar alle gut gemeint waren, aber letztlich dazu führten, dass Bau und Unterhalt der Häuser riesige Summen verschlangen. Jamal demonstrierte, mit wie wenig man auskam. Trotzdem hatte er in den letzten Wochen zehn Konzepte für Fernsehsendungen ausgearbeitet, von denen die ersten bereits in Produktion gegangen waren. Ihre Behörde hätte für dieselbe Arbeitsleistung etwa drei Jahre gebraucht und ein Hundertfaches der Kosten erzeugt. Lea nahm sich fest vor, nach ihrer Rückkehr in ein kleineres Büro umzuziehen. „Das finde ich sehr beeindruckend, Jamal. Hoffentlich eifern dir möglichst viele Leute in der Branche nach."

„Wohl eher nicht. Ein Firmenjet ist immer noch das größte Statussymbol. Egal. Weshalb bist du zu mir gekommen, Lea?"

„Erst mal möchte ich dir für deine Vorschläge danken. Sie funktionieren großartig. Ich hätte nicht gedacht, dass man ein Studio ohne Kameraleute und ohne Regisseur betreiben kann."

Er lächelte zufrieden. „Die Technik entwickelt sich in einem rasanten Tempo. Ich hab deine Talkshow gesehen, Lea. Echt professionell. Tolle Reaktionen vom Publikum, gute Quote. Und das alles zu einem Preis, für den man vor zehn Jahren nicht mal den Vorspann hätte produzieren können."

„Ja, und deshalb möchte ich damit weitermachen." Sie atmete tief durch. „Jamal, ich habe ein großes Projekt, das mich schon lange beschäftigt. Es soll eine Dokumentation werden. Dafür brauche ich die Hilfe eines Profis."

„Lass hören."

„Wie du weißt, wollen wir eine höhere Zivilisation erschaffen, in der es keine Angst und keinen Hass mehr gibt."

„Daran arbeiten wir schon fleißig."

„Ja, und jetzt will ich ein ganz heißes Eisen anpacken: den Hass auf die Nazis. Ich will ihn auflösen."

Jamal schnalzte mit der Zunge. „Daran kann man sich leicht verbrennen."

„Richtig, aber wir dürfen es nicht länger aufschieben. Die Krawalle in Europa haben gezeigt, dass immer noch viel Hass existiert, der von Generation zu Generation weitergegeben wird."

Er nickte wortlos.

„Viele Leute würden sagen, die Nazis haben es verdient, dass sie gehasst werden, bei dem, was sie alles verbrochen haben. Sie sind die richtigen Feinde. Das kann man verstehen. Es gibt aber ein großes Problem dabei: Durch den Hass auf die richtigen Feinde werden Denkmuster und Gefühlsmuster eingeübt, die den meisten Menschen nicht bewusst sind. Aber sie sind da, in jeder Sekunde gärt es in ihrem Unterbewusstsein. Und wenn es zu einer besonderen Situation kommt, reicht ein Funke aus, um einen ganzen Stadtteil in Brand zu setzen."

Jamal dachte einen Moment nach. Dann sagte er: „Nein, Lea, ich glaube, das ist keine gute Idee. Die Leute brauchen die Nazis als Druckventil. Auch die Kommunisten, die Ungläubigen, die Diktatoren, die Drogenbarone oder irgendwelche Aliens aus dem Weltall. Vergiss nicht, viele Menschen sind unzufrieden mit ihrem Leben. Sie sind enttäuscht von ihrem Job, ihrem Ehepartner, ihren Kindern … Sie müssen mal so richtig Dampf ablassen. Wen darf man heutzutage noch hassen? Einen Schwarzen wie mich?" Er streckte seine Hände vor. „Nein, das ist politisch nicht korrekt. Juden? Auch nicht erlaubt. Schwule? Geht nicht. Ausländer? Auch verboten. Aber Nazis darf jeder hassen. Du kannst heute in einer politischen Versammlung aufstehen, oder in einem Klassenzimmer, einem Kino, einem Bus, ganz egal, und laut rufen: Ich hasse Nazis! Und was passiert? Du bekommst Applaus, alle klopfen dir auf die Schulter. Das ist etwas, das du den Leuten nicht wegnehmen darfst."

Lea hatte bereits damit gerechnet, dass er sie mit solchen Argumenten konfrontieren würde. Deshalb legte sie sich vor ihrer Abreise nach London eine Strategie zurecht, mit der sie ihn umstimmen wollte. „Jamal, gestatte mir bitte eine Frage. Bist du gegen Gewalt?"

„Selbstverständlich."

„Dürfen Bürger sie aufteilen in eine gute Gewalt und eine schlechte Gewalt?"

„Nein. Jede Form von Gewalt ist abzulehnen."

„Aber es gibt einen guten Hass und einen schlechten?"

Wieder schwieg er für einen Moment. Dann antwortete er: „Ich verstehe, was du meinst. Vielleicht werden damit tatsächlich Muster eingeübt. Aber was willst du machen? Der

Hass steckt potenziell in jedem Menschen drin. Den kann man nicht wegtherapieren."

„Aber man kann ihn auflösen. Irgendwann wird die Menschheit ihn nicht mehr brauchen."

„Glaub ich nicht. Hass ist das Gegenteil zur Liebe. Wenn du eins von beiden wegnimmst, ist das Gleichgewicht gestört."

Lea blickte auf das Regal, das ihr gegenüber an der Wand hing. Dort stand zwischen den Büchern ein Foto in einem silbernen Rahmen, das Jamal vor einem Düsenflugzeug zeigte. Wahrscheinlich war es ein Souvenir aus seinem alten Leben. „Vermisst du eigentlich das Reisen mit dem Privatjet?"

„Nein, damit hab ich abgeschlossen."

„Würdest du sagen, du bist im Gleichgewicht?"

Nach einer Denkpause lachte Jamal kurz auf. „Du bist schlau, Lea. Ich weiß schon, was du sagen willst. Wenn ich die Gier in meinem Leben auflösen kann, dann können andere es auch. Man kann die Angst auflösen, den Hass ...""

„Ja, du hast es selbst bewiesen, Jamal. Ein Mensch kann sich ändern. Die Menschheit kann sich ändern. Wir müssen uns nur dazu entschließen."

Er klopfte auf die Schreibtischplatte. „Okay, angenommen, wir entschließen uns, den Hass auf die Nazis aufzulösen. Wie willst du das in der Praxis umsetzen?"

„Durch eine lange Medienkampagne. Heute sind fast alle wichtigen Informationen über die Vorkriegszeit nicht mehr bekannt. Ihr in Amerika habt das wahrscheinlich nicht mitbekommen, aber in Europa herrschte nach 1918 ein extremes Ungleichgewicht. Zum Beispiel beim Militär. Die Deutschen durften nur eine kleine Armee mit hunderttausend Mann haben, während die anderen viele Millionen Soldaten hatten."

„Ja, und bei den Panzern und Flugzeugen war es noch schlimmer. Die Deutschen durften überhaupt keine besitzen, die anderen besaßen Zigtausende. Lea, glaubst du, wir Amerikaner leben hinterm Mond?"

„Entschuldige, ich wollte dich nicht beleidigen."

„Ich hab ein paar Semester Neuere Geschichte studiert, bevor ich mich auf Journalistik verlegt habe. Besonders die Rolle der Vereinigten Staaten interessierte mich. Ich hatte einen Kurs im Fach Konfliktforschung belegt."

„Was hast du herausgefunden?"

„Gegenfrage. Lea, kennst du das Mellon-Bérenger-Abkommen?"

„Nein, nie gehört."

Er grinste. „Hab ich mir gedacht. Heute kennen es selbst die Historiker nicht mehr. Dabei birgt es einen wichtigen Aspekt, der zusammen mit anderen zum Zweiten Weltkrieg geführt hat, und es zeigt, wie mein Land darin verwickelt war. Aber zuerst gehen wir zurück zum Ersten Weltkrieg. Angeblich sind die USA neutral gewesen, bis zu ihrem Kriegseintritt im April 1917."

„Was großer Quatsch ist", sagte Lea. „Die USA lieferten gewaltige Mengen von Kriegsmaterial an Frankreich und Britannien. Das war einseitige Parteinahme."

„Richtig. Und wir gaben den Ländern Kredite, um das Material zu bezahlen. Nach dem Waffenstillstand von 1918 waren alle Kriegsteilnehmer so gut wie pleite. Aber die Kredite mussten zurückgezahlt werden. Deshalb schlossen die USA Abkommen mit ihren Verbündeten. Frankreich und Britannien sollten riesige Summen zahlen – für die nächsten zweiundsechzig Jahre."

Lea konnte sich ein Schmunzeln nicht verkneifen. „Und das, obwohl sie den Krieg gewonnen hatten."

„Die Franzosen fanden es nicht lustig. Sie hatten das Geld nicht und verweigerten die Rückzahlung der Schulden. Aber die USA haben Druck gemacht, haben neue Kredite abgelehnt, erst 1926 stimmten die Franzosen dem Mellon-Bérenger-Abkommen zu. Aber wo sollte das Geld herkommen?"

Sie tat so, als wüsste sie die Antwort nicht. „Lass mich raten. Von den Deutschen?"

„Richtig. Die Deutschen sollten für die gesamten Kriegskosten aufkommen. Für ihre eigenen und für die fremden, aber das Land war nach dem Krieg ruiniert. Es war klar, dass der Plan nicht funktionieren konnte. Trotzdem hat man ihn umgesetzt."

„Unter anderem kam es zur Hyperinflation in Deutschland. Man brauchte einen Waschkorb voll Geld, um ein Brot zu bezahlen."

„Ja, es kam zu den tollsten Auswüchsen. Darüber hab ich eine Arbeit an der Universität geschrieben. Weil die Deutschen nicht genug Devisen besaßen, um die Reparationen zu bezahlen, mussten sie einen Teil davon in Waren liefern, Kohle, Eisenbahnwagen, Maschinen. 1929 hat sich das französische Maschinensyndikat beschwert, dass deutsche Maschinen ihren Markt überschwemmen und sie selbst nichts mehr verkaufen können. Gleichzeitig ist Deutschland als Exportmarkt weggebrochen, weil die Reparationen das Land lähmten. Das Ganze war ein riesiger Haufen Schwachsinn, ausgelöst von der amerikanischen Forderung nach Rückzahlung der Schulden."

Lea führte den Gedanken fort. „Europas Wirtschaft stand auf äußerst wackligen Beinen. Kein Wunder, dass sie der Schwarze Freitag von 1929 so hart getroffen hat. Firmenpleiten, Massenarbeitslosigkeit, Armut, Hunger ..."

„Die Nazis und die Kommunisten hatten leichtes Spiel. Hitler bot sich als der starke Führer an, der die Ketten des Versailler Vertrags sprengen würde. Wir wissen alle, was das Ende vom Lied war."

„Siehst du, Jamal, genau darüber müssen wir die Menschen aufklären. Wir zeigen ihnen, dass niemand grundlos böse ist. Es hat tiefere Ursachen, wenn sich Menschen radikalisieren. Und es gibt noch viel mehr historische Informationen, die wir heute nicht mehr kennen."

„Im Prinzip hast du recht, Lea. Aber ..." Er sprach nicht weiter.

„Aber?"

„Das alte Problem: die praktische Umsetzung." Wieder ließ er eine kurze Pause. „Lea, weißt du, was ein Stuka ist?"

„Nein."

„Das ist die Abkürzung für Sturzkampfbomber. Der bekannteste war die Junkers Ju 87, eingesetzt von den Deutschen im Zweiten Weltkrieg. Sie griffen im Sturzflug an, fast senkrecht." Jamal hob den Arm, krümmte die Hand und schlug dann auf die Schreibtischplatte.

„Oh, jetzt weiß ich wieder." Lea hatte das Bild eines einmotorigen Flugzeugs vor Augen, bei dem die Flügel leicht nach oben gebogen waren. Und sie hörte ein seltsames Geräusch, ein grelles Pfeifen, das in dem Moment einsetzte, als die Maschine vornüber kippte und auf die Erde zuraste. „Besaßen die nicht diese komische Sirene?"

„Die Jericho-Trompete, genau. Ein Instrument zur psychologischen Kriegsführung. Damit sollten die gegnerischen Truppen demoralisiert werden. Das wäre ein hervorragendes Thema für einen Film."

„Nein, Jamal, das …"

„Lass mich bitte ausreden, Lea. Also, wir fangen mit einer ruhigen Szene an. Eine Familie sitzt an ihrem Frühstückstisch. Es ist ein schöner Tag, sie sitzen draußen auf der Terrasse, der Kaffee dampft, die Mutter schmiert Brötchen, die Kinder spielen im Garten. Dann ein harter Schnitt. Eine Stuka kommt aus einer dunklen Wolke hervor. Schnitt auf das Cockpit. Der Pilot und sein Heckschütze sprechen Deutsch miteinander. Der Finger des Piloten zeigt auf eine Landkarte. Der Name der Stadt klingt polnisch oder französisch. Schnitt auf die Familie. Der Junge zeigt nach oben. *Mutti, was ist das?*, fragt er. Schnitt auf das Cockpit. Der Pilot drückt den Steuerknüppel nach vorn. Die Maschine senkt ihre Nase und das schaurige Heulen der Jericho-Trompete setzt ein. Schnitt auf die Mutter. Sie schaut zum Himmel hinauf. Ein entsetzter Schrei: *Das sind Stukas! Die Deutschen kommen!* Schnitt auf die Stukas. Es ist nicht nur eine Maschine, es ist eine ganze Staffel. Wie Raubvögel stürzen sie sich auf ihre Opfer. Das Heulen der

Sirenen wird immer lauter. Schnitt auf die Familie. Angstvoll laufen sie in den Keller hinab, schließen die Türen. Schnitt auf die Stukas. Sie klinken ihre Bomben aus. Eine nach der anderen fällt zu Boden. Schnitt auf die Familie. Sie fangen an zu beten. Schnitt auf die Bomben. Sie kommen der Erde immer näher. Dann eine heftige Explosion. Trümmerteile fliegen durch die Luft. Eine Rauchsäule steigt auf. Schnitt auf die Stukas. Die Piloten ziehen ihre Maschinen hoch und fliegen davon. Einer der Piloten fängt an zu lachen. Schnitt auf die rauchenden Trümmer. Menschen laufen panisch davon. *Das waren die Deutschen,* ruft jemand. Wir sehen aber nirgendwo unsere Familie. Erst viel später erfährt der Zuschauer, was mit ihnen geschehen ist. Wir wollen ja schließlich die Spannung erhalten."

„Jamal, das ist furchtbar. So darf man keinen Journalismus machen."

„Ja, das ist furchtbar. Aber ich garantiere dir, Lea, damit erreichen wir schon in der ersten Woche zehn Millionen Zuschauer. Wir verkaufen den Film an Sender in der ganzen Welt. Viele Jahre werden sie ihn zeigen. Damit machen wir auf unsere Kanäle aufmerksam, wir gewinnen unzählige Abonnenten. Und jetzt das Gegenbeispiel. Zwei alte Männer sitzen an einem Tisch. Vor ihnen ein Stapel Akten. Sie sprechen über die Rückzahlung von Schulden."

„Du meinst das Mellon-Bérenger-Abkommen."

„Na klar. Und so geht es weiter. Das französische Maschinensyndikat beschwert sich über die deutschen Maschinen, die ihre Märkte überfluten. Noch mehr alte Männer, noch mehr Akten. Das ist todlangweilig, überhaupt nicht sexy, der Gruselfaktor ist gleich null. Mit einem solchen Film erreichen wir höchstens eine halbe Million Zuschauer. Und schlimmer noch: Wir werden Tausende hasserfüllte Kommentare ernten. *Man darf die Geschichte nicht umschreiben. Die Deutschen sind schuld am Krieg. Ihr wollt die deutschen Verbrechen verharmlosen, ihr Nazis.* Solche Sprüche wird man uns um die Ohren hauen."

Nun schwieg Lea für einen Moment. Sie erinnerte sich an ein Ausgleichsverfahren, das sie vor Jahren in Polen geführt hatte. Es ging darum, ein Mahnmal für die Deutschen zu errichten, die nach Kriegsende 1945 aus dem Land ihrer Vorfahren vertrieben wurden. Damals schlug ihr blanker Hass entgegen, und sie bekam genau die Vorwürfe zu hören, die Jamal eben nannte: *Man darf die Geschichte nicht umschreiben. Die Deutschen sind schuld* ... Man unterstellte ihr sogar, dass sie eine Deutsche sei, die unter falschem Namen in Polen auftrat, einer ihrer Vorfahren diente angeblich als Obersturmbannführer bei der SS und beging Kriegsverbrechen. Viele Menschen glaubten diese Lügen.

Es war Lea nicht möglich gewesen, das Verfahren ordnungsgemäß zu beenden. Jede Veranstaltung wurde von Zwischenrufen unterbrochen, faule Eier flogen auf die Bühne, Fahrzeuge ihrer Mitarbeiter gingen in Flammen auf. Es schien so, als beharrten die Polen darauf, für alle Zeit unschuldige Opfer zu sein, obwohl sie selbst unter der Opferrolle litten. Die ausgestreckte Hand nahmen sie nicht an. Unter Polizeischutz musste der Tross der Ausgleicher das Land verlassen, das Mahnmal wurde nicht gebaut. Doch damit hatten die Extremisten bei Lea nur eines erreicht: Sie glaubte noch fester an ihren Auftrag.

„Wahrscheinlich hast du recht, Jamal. Wahrscheinlich wird genau das passieren. Aber durch den Stuka-Film, den du geschildert hast, werden die schädlichen Muster trainiert. Menschen rechnen damit, dass das Böse aus heiterem Himmel über sie hereinbricht. Deshalb tragen sie ständig eine Grundangst mit sich herum, und aus dieser Angst kann sehr schnell Hass erwachsen. Durch den Film über das Mellon-Bérenger-Abkommen kann man die Angst auflösen. Wir zeigen den Menschen, was wirklich zum Krieg geführt hat. Wenn man die Fehler kennt, kann man sie in Zukunft vermeiden. Wenn wir auf dem Weg zu einer höheren Zivilisation vorankommen wollen, müssen wir auch die schwierigen Themen anpacken. Die hasserfüllten Kommentare beweisen doch, wie unausgeglichen diese Gesellschaften sind. Wir müssen ihnen helfen, ins Gleichgewicht zu kommen."

Er sah ihr in die Augen und grinste dabei. „Lea, du willst die Sache gnadenlos durchziehen? Ohne Rücksicht auf Verluste?"

„Jamal, ich bin in allen europäischen Sprachen beschimpft worden, so ziemlich alles, was in eine Hand passt, wurde auf mich geworfen, meine Leute und ich wurden sogar Opfer eines Bombenanschlags. Aber wir haben uns davon nicht entmutigen lassen. Glaub mir, Jamal, eines Tages werden die Störer und Hetzer auf uns zukommen und uns um Verzeihung bitten. Am Ende werden wir gewinnen."

*

„Was ist das? Ein Notausstieg?"

Samira saß neben Marek in der Kabine des Wasserlastwagens. Sie hatten den letzten Arbeitstag auf den Feldern hinter sich und fuhren nun zurück zur Farm. Samira war relativ entspannt. Sie schaute nicht wie sonst schweigend aus dem Fenster, sondern sprach mit Marek, fragte ihn nach seinen Plänen und erzählte von ihrer Arbeit in Europa – bis zu diesem Moment, als sie nach oben blickte, zur Kabinendecke, wo sich ein runder Ausschnitt und ein Hebel befanden.

„Ein Ausstieg? Quatsch, das ist die Luke für das Maschinengewehr."

„Wirklich? Das ist ja schrecklich."

„Nein, das ist praktisch. So konnte ein Schütze dem Wagen Feuerschutz geben. Nach vorne, zur Seite …" Er streckte seinen Arm aus, um den Schwenkbereich des Gewehrs anzudeuten.

„Ob das noch aufgeht?"

„Weiß nicht. Probieren wir es aus." Marek stoppte den Vierachser am Straßenrand und rutschte auf den mittleren

Platz. Der Hebel war etwas angerostet, ließ sich nur mit Mühe bewegen. Die Scharniere quietschten, als er die Luke nach hinten klappte. Marek richtete sich auf und streckte seinen Oberkörper durch die runde Öffnung. „Prima Aussicht hier oben", rief er nach unten. „Und gute Luft."

„Das will ich sehen." Samira quetschte sich ebenfalls durch den Ausschnitt, der eigentlich nur für eine Person gedacht war.

„He, Vorsicht." Für einen Moment rieb sie sich unabsichtlich an seinem Körper. Marek spürte etwas, das er zuvor nicht bemerkt hatte: Kurven. Samira besaß Brüste, eine schlanke Taille und einen rundlichen Hintern. All das versteckte sie jeden Tag unter ihren langen, sackartigen Kleidern, aber hier, in diesem engen Durchstieg, nahm er sie zum ersten Mal als Frau wahr. Sie war sogar eine attraktive Frau, die in den sozialen Medien Tausende, vielleicht Hunderttausende Follower hätte haben können, wenn sie nur etwas davon zeigen würde. Ein kurzer Rock, ein enges Top und die Klickzahlen würden explodieren. Stattdessen trug sie heute ein langes rotes Batikkleid, auf dem gelbe Sonnen leuchteten. Das Kleid war mindestens eine Nummer zu groß, es bedeckte sie vom Hals bis fast zu den Knöcheln.

„Was ist das für ein Ding?" Mit den Fingern berührte sie ein gezacktes Eisenband, das rund um den Ausstieg lief.

„Eine Drehringlafette. Darauf war das Maschinengewehr installiert."

„Gut, dass das vorbei ist. Schwerter zu Pflugscharen."

Marek ballte die Faust. „Ja, Schwerter zu Pflugscharen … Oh, Verzeihung. Falsche Geste." Er schüttelte seine Hand. „Habt ihr so etwas wie einen offiziellen Gruß?"

„Ja, das hier." Sie hob ihre Hand und spreizte das Mittelfinger- und das Ringfingerpaar voneinander ab. „Lebe lang und in Frieden."

Er lachte. „Das habt ihr aus Star Trek geklaut."

Sie lachte mit ihm. „Nicht geklaut, wir haben uns inspirieren lassen."

„Ach so. Das ist etwas anderes."

Wind kam auf, eine Strähne von Samiras Haar wehte Marek ins Gesicht.

„Ich bin die Königin der Welt!", rief sie, streckte die Arme aus und beugte sich vor. „Schade, dass wir keine Wellen haben."

„Haben wir doch." Er zeigte zu einer Düne abseits der Straße. „Da ist eine Riesenwelle. Wir müssen sie nur aufwecken."

„Meinst du, wir schaffen das?"

„Selbstverständlich." Er tauchte nach unten ab, setzte sich wieder auf den Fahrersitz und startete den Motor.

Marek lenkte den Wagen im Neunzig-Grad-Winkel von der Straße herunter. Die ersten Meter waren noch sehr steinig, Samira und er wurden durchgeschüttelt, doch dann griffen die Räder in den weichen Treibsand und schlagartig besserte sich das Fahrverhalten. Sanft und gleichmäßig zerteilten sie die unberührte Fläche, wie ein Schiff bei ruhiger See. Der Motor brummte, der Wind rauschte um die Kabine. Die Steigung bemerkten sie kaum. Unaufhaltsam wühlte sich der MAN die Düne hinauf, es blieben nur noch wenige Meter bis zum Gipfel.

„Achtung! Halt dich fest", rief Marek.

Für einen kurzen Moment hingen die beiden vorderen Achsen in der Luft, dann kippte der Wagen vornüber und rutschte auf der anderen Seite der Düne wieder herunter. Die Stoßstange tauchte in den Sand, es sah aus, als ob der MAN eine Bugwelle vor sich herschieben würde.

Samira rief etwas, was er nicht verstand. Ihrem Jubel nach zu urteilen, schien sie Spaß zu haben.

Hinter der Düne erschien eine ebene Fläche, die vom Wind verfestigt war. Sie führte tiefer in die Wüste hinein, Richtung Süden, zu einem Ort, den die Einheimischen das Große Sandmeer nannten. Der Bildschirm des Navigationsgeräts zeigte etwas an, das Marek noch nie gesehen hatte: nichts. Keine Straße, kein Gebäude, kein Symbol, nicht einmal einen Horizont. Es lag vermutlich daran, dass es keine festen Orientierungspunkte gab. Die Landschaft veränderte sich ständig. Der Wind trug an einer Stelle Sandberge ab und schichtete sie anderer Stelle wieder auf. Wo heute noch eine Straße war, könnte morgen eine Dünenkette den Weg versperren. Es lohnte sich nicht, Karten zu zeichnen.

Und noch etwas gab es hier nicht: Geschwindigkeitsbegrenzungen. Der MAN besaß sechzehn Gänge und einen ungedrosselten Motor. Gojko hatte behauptet, er würde hundertdreißig km/h schaffen. Jetzt war die Gelegenheit, es auszuprobieren.

Wollen wir doch mal schauen, wie lange sie es da oben aushält.

Marek drückte das Gaspedal nieder, der Drehzahlmesser schlug aus. Er schaltete die Gänge durch, sieben, acht, neun, zehn …

Samira rührte sich nicht. Marek sah von ihr nur die nackten Füße und den roten Batikrock, der Rest steckte draußen im Fahrtwind.

Die hat Ausdauer.

Nach drei Kilometern endete die Sandautobahn, von der Seite schob sich der Ausläufer einer Düne in den Weg und zwang Marek, langsamer zu fahren. Dahinter wartete eine Überraschung auf sie: eine steinige Ebene, in der ein Baum stand. Kein toter Stamm, den sie schon öfter in der Wüste gesehen hatten, sondern ein lebender Baum, der Blätter an seinen Ästen trug. Er war nicht sehr hoch, etwa drei bis vier Meter, breitete seine Äste aber fächerartig über eine große Fläche aus. Marek fand, dies sei der ideale Platz für eine Pause. Er ließ den Wagen langsam ausrollen.

„Ein Wunder. Ein Baum mitten in der Wüste", sagte er beim Aussteigen.

Samira folgte ihm einen Augenblick später. „So ungewöhnlich ist das nicht. Das ist eine Akazie. Die findet man an den seltsamsten Stellen."

Marek trat in den Schatten, den das dichte Blätterdach spendete. „Wo kriegt der nur sein Wasser her?"

„Na von unten. Wahrscheinlich gibt es hier eine Grundwasserblase. Akazien sind Pfahlwurzler. Ihre Wurzeln gehen senkrecht runter. Der Rekord liegt bei achtzig Meter."

„Achtzig Meter? Woher weiß der Baum, dass da unten Wasser ist?"

Sie zuckte mit den Schultern. „Das ist der Wille zum Überleben."

Marek setzte sich auf den Boden. Er war fest, aber nicht hart und ausgetrocknet. „Hier kann man's aushalten."

Sie hockte sich neben ihn. „Auf der Farm züchten wir auch Akazien. Einige wollen wir später auf den Feldern pflanzen, damit sich die Arbeiter im Schatten ausruhen können, wenn sie die Ernte einbringen."

„Wie lange dauert es, bis ein Baum so groß ist?"

Samira schaute nach oben. „Ich schätze, dreißig Jahre, vielleicht vierzig."

„Eure Pläne reichen weit in die Zukunft."

„Natürlich. Warum nicht?"

„Glaubst du, du wirst es noch erleben, dass die Sahara wieder grün ist?"

„Klar. Einen Teilerfolg werde ich sicher erleben. Auf den Feldern, auf denen wir das Gras gepflanzt haben, kann man schon in zehn Jahren Tiere weiden lassen. Noch lieber wäre es mir, wenn man Getreide anbauen würde. Es gibt spezielle Sorten, die mit diesem Klima zurechtkommen."

„Und wenn nicht? Wenn die Hirten schon nächstes Jahr ihre Ziegen auf das Feld treiben und sie alles abfressen? Was machst du dann?"

„Wir haben Leute vor Ort, die das verhindern."

„Und wenn die Sache mit Utopia zwei schiefgeht?" Er zeigte auf die Tür des Lastwagens, wo die aufgemalte Taube ihre Flügel ausbreitete und scheinbar davonflog. „Vielleicht geht Don Grazer das Geld aus. Oder er hat keine Lust mehr. Oder der Internationale Gerichtshof verbietet die Gründung eines privaten Staates. Was machst du dann? Dann war alles nur eine Verschwendung von Zeit und Arbeit."

310

„Oder vielleicht geht morgen die Welt unter. Na und?" Sie riss die Arme hoch.

„Ich meine ja nur … Es gibt gewisse Risiken."

„Oh ja, ich kenne die Risiken. Adam, du weißt es vielleicht nicht, aber ich stamme aus einer arabischen Familie."

„Wirklich?" Marek tat so, als sei er überrascht, dabei kannte er ihre Biografie sehr genau.

„Ja, wir sind aus dem Libanon nach Europa eingewandert. Wir haben viele Verwandte. Sie leben auch in Jordanien, Syrien und im Irak."

Na toll, dachte Marek. Sie ist Teil eines Clans. Wie groß ist der wohl? Tausend Personen? Zweitausend?

„Im Nahen Osten hat es unzählige Kriege gegeben. In meiner Familie sind über dreißig Leute dabei gestorben. Ich habe einen Onkel, der war zwanzig Jahre lang Milizenführer. Er wollte für die Freiheit seines Landes kämpfen, wusste aber selbst nicht genau, wo dieses Land überhaupt liegt, wo seine Grenzen sind, wer zum Staatsvolk gehörte und wer die Feinde sind. Irgendwann hat eine Bombe sein Haus getroffen und seine Frau und zwei seiner Kinder getötet. Und weißt du, was er gemacht hat? Er hat seine Kalaschnikow genommen und ist wieder in den Krieg gezogen, um ein anderes Haus zu zerstören und irgendwelche Leute umzubringen. Soweit ich weiß, bildet er heute junge Kämpfer aus, die dann wieder so weitermachen wie er."

„Immerhin geht es um einen heiligen Krieg. Würdest du nicht für deinen Glauben kämpfen?" Er sah ihr in die Augen, achtete auf die kleinste Reaktion.

„Heiliger Krieg?" Zum ersten Mal wurde sie laut, ihre Stimme klang wütend. „Wenn ich so etwas schon höre! Es gibt keine heiligen Kriege. Jeder Krieg ist unheilig, ein Frevel, eine Sünde. Nur Schwachköpfe glauben an so was."

Sie ließ eine Pause, sprach leise weiter. „Entschuldige, ich hab mich aufgeregt. Ich meine, nur Verblendete glauben an so etwas. Das müssen wir verhindern. Wenn Menschen arm sind und ohne Perspektive, dann werden sie Opfer der

Hassprediger, dann fallen sie auf ihre Lügen herein. Deshalb ist unsere Arbeit hier so wichtig. Ja, vielleicht geht die Sache schief. Vielleicht verlieren wir unser Geld, vielleicht fressen die Ziegen alles auf … Aber dann kann ich eines mit Stolz sagen: Ich habe wenigstens versucht, die Welt zu einem besseren Ort zu machen."

Samira blickte zum Horizont. Der Wind spielte mit ihrem Haar, die Ärmel ihres Gewandes blähten sich auf.

Sie meint es tatsächlich ernst, dachte Marek. Samira ist kein Mitglied von ISMET. Es ist keine sinnlose Arbeit, kein Ablenkungsmanöver. Die Gruppe versteckt auch keine Waffen, die Lastwagen dienen keiner geheimen Armee. Samira glaubt wirklich daran.

„Kannst du das auch von dir sagen, Adam? Kannst du sagen, du machst die Welt zu einem besseren Ort?" Jetzt sah sie ihm in die Augen.

Am liebsten hätte er geantwortet, dass er nicht Adam hieß, sondern Marek, und er als Polizeibeamter schon unzählige Verbrecher hinter Gitter gebracht hatte. Aber es ging nicht. Er musste seine falsche Identität bewahren. Vielleicht bestand doch eine schwache Verbindung zwischen P7 und der Initiative Schwerter zu Pflugscharen. Vielleicht benutzten sie deren Lager, um heimlich Waffen zu verstecken, und Samira wusste nichts davon.

„Keine Ahnung … Immerhin hab ich jetzt eine Woche in Afrika mitgeholfen. Und davor hab ich in Belgien an den Lastwagen gearbeitet. Zählt das?"

„Ja, das zählt … Musst du morgen wirklich wieder zurück nach Europa?"

„Ich hab meine Verpflichtungen. Ich muss einen Bericht schreiben. Don Grazer will wissen, was aus seinem Geld geworden ist. Und wenn der Auftrag beendet ist, muss ich mir einen neuen suchen. Das ist nicht leicht bei der Konkurrenz."

„Ich hab mich noch gar nicht bei dir bedankt. Du hast viel geleistet für uns."

„War mir eine Freude."

„Und ich muss mich bei dir entschuldigen. Am Anfang war ich etwas unfreundlich zu dir."

„Ach, kein Problem."

„Und dann wollte ich dir noch das sagen." Sie beugte sich zu ihm hinüber und küsste ihn auf den Mund.

Marek war überrascht von dieser Geste. Bislang hatte Samira Distanz zu ihm gehalten, zeitweise stand sie ihm sogar feindselig gegenüber. Und jetzt fiel sie ihm um den Hals. „Wie bitte? Ich hab das nicht genau verstanden."

„Dann wiederhole ich es noch mal." Samira drückte ihn zu Boden und bedeckte ihn mit einer Flut von Küssen.

Meinte sie das aufrichtig? Oder wollte sie nur seinen Bericht an Don Grazer beeinflussen? Es wäre nicht das erste Mal gewesen, dass eine Frau versuchte, ihn zu verführen, um sich einen Vorteil zu verschaffen. Marek legte seinen Arm um sie. Es war ein fantastischer Körper, der sich unter diesem langen Kleid verbarg. Er wurde einfach nicht schlau aus ihr. Wer war Samira wirklich?

30. Kapitel: Das gelobte Land

„Die Reise hätte ich mir sparen können."

Marek saß wieder in Pjotrs Büro. Er hatte ihm einen Bericht über seine Aktivitäten in Afrika gegeben, das Fazit fiel nicht sehr positiv aus.

„Immerhin weiß ich jetzt, dass Samira Hrawi nichts mit P7 zu tun hat. ISMET hat keinen Zugriff auf die Lastwagen und Panzer, sie werden tatsächlich für die Friedensarmee umgebaut. Und für diese Erkenntnis hab ich geackert wie ein Pferd."

„Wenigstens hab ich etwas rausgekriegt. Ich kenne den bevorzugten Hafen der Black Seagull, wenn sie Europa besucht." Sein Freund ging zu einem Schrank und kehrte mit einem Stapel Papiere zurück.

„Welcher ist es?"

Pjotr breitete eine Landkarte auf dem Schreibtisch aus. „Er heißt Cadzand-Bad und liegt im Süden der Niederlande, nur einen Steinwurf von der belgischen Grenze entfernt."

Marek sah sich die Markierung auf der Karte an. Sie war sehr detailreich, ließ sogar einzelne Straßen erkennen. „Ein Yachthafen, ein Kanal, ein Strand, ein Park. Nichts Besonderes, oder?"

„Nein, ein ganz normaler Touristenort. Nach Brüssel sind es hundertzehn Kilometer, nach Amsterdam zweihundertvierzig. Hier ist ein Bild vom Hafen mit der Black Seagull." Er legte ein Satellitenfoto auf den Tisch.

Marek erblickte zwei Molen, die wie Arme ins Meer griffen. Sie waren beinahe geschlossen, nur durch einen schmalen Spalt konnten Boote in den Hafen gelangen. Ein roter Pfeil zeigte auf einen Katamaran, der am südlichen Pier lag. „Wie oft kommt die Black Seagull zu Besuch?"

„Ein oder zwei Mal im Monat. Bestimmte Tage gibt es nicht."

„Tolle Arbeit, Pjotr. Ich werde mich da auf die Lauer legen, in …" Er schaute noch einmal auf die Karte, las den Namen. „Cadzand-Bad."

„Ich hab noch mehr für dich. Vor etwa drei Monaten war die Black Seagull zu Besuch auf Mallorca."

„Ja?"

„Sie ankerte dort in der Bucht von Cala en Tugores. Hier ist der Beweis."

Pjotr legte ein weiteres Satellitenfoto auf den Tisch. Die Bucht war für Marek leicht zu erkennen, weil sie wie eine blaue Kerbe in das hellbraune Land ragte.

„Das ist nicht verboten, oder?"

„Nein, das ist ein beliebter Ankerplatz für Luxusyachten. Warte, jetzt brauchst du ein Hilfsmittel." Er reichte ihm eine Lupe.

Marek beugte sich über das Foto und suchte die roten Markierungen. Der schwarze Katamaran war schnell zu finden. Daneben entdeckte er ein größeres weißes Objekt. „Was ist das? Eine Yacht?"

„Ja, eine Megayacht. Die Shangri-La, achtzig Meter lang, zweitausend Tonnen schwer."

„Schön. Was ist daran so besonders?"

„Sie gehört einer bekannten Persönlichkeit: Mr. Grazer."

„Wie bitte? Don Grazer?", fragte Marek überrascht.

„Genau der. Anscheinend feiert er gerne Partys auf dem Schiff. Mit Popstars, Models, Filmsternchen … Im Internet gibt es dazu Tausende Bilder."

„Interessant. Zur selben Zeit, am selben Ort. Sieht fast aus wie ein Treffen."

„Denke ich auch. Sie liegen in Rufweite."

„Also gibt es doch eine Verbindung … Pjotr, hast du ein Bild von der Shangri-La?"

„Nein, aber geh doch ins Internet. Dein PC ist online. Die Leitung ist sicher."

Pjotr hatte es noch nicht ganz ausgesprochen, da flimmerten bereits zahllose Fotos der Yacht auf dem Monitor. Marek interessierte sich besonders für die Aufbauten. Er sah drei Decks, zwei Schwimmbecken, Dutzende Fenster, Radaranlagen, Rettungsflöße, Rettungsringe … „Verflixt, kein Windrad, kein Solarpaneel."

„Wie kommst du darauf?"

„Die Black Seagull ist mit diesem Ökozeug ausgestattet, die Shangri-La aber nicht … Moment, was ist das für eine Flagge?" Er vergrößerte eines der Bilder. Am Heck des Schiffs flatterte eine rote Fahne im Wind, die Marek keinem Staat zuordnen konnte.

Pjotr stellte sich neben den Bildschirm. „Rechts ist ein Wappen. Was ist das da links oben?"

„Der Union Jack."

„Dann ist es eine britische Kolonie. Die Bermudas! Die Yacht ist auf den Bermudas eingetragen."

„Bist du sicher, dass sie Don Grazer gehört?", fragte Marek.

„So steht es überall in den Zeitungen … Moment, das haben wir gleich." Pjotr setzte sich an seinen Computer und loggte sich in das Global Communication System von Interpol ein.

„Suchst du im Schiffsregister?"

„Genau. Noch etwas Geduld … Neues Formular."

Das muss nichts bedeuten, dachte Marek. Die Bermudas sind ein Steuerparadies. Dort sind ganze Flotten von Schiffen und Flugzeugen registriert.

„Das gibt's ja gar nicht."

Marek sah über Pjotrs Schulter. In der Maske erschien unter der Rubrik Owner der Eintrag: First Traditional Overseas Bank, Hamilton, Grand Bermuda. „Schau an. Die Yacht gehört Reginald Wilson."

„Aber Don Grazer ist doch Milliardär", sagte Pjotr. „Warum läuft sie nicht auf seinen Namen?"

„Vielleicht ist er gar nicht so reich, wie alle glauben", erwiderte Marek. „Ich hab noch nie einen Kontoauszug von ihm gesehen."

„Glaubst du, er ist ein Betrüger?"

„Ich weiß es nicht. Auf alle Fälle ist er nicht der große Saubermann, als der er sich ausgibt. Der Kerl hat ein Geheimnis."

„Dann muss ich mit T-Bird versuchen, eine Aufstellung seines Vermögens zu machen."

„Ja, tu das. In der Zwischenzeit werde ich meine Kontakte nutzen. Ich kenne eine gute Freundin von Don Grazer."

*

„Zeig mir alles, was du schon hast."

Marek saß im Wohnzimmer von Leas Wohnung. Sie hatte ihn zu einem gemütlichen Abend eingeladen, weil sie am Entwurf zu ihrer Bewerbungsrede bei den Vereinten Nationen arbeitete. Er sollte seine Meinung dazu sagen, sollte auch mit Kritik nicht sparen, hatte sie gebeten.

„Viel ist es leider noch nicht." Sie hielt ein Blatt Papier hoch, das zur Hälfte beschrieben war. „Bislang hab ich nur ein paar Stichwörter. Es beginnt mit einer Würdigung der Vollversammlung. Menschen aus aller Welt kommen zusammen ... Wichtiger Beitrag zur Völkerverständigung ..."

„Du willst dich bei ihnen einschmeicheln?" Er grinste. „Das ist immer gut."

„Ja, aber ich erinnere auch an die dunklen Seiten der UN." Sie setzte ihre Lesebrille auf, die sie an einer Kette um den Hals trug, und las einen Abschnitt vor. „Der Sicherheitsrat steht seit Jahrzehnten in der Kritik. Jedes der ständigen Mitglieder besitzt ein Vetorecht, mit dem sie wichtige Entscheidungen blockieren. Eigene Interessen sind wichtiger als der Weltfrieden ... Findest du das zu aggressiv?"

„Nein, überhaupt nicht. Es ist die Wahrheit. Wer sind noch mal die ständigen Mitglieder?"

„Britannien, Frankreich, Russland, USA und China", zählte sie auf.

„Also die imperialen Nationen. Sie haben Millionen Tote auf dem Gewissen, weil sie ihre Machtpolitik durchsetzen wollen. Einfluss in bestimmten Weltregionen, Zugriff auf Rohstoffe, Kontrolle von Seewegen, Bau von militärischen Stützpunkten ... Das muss endlich aufhören."

„Ja, finde ich auch." Lea nahm die Brille wieder ab. „Am liebsten wäre es mir, wenn man den Sicherheitsrat durch einen Rat von Ausgleichern ersetzen würde. Menschen, die nicht an billiges Öl denken, sondern an eine gerechte Verteilung von Land und Wasser. Alle sollen von den Schätzen profitieren, nicht nur diejenigen, die viele Panzer und Raketen besitzen."

„Richtig. Es sollten Männer und Frauen aus der ganzen Welt sein. Leute mit internationaler Erfahrung. Leute die bewiesen haben, dass sie in Konflikten vermitteln und die richtigen Entscheidungen treffen können. Leute wie du, Lea."

Sie lächelte. „Danke, aber so weit sind wir noch nicht. Vorerst ist das Amt des UN-Ausgleichers nur eine Ergänzung zum Sicherheitsrat. Es geht nur um Beratung und Vermittlung. Der UN-Ausgleicher kann leider gar nichts entscheiden. Er kann keine Resolutionen erlassen, keine Sanktionen verhängen und hat kein Budget zu verwalten. Das ist alles ziemlich dürftig."

„Was nicht ist, kann noch werden ... Du solltest unbedingt auf deine internationale Erfahrung hinweisen, Lea. Dass du aus Irland kommst, in Brüssel lebst und mit der Kammer der Freien Bürger in ganz Europa unterwegs bist. Das kommt bestimmt gut an."

„Das wollte ich erst am Ende sagen."

„Bring es gleich am Anfang. Die Leute wollen wissen, wer du bist."

„Okay, dann kommt es weiter nach vorne." Lea setzte sich an den Couchtisch, griff zu einem Kugelschreiber und strich einige Sätze auf ihrem Notizblatt durch.

Marek sah ihr dabei zu. Lea trug ein weit ausgeschnittenes Kleid, die Lesebrille hing an der Kette und baumelte über ihren Brüsten. Auf die Kontaktlinsen verzichtete sie meist in ihrer Freizeit. Auch Samira war auf eine Sehhilfe angewiesen, aber sonst verband die beiden Frauen nicht viel miteinander. Ein solches Kleid, das viel Bein und Dekolletee zeigte, hätte sie nie angezogen. In Afrika hatte sie lange Gewänder getragen, in denen sie wie eine Beduinenfrau aussah. Trotzdem fand Marek sie ungeheuer reizvoll. Als sie sich unter dem Baum in der Oase langsam auszog, musste er an Bilder aus der Frühzeit der Fotografie zurückdenken. Damals, im späten neunzehnten Jahrhundert, waren die Frauen vom Kopf bis zu den Füßen bedeckt. Sie umgab ein Geheimnis, das nur in wenigen Momenten gelüftet wurde; wer dabei war, durfte sich glücklich schätzen.

Heutzutage, bei der alltäglichen Nacktheit in den Medien, gab es diesen Reiz des Verbotenen nicht mehr. Obwohl darin ein Widerspruch bestand. Samira trug Kleider im Hippie-Stil, die einer Epoche entstammten, die man mit freier Liebe in Verbindung brachte, hatte sich ihm gegen-

318

über aber lange Zeit prüde und abweisend verhalten, bis zu jenem Tag, als sie den Ausflug mit dem Lastwagen machten.

Verdammt, ich muss schon wieder an sie denken.

Marek wurde bewusst, dass seine Gedanken seit der Rückkehr aus Afrika vor allem um Samira kreisten. Was tat sie jetzt wohl? Hielt sie sich immer noch in Libyen auf, oder war sie wieder in Europa? An ihrem letzten gemeinsamen Tag hatten Samira und er Telefonnummern ausgetauscht, aber er konnte sich bisher nicht dazu durchringen, sie anzurufen. Sie kannte ihn nur unter seiner falschen Identität, nannte ihn Adam. Für diese Lüge müsste er sich bei ihr entschuldigen, aber dafür war es noch zu früh. Erst musste er den Fall aufklären. Und dann war da noch Lea. Wie sollte er ihr beibringen, dass es eine andere Frau in seinem Leben gab? Dummerweise kannten sich die beiden auch noch, arbeiteten zusammen bei diversen Projekten.

Ich muss mich irgendwie ablenken.

„Lea."

Sie blickte auf. „Ja?"

„Wo wir gerade von Demokratie sprechen … Wie ist Utopia zwei organisiert? Ist das eine institutionelle Demokratie?"

„Nein, eigentlich nicht. Aber es ist ja auch kein richtiger Staat, mehr ein virtueller Staat."

„Wer ist das Staatsoberhaupt?"

„Niemand. Oder alle. Keiner steht über dem anderen."

„Wer macht die Gesetze?"

„Niemand. Das heißt …" Lea hob ihren Kugelschreiber hoch, spielte damit herum. „Wir haben eine Verfassung. Die wurde von Don ausgearbeitet, zusammen mit seinem Anwalt. Aber da stehen nur gute Dinge drin. Dass wir Menschen aus der Armut holen wollen, dass sich niemand um seinen Lebensunterhalt sorgen muss, dass niemand mehr stehlen oder sich prostituieren muss, um zu überleben. Hast du ja gelesen, Marek. Abgesehen davon gibt es keine Gesetze."

„Ja, ich habe auch etwas von einer Deklaration gelesen. Jeder Staatsbürger muss sich diesen vier Zielen verpflichten. Wie war das noch? Toleranz, Frieden, Gerechtigkeit …" Marek überlegte. Der letzte Punkt fiel ihm nicht ein.

„Schutz der Umwelt."

„Genau. Wer hat diese Ziele aufgestellt?"

„Don, sein Anwalt und dieser Medienberater, Mr. Fogerty."

„Das ist nicht sehr demokratisch. Hört sich eher nach einer Diktatur an."

Leas Lachen klang gekünstelt. „Du glaubst doch nicht …"

„Man weiß nicht, wie sich die Sache entwickelt. Wie wird der Staat in zwanzig Jahren aussehen? Oder in fünfzig? Ist er dann immer noch virtuell – oder real?"

„Ehrlich gesagt, das bereitet mir auch Bauchschmerzen." Sie seufzte. „Wenn ich Don das nächste Mal sehe, werde ich ihn darauf ansprechen."

„Darf ich dich dabei begleiten?"

„Nein. Das muss ich allein mit ihm klären. Wenn das erledigt ist, mache ich euch beide miteinander bekannt. Einverstanden?"

„Ja, okay. So viel Geduld habe ich noch."

Marek dachte an Dons Häuser und Flugzeuge und ihre ungeklärten Besitzverhältnisse. Es war noch zu früh, um Lea darüber zu informieren. Er musste abwarten, was Pjotrs Recherchen ergaben. Er ahnte aber, dass Lea das Ergebnis nicht gefallen würde.

31. Kapitel: Mehr Bein, bitte!

„He, was soll das? Finger weg."

Samira befand sich in einer Garderobe des Brüssler Fernsehstudios. Es war ihr erster Tag, Probeaufnahmen sollten stattfinden. Aber zuerst wollte man sie umstylen. Zu diesem Zweck hatte Jamal ihr Jeon Opazo zur Seite gestellt, eine erfahrene Produktionsleiterin, die auch Lea betreute. Jeon war gebürtige Koreanerin und eigentlich einen halben Kopf kleiner als Samira, trug aber Schuhe mit derart hohen Absätzen, dass beide gleich groß wirkten. Auch die Accessoires, die sie ihrem Hosenanzug hinzugefügt hatte, waren überdimensioniert: ein Sommerhut mit einer Krempe, die breiter als ihre Schultern war, eine Sonnenbrille, die ihre halbe Stirn verdeckte, und einen Kettengürtel, mit dem man einen Elefanten hätte festbinden können. Von Samira schien sie ähnliche Übertreibungen zu erwarten, nur dass sie weniger statt mehr tragen sollte.

„Zeig deine Beine." Jeon griff nach Samiras Maxikleid und zog es hoch.

„Nein. Ich will das nicht." Sie riss sich los.

„Wenn du vor die Kamera willst, musst du gut aussehen."

Samira ging hinter einem Paravent in Deckung. „Aber man sieht doch nur meinen Kopf."

„Falsch. Es gibt immer auch ein Ganzbild. Also sei nicht so schüchtern." Jeon kam zu ihr hinter den Paravent und versuchte, sie in die Enge zu treiben.

Samira entwischte zur Seite. Sie griff zu einem Kleiderbügel und richtete ihn drohend auf ihre Gegnerin. „Wagen Sie es nicht!"

Jeon stöhnte. Sie nahm ihre Sonnenbrille ab und sprach in einem Tonfall weiter, der weniger fordernd klang. „Schätzchen, hör zu. Das Nachrichtengeschäft ist sehr hart, die Konkurrenz ist riesengroß. Weißt du, wie viele Sender in Europa zu empfangen sind, die Nachrichten bringen? Mehr als sechshundert. Wenn wir uns gegen die durchsetzen wollen, müssen wir den Zuschauern etwas bieten."

„Aber wir wollen doch ein alternatives Konzept entwickeln, keinen Hass und keine Gewalt. Und keinen Sex, keine Ausbeutung von Frauen."

„Ja, im Prinzip hast du recht, Schätzchen. Aber du kannst die Welt nicht von heute auf morgen ändern. Alles braucht seine Zeit. Pass auf, ich mach dir einen Vorschlag. Erst mal machen wir es so, wie ich es sage. Wenn die Sendung etabliert ist, wenn die Quoten stimmen, dann machen wir eine Ausgabe mit deinem Style. Dieses … Retrozeug." Sie deutete auf Samiras Kleid im Blumendesign, das bis zu ihren Knöcheln reichte und so weit geschnitten war, dass es bei jedem ihrer Schritte wie eine Flagge im Wind flatterte. „Und hinterher vergleichen wir die Quoten. Einverstanden?"

Samira dachte einen Moment nach. Jamal hatte ihr von Jeons Qualitäten vorgeschwärmt. Seit zwanzig Jahren arbeitete sie in dieser Branche, alle Formate, die sie betreute, wurden zu einem Erfolg. In den USA hatte sie eine Fachjury dreimal zur Produzentin des Jahres gewählt. Sie schien etwas von ihrem Job zu verstehen. Außerdem verlangte Samira selbst immer wieder von ihren Mitstreitern, dass sie Opfer bringen sollten, um die Welt voranzubringen. Jetzt war sie offenbar an der Reihe. Niemand hatte gesagt, dass es einfach werden würde. „Okay, wir können es ja mal versuchen."

Jeon klatschte in die Hände und lächelte so breit, wie es ihr kleiner Mund zuließ. „Bravo, Schätzchen. Ich verspreche dir, du wirst es nicht bereuen. Und jetzt zeig mir deine Beine."

Samira raffte ihr Kleid, entblößte dadurch ihre schmalen Füße, die in Pantoletten mit Klettverschluss steckten, und ihre gebräunten Waden.

„Schön … Aber was sind das für grässliche Treter?"

„Die Schuhe sind anatomisch korrekt, vegan und umweltfreundlich. Ohne Leder, ohne Kunststoff, das Material kann man wiederverwenden."

„Die verbrennen wir heute Abend", entschied Jeon. „Und jetzt zeig mir mehr."

Samira hob den Saum noch weiter an.

Das ist entwürdigend, dachte sie. Wie eine Preisverleihung beim Hühnerzüchterverein. Oder eine Misswahl.

Jeon ging in die Hocke, sah sich Samiras Knie an. „Sehr gut. Keine Fehlstellung. Keine X-Beine, keine O-Beine. Keine dicken Keulen, aber auch keine dünnen Stelzen.

Genau richtig. Schätzchen, wer so tolle Beine hat, sollte sie jeden Tag zeigen."

„Ich beuge mich nicht dem Diktat der Modeindustrie." Sie ließ den Vorhang fallen.

„Papperlapapp. Auch eine Feministin darf gut aussehen. Es gibt nur ein Problem." Jeon setzte ihre Sonnenbrille wieder auf.

„Welches?"

„Die Haare an den Beinen. Du bist Araberin, nicht wahr? Du musst deine Beine rasieren. Mindestens zweimal pro Woche. Oder du nimmst Wachs. Wie du willst."

Samira fielen auf Anhieb zehn Argumente ein, die sie Jeon jetzt entgegenhalten könnte. Aber sie biss sich auf die Lippen und dachte an ihr großes Ziel: die Umwandlung der Armeen in technische Hilfsdienste. Es war ein weiter Weg dorthin und sie musste jede Gelegenheit nutzen, um ihre Ideen zu verbreiten.

„Und jetzt pass auf, was ich dir besorgt habe." Jeon öffnete die Türen des Kleiderschranks. In seinem Inneren drängten sich Kleider aller Art zusammen, zum Teil noch in Plastikfolie verpackt, auf dem Boden standen Schuhkartons. „Das ist dein neuer Style. Seriös, aber sexy."

Samira nahm wahllos einen Bügel heraus. Daran hing ein schwarzes Baumwollkleid, das mit einem breiten Gürtel geschnürt wurde. „Sehr schönes Material. Schön weich." Sie hielt es an ihren Körper. Der Rocksaum reichte nicht bis zu ihren Knien herab. „Aber es hat leider nicht meine Größe."

„Falsch. Es hat genau deine Größe."

Sie griff noch einmal in den Schrank hinein. Am nächsten Bügel hing ein Businesskostüm: schwarzer Blazer mit einem Knopf, gerader Rock. Sie stellte sich vor den Spiegel, hielt die Kleider an ihren Leib. Der Blazer mit dem blauen Kragen gefiel ihr, aber der Rock erreichte wieder nicht ihre Knie.

Nächster Versuch. Ein blaues Kleid im Nadelstreifen-design. Runder Halsausschnitt, Knoten an der Taille, Rock bis knapp zu den Knien. „Länger wird es wohl nicht?"

„Schätzchen, das ist dein Idealmaß. Probier es an."

Samira fügte sich ihrem Schicksal, wenn auch mit einem leisen Murren. Sie zog das Businesskostüm an, weil es am ehesten ihren Vorstellungen entsprach, und kombinierte es mit einem Paar hochhackiger Riemchensandalen. Als Samira hinter dem Paravent hervorkam, wäre sie fast gestolpert. Mit den Schuhen balancierte sie wie auf rohen Eiern, der enge Rock zwang sie zu Trippelschritten. Trotzdem wurde sie von Jeon mit Applaus begrüßt.

„Bravo. Das ist meine sexy Nachrichtenfrau."

Unsicher stellte sie sich vor den Spiegel. Der Blazer und der Rock schnürten sie ein wie ein Schraubstock. Zum ersten Mal seit Jahren sah man ihre weiblichen Formen. Samira fühlte sich unwohl. Sollte sie wirklich so vor die Kamera treten? Was wäre, wenn ihre Familie in Wien die Sendung einschalten würde? Könnte sie ihrem Vater je wieder unter die Augen treten?

„Das reicht für heute", sagte Jeon. „Behalt die Sachen noch ein bisschen an. Gewöhn dich daran. Morgen machen wir weiter. Ich schick dir jetzt die Maskenbildnerin."

Die Koreanerin verließ die Garderobe.

Oje, es geht noch weiter, dachte Samira.

Sie blieb vor dem Spiegel stehen, drehte sich, betrachtete sich von allen Seiten. Eigentlich gar nicht so schlecht. Aber was würde ihre Familie dazu sagen? Besonders die älteren Frauen des Clans, ihre Mutter, die Großmütter, die Tanten und Großtanten, von denen Samira viele nur dem Namen nach kannte, waren sehr streng, achteten auf die Einhaltung der Sitten und der islamischen Moralvorstellungen. Bei den eigenen Töchtern wurde bereits ein verrutschtes Kopftuch mit Schlägen bedacht, über fremde Töchter lästerten sie. Andererseits: Sie lebten nicht mehr im Libanon. Samira war in Österreich zur Welt gekommen. Warum sollte sie noch an die Ketten der Tradition gefesselt sein? Man war nur einmal jung. Man sollte das Leben genießen, Spaß haben, auch mit dem anderen Geschlecht.

Adam. Warum meldete sich der Kerl nicht bei ihr? War ihre Begegnung in der Wüste nur ein einmaliges Abenteuer für ihn gewesen? Sie hatten ihre Telefonnummern ausgetauscht. Natürlich könnte sie ihn anrufen, aber das wollte sie möglichst lange vermeiden. Es sähe so aus, als ob sie ständig an ihn denken müsste. Das tat sie nicht. Nur manchmal, wenn sie eine ruhige Minute hatte, erinnerte sie sich an ihren Besuch in der Höhle der Schwimmer und an die Fahrt durch die Wüste, als sie im Ausguck des MG-Schützen stand und ihre Arme ausbreitete, um den Flugsand einzufangen.

Trotzdem, Adam sollte sie anrufen. Das gehörte sich einfach so. Der Mann sollte sich um die Frau bemühen, ihr Komplimente machen, um eine Verabredung bitten. Aber warum hörte sie nichts von dem Kerl?

Vielleicht sollte ich ihn an mich erinnern? Mit einem kleinen Foto?

Samira holte ihr Smartphone aus der Handtasche, nahm verschiedene Posen vor dem Spiegel ein und drückte auf den Auslöser. Zuerst seriös, mit geradem Rücken und ernstem Blick. Dann fröhlich, mit breitem Lächeln und winkender Hand. Zum Schluss sexy, mit vorgestelltem Bein und geöffneter Bluse. Nein, nicht ganz, nur den oberen Knopf öffnete sie. Lieber nicht zu viel auf einmal. Später vielleicht mehr. Sie sah sich die Bilder an.

Nicht übel. Eines davon schicke ich Adam. Nicht heute. Aber wenn er sich morgen wieder nicht meldet, sende ich eines der Fotos an seine Nummer. Oder alle drei. Mal sehen.

*

„Was willst du denn hier?", fragte Marek.

Vor seiner Tür stand ein Besucher, mit dem er nicht gerechnet hatte: Bruno Sercu, ein Unterführer des Wolfsrudels. Der stämmige junge Mann trug Lederkleidung, mit der rechten Hand hielt er einen Motorradhelm, in dem eine kleine Kiste steckte.

„Ich will dir zum Geburtstag gratulieren, Zygmunt."

Er sprach Marek mit seinem Tarnnamen an. Am Klingelschild und am Briefkasten standen zwei Namen: Morawski, sein echter Name, und Komorowski, seine Tarnidentität, mit der er sich in die rechtsextreme Gruppe eingeschleust hatte, obwohl er allein in der Wohnung lebte. Falls ihn jemand darauf ansprechen sollte, würde er behaupten, der zweite Name gehöre seiner Freundin, die gerade im Ausland weilte.

„Ich hab in sechs Monaten Geburtstag."

„Wen juckt das? Lass mich rein."

Marek trat einen Schritt zur Seite. „Gerade durch. Ins Wohnzimmer."

„Schön hast du's hier." Bruno sah sich interessiert um. Mareks Wohnzimmer war zugleich sein Schlaf- und Arbeitszimmer. Die Bettcouch hatte er eingeklappt, der Computer war im Stand-by-Modus. Auf dem Schreibtisch lagen stapelweise Papiere, an den Türen des Kleiderschranks hingen frisch gebügelte Hemden.

„Geht so. Willst du ein Bier?"

„Nein, ich muss gleich weiter. Womit verdienst du eigentlich deine Brötchen?"

Er nahm einen Brief in die Hand und versuchte ihn zu lesen. Marek wusste, dass es ihm nicht gelingen würde, weil er in Rumänisch geschrieben war.

„Ich bin Arbeitsvermittler. Ich vermittle Osteuropäer nach Westen. Übersetzen von Stellenanzeigen, Hilfe bei Behördengängen …"

„Letzte Woche hab ich zehnmal bei dir angerufen."

„Ich war in der Ukraine. Ist nicht leicht, gute Leute zu finden."

„Wem sagst du das … Ach ja, dein Geschenk." Er zog die Kiste aus dem Helm und reichte sie ihm.

Marek las das Etikett: *Original Havanna.* „Zigarren? Wie nett."

„Es ist eine ganz besondere Sorte – mit viel Rauch." Er lachte leise.

Nachdem Marek die Kiste geöffnet hatte, verstand er den Scherz. Eingewickelt in Luftpolsterfolie fand er eine Stange Plastiksprengstoff. Es war dieselbe Marke, mit der er den alten Volvo auf dem Übungsgelände in Russland gesprengt hatte. Daneben lagen Zündschnüre und einige Elektronikbauteile. „Gut … Aber etwas fehlt noch."

„Hier ist es." Bruno griff in die Innentasche seiner Lederjacke und holte ein Zigarettenetui aus Blech hervor.

Marek verzichtete darauf, es aufzuklappen. Er ahnte, dass sich darin die Zündkapseln befanden. „Jetzt geht es also los."

„Ja, es geht los. Du bereitest eine einsatzfähige Bombe vor. Zündung per Funksignal. Ich hol dich ab. Morgen, dreiundzwanzig Uhr."

„Ist morgen der Tag X?"

„Nein, noch nicht. Ist nur ein kleines Vorspiel. Aber der Tag X rückt näher." Bruno ging in den Flur.

„Was machen wir genau?"

„Das erfährst du früh genug."

„Von wem kommt der Befehl?"

„Vom Planungsoffizier. Und stell keine dummen Fragen mehr. Halte dich bereit." Er öffnete die Wohnungstür und verschwand im Treppenhaus.

Jetzt geht es los, wiederholte Marek in Gedanken.

Als verdeckter Ermittler durfte er Straftaten nur in Ausnahmefällen begehen. Es musste sichergestellt sein, dass keine Personen geschädigt wurden. Damals, als er sich in die polnische Rockerbande eingeschleust hatte, überführte er ein paar gestohlene Autos in den Osten. Kleinkram im Vergleich zu dem, was man mit dieser Stange Sprengstoff anstellen könnte. Die Explosion würde ausreichen, um Dutzende Menschen zu töten. Die Alternative bestand darin, sich an die Brüssler Polizei zu wenden und das Wolfsrudel auffliegen zu lassen. Nur leider besaß er noch nicht genug Beweise, um P7, die Auftraggeber der Straftaten, zu enttarnen. Marek brauchte mehr Zeit. Mindestens einen Monat, vielleicht ein halbes Jahr. Er schaute auf das Display seines Handys. Gleich neunzehn Uhr. Somit blieben ihm noch achtundzwanzig Stunden, um eine Entscheidung zu treffen.

*

„Wieso? Was ist mit meinen Haaren nicht in Ordnung?"

Samira saß auf dem Frisierstuhl in ihrer Garderobe und blickte in den Spiegel. Bislang war sie immer stolz gewesen auf ihr langes schwarzes Haar. Es glänzte seidig und reichte fast bis zur Taille, jeden Tag verbrachte sie viel Zeit damit, es zu kämmen und zu einem Zopf zu flechten, manchmal trug sie es auch offen. Über die Ohrringe mit den Quasten und die Kette aus Holzkugeln hätte man reden können, aber an ihrer Frisur gab es in Samiras Augen nichts auszusetzen.

„Fade, das ist fade. Das kann man viel besser machen. Ich hab schon ein paar Ideen." Neben ihr stand Elvira, die Maskenbildnerin, die Jeon ihr zugeteilt hatte. Die gelben Haare der Belgierin waren zu einer Art Bienenkorb aufgetürmt und wurden von einem halben Dutzend Spangen zusammengehalten. Dazu trug sie ein pinkfarbenes Kleid, das ein Petticoat aufbauschte, weiße Leggings und pinkfarbene Stiefel. In dem Moment, als Elvira die Garderobe betrat, schickte Samira ein Stoßgebet zum Himmel, dass ihr etwas Vergleichbares erspart bleiben möge. Anscheinend hatte es nichts genützt. Elvira hob ein paar von Samiras Haarsträhnen hoch und ließ sie angewidert fallen. „Da fehlt Spannkraft. Da muss Farbe rein."

„Es ist natürlich", sagte Samira zu ihrer Verteidigung.

„So etwas tragen kleine Mädchen. Wenn du vor die Kamera willst, brauchst du mehr Pep, mehr Volumen. Benutzt du Schaumfestiger?"

„Nein."

„Volumenspray?"

„Ich bin gegen Chemikalien. Ich will die Umwelt nicht unnötig belasten."

„Und wie wäschst du deine Haare?"

„Mit Seife."

Elvira schlug die Hände vor dem Kopf zusammen. „Seife? Das ist doch neunzehntes Jahrhundert. Und wie machst du deine Locken?"

„Keine Ahnung. Ich hatte noch nie welche."

Die Maskenbildnerin sank auf einen Stuhl und fächerte sich mit einem Modejournal Luft zu. „Okay, keine Panik. Wir kriegen das schon hin. Es gibt keine hoffnungslosen Fälle."

„Etwas nicht in Ordnung?", fragte Samira besorgt.

„Nein, alles in bester Ordnung. Aber wir haben noch viel Arbeit vor uns."

32. Kapitel: Der Bombenanschlag

„Hast du es? Hast du es?"

Marek saß neben Bruno im Auto. Der junge Belgier hatte ihn abgeholt, pünktlich um dreiundzwanzig Uhr, wie es vereinbart war. Er trug eine Schiebermütze, wahrscheinlich um sich zu tarnen. Dass er auch noch einen Schal um sein Kinn gewickelt und den Kragen seiner Lederjacke hochgeklappt hatte, wirkte in Mareks Augen übertrieben. Auf solche Merkmale achteten Polizisten. Außerdem trommelte er mit seinen Fingern nervös auf dem Lenkrad. Wenn er jetzt noch beim Ausparken einen Schaden verursachen sollte, wäre ihr Plan zum Scheitern verurteilt.

„Ja, ich hab es." Marek deutete auf die Aktentasche, die auf seinem Schoß lag. „Lass mich lieber fahren."

„Nein, ich fahre." Er startete den Motor, und es gelang ihm, sich unfallfrei in den Brüssler Spätabendverkehr einzuordnen. Man merkte allerdings, dass Bruno das Autofahren nicht gewohnt war. Es ruckelte beim Schalten, er verwechselte die Hebel zum Blinken und Betätigen der Scheibenwischer. Bruno fuhr zunächst um den Block herum, sah dabei immer wieder in den Rückspiegel.

„Wem gehört der Wagen?"

„Keine Ahnung. Ist ausgeliehen."

„Weiß der Besitzer, dass du ihn geliehen hast?"

„Nein. Zeig mir die Bombe."

Marek zog Latexhandschuhe an, öffnete die Aktentasche und holte eine Lunchbox und eine Thermoskanne hervor. „Was glaubst du, welche ist die Bombe?"

„Die Dose."

„Falsch. Die Kanne. Die Stange hat genau reingepasst."

„Alle Spuren verwischt?"

„Klar. Ich hab alle Bauteile mit einem starken Reiniger behandelt. Keine Fingerabdrücke, keine Hautschuppen, nichts."

„Zündung?"

„Per Funksignal mit einem Code, den nur ich kenne." Marek zog einen Transmitter aus seiner Jackentasche, der im Gehäuse eines Mobiltelefons steckte.

„Okay."

„Wo fahren wir hin?"

„Erfährst du früh genug."

Marek bemerkte, dass Bruno auf den Autobahnzubringer einbog und scherzte: „Ich hätte Proviant mitnehmen sollen."

Bruno verzog keine Miene. Er lenkte den Wagen auf die A1 Richtung Norden. Im Verlauf der nächsten Stunde ließ seine Nervosität nach, er schaute nur noch selten in den Rückspiegel und saß weniger verkrampft hinter dem Lenkrad. Kurz nach Mitternacht überquerten sie die Grenze zu den Niederlanden. Das Radio spielte leise Musik, der Verkehr war schwach. In den Verkehrsmeldungen wurde vor einem Stau auf der Gegenfahrbahn gewarnt, ansonsten gab es keine Probleme, der Sprecher wünschte gute Fahrt. Allmählich entwickelte sich ein privates Gespräch zwischen den beiden. Marek berichtete von den Übungen, die er mit seiner Wehrsportgruppe angeblich in Polen unternahm, Bruno erzählte von einem Rennen auf der Motocross-strecke, das er plante und mit dem er junge Leute anlocken wollte. Nach zweistündiger Fahrt verließen sie die Auto-bahn. Am Straßenrand kam ein Ortsschild in Sicht: Stadt Leiden.

Was will der Kerl hier?, fragte sich Marek. Treffen wir uns gleich mit Axel van Doren? Er ist in Rotterdam geboren, nicht weit entfernt. War Leiden nicht vor Kurzem in den Nachrichten gewesen? Etwas hat hier stattgefunden. Ein Marathonlauf? Eine Konferenz?

Bruno schien sich in der Stadt auszukennen. Er lenkte den Wagen zielsicher an der historischen Altstadt vorbei zu einem Wohnviertel im Norden der Stadt. Die Häuser wirkten nicht sehr ansprechend, Schachtelarchitektur, viel Beton, wenig Grün, am Straßenrand stand ein ausgebrann-tes Auto.

Jetzt fiel es ihm wieder ein: Unruhen! Darüber hatten die Medien berichtet. Es musste ein oder zwei Monate herge-wesen sein. Eine rechte Bürgerwehr und muslimische Jugendbanden prallten aufeinander. Es gab Schlägereien, die zu einer Straßenschlacht ausarteten. Die Polizei setzte Wasserwerfer ein, Barrikaden wurden errichtet, Steine flogen, Autos gingen in Flammen auf. Inzwischen hatte sich die Lage etwas beruhigt. Deshalb die Bombe. Bruno wollte den Konflikt wieder anheizen – oder der Planungsoffizier, von dem die Idee zu dieser Aktion stammte.

„Wir sind da", sagte der Fahrer. „Das ist unser Ziel."

Marek beugte sich vor. Zwei schlanke Türme ragten in den nächtlichen Himmel, dahinter zeichnete sich eine Kuppel ab: eine Moschee.

„Was hast du vor?"

„Dreimal darfst du raten." Bruno stoppte den Wagen an einer Bushaltestelle. „Los, raus. Vor die Tür legen. Mehr nicht."

Marek stieg aus, die Aktentasche hielt er mit dem rechten Arm umklammert. Was jetzt? Die Straße war unbelebt, keine Autos unterwegs, keine Fußgänger. In den Häusern gegenüber brannten nur wenige Lichter. Vier Stockwerke, Balkone, zum Teil verdeckt durch Alleebäume. Ein Blick auf die Armbanduhr. Mittwochmorgen, kurz nach zwei Uhr. Das Risiko, dass Menschen durch die Explosion zu Schaden kämen, schätzte er als gering ein.

Ich muss es tun, dachte Marek. Sonst verliere ich meine Tarnung.

Er ging die Straße entlang. Bis zur Moschee waren es noch fünfzig Meter. Am Straßenrand parkten Autos dicht an dicht. Sie würden die Druckwelle der Explosion mindern. Vielleicht könnte er die Bombe in einer Wandnische deponieren. Das würde ihre Wirkung verringern. Oder sollte er sie unter ein Auto legen? Nein, das würde Bruno bemerken.

Ein ratterndes Geräusch erklang. Was war das? Marek blickte zur anderen Straßenseite. Da bewegte sich etwas an einer Fassade. Jemand hatte den Rollladen an seinem Fenster herabgelassen. Fast alle Häuser waren damit ausgestattet. Sehr gut, das minderte das Risiko, dass Menschen durch Glassplitter verletzt wurden.

Die Moschee besaß eine zweiflügelige Tür. Keine Wandnische. Er musste die Bombe vor der Schwelle ablegen. So würde ein großer Teil der Druckwelle ins Gebäude fließen, ohne dass eine Betonwand sie reflektierte. Mehr konnte Marek nicht tun. Ein letzter Kontrollblick. Kein Mensch weit und breit zu sehen. Er öffnete die Aktentasche, nahm die Thermoskanne heraus und legte sie flach auf den Boden.

Vierhundert Gramm Ammoniumnitrat mit DNT. Hoffentlich geht das gut.

Marek konnte sich ungefähr vorstellen, wie stark die Explosion sein würde. Eine zerstörte Fassade, Schäden im Inneren des Gebäudes. Es durfte nur kein Passant im falschen Moment an der Moschee entlanggehen. Wie hoch war die Wahrscheinlichkeit, dass das passieren würde? Er wusste keine Antwort auf diese Frage.

Mit zügigen Schritten ging er zurück zum Auto, stieg ein und schloss die Tür so sanft wie möglich.

„Alles klar?", fragte Bruno.

„Ja. Der Adler ist gelandet. Lass uns verschwinden."

*

Bin das wirklich ich?

Samira stand vor dem Spiegel ihrer Garderobe und blickte ihr Ebenbild an. Sie fühlte sich ein bisschen wie ein Filmstar aus den 1940er Jahren. Oder wie die Moderatorin eines Musiksenders aus den Achtzigern. Eine völlig andere Person. Ihr Haar war wegen der Locken etwas kürzer geworden und es glänzte nun karamellbraun, aber nur von den Ohren bis zu den Spitzen. Elvira hatte die Farbe vorsichtig mit einem Schwamm aufgetragen, als das Haar nach dem Waschen noch feucht war. Es sei wichtig, dass man nicht zu viel auf einmal machte, sagte sie. Durch das Aufhellen würden die natürlichen Farbpigmente abgebaut und auf die neue Farbe vorbereitet. In den nächsten Tagen wollte sie die Prozedur wiederholen. Nach dem Ausspülen rieb sie einen Balsam ein, der die Haarstrukturen versiegeln sollte, und etwas Schaumfestiger für mehr Volumen, Samiras Proteste ignorierte Elvira. Anschließend griff sie zum Föhn und einer Rundbürste, um lange Locken in die Haare zu zaubern, die man hochheben und fallenlassen konnte und die wie Federn in ihre Ausgangslage zurückfanden. Ihre Frisur war nicht nur gut, sie war – Samira hatte sich lange geweigert, dieses Wort zu benutzen – perfekt.

Die Kleidung gefiel ihr weniger gut. Das Businesskostüm war sehr figurbetont. Wenn sie die Jacke schloss, wölbte sich der Stoff über ihren Brüsten und dem Hintern und spannte sich an der Taille. Auch beim Rock war man sehr sparsam mit dem Material umgegangen. Samira konnte damit nur Trippelschritte machen, Knie und Waden blieben unbedeckt. Ihre Mutter hatte früher immer gesagt, dass nur Huren so auf die Straße gehen würden. Auch deshalb trug sie gerne die langen Hippiekleider. Diesen alten Lebensstil musste sie nun aufgeben. Wofür?

Von ihrem Projekt Schwerter zu Pflugscharen hatte bislang kaum eine Zeitung oder ein Fernsehsender berichtet, auch nicht von dem Ausflug nach Afrika. Über tausend junge Leute aus allen Teilen der Welt unterstützten sie dabei. Wie lautete die Bilanz? Fünfzig Militärfahrzeuge zu zivilen Hilfsfahrzeugen umgerüstet, viertausend Tonnen Hilfsgüter verteilt, zwanzig Anlagen zur Entsalzung von Meerwasser gebaut, zweihundert Hektar Wüste begrünt, vierzigtausend Büsche und Bäume gepflanzt … Und wie hatte es sich in den Medien niedergeschlagen? In elf Zeitungsartikeln und sieben kurzen Fernsehberichten. Samira war enttäuscht. Vielleicht lag es daran, dass sie keine Menschen töteten oder dass keine nackten Frauen auf den Lastwagen tanzten? Damit hätten sie sicher mehr Aufmerksamkeit erregt.

Egal. Wenn es sonst niemand machte, musste sie sich eben selbst darum kümmern. Ab morgen würde Samira vor die Kamera treten und Werbung für ihre Projekte machen. Tue Gutes und rede darüber. Dafür musste sie sich in einem Stil kleiden, schminken und frisieren, der ihr nicht behagte. Halb so schlimm. Andere hatten viel größere Opfer gebracht. Nicht jammern. Augen zu und durch.

*

Marek und Bruno hielten vor den Toren der Stadt. Die Landschaft in der Provinz Südholland war flach, es gab keinen Berg, nicht mal einen Hügel, von dem man die

Türme der Moschee hätte sehen können. Aber der Oude Rijn, ein Überbleibsel des Rheins, floss durch Leiden hindurch, bevor er in die Nordsee mündete. Bruno glaubte, dass sich die Schallwellen der Explosion über die Wasserfläche verbreiten würden. Deshalb hielten sie auf einem Rastplatz und gingen die letzten Meter bis zum Flussufer. Ein alter Treidelweg war zum Fahrradweg ausgebaut, von dort aus konnte man die Lichter der Stadt erkennen.

„Wie hoch ist die Reichweite des Transmitters?", fragte Bruno.

„Zehn Kilometer." Marek holte das Gerät, das einem Mobiltelefon glich, aus seiner Hosentasche hervor.

„So weit ist es nicht … Lass mich die Bombe zünden." Er wollte ihm das Gerät aus der Hand nehmen.

Marek wich aus. „Man muss einen Code eingeben. Das ist nicht so einfach."

„Gut. Aber mach schnell." Bruno trat von einem Fuß auf den anderen.

Marek aktivierte den Transmitter. Am Abend zuvor hatte er den Sender und den Empfänger in der Bombe auf eine Frequenz eingestellt, die für Wettersatelliten reserviert war. Wenn er gleich das Signal senden würde, entstünde eine kurze Störung beim Wetterdienst, aber niemand würde einen Zusammenhang zu dem Terroranschlag erkennen. Er müsste nur die entsprechende Tastenkombination drücken.

Hoffentlich geht jetzt niemand an der Moschee entlang.

„Was ist? Worauf wartest du?"

Marek tippte das Geburtsdatum seines Vaters in das Gerät ein, danach das seiner Mutter. Es dauerte zwei Sekunden, dann war ein Knall zu hören, der aus Richtung Leiden kam.

„Das war alles?", fragte Bruno enttäuscht. „Klingt wie ein Böller."

„Glaub mir, die Explosion war stärker als die eines Böllers. Los, wir hauen ab." Marek warf den Transmitter ins Wasser, um keine Spuren zu hinterlassen. Falls sie in eine Polizeikontrolle geraten sollten, könnte sie niemand mit dem Anschlag in Verbindung bringen.

„Ja, gleich."

„Wir müssen weg." Marek ging zum Rastplatz.

Bruno blickte gebannt Richtung Stadt. „Sekunde noch … gleich … Ja, das ist es."

Das Heulen einer Sirene erklang. Wahrscheinlich stammte es von einem Polizeiwagen. Es war kaum zu hören, aber es brachte Bruno dazu, einen Freudentanz aufzuführen.

Marek hatte dafür kein Verständnis. „Die Bullen sperren gleich die Straßen ab."

„Ja, ich komme." Bruno lief ihm hinterher. Als er Marek erreichte, klopfte er ihm auf die Schulter. „Geschafft. Junge, wir haben es geschafft."

„Noch nicht. Erst mal müssen wir sicher nach Hause kommen."

„Mensch, das war ein Ding. Damit werden wir berühmt. Ich sag dir, davon erfährt die ganze Welt."

Hoffentlich nicht, dachte Marek.

Flaggen kamen ihm in den Sinn. Flaggen der EU, USA, Israel. Menschen rissen daran, spuckten darauf, trampelten darauf herum, übergossen sie mit Benzin, zündeten sie an. *Tod den Ungläubigen.* Imame riefen zum heiligen Krieg auf. Womöglich hatten sie einen internationalen Konflikt ausgelöst. Vielleicht würden demnächst noch viel mehr Bomben explodieren.

Verdammt, ich hätte es nicht tun sollen.

33. Kapitel: Medienspektakel

„Immer noch nichts gelernt."

Lea schaute sich im Fernsehstudio die Nachrichten an. Topthema war der Bombenanschlag in Leiden. Die großen Sender berichteten live vom Ort des Geschehens. Reporter standen vor der zerstörten Moschee und schilderten, was sie sahen. Die Fassade war eingestürzt, es schien so, als würde die Kuppel in der Luft hängen, ein Loch von mehreren

Metern Durchmesser klaffte im Boden. Bei den umliegenden Gebäuden gab es kein intaktes Fenster mehr, aber zum Glück war niemand verletzt oder getötet worden. Die Polizei hatte das Gelände weiträumig abgesperrt. Von Zeit zu Zeit schaltete die Regie auf eine Ansammlung von jungen Männern um. Sie riefen Parolen und reckten ihre Fäuste empor. Bislang waren es nur fünfzig Personen, aber ein Reporter in einem Trenchcoat vermutete, dass die Gruppe noch anwachsen würde. Die Nachricht müsste sich erst in der muslimischen Gemeinschaft verbreiten, dann käme es zu den üblichen Reaktionen. Im Internet hätten Extremisten bereits angekündigt, Vergeltung üben zu wollen. Man bedrohte Juden und Christen, die USA, Israel …

„Na, wie sehe ich aus?"

Lea drehte sich um. Eine junge Frau ging quer durch das Studio. Sie trug ein kurzes, graues Kleid, goldbraunes Haar lag auf ihren Schultern. War das etwa …? „Samira, bist du das?"

„Höchstpersönlich." Sie drehte sich schwungvoll um die eigene Achse, wäre dabei aber fast gestürzt, weil sie sich noch nicht an die hochhackigen Schuhe gewöhnt hatte. „Hoppla."

„Du siehst … Du bist …" Lea wusste nicht, was sie sagen sollte.

„Danke, danke. Deine Sprachlosigkeit ist Kompliment genug. Was läuft da in der Kiste?"

Samira stellte sich neben Lea und blickte auf den Monitor. Lea erklärte ihr, was geschehen war.

„Das müssen wir unbedingt in unsere Sendung aufnehmen", sagte Samira.

„Haben wir schon", erwiderte Lea. „Aber nur mit ein paar Zeilen und einem Standfoto. Komm mit, ich zeig's dir."

Lea führte Samira zu dem Pult, wo sie die Nachrichten verlesen sollte. Von ihrer Position blickte man auf die Hauptkamera und das wichtigste Utensil des Studios: den Teleprompter. Über diesen Bildschirm liefen der Nachrichtentext und Anweisungen an die Moderatorin.

Samira las die erste Meldung. „*Explosion in Leiden ... gezielte Provokation ... Ängste schüren* ... Das sind ja nur zehn Zeilen. Ist das nicht ein bisschen dürr?"

„Nein. Es sind die Informationen, die die Menschen brauchen. Mehr nicht."

„Aber die anderen Sender berichten in Vollzeit." Sie zeigte auf den Monitor, wo der Reporter im Trenchcoat noch immer seine Eindrücke schilderte, obwohl sich seit Stunden nichts verändert hatte. Hinter ihm stand ein Sanitäter an einer Absperrung und aß ein Sandwich, zwei Polizisten gingen gemächlichen Schrittes die Straße entlang. Der Reporter meinte, es würde sich um die Ruhe vor dem Sturm handeln.

„Samira, darüber haben wir doch gesprochen. Das ist eine selbsterfüllende Prophezeiung. Sie reden den Konflikt so lange herbei, bis er tatsächlich da ist. Sie erzeugen Angst, sie erzeugen Wut, der ewige Kreislauf. Wir machen dabei nicht mit. Wir folgen unserem Konzept. Du berichtest, was sich heute an großartigen Dingen in der Welt ereignet hat. Da ist zum Beispiel dieses neue Heilmittel gegen Krebs, das erfolgreich getestet wurde. Und zum Schluss nennst du eine Zahl: vierhundertfünfundsiebzigtausend."

„Was bedeutet das?"

„So viele Städte gibt es auf der Welt. In so vielen Städten ist letzte Nacht keine Bombe explodiert – es gibt nur eine einzige Ausnahme. Das dürfte einige Leute zum Nachdenken bringen."

„Okay. Ich brauch noch ein paar Minuten, um mich zu konzentrieren."

„Lass dir Zeit."

Lea zog sich hinter die Kamera zurück. Sie beobachtete Samira, wie sie ihre Papiere sortierte, wiederholt in die Kamera blickte und Sprechübungen machte. Dann war es so weit. Überall im Studio ging das Licht aus, nur das Nachrichtenpult wurde noch von den Scheinwerfern angestrahlt. Die Stimme des Regisseurs, der irgendwo im Kontrollraum saß, ertönte. Er gab das Aufnahmesignal, zählte von drei bis eins. Das rote Lämpchen auf der Hauptkamera leuchtete auf. Samira begrüßte die Zuschauer und las die erste Meldung vor.

Donnerwetter. Die macht das großartig.

Lea staunte über Samiras Professionalität. Sie wirkte nicht nervös, sprach klar und deutlich, blickte abwechselnd auf ihre Unterlagen und in die Kamera. Als ob sie den Job schon seit Jahren machen würde. Man merkte, dass sie in ihrer Eigenschaft als Sprecherin von Schwerter zu Pflugscharen schon viele Male vor Publikum aufgetreten war. Ein echter Medienprofi. Und dabei sah sie auch noch gut aus. Mit dieser goldbraunen Mähne und dem kurzen Kleid würde sie die Blicke der Zuschauer auf sich ziehen. Lea hätte nicht mit ihr konkurrieren können. Es war richtig gewesen, ihr bei diesem Format den Vortritt zu lassen.

∗

Wo bleibt der Kerl?

Marek saß auf einer Bank im Stadtpark. Er hatte eine Verabredung mit Bruno, doch im Gegensatz zu ihrer letzten Begegnung verspätete er sich heute. Der junge Belgier wollte noch etwas Wichtiges besorgen, hatte er am Telefon gesagt. Seitdem rätselte Marek, was er damit gemeint haben könnte. Eine Waffe? Sprengstoff? Den Plan für einen neuen Anschlag? Der Tag X rückte näher. Vielleicht waren bereits neue Befehle ausgegeben worden. Marek musste unbedingt herausfinden, wer der Planungsoffizier war, der sie beide anleitete. Axel van Doren traute er diese Rolle nicht zu, dafür fehlte ihm der Grips.

Eine junge Mutter schob einen Kinderwagen an ihm vorbei, ein älterer Mann führte seinen Hund aus, Kinder fuhren trotz Verbots mit ihren Fahrrädern über die Wege. Alles sah so friedlich und normal aus. Niemand ahnte, mit welchen Gedanken er sich beschäftigte.

Marek spürte einen Vibrationsalarm in seiner Hosentasche. Er holte das Handy hervor, schaute auf das Display. Vielleicht ist das Bruno. Will er die Verabredung absagen? Nein, das ist von Samira.

Er öffnete die Nachricht, las den Text. *Wie geht es dir? Bin wieder in Brüssel. Moderiere die Nachrichten. Können wir uns treffen? Anbei ein paar Fotos.*

Na toll, als ob ich noch nie ein Fernsehstudio gesehen hätte.

Marek erwartete Bilder von den Kulissen, den Kameras und dem Regieraum. Was er auf dem kleinen Monitor erblickte, verschlug ihm den Atem: eine völlig neue Samira. Endlich trug sie mal nicht diese langen Kleider, die an Badezimmervorhänge aus dem letzten Jahrhundert erinnerten, sondern kurze, elegante Sachen, für die er keine Namen kannte. Blickfänger traf es am ehesten. Und dann diese Frisur. Die kindlichen Zöpfe waren verschwunden, ersetzt durch eine Löwenmähne.

Wow, die ist heiß! Ob wir uns treffen können? Na klar, du bekommst sofort eine Antwort ... Halt, nichts überstürzen.

Er hatte bereits den Button *Antworten* gedrückt und das erste Wort geschrieben, doch Marek brach die Aktion ab. Es war ein ungünstiger Zeitpunkt. Gerade kam er in die heiße Phase seiner Ermittlungen, die Struktur von P7 schälte sich allmählich heraus. Jeden Moment würde Bruno hier auftauchen und ihn vielleicht zum nächsten Anschlag überreden. Er schaute sich noch einmal die Bilder an.

Samira sieht wirklich fantastisch aus. Sie ist nett, intelligent und sogar in meinem Alter. Mit ihr könnte ich eine Familie gründen, sie kann noch eigene Kinder bekommen. Muslimische Frauen haben viele Kinder. Das ist das Problem. Ob ich sie meinen Freunden vorstellen würde? Vielleicht als Latina? Samira könnte auch ein Name aus Südamerika sein. Oh verflucht. Erst eine alte Frau, die meine Mutter sein könnte, und jetzt eine Araberin. Muss ich mir denn immer die Freaks aussuchen?

Marek seufzte.

Was mache ich mit Lea? Soll ich sie abservieren? Aber ich muss doch mit ihr zusammenarbeiten. Soll ich den Job als Sonderermittler beenden? Dann muss ich zurück nach Polen und kriege bei Europol nie einen Fuß in die Tür. Angenommen, ich verabrede mich mit Samira. Sie kennt mich doch nur als Adam. Was sage ich, wenn sie …

„Hallo, hier bin ich", rief jemand.

Marek schielte zur Seite. Dahinten am Teich winkte ihm ein Mann in Motorradkluft zu. Es war Bruno. Er hatte sich eine Zeitung unter den Arm geklemmt. War darin etwas eingewickelt? Vielleicht eine Pistole? Warum ging dieser Idiot so ein Risiko ein? Konnte er sich nicht unauffälliger benehmen? Bruno lief und winkte wie ein kleines Kind, das ein Geschenk bekommen hatte und es nun vorführen wollte.

„Sieh dir das an", sagte Bruno atemlos und reichte ihm die Zeitung. „Die London Times."

Marek schlug sie auf. In das Papier war nichts eingewickelt, nur eine Werbebroschüre fiel heraus. „Na und?"

„Die Titelseite."

Er las die Schlagzeile: *Anschlag in Holland – Ausschreitungen befürchtet.*

„Junge, das waren wir." Brunos Stimme überschlug sich fast vor Begeisterung. „Sie haben über uns berichtet."

„Mensch, nicht so laut." Marek legte ihm die Hand auf die Schulter, um ihn zu beruhigen.

„Ich war vorhin im Internet. Wir sind überall ganz oben auf den Seiten. Der Figaro in Paris, Washington Post, El Pais in Spanien … Wahrscheinlich gibt es keine Zeitung auf der Welt, die nicht über uns schreibt. Und dann das Fernsehen …"

„Das war doch klar. So etwas wird immer ausgeschlachtet."

„Das müssen wir gleich noch mal machen." Endlich sprach Bruno leiser. Er sah sich prüfend um, im Moment befand sich niemand in der Nähe der Bank. „Mehr Öl ins

341

Feuer gießen. Als Nächstes ist eine christliche Kirche an der Reihe."

„Gibt es einen neuen Befehl?"

„Nicht direkt. Aber ich kenne ein paar lohnende Ziele. Und im Depot liegt noch mehr Sprengstoff."

„Sekunde. Was soll das heißen, nicht direkt?"

Bruno hielt sich die Hand vor den Mund. „Es gibt keinen Befehl vom Planungsoffizier. Aber er wäre bestimmt damit einverstanden. Denk doch mal nach. Wenn wir jetzt eine Kirche in die Luft jagen, gibt es richtig Randale. Dann glauben doch alle, das waren die Kameltreiber." Er kicherte und schlug sich auf die Schenkel.

„Keine schlechte Idee." Marek rieb sich das Kinn.

„Ich bin der Organisator, du bist der Bombenbauer. Zusammen sind wir ein unschlagbares Team."

Er reichte ihm die Hand, zog sie aber gleich wieder zurück. „Okay – wenn der Chef einverstanden ist."

„Der muss ja nicht alles wissen. Der Anschlag könnte auch von jemand anderem begangen werden. Nach den Krawallen der letzten Zeit kommen dafür viele Gruppen in Frage."

„Was? Du willst den Chef betrügen?" Marek verschränkte die Arme vor dem Bauch. „Da mach ich nicht mit. Du weißt, wir müssen die Befehlskette einhalten. Ein Soldat darf nicht ohne Befehl handeln. Und die Vorgesetzten zu belügen, das geht gar nicht."

„Bist du feige, oder was?", fragte er zornig. „Das merkt doch keiner. Wir haben mehr als genug Sprengstoff. Ich nehme eine andere Marke, du baust eine andere Bombe. Niemand wird erfahren, dass sie aus der gleichen Quelle stammen."

„Tut mir leid. Such dir einen anderen Bombenbauer. Oder mach es selbst. Aber jag dich nicht selbst in die Luft." Marek tat so, als würde er von der Bank aufstehen wollen.

„Warte." Er hielt ihn am Arm fest, verfiel in einen Flüsterton. „Okay, ich rede mit dem P O. Ich werde ihn überzeugen. Die Gelegenheit ist günstig. Er wird das verstehen."

„Das kann ja jeder sagen. Ich brauch einen Beweis, dass er wirklich einverstanden ist."

„Was willst du? Einen schriftlichen Befehl? So etwas gibt es nicht."

Marek sah Bruno in die Augen. „Bring mich zu ihm. Ich will mit dem Planungsoffizier sprechen."

„Bist du verrückt? Das ist nicht erlaubt."

„Denk dir einen Grund aus. Wir brauchen Geld, oder neue Anweisungen, irgendwas … Ich begleite dich. Gemeinsam überzeugen wir ihn garantiert. Wir können eine ganze Serie von Anschlägen machen. Europa wird vor uns erzittern. Man wird Bücher über uns schreiben, Filme über uns drehen …"

„Okay, okay. Heute in einer Woche treffe ich den P O. Ich frage ihn, ob er sich mit dir treffen will. Aber er stellt die Bedingungen. Ich kann nicht einfach bei ihm reinschneien."

„Eine Woche? Kein Problem."

„Dann halte dich bereit." Bruno riss Marek die Zeitung aus der Hand. Er rollte sie zusammen und hielt sie fest umklammert wie eine Trophäe, die er mit niemandem teilen wollte. Ohne sich noch einmal umzudrehen, verließ er den Park.

34. Kapitel: Im Rampenlicht

„Lea! Komm her! Schnell!"

Lea hörte jemanden ihren Namen rufen. Sie hatte gerade mit dem Aufnahmeleiter gesprochen, um sich auf ihre nächste Talkshow vorzubereiten, und war nun auf dem Weg in die Garderobe. Ihre Haare mussten noch gemacht werden, und sie brauchte ein spezielles Make-up, damit ihre Haut nicht im Licht der Scheinwerfer glänzte. Aber jetzt kam ihr dieser Notfall dazwischen. Die Stimme hörte sich an wie die von ihrer Freundin Samira. Sie war aufgeregt. Lea lief quer durch das Studio.

„Was ist geschehen?", fragte sie atemlos.

„Da! Schau dir das an." Samira stand am Nachrichtenpult und blickte fassungslos auf einen Bildschirm. Sie war geschminkt und frisiert, trug wieder ein kurzes Kleid, heute jedoch in einem hellen Rot. Soeben hatte sie die Aufnahmen zu einer Sendung beendet und hätte jetzt eigentlich nach Hause gehen können, doch sie blieb wie angewurzelt stehen. „Die Quoten sind gekommen."

„Was?"

„Die Quoten von gestern. Alle Sender haben welche, nur wir nicht."

„Ich kann dir nicht folgen."

„Das ist die Webseite von einem Branchendienst." Ihr Fingernagel kratzte am Bildschirm. „Und da steht: *Quoten sind nicht messbar*. Verstehst du? Sie können Quoten ab dem sechsstelligen Bereich messen. Aber unsere sind nicht messbar. Das heißt, wir hatten in ganz Europa weniger als hunderttausend Zuschauer. Vielleicht waren es nur zehntausend. Oder fünftausend."

Ein kurzer Rock reicht eben nicht, um das Publikum in Scharen anzulocken, dachte Lea.

„Und deshalb machst du so einen Aufstand?"

Samira schien Leas Bemerkung nicht gehört zu haben. Sie drückte ein paar Knöpfe, achtete jetzt aber darauf, ihre langen roten Nägel, die angeklebt waren, nicht abzubrechen. „Und da, zum Vergleich: Global News hatte mit seiner Liveschalte zwanzig Millionen Zuschauer."

„Ja, aber Global News gibt es schon seit über zwanzig Jahren. Wir haben erst angefangen."

„Und die Videos, die wir ins Netz gestellt haben, wurden nur tausend Mal angeklickt."

Lea zuckte mit den Schultern. „Wir müssen Geduld haben. Jamal hat gesagt, das erste Jahr wird das Aufbaujahr sein. Wir müssen uns einen Namen machen, bekannt werden. Ab dem zweiten Jahr werden die Quoten langsam steigen."

Samira stöhnte. „Ja, ich weiß. Aber tausend Klicks ... Und dafür all dieser Aufwand." Mit einer Kopfbewegung wies sie auf die Kameras und Scheinwerfer, mit den Fingern hob sie ihre gold gefärbten Haarspitzen an.

„Das ist leider notwendig."

„Ich hab mal ein Katzenvideo gesehen, das hatte über hundert Millionen Zuschauer."

Lea schüttelte den Kopf. „Was ist denn das für ein Vergleich?"

„Vielleicht sollten wir auch ein paar Tiervideos zeigen. Um Leute zu unserem Kanal zu holen."

„Okay. Woran kannst du dich konkret erinnern?"

„Konkret? Also ..." Sie überlegte einen Moment. „Da war diese Katze, die ist auf einen Tisch gesprungen ... Nein, warte, sie ist von einem Tisch gesprungen, auf einen Stuhl, glaube ich ..."

„Hat es dein Leben verändert?"

„Nein. Es war Unterhaltung."

„Du hast gestern in der Sendung eine Zahl genannt, die dich beeindruckt hat. Weißt du noch, welche?"

Ihr fiel die Antwort auf Anhieb ein. „Vierhundertfünfundsiebzigtausend. So viele Städte gibt es auf der Welt. In so vielen Städten ist in der Nacht zuvor keine Bombe explodiert."

„Genau. Dafür sollten wir dankbar sein. Diese Nachricht sollten wir feiern. Wir haben den Leuten klargemacht, wie die Medien uns manipulieren. Wir haben ihnen erklärt, wie unser Denken unsere Wirklichkeit beeinflusst. Es stimmt, wir haben bis jetzt nicht viele Zuschauer. Aber wir haben ihr Leben verändert. Unsere Zuschauer werden bewusster leben, sie werden sich und ihre Umwelt anders wahrnehmen. Das, meine liebe Samira, ist jede Anstrengung wert."

„Schon klar. Aber ich hatte gehofft, dass ..."

„Hallo, ihr beiden. Da bin ich", rief eine männliche Stimme.

Eine große Gestalt ging durch den dunklen Teil des Studios. Sie winkte, hielt etwas in der Hand. Vielleicht war es ein Blumenstrauß.

Marek! Ist der Strauß für mich?

„Adam!", rief Samira. Ihr Gesicht hellte sich auf.

Adam? Natürlich, er hat sich ihr gegenüber als Detektiv ausgegeben. Marek hatte mich von der Fähre nach Afrika aus angerufen. Ich sollte mitspielen bei der Geschichte. Angeblich wollte er im Auftrag von Don Grazer und mir überprüfen, was mit den Spendengeldern geschah. Marek glaubte, dass Samira heimlich Waffen kaufte und für ISMET versteckte. Aber hat sich dieser Verdacht nicht längst aufgelöst?

Samira lief auf Marek zu und küsste ihn.

Na die scheinen sich ja gut zu kennen.

Lea stemmte ihre Hände in die Hüften und blickte Marek grimmig an.

*

Hat sie was bemerkt?

Marek sah Leas finsteren Blick. Gerade noch war es ihm gelungen, Samiras Kuss abzulenken. Sie wollte ihn auf den Mund küssen, doch er lenkte ihre Lippen auf seine Wange. Sie begrüßten sich wie gute Freunde, nicht wie ein Liebespaar.

Mist, ich hätte meine Nachricht anders formulieren sollen. Jetzt glaubt Samira, ich würde etwas Ernsthaftes mit ihr anfangen wollen. Diese verfluchten Fotos!

„Sind die für mich?" Samira strahlte über das ganze Gesicht, ein roter Fingernagel deutete auf den Rosenstrauß, den Marek mitgebracht hatte.

„Oh ja. Herzlichen Glückwunsch zur ersten Sendung." Er überreichte ihr die Blumen. „Ich hab sie gesehen. War große Klasse."

„Danke. Die sind traumhaft schön." Sie roch an den Rosen. „Können wir los?"

„Ja, mein Auto steht draußen."

„Ich zieh mich rasch um."

Marek wartete vor der Tür ihrer Garderobe. Lea ließ sich nicht blicken. Zum Glück. Er hätte nicht gewusst, wie er seinen Besuch im Fernsehstudio erklären sollte. Als Samira in den Flur trat, trug sie eine Jeans und ein T-Shirt. Also würden sie den Rest des Abends wohl nicht in einem Luxusrestaurant verbringen.

„Was ist das für eine Überraschung, von der du gesprochen hast?", fragte Marek.

„Eigentlich ist es gar nicht so besonders. Du kennst es auch schon. Aber es hat sich etwas verändert, was dich vielleicht interessieren könnte. Mehr sag ich nicht."

„Okay, dann los."

Im Auto gab Samira die Richtung vor: über die Autobahn A10 nach Nordwesten. Marek ahnte bald, dass die Reise nach Gent zum Fahrzeugdepot der Initiative Schwerter zu Pflugscharen gehen würde. Gegen zwanzig Uhr hatten sie die Halle erreicht. Samira öffnete das Tor und schaltete das Licht an. Die MAN-Lastwagen befanden sich bereits alle in Afrika, deshalb blickte er auf eine weitgehend leere Fläche. Nur ein Kranlastwagen, den er bei seinem letzten Besuch noch nicht gesehen hatte, stand ziemlich genau in der Mitte abgestellt, neben einem Panzer. Marek ging näher heran. Es war ein sowjetischer T-72, wahrscheinlich einer aus dem separaten Teil der Halle, der besonders gesichert war. Aber seine Farbe hatte sich geändert, er leuchtete jetzt in Feuerrot. Das Kanonenrohr wirkte kürzer und schmaler, und hinter dem Turm war ein voluminöser Tank installiert.

„Kommt mir bekannt vor. Ist das etwa …"

Samira ließ ihn nicht ausreden. „Ja, ein Feuerwehrpanzer. Ich hab dir davon erzählt, vor ein paar Wochen, bei unserer ersten Begegnung."

Marek erinnerte sich, dass Samira ihn damals unwirsch von dem Fahrzeug vertrieben hatte. Jetzt erschien sie ihm fröhlich und aufgedreht, sie gestikulierte mit den Armen, während sie um den Panzer herumlief.

„In den Tank passen zweitausend Liter Wasser rein. Wir bauen noch einen Anhänger mit zehntausend Litern, damit der Panzer nicht so oft nachtanken muss. Alternativ kann man auch Löschschaum verschießen. Das hat Gojko fast allein gemacht."

Marek blickte zu dem Lastwagen mit dem Kranaufbau. „Ich verstehe. Damit hat er die Rohre getauscht und den Tank aufgesetzt."

„Ja, aber es ist noch nicht fertig. Demnächst kommt ein Spezialist und baut die Elektronik ein. Dann kann man den Panzer fernsteuern. Der hier geht übrigens zurück nach Russland."

„Wieso?"

„Wegen der Waldbrände in Sibirien. Die Behörden werden damit nicht fertig. Es brennt vom Ural bis zum Polarkreis."

Marek kamen Bilder von gewaltigen Rauchsäulen in den Sinn, die er im Fernsehen gesehen hatte. Sie verdunkelten den Horizont, die Asche wehte angeblich bis nach Europa. „Ja, schlimme Sache."

„Vor ein paar Monaten hat sich in Russland eine Ortsgruppe von Schwerter zu Pflugscharen gegründet. Sie wollen ein ganzes Dutzend von diesen Panzern kaufen und umbauen. Damit wollen sie Schneisen in die brennenden Wälder schlagen. Ein ziemlich brutales Mittel, aber anders geht es nicht. Das hier ist der Prototyp."

„Darf ich mal reinschauen?"

„Klar. Ich weiß nur nicht, wie man da reinkommt."

„Ich kenn mich aus."

Marek stieg durch die Luke des Kommandanten ein. Im Inneren des Panzers gab es jetzt mehr Platz als bei seinem letzten Besuch. Der Bordcomputer, die Feuerleitanlage und der Ladeautomat waren verschwunden, dafür entdeckte er eine Pumpe und einen Schlauch, der vom Heck bis zur Kanone führte, die nun eine Löschkanone war.

Genial gemacht, dachte er. Alle empfindlichen Teile sind durch Panzerstahl geschützt. Ein brennender Baum könnte auf den Panzer stürzen und er würde einfach weiterfahren.

Marek stieg wieder aus.

„Tolle Sache. Und wo essen wir jetzt?"

„Hier. Such dir einen Platz aus."

Marek ging ins Büro, holte einen Tisch und zwei Stühle und trug sie in die Fahrzeughalle. Samira verschwand währenddessen in der kleinen Küche, verweigerte ihm aber den Zutritt. Ein verführerischer Duft wehte durch den Türspalt hindurch, den Marek nicht deuten konnte.

„Es ist nur eine Kleinigkeit", sagte sie beim Servieren. „Ich hab improvisiert. Verwertung der Reste."

Jetzt kommt bestimmt was Arabisches, dachte Marek. Fladenbrot und Couscous, dazu starker Kaffee, hinterher vielleicht noch eine Wasserpfeife.

Samira stellte zwei Pfannen auf den Tisch, die beide abgedeckt waren. Einen Deckel nahm sie ab. „Nockerln mit Gemüse. Da sind Cocktailtomaten drin, rote Zwiebeln, eine Zucchini und eine Aubergine. Was noch in der Küche war."

„Nockerln?"

„So nennen wir sie in Österreich. Die Italiener sagen Gnocchi."

„Oh, das mag ich. Und was ist das?" Er lüftete den zweiten Deckel.

„Kaiserschmarren mit Äpfeln und Rosinen. Wir hatten leider keinen Puderzucker mehr, deshalb hab ich normalen genommen."

„Das riecht ja lecker. Aber du hättest dir nicht solche Mühe geben sollen. Wir hätten auch irgendwo unterwegs essen können."

„Mühe? Das ist kinderleicht. Man kann beides parallel machen. Die Nockerln kommen aus dem Supermarkt, aber den Teig für den Kaiserschmarren hab ich frisch zubereitet. Wusstest du, dass er nach Kaiser Franz Joseph dem Ersten benannt ist? Das war der, der den Rekord aufgestellt hat. Achtundsechzig Jahre hat er regiert. Das ist die gute alte

Zeit, nach der wir Österreicher uns zurücksehnen. Manchmal jedenfalls, wenn wir die Zumutungen der Moderne nicht mehr ertragen können. Und jetzt: Guten Appetit."

Marek gab eine große Portion Nockerln mit Gemüse auf seinen Teller. Samira hatte sogar noch untertrieben, er schmeckte auch Schnittlauch und Majoran heraus. Fleisch war wieder nicht dabei, aber die vegetarische Kost hatte er bereits bei Lea zu schätzen gelernt. Mittlerweile aß er Fleisch nur noch ein- oder zweimal pro Woche. „Das soll Resteverwertung sein? Ich kenne Restaurants, die knöpfen einem für so etwas ein kleines Vermögen ab. Wo hast du das gelernt?"

„Von meiner Mutter."

„Deiner Mutter? Ich dachte, du bist … Oder ihr seid …"

Sie lachte, wischte sich anschließend mit einer Serviette den Mund ab. „War ein Witz. Nein, ich hab während meines Studiums bei einem Heurigen gejobbt. Ich hab als Spülerin angefangen, zum Schluss war ich Hilfsköchin."

„Ah, das erklärt einiges."

„Es ist dasselbe Prinzip. Man muss aus dem Vorhandenen das Beste machen." Sie zeigte auf den roten Panzer.

„Jetzt traue ich dir alles zu, Samira. Du wirst die Welt verändern."

„Das ist doch ganz einfach. Wir alle verändern die Welt, jeden Tag. Wenn du morgens aufstehst und dir die Haare kämmst, veränderst du die Welt."

„Ja, aber ihr packt die ganz großen Themen an. Abschaffung der Armeen, Schaffung eines neuen Bewusstseins …"

„Das ist der nächste logische Schritt. Gestern waren wir Barbaren mit Computern, morgen werden wir die Zivilisation der zweiten Stufe erschaffen."

„Die zweite Stufe. Das klingt gut."

„Und außerdem will ich eines Tages Kinder haben. Sie sollen in einer lebenswerten Welt aufwachsen. Wie denkst du darüber?" Samira lächelte verschmitzt.

„Ja, das ist gut. Die Welt sollte lebenswert sein. Und die Umwelt muss möglichst intakt sein. Und sozial gerecht. Und ohne Kriminalität."

Samira ist eine Zauberin, dachte Marek. Und sie ist eine Spinne. Sie hat mich mit ihrem Netz eingefangen. Genau wie Lea. Aber diese Spinne hat keine Falten im Gesicht.

*

Das ist sie! Brunos BMW.

Marek war in die Tiefgarage eines Hochhauses eingedrungen. Er sah auf seine Armbanduhr. Kurz vor vier Uhr morgens. Bruno Sercu lag sechs Stockwerke über ihm vermutlich im Bett und schlief. Marek blieb genug Zeit, um den Sender zu installieren. Er sah sich die Maschine an. Eine BMW GS, schwarz lackiert. Mit ihren langen Federwegen und den grobstolligen Reifen konnte man auch abseits der Straßen fahren, der dickbauchige Tank ermöglichte eine große Reichweite. Mit dieser Enduro kam man an Orte, die man mit einem Auto nicht erreichen würde. Eine Vorbereitung auf den Tag X? Vielleicht erinnerte die Maschine Bruno aber auch nur an das Wehrmachtsgespann, das Teil der Militariasammlung in Val Zernez war. Beide Maschinen besaßen den großvolumigen Boxermotor, der seine Zylinder quer in den Fahrtwind stellte. Vielleicht malte er sich aus, wie er damit in fremde Länder einfiel, um die arische Rasse gegen ihre Feinde zu verteidigen.

Du führst mich zum Planungsoffizier.

Marek kniete sich auf den Boden. Er berührte den Motor und den Auspuff. Beides fühlte sich kalt an. Die Maschine war seit Stunden nicht mehr bewegt worden. Er tastete den Rahmen ab. Über dem Hinterrad gab es einen Hohlraum, der von außen nicht sichtbar war.

Perfekt! Das ideale Versteck.

Mit einem Tuch und etwas Reinigungsmittel wischte er die Stelle ab. Der Montagepunkt musste sauber und fettfrei sein. Der Sender, den er mitgebracht hatte, war so groß wie eine Haselnuss. Pjotr und er nutzten das Verfahren bereits bei ihren Ermittlungen gegen die polnische Rockerbande. Über das Global Positioning System bestimmte der Sender alle zehn Sekunden seinen Standort. Wenn sich eine Abweichung von mehr als zehn Metern ergab, schloss der winzige Rechner daraus, dass das zu überwachende Fahrzeug nun in Bewegung war und gab fortan in regelmäßigen Abständen eine Funkmeldung ab. Sie konnte an einen Funkempfänger der Polizei oder an ein gewöhnliches Mobiltelefon gerichtet sein. In diesem Fall war es auf Mareks Telefonnummer eingestellt. Er musste das System nur aktivieren und die kleine Metallkapsel mit einem Tropfen Industriekleber am Rahmen des Motorrads befestigen.

Einen Augenblick später spürte Marek, dass sein Handy in der Hosentasche vibrierte. Er schaute auf das Display. Das Überwachungssystem hatte ihm seine erste Meldung geschickt.

Alles klar. Jetzt muss ich nur noch ein paar Tage warten und ich weiß, wer der Planungsoffizier von P7 ist. Den Zahlmeister kenne ich bereits. Stück für Stück setzt sich das Puzzle zusammen.

35. Kapitel: Der Blender

„Fünfzig Millionen? Mehr nicht?"

Marek saß zusammen mit Pjotr in dessen Krakauer Büro. Bei der heutigen Besprechung war auch ein Hacker anwesend, den Marek nur als T-Bird 571 kannte. Der schlanke junge Mann mit dem unrasierten Gesicht hatte bereits seinen Laptop aufgebaut und ein Diagramm an eine Wand projiziert, das einem Fischernetz ähnelte. Zahlreiche Namen waren mit Linien verbunden, ergänzt um Dollarsummen oder Ortsangaben.

„Der Reihe nach", sagte Pjotr. „Also, das Schiff von Don Grazer heißt Shangri-La. Es ist auf den Bermudas registriert unter dem Namen der First Traditional Overseas Bank."

„Darüber hatten wir schon beim letzten Mal gesprochen", erwiderte Marek.

„Ich weiß. Ich will nur das Prinzip verdeutlichen." Pjotr hielt einen Laserpointer in der Hand. Er richtete den roten Lichtstrahl auf Don Grazers Namen, der in der Mitte des Netzes geschrieben stand, und ließ ihn an einer Linie nach unten wandern, bis er den Namen der Megayacht erreichte. Von dort aus bewegte sich der Strahl nach links oben zu einem Kästchen mit dem Namen der Bank.

„Mr. Grazer fliegt regelmäßig um die Welt", sagte T-Bird. „Er benutzt dazu einen Privatjet mit der Kennung BM-7311."

Auf der Wand erschien das Foto eines weißen Flugzeugs, das ein goldener Streifen zierte. Es stand mit ausgeklappter Treppe auf einem Rollfeld. Rechts davon sah man das Heck einer schwarzen Luxuslimousine, links davon winkte eine junge Frau in einer Stewardessenuniform in die Kamera.

„BM-7311." Pjotr markierte das entsprechende Kästchen mit dem roten Punkt. „Die Maschine ist auf den Bahamas zugelassen und gehört einer Firma namens BTA Jets and Helicopters. Sie kauft Luftfahrzeuge aller Art direkt bei den Herstellern und vermietet sie an Fluggesellschaften oder Privatpersonen."

„Ich verstehe. Und wem gehört BTA Jets and Helicopters?", fragte Marek.

„Einer Kapitalgesellschaft namens Oxenberg Capital. Die wiederum gehört der First Traditional Overseas Bank." Pjotr zeichnete mit dem roten Punkt die Verbindungen zwischen den Unternehmen nach.

„Und die gehört Reginald Wilson", rief sich Marek in Erinnerung.

„Richtig. Nach diesem Prinzip ist alles organisiert. Don Grazer ist Präsident mehrerer Investmentfirmen, aber nicht deren Eigentümer. Die Geschäftsanteile dieser Firmen gehören mindestens einer weiteren Firma, oft sogar einem Dutzend Firmen. Die gehören wiederum anderen Firmen, die anderen Firmen gehören und so weiter." Pjotr ließ den roten Punkt über die Wand tanzen.

„Am Ende landet alles bei der Overseas Bank", fasste T-Bird zusammen. „Jedenfalls bei rund achtzig Prozent der Firmen. Die restlichen zwanzig Prozent konnten wir nicht knacken. Aber ich vermute, dass sie auch zur Overseas gehören."

„Aber Don Grazer stammt doch aus einer stinkreichen Familie", warf Marek ein. „Die haben ihr Vermögen schon im neunzehnten Jahrhundert gemacht. Mit Eisenbahnen, Zeitungen und was noch alles."

Pjotr nickte. „Im Prinzip ja. Es gibt aber ein Problem. Das nächste Bild, bitte."

Ein weiteres Diagramm erschien auf der Wand. Es glich einem Stammbaum und war weniger verschachtelt als das vorherige.

„Die Grazers waren eine kinderreiche Familie", erklärte Pjotr. „Am Anfang stehen Julius und Maria Grazer, Einwanderer aus Österreich." Mit dem Laserpointer zeigte er auf die beiden unteren Namen.

„Sie waren die Gründergeneration. Sie hatten sechs Kinder, vierzehn Enkel und so weiter." Der rote Lichtpunkt wanderte nach oben.

„Ich kann's mir schon denken", sagte Marek. „Für Don blieb vom Erbe nichts übrig."

„Ja, aber das ist seltsam", erwiderte T-Bird. „Sein Vater besaß noch einige Anteile am Vermögen der Familie. Die hat er allerdings in eine Stiftung eingebracht, deren Erträge für wohltätige Zwecke benutzt werden. Kinderheime, Stipendien für sozial Schwache, Sport und Kultur."

„Also hat ihn sein Vater enterbt?", fragte Marek.

„Scheint so", antwortete Pjotr. „Und wir haben noch etwas Unerfreuliches herausgefunden. Nächstes Bild, bitte."

Ein Zeitungsartikel füllte die Wand aus. Die Schlagzeile kündete von einem Skandal an der Wall Street.

„Das war vor zwanzig Jahren", erklärte T-Bird. „Betrug mit faulen Krediten. Anlegern wurden Kreditbeteiligungen untergeschoben, die als sicher galten. Nur leider sind fast alle geplatzt."

„Einer der Hauptbeschuldigten war Don Grazer." Pjotr markierte den Namen mit dem roten Punkt. „Seine Anwälte haben ihn vor dem Gefängnis bewahrt. Er musste aber dreißig Millionen Dollar Entschädigung zahlen – und er hat seine Zulassung als Börsenmakler verloren. An den amerikanischen Börsen ist er lebenslang gesperrt."

Marek stieß einen Pfiff aus. „Schau an. Der hat reichlich Dreck am Stecken, der Herr *Milliardär*."

„Ein Milliardär ist er sicher nicht", erwiderte T-Bird. „Wenn wir alles zusammenzählen, kommt ein Vermögen von zwanzig bis fünfzig Millionen Dollar raus."

„Ich weiß einen Namen für ihn", sagte Pjotr. „Er ist ein Strohmann."

„Vielleicht ist er sogar noch Schlimmeres. Ich kenne eine Person, der wird das überhaupt nicht gefallen." Marek lächelte. „Ich danke euch für eure Arbeit, Jungs. Damit geht der Fall in die Zielgerade."

Und auf den Kerl war ich eifersüchtig, dachte Marek. Vielleicht ist Don Grazer sogar Mitglied von P7. Dieser Angeber, der mit seinem Reichtum protzt, mit seinen Autos, Yachten und Flugzeugen, der sich als Wohltäter und Menschenfreund aufspielt – ein Krimineller?

*

„Nein, Don ist kein Betrüger."

Lea war überrascht und empört von dem, was Marek behauptet hatte. Don Grazer sei gar kein Milliardär, er würde wie eine Marionette an den Fäden eines Puppenspielers hängen. Das konnte und wollte sie nicht glauben.

„Doch. Hier sind die Beweise." Marek öffnete seinen Aktenkoffer und legte einen Stapel Papiere auf den Tisch ihres Arbeitszimmers. „Hier ist eine Aufnahme der Shangri-La. Treffpunkt der Reichen und Schönen."

Das Foto kam Lea bekannt vor. Eine weiße Megayacht mit schwarzen Fensterbändern, irgendwo auf dem Oberdeck gab es zwei Schwimmbecken und einen Landeplatz für Hubschrauber. Wo hatte sie es schon einmal gesehen? Auf einer Internetseite, in einer Illustrierten, die sie beim Frisör las? Es ging in dem Artikel um Klatsch und Tratsch aus der Welt der Prominenten. *Party auf der Yacht von Don Grazer,* lautete die Überschrift. Die Autorin zählte die Namen von Filmstars und Sportlern auf, die angeblich zu heißen Rhythmen an Bord der Shangri-La getanzt hatten. „Don ist ein Playboy. Das weiß doch jeder. Aber er hat auch gute Seiten."

„Moment, ich bin noch nicht fertig. Siehst du die Flagge am Heck?" Er zeigte auf eine Vergrößerung desselben Fotos. „Das ist die Flagge der Bermudas."

„Marek, die meisten Schiffe der Welt fahren unter Billigflaggen. Wahrscheinlich aus steuerlichen Gründen."

„Ja, das auch. Aber es geht noch weiter."

Er reichte ihr ein Blatt Papier.

„Was ist das?"

„Ein Auszug aus dem Schiffsregister der Bermudas. Streng vertraulich. Eignerin des Schiffes ist die First Traditional Overseas Bank."

Die Nachricht traf Lea wie ein Stromschlag. Sie erinnerte sich an den Namen der Bank. Marek hatte ihn vor ein paar Tagen genannt, im Zusammenhang mit dem Mann, den er für den Finanzier von P7 hielt. Trotzdem wollte sie es nicht wahrhaben. „Vielleicht hat Don die Yacht nur gechartert. Das könnte doch sein. Ich meine, warum sollte er für ein oder zwei Wochen Urlaub, die er im Jahr hat, so ein Riesenschiff kaufen? Das wäre unwirtschaftlich."

„Gutes Argument. Aber es geht noch weiter."

Marek reichte ihr das nächste Blatt. Es war eng beschrieben mit Buchstaben und Zahlen, unten war ein weißes Flugzeug mit einem goldenen Streifen abgebildet.

„Das ist ein Auszug aus dem Luftfahrtregister der Bahamas. Siehst du, da steht eine Nummer: BM-7311. Das ist der Privatjet von Don Grazer. Er ist registriert …"

Lea hörte nicht mehr auf das, was Marek ihr mitteilte. Ihr fiel ein, wie sie einen Scherz gemacht hatte. *Zum Ausgleich muss ich drei Jahre Fahrrad fahren.* Sie spielte damit auf ihr CO_2-Konto an, das sie kräftig überzog, weil sie sich von Don zu einer Konferenz fliegen ließ. Sie hatte es an Bord eines weißen Flugzeugs gesagt, an dessen Rumpf ein goldener Streifen prangte.

Marek legte noch mehr Papiere auf den Tisch. Mit einem Kugelschreiber unterstrich er einzelne Wörter, die an anderer Stelle wieder auftauchten. Ein Name wiederholte sich mehrfach: First Traditional Overseas Bank.

Irgendwann sagte Lea: „Genug, es reicht. Ja, wahrscheinlich hast du recht. Don ist nicht der, für den er sich ausgibt. Er ist eine Marionette."

Dann tat Marek etwas, das Lea in diesem Moment unangenehm war. Er kam zu ihr und umarmte sie. „Tut mir leid für dich. Muss schlimm sein, dass deine Projekte geplatzt sind. Ich kann dir dabei helfen, die Dinge …"

„Moment." Sie löste sich aus der Umarmung. „Geplatzt ist noch gar nichts. Vielleicht kann man das irgendwie erklären. Vielleicht wird Don gegen seinen Willen benutzt. Vielleicht wird er erpresst. Oder er hat sich übers Ohr hauen lassen. Das wäre doch möglich."

„Theoretisch ja."

„Ich werde es herausfinden." Lea griff zu ihrem Telefon, das auf dem Tisch lag.

„Was hast du vor?"

„Ich rufe ihn an. Wir klären das sofort."

Er nahm ihr das Gerät aus der Hand. „Das ist keine gute Idee. Du darfst ihm nichts verraten."

„Aber ich will Gewissheit haben." Sie versuchte, ihm das Telefon wieder abzunehmen.

„Die bekommst du auch. Später."

„Her damit." Ihre Fingernägel hinterließen eine Kratzspur auf seinem Unterarm.

„Ich sagte nein."

Lea wurde von Marek weggestoßen. Unsanft prallte sie gegen die Tischkante. „Aua. Was soll das?"

„Don ist ein Verdächtiger in einem Kriminalfall. Vielleicht ist er sogar Mitglied von P7."

„Lüge, das ist eine Lüge!" Sie hob ihre Hand und holte aus.

Er griff nach ihrem Arm und hielt sie fest. „Lea, beruhig dich. So hab ich dich ja noch nie erlebt. Du benimmst dich wie eine Furie."

Furie? Lea hielt inne. Sie achtete auf ihren Atem. Er ging stoßweise. In ihrem Bauch spürte sie einen Schmerz. Alle Muskeln waren angespannt. Wut. Sie hatte es zugelassen, dass das Gefühl die Herrschaft über sie ergriff. Fast hätte sie Marek geschlagen. Sie schämte sich für ihr Verhalten. „Tut mir leid. Das wollte ich nicht."

„Schon gut. Setz dich einfach wieder hin. Warte hier. Ich mach dir einen Tee."

Marek verließ den Raum, Lea blieb allein zurück. Gedanken rasten durch ihren Kopf. Utopia zwei. Don hatte doch eine Milliarde Dollar für den Staat ohne Land versprochen. Wo sollte das Geld herkommen? Der Fernsehsender. Wie sollte er finanziert werden? Ihre Bewerbung als UN-Ausgleicherin. Wie sollte es jetzt weitergehen?

„Da war noch Tee." Marek stand schon wieder in der Tür. Er hielt eine Thermoskanne und eine Tasse hoch.

„Danke, das …"

„Ein Schluck Tee wird dir guttun." Er goss eine dunkle Flüssigkeit in die Tasse, Wasserdampf stieg auf.

Lea nippte an dem Getränk. Es war heiß. Den Geschmack konnte sie nicht identifizieren. Es duftete nach Rosen. Gab es einen Rosentee?

„Wir müssen ein paar Punkte klären", sagte Marek. „Hast du jemals gehört, dass Don einen anderen Namen erwähnt hat? Einen Unterstützer, einen Geldgeber, einen Ideengeber?"

„Nein, nie … Außer John Tracy. Das ist sein Anwalt. Aber er macht das, was Don ihm aufträgt. Und ein Mr. Fogerty, sein Medienberater. Don ist der Ideengeber. Dachte ich bis jetzt immer."

Sie hörte ein kratzendes Geräusch. Mareks Kugelschreiber bewegte sich über den Notizblock. Altmodisches Ding. Er hatte einmal behauptet, dass man elektronische Notizblöcke auf Telefonen oder Computern hacken könnte. Papier sei sicherer.

„Wann hat er dir das erste Mal von seinen Plänen erzählt?"

„Gleich als wir uns das erste Mal begegnet sind. Na ja, nicht alles. Don hat von seinen Waldprojekten erzählt. In Südamerika und Asien hat er riesige Waldgebiete gekauft und unter Schutz gestellt. Er hat behauptet, dass er der größte private Waldbesitzer der Welt ist. Oder stimmt das auch nicht?"

„Die Wälder gehören Umweltstiftungen", erklärte Marek. „Don sitzt zwar in den Aufsichtsgremien der Stiftungen, aber formal gehören sie ihm nicht."

„Macht das einen Unterschied? Hauptsache, sie werden geschützt."

„Was hat ihn dazu gebracht, seine Pläne zu entwickeln? Ich meine dieses Weltretterzeug. Er ist ein Playboy, wie du selbst gesagt hast, er ist ein Großkapitalist, in einer reichen Familie aufgewachsen. So einer dreht sich nicht plötzlich um hundertachtzig Grad. Da muss doch etwas vorgefallen sein."

„Das hab ich mich auch schon gefragt. Etwas hat sich ereignet in seinem Leben. Eine schwere Krankheit, ein Unfall? Er will nicht darüber reden."

Marek klopfte mit seinem Kugelschreiber gegen den Notizblock. „Das müssen wir rausfinden. Das könnte der Schlüssel zu der Angelegenheit sein."

„Wie wäre es, wenn ich Don ein bisschen aushorche? Ganz vorsichtig natürlich. Ich mache ein paar Andeutungen und schaue, wie er darauf reagiert."

„Andeutungen?" Marek schwieg für einen Moment. „Ja, keine schlechte Idee. Du darfst aber nicht verraten, dass ich ihm auf der Spur bin. Und kein Wort über P7. Es könnte sonst gefährlich für dich werden."

„Keine Angst, ich achte auf jedes meiner Worte. Gerüchte. Ich sage, mir sind Gerüchte zu Ohren gekommen. Zum Beispiel über seine Yacht. Dass sie gar nicht ihm gehört, sondern einer Bank. Ich frage, ob sie vielleicht gepfändet wurde. Wegen eines geplatzten Kredits. Ich denke mir eine Geschichte aus."

„Einverstanden. Erwähne aber nicht den Namen der Bank. Halte es im Ungefähren, ohne Details zu nennen."

„Ja, das ist gut. Die Details werde ich aus ihm herauslocken. Ein Lügner verrät sich immer mit den Nebensächlichkeiten."

36. Kapitel: Jagdzeit

Endlich! Er fährt los!

Marek saß in seinem Auto und schaute abwechselnd auf das Display seines Handys und den Bildschirm des Navigationsgerätes. Eine Woche war seit seiner letzten Begegnung mit Bruno vergangen. Damals versprach ihm der junge Belgier, dass er sich nach Ablauf dieser Frist mit seinem Planungsoffizier treffen würde, um einen Kontakt zwischen ihm und Marek herzustellen. Bruno wollte ihm die Erlaubnis abringen, weitere Anschläge begehen zu dürfen, mit ihm selbst als Organisator und Marek als Bombenbauer. Marek wusste nicht, ob der Kontakt jemals zustande käme. Vielleicht würde der P O verärgert auf diesen Vorschlag reagieren, vielleicht würde er eine Strafe gegen die beiden verhängen oder sie aus dem Wolfsrudel ausschließen. All das war Spekulation. Sicherheitshalber hatte er aber ein Überwachungsgerät an Brunos Motorrad angebracht. Jetzt war der Moment gekommen, in dem die Maschine die Tiefgarage verließ. Die kleine Metallkapsel informierte ihn über jede Bewegung der schwarzen BMW. Im Minutentakt gingen die Textnachrichten auf seinem Handy ein.

Okay, führe mich zu deinem Chef.

Die nächste Meldung kam vom nördlichen Rand der Stadt Brüssel. Marek startete den Motor und verließ den Parkplatz. Gemächlich ordnete er sich in den Abendverkehr ein. Grund zur Hektik bestand nicht. Selbst wenn Marek in einen Stau geraten sollte, könnte er Brunos Fahrtroute auch später nachvollziehen. Aber danach sah es nicht aus. Jetzt, kurz nach zwanzig Uhr, herrschte kaum Verkehr in der City. Es dauerte nur eine Viertelstunde, bis Marek die Stadtautobahn erreichte.

Die A1, Richtung Norden. Wo will er hin? Nach Antwerpen?

Marek fuhr zwanzig Kilometer auf der Autobahn. Die nächste Meldung kam aus Temise, nordwestlich von seinem Aufenthaltsort. Temise war ein Dorf, das an einer Landstraße lag, verriet ihm das Navigationsgerät. Über die nächste Abfahrt verließ Marek die Autobahn.

Waasmunster, Zele und wieder Temise. Die Meldungen kamen in schneller Folge. Bruno raste offenbar über die Landstraße, hielt sich nicht an Tempolimits.

Was hat er vor? Ein bisschen Zickzackfahren? Verfolger abschütteln?

Das Spiel wurde Marek lästig. In der Kleinstadt Boom hielt er an einer Imbissbude und bestellte sich eine Tüte Pommes frites. Nachdem er aufgegessen hatte, schaute er noch einmal auf sein Handy. Die letzte Meldung war vor zehn Minuten aus St. Niklaas gekommen. Seitdem gab es keine Veränderung mehr.

„Sie haben Ihr Ziel erreicht", sagte er leise zu sich selbst.

Marek stieg wieder in sein Auto und fuhr die letzten Kilometer bis nach St. Niklaas. Brunos Motorrad fand er nicht in der Stadt, sondern an der Grenze zum Nachbarort. Es stand auf dem Parkplatz eines Motels, an einer viel befahrenen Landstraße. Ein Gebäude mit Flachdach, zwei Stockwerke hoch, Treppen an den Stirnseiten. Nur etwa zehn Autos parkten im Licht der Laternen. Eines davon musste dem Planungsoffizier gehören. Nur leider konnte man aus allen Fenstern auf den Parkplatz schauen. Es wäre zu gefährlich gewesen, auszusteigen und die Kennzeichen zu notieren. Wenn Bruno oder der P O ihn dabei erwischen würden, hätte er ein ernstes Problem.

Was mache ich jetzt? Warten, bis er wieder rauskommt?

Mareks Blick fiel auf den Monitor seines Navigationsgerätes. Die niederländische Grenze war nur etwa zehn Kilometer entfernt. Und dahinter lag, weitere fünfzehn Kilometer entfernt, Cadzand-Bad. Der Hafen, in dem die Black Seagull festmachte, wenn Reginald Wilson Europa besuchte.

Wilson ist der Planungsoffizier? Kann das sein? Das würde bedeuten, dass er die wichtigsten Posten von P7 innehätte. Vielleicht besteht die Terrororganisation sogar nur aus ihm, die anderen sind auswechselbare Handlanger.

Marek sah auf seine Uhr. Kurz nach einundzwanzig Uhr. Die Besprechung zwischen Bruno und dem Planungsoffizier hatte gerade erst begonnen. Vielleicht war das Ganze auch nur ein Zufall. Vielleicht war doch Axel van Doren der Chefplaner. Immerhin besaß er die niederländische Staatsangehörigkeit und lebte in der Nähe. Marek musste Gewissheit haben.

Das schaffe ich!

Er wendete den Wagen und drückte das Gaspedal nieder. Die niederländische Grenze war nach sieben Minuten erreicht, der Hafen von Cadzand-Bad nach weiteren zwölf. Marek stieg aus dem Wagen und lief zum Pier hinüber. Dort dümpelte ein Katamaran im Abendwind: die Black Seagull.

Tatsächlich. Wilson ist der Planungsoffizier. Wilson ist der Zahlmeister. Er ist der Kopf von P7.

*

„Überrascht, mich zu sehen?"

Lea stand vor der Tür von Dons New Yorker Apartment. Er hatte ihr selbst geöffnet, nachdem sie zuvor bereits vom Pförtner angemeldet wurde. Don trug wieder einen seiner Maßanzüge, kombiniert mit Seidenkrawatte und glänzenden Lackschuhen. Selbst zu Hause lief er so herum? Es war ihm genügend Zeit geblieben, um sich umzuziehen. Als erstmalige Besucherin musste Lea eine Sicherheitskontrolle über sich ergehen lassen, die Fahrt mit dem Aufzug und der Gang durch die langen Flure hatten auch einige Minuten gedauert. Vielleicht war das perfekte Äußere Teil einer Inszenierung.

„Ja, angenehm überrascht."

Zur Begrüßung umarmte er sie. Normalerweise legte auch Lea ihre Arme um seinen Rücken. Heute jedoch blieb sie steif und unbewegt. Lea zwang sich zu einem Lächeln, weil ihr Marek empfohlen hatte, alles so wie sonst auch zu machen. Mehr als dieses gekünstelte Lächeln brachte sie nicht zustande.

Don führte sie ins Wohnzimmer. Eine weiße Sitzlandschaft erwartete sie dort. Etliche Sofas und Sessel gruppierten sich um drei Glastische, sie boten Platz für dreißig oder mehr Personen. Wahrscheinlich konnte man die Sitzelemente zusammenschieben, sodass alle Besucher durch die großen Fenster auf den Central Park schauen konnten, oder man konnte eine Kinosaalbestuhlung aufbauen, ähnlich wie in seinem Brüssler Apartment, sodass alle auf eine Bühne oder eine Leinwand blickten. An den Wänden hingen großformatige Gemälde. Moderne Kunst. Abstrakt, bunt, schwer zu deuten. Vielleicht hatte ein Maler auch einfach nur seine Pinsel gereinigt und dabei Farbspritzer auf den Leinwänden hinterlassen. Welchen Wert besaßen die Bilder? Millionen Dollar oder nur ein paar Tausender? Für Laien war der Unterschied nicht zu erkennen. Und das Apartment selbst?

Das war sicher fünfzig Millionen wert. Aber wer war im Grundbuch eingetragen? Don Grazer oder die First Traditional Overseas Bank?

„Was willst du trinken? Einen leichten Weißwein?" Don stand hinter der Hausbar und entkorkte eine Flasche.

„Hast du kein Personal?", fragte Lea.

„Doch, ein paar Etagen tiefer. Tagsüber bin ich gern allein. Ich kann mich dann besser auf die Arbeit konzentrieren. Also?"

„Ja, aber nur ein Glas."

Lea hielt sich an Mareks Anweisungen. Nicht gleich auf den Punkt kommen, die Sache langsam aufbauen. Sie stellte ihm Fragen zu ihrer Bewerbung bei den Vereinten Nationen, deren Hauptsitz nicht weit entfernt lag, sie sprachen über die Entwicklung in Europa, über den Fernsehsender und den Termin der nächsten Verlosung.

Fast zwei Stunden dauerte die Unterredung. Dann hielt Lea es nicht mehr aus. „Don, mir ist ein Gerücht zu Ohren gekommen. Eigentlich höre ich nicht auf so etwas, aber es betrifft dich. Und weil wir ja so eng zusammenarbeiten, betrifft es in gewisser Weise auch mich."

„Geht es um meine bevorstehende Hochzeit mit einem Filmstar?" Er lachte. „Keine Sorge, nichts davon ist wahr. Ich bleibe Junggeselle."

Lea rang sich ein Lächeln ab. „Nein, das ist es nicht. Es geht ums Geld. Einige Leute behaupten, dass du pleite bist."

„Das behaupten sie schon, seit ich in der Finanzbranche angefangen habe. Und seitdem geht es immer nur aufwärts." Seine Hand beschrieb eine Diagonale, die vom Boden des Apartments bis zum Himmel über New York reichte.

„Was ist mit den Filmstudios in Prag? Wem gehören die?"

„Meinem Investmentfonds." Er lächelte stolz.

„Und wem gehört der?"

„Mir und den Teilhabern des Fonds."

„Wie viele Anteile besitzt du? Oder wie viel Prozent gehören dir?"

Das Lächeln erlahmte. „Also Lea, die Frage ist aber ein wenig indiskret."

„Was ist mit der Shangri-La? Auf wessen Namen ist sie registriert?"

Seine Augen weiteten sich. „Die Shangri-La? Die läuft auf den Namen einer Investmentgesellschaft. Ich verchartere sie manchmal. Zum Beispiel bei den Filmfestspielen von Cannes. Oder beim Grand Prix von Monaco. Dann wird sie von Sponsoren gemietet oder von Hollywood-Studios."

„Im Schiffsregister steht der Name einer Bank."

Dons Gesichtszüge versteinerten. „Das hat rechtliche Gründe."

„Dein Flugzeug gehört derselben Bank, über ein paar Umwege."

„Was? Hast du etwa Ermittlungen gegen mich angestellt?" Plötzlich klang seine Stimme wütend. Er baute sich vor Lea wie ein Bär auf.

Sie blieb auf dem Sofa sitzen. Lea erinnerte sich an das, was Marek ihr geraten hatte, falls sie in eine gefährliche Situation geraten sollte. Ruhig bleiben und den Eindruck erwecken, dass möglichst viele Personen von dem Vorgang wüssten. „Nicht ich, meine Sicherheitsabteilung. Routinekontrolle. Ich werde einmal im Jahr überprüft. Dabei sind die Polizisten auf meine Freundschaft zu dir gestoßen. Eine Lawine ist ins Rollen gekommen. Die Leute sagen, du wärst gar kein Milliardär."

Er zuckte mit den Schultern. „Hab ich auch nie behauptet."

„Aber es steht in allen Zeitungen. Warum hast du es nie klargestellt?"

Don lachte. In Leas Ohren wirkte das Lachen unnatürlich, die Stimme klang ungewöhnlich hoch.

„Lea, es ist nicht gerade eine Beleidigung, wenn jemand behauptet, dass du Milliardär bist. Ich würde mich dagegen wehren, wenn mich jemand einen Kinderschänder nennt oder jemand, der Frauen schlägt. Aber gegen Milliardär habe ich nichts einzuwenden."

„Du hast versprochen, dass du eine Milliarde Dollar für Utopia zwei spenden würdest."

„Tu ich auch. Ich werde den Betrag zur Verfügung stellen."

„Wie?"

„Lass das meine Sorge sein." Er wandte sich von ihr ab, sah auf den Central Park hinunter.

„Don, wo kommt das Geld her?"

„Aus einer sicheren Quelle. Mehr sage ich nicht dazu."

Marek hatte Lea verboten, den Namen Reginald Wilson zu nennen. Aber sie wollte unbedingt von Don hören, wer der Puppenspieler war, der ihn an unsichtbaren Fäden führte. Also musste sie es mit einer List probieren. „Ein Polizist hat von einem Schneeballsystem gesprochen."

„Was?" Er drehte sich zu ihr um. Seine Augen waren weit aufgerissen, der Mund stand offen.

„Ja. Er meinte, du würdest Anleger um ihr Geld betrügen. Es kommen immer neue hinzu, mit deren Geld die alten ausgezahlt werden. Irgendwann wird das System …"

Er fiel ihr ins Wort. „Das hast du doch hoffentlich nicht geglaubt?"

Sie zuckte mit den Achseln. „Ich weiß nicht. Ich kenne mich mit diesen Dingen nicht aus."

Don setzte sich neben sie auf das Sofa. „Lea, nichts davon ist wahr. Es gibt eine Gruppe von sehr reichen Menschen, die stehen hinter meinen Projekten. Sie möchten anonym bleiben. Aus verschiedenen Gründen. Sie wollen nicht von der Medienmeute belästigt werden, möchten keine Bettelbriefe bekommen, vielleicht auch wegen der Steuer. Deshalb geben sie mir das Geld, und ich gehe in die Öffentlichkeit und präsentiere die Ideen vor einem Millionenpublikum."

„Ist das die Wahrheit?" Sie runzelte absichtlich die Stirn, um skeptisch zu wirken.

„Warte, ich zeig dir etwas." Don verließ das Wohnzimmer, verschwand in einem Flur. Einen Augenblick später kam er zurück, in der Hand hielt er eine Plastikmappe.

„Da findest du die Antworten auf alle deine Fragen."

Lea nahm die Mappe entgegen. Auf dem Titelblatt stand: Fogerty und Brown, Medienberatung. Sie schlug die erste Seite auf. In dem Text war eine Zahl hervorgehoben: vierhundertelf Millionen.

„Hast du es gesehen? Über vierhundert Millionen. So viele Zuschauerkontakte hatte ich weltweit – und das allein im letzten Monat. Das ist meine Reichweite. Das Büro von Mr. Fogerty ermittelt die Einschaltquoten von den Fernsehsendungen, in denen ich vorkomme, die Klicks von Internetseiten, die Auflagen der Zeitungen, die über mich schreiben, und die Hörerzahlen von Radiosendungen, die meinen Namen erwähnen. Wenn ich über ein Thema wie Abrüstung oder Grundeinkommen spreche, dann erreiche ich viel mehr Leute als Herr X oder Frau Y. Ich habe in den sozialen Netzwerken achtzig Millionen Follower. Wie viele hast du, Lea? Wie viele hat Samira? Die Medienkontakte, die ihr in einem Jahr habt, habe ich an einem Tag. Das ist der Grund, weshalb ich die Gruppe der Mäzene nach außen vertrete."

„Die Gruppe der Mäzene? Wer ist das? Wie viele sind es?"

„Ich schätze ein Dutzend. Namen kenne ich nicht. Das musst du mir glauben. Es ist die Wahrheit."

Don sah Lea in die Augen. Seine Augenlider zuckten nicht, seine Stimme hatte wieder ihren normalen dunklen Klang.

„Wie läuft das in der Praxis ab? Überweisen sie dir das Geld auf dein Konto?"

„Nein, es gibt einen Kontaktmann. Reginald Wilson, von einer Bank auf den Bermudas. Ich treffe ihn regelmäßig. Er verwaltet die Gelder, gibt mir Ratschläge, stellt neue Kontakte her. Das da", er berührte die Mappe, „war auch Wilsons Idee. Er hat mir Fogerty und Brown empfohlen. Die machen eine gute Arbeit. Seit mich Mr. Fogerty berät, ist meine Reichweite in den Medien stark angestiegen."

„Warum machst du dabei mit? Was ist dein Profit bei der Sache?"

„Na ja, das hier zum Beispiel." Er holte mit beiden Armen aus, zeigte auf die Kunstwerke an den Wänden und auf die

Fenster mit Blick auf den Central Park. „Ich kann die Häuser und Apartments nutzen, die Flugzeuge, die Yachten. Das könnte ich mir niemals leisten."

„Wieso? Du warst doch so reich?"

Don schnaubte verächtlich. „Reich? Ich war angestellter Fondsmanager. Die Gewinne, die ich erwirtschaftet habe, gingen in die Taschen der Anteilseigner. Einige davon waren meine Vettern und Cousinen. Ich habe meine Familie noch reicher gemacht. Dann kam diese Sache mit dem Kreditbetrug. Ich habe faule Kredite verkauft, aber ich wusste nichts davon. Die Ratingagenturen hatten sie als sicher bewertet. Ich musste meinen Kopf dafür hinhalten und hab meine Zulassung als Börsenmakler verloren. Aus dem Grund hat mich mein Vater enterbt. Er hielt mich für einen Nichtsnutz, einen Aufschneider, der andere um ihre Ersparnisse betrügt. Von da an ging es bergab – bis ich Reginald Wilson traf. Er hat mir das Angebot gemacht, für die Gruppe der Mäzene zu arbeiten. Ich muss nicht viel tun. Auf dem Papier bin ich der Präsident von ein paar Dutzend Investmentfirmen, die Geschäfte führen aber angestellte Manager. Ich muss nur Partys machen, mit der Shangri-La um die Welt schippern, mich fotografieren lassen und ab und zu ein Interview geben, in dem ich die Ideen der Gruppe vorstelle."

„Utopia zwei war nicht deine Idee?"

„Nein. Mr. Wilson hat das Konzept gemeinsam mit den Mäzenen ausgearbeitet. Aber ich finde es gut. Ich glaube, es kann wirklich funktionieren. Eines Tages wird es den großen Weltstaat geben. Und Leute aus der Armut zu holen, das ist doch eine tolle Sache, oder?" Seine Zunge strich über die Backenzähne, Schweiß stand auf seiner Stirn.

„Ja, das ist eine tolle Sache", wiederholte Lea.

Don griff nach ihrer Hand. „Lea, ich schwöre, genau so hat es sich zugetragen. Du glaubst mir doch, oder?"

Sie schwieg für einen Moment. Es hörte sich plausibel an, was er berichtet hatte. Vielleicht sagte er die Wahrheit. In dem Fall wäre er eine Puppe, die in einem goldenen Käfig ihre Tänze aufführte. Was bedeutete all das jetzt für ihre Pläne? Sollte sie weitermachen, als ob nichts gewesen wäre? Sich weiterhin um den Posten bei den Vereinten Nationen bewerben? Ihre Talkshow moderieren? Bei den Verlosungen teilnehmen? So lange, bis das Kartenhaus zusammenbrechen würde?

Lea wusste keine Antworten auf diese Fragen.

*

Ob man das riskieren kann?

An Bord der Black Seagull brannte kein Licht, sämtliche Segel waren eingeholt, auch die Gangway befand sich in ihrer Ruhestellung auf dem rechten Rumpf. Marek erinnerte sich, dass bei seinem Besuch auf Grand Bermuda Wilson damit geprahlt hatte, ein fast autonomes Boot gebaut zu haben, das von einem Mann allein gesegelt werden konnte. Anscheinend war er damit jetzt auch allein nach Europa gereist. Auf dem Pier herrschte Stille, kein Mensch zu sehen, nur aus einem Boot drang ein schwacher Lichtschein.

Ein Versuch kann nicht schaden. Wie lautete noch gleich das Kennwort?

„Rosenberg grau", sagte er leise.

Nichts geschah.

„Rosenberg grau", wiederholte er etwas lauter.

Die Gangway reagierte nicht.

Sekunde. Wilsons Stimme ist heller als meine.

Er versuchte, eine halbe Oktave höher zu sprechen. „Rosenberg grau."

Endlich erklang das elektrische Surren, die Gangway entfaltete sich und verband das Boot mit dem Steg.

Na bitte!

Marek ging an Bord. Die Tür zum Salon öffnete sich automatisch. Sämtliche Sitze waren sauber und unbenutzt, nur vorne am Steuerpult leuchtete etwas. Marek schlich durch den Mittelgang. Er spitzte die Ohren. Nicht das kleinste Geräusch war zu vernehmen. Am Armaturenbrett befand sich der Bildschirm eines Computers. Offenbar war darauf der Kurs eingestellt. Das nächste Ziel lautete …

Etwas traf ihn am Kopf. Marek spürte einen Schmerz, das Blut hämmerte in seinen Ohren, vor seinen Augen tanzten Feuerkreise. Er wurde ohnmächtig.

37. Kapitel: Schwarze Löcher

Vielleicht wäre ein normales Leben doch besser gewesen.

New York war grau und feucht. Regenschwangere Wolken klebten an den Spitzen der Hochhäuser, gelegentlich fielen ein paar Tropfen. Seit gestern war Lea nicht weit gekommen. Von Dons Apartment fuhr sie mit dem Taxi zu ihrem Hotel, übernachtete dort und ging am nächsten Morgen in den Central Park hinüber. Jetzt streifte sie auf den Wegen umher. Von fast jedem Punkt konnte man die dünne, schwarze Nadel sehen, in der Don wohnte. Mehr als einmal hatte sich Lea gewünscht, dass er eine Scheibe einschlagen und aus dem vierzigsten Stock herunterspringen würde. Auf die Weise hätte er wenigstens eines ihrer Probleme gelöst.

Ich könnte jetzt eine normale Hausfrau in Irland sein, schon etwas älter und kränklich. Ich könnte an einem Tisch sitzen und mich darüber beschweren, dass ich schlecht geschlafen habe und die vom Arzt verschriebenen Medikamente nicht wirken. Dann würde ich mir einen Kaffee kochen und vielleicht noch ein Ei, und später würde ich mir die Haare waschen und Lockenwickler eindrehen. Alles ganz unspektakulär, ohne den Wunsch, die Welt zu verbessern.

Leas Mutter war Verkäuferin gewesen. Als sie und ihre beiden Brüder zur Welt kamen, blieb sie zu Hause und kümmerte sich um ihre drei eigenen Kinder und einen Neffen, der zeitweise bei ihnen lebte. Sie besaßen ein kleines Haus mit Garten am Stadtrand von Ballina. Viel wuchs nicht auf dem steinigen Boden, aber mit Geschick und Geduld brachte sie jedes Jahr schmackhafte Tomaten und Himbeeren auf den Tisch, für ihre Konfitüre war sie berühmt in der Nachbarschaft. Vorletztes Jahr starb sie im Alter von achtzig Jahren. Leas Mutter war glücklich gewesen, obwohl niemand außerhalb ihres Viertels ihren Namen kannte.

Eine Milliarde Dollar. Wo soll ich die bloß herkriegen?

So viel Geld hatte Don für Utopia zwei versprochen. Tausende Menschen wollten sie damit unterstützen, wollten ihnen die Angst nehmen, wollten sie aus der Kriminalität und Prostitution holen. Größenwahn. Der eigentliche Sponsor war nicht Don Grazer, sondern ein Verbrecher namens Reginald Wilson. Was wäre, wenn Marek seine Organisation zu Fall brächte? Dann würde die Geldquelle versiegen. Der Staat ohne Land wäre erledigt. Oder Lea müsste versuchen, irgendwo anders Geld aufzutreiben. Ein paar Millionen wären nicht schwer, aber eine ganze Milliarde?

Hoffentlich bekommen wir nicht den Nobelpreis. Ich muss das Komitee verständigen. Oder nein, es ist noch zu früh. Erst muss ich die Ermittlungen von Marek abwarten. Und dann das Amtsenthebungsverfahren. Ein paar Intriganten wollen mich als Ausgleicherin entmachten. Sie hätten gute Chancen, wenn sie von der Sache mit Don und P7 erfahren.

Ich muss auf Marek warten. Dieser Schuft. Er hat ein Verhältnis mit Samira und glaubt, dass ich nichts davon bemerke. Die verliebten Blicke von den beiden waren doch nicht zu übersehen.

„Hallo, Sie! Aufpassen!", rief jemand von hinten.

Sie drehte sich um. Eine Kutsche, die von zwei Schimmeln gezogen wurde, hatte sich ihr genähert. Der Mann auf dem Bock winkte mit seinem Zylinderhut. Lea ging mitten auf der Straße, fiel ihr auf. Sie war so sehr in Gedanken versunken, dass sie nicht auf ihre Schritte geachtet hatte.

„Entschuldigung." Sie sprang zur Seite.

Die offene Kutsche fuhr an ihr vorbei, die Hufeisen der Pferde klapperten auf dem Asphalt. Hinten saß ein junges

Paar, vielleicht Flitterwöchner. Sie hatte sich bei ihm eingekuschelt, er zeigte nach oben zu den Wolkenkratzern, vielleicht erklärte er gerade etwas.

Ob man von einer Kutsche überrollt werden kann? Nein, sie sind einfach zu langsam. So wie die Autos auf den chronisch verstopften Straßen, die kaum über Schrittgeschwindigkeit hinauskommen. Aber es gibt eine Menge U-Bahnlinien in New York. Die Züge sind schnell und haben einen langen Bremsweg. Wo ist die nächste Station? Ich hab doch irgendwo einen Eingang zur U-Bahn gesehen.

*

Wo bin ich?

Marek erwachte mit einem Brummschädel.

Oh, mir ist schlecht. Einen über den Durst getrunken? War ich mit Pjotr auf Kneipentour? Nein, das ist nicht Krakau.

Es war dunkel. Er lag auf einem schmalen Bett, sehr unbequem. Ihm war schwindlig zumute, er schwankte hin und her. Nein, nicht er bewegte sich, sondern das Bett. Jetzt fiel es ihm wieder ein. Er hatte sich an Bord der Black Seagull geschlichen, ein Leuchten lockte ihn zum Steuerpult, auf dem Monitor stand der neue Kurs. Dann setzte der Filmriss ein. An seinem Hinterkopf fühlte er eine Beule. Jemand hatte ihn niedergeschlagen. Und jetzt war er in einer Kabine eingesperrt. Draußen heulte der Wind, der Boden schwankte, also befanden sie sich auf See. Marek betastete die Wände. Sie waren geneigt. Die Kabine lag wahrscheinlich unter Deck, in einem der Rümpfe. Er kroch auf dem Boden umher. Es gab keinen Tisch und keinen Stuhl, auch kein Bullauge und keinen Lichtschalter. Nur eine verschlossene Tür fand er.

Hat keinen Sinn, noch weiter zu suchen.

„He! Hallo!", rief er. „Was ist los? Könnt ihr mich hören? Hallo!"

Es dauerte einen Moment, dann schaltete jemand das Deckenlicht an. Mareks Vermutungen bestätigten sich. Die Wände der Kabine liefen auf einer Seite spitz zu, auf der anderen befand sich eine Wand aus schwarzem Carbon. Die Tür war verschlossen. Sein Rütteln und Drücken bewirkte nichts.

„Geben Sie sich keine Mühe, Mr. Monroe", sagte eine quäkende Stimme. „Das Schiff ist sehr solide gebaut. Es hält einen Orkan aus."

Obwohl die Stimme elektronisch verzerrt war, erkannte Marek den Sprecher: „Wilson. Was soll das? Sie haben mich entführt."

„Und Sie sind bei mir eingebrochen. Ich könnte mit gleichem Recht fragen: Was soll das?"

Für einen solchen Fall hatte sich Marek längst ein Alibi ausgedacht. „Ich bin Drogenfahnder. Wir verdächtigen Sie, Drogen nach Europa zu schmuggeln."

„Was bringt Sie auf diese Idee?"

„In letzter Zeit kommt viel Kokain aus Kolumbien zu uns. Es wird über die Karibik verschifft. Wir beobachten ein Dutzend Yachten, die regelmäßig auf dieser Route fahren. Die Black Seagull ist eine davon."

Die Antwort ließ auf sich warten.

Sehr gut, dachte Marek. Wilson strengt seine grauen Zellen an. Er zweifelt. Die Geschichte könnte stimmen. Ich muss nachsetzen.

„Platz genug haben Sie ja, Mr. Wilson. Hier unten könnte man eine ganze Tonne Kokain verstecken."

„Vor einem Monat hat mich der niederländische Zoll durchsucht. Die Beamten haben nichts gefunden."

„Das hat nichts zu bedeuten. Die Pakete mit den Drogen werden oft mit einem Peilsender versehen und über Bord geworfen. Komplizen fischen sie später aus dem Meer. Vielleicht verwenden auch Sie diese Methode."

„Ich kann Ihnen versichern, dass ich keine Drogen schmuggle."

„Dann lassen Sie uns den nächsten Hafen anlaufen und wir durchsuchen das Boot. Wenn keine Spuren von Drogen gefunden werden, können Sie Ihres Weges ziehen und wir vergessen den Vorfall."

Wieder schwieg Wilson für einen Augenblick.

Sehr gut. Er grübelt. Ich muss noch mal nachlegen.

„Meine Kollegen sind über jeden meiner Schritte informiert. Wenn ich mich nicht in einer Stunde melde, wird die Küstenwache die Verfolgung aufnehmen."

Schweigen. Der Wind pfiff in der Takelage, Wellen schlugen gegen den Rumpf.

„Ich fürchte, ich muss Ihr freundliches Angebot ablehnen, Mr. Monroe. Sie werden vorerst mein Gast bleiben."

„Vorerst? Was soll das heißen? Wo bringen Sie mich hin?"

„Das kann ich Ihnen leider nicht sagen. Ich werde das Gespräch jetzt beenden, Mr. Monroe. Sofern das Ihr richtiger Name ist."

„Hallo? Wilson? Sind Sie noch da? Melden Sie sich."

Marek spürte, wie sich der Boden unter ihm bewegte. Der Rumpf neigte sich zur Seite. Die Yacht änderte ihren Kurs, legte sich stärker in den Wind, nahm Fahrt auf. Wohin ging die Reise? Fuhren sie hinaus auf die offene See?

Verdammt. Jetzt muss mir schnell was einfallen.

38. Kapitel: Die Falle

Für Lea kam die Rettung in Form eines Anrufs. Wir brauchen dich in Brüssel, sagte ihr Assistent Pedro am Telefon. Ein Ausgleicher war krank geworden, Lea sollte ein paar Termine übernehmen, falls sie es irgendwie einrichten könnte. Sie zögerte nicht eine Sekunde, zog alle offenen Verfahren an sich und bestieg das nächste Flugzeug in Richtung Belgien. Die Arbeit sollte sie von ihren düsteren

Gedanken ablenken. Außerdem wollte Lea Zeit gewinnen. Vielleicht würde Marek noch mehr Informationen beschaffen, die ihr bei den Entscheidungen helfen könnten. Wie sollte es weitergehen mit ihr, Marek, Don, der Stiftung, dem Nobelpreis, dem neuen Posten bei den Vereinten Nationen? In diesem Moment wusste sie es nicht. Alles schien möglich zu sein.

In Brüssel erlebte sie eine Überraschung. Die Sitzung der Kammer der Freien Bürger fand nicht wie üblich in einem Saal des Kongresszentrums statt, sondern in einem neu errichteten Gebäude, das von ihren Mitarbeitern nur der Bunker genannt wurde. Wegen seiner rotbraunen Farbe sah es aus wie ein riesiger Ziegelstein, die Außenwände bestanden aber aus meterdickem Stahlbeton. Auch die Leiterin der Tagung durfte nicht geradewegs eintreten. Zuerst musste Lea auf dem Vorplatz einem Wachmann ihren Dienstausweis zeigen, dann in eine Kameralinse blicken, die ihre Pupillen abfilmte, und schließlich ihre Hand auf eine Glasplatte legen, unterhalb derer sich ein Gerät befand, das ihre Fingerabdrücke scannte.

„Die sind aber gründlich", sagte sie zu Pedro.

Der junge Spanier rümpfte die Nase. „Das ist erst der Anfang. Es kommen noch zwei weitere Schleusen."

„Wer hat das angeordnet?"

„Die Stadtregierung. Wegen der Anschläge."

Als Nächstes musste Lea durch einen Tunnel gehen, in dem hochfeine Sensoren nach Sprengstoffen und Drogen fahndeten. Ein Warnsignal ertönte. Erst als Lea ihren Lippenstift und ihre Hustenbonbons in eine Schale gelegt hatte, durfte sie passieren. Zum Schluss betrat sie einen fensterlosen Raum, wo sie von einer jungen Polizistin abgetastet wurde. Lea musste ihr Handy und einen Kugelschreiber abgeben, der eventuell als Waffe hätte eingesetzt werden können, erhielt dafür eine Quittung und eine Teilnahmebestätigung aus Papier.

„Wofür ist das gut?", fragte sie.

„Das können Sie Ihrem Arbeitgeber vorlegen", sagte die Beamtin. Offenbar wusste sie nicht, welchen Posten Lea bekleidete. „Damit können Sie sich für diesen Tag freistellen lassen. Ein bezahlter Urlaubstag."

„Kann man das überprüfen? Ich meine, dass ich heute hier gewesen bin?"

„Natürlich." Sie zeigte auf ihren Computer. „Ist alles im System gespeichert."

Mit strapazierten Nerven betrat Lea den großen Saal. Im ersten Moment fühlte sie sich an die Mafiaprozesse des letzten Jahrhunderts erinnert. An den Ein- und Ausgängen standen Polizisten, einige mit Maschinenpistolen bewaffnet, die Zuschauerreihen befanden sich hinter meterhohen Wänden aus Panzerglas, davor waren mehrere große Glaskugeln verteilt, in denen die Vertreter der einzelnen Parteien ihre Argumente vortragen sollten. Lea selbst nahm wieder in ihrem altbewährten Goldfischglas Platz, an das sie sich bereits gewöhnt hatte. Eine direkte Kommunikation war ausgeschlossen. Nur über Mikrofone und Lautsprecher konnten die Menschen in den Sicherheitszellen, so lautete der offizielle Name, miteinander sprechen. Lea sollte als Vorsitzende die jeweiligen Sprechwege freischalten. Die neuen Sicherheitsbestimmungen empfand sie als sehr umständlich. Die Bürger von Brüssel dachten offenbar ebenso, denn die Veranstaltung zog nur wenige Besucher an. Bei ihrer Eröffnungsrede war nicht einmal ein Drittel aller Plätze besetzt – der schlechteste Wert, seit Lea ihre Karriere als Ausgleicherin begonnen hatte.

Während sie die Zuschauer begrüßte und die Punkte der Tagesordnung vorstellte, fiel ihr auf, dass unter der Decke mehrere Überwachungskameras hingen. Sie waren groß wie Schuhkartons und drehten sich unentwegt, filmten dabei aber meist die Zuschauerreihen. Warum taten sie das? Versuchte etwa jemand, einzelne Personen zu identifizieren? Eine der Kameras schien auf ihren Assistenten Pedro gerichtet zu sein, der in einer eigenen Glasbox saß und die Anfragen der Bürger bearbeitete. Lea war es gewohnt, im

Licht der Öffentlichkeit zu stehen, aber dass Menschen aus ihrem Umfeld so intensiv überwacht wurden, gefiel ihr gar nicht. Sie nahm sich vor, die Verantwortlichen später zur Rede zu stellen.

Das erste Volksbegehren wurde von einer Gruppe eingereicht, die unter dem schwammigen Namen Bürger für mehr Sicherheit und Demokratie antrat.

„Was schlagen Sie genau vor, Herr Gerhard?" Sie blickte Klaus Gerhard an, einen fünfzigjährigen Mann mit Brille und kurzen Haaren, der einen Wollpullover trug. Obwohl es in seiner Sicherheitszelle einen bequemen Sessel gab, hatte er das Pult in die Höhe gefahren und sich dahinter gestellt. Vielleicht wollte er dadurch größer wirken, oder er wollte auf seine Gegnerin herabschauen, die nebenan auf ihrem Sessel saß und in ihren Unterlagen blätterte.

„Wir fordern … Hallo? Verstehen Sie mich?" Seine Stimme klang unnatürlich, fast wie die eines Roboters. Das Lautsprechersystem funktionierte noch nicht richtig. Nachdem ein Tontechniker es neu eingestellt hatte, hörte er sich wie ein Mensch an.

„Fangen Sie noch mal an, Herr Gerhard", bat Lea.

„Ja, danke. Also, meine Initiative und ich fordern die Einrichtung eines besonderen Status für Problembürger. Ich habe Ihnen dazu umfangreiches Informationsmaterial mitgebracht." Er tippte etwas in seinen Computer ein, woraufhin auf allen Monitoren im Saal Texte und Tabellen erschienen.

Einige Zuschauer, die auf unbequemen Plastikstühlen saßen, stöhnten auf. Offenbar fürchteten sie, dass nun langatmige Erklärungen folgen würden. Auch ihre Stimmen wurden zu Lea in das Goldfischglas übertragen. Es klang so, als ob die Leute unmittelbar neben ihr sitzen würden. Lea drehte die Lautstärke herunter.

„Wir haben hier die Ergebnisse einer Untersuchung, die eindeutig beweisen, welche Einstellung die europäischen Bürger haben. Bis zu vierzig Prozent von ihnen sind unterschwellig rechts oder rechtsextrem."

„Vierzig Prozent?", fragte Lea zweifelnd. „Das wären ja zweihundert Millionen Menschen."

„Es ist die Wahrheit. Alles ist wissenschaftlich bewiesen." Er blickte über seine Schulter, danach klopfte er auf das Podest. „Ich habe hier die genauen Zahlen. Dreiundfünfzig Prozent sind manifest ausländerfeindlich, siebenunddreißig Prozent sind manifest chauvinistisch, zwanzig Prozent verfügen über autoritäre Aggressionen, achtzehn Prozent haben eine manifeste Verschwörungsmentalität …"

Lea unterbrach ihn. „Ja danke, das können wir alles in unseren Kopien nachlesen. Welche Forderung leiten Sie davon ab?"

„Diese Menschen sind eindeutig Feinde der Demokratie." Seine Stimme klang jetzt dröhnend „Deshalb fordern wir, dass sie in Zukunft nicht mehr an demokratischen Verfahren teilnehmen dürfen. Das heißt, sie verlieren ihr Wahlrecht und dürfen nicht mehr zu Veranstaltungen wie dieser hereingelassen werden."

Ins Publikum kam Unruhe. Einige Zuschauer lachten, andere schüttelten den Kopf. Aus den hinteren Reihen ertönten Pfiffe und empörte Rufe.

Gerhard drehte sich um und rief: „Ja, genau. Ich meine euch. Ihr seid doch von der Partei Heimat Europa. Ihr wollt die Demokratie abschaffen. Das werden wir nicht hinnehmen. Wir kämpfen für unsere Werte."

Mehrere Männer sprangen auf und drohten mit den Fäusten, einer hämmerte sogar gegen das Panzerglas.

Lea machte eine beschwichtigende Geste. „Bitte Ruhe im Saal. Sie können einen Vertreter bestimmen, der später für Sie sprechen darf. Etwas Geduld, bitte."

An Leas Kontrollpult leuchtete ein Lämpchen auf. Charlotte Iljuna, die Vertreterin der Gegenpartei, wollte das Wort ergreifen. Die junge Frau mit den roten Haaren war inzwischen aufgestanden und hatte ihr Pult ebenfalls in die Höhe gefahren. Sie blickte entschlossen zu ihrem Nebenmann hinüber, der Finger drückte noch immer gegen die Sprechtaste. Auf Lea wirkte sie wie eine Leopardin, die bereit zum Angriff war. Sie wollte sie nicht länger warten lassen.

„Frau Iljuna, Sie möchten etwas erwidern?" Lea schaltete ihr Mikrofon frei.

„Oh ja, Frau Vorsitzende. Ich möchte Ihnen zeigen, worauf die Untersuchung basiert, die Herr Gerhard hier zitiert. Und zwar auf einer Umfrage aus dem letzten Jahr. Als Beispiel nenne ich die Frage Nummer sieben. Es heißt da: *Die Ausländer kommen nur nach Europa, um von unserem Sozialsystem zu profitieren.* Angeblich haben sechzig Prozent der Befragten Zustimmung geäußert."

Ihr Kontrahent riss die Arme hoch, mit der rechten Hand stieß er dabei gegen das gewölbte Glas. „Ist das nicht furchtbar? Mehr als die Hälfte der Europäer vertreten hier eine rechtsextreme Haltung."

„Moment, bitte. Als Antwortmöglichkeiten bieten die Macher der Umfrage eine Spanne an, die von völliger Zustimmung bis totaler Ablehnung reicht. Und Sie, Herr Gerhard, haben einfach alle Bürger, die ganz oder teilweise zustimmten, als rechtsextrem gewertet."

„Ja. Damit ist es wissenschaftlich erwiesen."

Iljuna schüttelte heftig den Kopf. Für einen Moment verschwand ihr Gesicht hinter roten Locken. „Nein, eben nicht. Man muss davon ausgehen, dass einige Migranten tatsächlich nach Europa kommen, um unseren Sozialstaat auszunutzen. Nicht alle, aber einige. Somit ist die Aussage teilweise richtig. Wer aber nur teilweise zustimmt, ist Ihrer Meinung nach hundertprozentig rechts. Es gibt keine Möglichkeit zur Differenzierung. Dieses Prinzip zieht sich durch sämtliche Fragen. Es gibt immer nur schwarz oder weiß, gut oder böse. Dazwischen ist nichts."

„Lüge, das ist eine Lüge!", protestierte Gerhard. Wieder drehte er sich um und sah zum Publikum, das inzwischen mehrheitlich über ihn lachte.

„Wenn ich mehr Redezeit hätte, würde ich noch viel mehr Beispiele nennen. Eines ist klar ersichtlich: Die Studie zielt darauf ab, möglichst viele Europäer zu Rechtsextremen zu stempeln. Das deutet sich bereits im Titel an: Europäische Studie zu Autoritatismus und Rechtsextremismus. Die Begriffe Linksextremismus oder religiöser Fanatismus kommen in der Studie überhaupt nicht vor. Das heißt, von vornherein konzentriert sich alles auf die rechte Seite. Das ist aber auch kein Wunder, wenn man weiß, wer die Studie in Auftrag gegeben hat: Das war Ihre eigene Initiative, Herr Gerhard."

Er zuckte mit den Schultern. „Na und? Das ändert nichts an der Richtigkeit der Studie."

„Falsch, es hat großen Einfluss auf das Ergebnis. Sie haben einem dubiosen Institut drei Millionen Euro gegeben, damit es Ihnen Ihre eigene Meinung bestätigt. Für so viel Geld hätten die Ihnen auch bestätigt, dass Rauchen gesund ist. Oder dass die Erde eine Scheibe ist."

„Ich protestiere." Gerhard hämmerte auf sein Podest. „Das ist billige Polemik."

Lea meldete sich zu Wort. „Frau Iljuna, bitte konzentrieren Sie sich auf die Fakten. Solche Vergleiche sind nicht angemessen."

„Verzeihung, Frau Vorsitzende. Wir sollten aber noch erwähnen, woher das Geld stammt, mit dem Sie Ihren Verein finanzieren. Nämlich aus einer dunklen Quelle auf den Bahamas."

Lea erschrak. Bahamas? Die Inselgruppe lag nicht weit entfernt von den Bermudas. Bedeutete das etwa, dass auch hier Reginald Wilson beteiligt war? Hing auch ihr Freund Don Grazer in der Sache drin? Zuzutrauen wäre es ihm. Sie kam nicht dazu, länger darüber nachzudenken, weil in diesem Moment das Gesicht des Avatars auf ihrem Monitor erschien. CON-12 war eine geschlechtslose Person und hatte den Auftrag, wichtige Informationen zu übermitteln. Lea schaltete ihr Mikrofon ab, damit niemand mithören konnte. „Hallo, Conny. Was hast du für mich?"

„Hallo, Lea", sagte das Gesicht. „Hast du das abnorme Verhalten von Klaus Gerhard bemerkt?"

„Ja, er ist ziemlich aufgeregt."

„Nicht nur das. Ich beobachte ihn seit dreißig Minuten. In dieser Zeit hat er vier Mal überprüft, ob die Tür seiner Sicherheitszelle verschlossen ist. Außerdem hat er sich siebzehn Mal umgedreht und einzelne Personen aus dem Publikum fixiert."

„Ist das viel?"

„Ja. Üblicherweise drehen sich Redner in dieser Zeit nur drei Mal um."

Lea blickte unauffällig zu dem Mann hinüber, obwohl in diesem Moment seine Gegnerin sprach. „Stimmt, er tut es schon wieder. Was heißt das? Leidet Gerhard unter Verfolgungswahn?"

„Das kann ich nicht beurteilen. Aber sein Verhaltensmuster deutet auf eine paranoide Persönlichkeitsstörung hin. Er könnte zu Gewaltausbrüchen neigen. Denk dran: Auch Hände können Waffen sein. Du darfst nach der Veranstaltung nicht persönlich mit ihm in Kontakt treten."

„Okay. Danke für die Warnung, Conny."

Das Fenster mit dem Gesicht des Avatars schloss sich.

Inzwischen sprach Gerhard davon, ein System einzurichten, bei dem positives Verhalten belohnt werden sollte. Wer sich jedoch dem Staat und der Umwelt gegenüber schädlich verhielt, sollte bestraft werden.

„Ich gebe Ihnen ein Beispiel", sagte er. „Wenn ein Bürger in der Öffentlichkeit eine rassistische Bemerkung macht, bekommt er dafür eine Verwarnung. Passiert das drei Mal hintereinander, bekommt er einen Strafpunkt. Wenn sich auf seinem Konto zehn Strafpunkte ansammeln, bekommt er den Status des Problembürgers und darf nicht mehr an Wahlen teilnehmen."

Charlotte Iljuna brach in Gelächter aus. „Das erinnert ja an das Sozialkreditsystem in China. Was kommt danach? Die Einweisung in ein Umerziehungslager?"

Gerhard zeigte mit dem Finger auf seine Kontrahentin. „Sehen Sie, Frau Vorsitzende. Sie tut es schon wieder. Das ist billige Polemik."

„Da haben Sie recht", erwiderte Lea. „Trotzdem muss ich auch Frau Iljuna recht geben. Ihre Idee erinnert stark an einen Obrigkeitsstaat. Der Bürger ist dabei ein Untertan, kein gleichberechtigter Partner."

„Moment, es gibt ja auch Pluspunkte", wandte er ein. „Wer bei einer antirassistischen Initiative mitmacht, bekommt einen Pluspunkt. Damit erhält man Vergünstigungen, zum Beispiel bei der Vergabe einer Wohnung oder eines Studienplatzes."

„Lassen Sie mich raten", rief Iljuna. „Bei Ihrem Verein bekommt man solche Pluspunkte."

Das Publikum lachte mit ihr.

„Ja, weil wir gut sind. Wir kämpfen für Demokratie und Menschenrechte." Gerhards Gesicht lief rot an, auf seiner Stirn trat eine Ader hervor. „Wir brauchen uns vor euch nicht zu verstecken, ihr Rassisten und Faschisten!"

An Leas Kommandopult leuchtete ein Licht auf, ein Warnton erklang. „Bitte beruhigen Sie sich, Herr Gerhard. Leider ist Ihre Zeit abgelaufen. Wir müssen jetzt zu einem Ende kommen. Wir haben noch acht weitere Punkte auf der Tagesordnung."

Lea sprach ihr Schlusswort. Sie lehnte den Vorschlag ab, weil er ihrer Meinung nach das Potenzial besaß, die Gesellschaft zu spalten. In einem demokratischen Staat dürfe es keine zwei Klassen von Bürgern geben. Niemand sollte sich aufgrund seiner politischen Überzeugungen einem Andersdenkenden überlegen fühlen und versuchen, davon Sonderrechte abzuleiten. Damit verweigerte sie die Anhörung des Sachverständigenrates und den Beginn des Verfahrens zu einer Volksbefragung. Sie bot Klaus Gerhard aber an, den Vorschlag zu überarbeiten und in zwei Jahren noch einmal einzureichen.

Er war damit nicht einverstanden. Der Chef der Initiative hielt eine empörte Rede, die er auch nach zwei Ordnungsrufen von Lea nicht beenden wollte. Sie musste schließlich die Polizeibeamten bitten, den Mann aus seiner Sicherheitszelle zu holen und aus dem Saal zu führen. Erst nach einer halbstündigen Unterbrechung konnte sie die Arbeit fortsetzen.

39. Kapitel: Der tiefste Punkt

Wasser spritzte in Mareks Gesicht und riss ihn unsanft aus seinen Träumen. Er hatte geschlafen, obwohl es nach seinem Zeitempfinden Tag sein musste. In der Kabine brannte ein schwaches Licht, neben seinem Bett stand benutztes Geschirr. Jetzt erinnerte er sich. Marek hatte gegessen, danach war er eingeschlafen.

„Sind Sie endlich wach?" Reginald Wilson beugte sich zu ihm herab. Er trug wieder seine blaue Fantasieuniform, in der rechten Hand hielt er eine Flasche Mineralwasser.

„Ja, ich ..." Marek wollte sich bewegen, aber es ging nicht. Seine Arme und Beine waren gefesselt, sein Kopf schmerzte. „Was ... haben Sie mir ins Essen gemischt?"

„K.o.-Tropfen. Tut mir leid, normalerweise mache ich so etwas nicht. Aber hier an Bord sind unsere Mittel leider begrenzt. Wir werden das Gespräch oben fortsetzen."

Zwei Männer, die Overalls und Skimasken trugen, packten ihn an den Armen und zerrten ihn aus der Kabine. Weil Marek immer noch benommen war, leistete er keinen Widerstand. Erst der Sonnenschein und der Seewind, der ihm an Deck entgegenschlug, erfrischte ihn und weckte seine Lebensgeister. Marek ließ seine Blicke schweifen. Die Black Seagull ankerte jetzt auf dem offenen Meer, aber es handelte sich eindeutig nicht um die Nordsee. Die Luft war warm, Marek schätzte die Temperatur auf über zwanzig Grad. Das Wasser leuchtete türkisblau, es schien nicht sehr tief zu sein, niedrige Wellen schwappten gegen den Katamaran. Am Horizont erkannte er einen grünen Strich. Offenbar eine Insel. Aber wie lautete ihr Name?

„Wo sind wir?", fragte Marek. „In der Karibik?"

Es wunderte ihn nicht, dass niemand eine Antwort gab.

Die beiden Männer schleppten ihn zum linken Rumpf, an dessen Ende sich eine kleine Badeplattform befand. Passagiere konnten hier über eine Leiter hinabsteigen und von den Holzlatten, die zusammen etwa drei Quadratmeter groß waren, bequem ins Wasser gleiten. Marek ahnte, dass ihn an dieser Stelle kein Badevergnügen erwarten würde.

„Die Black Seagull verfügt über einige Extras", sagte Wilson und zog eine Fernbedienung aus seiner Tasche. „Es ist nicht übertrieben, sie als Luxusyacht zu bezeichnen." Er drückte einen Knopf, woraufhin ein surrendes Geräusch erklang. Ein Sprungbrett kam unter den Deckslatten hervor und streckte sich auf eine Länge von drei Metern aus.

Zu seinen Gehilfen sagte er: „Bringt ihn in Position."

Einer der Männer stellte Marek auf das Brett, der andere griff zu einem Bootshaken und schob ihn damit weiter hinaus. Marek spürte die Metallspitze in seinem Rücken. Weil er noch immer an Händen und Füßen gefesselt war, konnte er sich nicht dagegen wehren. „Das ist doch ein Scherz", sagte er. „Sie wollen mich doch nicht ernsthaft über die Planke gehen lassen?"

„Wieso nicht? Das ist eine uralte Tradition in der Seefahrt." Er lächelte unter seinem Zwirbelbart. „Es sei denn, Sie wollen ein Geständnis ablegen."

„Was soll ich gestehen? Ich habe nichts verbrochen."

„Doch. Sie haben mich über Ihre Identität getäuscht. Sie sind nicht Dexter Monroe. Wer sind Sie wirklich?"

Marek blickte nach unten. Das Sprungbrett befand sich zwischen den beiden Rümpfen. Wenn er ins Wasser fallen würde, könnte er vielleicht mit strampelnden Bewegungen die Badeplattform erreichen und sich daran festkrallen. Aber dann würden sicher Wilsons Schergen zu ihm hinabsteigen, um ihm auf die Finger zu treten. Eines war klar: Er steckte in einer lebensgefährlichen Situation. „Okay, Sie haben gewonnen. Mein Name ist Marek Morawski. Ich bin Kriminalbeamter aus Krakau. Ich bekämpfe den internationalen Drogenhandel im Auftrag von Europol."

Wilson schwieg einen Moment. Dann sagte er: „Das glaube ich Ihnen nicht. Die Europäer haben sich schon längst mit dem Drogenhandel abgefunden. Sie würden deshalb keinen Beamten bis auf die Bermudas schicken. Nein, Ihr Besuch im Yachtclub muss einen anderen Grund gehabt haben."

Ein Windstoß kam auf. Marek schwankte auf dem Brett, nur mit Mühe konnte er das Gleichgewicht halten. Sein Wissen über die Geheimloge P7 war sein letzter Trumpf. Er musste sich genau überlegen, was er preisgeben wollte. „Okay, das ist noch ein Verdacht. Über Ihre Bank wurden illegale Geschäfte abgewickelt. Waffenhandel im großen Stil. Meine Kollegen in Krakau analysieren den Geldfluss. Ich hatte den Auftrag, vor Ort zu recherchieren."

„Schon wieder eine Lüge", knurrte er. „Chaco, los!"

Der Mann mit der Skimaske stieß den Bootshaken in Mareks Rippen. Der Schmerz ließ ihn instinktiv einen Schritt nach hinten machen. Das Brett bog sich bedrohlich.

Verdammt, dachte Marek. Noch ein paar Zentimeter, und ich werde jämmerlich ersaufen.

„Überlegen Sie noch mal, Herr Morawski. Was wissen Sie wirklich? An welchem Fall arbeiten Sie?"

Marek blickte ins Wasser. Hatte sich da unten ein Schatten bewegt? War das ein Hai? Ein kalter Schauer lief über seinen Rücken.

„Nun?"

War es nicht egal, ob er ertrank oder von einem Hai gefressen wurde? Am Ende würde er auf jeden Fall tot sein. Marek beschloss, seine Strategie zu ändern.

„Das verrate ich Ihnen nicht. Sie werden uns nicht entkommen, Wilson. Meine Kollegen verfolgen Ihre Yacht über die Satelliten. Wahrscheinlich werden wir in diesem Moment fotografiert. Machen Sie es nicht noch schlimmer. Bis jetzt ist es nur Freiheitsberaubung. Wenn auch noch Mord hinzukommt, werden Sie für immer ins Gefängnis wandern. Und auch Ihr netter Freund hier." Er versuchte, dem Mann mit der Skimaske in die Augen zu sehen.

„Ja, ich rede mit dir, Chaco. Dein Chef nutzt dich nur aus. Du bist der, der wegen Mordes angeklagt wird."

Der Mann sagte etwas Unverständliches und machte Anstalten, ihm mit dem Bootshaken einen letzten Stoß zu versetzen. Wilson hielt ihn jedoch am Arm fest.

„Stopp, wir fallen doch nicht auf so einen Trick herein. Niemand weiß, dass wir uns hier befinden. Soll ich Ihnen ein Geheimnis verraten, Herr Morawski? Es gibt noch eine zweite Black Seagull. Sie liegt jetzt im Hafen von Hamilton. Und ihr Transponder ist eingeschaltet. Jeder Satellit wird uns auf den Bermudas orten, aber nicht hier. Wir sind vollkommen ungestört. Also, letzte Chance: An welchem Fall arbeiten Sie?"

Bluffte Wilson? Gab es wirklich zwei Yachten mit demselben Namen? Falls ja, könnte man seine Spur tatsächlich nicht hierhin verfolgen. „Don Grazer, der Milliardär. Er ist der Hauptverdächtige. Ich weiß, dass Sie ihn unterstützt haben, Wilson. Aber er spielt nicht mit offenen Karten. Grazer hintergeht Sie. Er benutzt das Geld, um damit dunkle Geschäfte zu betreiben."

„Dunkle Geschäfte? Welcher Art?"

„Weiß ich nicht. Daran arbeite ich noch. Wir können gemeinsam Grazers Daten analysieren, Wilson. Wir können beweisen, dass Sie unschuldig sind."

Er verzog das Gesicht. „Sie haben einmal zu oft gelogen. Chaco, walte deines Amtes."

Der Mann mit dem Bootshaken machte einen Schritt vorwärts, stand nun selbst auf dem Sprungbrett. Für Marek blieb kein Platz mehr, er musste zurückweichen. Das Brett bog sich so weit nach unten, dass seine Füße keinen Halt mehr fanden. Marek kämpfte verzweifelt um sein Gleichgewicht, doch er kippte nach hinten. Während des Fallens nahm er einen tiefen Atemzug und versteifte seinen Körper. Nachdem er ein letztes Mal die Sonne gesehen hatte, schlug er auf die Wasseroberfläche auf. Er hörte den Knall, Tropfen spritzten empor, die Fluten schlossen sich über ihm. Salzwasser brannte in den Augen, es gluckerte um ihn herum, seine Ohren wurden taub. Die Angst vor dem Tod verlieh ihm eine enorme Energie. Marek streckte sich, zerrte mit aller Kraft an den Stricken. Doch sie gaben nicht nach, schnitten sich nur in sein Fleisch. Es half nichts. Wie ein Stein sank er in die Tiefe des Meeres hinab.

*

Es war kurz vor Mitternacht, als Lea ihre Wohnung verließ. Auf einen Leibwächter verzichtete sie, der Elektroschocker in ihrer Manteltasche versprach genügend Sicherheit. Ihre innere Uhr war immer noch auf New Yorker Zeit eingestellt, wo sie jetzt erst das Abendessen eingenommen hätte. Ein langes Wochenende lag vor ihr. Achtundvierzig Stunden voller Ängste und Sorgen, die Lea nutzlos erschienen und die sie irgendwie hinter sich bringen musste. Ein kleiner Spaziergang würde sie auf andere Gedanken bringen. Sie wollte nicht mehr auf Bildschirme starren, wollte keine Anrufe mehr beantworten. Lea verspürte eine Sehnsucht nach der realen Welt, nach Farben, Gerüchen und Dingen, die man anfassen konnte.

In ihrem Viertel gab es einen Imbissstand, der sie an die Jahrmärkte erinnerte, die sie als Kind besucht hatte. Lea sah auf ihre Armbanduhr. Fünf nach zwölf. Wie lange war der Imbiss am Freitagabend geöffnet? Ein oder zwei Stunden länger als Anfang der Woche? Sie beschleunigte ihre Schritte. Schon von Weitem erkannte sie die bunten Werbetafeln, die riesige Würste und Hamburger zeigten. Glück gehabt, sie waren noch nicht eingeklappt. Lea bestellte Pommes frites mit Käsewürfeln und vegetarischer Bratensoße. Normalerweise mied sie solch fettige und stark gewürzte Speisen, aber an diesem Abend brauchte sie etwas Herzhaftes, das ihr – zumindest gefühlt – Kraft und Ausdauer verlieh.

Lea stand unter einer langen Reihe von Glühbirnen, Fähnchen flatterten im Wind. So hatten damals die Wurf- und Losbuden in ihrer Heimat Irland ausgesehen. Als Kind versuchte sie sich oft beim Entenangeln. An einem Stock war eine Schnur mit einem Magneten befestigt, mit dem man nummerierte Plastikenten aus einem Wasserbottich fischen musste. Einmal gewann sie einen Plüschdelfin, der viele Jahre ihr Kinderzimmer schmückte. Wo war er abgeblieben? Wahrscheinlich hatte ihre Mutter ihn weggeworfen, als Lea von zu Hause ausgezogen war.

Herrliche Erinnerungen. Die Pommes frites schmeckten sehr gut, die Soße war eine Spur zu salzig. Lea nahm die Pappschale in die Hand und setzte ihren Spaziergang fort. Der Wind war nicht kalt, Lea empfand ihn als erfrischend. Wie immer blieb sie vor dem Schaufenster ihres Lieblingsbuchladens stehen. Die obere Reihe der ausgestellten Bücher war seit Tagen unverändert, unten lagen ein paar neue Titel aus: Krimis, Reiseberichte, Fachbücher übers Heimwerken. Nichts davon interessierte sie, ausgenommen der Bildband über den Regenwald von Borneo. Der Autor versprach auf dem Schutzumschlag, den Lesern eines der schönsten Naturparadiese vorzustellen, er schwärmte von der Artenvielfalt und verschwieg auch nicht die Bedrohung durch die internationale Holzmafia. Lea beschloss, das Buch am Montag telefonisch zu bestellen.

Sie ging weiter. Zwei Häuser entfernt befand sich die Redaktion von De Courant, eine der letzten Zeitungen, die noch in gedruckter Form erschienen. Die neueste Ausgabe hing im Schaufenster. Sie las ein paar Überschriften: *Lage nach Krawallen beruhigt, Aufräumarbeiten in Mailand und Prag.* Lea freute sich darüber. Das Schlimmste hatten sie überstanden. Bald würde wieder Frieden herrschen in Europa.

Im nächsten Fenster hing ein Bildschirm, der die Artikel der Internetausgabe anzeigte. Verkehr, Wetter, Nachrichten aus der Wirtschaft. Die Schlagzeilen: *Italienische Regierung tritt zurück, Raser auf der Autobahn, Ausgleicherin missbraucht ihre*

Macht. Lea wurde stutzig. Außer ihr gab es nur zwei weitere Frauen, die diesen Posten bekleideten.

„Das kann doch nicht wahr sein!" Fast wäre ihr die Schale mit den Pommes frites aus der Hand gefallen. Der Artikel handelte von ihr.

„Seid ihr verrückt?" Lea überflog den Text. Der erste Teil beschrieb den Vorschlag, den Klaus Gerhard eingebracht hatte. *Kampf gegen Nazis, steigende Zahlen, immer mehr Anschläge, Einordnung als Problembürger ...* Im zweiten Teil wurde der deutsche Aktivist als Opfer der Polizei dargestellt. *Beamte prügeln auf tapferen Demokraten ein.* Daneben dokumentierte ein Foto, wie zwei Uniformierte Gerhard gewaltsam aus seiner Sicherheitszelle holten. Dass er sich zuvor geweigert hatte, seine ausufernde Rede zu beenden, verschwieg der Bericht. Der dritte Teil wurde von einer Zwischenüberschrift eingeleitet: *Lea Sheldon liebt jungen Neonazi.*

„Was!" Sie erstarrte für einen Moment. Die Zeitung behauptete allen Ernstes, dass Lea mit einem bekannten Aufrührer aus der rechtsradikalen Szene liiert sei. Ein Foto von Marek und ihr, das sie beim Verlassen eines Restaurants zeigte, schien es zu beweisen. Marek wurde in den Zeilen darunter als Zygmunt K. bezeichnet, ein Pole, der angeblich osteuropäische Arbeitssklaven nach Westeuropa schleuste und in zahlreiche Verbrechen verwickelt war. Für jemanden wie ihn würde der Status Problembürger zweifellos passen, er hätte es verdient, dass man ihm die demokratischen Rechte entzieht. Aber leider bestand diese Möglichkeit nicht, weil die Ausgleicherin Lea Sheldon den Antrag abgeschmettert hatte. Der Artikel endete mit der Frage, ob Lea nicht selbst eine Problembürgerin sei?

Das war's, dachte Lea. Ich bin erledigt. Meine Karriere ist vorbei.

Jemand lachte.

Lea schielte zur Seite. Neben ihr stand ein junges Pärchen, das amüsiert auf einen Monitor schaute. Er sagte etwas, sie kicherte. Machten sie sich über Lea lustig? Hatten sie denselben Artikel gelesen? Hatten sie Lea erkannt?

Ich muss hier weg.

Sie klappte den Kragen ihres Mantels hoch, warf die Schale mit dem Essen in einen Mülleimer und ging so schnell wie möglich nach Hause. Unterwegs dachte sie über den Artikel nach. Schlimm genug, dass sie darin angegriffen wurde. Die Zeitung unterstellte ihr Parteilichkeit und unprofessionelles Handeln. Das könnte ihr Ansehen beschädigen, vielleicht sogar zum Verlust ihres Amtes führen. Viel schwerer aber wog die Veröffentlichung von Mareks Foto und seines Tarnnamens. Als Zygmunt Komorowski hatte er sich in die Terrororganisation P7 eingeschleust. Wenn deren Mitglieder von der Verbindung zu Lea erfuhren, die als Ausgleicherin ständig von der Polizei geschützt und überwacht wurde, war sein Leben ernsthaft in Gefahr.

„Das kann doch alles nicht wahr sein." Sie sprach mit sich selbst, während sie die Tür zu ihrer Wohnung aufschloss. „Das ist ein Alptraum. Was hab ich bloß getan?"

40. Kapitel: Aufstieg

Marek kämpfte um sein Leben. Er krümmte sich, strampelte mit Armen und Beinen, versuchte, irgendwie an die Wasseroberfläche zurückzukehren. Aber es war unmöglich, mit den Fesseln an Hand- und Fußgelenken konnte er nicht schwimmen. Er blickte nach oben. Das Licht verschwand allmählich, es wurde dunkel um ihn herum.

So ist es also, wenn man stirbt, dachte er. Gleich bin ich tot.

Die Panik löste sich auf, er verspürte eine seltsame Art von Frieden. In der Tiefe des Meeres würde er ewige Ruhe finden. Marek wartete darauf, ein helles Licht zu sehen, in das er eintreten sollte. Jemand müsste gleich seinen Namen rufen. Dahinten bewegte sich etwas. Eine Gestalt kam aus der Dunkelheit hervor. Sie war weiß gekleidet, ihre schwarzen Haare blähten sich auf wie ein Heiligenschein. Marek

überlegte, wer das sein könnte. Seine verstorbene Groß-
mutter, eine Tante? Aber warum trug diese Person eine
Brille mit runden Gläsern? Litt man selbst im Jenseits unter
Sehschwäche?

Dann erkannte er sie: Samira!

Das gibt's doch nicht. Ich spinne. Eine Wahnvorstellung.

Nein, du bist nicht verrückt. Halte durch, Marek. Du
musst noch etwas erledigen.

Sie hatte ihm diese Botschaft mitgeteilt, ohne ihre Lippen
zu bewegen. Marek wollte fragen, was sie damit meinte,
doch in diesem Moment spürte er etwas an seinem Rücken.
Ein fester Gegenstand berührte ihn. War das schon der
Meeresboden? Nein, es fühlte sie wie eine regelmäßige
Struktur an. Seile, miteinander verwoben. Ein Netz. Vielleicht ein Fischernetz, das ein Kutter verloren hatte. Aber
das Netz bewegte sich – nach oben! Sein Körper wurde
hochgedrückt wie von einem Fahrstuhl. Kein Zweifel, es
ging aufwärts. Die weiße Gestalt löste sich schlagartig auf.

Halt, bleib hier. Wo bist du? Was soll das? Will sich
jemand einen Scherz mit mir erlauben? Oder sind das
Halluzinationen, hervorgerufen vom Sauerstoffmangel?

Über ihm wurde es hell, er sah die Sonne wieder. Nur
noch einen Augenblick lang die Qualen aushalten …

Geschafft! Mareks Körper durchbrach die Wasseroberfläche. Er riss den Mund auf, sog die Luft in seine Lungen
ein.

Ich lebe! Ich bin nicht tot! Aber was ist das?

Marek krümmte sich, zappelte wie ein Fisch in dem Netz.
Unter ihm sah er eine orangefarbene Röhre, mindestens
zehn Meter lang. Ein U-Boot! Das Netz war auf seinem
Vorderdeck gespannt, dahinter ragte ein Turm empor. Jetzt
öffnete sich eine Luke, ein Mann kam er hervor. Er trug
weiße Kleidung und eine Schirmmütze. Welche Aufgabe
hatte er? War er der Kommandant? Gehörte er zu Wilsons
Leuten? Oder war er ein Angehöriger der Küstenwache?

Nachdem er seinen Kopf in die andere Richtung gedreht
hatte, wusste er die Antwort. Die Black Seagull lag direkt

vor ihm. Wilson stand an Deck und hielt sich den Bauch. Er lachte ihn aus.

„Sie Sadist!", rief Marek. „Macht Ihnen das etwa Spaß?"

Es dauerte einige Minuten, bis er eine Antwort erhielt. Das U-Boot machte längsseits an der Yacht fest. Der Chef der Terrororganisation kletterte über die Reling und stieg in den Turm des U-Boots. Bevor er im Rumpf verschwand, sagte er: „Sie haben mich belogen, Herr Morawski. Das ist Ihre Strafe."

Kurz darauf sprang sein Gehilfe Chaco auf das Oberdeck des U-Bootes, befreite Marek aus dem Netz und stieß ihn durch eine Luke. Der Gefangene fiel in den Rumpf, landete unsanft im Mittelgang. Rechts und links von ihm befanden sich Sessel, die mit rotem Leder bespannt waren, dahinter leuchtete etwas Blaues. Marek richtete sich auf und entdeckte Bullaugen, durch die man die Unterwasserwelt beobachten konnte.

Ein Touristenboot, dachte Marek. Er kannte solche Fahrzeuge von seinen Urlauben auf Mallorca und den Seychellen. Was hatte Wilson damit vor? Wurde er vielleicht Zeuge eines weiteren Tarnmanövers?

Die Luken wurden geschlossen, ein Warnsignal erklang, jemand rief ein Kommando. Das U-Boot sank einige Meter in die Tiefe und nahm langsam Fahrt auf, wobei ein surrender Ton erklang.

Elektromotoren. Sie wollen kein Aufsehen erregen. Die Black Seagull wird wahrscheinlich abdrehen und nach Europa oder zu den Bermudas fahren. Hier auf See bekommt niemand etwas mit von dem Zusammentreffen. Gut ausgedacht.

Vorne öffnete sich eine Tür, Wilson verließ den Kommandostand. Für einen kurzen Moment sah Marek eine voll verglaste Kanzel, in welcher der Mann mit der Schirmmütze saß. Offenbar steuerte er das U-Boot. Wilson kam auf ihn zu.

„Entschuldigen Sie, dass ich Sie habe warten lassen", sagte er mit betont freundlicher Miene. „Ich musste ein paar Instruktionen erteilen."

„Kein Problem, ich habe nichts mehr vor heute", erwiderte Marek mit gespielter Gelassenheit. In Wirklichkeit beschäftigte ihn noch immer sein Nahtoderlebnis. Nach einer Phase der Panik hatte er ein friedliches Gefühl unter Wasser erlebt, dem die Begegnung mit diesem Engel folgte. War es Samira gewesen, oder hatte das Wesen nur ihre Gestalt angenommen? Danach wollte er unbedingt weiterleben. Jetzt saß er durchnässt und frierend auf dem Boden und war seinem ärgsten Feind ausgeliefert.

„Aber Sie zittern ja. Chaco, so behandelt man doch keine Gäste. Wo bleiben deine Manieren?"

Der Mann im Overall brachte Marek eine Decke und setzte ihn auf einen Sessel.

„Ist es so angenehmer?", fragte sein Chef.

„Ja, ich fühle mich wie ein Tourist." Marek blickte aus dem Bullauge. Luftblasen stiegen auf, ein Schwarm bunter Fische zog am U-Boot vorbei. Er konnte aber weder die Wasseroberfläche noch den Grund des Meeres erkennen. „Anscheinend machen wir einen Ausflug."

Wilson lachte. „Sie wollen wissen, wohin wir fahren? Den Namen der Insel kann ich Ihnen leider nicht verraten. Nur so viel: Sie werden für eine gewisse Zeit mein Gast sein. Ich bringe Sie in einem luxuriösen Ressort unter."

„Darf ich schwimmen und tauchen?"

„Leider nein. Aber Sie werden eine besondere Überraschung erleben." Er setzte sich auf den Sessel auf der andere Seite des Ganges. „Sie haben mich beeindruckt, Herr Kommissar. Oder sind Sie Oberkommissar?"

„Ich bin Sonderermittler."

„So ein schlichter Titel? Mir soll es recht sein. Jedenfalls haben Sie selbst im Angesicht des Todes noch Ihre Rolle gespielt. Erst haben Sie darauf bestanden, dass Sie Drogenfahnder sind. Dann sagten Sie, dass Sie gegen Don Grazer ermitteln würden. Aber Sie haben bis jetzt nicht verraten, was Sie wirklich über mich herausgefunden haben. Selbst als Sie auf der Planke balancierten, haben Sie noch versucht, mit mir zu verhandeln. Das zeugt von außergewöhnlicher Nervenstärke."

„Danke für die Blumen."

„Deshalb werden Sie an einem Experiment teilnehmen. Ich möchte wissen, wie jemand von Ihrer mentalen Stärke auf gewisse Umstände reagiert."

Marek beugte sich zu ihm hinüber. „Sie machen mich neugierig. Was ist das für ein Experiment?"

Er lächelte. „Sie müssen sich noch in Geduld üben. Nur so viel: Es steht im Zusammenhang mit dem Tag X."

„Tag X? Was ist das?"

Wilson lachte aus voller Kehle. „Hören Sie auf, Herr Morawski. Sie brauchen Ihre Rolle nicht mehr zu spielen."

Wieder erklang das Warnsignal. Es schien von vorne, vom Kommandoraum zu kommen.

„Entschuldigen Sie mich. Ich werde gebraucht für das Anlegemanöver. Aber wir werden uns bestimmt wiedersehen." Mit diesen Worten erhob sich Wilson, durchquerte das U-Boot und verschwand hinter der Tür.

Marek blickte aus dem Bullauge. Die Wasseroberfläche konnte er immer noch nicht erkennen, aber unten kam etwas Braunes in Sicht. Sand! Das musste der Meeresboden sein. Das Wasser wurde flacher. Sie näherten sich einer Insel, vielleicht auch dem Festland. Wilsons Aussagen war nicht zu trauen. Wahrscheinlich fuhr das U-Boot zu dem grünen Strich, den er von Bord der Black Seagull aus gesehen hatte. Florida? Nein, zu weit weg. Bermudas oder Bahamas.

„Jetzt wird's interessant." Er presste sein Gesicht gegen das Panzerglas und blickte nach oben. Ein Schatten tauchte auf. Die Form war lang und spitz, hinten wurde der Körper breiter. Ein Boot! Marek entdeckte zwei kleine Propeller, die sich aber nicht drehten. Anscheinend lag das Boot festgemacht an einem Steg.

Das muss ein Hafen sein.

Ein weiterer Bootsrumpf kam in Sicht, er besaß sogar drei Propeller.

„Eine Rennmaschine", staunte Marek. Neben allen Führerscheinen für Landfahrzeuge besaß er auch den Sportbootführerschein See, womit er Motorboote auf Seeschifffahrtsstraßen bewegen durfte. In diesem Moment schmiedete er bereits Pläne, um eines der Boote zu entführen und damit zu fliehen. Er wusste, wie man die Technik bediente, wie man navigierte und wie man mit Wind und Wellen umging. Es fehlte nur eine passende Gelegenheit.

Noch war er wehrlos. Das Surren der Triebwerke wurde leiser, der Kommandant füllte die Ballasttanks mit Pressluft. Nachdem das U-Boot aufgetaucht war, kehrte der Mann mit der Skimaske zurück. Er packte Marek unter den Armen und schaffte ihn unsanft ans Tageslicht. Draußen sah Marek seine Vermutung bestätigt: Das Tauchboot hatte in einem kleinen Hafen an einem Anleger festgemacht. Er bekam gerade noch mit, wie Wilson in eine schwarze Limousine einstieg und davonfuhr. Marek musste in einem Lieferwagen ohne Fenster Platz nehmen. Nach kurzer Fahrt hielt der Wagen vor einem Gebäude, das früher wahrscheinlich ein Hotel gewesen war. Es gab eine Eingangshalle und eine Rezeption, aber keine Gäste. Niemand saß auf den Sesseln und Sofas, niemand kam ihnen in den Gängen entgegen. Die Anlage wirkte wie ausgestorben.

Marek wurde in ein Zimmer gebracht, das mit Gittern vor den Fenstern gesichert war. Chaco sprach währenddessen kein Wort mit ihm. Mit Schlägen und Tritten dirigierte er ihn zum Bett, um dort seine Fesseln zu lösen. Danach verriegelte er die Tür und verschwand im Flur. Marek presste sein Ohr gegen die Holzplatte, die Schritte entfernten sich. War das ein Trick? Blieb Chaco hinter der nächsten Ecke stehen und behielt die Tür im Auge?

Egal, um Wilsons Leute würde sich Marek später kümmern. Endlich konnte er seine nassen Sachen ablegen. Im Kleiderschrank hing ein Overall, der ungefähr seine Größe hatte. In der Minibar fand er eine Flasche Orangensaft,

Dauerwurst und etwas Obst. Weil ihn seit Stunden der Hunger plagte, bereitete er sich ein kleines Mahl zu und dachte über Fluchtmöglichkeiten nach.

*

Lea lag auf ihrem Bett. Sie trug noch immer Mantel und Schal, die Stiefel hingen halb abgestreift über ihren Knöcheln. Im Schlafzimmer war es dunkel, nur die Anzeige des elektrischen Weckers leuchtete: ein Uhr dreißig. Eine grenzenlose Lethargie hatte sie überfallen. Lea verspürte keinerlei Antrieb mehr, nicht mal zum Ausziehen reichte es noch. Am liebsten hätte sie sich in ihrer Wohnung verbarrikadiert und für den Rest ihres Lebens ausschließlich per Telefon mit der Außenwelt kommuniziert. Lebensmittel könnte sie sich liefern lassen, Ärzte oder Friseure sollten sie besuchen. So würde sie nie wieder Opfer eines Angriffs werden.

„De Courant, dieses Käseblatt!" Die Zeitung hatte nur eine geringe Auflage, aber das war kein Trost. Über das Internet würde sich die Nachricht schnell verbreiten. Was bekäme sie wohl am Montag im Büro zu hören? Die Gerüchteküche würde sicher mit Hochdruck arbeiten. *Affäre mit einem jüngeren Mann. Affäre mit einem Neonazi. Sie hat einen Widerstandskämpfer aus dem Saal werfen lassen. Ist sie eine Problembürgerin? Soll man sie aus dem Amt entfernen?*

Dabei hatte sie doch schon genug Probleme. Marek ermittelte gegen ihren Freund Don Grazer, weil der in die Finanzierung einer Terrorgruppe verwickelt war. Vor ein paar Wochen wurde sie wegen der ehemaligen Kaserne an der Roten Erde verunglimpft. Man warf ihr vor, die innere Sicherheit gefährdet zu haben, weil sie statt einer Unterkunft für die Bereitschaftspolizei auf dem Gelände Wohnungen hatte errichten lassen. Auch ihre Freundin Samira zogen sie in die Sache hinein. Angeblich verbrachte Lea zu viel Zeit mit ihr, ließ sich von ihr beeinflussen. Jemand sprach von übertriebenem Pazifismus, die Welt könne nicht auf Soldaten und Waffen verzichten. Einige Journalisten unterstellten ihr eine linksextreme Gesinnung. Der Angriff kam damals von rechten Parteien und Publizisten.

Jetzt wurde eine ähnliche Kampagne aus der linken Ecke gestartet. Wieder beschuldigte man sie der Parteilichkeit, diesmal jedoch zugunsten von rechten Kräften. Einfach lächerlich. Lea empfand keinerlei Gewissensbisse. Sie wusste, dass sie nie eine Gruppe oder eine Person bevorzugt oder benachteiligt hatte. Alle Attacken kamen von außerhalb, als ob sie jemand geplant hätte, ein Organisator oder ein Regisseur, der im Verborgenen saß.

Moment mal. Hatte Pedro nicht etwas darüber gesagt? Oder geschrieben?

Ein Energieschub erfasste sie. Lea riss die Stiefel von ihren Füßen, setzte sich an den Computer und öffnete ein Dossier, das ihr Assistent verfasst hatte. Die Titel lautete: Rote Erde – ein geplanter Skandal.

Lea überflog die Zeilen. Auf Seite sieben fand sie, was sie gesucht hatte. Die meisten Vorwürfe stammten von einer Kleinstpartei namens Heimat Europa. Sie galt als rechtspopulistisch und versuchte Wähler mit den üblichen Parolen einzufangen: zu viele Ausländer, Überfremdung, Islamismus, Verschwörung fremder Mächte. Pedro hatte mit Fettschrift und drei Ausrufezeichen darauf hingewiesen, dass die Partei ein Jahr zuvor in einen Spendenskandal verwickelt gewesen war. Ihr Schatzmeister hatte angeblich vergessen, mehrere hohe Zahlungseingänge ordentlich zu verbuchen. Der Auftraggeber konnte nie ermittelt werden, nur das Institut, das die Überweisungen ausführte: die Schweizer Filiale der First Traditional Overseas Bank.

„Wilson!" Kein Zweifel, der Chef von P7 hatte die Aktion von langer Hand geplant. Gewiss steckte er auch hinter dem jüngsten Angriff auf sie. Charlotte Iluna hatte behauptet, dass eine dubiose Quelle auf den Bahamas die Initiative von Klaus Gerhard finanzierte. Auch das deutete auf Reginald

Wilson hin. Wahrscheinlich versorgte einer seiner Mittelsmänner die Zeitung De Courant mit Informationen. So griff ein Rädchen ins andere. Sein Vorhaben erinnerte Lea an einen altertümlichen Schlachtplan, bei dem ein Feldherr versuchte, den Gegner von mehreren Seiten unter Druck zu setzen.

Vor dreihundert Jahren hätte das vielleicht funktioniert. Aber diese Zeiten sind vorbei.

Das Dossier von Pedro verlieh ihr neue Kraft. Es war nicht ihre Schuld gewesen. Jemand benutzte sie, um das System der Ausgleicher in Verruf zu bringen. Lea wurde als leichtes Opfer ausgewählt, weil ihr Lebensstil sich von denen ihrer Kollegen unterschied. Die Freundschaften mit Samira und Marek boten Anlass für Angriffe unter der Gürtellinie. Das war der Grund.

„Nicht mit mir!"

Lea zog ihre Kleider aus und ging ins Badezimmer, um sich frisch zu machen. Noch in dieser Nacht wollte sie ein Video mit einer Gegendarstellung drehen und ins Netz stellen. Schon schwirrten ihr Ideen im Kopf umher. Zuerst musste sie Samira und Marek aus der Schusslinie nehmen. Sie hatten nichts mit der Angelegenheit zu tun und durften nicht noch weiter mit Schmutz beworfen werden. Vielleicht sollte Lea damit drohen, alle zu verklagen, die Unwahrheiten über sie verbreiteten?

Aber sie wollte unbedingt einen guten Eindruck erwecken, wollte souverän und selbstsicher wirken. Dazu musste auch ihr Aussehen stimmen. Sie wusch ihr Gesicht und putzte die Zähne. Lea war stolz auf ihr strahlendes Lächeln. Obwohl sie die Fünfzig längst überschritten hatte, trug sie noch keinerlei Zahnersatz, keine Kronen und keine Brücken. Großen Anteil daran hatte ihre Mutter gehabt. Sie achtete darauf, dass ihre Kinder nach jeder Mahlzeit die Zähne putzten. Das kleine Badezimmer lag im Erdgeschoss ihres Häuschens, in das sie und ihre beiden Brüder der Reihe nach spazieren mussten. Anschließend wurden sie kontrolliert: Zähne, Gesicht und Hände sauber, Haare gekämmt,

Kleider ordentlich? Wer in einem Punkt nachlässig gewesen war, musste zurück ins Bad und nachbessern.

Am Wochenende durften sie sich nach dem Mittagessen je ein Bonbon aus der Blechdose nehmen, die in einem verschlossenen Fach im Küchenschrank lag. Ansonsten gab es Süßigkeiten nur zu Weihnachten, Ostern und zum Geburtstag. Auch die Stellung der Zähne wurde korrigiert. Lea musste vier Jahre eine Spange tragen, ihre Brüder sogar noch länger. All das hatte dazu beigetragen, dass sie bei den Sitzungen heute noch wie ein Hollywoodstar in die Kamera lächelte. Oder wenn es nötig war, ihre Zähne wie ein Tiger fletschen konnte.

„Ich mach euch fertig!" Lea übte Angriffsposen vor dem Spiegel. Sie machte ein grimmiges Gesicht, ballte die Fäuste, schlug auf einen imaginären Gegner ein.

Ihre Mutter hatte immer zur Eile gedrängt, wenn sich eines der Kinder zu viel Zeit ließ im Badezimmer. Lea vermisste die alten Zeiten. Das Häuschen in Ballina kam ihr vor wie ein schöner Palast, und ihre Mutter war die schlauste Person der Welt. Für jede Situation wusste sie die passende Lebensweisheit. Was hätte sie Lea jetzt wohl geraten? Angriffe, Sturm, Wind …

„Wenn du in einen Sturm gerätst, nutze den Wind zum Fliegen."

Ja, das wäre richtig für diesen Moment.

Lea erinnerte sich an einen Ausflug an die Küste, als sie sieben oder acht Jahre alt gewesen war. Sie beobachteten damals die Eissturmvögel, die in den Felsen bei Flagbrook ihre Jungen aufzogen. Mit ihrem grauweißen Gefieder sahen sie aus wie etwas größere Möwen, die kurzen Beine ließen sie an Land unbeholfen wirken. Doch der Eindruck täuschte. Ihre Mutter erklärte ihr, dass Sturmvögel bei jedem Wetter weit aufs Meer hinausflogen, um Krill und Fische zu fangen. Sie nutzten die starken Winde, um riesige Strecken zu überwinden, manche flogen bis Grönland oder bis zum arktischen Ozean. Mit wenig Energieeinsatz brachten sie reiche Beute ins heimische Nest.

„Es kommt darauf an, was du daraus machst."

Ihr fielen noch weitere Leitsätze ein: „Jammere nicht, tu was!" „Ärmel hochkrempeln und anpacken." Oder: „Warte nicht auf das Licht am Ende des Tunnels. Sei die Lokomotive, die die anderen Wagen durch den Tunnel zieht." Dieser Spruch gefiel Lea besonders. Sie hatte ihn ausgedruckt und an ihre Bürowand gehängt, als sie sich entschloss, Ausgleicherin zu werden.

Lea entspannte die Hände. Es wäre leicht gewesen, jetzt zurückzuschlagen, aber irgendwann hätte sie sich dafür geschämt.

„Gleiches nicht mit Gleichem vergelten."

Sie wollte nicht auf das Niveau ihrer Angreifer hinabsinken. Dazu hatte ihre Mutter sie nicht erzogen.

„Es gibt einen besseren Weg. Ich werde ihn finden."

41. Kapitel: Endspiel

Etwa sechsunddreißig Stunden verbrachte Marek allein in seinem Zimmer. Wilsons Helfer hatten ihm sein Handy und seine Armbanduhr abgenommen, deshalb musste er die Uhrzeit nach dem Stand der Sonne abschätzen. Jetzt war es Vormittag. Sein Zimmer lag im dritten Obergeschoss und bot einen Ausblick auf die Rückseite der Insel. Wahrscheinlich hatte man ihn absichtlich hier einquartiert, damit er nicht den Schiffsverkehr in dem kleinen Hafen beobachten konnte. Stattdessen sah er nur einen Swimming-pool, drei Tennisplätze und eine Rasenfläche, die sehr gepflegt wirkte. Dahinter begann der Wald. Marek kannte keine der unterschiedlichen Baumarten, von denen einige die Dachhöhe des Hotels erreichten, mit einer Ausnahme: Die Tennisplätze wurde von einer Reihe Bermuda-Wacholder beschattet. Die kräftigen, geraden Stämme, die an Eichen erinnerten, die runden Kronen und die tiefgrünen Blätter waren typisch für diese Art. Im Reiseführer hatte Marek gelesen, dass sie nur auf der Inselgruppe der Bermudas vorkamen. Somit wusste er wenigstens ungefähr, wo er sich befand.

Aber um welche der Inseln handelte es sich? Die Gruppe bestand aus rund dreihundertsechzig Koralleninseln, von denen zwanzig bewohnt waren. Sie verteilten sich über eine Fläche von mehreren Tausend Quadratkilometern, von der die Hälfte nicht betreten oder befahren werden durfte, weil sie als Naturschutzgebiet galt. Die Polizei der Bermudas besaß nur eine Handvoll altersschwacher Boote, eine Armee existierte nicht – ideale Vorraussetzungen, um in den entlegenen Winkeln des Archipels dunklen Machenschaften nachzugehen.

Die Hotelanlage schien schon etwas älter zu sein. Von seinem Balkon, den er nicht betreten konnte, weil die Tür vergittert war, bröckelte an einigen Stellen der Beton ab, rostiger Baustahl wurde sichtbar. Vielleicht hatte Wilson die Insel günstig gekauft und nutzte sie nun unter irgendeinem Vorwand als Hauptquartier für seine Verbrecherbande. Wenn ja, war sie nicht besonders groß. Während der gesamten Wartezeit sah Marek nicht eine einzige Person auf der Freifläche. Niemand schwamm im Pool, spielte Tennis oder sonnte sich auf dem Rasen. Oder gönnte Wilson seinen Leuten einfach keine Freizeit? Oder waren sie so fanatisch, dass sie nur an ihren Projekten arbeiteten? Bald würde er die Antwort erfahren.

Es gab nichts, womit er sich ablenken konnte. Marek musste immer wieder an die seltsame Begegnung denken, die er unter Wasser erlebt hatte, nachdem man ihn von der Planke stieß. Er war in Panik gewesen, glaubte, er müsse sterben. Dann stellte sich ein Gefühl der Ruhe und des Friedens ein, als ob er gleich den Schritt in die nächste Welt machen würde. Die Frau in dem weißen Kleid hielt ihn jedoch davon ab. Sie sagte, er solle durchhalten, er hätte noch etwas zu erledigen. Das allein war ja bereits verwirrend. Erschwerend kam hinzu, dass die Frau Samiras Kopf auf den Schultern trug. Oder war es die echte Samira gewesen? Vielleicht wollte sie ihm auf telepathischem Wege etwas mitteilen? Aber was?

Nein, Blödsinn. Es gibt keine Gedankenübertragung. Das bilde ich mir alles nur ein.

Andererseits – die Begegnung war sehr angenehm gewesen. Das Gefühl erinnerte ihn an die Heimfahrt zu Weihnachten, wenn die Familie auf einen wartete, es im Haus nach frisch gebackenen Keksen duftete und der Baum noch geschmückt werden musste. Marek überlegte, mit wem er diese Situation lieber erleben würde. Lea oder Samira? Die Antwort war klar: Samira.

Das war es, was er zu erledigen hatte. Er musste sie fragen, ob sie ihn heiraten wollte. Samira war ein Freigeist, wahrscheinlich würde sie nein sagen. Aber er müsste es wenigstens versuchen. Wenn es eine Frau gab, mit der er den Rest seines Lebens verbringen wollte, dann war sie es. Für sie musste er weiterkämpfen, für sie musste er Wilson besiegen und diesen verfluchten Ort verlassen.

Marek plante seine Flucht. Er war ein guter Schwimmer und Taucher, konnte mit Segel- und Motorbooten umgehen. Von der Black Seagull aus hatte er nur diese eine Insel gesehen. Folglich betrug die Distanz bis zur Nachbarinsel viele Seemeilen, was es nötig machte, sich ein Boot zu besorgen. Bei seiner Ankunft hatten im Hafen drei Schnellboote und ein U-Boot gelegen. Eines davon musste er in seine Gewalt bringen.

Doch wie sollte er aus diesem Gefängnis entkommen? Die Fenster und die Balkontür waren vergittert, die Zimmertür besaß eine Eisenplatte in ihrem Kern und ein besonders starkes Schloss. Während der Nacht hatte Marek mit einem Löffel an der Tür gekratzt, dabei aber nur das Holzfurnier ein bisschen beschädigt. Somit blieb ihm lediglich eine Möglichkeit zur Flucht, wenn er einmal Ausgang bekommen sollte. Dafür brauchte er eine Waffe. Im gesamten Zimmer fand sich nichts Brauchbares, ausgenommen die kleine Schnapsflasche in der Minibar. Marek goss sie über dem Waschbecken aus, wickelte sie in ein Handtuch und zerschlug sie vorsichtig. Die Scherben versteckte er in seinen Hosentaschen.

Nicht gerade eine vierundvierziger Magnum, aber besser als nichts.

Etwa um zehn Uhr wurde seine Tür geöffnet. Zwei Männer, die wie üblich Overall und Skimaske trugen, betraten das Zimmer. Einer richtete eine Pistole auf Marek, der andere spielte nervös mit einem Strick herum.

„Los, umdrehen", sagte der Bewaffnete. „Hände auf den Rücken."

Marek erkannte die Stimme. Es war Chaco, der Mann, der ihn über die Planke gestoßen hatte. Ein weiteres Indiz dafür, dass Wilsons Bande aus nicht sehr vielen Personen bestehen konnte. Sein Kumpan fesselte Marek an den Handgelenken, verhielt sich dabei aber ungeschickt. Die Stricke lagen nicht sehr eng an, ließen ihm etwas Bewegungsraum. Ein Seemann war er sicher nicht.

„Machen wir einen Ausflug?"

„Klappe. Los, raus." Er drängte Marek in den Flur.

Die drei Männer fuhren mit dem Aufzug in die Lobby hinunter. Von dort aus gingen sie durch ein Labyrinth aus Fluren und leeren Räumen. Die Hotelanlage schien mehrfach erweitert worden zu sein, worauf unterschiedliche Baustile und Materialien – Putz, Holzvertäfelungen, abgenutzte Tapeten – hinwiesen. Nachdem er eine schwere Metalltür geöffnet hatte, verkündete Chaco: „Unsere Zentrale. Du wartest hier."

Der Raum maß etwa zwanzig Meter im Quadrat und sah aus wie ein ehemaliger Ballsaal. Über einem zerkratzten Parkett schwebten vielarmige Kronleuchter, die roten Samtvorhänge vor den Fenstern waren zugezogen, es gab sogar noch eine kleine Bühne, auf der früher vielleicht einmal Conférenciers das Programm angesagt hatten. Eindeutig nicht zur Originalausstattung zählten die hufeisenförmige Konsole, hinter der ein Mann in einem grauen Kittel saß, die zahlreichen Monitore an den Wänden und die Kabelkanäle aus weißem Plastik, die auf den Boden geklebt waren. Die Monitore zeigten zur einen Hälfte Bilder von der Umgebung, den Hafen, den Strand, den Wald, und zur anderen Hälfte große Datenmengen, deren Sinn sich für Marek nicht erschloss.

Chaco ging zu einem gläsernen Büro, das in einer Ecke des Saales untergebracht war. Dort saß Reginald Wilson an einem Schreibtisch und machte handschriftliche Notizen. Marek fiel auf, dass er kein Jackett trug und sein Hemdkragen geöffnet war. Ungewöhnlich für einen Pedanten wie ihn, der sonst großen Wert auf sein Erscheinungsbild legte. Offenbar fühlte er sich zu Hause in dieser Umgebung. Außerdem entdeckte Marek nirgendwo eine sichtbare Waffe, ausgenommen die Pistole in Chacos Hand. Also fühlte er sich auch sicher auf der Insel.

Meine Chancen sind gar nicht mal so schlecht, dachte Marek. Vier gegen einen. Das kann man schaffen. Ich muss nur etwas Zeit gewinnen. Ich muss improvisieren.

Nachdem Chaco das Büro betreten und mit seinem Chef geredet hatte, stand dieser auf und nahm eine Uniformjacke von einem Kleiderständer. Wilson klopfte die Ärmel ab, kontrollierte den Sitz seiner Haare in einem Spiegel und kam dann breit lächelnd auf Marek zu.

„Herr Morawski, freut mich, Sie zu sehen. Ich würde Ihnen ja die Hand schütteln, aber leider ..." Er zeigte auf die Fesseln und lachte dabei.

„Eine Sicherheitsmaßnahme, ich verstehe. Sie möchten nicht, dass Ihr illegaler Finanzplatz auffliegt."

Sein Lachen erstarb. „Illegaler Finanzplatz? Wie kommen Sie darauf?"

„Das sind doch Aktienkurse. Oder Währungskurse?" Marek deutete mit dem Kopf auf einen der Monitore, der endlose Zahlenkolonnen anzeigte. „Tag X ist der Tag, an dem die Börse zusammenbricht. Sie haben irgendwie die Kurse manipuliert. Und dann werden Sie unfassbar reich sein, weil Sie riesige Mengen Gold besitzen. Vielleicht auch Diamanten oder irgendein Zeug, das die Welt dann dringend braucht."

Er lachte noch lauter als zuvor. „Glauben Sie das wirklich? Glauben Sie, ich bin ein Spekulant?"

„Natürlich. Deshalb arbeiten Sie so eng mit Don Grazer zusammen. Er war ja auch mal wegen illegaler Geschäfte angeklagt. Sie beide sind ein tolles Gespann."

Innerhalb weniger Sekunden wechselte Wilsons Gesichtsausdruck von amüsiert zu zornig. „Don Grazer ist ein Angestellter von mir, ein Handlanger. Er macht, was ich ihm sage. Aber es hat absolut nichts mit Spekulation zu tun. Ich habe ehrbare Motive."

„Was meinen Sie? Das bisschen Energiesparen mit Ihrem Segelboot? Das wird die Welt nicht retten."

„Das ist doch nur ein extrem kleiner Teil meiner Aktivitäten. Nein, meine Pläne sind viel, viel größer. Sehen Sie her."

Wilson packte Marek an der Schulter und schob ihn zu dem Monitor. „Sie glauben, das sind Börsenkurse? Irrtum, es sind wissenschaftliche Daten über den Klimawandel. Das hier sind die Messergebnisse der Forschungsstation auf dem Mauna Loa in Hawaii. In den letzten sechzig Jahren ist der CO_2-Anteil von dreihundert ppm auf über vierhundert angestiegen. Das ist eine verheerende Entwicklung. Wenn es so weitergeht, wird die Erde bald eine unbewohnbare Wüste sein."

Marek versuchte, möglichst kühl zu wirken. Insgeheim jedoch freute er sich. Sein Gegenspieler fiel auf seine Provokationen herein. Jetzt durfte er nicht nachlassen, er musste sein Erregungsniveau hoch halten. Während Wilson ihm einen Vortrag hielt, griff er in seine rechte Gesäßtasche und zog heimlich eine der Glasscherben heraus. „Na und? Das kann man nicht ändern. Die Menschheit braucht Energie."

„Selbstverständlich kann man es ändern. Ich habe bereits ein Konzept für eine neue Gesellschaftsordnung ausgearbeitet. In Zukunft wird es nur noch drei Gruppen von Menschen geben: Räte, Bürger und Problembürger. Aber wir brauchen keine Obrigkeit mehr, die uns regiert. Wir werden es selbst tun. Das Verhalten jedes Menschen wird mit einem

Punktesystem bewertet. Wer wenig Energie verbraucht, wer wenig Ressourcen verschwendet, bekommt Pluspunkte. Das Gleiche gilt für sozial verträgliches Verhalten. Wer friedlich ist, wer sich an alle Regeln hält, wird dafür belohnt. Und wer die meisten Punkte auf seinem Konto hat – in jeder Stadt, jedem Landkreis, jedem Land –, wird automatisch zum Rat ernannt. Die Räte treffen die politischen Entscheidungen. So einfach und so gerecht ist das System." Jetzt machte Wilson ein freundliches Gesicht, als ob er ein Lob erwartete.

Marek tat ihm den Gefallen jedoch nicht. Er wollte das Gespräch in die Länge ziehen, um mit der Scherbe seinen Strick zu durchtrennen. „Und was ist mit den Problembürgern? Bekommen die Minuspunkte?"

„Natürlich. Umweltfeindliches Verhalten wird bestraft. Problembürgern werden ihre Rechte entzogen. Sie dürfen kein Auto mehr fahren, keine große Wohnung besitzen, vielleicht müssen wir sie sogar in Resozialisierungslager stecken. Sie werden jetzt wohl einwenden, dass das alles Spinnerei ist, dass es niemals Realität werden kann. Irrtum! Es läuft bereits an. Überall auf der Welt gibt es Initiativen, die an diesem Konzept arbeiten. Ihre spezielle Freundin Lea Sheldon hat bereits damit zu tun gehabt."

Marek erschrak. Woher kannte er ihren Namen? Woher wusste er von ihrem Verhältnis? Er versuchte, sich nichts anmerken zu lassen. „Trotzdem ist es noch ein weiter Weg bis dahin. Die Menschen sind zufrieden mit dem bisherigen System? Warum sollten sie es ändern?"

„Weil bald der Tag X kommt. Wir haben bereits experimentiert, mit Bombenanschlägen und Straßenterror. Wir haben das Wolfsrudel und ISMET finanziert. Das war nicht schwer. Wenn Sie extremistischen Idioten, egal ob rechts, links oder religiös motiviert, viel Geld geben, wird es garantiert zu Mord und Totschlag kommen. Aber es war noch nicht genug. Wir brauchen ein Ereignis, das die Menschen wirklich in Panik versetzt. Das sie dazu bringt, das alte System zu verabscheuen und durch ein neues zu ersetzen."

„Sie wollen eine Atombombe zünden", vermutete Marek. Er machte nur winzige Bewegungen, zerschnitt dabei Faser um Faser.

„Zu teuer, zu aufwendig. Nein, der Epochenwandel wird durch eine viel einfachere Waffe ausgelöst: einem Virus."

Jetzt wurde Marek alles klar. Deshalb hatte sich Wilson auf diese entlegene Insel zurückgezogen, deshalb pendelte er regelmäßig zwischen den Bermudas, den USA und Europa. Er hatte Material besorgt und Kontakte zu Spezialisten geknüpft. Auf offener See fand die Begegnung zwischen der Yacht und dem U-Boot statt, Passagiere stiegen um, Fracht wurde umgeladen. „Sie haben hier ein Labor eingerichtet."

„Richtig. Wo könnte man besser forschen als hier? Wir haben genügend Platz, Fachleute, Labortiere, aber keine neugierigen Nachbarn. Wir sind sogar schon zu einem Ergebnis gekommen. Wir haben einen Prototyp. Ein Virus, das wir aus bekannten Krankheitserregern erschaffen haben: dem Grippevirus, Pest, Ebola, Corona. Die schlimmsten Eigenschaften dieser kleinen Kerlchen haben wir zu einem Supervirus kombiniert. Garantiert tödlich. In wenigen Wochen kann man damit große Teile der Weltbevölkerung ausrotten. Die Überlebenden werden erkennen, dass etwas geschehen muss. Und dann werden wir ihnen unser neues System anbieten." Wilson wandte sich dem zweiten Mann mit der Skimaske zu, der Marek vorhin so ungeschickt gefesselt hatte.

„Herr Professor, würden Sie unserem Freund bitte eine Probe Ihrer Arbeit holen?"

„Gerne." Der Mann ging zu dem gläsernen Büro.

Wilson sprach weiter: „Das Schöne dabei ist: Man kann das Virus in einem gewöhnlichen Kühlschrank lagern. Und ebenso das Gegenmittel. Meine Leute und ich sind bereits gegen den kleinen Killer geimpft worden. Sie aber, Herr Morawski, sind es nicht."

„Wollen Sie mich etwa damit infizieren?" Marek spürte, dass er den Strick fast vollständig durchschnitten hatte, nur noch wenige Fasern hielten ihn zusammen. Er steckte die Scherbe zurück in seine Tasche.

„Ja. Das ist das Experiment, das ich Ihnen vorgestern ankündigte. Ich möchte wissen, wie jemand von Ihrer körperlichen und mentalen Stärke auf das Virus reagiert. Wie lange können Sie ihm standhalten? Einen Tag, eine Woche? Oder wird es Sie sofort dahinraffen? Bald werden wir alle ein bisschen schlauer sein – und Sie werden wahrscheinlich tot sein." Er unterdrückte ein Lachen. „Ah, da ist der Professor ja schon."

Der zweite Mann mit der Skimaske kam auf sie zu. Jetzt hielt er eine silbrig glänzende Kiste in der Hand.

Wilson zog eine Pistole aus seiner Jackentasche und richtete sie auf Marek. Gleichzeitig sprach er mit seinem Helfer. „Chaco, würdest du bitte unseren Freund festhalten? Du weißt schon, so wie auch …"

Das war die Gelegenheit! Chaco steckte seine Pistole in den Hosenbund, der zweite Maskierte war noch auf dem Weg zu ihnen, der Kittelträger an der Steuerkonsole beachtete sie nicht. Jetzt musste er einen Fluchtversuch wagen! Marek zerriss den Strick hinter seinem Rücken und trat Wilson die Pistole aus der Hand. Chaco streckte er mit einem kräftigen Faustschlag nieder. Wilsons Pistole fiel zwei Meter entfernt zu Boden. Marek war als Erster bei ihr, hob sie auf, zielte damit auf Chaco und drückte ab. Nichts passierte. Vielleicht war sie nicht geladen, vielleicht noch gesichert.

„Du Bastard!" Chaco kam wieder zu sich. Er griff an seinen Hosenbund, tastete nach seiner Waffe.

Marek war schneller. Er verpasste dem am Boden liegenden Mann einen kräftigen Tritt gegen den Oberkörper, woraufhin er aufschrie und umherwirbelte. Marek schnappte sich seine Pistole, um damit die restlichen drei Männer in Schach zu halten. „Hände hoch und rüber an die Wand!"

Wilson achtete jedoch nicht auf seine Anweisungen. Er wandte sich an den Mann hinter der Konsole und rief: „Los, geben Sie Alarm! Die Wachen sollen herkommen! Aber schnell!"

„Sie Mistkerl!" Marek richtete Chacos Pistole auf Wilson und krümmte seinen Finger. Wieder löste sich kein Schuss.

Sein Gegner lachte ihn aus. „So etwas Primitives wie Feuerwaffen verwenden wir hier nicht. Ich glaube allerdings nicht, dass Sie sich gegen eine Gruppe von Karatekämpfern verteidigen können."

Karatekämpfer? Bluffte Wilson? Oder lauerte hier tatsächlich irgendwo eine Wachmannschaft, die asiatische Kampftechniken beherrschte? Marek beschloss, es lieber nicht darauf ankommen zu lassen. Er stürmte aus dem Saal und lief den Flur entlang in Richtung Lobby. Doch von dort erklang eine Alarmsirene, jemand brüllte Befehle.

Marek änderte seinen Plan. Eine Tür zweigte ab zu dem ehemaligen Speisesaal. Er war leer und verlassen, die Tische mit Staub bedeckt. Marek lief zur Terrassentür. Sie war verschlossen, hielt seinen Fußtritten aber nicht stand. Vorsichtig streckte er seinen Kopf heraus. Von der Terrasse aus hatte er den gesamten Vorplatz des Hotels im Blick. Ein schwarzes Auto hielt mit quietschenden Reifen unter dem Vordach. Vier sportliche junge Männer stiegen aus und liefen ins Gebäude.

Seid ihr die Karatekämpfer? Dann viel Spaß beim Suchen.

Marek schlich in geduckter Haltung über den Rasen, versteckte sich hinter einem Busch, lauschte, drehte den Kopf. Nirgendwo bewegte sich etwas. Anscheinend suchten sie ihn noch im Hotel.

Das war die Gelegenheit, um zum Hafen zu laufen. Er lockerte seine Muskeln und holte tief Luft, weil er die gesamte Strecke in einem einzigen Sprint schaffen wollte. Die Straße war mit Palmen bestanden, die ihm zwar keine Deckung boten, aber immerhin Schatten spendeten. Keuchend und schwitzend erreichte er das Wasser. An dem hölzernen Steg lagen drei Boote: zwei elegante Sportboote mit Außenbordmotoren und ein altmodisches Kajütboot. Nirgendwo war ein Mensch zu sehen. Marek hatte gehofft, dass er einen Seemann mit vorgehaltener Waffe dazu zwingen könnte, ihn von der Insel zu bringen. Aber diese Möglichkeit schied nun aus.

Aus der Ferne hörte er einen Motor aufheulen. Wahrscheinlich suchten sie ihn schon mit dem Auto. In ein oder zwei Minuten würden sie am Hafen sein.

Verdammt, was mach ich bloß? Motoren kurzschließen? Ohne Werkzeug? Das dauert zu lange. Jetzt brauch ich eine Idee.

*

Am Montagmittag traf sich Lea mit Pedro in der Kanzlei ihres Anwalts. Der junge Spanier wirkte aufgeregt, er spielte mit den Schlössern seines Aktenkoffers, den er auf seinen Schoß gelegt hatte, und konnte die Füße nicht stillhalten.

„Du wirst staunen, was ich herausgefunden habe", sagte er zu seiner Chefin. „Damit ändert sich die Lage fundamental. Wir kommen in eine viel bessere Position."

Lea schaute auf ihr Smartphone. Es waren bereits etliche Artikel und Videos erschienen, die sich mit ihrem Fall befassten. In den meisten wurde ihre Absetzung gefordert, nur wenige Publizisten verteidigten Lea. „Ich hoffe es."

Sie schaltete das Telefon ab, betrachtete stattdessen die Gemälde, die an den Wänden hingen. Es waren Reproduktionen von Landschaftsbildern aus dem neunzehnten Jahrhundert: verschneite Berggipfel, blühende Wiesen, dunkle Wälder. Auf dem Schreibtisch vor ihr stand ein Monitor, dessen Gehäuse mit Holzfurnier beklebt war. Lea wusste nicht, was sie davon halten sollte. Ein technisches Gerät und das natürliche Material passten einfach nicht zueinander. Vielleicht war es der Versuch, etwas Gemütlichkeit in den hektischen Arbeitsalltag zu integrieren.

„Da bin ich endlich." Guy de Wever, Leas langjähriger Rechtsbeistand, betrat den Raum. Er war etwas jünger als

Lea, wurde im Allgemeinen aber für weit älter gehalten. Der größte Teil seines Haars war längst ausgefallen, die noch verbliebenen Strähnen hatte er mit Pomade quer über seinen breiten Schädel gekämmt. Weil eine tiefe Falte seine Stirn in zwei Hälften teilte und er außerdem Glubschaugen, eine rundliche Nasenspitze und wulstige Lippen besaß, fühlte sich Lea bei seinen Anblick immer an einen Frosch erinnert, was sie unwillkürlich zum Lächeln brachte. Am Anfang hatte er ihr Verhalten als Interesse an seiner Person missverstanden und Lea zu einem Abendessen eingeladen. Mit viel Mühe konnte sie sich aus der Situation herausreden, seitdem sprach er kein privates Wort mehr mit ihr.

Trotzdem war Lea mit seiner Arbeit sehr zufrieden. Den Angriff der rechten Partei hatte er vor einigen Wochen mit Bravour abgewehrt, das geplante Amtsenthebungsverfahren wurde nicht eingeleitet. Lea ahnte, dass sie seine Hilfe demnächst – wenn die amerikanischen Behörden ihren Freund Don Grazer anklagen sollten – wieder in Anspruch nehmen müsste. Wahrscheinlich würde der Fall sie Monate oder Jahre beschäftigen. Doch vorerst wollte sie sich auf das aktuelle Verfahren konzentrieren.

Nachdem sich de Wever für seine Verspätung entschuldigt hatte, ergriff ihr Assistent das Wort. „Ich muss euch unbedingt erzählen, was ich herausgefunden habe. So, hier ist es erst mal das Corpus Delicti."

Pedro öffnete seinen Aktenkoffer und holte eine Ausgabe der Zeitung De Courant hervor. „Dieses Schmutzblatt hat unsere arme Lea auf übelste Weise beschimpft. Ich werde nicht wiederholen, was sie geschrieben haben. Aber seht euch das bitte an." Er zeigte auf eine rote Markierung, die sich unter dem Artikel befand, der von Leas angeblichen Verfehlungen handelte.

„Was ist das?" Der Anwalt beugte sich über das zerknitterte Papier. „Sind das Initialen?"

„Es ist ein Kürzel. Da steht: TASW. Das ist die Abkürzung für Tamara Swienty. Sie ist freiberufliche Mitarbeiterin bei De Courant. Aber nicht nur das. Ich habe über einen

Freund Erkundigungen über die Dame eingeholt. Moment." Pedro zog einen Stapel Computerausdrucke aus seinem Koffer, teilte ihn in zwei Hälften und reichte sie Lea und de Wever.

Lea las die ersten Zeilen des Deckblattes. „Bürger für mehr Sicherheit und Demokratie. Das ist doch die Initiative von diesem Klaus Gerhard."

„Richtig. Der Mann, der Andersdenkende als Problembürger brandmarken wollte." Pedro lächelte und rieb sich die Hände. „Seine Initiative ist ein eingetragener Verein. Jetzt schlagt mal bitte die Seite fünf auf."

Lea erblickte eine Liste von Namen, die alphabetisch geordnet waren. „Das Verzeichnis der Mitglieder. Pedro, wie bist du an diese Informationen gekommen?"

„Mein Freund ist Privatdetektiv. Er hat seine Verbindungen. Schaut mal unter dem Buchstaben S nach."

„Swienty, Tamara." Der Anwalt lachte auf. „Das ist ja ein starkes Stück! Sie hat über den Vorstand eines Vereins geschrieben, bei dem sie selbst Mitglied ist."

„Kann man daraus was machen?", fragte Leas Assistent.

„Ob man was daraus machen kann? Junge, das ist ein hammerharter Verstoß gegen das Presserecht. Hier liegt ein Interessenkonflikt vor, den sie mit keinem Wort erwähnt hat. Sekunde." De Wever schob ein paar Sachen auf seinem Schreibtisch beiseite und fing an, auf der Unterlage aus Papier Notizen zu machen. „Das ist Punkt eins. Punkt zwei: Frau Swienty beklagt sich in dem Artikel darüber, dass ihr Vorsitzender von Polizisten abgeführt wurde. Sie verschweigt aber, dass er seine Redezeit überzogen hat und an diesem Tag noch weitere Fälle behandelt werden sollten. Ein klarer Verstoß gegen die journalistische Sorgfaltspflicht. Da war noch was. Gib mir mal das Geschmiere."

Der Anwalt riss Pedro die Zeitung aus der Hand. „Ah, da ist es. Hier, die letzten Zeilen … Sie unterstellt Lea Sympathien für rechtes Gedankengut und fragt, ob sie nicht selbst eine Problembürgerin ist. Das ist eindeutig ein persönlicher Kommentar, und der müsste von der Meldung getrennt sein. Das ist Punkt drei. Damit machen wir sie fertig."

Der junge Spanier klatschte vor Freude in die Hände.

„Da ist aber noch was. Delikate Sache." De Wever blickte Lea ins Gesicht. „Hier steht, du hättest eine Liebschaft mit einem bekannten Aktivisten aus der rechten Szene. Ist da was dran?"

Auch Pedro sah sie an.

Lea fühlte sich unwohl. Sie rutschte auf ihrem Stuhl vor und zurück, versuchte den Blicken, die sie als anklagend empfand, auszuweichen. „Ja und nein. Es stimmt, Marek und ich sind zusammen. Aber er ist kein Rechter."

„Sondern?" De Wever machte Notizen auf seiner Schreibtischunterlage.

„Marek ist Polizist. Er ermittelt verdeckt gegen P7."

Ihm fiel der Kugelschreiber aus der Hand. „Ach du Schande. Da ist sogar ein Bild von dem Burschen in der Zeitung."

„Ja, das ist sehr gefährlich für ihn. Die Terroristen wissen natürlich, wie eng wir Ausgleicher von der Polizei überwacht werden. Deshalb möchte ich dich bitten, dass du diesen Punkt nicht weiter verfolgst. Zumindest nicht solange, wie er noch an dem Fall arbeitet."

„Okay, ist geritzt." Er strich ein paar Wörter durch. „Die anderen drei Punkte reichen völlig. Ich sag euch, was wir jetzt machen. Erstens: Ich erwirke eine einstweilige Verfügung gegen die Zeitung. Sie dürfen ihre unwahren Behauptungen nicht wiederholen. Zweitens: Wir verlangen eine Gegendarstellung, und zwar auf der Titelseite. Sie müssen ihre Lügen widerrufen. Sie sollen sagen, dass es sich bei dem jungen Mann um eine Verwechslung handelt. Sein Name und sein Beruf müssen nicht erwähnt werden."

Lea nickte stumm.

„Und drittens: Wir reichen Zivilklage ein, aber doppelt. Gegen die Journalistin, weil sie gegen ihre Sorgfaltspflicht verstoßen hat, und gegen den Verlag aufgrund der Verbreiterhaftung. Die Redaktion hätte die Geschichte prüfen müssen. Hat sie aber nicht. Dadurch wurden deine Persönlichkeitsrechte verletzt. Wir verklagen sie wegen Verleumdung und verlangen Schmerzensgeld. Von der Swienty hunderttausend Euro, von der Zeitung eine Million."

„Eine Million Euro?" Lea hatte das Bild vom Verlagshaus vor Augen. Es war ein schmales, dreistöckiges Gebäude. Von der Fassade bröckelte der Putz, die Leuchtreklame funktionierte seit Jahren nicht mehr, im Obergeschoss waren die ehemaligen Räume der Kulturredaktion an eine Versicherungsagentur vermietet worden. Eine solche Summe könnte das Unternehmen sicher nicht aufbringen.

„Die Geschichte hat sich schon verbreitet", warf Pedro ein. „Heute Morgen waren es über hundert Videos und Blogbeiträge. Einige haben schlimme Wörter benutzt: Nazischlampe, Nazihure, KZ-Aufseherin."

„Sehr gut. Die Leute bekommen alle eine Abmahnung von uns, kostenpflichtig natürlich. Die harten Fälle werden wir wegen Beleidigung anzeigen."

Lea wusste, dass de Wever sich jeden dieser Vorgänge mit rund achthundert Euro vergüten ließ. Für viele Kleinblogger, die im Internet nur ihre Meinung sagen wollten, war das eine Menge Geld. Nicht wenige Menschen empfanden die Abmahnungen als eine Einschränkung ihrer Meinungsfreiheit. Es hatte deswegen bereits ein Ausgleichsverfahren gegeben, das aber zu keinem Ergebnis kam, weil sich das EU-Parlament weigerte, die entsprechenden Gesetze zu ändern.

„Und dann hab ich noch was." Pedro klappte wieder seinen Koffer auf. „Die Swienty hat eine ziemlich üble Vergangenheit. Sie war mal Sängerin in einer Punkband. Einer ihrer bekanntesten Songs hieß A.C.A.B. – All Cops are Bastards. Darin wird zur Gewalt gegen Polizisten aufgerufen. Außerdem hat sie selbst Anschläge begangen. Vor etwa zehn Jahren fackelte sie einige Autos der Brüssler Stadtpolizei ab. Dafür ist sie zu zwei Jahren auf Bewährung verurteilt worden."

Lea bekam von ihm fotokopierte Ausschnitte aus alten Zeitungen gereicht, die undeutlich eine junge Frau auf einer Bühne und ausgebrannte Autowracks zeigten.

Die wulstigen Lippen des Anwalts formten ein Lächeln. „Das ist fantastisch. Damit ist ihre linksextreme Einstellung bewiesen. Das werden wir in der Verhandlung gegen sie benutzen. Volle Breitseite!"

„Treffer und versenkt!"

Die beiden Männer klatschten sich gegenseitig ab.

„Nein, keine Breitseite", widersprach Lea. „Wir machen das nicht. Wir werden uns nicht an der Schlammschlacht beteiligen."

De Wever sah sie irritiert an. „Wie meinst du das?"

„All diese Menschen, die mich angegriffen und verleumdet haben, sind auf einer niedrigen Entwicklungsstufe. Sie sind Kinder im Geiste. Ich werde keine Kinder schlagen. Wir werden keine Klage erheben, keinen Schadensersatz verlangen und keine Abmahnungen verschicken."

Pedro, der die hohen moralischen Standards seiner Chefin kannte, stöhnte auf und ließ die Schultern hängen. Der Anwalt hingegen wollte auf die lukrativen Aufträge nicht verzichten und versuchte sie umzustimmen. „Lea, bitte, wir müssen das machen. Du wurdest Opfer einer Medienkampagne, du wurdest verleumdet und beleidigt. Das ist ein Kampf, den wir führen müssen. Wir können nur gewinnen."

„Falsch. Wenn wir zurückschlagen, wird der Kampf niemals enden. Die Wut dieser Leute wird dadurch noch größer werden. Besser ist es, wenn wir sie freundlich und mitfühlend auf ihre Fehler hinweisen. Irgendwann werden sie erkennen, dass sie weit unten auf der Evolutionsleiter stehen. Ich werde ihnen helfen, die nächste Stufe zu erklimmen."

„Evolutionsleiter?" De Wever schüttelte den Kopf.

Lea lächelte. „Guy, ich sage dir, was wir machen werden. Du verlangst von der Zeitung, dass sie auf der Titelseite eine Gegendarstellung bringen. Sie sollen Mareks Namen nicht erwähnen, und auf keinen Fall dürfen sie verraten, dass er sich als verdeckter Ermittler in eine rechte Terrorzelle eingeschleust hat. Aber sie müssen erklären, dass er kein Rechtsextremist ist, sondern mit jemandem verwechselt wurde, der ihm ähnlich sieht."

„Okay."

„Um den Rest kümmere ich mich selbst. Wie ihr wisst, moderiere ich eine kleine Fernsehsendung. Ich werde demnächst eine Sendung in eigener Sache machen. Darin werde ich alles klarstellen."

„Aber ihr habt fast keine Zuschauer", wandte ihr Assistent ein. „Das kriegt doch niemand mit."

„Glaub mir, Pedro. Diese Sendung wird auf großes Interesse stoßen. Das wird uns den Durchbruch bringen. Somit hat die Sache wenigstens einen guten Effekt."

*

Marek stand am Hafen, versteckt hinter ein paar Kisten, und blickte zum Hotel hinüber. Offenbar hatte sich die Wachmannschaft geteilt. Zwei Männer waren wahrscheinlich in den Wald gelaufen, die anderen beiden saßen jetzt in dem schwarzen Wagen und fuhren langsam die Straße herunter.

Einen Kampf gegen zwei Typen könnte ich gewinnen. Aber was dann? Soll ich allein Wilsons gesamte Truppe festnehmen? Nein, das sind zu viele. Hilft nichts, ich muss von hier verschwinden.

Hektisch sah er sich um. Drei Boote dümpelten an dem Steg, der weit in das türkisblaue Wasser ragte. Die beiden Sportboote besaßen lange, spitz zulaufende Rümpfe und niedrige Windschutzscheiben. Sie schafften sicher dreißig Knoten, vielleicht sogar fünfzig. Leider konnte man sie nur mit einem Schlüssel oder Chip starten. Das Kajütboot wirkte mit seinem kastenförmigen Aufbau weniger elegant, war außerdem in einem hässlichen graublauen Farbton angestrichen. Am Bug stand kein Name, sondern ein ausgeblichenes taktisches Kennzeichen.

Moment mal, das ist ein ehemaliges Patrouillenboot der Kriegsmarine.

Marek wusste, dass Militärboote meist keine Zündschlösser besaßen. Wenn Kämpfe ausbrachen, blieb keine Zeit, um nach Schlüsseln zu suchen. Er sprang in das offene Heckteil und stellte sich hinter die Steuerkonsole. Dort gab es einen roten Knopf, auf dem *Power* stand. Mit zitternden Fingern drückte er ihn nieder. Es dauerte einen Moment, dann fing der Motor unter den Planken an zu grummeln, durch den Auspuff wurde eine schwarze Rauchwolke ausgestoßen.

„Ja!" Marek machte die Leinen los, drückte den Schubhebel nach vorn und lenkte das Boot aus dem Hafen. Er drehte sich ein letztes Mal um, blickte zum Hotel hinüber. Ein zweites Auto fuhr jetzt den Palmenweg entlang. Die Wachmannschaft war größer, als er vermutet hatte. In wenigen Minuten würden sie am Hafen ankommen und bemerken, dass ein Boot fehlte.

Mal sehen, was in dir steckt.

Er drückte den Gashebel ganz nach vorn. Das Motorgeräusch wurde lauter, der Bug hob sich aus dem Wasser, Wind schlug Marek ins Gesicht.

Nicht schlecht. Mindestens zwanzig Knoten. Aber wo soll ich hin?

Er drehte seinen Kopf in alle Richtungen. Eine endlose Wasserfläche umgab die Insel. Vielleicht lag unten in der Kajüte eine Seekarte. Marek stieß die Tür auf, schaute sich um. Ein Tisch, eine Sitzbank, zwei Schränke. Keine Zeit, um alles zu durchsuchen. Der Schubhebel kehrte in seine Ausgangsstellung zurück, das Boot wurde langsamer. Marek riss ein Fernglas von der Wand, kehrte zurück zum Steuerstand und gab wieder Gas. Er setzte das Glas an seine Augen, drehte abermals den Kopf. Da! Ein grüner Fleck. Das musste eine Insel sein. Vielleicht war sie bewohnt. Marek nahm Kurs auf die winzige Erhebung.

Wo sind die Gauner?

Marek blickte nach hinten und erschrak. Ein Motorboot verfolgte ihn. Wilsons Leute! Ihr Boot war schneller als seines, sie kamen näher. Wahrscheinlich würde er die Insel mit knapper Not vor ihnen erreichen. Aber was dann? Der Palmenwald war zu klein, um sich darin zu verstecken. Vielleicht gab es in der Kajüte ein Seefunkgerät. Doch um da heranzukommen, müsste er wieder den Schubhebel loslassen – und dann hätten sie ihn. Verzweifelt suchte er den Horizont ab. Irgendwo musste doch eine größere Insel sein. Da! Ein weißes Objekt. Und darüber eine Rauchfahne.

„Ein Kreuzfahrer!"

Bei seinem ersten Besuch hatte Marek im Hafen von Hamilton mehrere große Schiffe gesehen. Ein Taxifahrer erklärte ihm, dass die Inseln regelmäßig von amerikanischen Kreuzfahrtschiffen angelaufen wurden. Das war seine Chance! Marek nahm Kurs auf den Ozeanriesen, drückte noch stärker gegen den Hebel, obwohl er bereits den Anschlag erreicht hatte.

Plötzlich ein Knall. Er sah nach hinten. Die Verfolger waren nur noch fünfzig Meter entfernt. Etwas ragte über die Windschutzscheibe hinaus. Ein Gewehr! Sie schossen auf ihn. Marek steuerte einen Schlingerkurs, um kein leichtes Ziel abzugeben. Das Schiff fuhr Richtung Osten, also war Hamilton sein Zielhafen. Die Hauptinsel der Bermudas konnte nicht mehr weit entfernt sein.

Wieder knallte es. Diesmal splitterte Holz aus der Wand der Kajüte. Beinahe hätte sie ihn getroffen. Marek machte sich klein. Die große weiße Stahlwand tauchte bereits vor seinem Bug auf.

Was jetzt? Ich kann nicht funken. Rufen bringt auch nichts, sie können mich nicht hören. Ah, ich habe eine Idee.

Marek tat etwas, das auf See streng verboten war: Er fuhr bis auf wenige Meter an das Kreuzfahrtschiff heran. Seit den Anschlägen des 11. Septembers war ein derart geringer Abstand nicht mehr erlaubt, weil die Sicherheitsbehörden fürchteten, Attentäter könnten auf diese Weise eine Sprengladung an der Wasserlinie zünden und im schlimmsten Fall ein Schiff mit Tausenden Menschen an Bord versenken. Es dauerte auch nicht lange, bis ein Mann in weißer Uniform an der Reling erschien, um Marek etwas zuzurufen.

„Was? Ich kann Sie nicht verstehen!", rief er zurück.

Immer mehr Passagiere kamen hinzu, einige filmten die Szene mit ihren Handys. Marek sah zu den Verfolgern hinüber. Sie hielten jetzt einen größeren Abstand zu ihm, das Gewehr war verschwunden.

Der Offizier hatte sich inzwischen ein Megafon besorgt, mit dem er Marek befahl, sich von dem Schiff zu entfernen. Der jedoch tat so, als würde er nichts verstehen und winkte den Passagieren fröhlich zu.

Abermals einige Minuten später erschien ein Polizeihubschrauber über dem Schiff. In diesem Augenblick wusste Marek, dass er in Sicherheit war. Das Motorboot, das ihn verfolgt hatte, drehte um und fuhr mit Vollgas zurück zu Wilsons Insel.

„Ihr Mistkerle! Ich kriege euch", brüllte Marek ihnen hinterher.

Kurz bevor sie die Hauptinsel erreichten, ging ein Polizeiboot bei Marek längsseits. Er hob seine Arme und rief den Beamten zu, dass er ein Berufskollege von ihnen sei. Sie glaubten ihm zwar nicht, versprachen aber, über Funk eine Anfrage an Interpol zu stellen. Marek zweifelte nicht mehr daran, dass er gewonnen hatte. Jetzt war es nur noch eine Frage der Zeit, bis Wilson und seine Männer verhaftet wurden.

42. Kapitel: Neue Kraft

Lea begann ihre Fernsehsendung damit, dass sie einen Ausschnitt aus einem Trickfilm zeigte, auf den sie im Internet gestoßen war. Darin ging eine Frau in einer schwarzen Uniform vor einem Stacheldrahtzaun entlang, schlug mit einer Reitpeitsche auf ihre Stiefel und brüllte Parolen. Weil im Hintergrund Hunde bellten und Marschmusik erklang, war sie kaum zu verstehen. Es hörte sich an wie: „Ich bin eure Herrin! Ihr müsst tun, was ich euch befehle!"

Derartige Machwerke fand man zuhauf im weltweiten Netz. Das Besondere an diesem Film war, dass jemand Leas Kopf aus einem offiziellen Foto ausgeschnitten und auf den Körper dieser Person montiert hatte. Darunter stand geschrieben: *Die Nazischlampe Lea Sheldon inspiziert ihr Konzentrationslager.*

Nach zehn Sekunden stoppte der Regisseur den Film und blendete auf Lea über, die sich allein im Studio befand. Sie saß in einem bequemen Sessel, vor ihr stand ein Glas Wasser auf einem kleinen Tisch. Der Teleprompter war abgeschaltet, Lea sprach ohne Manuskript. Sie hielt nur ein einziges Schriftstück vor die Kamera: Einen Ausschnitt aus der Zeitung De Courant, in dem die Redaktion ihre Falschmeldung widerrief und sich bei ihr entschuldigte. Jedes einzelne Wort davon las sie laut vor.

Danach widmete sie sich den Menschen, die voreilig Pamphlete und Hassvideos gegen sie produziert hatten. Bis zu diesem Zeitpunkt zählten die Suchmaschinen etwa dreitausend Einträge, die Zahl der Kommentare betrug achtzigtausend, die der Klicks war längst im Millionenbereich angelangt.

„Wie soll ich darauf reagieren?", fragte sie in die Kamera. „Soll ich wütend sein? Oder ängstlich? Oder beleidigt? Nein, ganz sicher nicht. Wut oder Angst empfinden nur primitive Menschen, die auf untersten Stufe der Evolutionsleiter stehen. Aber dazu zähle ich nicht. Ich könnte meine Hater allerdings wegen Beleidigung verklagen. Unsere Beamten sind dazu fähig, ihre Identität zu ermitteln. Bei dem, was ich in letzter Zeit hören und lesen musste, dürften dabei mehrere Hunderttausend Euro an Schmerzensgeld für mich herausspringen." Sie ließ eine kleine Pause und guckte grimmig, weil sie den Tätern ein bisschen Angst einjagen wollte.

Dann lächelte sie wieder. „Aber auch das tue ich nicht. Ich bin nicht beleidigt, weil es kein Wort gibt, mit dem man mich beleidigen könnte. Ich bin mir meiner selbst voll bewusst, ich kontrolliere meine Gedanken und meine Gefühle. Kränkungen lasse ich nicht zu, weil mir dieses Gefühl nicht dienlich ist. Ich lasse nur angenehme Gefühle zu, wie Freude oder Zuversicht. Für meine Hater empfinde ich keinen Hass, nicht einmal Wut, sondern Mitgefühl. Ich weiß, dass ihr Kinder im Geiste seid. Ihr steckt noch in einer sehr frühen Phase eurer Entwicklung. Ihr habt es bewiesen, indem ihr Worte wie Politschlampe oder Nazibraut benutzt habt. Damit trefft ihr keine Aussage über mich, sondern über euch selbst. Ihr seid Menschen, die Schimpfwörter benutzen, die ihre Mitbürger angreifen, die ihre Umwelt mit Hass vergiften. Doch denkt immer daran: Ihr seid diejenigen, die in dieser Umwelt leben müssen." Wieder schwieg sie für einen Moment.

„Aber ihr müsst nicht auf dieser niedrigen Stufe verharren. Ihr könnt aufsteigen, ihr könnt eine höhere Version von euch selbst erschaffen. Wut ist übersteigerte Angst. Menschen sind wütend, weil sie vor irgendetwas Angst haben: vor Hunger und Durst, Arbeitslosigkeit, Obdachlosigkeit, Einsamkeit oder Gewalt. Deshalb schaffen sich primitive Menschen Feindbilder, auf die sie ihre Wut projizieren. Das kann ein Wolf oder ein Drache sein, ein Nazi oder ein Kommunist – oder ich." Lea brach in Gelächter aus, weil sie es absurd fand, dass jemand vor ihr Angst haben könnte.

„Ich möchte noch mal daran erinnern, dass ich Ausgleicherin bin. Meine Aufgabe ist es, demokratische Prozesse zu überwachen, dafür zu sorgen, dass alle Menschen ein Höchstmaß an Freiheit und Gerechtigkeit genießen. Das ist mir in der Vergangenheit sehr gut gelungen. Ich kann eine hervorragende Bilanz vorweisen. Achthundert Mal habe ich die Kammer der Freien Bürger geleitet, ich habe mehr als dreihundert Streitfälle geschlichtet und hundertzwanzig Volksbegehren erfolgreich umgesetzt. Auf diese Leistungen bin ich stolz. Aber ich werde mich nicht darauf ausruhen. In Zukunft werde ich noch härter für unsere Gemeinschaft arbeiten."

Den zweiten Teil der Sendung nutzte Lea, um Werbung für ihre Ideen zu machen. Ein kurzer Film zeigte, wie Samira und ihre Freunde mit den alten Militärlastwagen durch Nordafrika reisten. Lea verkündete den aktuellen Stand der Arbeiten: vierhundert Hektar wurden begrünt, achtzigtausend Büsche und Bäume gepflanzt. Eine kleine Spitzfindigkeit konnte sie sich nicht verkneifen: „Mein lieben Kritiker. Wie werdet ihr darauf antworten? Macht ihr euch lustig darüber? Denkt ihr euch neue Schimpfwörter für mich aus? Oder werdet ihr bei den Aktionen mithelfen? Wer ist der bessere Mensch? Der Hater oder der Helfer?"

Zum Schluss ging Lea auf das Projekt Staat ohne Land ein. Sie verkündete, dass es bald eine personelle Veränderung geben würde, nannte aber nicht den Namen ihres Freundes Don Grazer. Trotzdem sollte alles wie geplant weiterlaufen. Lea bedankte sie für die Aufmerksamkeit und verabschiedete sich von den Zusehern.

Die Stimme des Regisseurs erschallte aus den Lautsprechern. „Okay, wir sind raus. Der Abspann läuft."

Lea reckte ihren Daumen empor. Sie war zufrieden mit sich. Aus einer scheinbaren Niederlage hatte sie einen Sieg gemacht, sie hatte Hass in Liebe umgewandelt. Das war die beste und souveränste Art, mit der man auf einen Angriff reagieren konnte.

*

Marek wurde es zu seinem Bedauern nicht erlaubt, an der Erstürmung von Wilsons Privatinsel teilzunehmen. Sondereinsatzkräfte der amerikanischen Bundespolizei, die speziell für die Bekämpfung von Terroristen ausgebildet waren, übernahmen die Aufgabe nach Rücksprache mit der Regierung der Bermudas. Reginald Wilson traf man nicht mehr auf der Insel an. Er hatte seine Yacht Black Seagull bestiegen und Kurs auf die Azoren genommen, was sich später als Täuschungsmanöver herausstellte. Auf der offenen See stieg er in eine Motoryacht um, die Richtung Florida abdrehte, während das Segelboot mit Autopilot weiter Richtung Osten fuhr. Die amerikanische Küstenwache durchschaute den Trick jedoch, nahm den Chef der Terrorgruppe fest und brachte ihn zurück auf die Bermudas, weil er dort einen großen Teil seiner Verbrechen begangen hatte.

In der Hauptstadt Hamilton wurde Wilson dem Haftrichter vorgeführt. Die Liste der Klagepunkte umfasste Besitz von Kriegswaffen, Handel mit Kriegswaffen, Betrieb eines illegalen Labors, Gefährdung der allgemeinen Sicherheit, Menschenraub, Nötigung, Erpressung und Widerstand gegen die Staatsgewalt. Wilson und seine wichtigsten Mitarbeiter wurden sofort in Haft genommen. Angesichts der Schwere der Straftaten lehnte der Richter eine Freilassung gegen Kaution ab.

Marek blieb noch eine weitere Woche auf dem Archipel, um zugleich als Kronzeuge und als Verbindungsmann zu Interpol zu dienen. Erst nachdem alle Beweismittel und Zeugenaussagen erfasst waren, setzte er sich in ein Flugzeug und kehrte zurück nach Europa. In Brüssel fuhr er auf direktem Weg zu Leas Wohnung, um dort seine persönlichen Sachen abzuholen. Lea und er hatten bereits viele Male telefoniert und die Umstände, die zu Wilsons Verhaftung führten, in allen Einzelheiten besprochen. Deshalb gab es nicht mehr viel zu sagen, als er in ihrem Gästezimmer seinen Koffer packte.

„Was wird aus Don werden?", fragte Lea. „Kommt er ins Gefängnis?" Sie lehnte am Türrahmen, beobachtete ihn, wie er seine Wäsche zusammenlegte und verstaute. Einige Teile hatte sie kurz zuvor noch gewaschen, ähnlich wie vor seinem Abflug nach Florida. Damals war es eine vorübergehende Trennung gewesen, jetzt wussten beide, dass es ein Abschied für immer sein würde.

„Nein, vorerst nicht. Er ist angeklagt worden wegen Beihilfe. Aber wenn er nichts gewusst hat von Wilsons Verbrechen, hat er gute Chancen, mit einer Bewährungsstrafe davonzukommen. Zumindest, wenn er einen guten Anwalt hat."

„Den hat er."

„Aber eines ist klar: Den Nobelpreis bekommt ihr jetzt nicht mehr." Marek schüttelte ein Paar kurze Hosen aus, die er auf den Bermudas getragen hatte. Etwas Sand rieselte auf den Teppichboden. „Oh, entschuldige."

„Macht nichts, ich saug das später auf. Ich habe gestern mit einem Vertreter des Vergabekomitees gesprochen. Ich hab ihm alles verraten über Don und seine Rolle in Wilsons Organisation. Er war sehr verständnisvoll und sagte, dass wir bei der Vergabe des Preises nicht berücksichtigt werden." Lea presste ein Taschentuch zusammen, das sie in ihrer Hand hielt.

„Bist du traurig darüber?"

„Aber nein. Es wäre sowieso zu früh gewesen. Vielleicht bekommen wir den Preis in zehn oder zwanzig Jahren."

„Gut möglich. Was ist mit eurem Staat ohne Land? Wird das Ding beendet?"

„Nein, auf keinen Fall. Wir machen weiter. Wir machen wie geplant unsere Lotterien und vergeben neue Staatsbürgerschaften Nur dass wir jetzt keine Milliarden verlosen, sondern nur noch Millionen."

„Na dann ist ja alles in Ordnung." Marek klappte den Koffer zu und verriegelte die Schlösser. „So, ich bin fertig."

„Ich bring dich nach unten."

Auf dem Bürgersteig vor dem Haus standen sich Marek und Lea gegenüber. Einen Augenblick lang wussten beide nicht, wie sie sich verhalten sollten. Dann beugte er sich zu ihr hinab und küsste sie auf den Mund. Es war kein intensiver Kuss, sondern nur eine flüchtige Berührung zweier

Lippenpaare. Zwischen den beiden bestand keine enge Bindung mehr, deshalb nahm er sie auch nicht in den Arm. Lea sagte ein kurzes „Lebewohl", drehte sich um, schloss die Eingangstür auf und verschwand im Treppenhaus.

Marek blieb allein zurück. Er hatte mit Samira verabredet, dass sie ihn abholen sollte. Sie war gerade erst aus Afrika zurückgekehrt und wollte ihm unbedingt von ihrem neuen Projekt berichten. Was es genau war, hatte sie am Telefon nicht verraten.

Wann kommt sie denn endlich?

Er trat von einem Fuß auf den anderen. Vielleicht hätte er doch besser ein Taxi rufen sollen.

Plötzlich hörte er ein seltsames, tuckerndes Geräusch. Es klang wie ein Fischkutter oder ein Traktor. Marek stellte sich auf den Bordstein, blickte die Straße hinunter. Das Gefährt, das auf ihn zurollte, ähnelte tatsächlich einem Schlepper aus der Landwirtschaft. Allerdings waren die Reifen extrem breit und hinter der offenen Fahrerkabine schloss sich eine kleine Ladefläche an.

Oh, bitte. Das kann doch nicht …

Die Vorderräder wurden eingeschlagen, das Fahrzeug kam genau vor Marek zum Stehen. Er überraschte ihn nicht, dass eine junge Frau, deren Haare ebenso schwarz wie die Ballonreifen waren, ihren Kopf aus dem Seitenfenster steckte. „Hallo, Liebling", rief Samira.

Er beugte sich zu ihr hinab. „Hallo. Ich …" Er konnte den Satz nicht vollenden, weil sie ihn mit beiden Händen packte, zu sich herüberzog und leidenschaftlich küsste.

„Ich hab dich so vermisst", flüsterte sie.

„Ich dich auch. Aber sag mir bitte, was das ist."

„Ein Amphibienfahrzeug. Der Wagen fährt, schwimmt und kann drei Tonnen transportieren."

„Was hast du damit vor?"

„Wir bringen ihn nach Russland. Dort gibt es ein riesiges Moor, das vor Jahren trockengelegt wurde. Deshalb sind viele wichtige Arten verschwunden. Wir werden die Gräben zuschütten, damit sich das Gebiet erholen kann. Wasser im Moor, die Arten kehren zurück."

„Gute Idee."

„Wir brauchen noch ein paar Helfer. Kommst du mit?"

„Na klar." Marek warf seinen Koffer auf die Ladefläche und stieg zu ihr in die Fahrerkabine. Es war eng, sie saßen nah beieinander. Samira trug einen Wollpullover und eine Militärhose, ihr Brillenetui lag in einem Fach mitten auf dem Armaturenbrett.

„Soll ich dich zu deiner Wohnung bringen?" Sie griff zum Schalthebel, um den ersten Gang einzulegen.

„Nein, warte. Ich hab etwas für dich." Er überreichte ihr ein Schmuckkästchen.

„Für mich? Was ist das?"

„Ein Geschenk."

Sie öffnete das Kästchen und stieß einen Schrei aus. Auf dem kleinen Samtkissen lag ein silberner Ring, der einen grünblauen Stein in seiner Fassung trug. „Ist das ein Opal?"

„Nein, ein karibischer Bernstein. Da ist etwas eingeschlossen. Kannst du es erkennen?"

„Moment." Sie setzte ihre Brille auf und beugte sich über den Ring. „Ja, da ist etwas Rundes, mit winzigen Blättern. Ist das eine Blüte?"

„Genau. Sie stammt von einer Blume, die vor zwanzig Millionen Jahren geblüht hat. Ich finde, es passt zu dir. Weil du ja auch in sehr langen Zeiträumen denkst. Die Begrünung der Wüste und so …"

„Das ist wunderschön", sagte sie lächelnd.

„Der Ort ist vielleicht nicht ideal, aber ich kann nicht länger warten." Er nahm den Ring von seinem Kissen und steckte ihn Samira an den Finger.

Sie zitterte. „Was kommt jetzt?"

„Ich würde mich ja hinknien, aber dafür reicht der Platz nicht." Er räusperte sich. „Samira Hrawi, würdest du mir die Ehre erweisen, meine Frau zu werden?"

426

„Ich äh …" Sie zeigte auf die Ladefläche, wo einige Kisten lagen. „Ich habe eine wichtige Aufgabe vor mir. Willst du die Hochzeitsreise etwa in Russland verbringen?"

„Klar, warum nicht? Russland ist ein schönes Land."

Sie strahlte über das ganze Gesicht. „Dann sage ich ja."

„Wunderbar."

Das Paar küsste sich lang und innig, bis jemand hinter ihnen hupte. Beide drehten sich um. Ein Bus hatte sich dem Amphibienfahrzeug genähert. Sie standen in einer Bushaltestelle. Marek winkte dem Fahrer zu, Samira legte einen Gang ein und gab Gas.

„Wie weit ist es bis zu dem Moorgebiet?", fragte er.

„Dreitausend Kilometer. Aber zuerst müssen wir dieses Ungetüm auf Elektroantrieb umbauen."

„Das kann mein Freund Pjotr machen. Er ist ein begnadeter Tüftler, hat eine Werkstatt in Krakau."

„Okay, dann halten wir in Polen an."

Beide lachten. Marek strich über ihre Hand, die auf dem Ganghebel lag, und berührte dabei den Ring. Das war es, was er zu erledigen hatte.

*

Lea stand an ihrem Wohnzimmerfenster und beobachtete die beiden. Es dauerte ungewöhnlich lange, bis sich das seltsame Vehikel wieder in Bewegung setzte. Sie ahnte, was die beiden in der Fahrerkabine taten. Lea versuchte, sich für Marek und Samira zu freuen. Es war nicht leicht, sie spürte einen Kloß im Hals.

Das wäre sowieso eines Tages passiert. Er hätte mich für eine Jüngere verlassen. Wenn es nicht Samira gewesen wäre, dann eine andere.

Lea setzte sich an ihren Schreibtisch. Fünf neue Anträge auf Ausgleichsverfahren musste sie bearbeiten. Es blieb noch viel zu tun, bis die Welt im Gleichgewicht sein würde.

Lesen Sie bitte auch mein Sachbuch AUSGLEICHER UND AWAROKRATIE, in dem ich die hier vorgestellten Ideen näher erläutere.

Inhaltsangabe:

Klimawandel, Migration, Digitalisierung – wir stehen vor großen Herausforderungen. Alles verändert sich, nur die Demokratie hat lange kein Update mehr erhalten. Viele Menschen verlangen mehr Mitbestimmung und Gerechtigkeit. Dazu gibt es zwei neue Ideen: Das Amt des Ausgleichers, der neutral und nachhaltig handelt, und die Kammer der Freien Bürger, ein Parlament, bei dem jeder Bürger zu jeder Zeit die Politik mitgestalten kann, ohne sich an eine Partei binden zu müssen. Alle Folgen einer Entscheidung sollten bedacht werden, auch jene, die sich erst nach langer Zeit und an weit entfernten Orten auswirken. Fernziel ist die Schaffung einer ausgeglichenen und bewussten Gesellschaft.

Zu beziehen über bod.de

Weitere Informationen erhalten Sie auf meinem YouTube-Kanal KONRAD PILGER.